NAL
宁波学术文库
JD37.201212

赵树功 著

浙东文学理论史要

浙江大学出版社
ZHEJIANG UNIVERSITY PRESS

目　　录

导　言

　　"浙东"的范围及其人文形态完整性的确认是本研究的基础。一般来讲,作为行政区划的"浙东"既是一个地理概念,也是一个文化概念,文化的浙东基于地理浙东的稳定。只有这种稳定的历史形态得以延续和保留,它作为"史"的一个研究对象才具有立脚点。

　　浙江一带春秋战国之际曾经分属越、楚;秦代主要属会稽郡,部分入闽中郡;汉代又入扬州;唐际属于江南道治下,后置江南东道;五代时属于吴越;宋代设两浙路,即浙东、浙西;元代归入江浙行中书省;明代为浙江布政使司,和周边省份的交叉已经逐步厘清;至清代则以今天的地域为主设立了浙江省。历史上这种人为的行政切割,造成了"浙江"这个区域表面上的不稳定,但以上的变动影响仅仅局限在两个方面:一是主要区域在政权更迭下隶属关系的变化;二是今日浙江边缘地区在同一个政权之下出现的暂时归属权的变化,如秦代浙南部分地区曾经划归闽中郡等。但是,以当今地理范围为主的这个地域无论历史上如何区划,其主体却基本上都以一个统一体的姿态存在,具有地域统一性和文化共同体的特征。后世"浙江"行省的确定,也基本上是对这种地理稳定与文化认同的行政确认。

　　"浙东"这个概念始于宋代两浙路的设立,其中浙东路下辖地域,即以今日金华、绍兴、宁波、台州、舟山、温州、衢州等地为核心,同样是一个有着高度文化共性的区域,尤其宋代浙东学术兴起之后,其历史的绵延性、地域面目鲜明的文化追求都强化并提升了"浙东"的精神内涵,熔铸为中华民族文化系统中具有独到品位的单元,并获得了高度的社会认同、学术认同。由此看来,从隶属变异的表面现象中走出,以今天"浙东"的区划与名义进行文学理论批评史的研究,没有割断历史的延续性与原生态,也没有违背历史的基本真实,是具有可行性的。

关于"浙东文人"的确认问题也是本书首先需要解决的问题,因为江浙一带历史上有着众多外地文人迁居,以晋室南渡、宋室南渡时期为最,而随后明清时代,异地迁来的文人也数量庞大,与此同时还有一批文人迁出浙江,侨居异乡。以前史书或者论著在确定文人归属的时候,经常论郡望或者原籍,如晋代南迁的北方文人,史书之中多数仍以其原籍定其后人的归属。这个方法有一定的缺陷,很多文人南迁以后,其后人出生在南方,生活在南方,繁衍在南方,如王羲之虽然原籍山东琅邪,但其后人在浙江生存繁衍,理所当然属于浙江人。另如南宋大词人张炎,清代龚翔麟辨析其所属云:

> 其先虽出凤翔,然居临安久,故游天台、明州、山阴、平江、义兴诸地,皆称寓、称客,而于吾杭必言归,感叹故园荒芜之作,凡三四见,又安得谓之秦人乎?[①]

张炎祖居陕西凤翔,后随宋南迁,居住杭州,至张炎所生活的南宋末年已经上百年,再以凤翔人相称,的确不合情理。类似者如周密,祖籍济南,曾祖时期就随宋室南渡,定居湖州,自当视为湖州人。

在祖籍、占籍、出生地等问题上的纠缠,造成了各地动辄争抢名人的现象。为此,本书在这一问题上采取以下的统一标准:

侨居浙东者,视其侨居时间而定。如果是异地出生后迁来,尤其成人以后迁来,其主要文化熏陶在原先旧地,则不视为浙东文人,其著述不纳入讨论;而祖上异地迁来,本人出生在浙东或成长于浙东,接受了本地文化的熏染,则当视为浙东文人。

从浙东迁出的文人,也要看迁出的时间。如果是本人之前父祖辈已经离开,自己也出生在外地,生长在外地,接受了外地文化的影响,自然不能纳入讨论范围;但如果是出生于斯,成长于斯,成人之后迁出,其精神气质都已经在浙东培育而就,则自当仍视为浙东文人。

总之,对文人归属的探讨,把握两个标准:一是出生在哪里,生活在哪里;二是主要接受的是哪里的地域文化影响。

---

① 龚翔麟:《山中白云词序》,金启华等编:《唐宋词集序跋汇编》,江苏教育出版社 1990年版,第 309 页。按:本书注释于文献第一次出现时注明版本信息,后出相同者不另注;其中一些常见文献于第一次出现时出注,后出者不再注。

就文学理论批评的历史实践而言,《浙东文学理论史要》的构建不是随意的命题,而是有着坚实的依托。这主要体现在以下几个方面:

首先,浙东一带从汉代至近代,文学理论批评队伍庞大,名家硕儒辈出。

其次,文学理论批评的对象囊括了所有的古代文学体裁;理论批评体式完备,诗话、词话、赋话、曲话、文话,以及小说、文章、戏曲、诗歌、时文的评点均非常齐备。诗话之中又包含诗说、诗问、诗品等形式。

再次,浙东文学理论批评对其他地区的文学理论批评以及文学流派产生了巨大影响。以元明清之际的文坛为例:杨维桢《赵氏诗录序》中"得古人之性情神气,则古之诗在也"的观点,直接影响到了明代前后七子的风神格调说。七子之外,唐宋派矫其"文必秦汉"说,主张师法唐宋韩、柳、欧、苏、曾、王诸家,而宗唐宋之说明代实则始于浙东宋濂、方孝孺等,茅坤随后成为其中坚。胡应麟《诗薮》将绘画等领域的"神韵"范畴引入诗学论述,全书中"神韵"一词出现共达二十余处,且赋予了特定的内涵,影响到了清代的神韵派。屠隆论诗主兴趣、性情,推崇立于清虚之境的"灵明",其源头一是禅宗,一是王阳明的心学;而灵明和性灵异曲同工,他比袁中郎早五年去世,其文学活动与公安派大致同时,且与袁中郎私交甚密,袁中郎称屠长卿无半点尘俗气,因此其思想对公安派有一定的影响。而较他更早的徐渭,被袁中郎从废纸堆中发现,钦佩有加,专门为其作传,对公安派的影响同样巨大。而影响深远的清代桐城派的古文理论,以事信言文、约以义法为纲领,同样是方苞受到浙江史学大家万斯同影响而开创的。

梳理整个浙江文学理论批评的历史,还会发现一个更为重要的特征,那就是浙江文学理论批评的揭幕与谢幕,竟然可以完整地移作中国文学理论批评史的开篇与结尾,并不因为其地域性而在整个中国文学理论批评史上减了光辉。依照罗根泽先生的论述,王充是第一位对文学进行具有学科建设意义批评的文人,他对文人的分类,是最早的自觉文学批评的显现,如果追溯文学理论批评这门学科的开拓者,应该定位在浙东的王充。谢幕阶段的王国维、章炳麟、鲁迅等几乎都是震古烁今的大师,他们的相关理论,又是中国文学理论批评史结尾不可或缺的。有学者曾经将梁启超、章炳麟、王国维三人的文学理论并列为新文学重要的启蒙理论,①具体到浙东,鲁迅、周作人等更是新文学理论的直接开拓者之一,鲁迅以尼采为偶像在沉闷之中发出的对艺术的礼赞、蔡元培依托康德美学思想确立的美感说等,不仅对文学

---

① 李振声:《作为新文学思想资源的章太炎》,《书屋》2001 年 7—8 期合刊。

理论批评,而且对中国文化的进程与方向都产生了深远而巨大的影响。

就浙东文学理论批评的历史来看,大致呈现为以下四个审美特点:一是有着浓厚的儒学、理学等学术背景;二是有着深厚的贯通古今、容纳众有的史学背景;三是显现了商业文明、城市经济繁荣条件下的通俗文化需求;四是有着自我完善的自足特性。

第一,儒学、理学等学术背景下的文论。在现有的文献之中,浙东文学理论批评有不少文学理论思想是通过经典阐释获得的,因此如《诗经》类的著述格外丰富,其中不乏创调别解。仅以南宋为例,著名者如吕祖谦的《吕氏家塾读诗记》、戴溪的《续吕氏家塾读诗记》、杨简的《慈湖诗传》、王柏的《诗疑》、王应麟的《诗考》、黄震的《读诗一得》等。这些研究一方面是对经典的参研,另一方面是集中对具体问题的讨论,或者申说,或者集纳众多资料进行辨析,很多文学理论思想由此得以体现的同时,又展示了严谨的学术精神。由于经学研究传统的渗透,所以浙东文人对文学理论的揭示,并不局限于感受性批评,而往往视之为专门之学。

另如"诗问"这种论诗形式,本身就是学术参研的重要方法,从佛学的主客问答到理学之中师徒问答,采取的都是这种形式,以学术形式论诗,自然是将诗视为学问来研究了。在传世不多的"诗问"著作中,浙江文人的著述占了一大部分,如周维德先生笺注的《诗问四种》,其中三种与浙江文人有关,这其中的两种又为浙东文人参与著述:《修竹庐谈诗问答》,平湖陆坊问,武康徐熊飞答;《竹林答问》,宁波陈诗香问,宁波陈仅答;《答万季野诗问》,宁波万斯同问,江苏吴乔答。①

这种以文学研究为专门学问的传统,在对小说的批评上也有体现。宁波镇海姚燮批评《红楼梦》,重视每回故事发生的年月,并撰成《读红楼梦纲领》,将小说中各类人事分类摘编排列,诸如"两府中上下内外出纳之财数"等,以证明贾家"花钱如流水":已经是典型的定量分析,近于今人以量化统计来作研究。

由于这种较为严格而成熟的学术精神,因此浙东文人的理论批评往往有很精微且理性的成果,如元代陈绎曾《文章欧冶·汉赋谱》论汉赋的体制,就历代屡屡提及的"体物大赋"之"体"给予了剖析,他认为体含有实体、虚体、象体、比体、量体、连体、影体七项。其中通过虚实二体辨析对象体的阐发体现了很高的审美洞察能力——

---

① 周维德笺注:《诗问四种》,齐鲁书社 1985 年版。

实体："体物之实形,如人之眉目手足,木之花叶根实,鸟兽之羽毛骨角,宫室之门墙栋宇也。"

虚体："体物之虚象,如心意、声色、长短、动静之类是也。心意、声色为死虚体,长短、高下为半虚体,动静、飞走为活虚体。"

象体："以物之象貌,形容其精微而难状者,缥、烂漫乎、浩然、皇矣、赫兮、巍哉、翼如也、申申如也、峨峨、崔嵬之类是也。有碎象体,有扇象体,有排象体,变化而用之。"

以上实体、虚体、象体的划分以及说明,文字简洁,区划清晰。象体属于虚体的范围,即虚象,它不仅含有单一的心意、声色、长短等象,而且更含有这些象组合后所形成的给人带来的外在审美感受与评价。①

第二,深厚史学背景下的文论。这个特征从宋代浙东学派肇始便逐步形成,和浙东学派本身所具有的史学背景有直接关系,从吕祖谦、陈亮到黄宗羲、万斯同、全祖望、章学诚,再到近代深受浙东学派影响的浙西学人章太炎等,多是从史学之中获得滋养。尤其是经世致用,由于这个标尺是从史学鉴戒功能之中生发而出的,因此这些具有史学大家身份的学者文人便往往以和历史的关系、对现实的作用等视角论文论诗;即使是对《诗经》的研究,也有这个特点,如具体命题之中,"诗亡然后春秋作"从宋代开始就成为众多浙东文人探讨的热点,文人们从中梳理出了诗与史的关系,并将诗对现实的书写纳入这个关系系统,进而最终汇入了具有一定影响的诗史理论,黄宗羲就是这种诗史观的积极倡导者。另外,这些文人又以史学包纳古今、囊括宇宙的胸襟来观照文学,因而往往呈现出融通而不滞的学术精神。这从章学诚《文史通义》这个"通"字上能得到具体说明。章学诚这个"通"来源于其"六经皆史"的史学意识,具体表现为:

通不同领域。打通文史是最表面的,《与陈鉴亭论学书》中论及考订、义理、文辞,《答沈枫墀论学》以三立统一之:"主义理者,著述之立德者也;主考订者,著述之立功者也;主文辞者,著述之立言者也……德不虚立,即在功、言之中,亦犹理不虚立,即在学、文之中也。"于是义理、考据、辞章便成为"道中之一事"而不可拆分。

通不同时代之不同文章现象、文章观。《原道下》云:"文章之用,或以述事,或以明理。事溯已往,阴也;理阐方来,阳也;其至焉者,则述事而理以昭焉,言理而事以范焉。则主适不偏,而文乃衷于道矣。"各种效用之追求,最

---

① 陈绎曾:《文章欧冶》,王水照主编:《历代文话》,复旦大学出版社 2007 年版。

终归之于明道,归结的根据在于事理分属阴阳,而一阴一阳之谓道,因此通过文章述事明理也便可以成道,也应该成道。

又:"迁固之史,董韩之文,庶几哉有所不得已于言者乎?不知其故,而但溺文辞,其人不足道已。即为高论者,以为文贵明道,何取声情色采以为愉悦,亦非知道之言也。夫无为之治而奏熏风,灵台之功而乐钟鼓,以及弹琴遇文,风雩言志,则帝王致治,圣贤功修,未尝无悦目娱心之适;而谓文章之用,必无咏叹抑扬之致哉?"此通不得已为文与悦娱声情之为文。①

在致用之外,这个源自史学包纳性的"通"是浙东文学理论批评的重要特征,也可以称之为兼容并包,因此集大成的特点便格外突出:浙东学派虽然立足于史学,但作为其基础的宋代永嘉派,就是在接受了程门道学派、王安石经术派以及苏轼等议论派的影响后形成的。这种兼容性就具体的批评家、理论批评著作而言多是如此。以明代越中曲派为例:徐渭《南辞叙录》重视文人创作的《琵琶记》,又重视民间创作;王骥德《曲律》本就是集大成之作,其中涉及了南曲北剧创作理论的方方面面;吕天成《曲品》和祁彪佳《远山堂曲品》、《远山堂剧品》等,兼容众多流派。尤其对沈璟、汤显祖才词与律调之争的态度,这种通融包纳的立场更为明显:吕天成主张"合之双美";王骥德讲"法与辞两擅其极";祁彪佳《远山堂曲品叙》云:"赏音律而兼收词华。"孟称舜《古今名剧合选序》称无论尚谐律还是尚工辞,"二者俱为偏见",意思也是应该兼收而并蓄。② 当然,兼容是一种理论开放态度,有时它也体现为理论折中与调和,如前七子之中著名的何景明、李梦阳之争:李梦阳认为诗当依照法式,不可舍筏而登岸;何景明则称诗当天机自流,神情领会,达岸则舍筏,反对过于依赖法度依傍形迹。对这种论争,胡应麟便明确表示,何李二人之论都不当废弃:"仲默此论,直指真源,最为吃紧。舍筏云云,亦以献吉多拟则前人陈句进规耳,非欲人废法也。李何二氏之旨,当并参。"

明清之际,浙东出现了一批经史子集贯通的集大成式学者型文人,这一批学者型文人于文学理论批评又多没有道学气和头巾气,表现出了鲜明的思想个性与通融近情色彩,其中以黄宗羲、全祖望、章学诚为代表。黄宗羲重视文学的道义之用但不否定闲情雅致;全祖望强调深情孤诣又讲魏晋之神韵;章学诚文史兼论直探本源,则是传统语境下给中国文学理论批评树立的标尺,是对传统中国文学文史哲浑融一体之本来状态的复原。这种融会

---

① 黄保真、蔡钟翔、成复旺:《中国文学理论史》(四),北京出版社 1987 年版,第 315 页。
② 谭坤:《晚明越中曲家群体研究》,上海三联书店 2005 年版,第 48 页。

的学术风尚与商业文化发达的经济格局互相影响,形成了文化胸襟的开放性,这既体现在包容异端,还体现在很多学者自觉吸纳不同文明下的成果,从而熔铸自我的文学理论批评范畴、框架。这在近代表现最为突出,鲁迅、周作人、蔡元培等,都有着重要的探索。

第三,商业文明城市经济繁荣背景下对通俗文艺的理论关注。浙东一带,从六朝时期崛起,随后一直是经济繁荣之地,城市经济比较发达,市民阶层壮大;地域富庶,城乡业余生活需求旺盛:由此催生了适应于文化消费特征的通俗文学、大众文艺,如戏曲和小说以及笑话。王国维在《录曲余谈》中曾说过:"至明中叶以后,制传奇者,以江浙人居十之七八;而江浙人中,又以江之苏州、浙之绍兴居十之七八。"[1]在这样的文化背景之下,文人们对文学的批评便往往站在这种大众立场、受众视角上。曲论之中,明清两代可圈可点的大著作,浙东文人占了相当一部分,从《曲律》到《闲情偶寄》,都对观众作了细致入微的研究;李渔甚至对戏曲演出的具体实践给予了理论提升,如习练、化妆、角色分配等等。

小说也是一样,以《三国演义》而言,现在所能见到的最早的评论文章出自金华的蒋大器(号庸愚子)。他如李渔对娱众理论的阐发,都有着面向世俗的追求。虽然其中不乏逐利的目的,但作为一种文化立场,通俗和民间的纳入,无疑是对文学精英路线的挑战或者丰富,也是对诗词文赋在发展到难以革新地步之际的拯救。章太炎、鲁迅对新文学的推动,在学习西方文学理论的同时,不约而同取资于俗的文学,则是这个潮流结出的硕果。

当然,由于对民间立场大众审美的俯就,在小说戏曲之类的创作上便有一些诲淫的倾向,从徐渭到屠隆,甚至王思任等,浙东词曲创作小说创作中时时透露出这种文人的情趣。王骥德评价吕天成的剧作也提到这个毛病:"勤之制作甚富,至摹写丽情亵语,尤称绝技。世所传《绣榻野史》、《闲情别传》,皆其少年游戏之笔。"[2]可怪的是,王骥德对这种倾向不仅没有批评,还赞为绝技,并对其中的污秽之处以少年游戏回护,这就在理论上对艳情的放纵减少了必要的警醒。李渔撰写《肉蒲团》等淫秽之作,又从理论上自道为曲终奏雅的现身说法;其中当然有率真性情之意,但才子之恣肆积习也难免作怪。

第四,另一个比较鲜明的审美形态是自足性。由于文化、经济繁荣,商

[1]　周锡山编:《王国维戏曲论文集》,中国戏剧出版社1957年版,第226页。
[2]　王骥德:《曲律·杂论》,《中国古典戏曲论著集成》,中国戏剧出版社1959年版。

业发达,兼以浙东一带海外的贸易较早开拓,开放的文化氛围在浙江一直比较浓厚。因此,在形成具有地域特色的文化流派、学术流派、文学社团之外,通过与外地文学的交流,对其他文学思想、理论的传播也很成规模。这些不同的理论之间交流、碰撞,使得浙东的文学理论批评具有一定的自足性,即不同的理论之间时有交锋,浙东人对浙东人的理论也并非一味恭维,理论在批评当中彼此获得弥补和提升,维持了理论批评界鲜活的生机。如叶适在南宋卓然为一大家,他为了矫宋诗之弊而提倡晚唐体,对四灵也有赏评,但俞文豹却批评道:"自叶水心喜晚唐体,世遂靡然从之,凡典雅之诗,皆不入时听。"①王骥德与吕天成有交往,但《曲律·杂论》仍然批评吕天成的《曲品》"门户太多"、评骘失当、和光同尘之论过多:皆一针见血。

综上所述,浙东文学理论批评不仅是浙江文学理论批评,也是中国文学理论批评的组成部分,而且是其重要的组成部分。

就浙东、浙西相较而言,在诸多共性之外,有一点差异至为突出:浙东从艺术哲学维度入手对文学理论细致探索的诗文理论著述要少于浙西。诗学内精深的专门之作是浙东的短板,如诗学声韵的研究就是浙江文学理论研究极具有学术意味的内容,从德清沈约声病理论开始,随后擅长此学者代不乏人,但浙东除了如南宋鄞人袁文,《四库全书总目》评其《瓮牖闲评》"音韵之学尤多精审"之外,相关著述了了。至于词学,无论创作还是理论研究更是难以望浙西项背,不论浙西词话的繁盛,单就词律研究而言,清初浙西海宁查继超辑《词学全书》共收录浙人词学关乎声律的著述四种,皆浙西文人之作:杭州毛先舒的《填词名解》、杭州王又华的《古今词论》、杭州赖以邠的《填词图谱》、杭州仲恒的《词韵》。此外,清初西泠十子中的沈谦有《词韵略》、柴绍炳有《古韵通略》。

究其原因,浙东文学理论批评受到经世致用以及理学思想的影响更为深远,因此保持着拙朴持守的特色,而浙西则于此少了羁绊,于是更加烂漫飞扬。明末清初吕留良曾将此归结为沉着与浮靡的差异。

---

① 《吹剑录》,文渊阁四库全书本。

第一章　汉魏六朝至唐代浙东文学理论批评

概　　论

汉魏六朝时期开启了文学自觉的大幕,相应的文学理论批评也在这个时期酝酿发展,并达到一个相当的高度。而文学自觉的启幕者与中国文学理论批评的奠基者,就是东汉时期浙东上虞的王充。

一般讨论先秦两汉的文学理论批评,虽然都不乏庞大的理论建构与文本的解读,但基本上都没有摆脱对经部、史部、子部的文学理论抽绎,从先秦时期的《易》、《书》、《春秋》、孔孟著述以及《老子》、《庄子》,到汉代中国文化整理阶段的《礼记》、《淮南子》、《春秋繁露》等等,皆被普泛化为文艺理论文献。事实上,如果严格学术研究的边界,则即使是对中国文学理论与创作产生了巨大而深远影响的《诗大序》也是经学研究的附属品,其结论与观点是立足于《诗经》的,“诗者,志之所之也”之“诗”,“在心为志,发言为诗”之“诗”,都是指《诗经》而非普遍意义的诗歌。中国文学理论批评史上,王充是第一位以包含其前与当时之“文”为研究对象,并明确自己的研究为理论之“论”的学者,且清晰地辩明了自己所从事的“论”既不同于经学的“作”,不同于一般对经典的传述,也不同于文的创作。因此,罗根泽先生认为,王充不惟写了许多对文的批评,而且提出了“文学批评”的义界和价值,并认为王充

"开辟了文学批评的新纪元"①。具体的义界、价值论述体现在《论衡·对作》篇中,其时有人赞誉王充作《论衡》堪配古人,可谓"作者",王充辨析道:

> 非作也,亦非述也,论也。论者,述之次也。五经之典,可谓作矣;太史公书、刘子政序、班叔皮传,可谓述矣;桓君山新论、邹伯奇检论,可谓论矣。……造端更为,前始未有,若仓颉作书、奚仲作车是也。易言伏羲作八卦,前世未有八卦,伏羲造之,故曰作也。文王图八,自演为六十四,故曰衍。谓论衡之成,犹六十四卦,而又非也。六十四卦,以状衍增益,其卦溢,其数多;今论衡就世俗之书,订其真伪,辨其实虚,非造始更为,无本于前也。

这段话中对"论"的价值评量主要体现在作、述、论的地位对比上。表面看来,作最高,述次之,论则附乎骥尾,似乎给人作为理论批评的"论"微不足道的印象。实际上,这种位置排布主要是为了避免与圣贤之经子著作明显分庭抗礼;另一方面,尽管王充也称自己的论"非造始更为"——不是作,但又称"无本于前"——既不是对他人的敷衍,更非对前人的循习。从这个角度看,其中便不乏夸诩自我创新的味道。更何况,这种论的著述并非如捃剥裂割那么容易:"夫论说者闵世忧俗,与卫骖乘者同一心矣。愁精神而幽魂魄,动胸中之静气,贼年损寿,无益于性,祸重于颜回。"再者,这种作、述、论的地位分差,其中蕴含了较为鲜明的"体"的意识和著述手段辨析,即格外强调了论的独到之处,这主要体现为以下三方面:

首先,论是有所依托的,非是凭空立论,无的放矢。这就是所谓"今论衡就世俗之书"而展开讨论的内涵,它不是思想哲学的创意发端,不是艺术创作,而是依托世俗已经出现的作品进行评判案断,细说微论,辨照是非,"称论贬说,以觉世俗"。

其次,论有着与自己的体性对应的方法,具体包括:

辩。"辩其实虚",主要属于"考之于心",以自我的是非标准考辨虚实是非。

订。"订其真伪",主要属于"效之以事",言不虚发,讲究证验。

辩、订二法的结合,是对主观识见与客观证据的共同强调,体现了论的本体特征。

再次,论的语言以简约为上,且不排斥情感。王充称自己《论衡》的创作

---

①　罗根泽:《中国文学批评史》,上海古籍出版社 1984 版,第 104 页。

是"文露而旨直,辞奸而情实",便是对这个特征的简约概括。"奸"字,黄晖以为是"讦"的讹误,"讦"的意思就是发扬人之奸恶。刘遂盼辨析称:

> 奸与露、直、实同列,则奸非恶词。下文"被棺敛者不省"、"奉送藏者不约"、"为明器者不奸",又以奸与约、省同用。《自纪篇》言奸辞简,指趣妙远",又以奸与简同用。然则奸殆即简约质实,言无华泽之意矣。①

如此分析的话,简约的言辞形式、明达不隐晦的效果是论的风格,而且王充专门提到"情实",即论的前提要有情,表现出判断是非、澄清混淆的热情与动力,具体的著述里则表现为表达自己的真实情理,不矫饰,不虚夸。

如此既有体的界定,又有法的总结,文学理论作为专门之学的出现也因此具备了坚实的基础。

《论衡》的出现在中国历史上有着划时代的意义。在此之前,占统治地位的儒家思想已经被谶纬迷信等学说淆乱,董仲舒治春秋公羊学,著《春秋繁露》,明天人感应,大小夏侯、京房、翼奉、刘向等人向影而从,儒学之中沾染着浓重的神学色彩。《论衡》以真实为指归,以证验为前提,对文化学说之中的天人感应、阴阳五行给予了廓清,其学术识力既超越了今文经学,也突破了古文经学,体现了鲜明的人本主义精神,其最突出的理论贡献在于"真美"及文学的创作与才性关系的论述。

魏晋时期是以北方为中心的由治而乱的时代,这一时期重要的文人基本上都活动在以邺都和洛阳为核心的北方,这个时期浙东一带的文学创作及文学理论都比较沉寂。

六朝时期是江南繁荣的发端,当时大批南迁的文人定居于都城建康,同时也有相当多的名士来到浙东一带。绍兴、金华、台州、温州等地,不仅留下了他们密集的活动踪迹,而且还有一部分文人最终定居于这片山清水秀的土地,如谢安定居上虞东山,王羲之定居嵊州金庭,成就了浙东前所未有的人文之盛。而在文学理论上成就最为显赫的,又并非这些风流名士,而是浙西德清文人沈约,他以声病理论而永垂青史,实现了对传统诗歌创作的总结,开拓了新体诗发展的方向,影响了中国文学整个历史发展的形态格局。

从汉代到魏晋六朝这一时期,时间跨度很大,但由于江南在东晋才进入全面开发阶段,因此有关文学的理论批评尚显薄弱。但在这样的酝酿之中

---

① 黄晖撰:《论衡校释》,中华书局 1990 年版。

出现的浙东王充及其《论衡》以及浙西沈约与其声病学说,却足以奠定浙江在中国文学理论批评历史上不可替代的地位,二人几乎是以各自时代理论巅峰的状态出现,同时影响了整个中国文学的历史。

唐代是中国文学的一个高峰,与整个王朝文学繁荣的局面对照,浙江一带总体上也体现了一定的繁荣。文学理论批评方面,同样体现出较为突出的地域特色,而且出现了在整个唐代都属于重要建树的理论著述。但就浙江文学理论批评而言,唐代文学理论建树主要力量此时分布于浙西一带。

唐代文人理论批评的热情很高涨,文章的批评主要体现在单篇零札上,诗学批评集中于诗格、诗法等与科举相关的著述,据统计研究,此类著述虽然散佚居多,但通考存佚之作,至今仍能离析出约六十余种,①其主要内容是论声韵、论偶对、论秀句、论病犯。学者们一般认为,这类著述虽然其中也有精义,但继承的仍然是齐梁以来的谈诗风气,迎合科举实际应用,多偏重于技巧考究,缺乏理论倾向。当然,对技巧的研究是中国古代文学理论批评的重要内容,法式是创作实践的提升,过去我们的理论批评研究忽略诗法文法等著作,应当是价值评判尺度与中国文学理论批评实践的错位。

在谈诗法的著作里,保存较为完整且得到历代文人关注的,就是浙西湖州诗僧皎然的《诗式》。此书据《崇文书目》、《新唐书·艺文志》、《直斋书录解题》、《宋史·艺文志》等著录,皆为五卷,大致框架为:卷一总论,卷一结尾部分以及随后四卷分诗为不同的体格,又随之引诗为证,以为学诗者之法式,所以称为《诗式》。就唐代文学理论批评著述的整体而言,《诗式》是现存规模最为庞大的。皎然另外著有《诗议》,已经散佚,《文镜秘府论》中引有部分条目。

皎然之后,中晚唐浙江其他文学理论批评在寂寥之中延续了这种孤峰独立的局面。其中值得一提的有沈亚之、皇甫湜等,二人都曾游于韩愈门下,因此文学理论之中不乏韩愈的痕迹,如崇尚新奇等;另有顾况,是传统诗教思想坚定的尊奉者。三人皆出自浙西。浙东文人中值得关注的,是金华刘昭禹及其"贤人论"和"玉盒子"论。

---

① 参阅张伯伟:《全唐五代诗格汇考》,江苏古籍出版社 2002 年版。

第一节　王充《论衡》

一、尚实诚：反奇怪虚假与对艺术装饰的敞开

王充（27—约 97），绍兴上虞人。《论衡》是其主要著述，其中核心的文艺思想之一就是尚实诚。

对"实诚"的提倡在《论衡》中是通过对奇怪与虚浮虚假的摘斥完成的。《对作篇》中先言世俗之性"好奇怪之语，说虚妄之文"，阐述《论衡》一书的创作缘由："《论衡》之造也，起众书并失实，虚妄之言胜真美也。故虚妄之语不黜，则华文不见息；华文放流，则实事不见用。故《论衡》者，所以铨轻重之言，立真伪之平，非苟调文饰辞，为奇伟之观也。"为了批判奇怪与虚妄，《论衡》一书专设有《奇怪篇》以及《书虚篇》、《变虚篇》、《异虚篇》、《感虚篇》、《福虚篇》、《祸虚篇》、《龙虚篇》、《雷虚篇》、《道虚篇》，又有《语增篇》、《儒增篇》、《艺增篇》，共计九虚三增。这些篇章，从经史典籍之中撷取了大量的资料进行辨析，反复甚至繁复地予以申说。

首先是对奇怪的批评。《奇怪篇》对《诗经》中"不坼不副"而生的后稷，对谶书之中"尧母庆都野出，赤龙感己，遂生尧"等怪异神奇之传说记载都提出了质疑，认为："如实论之，虚妄言也。"且毫不客气地指出，这类怪异传说记载，多见于帝王，并不无讽刺地说："帝王之生，必有怪奇，不见于物，则效于梦。"

更多的篇幅与笔墨则放在对虚妄的破除上。《书虚篇》说，世俗流传的虚妄之书，多认为记载于竹帛之上的事迹无"不然之事"，事实上只要寻觅"真是之传"，其中所记载则多与虚妄之书相违。例如，有书记载孔子登山远望而见吴之阊门，颜渊称见到了门外犹如系练之状的物体，下山后颜渊发白齿落，遂以病死，原因是"精神不能若孔子，强力自极，精华竭尽"，世俗闻之多以为然。但王充却说："如实论之，殆虚言也。"又书中传言，吴王夫差杀伍子胥，沸水煮后以鸱夷橐而投之于江，伍子胥怒为波涛。王充认为："夫言吴王杀子胥，投之于江，实也；言其恨恚驱水为涛者，虚也。"又如孔子当泗水而葬，泗水却流；"齐桓公妻姑姊妹七人"；等等；王充都称之为"虚也"。以"虚"批评史传之中的讹谬，正是对真诚的提倡。《变虚篇》中论宋灵公三徙火星之虚。《异虚篇》论殷高宗之际桑谷生于庭，因高宗反思忏悔而桑谷亡、事业兴之事为虚。《感虚篇》再言史传之失：后羿射日"言虚也"；仓颉造字，天雨粟、鬼夜哭，虚言；武王渡孟津而止阳侯之波，"此言虚"；燕太子为求归国，竟得天雨粟、马生角，"此言虚"；杞梁妻哭倒长城为虚；邹衍拘燕夏日长叹而"天为雨霜"，长叹为实，雨霜为虚；师旷奏《清角》之曲，一奏云起西北，再奏风云骤至，裂帷幕、破俎豆、堕廊瓦，晋国大旱，赤地三年，"殆虚言也"。其他如《福虚篇》、《祸虚篇》不是对事实质疑，乃是对引发祸福的因果发难。《龙虚篇》、《雷虚篇》破迷信之俗见。《道虚篇》讥刺成仙成道。《书虚篇》认为，这些虚妄之书的出现，主要原因在于作者之心术："世间传书诸子之语，多欲立奇造异，作惊目之论，以骇世俗之人；为谲诡之书，以著殊异之名。"而揭穿这种欺骗并非什么难事，只是一些读者"用精不专，无思于事"。

九虚论真诚之外，又以三增论真诚，九虚就事实而言，三增就语言表达而论。

《语增篇》引传语云："尧若腊，舜若腒，桀纣之君，垂腴尺余。"王充云："夫言圣人忧世念人，身体羸恶，不能身体肥泽，可也；言尧舜若腊与腒，桀纣垂腴尺余，增之也。"增之尚无大碍，然而，"纣为长夜之饮，糟丘酒池，沉湎于酒，不舍昼夜，是以必病。病则不甘饮食，不甘饮食，则肥腴不得至尺。经曰：'惟湛乐是从，时亦罔有克寿。'魏公子无忌为长夜之饮，困毒而死。纣虽未死，宜羸臞矣。然桀纣同行，则宜同病，言其腴垂过尺余，非徒增之，又失其实矣"。以失实的表达为病。又言武王伐纣"兵不血刃"：

> 高祖伐秦，还破项羽，战场流血，暴尸万数，失军亡众，几死一再，然后得天下。用兵苦，诛乱剧。独云周兵不血刃，非其实也。言其易，可也；言不血刃，增之也。

与此相反，另外《尚书》等却又有此战血流漂杵的记载，并因此招来孟子的质疑："以至仁伐不仁，如何其血之浮杵也？"而这种血流漂杵的记载，在王充看来与兵不血刃没有什么区别："浮杵过其实，不血刃亦失其正。"

《儒增篇》又申说诸家著述中的"增饰"现象。儒家称："尧舜之德，至优至大，天下太平，一人不刑。"王充说："尧舜虽优，不能使一人不刑；文武虽盛，不能使刑不用。言其犯刑者少，用刑希疏，可也；言其一人不刑，刑错不用，增之也。"儒者云："楚养由基善射，射杨叶，百发能百中之。"王充认为，言其偶然或者有时能够射中杨叶是可以的，但言其"百发而百中，增之也"。又言秦晋崤之战，秦军"匹马只轮无反者"。王充辩称："时秦遣三大夫孟明视、西乞术、白乙丙，皆得复还。夫三大夫复还，车马必有归者，文言匹马只轮无反者,增其实也。"

《艺增篇》开篇再申此旨:"世俗所患,患言事增其实,著文垂词,辞出溢其真,称美过其善,进恶没其罪。"随后列举了古代典籍之中大批运用了修辞手法的语句进行批评——《尚书》之"协和万国":"言协和方外,可也;言万国,增之也。"《诗经》之"鹤鸣九皋":"其闻高远,可矣;言其闻于天,增之也。"《诗经》之"维周黎民,靡有孑遗":"夫旱甚,则有之矣;言无孑遗一人,增之也。"

以如此的篇幅对虚妄发难,其用意就是希望"文"的写作——这个"文"在《论衡》当中是包含子史与文章辞赋的总称——能够达到实诚,即如《对作篇》所云:"九虚、三增,所以使俗务实诚也。"关于真实问题,最早的探讨应该是老庄的道家哲学,他们以自然作为真的提升,是对人的生命状态的概括与设计;将其与文字表达明确联系起来的最早记录是约成书于战国时期的《易传》,其中《文言》提到的"修辞立其诚"是作为儒家重要思想确立并广泛传播的,但这个修辞乃是从进德修业立论,不是论文章写作。扬雄后来也曾说过"实录",已经有了真诚的内涵,但他是从修史角度讲这番话。只有到了王充,才将实诚与文的写作全面联系起来,反对矫饰、伪饰与造作。这个"实诚"大致包括以下内涵:

一从功用立论,就作品之中的具体内容而言,侧重于指事实事例要真实不虚妄,只有这样才能取信于人,实现教化的目的。《实知篇》中倡言"缘前因古","有所据状","如无闻见,则无所状",就是讲内容的真实,反对师心。这样的文才能实现《自纪篇》中所说的"如鉴之开"——文章可以成为反映现实的镜子。

一从主体立论,就作者而言,讲究情志的真诚不欺,这样的创作才动人。《佚文篇》云:"文具情显。"《书解篇》云:"文辞施设,实情敷烈。"《超奇篇》云:"心思为谋,集札为文,情见于辞,意验于言。"只有情感实诚,作品展示的内容才鲜明,才能准确表达作者的意旨。文辞与情感真诚以及文章鲜明准确是一体的。

可见,中国的文学理论批评在确立之初所关注的是什么可以作为核心的评判尺度,而这个尺度在最初的探询中则与道德人格建构相关。后世刘勰《文心雕龙·宗经》中的"情深而不诡"、"事信而不诞"就是承此而来。王充的可贵之处在于,他通过批评虚而彰显实诚的论述,在强调人格道德修为的同时又将探讨的目的归结于文字效果,使其相关探讨没有脱离美学路径,这主要体现为:

其一，在对九虚与三增的论述里，他同时探讨了造成虚和增这两种现象的内在根源。如《对作篇》云："世俗之性，好奇怪之语，说虚妄之文，何则？实事不能快意，而华虚惊耳动心也。"《艺增篇》："俗人好奇，不奇，言不用也。故誉人不增其美，则闻者不快其意；毁人不益其恶，则听者不惬于心。"又云："语不益，心不惕；心不惕，行不易。增其语欲以惧之，冀其警悟也。"也就是说，奇怪虚妄之语，能对普通的读者造成快心、动耳、惬意的审美效果，实现警悟世人的教化；尽管王充对此并不赞赏，但并未回避普通读者对快心、惬意、动耳效果的青睐，甚至有些称道语增之后实现的教化效果。未回避读者对非真实、非实诚的虚妄奇异有着强烈好奇与渴望这个事实，或者说对这种不解又不赏之艺术空间的存疑或者保留，正体现了王充的审美深度与襟怀。

其二，从艺术手法的完善入手，对增益等修辞手段给予了细致的分析。《儒增篇》云，儒书称荆轲刺秦王，"以匕首掷，不中，中铜柱，入尺"。王充阐释这段文字说："欲言匕首之利，荆轲势盛，投锐利之刃，陷坚强之柱，称荆轲之勇，故增益其事也。"对以上的文字表述，王充一则对其言过其实保持了警惕，一则对其艺术功能给予了总结，如分析荆轲刺秦王而匕首入铜柱一尺，他所说的"欲言匕首之利，荆轲势盛"，"称荆轲之勇"，都准确地概括出了这种增益在这个语境里所起到的艺术效果。不仅如此，他还对这种增益的形式与读者审美心理的关系作了分析：

夫为言不益，则美不足称；为文不渥，则事不足褒。

要使得美足称、事足褒，则需要言益文渥，在这样的分析之中，王充与增益激烈的对抗基本上消解，由此可见他对这种艺术手段实则具有包容的态度。

其三，实诚之创作才美，才能动人。如《超奇篇》称："有根株于下，有荣叶于上；有实核于内，有皮壳于外。文墨辞说，士之荣叶、皮壳也。实诚在胸臆，文墨著竹帛，外内表里，自相副称。意奋而笔纵，故文见而实露也。人之有文也，犹禽之有毛也。毛有五色，皆生于体。苟有文无实，则是五色之禽毛妄生也。"强调的是华实相符，文见实露。如果仅仅有文无实，就如同禽类身上的五色之毛，虽然美丽，但归根结底仍然是一个禽类而已。只有文质彬彬，才能显出真美。但是，由于求文求华者多忽略质美，所以"饰面者皆欲为好，而运目者希；文音者皆欲为悲，而惊耳者寡"，关键在于其遗落了实诚之本，徒具面目而已。要使作品感人，只有一条路，回归到实诚："精诚由中，故其文语感动人深。"

二、真美及其在创作之中的具体表现

实诚之论形之于文章创作所赋显的审美状态就是"真美","真美"在《对作篇》中首次拈出："是故《论衡》之造也,起众书并失实,虚妄之言胜真美也。""真美"是一个总的概括,《自纪篇》中有具体之说,包含以下主要内容:

形露易观。有人质疑王充之文形露易观,认为："口辩者其言深,笔敏者其文沉。案经艺之文,贤圣之言,鸿重优雅,难卒晓睹,世读之者,训诂乃晓。盖贤圣之材鸿,故其文语与俗不通。"这是一个今天看来很怪异的观点,而在当时文人之中却颇为流行,文章写得读者看不懂才是高手,这无非是一种文化垄断心态的折射。以此为依据,称《论衡》这种形露其旨的写作手法庸俗,并讥讽："岂材有浅极,不能为(深)覆?"王充认为,"高士之文雅,言无不可晓,指无不可睹"。他从文字与口谈的关系上作了论述,口谈是为了明志,追求明了,"言恐灭遗,故著之文字",既然口谈与文字都是一个目的,"何为犹当隐闭指意"? 就《论衡》而言,王充自己将这部书定位为"笔著",而笔著的要求是:"欲其易晓而难为,不贵难知而易造。"以容易使人理解的形式著述,不仅不容易,反而远比故作艰深要难。

贵离俗。有人指责《论衡》"违诡于俗",并云："文贵夫顺合众心,不违人意,百人读之莫谴,千人闻之莫怪。故管子曰:'言室满室,言堂满堂。'今殆说不与世同,故文刺于俗,不合于众。"其义旨就是文章要不违背众人之意。王充回答:

> 论贵是而不务华,事尚然而不高合。论说辩然否,安得不谲常心、逆俗耳? 众心非而不从,故丧黜其伪,而存定其真。如当从众顺人心者,循旧守雅,讽习而已,何辩之有?

王充是从"论"这种文体的特点回答对方质疑的。他认为,论这种文体根本在于"贵是"——坚持自己认定的理道,而非从顺于大众。既然要辩析正确与错误,就不可能不拂逆众人之心。如果那样的话,选择世俗流行之论,讽而习之就可以了,还辩论什么呢?

不排斥纯美。有人质疑《论衡》"不能纯美"。这个纯美包含两方面内涵,一是美,二是纯。所谓美,就是"文必丽以好,言必辩以巧";而《论衡》则"既在论譬,俗说为(伪)戾,又不美好,于观不快":可见质疑者心目中的美是以能否快于观为标志的,主要体现在辞藻之华美。所谓纯,就是不芜不秽,质疑者云："盖师旷调音,曲无不悲;狄牙和膳,肴无澹味。然则通人造书,文无瑕秽。吕氏、淮南,悬于市门,观读之者,无訾一言。"所立的标尺就是《吕

氏春秋》与《淮南子》，认为文章应当达到这两部书无瑕秽、人不可赞一辞訾一言的地步，而《论衡》"无二书之美，文虽众盛，犹多谴毁"，其意是说《论衡》柴积芜秽，繁缛不堪。此为不美不纯。关于这一点的辨析，王充虽然延续了其一贯的据理力争的勇气和魄力，但又明显有些吞吐，甚至不乏意气之语：

> 夫养实者不育华，调行者不饰辞。丰草多英华，茂林多枯枝。为文欲显白其为，安能令文而无谴毁？救火拯溺，义不得好；辩论是非，言不得巧。入泽随龟，不暇调足；深渊捕蛟，不暇定手。言奸辞简，指趋妙远；语甘文峭，务意浅小。稻谷千钟，糠皮太半；阅钱满亿，穿绝出万。大羹必有澹味，至宝必有瑕秽；大简必有大好，良工必有不巧。然则辩言必有所屈，通文犹有所黜。言金由贵家起，文粪自贱室出。淮南、吕氏之无累害，所由出者，家富官贵也。夫贵，故得悬于市；富，故有千金副。观读之者，惶恐畏忌，虽见乖不合，焉敢谴一字？

对于《论衡》不纯美的指责，王充是从以下三方面回答的：

一是真美与病累往往纠缠一体，这是一种创作常态。也就是说，有文章之美者，必然同时有可以被人指摘的缺憾，就如同"茂林多枯枝"一样，因此才有"大羹必有澹味，至宝必有瑕秽，大简必有大好，良工必有不巧，然则辩言必有所屈，通文犹有所黜"的结论。

二是自己对"美"并非反对，而是屡屡表达自己的"不暇"："入泽随龟，不暇调足；深渊捕蛟，不暇定手。"世俗之病根深蒂固，排摈澄清尚且不暇，哪里有时间求纯求美？这是一个很有意思的辩解，没有强词夺理，只是说自己没有时间，并没有讲自己没有兴趣，其弦外之音就是：自己对文辞之美也有着一定的首肯，并非一味以粗俗为美。

三是自己对"纯"也不反对，所以也承认"稻谷千钟，糠皮太半；阅钱满亿，穿绝出万"，承认"通文犹有所黜"，只是自己同样不暇精心打磨。而这个不暇在解世纷的原因之外，又多了些许感慨甚至愤懑："言金由贵家起，文粪自贱室出"，这是对世俗评价标准当中趋炎附势现象的揭露，同时毫不客气地指出："淮南、吕氏之无累害，所由出者，家富官贵也。夫贵，故得悬于市；富，故有千金副。观读之者，惶恐畏忌，虽见乖不合，焉敢谴一字？"所谓的纯，无非是权势的威慑与金钱的诱惑造就的批评假象。虽然如此，王充并未对"纯"表示厌弃或否定。不过在王充看来，纯的内涵之中并非就仅仅对应简约，而是也包括繁复。有人质疑："文贵约而指通，言尚省而趋明。辩士之言要而达，文人之辞寡而章。今所作新书，出万言，繁不省，则读者不能尽；

篇非一，则传者不能领。被躁人之名，以多为不善。语约易言，文重难得。玉少石多，多者不为珍；龙少鱼众，少者固为神。"提倡精练准确，王充的回答是："盖文多胜寡，财富愈贫。世无一卷，吾有百篇；人无一字，吾有万言。孰者为贤？"表达了明显的以繁复为贵的观念。

不求似古人，当"自为佳好"。有人质疑《论衡》不类前人："谐于经不验，集于传不合，稽之子长不当，内之子云不入。"认为："文不与前相似，安得名佳好？"《自纪篇》中王充回答："饰貌以强类者失形，调辞以务似者失情。百夫之子，不同父母，殊类而生，不必相似，各以所禀，自为佳好。"同时又指出，文辞各有所从，目的诉求不相同，"或调辞以巧文，或辩伪以实事"，假如都要求与古人"谋虑有合，文辞相袭"，那就无异于要求"五帝不异事，三王不殊业"。这个思想在《案书篇》中也表达过，针对世俗"好珍古不贵今，谓今之文不如古书"的论调，王充反驳道："文有伪真，无有故新。"文论真伪、不论古今的思想，并非否定文学发展观，而是对机械发展观的重要补充。

"自为佳好"的思想还表现在"自为"上，不似前人，不似今人，以"美色不同面"、"悲音不共声"为追求，而这一切都能实现"佳于目"、"快于耳"的艺术效果。《超奇篇》中有人指责一些著述文章乃是"博览多闻，学问习熟"之后的"推类兴文，文由外而兴"，即由于记诵博览，即使无所新意也可以随意敷衍成文，但其本质却是撷取古人、他人余泽。王充认为这种批评没有道理，他坚持认为古代的文人著述，多为"华叶之生"，是"心思为谋，集札为文，情见于辞"的。由于"精诚由中"，因而写的是自我之感、自我之情、自我之所得、自我之所思，感人也就至深："是故鲁连飞书，燕将自杀；邹阳上疏，梁孝开牢；书疏文义，夺于肝心。"

真美的最后一个内涵是有用。面对他人对《论衡》文繁不约的指责，王充没有从文章的形态到底以什么为主入手回答，而是从文章功用能否实现的角度给出了答案："为世用者，百篇无害；不为用者，一章无补。如皆为用，则多者为上，少者为下。"文章有用就是美的，不论表面形态的繁简。

需要格外强调的是，王充对真美理论论述的依据是他的《论衡》，其中探讨相关问题涉及的"文"是一个广义范畴，既包含当时常见的实用文体如表疏奏记，也包括史书和子部著述。此外，王充对辞赋也有论述，相关论述虽然零散，但依然可以概见他对辞赋的态度：

其一，他认为辞赋华丽文饰。《超奇篇》中推崇谷永的陈言、唐林的宜言、刘向的切议，称这些实用写作非"徒雕文饰辞，苟为华叶之言"，这明显是对汉代辞赋而发的。

其二,无实用。《定贤篇》中论辞赋:"文丽而务巨,言眇而趋深,然而不能处定是非,辩然否之实,虽文如锦绣,深如河汉,民不觉知是非之分,无益于弥为崇实之化。"辞赋文辞漂亮,旨趣幽深,但不能定是非、益教化。

其三,旨趣深远。《自纪篇》中为《论衡》形露易观辩护,在口论之外,将写作分成了三类:一类是"笔辩",含辩论是非的各种文体;一类是"吏文",指官府之中日常应用之文体。二者都是实用体,他又概言之为"笔著",以昭察为良,"欲其易晓"。而除此之外,又称:"深覆典雅,指意难睹,唯赋颂耳。"意思是说,在"笔"这一类之外,尚有这类赋颂,其特点与实用的笔迥然不同。这种分类,实际上已经隐含了六朝文笔之辨。

关于王充对辞赋或者赋颂无用的态度,研究者们有着不同的解读,有的学者不愿正视,唯恐影响了王充在文学理论批评史上的开拓之功;有的虽然承认王充有贱视辞赋的倾向,但又曲为回护,称其虽然轻视辞赋,但对文学整体是极为重视的。这其中有一个误区,以为称辞赋无用就是否定艺术,事实恰非如此:"无用"是艺术自觉以后所确立的本体特征,这个"无用"不是说没有审美效用,而是说不讲求经世的立竿见影之用。从"无用"的维度论析艺术,严格讲来要比曹丕论"文章者经国之大业,不朽之盛事"更探及艺术的本质。而就王充来说,他辞赋"无用"的说法仅仅是在与实用文体的对比之中发出的,只不过是对辞赋等属于"非实用"文体的一个补充;而在对其不承担直接教化大任的断言之外,又对这种"无用"的艺术表现形态给予了关注:"深覆典雅,指意难睹",就是说,辞赋或者赋颂对自己的思想情感具有一种有意的规避性,从而专门塑造其含蓄幽微的品格。而这种特征并非因为不能够"形露易观"就被贬抑,而是赋予了一个在汉代很有分量的评语——"典雅",这是一个具有儒学背景并可以和郑卫靡靡之音划清界限的重要评价,可见王充对辞赋的确是很看重的,只不过由于实用的立场,不能不强调辞赋与实用文体之间在"用"上的区别。

由此可见,王充对当时之文的研究是相当全面的,既包括实用文体,也涉及辞赋等非实用文体,而且对其特征都有精确的把握,有的甚至具有相当的美学深度。

三、儒家思想在王充文论中的表现:劝惩、文德与歌颂

王充是一位儒学之士,对儒家思想有着深厚感情,因此在《论衡》论文之处,时时有着儒家思想的印痕。这主要体现在讲劝惩、重文德、重歌颂上。

讲劝惩。《佚文》云:文能载人之行,传人之名,"善人愿载,思勉为善;邪人恶载,力自禁裁。然则文人之笔,劝善惩恶也"。又云:"极笔墨之力,定善恶之实,言行毕载,文以千数,传流于世,成为丹青,故可尊也。"劝惩说本身并没有什么新意,它来源于儒家诗教传统中的美刺,或者说也体现了"风者,风也"的风化意旨。但美刺风化与劝惩是有区别的:诗教传统中的美刺是具有主观动机的,指向从下到上,风化是上对下的君临,这二者在早期形成了从下到上与从上到下的循环系统,体现了文学效用上成熟较早的自足性质;劝惩则强调作品所具有的客观效果,它不排斥先入为主,也可以无为而得。从这一点理解,王充第一次明确提出"劝惩"有着打破文学"美刺—教化"自足系统的独到价值,使得作品的客观性因素与客观性效果得到了一定重视,后世叙事文学对劝惩的讲究即源于此。

文德。关于"德"的问题是道家、儒家都关注的重点,《道德经》不仅以"德"标目,其中又说:"有德者司契,无德者司彻。"这是从道德修养自我反省而言的。从德与言辞文章的关系立论,最早的应当是《论语·宪问》中孔子所说的"有德者必有言,有言者不必有德",意在强调德对言的规范。至王充,对孔子的"德言"关系做了进一步提升与扩展,提出了"文德"说,此说首见于《书解篇》:

> 夫人有文质乃成,物有华而不实,有实而不华者,易曰:圣人之情见乎辞。出口为言,集札为文,文辞施设,实情敷烈。夫文德,世服也。空书为文,实行为德,着之于衣为服。故曰:德弥盛者文弥缛,德弥彰者人弥明。大人德扩其文炳,小人德炽其文斑。官尊而文繁,德高而文积。

这里的文是指文采,德就是文质之质,实际之实,其中还包含有实行、践行的意思。《佚文篇》言"五文",其中之一就是"文德之操为文","文德之操"就是文质相符的操守。《自纪篇》中有人攻击王充不遇,认为世人所看重的"鸿材"应该是"仕宦耦合,身容说纳,事得功立",而王充则是:"涉世落魄,仕数黜斥,材未练于事,力未尽于职,故徒幽思属文,著记美言,何补于身?"王充回答:

> 高士所贵,不与俗均,故其名称不与世同。身与草木俱朽,声与日月并彰,行与孔子比穷,文与扬雄为双,吾荣之。身通而知困,官大而德细,于彼为荣,于我为累。偶合容说,身尊体佚,百载之后,与物俱殁,名不流于一嗣,文不遗于一札,官虽倾仓,文德不丰,非吾所臧。德汪涉而渊懿,知滂沛而盈溢,笔泷漉而雨集,言溶溜而泉出,富材美知,贵行尊志,体列于一世,名传于千载,乃吾所谓异也。

这段文字比较了身穷而名重与官高而德细两类人,结论是:能够尊德而获文名,传于千秋万岁者,要比那些仅仅凭借官位享受、不敢有自己的文字与声音、只求"偶合容说"的显贵们更有价值。所谓的"偶合容说",就是指没有新创而因人发声者的文章。王充此处所言之德,很显然又具有儒者贫贱不能移、威武不能屈的品格。

综上所述,《论衡》之文德,是文章与道德,是文章与行谊,更是二者的统一。这个范畴的提出是对儒家君子之度的继承,对清代章学诚的"文德"论有一定影响。

歌颂。颂的本意是"美盛德之形容",是从《诗经》雅颂就开始定型的,它是诗歌之体式,又是对内容与效用的限定,是儒家文学思想的重要构成。《论衡》中专门有《须颂篇》,其开篇即称:"古之帝王建鸿德者,须鸿笔之臣襃颂记载,鸿德乃彰,万事乃闻。"其意义一是说盛世就当歌颂,二是说颂则需要鸿笔之臣,二者相须。他首先指出,盛世当颂,文中列举了《诗经》之中有周颂三十一、殷颂五、鲁颂四,计凡四十篇,皆"诗人所以嘉上也",由此可见,臣子应当有颂的职责。继而驳斥了"汉无圣帝,治化未太平"的说法,自称已经于《宣汉篇》论汉有圣帝,治已太平;《恢国篇》极论汉德非常,在百代之上,因此说:"汉,今天下之家也;先帝、今上,民臣之翁也。夫晓主德而颂其美,识国奇而恢其功,孰与疑暗不能也?"歌功颂德、润色鸿业发于《诗经》,继而由汉大赋辟为风气,王充将其理论化为了文章的职能与文人的职责义务,可以说奠定了后世文人角色的特殊内涵。

不过,对盛世须颂的论述不仅仅是一个歌功颂德问题,王充此处更多的是为后面鸿笔之人的出场作铺垫:

> 船车载人,孰与其徒多也?素车朴船,孰与加漆采画也?然则鸿笔之人,国之船车采画也。农无强夫,谷粟不登;国无强文,德暗不彰。汉德不休,乱在百代之间,强笔之儒不载笔也。

对盛世须颂的宣扬,原来正是为了强调鸿笔之臣的重要,甚至于认为,汉代之所以出现了动乱而德不休美,主要原因就是鸿笔之臣"不载笔",其话外音是鸿笔之士未得重用。最后,王充再一次热情歌颂鸿笔之人:"龙无云雨不能参天,鸿笔之人,国之云雨也。"

四、《论衡》"才"论

"才"是后世文学理论批评的核心范畴,早期作为哲学范畴出现于先秦诸多文献有关能力、才性的论述里,表示主体禀赋之中所具有的某种素养,凭借其可以与他人区分。经过两汉人伦识鉴、人才甄选实践的积累,东汉中前期,王充的《论衡》以集大成的姿态完成了对此前"才"论的全面总结。《论衡》诸篇中,《程材篇》、《书解篇》、《超奇篇》、《案书篇》、《逢遇篇》、《命禄篇》、《佚文篇》、《累害篇》、《效力篇》、《量知篇》、《本性篇》等多涉及"才"的评判(又写作"材",二者古代多相通),所论述的对象既兼文吏儒生,又多臣辅郡将。这种总结,实则就是两汉人伦识鉴现实需要的理论回应,其所涵盖的内容很多,以如下两方面最为突出:

其一,人才优劣的评价。《论衡》有专门的《程材篇》,其意在于考量人物之才的优劣及所宜,具体而言就是以才能、才干为标尺对儒生、文吏的优劣进行辨析。王充认为,儒生是继承儒家学说、讽诵儒家经典的明礼能文者;文吏,《汉书·倪宽传》释为"文史法律之吏"。世俗中有一种偏见:"论者多谓儒生不及彼文吏,见文吏利便,而儒生陆落,则诋訾儒生以为浅短,称誉文吏谓之深长。"王充辩解云:

> 是不知儒生,亦不知文吏也。儒生文吏皆有材智,非文吏材高而儒生智下也,文吏更事儒生不习也。谓文吏更事儒生不习,可也;谓文吏深长儒生浅短,知妄矣。

从材不分高下来论儒生、文吏难分优劣,二者在"更事"——经历事务的实践经验差异,仅仅是儒生并未演习此事,非其材智不能。儒生长于经术与文章,文吏有实践的经验,在王充看来,二者都是有才的体现,未可轻易优劣,尤其不能对儒生任意贬斥。

其二,人才素养的构成,如才学天人之间的关系。《量知篇》云:

> 夫儒生之所以过文吏者,学问日多,简练其性,雕琢其材也。故夫学者所以反情治性,尽材成德也。

虽然儒生、文吏不能论其才之高下,但现实之中儒生的成就往往超越文吏,原因何在呢? 王充以此为出发点,将有关才的论述引向了深入:天赋之才必须依靠后天的人力陶冶锻炼始能发挥其本然潜能。所谓学问可以"简练其性,雕琢其材",实则是说学可以陶冶性情,对禀赋气质给予一定的矫正或者引导,这就是"反情治性"。如此缮修其性,既有对才之放逸的规范,也包含对才之所偏失一维的弥补,如此则可以实现"尽材成德"。

事实上,《论衡》篇章的安排也明显反映了对才学问题的关注,如《程材篇》后即为《量知篇》、《谢短篇》、《效力篇》,三者皆论后天努力问题。《量知篇》开篇即云:《程材篇》论材能行操,"未言学知之殊奇也",因而又专门设立《量知篇》论述学与知的重要性。当然,《程材篇》中也涉及了学的内容,只是没有《量知篇》那么系统。儒生等致力于学,其才始能发扬。

然而即使儒生好学,仍有所短,《谢短篇》云:"夫儒生之业,五经也……究备于五经,可也;五经之后,秦汉之事,(无)不能知者,短也。"这都属于知古不知今。既知学知之重要,学知之中的病弊短绌自然在矫正之列,《谢短篇》故此继《量知篇》之后,二者之意皆在强调学知的重要,只不过二者着眼点不同:《量知篇》从正面申说,《谢短篇》从反面警示。

既明学知之要,又谙谢短之途,如此才学融会,必然呈示力量锋芒,《效力篇》因此随乎其后。本篇意在阐明"才力"之力必待于学,因此论述之中依然反复提示:"人有知学,则有力矣。"文吏以理事为力,而儒生以学问为力,学问则必在广博深厚:王充先从孔子"行有余力,则以学文"之说引申,以为"能学文,有力之验也"。这里"学文"的基础,并非仅仅指能说一经,所以当有人问说一经之儒是否可谓有力者时,王充回答"非有力者也",原因是通一经不属于博览,故而力尚不足学文。继而再次从儒生的弊病入手:"周监二代,汉监周秦,周秦以来,儒生不知,汉欲观览,儒生无力。"矛头又指向仅仅通经却不达时变的儒生,认为他们因学薄故而力弱。要想改变这种局面,就要向文儒学习,所以最终将问题落实到儒生与文儒的区分:"使儒生博观览则为文儒,文儒者,力多于儒生。"论述的核心,最终皆归依于历览博观。才是依托,学为入手,学而不辍则可获得力量。

其三,才的禀赋性及其他影响因素。王充继承了先秦才性思想,以才、性为一体;《论衡》中又详细论述了其"禀气"学说,以个体之气禀自元气,因此各有其稳定性。因此,他所论述的才为性中所有、气禀所具,既然是禀赋就不可能改变,如《本性篇》云:"人性有善有恶,犹人才有高有下也,高不可下,下不可高。"《累害篇》亦云:"人才高下,不能均同。"才各不同,则其所负荷必然要受到才本然的力量限度支配,后天人工的努力不能改变其担负的局限性。因此,《效力篇》首言"才力",所谓才力,是禀赋之才量化感知需要的产物,是才所能承担分量的描述性范畴。

《效力篇》自称本意在论"才力",但具体论述中却以"学力"为主,如何理解这种矛盾呢?如上所述,从才学天人关系而论,才力必待学之至而始得启发;从宣教策略而言,王充对才的禀赋特性有着深刻认识,天虽禀定,但人不可废然无为,要想补救禀赋之才的不足,只能从人工可着力的学切入。名物之理如彼,敦俗劝人则如此,这和孔子知人有生而知之者、学而知之者的差异,却始终劝学的立场如出一辙。

影响才的因素除了学之外,《程材篇》又认为"世名材为名器,器大者盈物多",这是较早的"才器"之论,器之大小影响才的成就,这一点被后世纳入了才德论范畴。

《命禄篇》又云:"命贫以力勤致富,富至而死;命贱以才能取贵,贵至而免。才、力而致富贵,命禄不能奉持,犹器之盈量,手之持重也。"此处以富贵利禄为例,以为所得之高低在于才能、努力;但得到以后能否保有则与命数有关,王充由此引申出的是困扰中国文人上千年的才命论。

王充有关才的理论并未局限于以上哲学意义的探讨,而是在此基础上,继承此前文士以才讨论文士著述的传统,通过《论衡》不同的篇目,首次将才,将才学、才力、才知等对才之内涵的论述,开拓性地广泛纳入了广义的文学批评,且形成了一定的理论体系。如果说王充以上泛论乎才是其时传统语境下才之适用流习的继承,那么其较为全面地建立才与文的关系则与两汉文学的发展形成呼应。具体表现为:

其一,以才论文士素养,有才者备成就与声名。《书解篇》称司马相如与扬雄:"俱感,故才并;才同,故业均。"意思是说,二人皆有感物造端的才能,才相近,因而在文学事业上的成就也相当;其另外一层含义是,无才则不能感思兴发,感思兴发不至则无所成就。又称道汉代"文章之徒"陆贾、司马迁、刘向、扬雄:"其材能若奇,其称不由人。"意思是:这些文人有如此奇异的才能,因此其声名不需要别人称道便自然远扬。

其二,以才论创作的状态。在王充以才对文人或者文章著述的批评里,才之所能或者指创作数量之繁而速,《佚文篇》论东海张霸:"能推精思,作经百篇,才高卓逿,稀有之人也。"或者指文章整体之美,言刘子骏:"章尤美,美善不空,才高知深之验也。"或者指文辞之美,《佚文篇》云:"文辞美恶,足以观才。"不仅如此,在讨论文人何以谓之"多力"之际,王充认为在博览之外又当能够多作,《效力篇》云"出文多者才智茂",又云:"谷子云、唐子高章奏百上,笔有余力,极言不讳,文不折乏,非夫才智之人不能为也。""贤者有云雨之知,故其吐文万牒以上,可谓多力矣。"不过,能否多作的根本在于才的大小、学的厚薄:"少文之人,与董仲舒等涌胸中之思,必将不任,有绝脉之变。"并举王莽时博士弟子郭路夜定旧说,由于当时博士为五经章句动辄万言,郭路也孜孜以效,结果死于烛下,究其原因就是"精思不任"——自身的才学难以负荷如此的精苦之思。

其三,文有五类,其所尊者必本于才。才具有感物造端的兴发创造性,具有禀赋的与人相异的面目,可以表现于文章之美辞藻之美,表现于创作的繁复与速度。王充基于对才在创作中的这种认识与总结,又延伸出了文有五类的相关论述,而五类文中值得推崇者必与才相关。《佚文篇》云:

> 文人宜尊五经六艺为文,诸子传书为文,造论著说为文,上书奏记为文,文德之操为文。立五文在世,皆当贤也;造论著说之文,尤宜劳焉。何则?发胸中之思,论世俗之事,非徒讽古经、续故文也。论发胸臆,文成手中,非说经艺之人所能为也。

五文之中,独尊“造论著说之文”,称其为“文人之休,国之符也”,原因在于这种文可以“论发胸臆”,是自我的创造,而非对经典的因袭。对创造的推崇,来源于对才具有各自独到面目特征的认识,是《论衡》的一贯立场。汉代是一个继承传统、标榜述而不作的时代,但《对作篇》却认为:“言苟有益,虽作何害?”《超奇篇》也说:“笔能著文,则心能谋论,文由胸中而出,心以文为表。”从胸中流出的文章,就不再是“鹦鹉能言之类”了。而要完成这种创作,就需要“才”:“衍传书之意,出膏腴之辞,非俶傥之才不能任也。”

其四,人分五等,其所重者必有文才。《论衡》在《超奇篇》、《程材篇》、《谢短篇》、《效力篇》、《别通篇》、《佚文篇》、《定贤篇》、《书解篇》等篇章中不厌其烦地品定人物优劣高下。他将现实中的人物分为五等:俗人(文吏被包含其中)、儒生(又称世儒)、通人、文人(又称文儒)、鸿儒。

俗人,是指没有知识的下等人,也包括粗知一二的俗吏与文吏。文吏就是文史法律之吏,《量知篇》认为这些人“无经艺之本,有笔墨之末,大道未足而小技过多”。所谓的“笔墨”不是文辞创造,而是程式之作。

儒生,能说经而不事博览,坐井观天,《谢短篇》认为其“所知不过守信经文,滑习章句,解剥互错,分明乖异”。因为知古不知今,被称为“陆沉”或“盲瞽”。

通人,《超奇篇》云:“通书千篇以上,万卷以下,弘畅雅闲,审定文读,而以教授为人师者。”但此类人虽然见多识广,却不能论说,不达事务。

文人与鸿儒,《书解篇》将文人(又称文儒)与当时的儒生世儒对比:“世儒当时虽尊,不遭文儒之书,其迹不传……汉世文章之徒,陆贾、司马迁、刘子政、扬子云,其材能若奇,其称不由人。”不仅称文儒有“材能”,而且可以决定儒生的传世与否。《超奇篇》认为文人与鸿儒的共同点是可以撰著文章:“杼其义旨,损益其文句,而以上书奏记,或兴论立说,结连篇章者,文人鸿儒也。”但二者仍有区别:“采掇传书以上书奏记者为文人,能精思著文、连结篇章者为鸿儒。"文人长于上书奏记等显示经济之能的文体,鸿儒则可以著述以传世不朽。

这五等人比量的结果如《超奇篇》所云:"儒生过俗人,通人胜儒生,文人逾通人,鸿儒超文人。故夫鸿儒所谓超而又超者也。"其中最受推崇的是鸿儒。王充称桓君山为鸿儒的代表,有"鸿眇之才",系"繁文之人",而繁文之人则是"人之杰也";他称鸿儒为"超而又超"者,"奇而又奇"者,《超奇篇》实则就是鸿儒的赞歌。而鸿儒之所以获得如此殊荣,关键在其能够"兴论立说","精思著文,连结篇章",能够创造。王充对司马迁等人的篇章有所保留,虽然也赞许其"材能若奇,其称不由人",但同时又指出这些篇章"因成纪前,无胸中之造"。他所谓的"篇章"不仅兼具文人上书奏记的文字本领,而且还贵其"用"可以与"文"相副,如"陆贾消吕氏之谋,与《新语》同一意;桓君山易晁错之策,与《新论》共一思";而非"徒用其才力,游文于牒牍"。抽绎其意,王充所推崇的著述文章之能,要具有文人之文笔,要可为诸子之著述,在此基础上发为一家之言,兴作由人,不模拟效仿;这种一家之言,其形式为著述文章,其追求则为经世致用。

但凡合于造论著说的文人鸿儒,王充皆将其纳入《超奇篇》,且皆以"才"称之:

> 阳成子长作《乐经》,扬子云作《太玄经》,造于助(眇)思,极窅冥之深,非庶几之才,不能成也。孔子作《春秋》,二子作两经,所谓卓尔蹈孔子之迹,鸿茂参贰圣之才者也。

> 自君山以来,皆为鸿眇之才,故有嘉令之文。

> 连结篇章,必大才智,鸿懿之俊也。

而文人鸿儒与其他儒生、俗人、通人等对比之所以"皆有品差",也正是因为"奇而又奇,才相超乘"。文人品目的依据,最终被落实到了著述创作的才赋上。

其五,王充格外强调了才与作为文学作品重要特征的文采的关系。《超奇篇》论才偏于著述,隐含部分文为世用的期许。但《佚文篇》中,王充论文士之才在侧重于才与著述的关系之余,又格外强调了才与作为文学作品重要特征的文采的关系:

> 孝武之时,诏百官对策,董仲舒策文最善。王莽时,使郎吏上奏,刘子骏章尤美。美言不空,才高知深之验也。易曰:圣人之情见于辞。文辞美恶,足以观才。

评章奏对策,兼言文辞美恶,在"不空"之外讲究要"美",强调情见乎辞,是对应用之文文采的重视;且以文辞美恶观才之美恶,将才与文人、文学的关系又引申了一步。随后,《佚文篇》又将才专门指向善于造作辞赋一类作品的能力:

> 永平中神雀(爵)群集,孝明诏上《(神)爵颂》。百官颂上,文皆比瓦石,唯班固、贾逵、傅毅、杨终、侯讽五颂金玉,孝明览焉。夫以百官之众,郎吏非一,唯五人文善,非奇而何? 孝武善《子虚》之赋,征司马长卿;孝成玩弄众书之多,善扬子云。

前有"文辞美恶,足以观才";继举辞赋颂赞之士,说明王充意识中辞赋之美集中表现于为才所掌控的文辞美恶。才于此集中指向辞赋创作之能,这又是对才与文学关系的进一步开掘。尤可注意的是随后的感慨:

> 使长卿、桓君山、子云作吏,书所不能盈牍,文所不能成句,则武帝何贪? 成帝何欲? 故曰:玩扬子云之篇,乐于居千石之官;挟桓君山之书,富于积猗顿之财。

被王充高度颂扬的文士虽然可以著作辞赋颂赞,但如果为文吏却可能百无一用;其价值恰在于其所创作的辞赋给他人带来了美感。这里不仅已经有些拿文人才士与经生官吏叫板的意味,而且也是对才之创造物的礼赞。即使是他格外强调的论说著述之文,其中也隐含有非实用的艺术文体。如《佚文篇》中,王充分文为五种,在论述"造论著说之文"时,他说:

> 周秦之际,诸子并作,皆论他事,不颂主上,无益于国,无补于化。造论之人,颂上恢国,国业传在千载,主德参贰日月,非适诸子书传所能并也。

王充强调创作"颂上恢国",如此看来,这种著述论说之文与前面作者颂扬的辞赋之才的创作很接近。当然,接近辞赋并非意味着"造论著说"之文都是辞赋,同时也包含有如"颂"、"赞"一类的文章,《论衡》之中就有《须颂篇》,另有可以明一家之言的子部。不过,其论文兼有案牍常体和辞赋的用意是昭然的,《案书篇》论著述论说之文,在列举了邹伯奇、袁太伯、周长生等人的《玄思》《易章句》《洞历》等学术著作外,还称誉了杂史小说《越纽录》,又对辞赋之才做了一番表彰:"广陵陈子回、颜方,今尚书郎班固、兰台令杨终、傅毅之徒,虽无篇章,赋颂记奏,文辞斐炳,赋象屈原、贾生,奏象唐林、谷永,并比以观好,其美一也。"

综上所论：王充《超奇篇》全篇论文而先及人之才，被视为文学批评中作家论之滥觞。其他以才之优劣定文人优劣、以才作为文辞创作的根本素养，则是文学主体素养论中才为核心之思想的理论奠基。当然，以上之论有着明显的过渡性特征：王充的才论基本上建立在广义的文章著述基础上，还有着相当的学术著述成分。

《论衡》的真美说、劝惩说、文德说、歌颂说以及才论和人物等级的品定，都具有开拓意义，无论真美说还是以才为基础的人物等级新划分，又都具有极大的挑战传统的勇气。对人物等级的划分与对能构思篇章之鸿儒的讴歌，对文人地位的提高和文学自觉步伐的加快都起到了难以估量的作用。在此之前，汉人继承了秦人以法为教、以吏为师的传统，开国功臣之中就不乏此类角色；随后儒家独尊，能说一经的儒生更是春风得意，以至于汉代相当数量的宰相都是儒生出身。而文学之士则恰恰相反，那些主要从事辞赋创作的侍从之臣，其地位实际上与其前的俳优极为相似——

《汉书·贾邹枚路传》云："（枚）皋赋辞中自言为赋不如相如，又言为赋乃俳，见视如倡，自悔类倡也。故其赋有诋娸东方朔，又自诋娸。其文骫骳，曲随其事，皆得其意，颇诙笑，不甚闲靡。"

《汉书·扬雄传》："（赋）颇似俳优淳于髡、优孟之徒，非法度所存贤人君子诗赋之正也。"

《汉书·严助传》："（东方）朔、（枚）皋不根持论，上颇以俳优蓄之。"

以上是几个辞赋作家的角色定位，其中有自我感觉，有自我反思，有实际的现实状态。就连司马迁这种本不以辞赋为主的文人，也同样感觉到了自己身份的可悲，《报任安书》中云："仆之先人，非有剖符丹书之功，文史星历近乎卜祝之间，固主上所戏弄，倡优蓄之，流俗之所轻也。"这已经使这种对身份的认识从一般的感觉上升到了文人自觉的高度。这种身份的特点就是：地位低贱，为主上所戏弄，为舆论所轻贱，自我凭一种技艺哗众取宠，即《韩非子·难三》所云："俳优侏儒，固人主之所与燕也。"此外，汉宣帝有一段为辞赋辩解的文字，不少学者视之为辞赋以及辞赋作家地位得以尊重的证据，文字见于《汉书·王褒传》，其中称张子侨、王褒等并待诏宫中，"（汉宣帝）数从褒等放猎，所幸宫馆，辄为歌颂，第其高下，以差赐帛，议者多以为淫靡不急。"汉宣帝有一段著名的辩词，其言曰："'不有博弈者乎，为之犹贤乎已！'辞赋大者与古诗同义，小者辩丽可喜。譬如女工有绮縠，音乐有郑卫，今世俗犹皆以此虞悦耳目，辞赋比之，尚有仁义讽喻、鸟兽草木多闻之观，贤于倡优博弈远矣。"这节文字，不少学者视为文学自觉的先声，不无道理。但笔者认为对此节文字的理解,尚非这一概括所能涵括,尤其是宣帝所云"尚有"二字,应正确体认。它是在其原有基础之上说的,其原有基础是什么呢?自是辞赋之辩丽可喜,如女工,如郑卫,可娱悦耳目。在此之外,加以"尚有"之用:仁义讽喻、鸟兽草木之多闻,等等。既以郑卫等为基础而言其"尚有",自然亦以辞赋为郑卫一流;虽贤于倡优博弈远矣,亦非与倡优博弈了无关系,只是比之更高级、更能娱人心神而已。大凡比较,多取同类而言,故多有程度不同,不见得有本质之异。王融《永明十一年策秀才文五首》中云:"今农战不修,文儒是竞,弃本殉末,蹶弊兹多。昔宋臣以礼乐为残贼,汉主比文章于郑卫,岂欲非圣无法,将以既道而权。"其对汉宣帝之论虽未免有断章取义之嫌,但也一定程度上代表了后人对汉宣帝这段话的理解——宣帝以辞赋比郑卫,二者之相提并论,实亦突出了辞人之赋辩丽、淫靡,其话外之音仍是以辞赋作家为俳优而已。

正是从王充开始,能结思篇章、著述鸿文、歌颂时代、独抒胸臆的鸿儒文人等被赋予了"超奇"、"人杰"、"国之符也"等前所未有的美号;不仅如此,《佚文篇》又对文人不被重视的现实发出疑问:"蹂蹈文锦于泥涂之中,闻见之者莫不痛心;知文锦之可惜,不知文人之当尊,不通类也。"文人鸿儒当尊,正在于其多才。

《论衡》因为蔡邕而获得传播,在当时似乎仅仅局限在对文人谈议的资助,但魏晋以后则对中国文学理论批评产生了深远的影响。不仅以上所论,其他如《自纪篇》中云:"夫口论以分明为公,笔辩以获露为通,吏文以昭察为良。深覆典雅,指意难睹,唯赋颂耳。"这种分体类而品的方法,为曹丕《典论·论文》吸收。就《文心雕龙》而言,也多有《论衡》的影响,比如《佚文篇》云:

> 候气变者,于天不于地,天文明也。衣裳在身,文着于衣,不在于裳,衣法天也。察掌理者,(在)左不观右,左文明也。占在右,不观左,右文明也。易曰:大人虎变其文炳,君子豹变其文蔚。又曰:观乎天文,观乎人文。此言天人以文为观,大人君子以文为操也。

《书解篇》云:

> 夫人有文质乃成。物有华而不实,有实而不华者。易曰:圣人之情见乎辞。出口为言,集札为文,文辞施设,实情敷烈。夫文德,世服也。空书为文,实行为德,着之于衣为服。故曰:德弥盛者文弥缛,德弥彰者人弥明。大人德扩其文炳,小人德炽其文斑,官尊而文繁,德高而文积。

华而睆者,大夫之箦。曾子寝疾,命元起易。由此言之,衣服以品贤,贤以文为差,愚杰不别,须文以立折。非唯于人,物亦咸然。龙麟有文,于蛇为神;凤羽五色,于鸟为君;虎猛,毛蚡蜦;龟知,背负文。四者体不质,于物为圣贤。且夫山无林,则为土山;地无毛,则为泻土;人无文,则为仆人。土山无麋鹿,泻土无五谷,人无文德,不为圣贤。上天多文而后土多理,二气协和,圣贤禀受,法象本类,故多文彩。

又曰:

> 天有日月星辰谓之文,地有山川陵谷谓之理。地理上向,天文下向,天地合气而万物生焉。天地,夫妇也。①

皆承《易传》法象自然、法象三才的理论言文章之文,《文心雕龙·原道》于此一脉相承。而刘勰对"为情造文"的论述,诸如"为情者要约而写真,为文者淫丽而烦滥"等,都有王充真美说的踪迹。

第二节　谢灵运的"托之有赏"与"会性通神"说

谢灵运(385—433),祖籍河南太康,出生于会稽上虞,虽然出生不久就客居钱塘杜氏而名客儿,但其后长期居于上虞东山。由于出身世家大族,精熟玄释之理,加以身经家国变幻,谢灵运艺术的敏锐性与理论的幽微都达到了相当深度。他著有大赋《撰征赋》,其间采访故老,寻履往迹,远感深慨,时时痛心殒涕,序中自道创作缘由:"作赋撰征,俾事运迁谢,托此不朽。"以文章求人物事迹不朽,强调文章具有绵延传播的功效,显然受到了曹丕文章可以不假翼而飞、不托势位而流传观点的影响,但曹丕侧重于创作者的声名,谢灵运则侧重于创作内容中负载的历史激变。《拟魏太子邺中集诗》小序则又反映了他对影响文学因素的思考——

以时代遭际论诗风。如王粲:"家本秦川,贵公子孙,遭乱流寓,自伤情多。"应场:"汝颍之士,流离世故,颇有漂泊之叹。"

从身份势位论诗风。如阮瑀:"管书记之任,有优渥之言。"

从情趣论诗风。如徐幹:"少无宦情,有箕颍之心事,故仕世多素辞。"

从气质体性论诗风。如刘桢:"卓荦偏人,而文最有气,所得颇经奇。"

---

① 马总:《意林》卷三引,影印文渊阁四库全书本。

对七子的品目以及相关的结论,虽也受到了曹丕的影响,但是,较曹丕仅仅"文以气为主"的考量标准,谢灵运增加了相当的新内容,尤其对势位、时代影响文学基调风格及内容的论述,具有一定的开拓意义。谢灵运重要的理论贡献还表现在以下两个方面:

其一,对艺术之中虚灵之美的关注与虚灵表达手段的理论探索。从魏晋时期开始,山水之游大行于世,文学也可以说声色大开,充盈着山情水意。后世习惯地称这被纳入诗文描述的山水物色为"景"。那么如何表现这个"景"呢?六朝文人作出了丰富的实践、理论探索。其主要形式之一是模拟,如《文心雕龙·明诗》所云,晋宋文人"情必极貌以写物,辞必穷力而追新",类似的话在其《物色》篇中也有涉及:

> 自近代以来,文贵形似,窥情风景之上,钻貌草木之中。吟咏所发,志惟深远;体物为妙,功在密附。故巧言切状,如印之印泥;不加雕削,而曲写毫芥,故能瞻言而见貌,即字而知时也。

文中所讲到的就是谢灵运时代文人细致认真地描绘自然景物,务求微妙写真。所谓"志惟深远",不仅是要求诗赋能够有深远的义旨,更是强调所写的物色要涉及景物的深远之处,即无微不至,无远不届。"文贵形似"是刘宋之际山水文学的重要特征,后来产生于唐代的《文镜秘府论·地卷》总结这些创作还专门列出了"形似体":"谓貌其形而得其似。"在六朝之际,刘勰的理论总结出现之前,很多文人都不约而同地在创作中体现了这个特征,这从钟嵘《诗品》对诗人们的评语中就可以鲜明地感受,如张协:"巧构形似之言。"谢灵运:"故尚巧似。"颜延之:"尚巧似。"鲍照:"善制形状写物之词……贵尚巧似。"

尚形似的追求不仅是效果的问题,同时还包含着对手法的界定。一般作者倾心于以具体而详细的笔墨进行描绘,因而造成繁琐之风流行。所谓"俪采百字之偶",是指在具体的景物描绘之中,多用偶对的艺术手法。以当时主要形式五言诗为例,一首诗中达到百字有对偶,就要作到近20句。这以谢灵运的创作表现最为突出,他的山水诗都很长,所以《诗品》之中批判他"颇以繁富为累"。萧纲《与湘东王书》批评当时诗人学习谢灵运,"学谢则不届其精华,但得其冗长",都涉及了这个特点。

这就是"景"的描写之中所面临的困境。

正是在这样的状态下,从纯粹创作手段上对形似理论的反思出现了。与对形似创作手段的反思同步,六朝时期,敏锐的文人们在与自然的亲和之中注意到了"景"所呈现之"形"并非僵化与机械,在"适我莫非新"的体察里,他们意识到了"景"在观照者视野下充满生机的非客观性:从对"景"进行描绘的角度讲,自然山水的客观性描绘类似于一般的写真。但将文人眼前的物色纳入笔端,眼前之物色往往因为与主体情感的激发而被沾染上情的色彩与寄托,也就是说,眼前之景进入胸中之后往往具有主观的色彩。这个时候,笔下要描绘的主观物色与客观实体已经不同了,如果拘泥于一枝一叶,不仅从客观上讲难以复原其本来面目,从主观上讲也不符合被情感化之后物的面貌。在这种状态下,文人们实际上发现了在主客遭遇的时候,萦绕在物的实体之外,存在着因为情感参与审美而生成的虚灵的美质。这突出反映在山水观照之际文人们从其中发现了幽深空灵的意趣,即由于主体情感的参与,主体在景的体貌之外还生发出源于主客交融的趣、味、神、灵。《世说新语·言语》中,晋简文帝由于无以具体描绘这种虚灵,便以切身的感受说明:"会心处不必在远,翳然林水,便自有濠濮间想也。觉鸟兽禽鱼,自来亲人。"景物已经不是本来的自然之物,而是具有了与主体情感相契合的对应物,是情感化的景物,所以山水之间的鸟兽禽鱼这些无感情的东西才会"自来亲人"。宗炳《画山水序》明确断言:"山水质有而趣灵。"所谓"趣灵"就是山水具有与主体情感相对应的生活灵动的内涵。这些虚灵的内涵,从本质上讲是玄学之中作为本源意义的"无"通过物色之"有"的体现,又被称之为"道",所以宗炳《画山水序》中说"山水以形媚道",但这个"无"与"道"是人不可见的,因此只有通过主体与客体的融合才能展示其部分特征,这就是神、趣、灵、味。

　　发现了物色在与主体遭遇之中虚灵色彩的存在,就明白了作为艺术手段的所谓"体物"或者"形似",不可能凭借原来对外貌的描摹所能实现,因为任何模拟都是限于一定视角下的片面,艺术难以实现全息的信息摄取。只有将景物的貌与韵同时揭示出来,才算作最真切地描绘出了特定时空条件下此景物的本真,才能赋予被描绘对象生命。因而当时的文人在"文贵形似"的追求之中,逐步发出了绘写神韵的声音,顾恺之评《嵇轻车诗图》:"林木雍容调畅,亦有天趣。"便是在山水描绘中,通过林木的勾画,体味到了形似之外的"天趣"。宗炳《画山水序》则明确表示:"神本无端,栖形感类,理入影迹。诚能妙写,亦诚尽矣。"要把写神当作绘画的首要任务,手段是通过对形影的描绘来体现这种神理;能绘出神理,那么就算是"尽矣"——达到了高度的复原与复活,不再有什么遗憾。如果说绘画以形写神,还有一定的章法可以依循,那么诗赋则面临着更大的挑战。虚灵的美质如何形成文字,众多的文人都体验到了难度,对不可言传的感受痛切而强烈,所以异口同声地发出了"书不尽言"的感慨——

　　陶渊明《饮酒》:"此中有真意,欲辨已忘言。"

　　《庐山诸道人游石门诗序》:"当其冲豫自得,信有味焉,而未易言也。"

　　谢灵运《山居赋》自注:"此皆湖中之美,但患言不尽意,万不写一耳。"

　　以上三节文字:陶诗是写"采菊东篱下,悠然见南山"时的审美感觉;庐山道人所云的未易言之味道是在庐山之中的陶醉;谢灵运的言不尽意则明言是对湖中之美的感慨,都是由山水物色之"景"引发。这些感受,不是泛论玄学之中的言意关系,而是自然物色之浑融与主体观照之有限、具体审美感受之丰富与语言表达之局限矛盾的切实表达,最终体现为将现实审美感觉中的难言这个现实在诗中表达出来时所面临的尴尬。此时,那些鼓荡于主体胸中因山水激发而不已不尽的审美意趣,是属于情的范围,而这种情又是由"景"所诱发,它是情景二者融合所形成的趣味、神韵。对这种情的书写由于情本身抽象虚化的特征而成为艺术书写的困境。有学者认为,以上的六朝文人仅仅是对这种难以言诠的遗憾和困境做了真实的记录,尚无手段的探索。这实则是一种偏见,以谢灵运为例,他深感于语言的无力,但他没有停留在对这种不易言诠的品味和妥协之上,而是努力探索表现之路。这体现在以下三个方面:

　　首先,以细微敏锐的观察与感受,精确而不厌其烦地形之于生新的文字,发挥文字最大程度的显意功能,他的诗歌、大赋都体现了这种刻苦琢炼的追求。

　　其次,他山水诗中的玄言语句实际上就是这种探索的产物:"谢灵运的山水诗中,甚至东晋一部分写到山水的玄言诗中那些谈论玄理的句子,其实未尝不可视为作者企图传达其审美感受的一种努力。……当时人对山水之美的感受是与对玄理的领悟密不可分的。"[①]

　　再次,以上努力从历史效果上看并不成功,谢灵运开始了迥异于他人的艺术思考,那就是寄希望于读者,努力为读者指示索解之路,其《山居赋序》中云:

　　　　意实言表,而书不尽。遗迹索意,托之有赏。

　　这段话的背景是这样的,《山居赋序》中称:"扬子云云:'诗人之赋丽以

---

　　①　王运熙、杨明:《魏晋南北朝文学批评史》,上海古籍出版社1990年版,第212页。

则.'文体宜兼,以成其美。今所赋既非京都宫观游猎声色之盛,而叙山野草木水石谷稼之事,才乏昔人,心放俗外,咏于文则可勉而就之,求丽邈以远矣。览者废张左之艳辞,寻台皓之深意,去饰求素,悦值其心耳。"这是他对自己《山居赋》的评价。就是这样一篇无昔日大赋之丽辞的赋作,却有着深深的超逸情怀,即"台皓之深意"。这种情怀的寻味,靠字面的一般理解难以实现,只能靠读者与作者情趣心灵的遇合,"悦值其心"。也就是说,山水在审美观照下获得之神,或者此处所说之意,属于主客相遇之际所形成的"形"或者象,要尽数诠表出来很难,作者所能做的相对有限。因而希望读者能遗迹而索意,不停留在作者提供的山水形态的描绘上,而是根据作者所提供的主客遭遇之际的迹象,去寻觅主体当于山水之际所捕捉到的微妙意趣。抓住这种意趣,山水之美的神也就发现了,而神本来就栖形于物象形体,如此形神兼备,就可以实现形象的全部"复原"。当然,在发现山水真美的同时,那个隐身山水后面、对山水有着如此真情的高士之心也因此有了获得体察的基础。

而要真正领悟作品中作者性灵的寄托,读者最好的办法不是凭借理性分析剖解,而是靠"有赏",即读者与作品在情感上实现某种契合与交流、沟通。以情感的契合沟通实现主客界限的消弭,为主客架起融合的津梁。情的契合感与欣悦感就是玄学有无关系中的"有",凭依玄学假有以达无的思想与方法,就能实现通过这个"有"来感性而全面地把握"无",也就是谢灵运文中所说的"深意"。这就是赏,一种玄学思想与审美情感共同熔铸的范畴,它因为玄学言不尽意思想的渗透,从而探索达意之道,而这种所谓的达意所达到的最终效果,不是条分缕析的理论透析,而是玄学影响下形成的、同样发源于言不尽意观的"正在有意无意之间",比彻底的清晰要朦胧,比彻底的朦胧要清晰,可以迫近但不能复原。

表面看来,寄希望于读者实际上是自我艺术表达手段缺失的无奈之举,但从文学作为"作者—读者"互动体系的事实来考察,谢灵运实际上将对文学认知的空间大大拓展了。以往关于文学(多为具体的诗歌、辞赋)的相关理论探讨,在汉代集中于作者以作品为手段对读者的教化,也间或论及作者创作的主观动力、读者受到的艺术感染,但总体来说,读者都是以一种被动的姿态出现,缺乏能动性。而谢灵运"托之有赏"的论述,则实现了这个跨越,读者不仅仅是被教化、被感动的对象,更是艺术境界旨趣建设的参与者。

其二,关于文学"会性通神"等效果的论述。谢灵运的《山居赋》中对文学创作与遣兴之关系作了精到的分析。其文有云:

　　　　伊昔龆龀,实爱斯文。援纸握管,会性通神。诗以言志,赋以敷陈,
　　箴铭诔颂,咸各有伦。爰暨山栖,弥历年纪。幸多暇日,自求诸己。研
　　精静虑,贞观厥美。怀秋成章,含笑奏理。(自注云:"谓少好文章,及山
　　栖以来,别缘既阑,寻虑文咏,以尽暇日之适。便可得通神会性,以永
　　终朝。")

文学创作作为一种闲情范式,其遣兴之用在此被总结为以下几条:一、会性
通神,使性情神理无滞,通而畅;二、自求诸己,是自我娱情之手段,不假于人
或更多的物质条件以增负累,说明文学创作是一种自足的手段;三、贞观厥
美,以观照而得美,不劳智寻,无需力取;四、怀秋成章,含笑奏理,无论何种
情感,或喜或愁,皆可寄于创作,此以感兴为创作之起点;五、尽暇日之适,以
永终朝,消遣闲暇,丰厚生命,依赖的正是前面所言的自求诸己的自足,可以
承担人生之寄。

　　以上诸般效用,最高的提炼应该是"会性通神",其中会、性、通、神这四
个字都是玄释合流的产物,谢灵运将这种玄学范畴与佛学概念纳入文学批
评,对艺术审美效用作出了前所未有的准确把握。随后梁代高僧慧皎
(497—554,上虞人)对此有更多的发挥,这些发挥虽然都出现在其论述佛学
的著述之中,但或者明与文学相通,或暗与文学不隔,对这种理论的传播起
到了推动作用。如《义解论》中云:"是以圣人资灵妙以应物,体冥寂以通神,
借微言以津道,托形象以传真。"《经师论》中云:"夫篇章之作,盖欲伸畅怀
抱;咏歌之作,欲使言味流靡,辞韵相属。"又云:"夫圣人制乐,其德四焉:感
天地,通神明,安万民,成性类。"其中,"畅怀抱"与"通神"都是一个意思,强
调了艺术的关怀,非在教化,而在情性的疏浚与导达。

第三节　唐代浙东文学理论批评

一、骆宾王、吴融的尊古尊儒

　　唐代浙东文学理论批评总体较为沉寂,值得一提的有骆宾王、吴融,还
有刘昭禹。

　　初唐浙东文学理论批评主要是对汉魏六朝文学理论批评思想的继承,
较为著名者如骆宾王(生活于公元 7 世纪,生卒年不详,今义乌人)《上廉察
使启》云:"情蓄于中,事符则感;形潜于内,迹应斯通。"《与博昌父老书》:"哀

缘物兴,事因情感。"都是演述《诗大序》"情动于中而形于言"的意旨。《和闺情诗启》则承沈约、刘勰等的文学史论,对两汉以来的文坛演革给予了评价:

> 言志缘情,二京斯盛;含毫沥思,魏晋弥繁。布在缣简,差可商略:李都尉鸳鸯之词,缠绵巧妙;班婕妤霜雪之句,发越清回。平子桂林,理在文外;伯喈翠鸟,意尽行间。河朔词人,王刘为称首;洛阳才子,潘左为先觉。若乃子建之牢笼群彦,士衡之籍甚一时,并文范之羽仪,诗人之龟镜。

> 爰逮江左,谣咏不辍,非有神骨仙才,专事玄风道意。颜谢特挺,笺辞典丽。自兹以降,声律稍精。其间沿改,莫能正本。

文中表达了对两汉魏晋时期文学的敬仰,对玄言诗颇有微词,至于颜延之、谢灵运,认可了他们改变玄风、精研声律的贡献,但仍认为其后沿袭者或者改革者,都没有"正本"。什么是本呢?"本"就是在推誉两汉魏晋文学时所称道的"缠绵巧妙"、"发越清回"、"理在文外"而"意尽行间"。这些审美标准对于唐代文人而言,已经属于古法,而骆宾王通过文学史沿革的论述所要表达的就是向这些古法学习,因此称道闺情诗的作者:

> 听新声鄙师涓之作,闻古乐笑文侯之睡。以封鲁之才,追自卫之迹,弘兹雅奏,抑彼淫哇,澄五际之源,救四始之弊,固可以用之邦国,厚此人伦。①

其中说作者不喜欢新异之声,崇仰端雅之古乐,以儒家思想为依归,澄清此前浊乱的文坛,振兴风雅传统。本是闺情诗,却生发出如此堂皇的论述,实则已经有些借题发挥,因而才有了以与闺情不相关的标准评论闺情之作的现象,可见骆宾王的文学思想是比较正统的。这一点对传统的儒家诗教观而言只是一种简单继承,但相对于六朝主流的文学理论批评而言则是唐代的新动向,带有反思六朝文坛艺术新变的政教诉求回归的动向。当然,他也对"思入态巧,文随手变"的艺术功力给予了赞赏。

皎然和皇甫湜可以说是唐代浙江文学理论批评的两个最重要人物,皎然移儒家"诗教"这一范畴进入诗歌普及、诗歌教育领域,皇甫湜则盛推艺术创作之中的奇新之美,文学理论因此更近乎艺术批评,也更加关注作品的审美功能和表现形式。而在唐代文学理论的历史上,诗学论诗法之外,诗文重

---

① 李昉等编:《文苑英华》卷 656,影印文渊阁四库全书本。

明道且倡导拟议以成文、因文以化成天下的理论甚嚣尘上。这种理论在浙江文学理论批评界也有着回应,其代表人物是顾况与吴融,即使是提倡怪奇的沈亚之,也依然关注着文学的教化。

沈亚之提倡诗歌的"发寤"功能,即启发讽示,使人觉醒反思,这是由诗教功能延伸而来的,侧重于"勤人之君,欲以闻其下;忠主之佐,使以达其上"。而从具体手段上讲,沈亚之又继承了乐教传统,从音乐动人与文辞感人两方面讲"发寤"。他认为:"夫物情畅乐怨抑之感,吁而散之大空,还会于风云,降于水土,包声于陶埙之器,仿佛之变,尽摇于乐。"从气的统一弥漫特性入手,说明人情之抑扬循气而入空、入水土,最后都融入乐器之中,因此,乐器的演奏,无不准确体现出人情的抑扬,再附以表情的乐词,于是,"乐之所感,微则占于音,章则见于词"。根据这个特性,对于观乐观诗者而言,能够做到"微于音者,圣人察之;章于词者,贤人畏之",就能起到诗的应有效能。不仅如此,由于往代诗乐一体,见诗人性情,见时代印记,因而"其代兴衰可见"。而近代以来,诗人争相趋骛声律,诗乐丧失,其"讽"的功能也就大打折扣。因此,他评李贺的诗作:"善择南北朝乐府故词,其所赋亦多怨郁凄艳之巧,诚以盖古排今,使为词者莫得偶矣。"但最大的缺憾是"不备声弦唱"①。唐代五言七言诗歌很多能够合乐,在这样的背景下,沈亚之希望诗歌都能与乐结合,最大限度实现讽与感的美刺功能,与一味复古未可同论。

浙东吴融(约生活于 903 年之前,今绍兴人)也是这种文学教化思想的继承者。他的《禅月集序》是为兰溪诗僧贯休的诗集所写,却赋予了浓厚的儒家说教。此序开始首先亮明了观点:"夫诗之作,善善则颂美之,恶恶则讽刺之。苟不能本此二道,虽甚美,犹土木偶不生于气血,何所尚哉?"随后表达了对诗拘牵于偶对的不满:"自风雅之道熄,为五七字诗者,皆率拘以句度属对焉。既有所拘,则演情叙事不尽矣。"因此不满故而赞誉"歌"的创作:"且歌与诗,其道一也,然诗之所拘悉无之,足得放意取非常语、非常意,意又尽,则为善矣。"诗与歌在这里是两种艺术形式,一种已经完全文人化,字拘句牵,声律偶对;一种则似原生态的声歌,自由自在,可以有新奇之语言义旨。除了形式上的区分,还有更主要的一点:歌来于民间,不讲求诸般文人技巧,心思纯真,更能够反映世风民情,从而起到善善恶恶的作用。以此为准绳,他对唐代著名诗人作了如下分析:

---

① 沈亚之:《送李胶秀才诗序》,《全唐文》卷 735。

国朝能为诗者不少,独李太白为称首,盖气骨高举,不失颂美风刺之道。厥后,白乐天为讽谏五十篇,亦一时之奇逸极言。昔张为作诗图五层,以白氏为广德大教化主,不错矣。至于李长吉以降,皆以刻削峭拔飞动文彩为第一流,有下笔不在洞房峨眉神仙诡怪之间,则掷之不顾。迩来相教学者,靡曼浸淫,固不知变。呜呼! 亦风俗使然。

李白有美刺有风骨,白乐天有讽谏,因而以之为模范;而李贺之作诡怪淫丽,则被视为世俗讹滥之风。这种截然不同的评价,正来源于他儒家诗教的诗学标准:"君子萌一意,出一言,亦当有益于事,矧极思属词,得不动关于教化?"①具体到序的对象——诗僧贯休,由于不便于将这套儒家标准套上,于是便赞其诗多以理胜,能创新意,尽管"其语往往得景物于混茫自然之际",然而其指归"必合于道"。这样的批评,已经不似对一个请序者的诗进行批评,而是借作序的机会阐发自己的诗学理论,是纯粹的借他人酒杯,浇自己块垒。

二、刘昭禹的四十贤人说与玉盒子(又称"玉匣子")说

刘昭禹籍贯考论。刘昭禹系晚唐五代文人,《宋史·艺文志》载有刘昭禹诗一卷,郑樵《通志·艺文略》所录相同。辛文房《唐才子传》中无单独的刘昭禹条目,只是于廖图一条中略有涉及:言其与廖图、李宏皋、徐仲雄等"俱以文藻知名"②。宋代晁公武《郡斋读书志》卷五录莆田柯梦得选《唐贤绝句》一卷,共选刘昭禹与李白、杜甫、王维、刘禹锡等 54 人作品。《全唐诗》卷762 录其诗一卷,共计 9 首及 7 个断句。《全唐诗》卷 886《补遗》辑得 5 首;《全唐诗续拾》卷 49 补《田家》1 首。共计 15 首诗、7 个断句传世。关于他的籍贯,文献中有两个说法:婺州,即今金华人;湖南桂阳人。相关资料如下:

北宋初年潘若冲《郡阁雅谈》:"刘昭禹,字休明,婺州人,少师林宽,为诗刻苦。"原书已佚,本条资料出于《五代诗话》卷 7。

南宋陈振孙《直斋书录解题》卷 17:"刘昭禹集一卷。湖南天策府学士桂阳刘昭禹撰。"

以上两条资料是关于刘昭禹较早的文献。从宋代开始,关于刘昭禹的介绍文字基本以此为基础,形成了婺州、桂阳或二者兼陈以示公允等三种

---

① 　吴融:《禅月集序》,《禅月集》卷首,四部丛刊初编本。

② 　傅璇琮主编:《唐才子传校笺》卷 10,中华书局 1987 年版,第 480 页。本书所依据版本于本条目误"刘昭禹"为"刘禹"已有辨正。文渊阁四库全书本廖图一条在卷 7,刘昭禹名无误。

表述:

婺州说。宋计有功《宋诗纪事》卷 46、宋阮阅《诗话总龟》卷 13 引《清琐集》、宋尤袤《全唐诗话》(《四库全书总目》考《全唐诗话》为南宋贾似道门客廖莹中所辑,内容剿取《宋诗纪事》)、明凌迪知《万姓统谱》卷 58、明李贤等修《明一统志》卷 42、明代应廷育撰《金华先民传》,清嵇曾筠等修《浙江通志》卷181 亦引《金华先民传》言刘昭禹"字休明,金华人"。

桂阳说。元马端临《文献通考》卷 243 引陈振孙之说,清郝玉麟等监修《广东通志》卷 44 言石文德:"遨游湘汉间,无所知名,……遇天策府学士桂阳刘昭禹,与语,大见称。"

婺州、桂阳兼举。清初康熙间吴任臣《十国春秋》卷 73:"刘昭禹,字休明,桂阳人,一说婺州人。"《全唐诗》卷 762:"刘昭禹,字休明,桂阳人,一云婺州人。"

婺州、桂阳兼举基本出现在清代,是鉴于历史文献记录差异而采取的审慎办法。后世,尤其清代以来延续了以上三种标识,大致形态是:

湖南部分学者称其为桂阳人(今湖南郴州桂阳县),清代嘉道年间湖南新化邓显鹤等所编辑《沅湘耆旧集前集》便是其代表,本书收录其诗作 14 首并断句 7 个,当代部分湖南年轻学者也力主此说。

陈尚君《唐代文学丛考》中《唐代诗人占籍考》则明确标识刘昭禹占籍婺州,湖南学者陶敏《试论马楚时期的湖湘文学》一文也视刘昭禹为非楚籍文人。①

周勋初主编《唐诗大辞典》(修订本)则兼而罗列:婺州人,一作桂阳人。陈耀东等主编《浙籍文化名人评传》附浙籍文人名人区域分布,以之为婺州人,但又注云"一作桂阳人",依据则为《金华先民传》。②

由于文献有限,刘昭禹的归属问题便成为一个悬案。事实上,其诗歌之中有一些较为明确的信息一直被学界忽略,我们可以据此做出一个基本推断。

其一,从履历中严州、岩州之异看。我们从相关文献中成书最早的《郡阁雅言》分析,晁公武《郡斋读书志》卷 3 言本书:"皇朝潘若同撰。太宗时,

---

① 陈尚君:《唐代文学丛考》,中国社会科学出版社 1997 年版;陶敏:《试论马楚时期的湖湘文学》,《求索》1996 年第 6 期。

② 周勋初主编:《唐诗大辞典》(修订本),凤凰出版社 2003 年版;陈耀东等主编:《浙籍文化名人评传》,浙江大学出版社 2003 年版,本书误"昭"为"绍"。

守郡与僚佐话及南唐野逸、贤哲异事佳言,辄疏之于书。凡五十六条,以资雅言,或题曰郡阁雅谈。"作者又被写为潘若冲,其书成于宋太宗之际,与晚唐五代相隔不远。其中言刘昭禹:"刘昭禹,字休明,婺州人,……在湖南,累为宰。后卒于桂府幕。"(《诗话总龟》卷 10 引)北宋末期计有功《唐诗纪事》卷 46 提供了更为具体的信息:"在湖南,累为宰。后署天策府学士,严(繁体写作嚴)州刺史。卒于桂州幕中。"上海古籍出版社以洪梗本为底本校对排印的《唐诗纪事》同样为"嚴州"。清代康熙年间吴任臣撰、摛藻堂四库全书荟要本《十国春秋》卷 73 云刘昭禹:"起家湖南县令,事武穆王父子,历官容管节度推官,天策府学士。终严(繁体写作嚴)州刺史。"然而摛藻堂四库全书荟要本《全唐诗》卷 762 刘昭禹的简介则云:"终岩(繁体写作巖)州刺史。"中华书局排印本《全唐诗》沿之,亦作"岩州刺史"。

以上记载略有差异,即严州与岩州的不同。《旧唐书》卷 40《地理志》言淮南道舒州:"隋同安郡,武德四年(621)改为舒州,领怀宁、宿松、太湖、望江、同安五县。其年割宿松置严州。五年又割望江置高州,又改高州为智州。六年舒州置总管府,管舒、严、智三州。七年废智州、望江属严州。八年又废严州。"同卷言江南东道之睦州:"隋遂安郡,武德四年平汪华,改为睦州,领雉山、遂安二县。七年废严州之桐庐县来属。"[①]可见唐际起初的严州即今浙西建德、桐庐以及与安徽东南连接的大片区域,府治初在今日浙江桐庐县,仍有遗迹,后迁出。终唐之世,今日桐庐一带的严州只存在了四年,直到北宋才又被恢复。因此,生活于晚唐五代的刘昭禹不可能被远在湖南的割据政权任命为皖浙一带的严州刺史。

而在唐代的岭南道,则是岩州、严州皆有。《旧唐书》卷 41《地理志》载:"严州,秦桂林郡地,后为獠所据。乾封元年(666),招致生獠,置严州及三县。天宝元年(742),改为修德郡。乾元元年(758),改为严州。"《新唐书》卷 33《地理志》因袭此条。《旧唐书》卷 41 另载岩州:"岩州下,土地与合浦郡同。唐置岩州,失起置年月。天宝元年改为安乐郡,至德二年(757)改为常乐郡,乾元元年复为岩州。"但据学者考证,《旧唐书》所言之岩州已经属于迁移后重建者,位于广西南部廉州,而其旧地当在今日玉林附近。[②] 两个州内,严州位于今日柳州等地,地理与今日桂林等接近,处在五代之际南楚政权的

---

① 刘昫:《旧唐书》,中华书局 1975 年版,第 1582 页、1594 页。

② 刘昫:《旧唐书》,第 1740 页、1748 页。参阅郭声波《试解岩州失踪之谜》,《中国边疆史地研究》2000 年第 3 期。

辐射范围。桂林周边在黄巢起义之际都曾沦陷,故而《资治通鉴》卷 262 云:"光化三年(900),桂、宜、岩、柳、象五州,皆降于湖南。"胡三省注云:"马殷又兼有桂管。"考《旧唐书》卷 41《地理志》,岭南道下分设广州中都督府、桂州下都督府、邕州下都督府、容州下都督府、安南都督府等。其中,桂州下都督府辖区名曰"桂管十五州",在广州西;"容管十州在桂管西南",而岩州正在容管之下。《五代史补》明确记载南楚马希范之际,以"容管节度推官刘昭禹等十八人并为学士"①。如此而言,刘昭禹在严州、岩州便皆有为宦的可能。

但无论严州抑或岩州,必是五代十国时期湖南割据政权南楚马希范在位之际已然成为其辖地者,如此才有可能擢身为南楚天策府十八学士之一的刘昭禹为其州刺史;且无论严州还是岩州,皆在今日八桂之地,五代之际将桂州经略府以及后来升格的桂州都督府简称为"桂府"②,后人言桂府可隐括在桂为官之幕府,未必确指,所以《郡阁雅谈》称刘昭禹"卒于桂府幕"③,《唐诗纪事》言其"后署……严州刺史,卒于桂州幕中",《十国春秋》言其"终严州刺史"。可见,刘昭禹最终的政治生涯皆在湘桂一带。

考察以上刘之履历,可见其为政记载集中于南楚,且终于南楚统辖之地。相关介绍文献中几乎没有涉及浙东婺州的只言片语。

其二,从现存诗作内容来看。《全唐诗》所录之诗为《括苍山》(一作玉几山)、《忆天台山》、《冬日暮国清寺留题》、《灵溪观》、《怀华山隐者》、《赠惠律大师》、《经费冠卿旧隐》、《闻蝉》、《送休公归衡》。

《全唐诗补遗》所录之诗为《仙都山留题》、《晚霁望岳麓》、《石笋》、《伤雨后牡丹》、《送人红花栽》。

《全唐诗续拾》所录之诗为《田家》。

以上诗作中,括苍山、天台山、国清寺皆浙东名胜。灵溪观当因灵溪而得名,诗中云:"鳌海西边地,宵吟景象宽。"海之西,海自然指东海,天台即有灵溪。《赠惠律大师》中云:"秋是忆山日,禅窗露洒余。几悬华顶梦,应寄沃州书。"华顶即天台山顶峰,唐代众多诗人曾登临并留下诗作;沃州即古剡县辖地,天姥山所在之地,为今新昌县,与天台县毗邻。此诗赠予法师,诉说自己对天台的魂牵梦绕,希望身在沃州的大师能够频寄书信,以慰相思。《石笋》云:"千古海门石,移归吟叟居。"于此可见刘昭禹曾于近海之地闲居,依

---

① 陶岳:《五代史补》,影印文渊阁四库全书本。

② 刘昫:《旧唐书》卷 41"桂州下都督府"条,第 1741 页。

③ 阮阅:《诗话总龟》卷 10 引,人民文学出版社 1987 年版,第 115 页。

照其一生行止,则岩州近海,浙东亦近海。但此处称"海门"则排除了岩州,因为学者们已经考证,近北海的岩州是侨置,本州地望在玉林一带;而此海门既非江苏海门,亦非广东汕头海门,应指地近天台山的今台州海门港一带。《仙都山留题》显系摹写浙东缙云仙都之景色。《经费冠卿旧隐》乃是凭吊之作,费冠卿为安徽池州人,卒后其所居成为九华山名胜,此云经旧居,则说明刘昭禹足迹亦至安徽尤其皖南地区。皖南与浙西毗邻,过去的行政区划经常联属,如上所述,唐代初置以建德桐庐等地为主体的严州,便隶属于淮南道。唐代诗人由皖南沿新安江或者运河入浙,过江入浙东,循绍兴上虞、嵊州、新昌,台州天台,丽水缙云等一路行来,所经者为一条交通要道,加之经行的诗人众多,且往往有作品题咏名胜,被今人称为浙东"唐诗之路"。刘昭禹的行程也概莫能外。

综上所论,刘昭禹的生平介绍虽然以楚地为主,但其遗留作品却多描绘浙东山水名胜。且其中《石笋》一篇自言其在滨海之地有"吟叟居"——这是诗人居室的自称。这说明他不仅仅流连于浙东山水,而且曾经有过闲居的经历。

以上两点的分析,只是刘昭禹履历及其作品所提供的主体信息,它说明刘昭禹和当今湖南与浙江都有着密切的关联。但这些信息尚不足以确认他的籍贯与迁徙,因此需要我们对现存文献做出更深一步的探究。

其三,《闻蝉》与《送人红花栽》二诗透露的隐秘信息。《闻蝉》诗云:

> 一雨一番晴,山林冷落青。莫侵残日噪,正在异乡听。孤馆宿漳浦,扁舟离洞庭。年年当此际,那免鬓凋零。

诗的大意是:雨过天晴,山林为雨水刷洗,青葱一片,但诗人却心绪黯然,因此这一片青葱显得冷落而难以引发诗人的兴会。为什么会如此呢?原因恰恰在于"莫侵残日噪,正在异乡听"。"莫"通"暮",暮色渐渐降临,只余残日,蝉便在这傍晚之际放肆地吟唱,这曾经熟悉的声音如今正是在异乡听见,于是没有了故乡听蝉的快意生机,反而觉得聒噪满耳,搅动离情。一人漂泊,扁舟离开熟悉的洞庭,时时寄宿在水滨孤馆,这种异乡人的感慨愁绪,每逢异乡的蝉唱,便如潮水般涌起,使人鬓发凋零。作者将离开洞庭听到的蝉噪概括为"正在异乡听",显然是在说洞庭是他的故乡,而洞庭正是楚地。仔细品味的话,可以发现本诗不似方离家乡的纪事,而是远离故园之后闻蝉而唤起的惆怅与思念。"年年当此际,那免鬓凋零",可见此情此景不是首次出现,而是每每如是。

再看《送人红花栽》一诗：

> 世上红蕉异，因移万里根。艰难离瘴土，潇洒入朱门。叶战青云韵，花零宿露痕。长安多未识，谁想动吟魂。

"花栽"意指可供观赏种植的花木种子或幼苗，本诗显然具有寄托。红蕉生于南国，对于北方而言自然属于珍惜花木。自己携带花栽送入朱门，虽然当其绿叶扶疏之际如同青云，清晨鲜花之上夜露如珠玉闪烁，备觉娇艳。但是，都城的贵族多不熟悉红蕉的魅力，如何能引发其歌咏颂扬之兴呢？本诗命意与元稹《花栽》二绝句颇为接近："买得山花一两栽，离乡别土易摧颓。欲知北客居南意，看取南花北地来。"又云："南花北地种应难，且向船中尽日看。纵使将来眼前死，犹胜抛掷在空栏。"其中有"欲取鸣琴谈，恨无知音赏"的遗憾与愁叹。

不过本诗的关键在于，虽然它是一首有所寄托的作品，但却不是为寄托而聊取意象，而是道地的因事而发：红蕉原产自云南、广东、广西等气候较为炎热的地域，唐代红蕉主要种植在长江以南。以唐诗为例：王建《送郑权尚书南海》有"红蕉处处栽"，写南海即两广情事。白居易《种白莲》："吴中白藕洛中栽，莫恋江南花懒开。万里携归尔知否？红蕉朱槿不将来。"写红蕉等生于江南。皮日休《秋晚自洞庭湖别业寄穆秀才》有"风扯红蕉仍换叶"，写红蕉于湖南。刘言史《广州王园寺伏日即事寄北中亲友》有"萎叶惜红蕉"，写广东红蕉。朱庆馀《送李馀及第归蜀》有"剑路红蕉明栈阁"，写西蜀之红蕉。朱庆馀《杭州卢录事山亭》有"隔竹见红蕉"，写浙江之红蕉。杜荀鹤《闽中秋思》有"风弄红蕉叶叶声"，写闽中之红蕉。虽然也有部分诗人泛写红蕉，但这种原产于南方的花木在唐代都城实为珍稀品种，李绅《红蕉花》便自道"红蕉花样炎方识"，徐凝《红蕉》亦云"红蕉曾到岭南看，校小芭蕉几一般"。二人显然此前都未见到过红蕉及其花朵，至岭南方始一睹芳颜。

既然闽、蜀、楚、越、粤、桂皆有红蕉，那么刘昭禹赠人的红花栽来自何处呢？回答这个问题的关键在于如何理解移根万里之外的"瘴土"之所指。唐宋之际所谓"瘴土"，虽然泛指南方炎热潮湿之地，如贾岛《送黄知新归南安》所谓"火山难下雪，瘴土不生茶"，由于未到福建南安一带，因此揣称其地为瘴土。更多纪事纪实的文字，则将"瘴土"锁定于地处中国中南部的湖南、两广一带。如柳宗元《与顾十一郎书》作于为永州司马之际，书中自言："今惧老死瘴土而他人无以辨其志。"①永州古称零陵,位于湖南、广西交界之地,一岁分干湿二季,湿季闷热潮溽,故而多生毒蛇。宋代李焘《续资治通鉴长编》卷 300 引宋神宗论顺州留弃:"今顺荒远瘴疠之地,朝廷得之未为利,岂可驱戍兵投之瘴土?"顺州地近交趾,为古书所谓百越蛮荒之地。宋人郑獬《荆江大雪》云:"南方瘴土本炎热。"荆江指的就是湖北、湖南交界一带。宋代梅挚《五瘴说》云:"岭以南,遥昔曰瘴土,人畏往,甚于流放。盖岚烟氛雾,蒸郁为疠,中之者死。人之畏往,畏其死也。"梅挚抵达过广西平乐,已经深入广西腹地,对岭南瘴疠有着深切体察。②清汪森编《粤西丛载》卷 18 云:"瘴,二广唯桂林无之,自是而南皆瘴乡矣。瘴者,山岚水毒与草莽沴气郁勃蒸熏之所为也,其中人如瘧状。……邕州两江水土尤恶,一岁无时无瘴,春曰青草瘴,夏曰黄梅瘴,六七月曰新禾瘴,八九月曰黄茅瘴,土人以黄茅瘴为尤毒。"通过梳理可以得出结论:"瘴土"一词,虽然文人们偶尔也有对环境恶劣之地的比附,但唐宋之际作为地理共识,往往指向岭南及其周边地区,包含着今日湖南南部以及广西、广东大部。而东晋以后的浙东一带则逐步成为经济文化的繁荣之地,历代文人安居乐咏,并无瘴乡之名。

如此分析,则刘昭禹送人的红花栽所携来之处便可以节缩至当今两广与湖南、江西交界一带。柳宗元有《红蕉》一诗:"晚英值穷节,绿润含朱光。以兹正阳色,窈窕凌清霜。远物世所重,旅人心独伤。回晖眺林际,戚戚无遗芳。"所言便是湖南南部永州的红蕉之美,故有"远物世所重"之说。李绅元和年间亦被贬端州(今广东肇庆),经行五岭,也作《红蕉花》称"瘴水溪边色最深"。可见,刘昭禹言花栽出自瘴乡未必有贬低产地风土恶俗之意,而是瘴乡的红蕉最美最为人所重。

唐代贵族爱花,早有"一丛深色花,十户中人赋"的诗句。刘昭禹以花栽赠人,自然带有干谒的意思。由于红蕉在当时的北方尚属少见,如柳宗元所云"远物世所重",因此他不远万里携来京师,其时定有"投之以桃李,报之以琼瑶"的希冀。而事实却是"长安多未识,谁想动吟魂",其失望溢于言表。据此诗推测,刘昭禹曾经不远万里到过长安,且从遥遥瘴乡携来红蕉种苗作为与贵族们结交的贽见之礼。如果结合《闻蝉》一诗以洞庭为故乡,则红蕉之所自的地方自然应该是楚地。文献言其桂阳人,桂阳便是郴州属地,而郴

---

①　柳宗元:《柳河东集》卷 30,影印文渊阁四库全书本。

②　见《龙图梅公瘴说碑》,桂林市文物管理委员会:《桂林石刻》,转引自马希《浅谈龙图梅公瘴说碑》,《传承》,2009 年第 3 期。

州恰当乎岭南岭北之要冲,与永州接壤,南连粤北、桂北,正是古人所谓瘴地。

由此我们可以推断:虽然尚不能确认刘昭禹祖籍就是桂阳(其父祖的履历不清),但其本人应当出于桂阳,且已经视洞庭之地为其故乡。而由其《闻蝉》"年年当此际,那免鬓凋零"推断,他与故乡不是短暂的分别。从其诗歌透露的信息来看,《送人红花栽》言其曾到长安,《晚霁望岳麓》系长沙即景,其余诗歌则以浙西、浙东一带为主,且有幽居之记载。不仅如此,《郡阁雅谈》言其"少师林宽",也为我们透露了些许信息。林宽的故乡为福建闽侯,即今之福州市闽侯县。《全唐诗》存诗一卷,其中自道曾至长安、曾至边塞,与其交游自称"相知四十年"的黄滔则有《寄林宽下第东归》诗,道其科举失利之后自京城东归,其所归"烟村竹径海涛声",其故乡闽侯靠海,但难以确指,总之当在海滨。其余文献亦均未涉及湖南之地。而林宽《送李员外频之建州》则云:

> 勾践江头月,客星台畔松。为郎久不见,出守暂相逢。鸟泊牵滩索,花空押号钟。远人思化切,休上武夷峰。

李频的故乡为浙西睦州寿昌,即今建德,城依富春江。"勾践江",《佩文韵府》卷3为之立目,但后人多不解其所指。事实上,越地为勾践卧薪尝胆之旧国,勾践江因此当即指富春江。客星台即富春江边名胜,疑即严子陵钓台。明代文征明有《沁园春》词:"富春山下,画舫新来,正雨过青林,波生碧渚……向范老祠前,春风走马;客星台上,雪夜观梅。"[1]本事系指刘秀邀严子陵同床而眠,子陵以足践之,次日臣下报告有客星侵帝座。值得关注的是,既然称李频与自己"为郎久不见,出守暂相逢",那么以上所描绘的正是践行送别的背景。建州就是今日福建建瓯,浙闽交界,历史上互有迁徙,李频赴建州任,必然要经过故乡。由建德向南可入浙南、闽北,由建德向西经过婺州则经江西可穿武夷山脉入闽,因此林宽有远人思化,休上武夷登高而思乡之说。由此而言,林宽的送别之地并非长安,乃是李频的故乡建德附近,此地其时称睦州,西接婺州。这提醒我们,林宽其时正在婺州一带居处。《郡阁雅谈》言刘昭禹"少师林宽",林宽既然没有楚地的经行信息,我们大致可以将这条信息与刘昭禹为婺州人士的记载联系起来:刘昭禹一生最为后世称扬的一件事是其于后晋天福四年(939)署南楚国天策府十八学士。唐末

---

① 汪砢玉:《珊瑚网》卷15引,影印文渊阁四库全书本。

湖广一带多诗人，以刘昭禹、何仲举、廖凝、齐已、虚中等十八学士最具声名，宋人欧阳修《新五代史》卷 66、宋人陶岳《五代史补》卷 2 卷 3、清人吴任臣《十国春秋》卷 68 等皆有记载。在此之前，宋人《郡阁雅谈》、《唐诗纪事》均称其"在湖南累为宰"，随后卒于桂府幕或桂州幕。因此大致可以断定，刘昭禹居留浙江一带的时间应该在入楚为官之前。据《旧唐书·僖宗传》记载，李频为建州刺史是在乾符二年（875），其时林宽送别其人已居其地附近，刘昭禹其时年少，身处婺州，得以师事之，故而称"少师林宽"，其具体时间已经不可确考。

综上所述，我们可以这样描述刘昭禹的生平：以湖南桂阳为其故乡，年少之际因事离乡，曾定居于浙东，故有其为婺州人之说（不排除其祖上为婺州人的可能）。《十国春秋》称其"起家湖南县令，事武穆王父子"，武穆王父子即马殷、马希声、马希范等，896 年唐王朝封马殷为武安军节度使，907 年朱温封马殷为楚王。刘昭禹既事其父子，则归楚时间当在 907 年前后。其曾入长安干谒，或当由浙入京，或返楚地之后入京，具体不详，但当在黄巢起义失败之后。

刘昭禹的诗歌理论。刘昭禹突出的诗歌理论是其两个著名的论断——四十贤人说与玉盒子说。《诗话总龟》卷 10 引《郡阁雅谈》云：

> 五言如四十个贤人，乱着一字，屠沽辈也。
> 觅句者若掘得玉匣，有底有盖。但精求，必得其宝。

计有功《唐诗纪事》卷 16 同样征引了这段文字，略有出入，上海古籍出版社排印本（以较早出现的洪楩本为底本校勘）的标点如下：

> 五言如四十个贤人，著一字如屠沽不得。
> 觅句者若掘得玉合子，底必有盖，但精心求之，必获其宝。①

依据《唐诗纪事》改头换面的《全唐诗话》卷 3 同样引用了这段文字，中华书局排印本何文焕《历代诗话》标点如下：

> 五言如四十个贤人，著一字如屠沽不得。
> 觅句者，若掘得玉合子底，必有盖，但精心求之，必获其宝。②

本段文字上海古籍出版社排印本胡应麟《诗薮》外编卷 4 引用标点为：

---

① 计有功：《唐诗纪事》，上海古籍出版社 2008 年版，第 702 页。
② 何文焕：《历代诗话》，中华书局 1980 年版，第 150 页。

刘昭禹,婺州人,与李涉同时,常云:"觅句如掘得玉匣子,底必有盖,在精心求之。"时称名喻。①

上海古籍出版社排印《清诗话续编》,其中张谦宜《茧斋诗谈》卷1引本节文字标点为:

觅句如掘得玉匣子,底必有盖,但精心求之,必获其宝。②

对比以上标点,除小的出入之外,关键的差异在于"若掘得玉合子底必有盖"如何句读。宋代杨伯岩《六帖补》卷13专设"玉匣子"一条,下有《南唐野史》引刘昭禹论诗云:"五言如四十个贤人,乱著一字如屠沽不得。觅句如掘得玉匣子,有底必有盖,但精心,必获其宝。"此处将以玉匣子为喻、意在强调其有底有盖的目的交代得很清晰,因而如此句读不存在异议。而清代《佩文韵府》卷38则专设"玉合子底"一条,其出处即刘昭禹此段文字,其句显然亦是从"若掘得玉合子底"断开,同样是为了强调其有底必有盖的完整。可见,无论"掘得玉合子底"还是"底必有盖",其命意所在都在于此,只是"底必有盖"的句读于意旨略使人费解。

论五言律诗而言四十个贤人、玉盒子,其用意何在呢?二者各有侧重。

其一,五言律诗四十贤人说。五言律诗一句五字,一诗八句,四十个字被称为四十贤人。贤人是中国古代儒家对德高望重、具有教化经济才能者的尊称,汉代就在人才察举中设有"贤良方正"。贤人依靠本然的材质,但关键在于后天的努力与修养。儒家早期典籍中,《论语》、《荀子》之劝学,《孟子》之尽才成性,以至后世心学人人可成尧舜等论,皆意在宣扬通过人生陶冶、磨砺,养气炼志、动心忍性,可以实现贤者的境界。刘昭禹此论,便是将这样一个人格道德修为过程内化为诗学理论的创见。从一般理解而言,其中包含以下内蕴:

首先,贤人强调文字斟酌而不能俗俚。清人冒春荣《葚原诗说》卷1云:

用字最宜斟酌,俚字不可用,文字又不可用。用俚字是刘昭禹《郡阁雅谈》所谓"四十个贤人,著一屠沽儿不得"也。③

古人以屠为屠牛宰羊之类,沽则为商贾买卖之人,二者地位低贱,下里巴人

---

① 胡应麟:《诗薮》,上海古籍出版社1958年版,第197页。
② 郭绍虞辑:《清诗话续编》,上海古籍出版社1983年版,第799页。
③ 郭绍虞辑:《清诗话续编》,第1582页。案:本条以《郡阁雅谈》归为刘昭禹著属误记。

尚且不属。诗言其如贤人周旋,则当雅而不可俗。许印芳引用这句话便直接将其翻作"五律诗如四十贤人,著一个俗子不得"①。当然,所谓"俗"不一定仅仅指向文辞的粗俗,还指用字彼此当稳称协调、得其所宜,不能得其宜者便类似贤人队中混入了衣衫不整、村气冲天的屠沽,是为滥竽充数,是为俗。

其次,贤人强调五言律诗当严其品格。上一条侧重于用字斟酌,本条则意在整体的追求。袁枚《随园诗话》卷 2 曾引此贤人之论,继而总结云:"余教少年学诗者,当从五律入手:上可以攀古风,下可以接七律。"学诗如学人进境立品,能如四十贤人而字字不苟,句句不苟,整体不俗,则不惟诗境得进,人格也由此获得提升。上攀乎古,下接于七律,如此形成扎实的根基,可避免过早放肆于七律、率意于才情而难以收拾。

再者,也是本论的根本意旨在于强调锻炼与苦吟。当代学者蒋寅曾论及中晚唐五言及其苦吟之风云:

> 在应试的压力下,五言近体更广泛地成为士子用功钻研的对象,成为中晚唐诗创作的主流。专攻五言近体的贾岛,身后拥有空前广泛的追随者,成为晚唐诗坛最受顶礼膜拜的宗师。首先是与这就业的大环境有关的。而对五言近体的揣摩愈细,五律的文体特征及写作难度就愈益为人们所认识,于是产生了"五言如四十个贤人,著一字如屠沽不得"这样的名言。称五律为四十贤人,自然是着眼于它的篇幅。四十字的篇幅毕竟是短小的,要在这有限的篇幅内纳入最多的内容,手段无非是两个,一是用典,一是意象化。②

四十个贤人很明显是讲五律整体的精美,但其所讲求的范围却被限定在四十个字内,篇幅短小,达意已经不易,更何况还要精美凝练。其所依托的手段由此成为创作的关键,也是中晚唐诗人努力探究的对象,而无论用典还是

---

　　①　许印芳:《诗法萃编》,张国庆辑:《云南古代诗文论著辑要》,中华书局 2001 年版,第 241 页。许印芳关于刘昭禹此论的引述与所有文献都不同,其文曰:"按《唐诗纪事》,刘得仁谓'五律诗如四十贤人,著一个俗子不得',诗家以为名言。刘昭禹又持其论七律也。得仁,中唐时人,乃贵主之子。长庆中即以诗名,后卒未遇。"又《钱锺书手稿集:容安馆札记》(商务印书馆 2003 年版)言清人《四十贤人集》云:"盖取唐刘得仁语。"(257 页)案《唐诗纪事》所有关于刘得仁的文字皆未涉及其有如此之论,其他文献涉及此论者又尽归之于刘昭禹,且刘昭禹以之论五律,未曾以之论七律。许印芳、钱锺书此条文字应当皆属于记忆错误。

　　②　蒋寅:《贾岛与中晚唐诗歌的意象化进程》,《文学遗产》2008 年第 5 期。

意象化,其核心都在于高度的锻炼、反复的推敲。四十贤人说与苦吟论由此走到了一起。

其二,玉匣子说。前面我们已经对刘昭禹关于玉匣子一节文字的句读作了论述,诗人的意思是说:作诗就像从地下掘得埋藏久远的玉匣子,虽为尘泥所覆,但玉匣匣底、匣盖齐全,而用玉匣所存放的肯定是要比玉匣还珍贵的宝物,只要精心搜求,就能找到。这个比喻意在说明苦吟的艰辛,但同时也表达了苦吟所能取得的收获,珍贵而稀奇,正所谓苦吟可以破的。刘昭禹从匣子底盖立论,是言五言律的锻炼乃是规矩之中的搜求,五言八句四十字乃是一个自足的系统。但有底有盖之余,他还着重强调了"精心求之,必获其宝",即最佳的创作就如同玉匣有底必有盖一般是客观存在的,在必然的规矩中艰苦锻炼必有收获,就如同最终开启玉匣获得其中的宝藏。后人引述这个比喻大致沿此思想阐发,只是着眼点略有差异:

或从玉匣子底、盖的比喻入手解读,言其意在稳切、圆融。如明代胡应麟将七言律诗概括为五十六字"意若贯珠,言若合璧",继而解释道:

> 其合璧也,如玉匣有盖,而绝无参差扭捏之痕。綦组锦绣,相鲜之为色;宫商角徵,互合以成声。[1]

此处玉匣之论显然出自刘昭禹。所谓玉匣有盖,是有底有盖的省称,通体稳妥、称和,融为一体,无参差也无扭捏人工的浓厚痕迹。不仅如此,底盖之间呼应变化,还要如同綦组锦绣、宫商角徵,虽然各呈其彩、各有其调,但又最终能够纳缤纷于一体,合众调以成曲,如此作品方可浑然而统一。

明代陈继儒《快雪堂岁寒盟引》叙沈纯父之言亦持此论:"昔人论诗如玉盒,函盖须匀。五言律诗如四十贤人,着一屠沽不得。此会庶几近之。"[2]其中言玉盒之论,直接引申出"函盖须匀"的内蕴,其意正在于申发字句意旨的匀称切合。

王夫之论鲍照《拟行路难》亦承此论诗:

> "春燕参差风散梅",丽矣,初不因刻削而成,且七字内外有无限好风光,与"开帷对景弄春爵"恰尔相称。此亦唐人"玉合子"之说,特不可以形迹求矣。[3]

---

① 许学夷:《诗源辨体》卷17引,人民文学出版社1987年版,第187页。
② 陈继儒:《眉公集》卷7,续修四库全书本。
③ 王夫之:《古诗评选》卷1,岳麓书社2011年版,第575页。

诗句之中有本然最切者,得之则天衣无缝,成就绝妙,但其非形迹上的对称。

或就苦吟而论,且将其落实于用字、寻句、觅对等具体创作实践。

如觅对。明末清初《雅伦》卷15:"觅对如掘得玉匣,有底必有盖,但精思,必获其宝。"

如觅句。《雅伦》卷17:"觅句者若掘得玉盒子底,必有盖在。但精心求之,自获其宝。"①

如觅字。清代马位《秋窗随笔》先引刘昭禹之说,继而论断:"可尽作诗用字之道。"②

偏于底盖比喻的稳称内涵,抑或偏于寻寻觅觅的苦吟,二者皆未背离玉匣子论的意旨,只是略乏完备。事实上,二者综合,便可见刘昭禹的全意:苦吟是手段,稳称是目的,从苦吟至稳称,必然要经过字、句、对的艰苦锻炼过程。《唐诗纪事》言其"为诗刻苦",并引其《风雪》诗云:"句向夜深得,心从天外归。"③因此,他这些论断不仅与贾岛苦吟的创作实践呼应,而且也与皎然《诗式》"作用"论呼应。皎然所提出的作用法式是从道家"既雕且琢,与造化争衡"的理路创生的,即推崇锻炼,突出苦吟。

所谓锻炼,从《诗式》之中提出的诸如"四不"、"四深"、"三讲"、"二废"、"四离"、"六迷"、"六至"等具体要求就可以深切感受。如此繁琐细致的讲求,包罗全面,无微不至,如同一块玉石,横切竖割,旁敲侧击,左顾右盼,精打细磨,唯恐有所遗憾。罗根泽先生认为,皎然如此众多的作诗条款,皆"扣其两端",以希望"恰到好处",这种理想就是"惨淡经营,出于自然"④,即经过严格的锻炼而最终展示出自然的体貌。锻炼又被称为苦吟,正是皎然所提倡者,因此当有人称不必苦思,苦思则丧自然之质的时候,其《诗式·取境》中说:"夫不入虎穴,焉得虎子?取境之时,须至难至险,始见奇句。"⑤《文镜秘府论》南卷引皎然论诗也云:

> 固须绎虑于险中,采奇于象外,状飞动之句,写冥奥之思。夫稀世之珠,必出骊龙之颔,况通幽含变之(文)哉?

①　费密撰、费经虞增补:《雅伦》,续修四库全书本。
②　丁福保辑:《清诗话》下册,上海古籍出版社1963年版,第826页。
③　计有功:《唐诗纪事》卷46,第702页。
④　罗根泽:《中国文学批评史》,上海古籍出版社1984年版,第44页。
⑤　皎然:《诗式》,人民文学出版社2002年版。

即使人们常说的兴会纵横状态,在他看来也出于苦思,《诗式·取境》云:"有时意静神王,佳句纵横,若不可遏,宛若神助。不然。盖由先积精思,因神王而得乎!"所谓神助,只是苦思苦吟最终积累下的效果。而苦思苦吟本身并不是目的,是达到自然的手段:"成篇之后,观其气貌,有似等闲,不思而得,此高手也。""但贵成章以后,有其易貌,若不思而得也。"①从苦思而抵达神会,由苦吟而得其稳切、若成自然,这个过程是一个地道的由人而及天的过程,是究天人之际的艺术表达。刘昭禹的四十贤人说与玉盒子论正是这种艺术追求的形象化总结。

刘昭禹的四十贤人论及玉盒子论为他赢得了很高的声誉,如清人张谦宜论及一些学者认为作诗者不谈诗或者谈亦不佳之际,就引此两论曰:"(此)皆唐人论诗之高者。焉得谓作诗而不谈诗?"②清代还有以"四十贤人赋"命题岁试者,许瑶光便因此赋而得张之洞激赏;清代文人华长卿、熊文泰皆有《四十贤人集》。但是,有一点必须澄清:这个论述中的玉盒底盖之论并非刘昭禹的发明,乃是其继承前人诗学理论——尤其唐人相关理论发展而成的。日本遍照金刚《文镜秘府论》南卷"论文意"条云:

> 凡诗,两句即须团却意,句句必须有底盖相承,翻而用。四句之中,皆须团意上道,必须断其小大,使人事不错。

文中抟意之论出自传王昌龄《诗格》,其中言诗有六式,其六曰"一管抟意",举谢朓"穗帷飘井干,樽酒若平生"为例,以为"此一管论酒也";举刘公干"谁谓相去远,隔此西掖垣。拘限清切禁,中情无由宣",以为"此一管谓守官有限,不得相见也"。这个抟意就是团意,是指诗句前后表达意旨的相承与集中。③ 其中"底盖相承"之说则正发刘昭禹玉盒子论之端。虽然这个论断到底出自何人如今无法考证,但我们知道:此书的编辑者遍照金刚公元804年至唐,至公元806年即归日本。临行携带了大批唐人的文学理论著述,归国后辑录为《文镜秘府论》,大师本人也于公元835年离世,因此这里的底盖相承之论便应该是他离开大唐之前唐朝文人的论断。此时距刘昭禹成名的时代尚有百年。当然,此前的底盖相承之论显然是在比喻诗歌句子之间的粘连稳妥,刘昭禹以稳切为基点,将主要命意集中于从苦吟而求稳称,便有了

---

① 王利器:《文镜秘府论校注》南卷引,中国社会科学出版社1983年版。
② 郭绍虞辑:《清诗话续编》,上海古籍出版社1983年版,第799页。
③ 王利器:《文镜秘府论校注》,第292页。

其相应的理论发展。

刘昭禹相关论述的修正与发展。四十贤人论与玉盒子论是建立在中晚唐诗人普遍学习贾岛、提倡苦吟语境下的,此论有其精义,但自宋代就有人道其偏颇。概而言之,历代学者言其偏有两点:

其一,就作者而言,苦吟锻炼不是创作能否成功的根本因素,也不是唯一因素。苦吟能够得一字一句一联之美,未必能得一篇之完美;一联能得一句之美,未必能保证另一句与其神韵相称。宋代黄彻《碧溪诗话》云:

> 刘昭禹云:"五言如四十个贤人,著一个屠沽不得。觅句者若掘得玉匣子,有底有盖,但精心,必获其宝。"然昔人"园柳变鸣禽"竟不及"池塘生春草";"余霞散成绮"不及"澄江静如练";"春水船如天上坐"不若"老年花似雾中看";"闲几砚中窥水浅"不如"落花径里得泥香";"停杯嗟别久"不及"对月喜家贫";"枫林社日鼓"不若"茅屋午时鸡"。此数公未始不精心,似此,知全其宝者未易多得。①

黄彻此处列举的对比诗句,都是一个诗人一部作品中的一个对句,二者即使同出一人,前后一联且已经名垂千古,但两句相较,往往呈现为一佳一弱。以上诸联的作者——谢灵运、谢朓、杜甫、韦应物、郑谷、刘禹锡等皆非作诗不精心之人,但依然存此遗憾,可见精求苦吟,未必最终皆能得其宝藏。因此《诗人玉屑》卷3引录以上文字,最后阮阅慨叹:"两句纯好难得!"与黄彻"知全其宝者未易多得"同调。事实上,就艺术境界而言,全美的状态本就罕见。天道忌全,艺道亦然,有时利病一体方为艺术本然。过求其全则难免刻削雕琢,斧凿痕迹过重,反为不美。

其二,就艺术审美形态而言,创作之中当然有锻炼而至自然这一路径,但更有一气呵成兴会淋漓之际的自然天成,类似这样的创作,则要规避人工琢磨,成就其浑朴之气。李白《春日独酌》诗云:"东风扇淑气,水木荣春晖。白日照绿草,落花散且飞。孤云还空山,众鸟各已归。彼物皆有托,吾生独无依。对此石上月,长醉歌芳菲。"王夫之对此诗欣赏有加,评曰:

> 以庾鲍写陶,弥有神理。"吾生独无依",偶然入感,前后不刻画,求与此句为因缘,是又神化冥合,非以象取。玉合底盖之说,不足立以科禁矣。②

① 黄彻:《碧溪诗话》卷5,人民文学出版社1986年版,第86页。
② 王夫之:《唐诗评选》卷3,岳麓书社2011年版,第955页。

王夫之标榜随兴而生之作,偶然入感,笔性所至而书之。这种诗句未必得之于穷搜苦寻,亦不强求与此前此后底盖相承的联系,但其神理却冥合一体,天机自流,气韵贯注。正是因为如此的创作存在,因此玉盒之论不可执以为科禁。

在修正之外,后人对刘昭禹的以上诗学理论——尤其四十贤人理论又有新的发展,这种发展主要体现为两个方面:

其一,将四十贤人说拓展至五十六贤人,从论五律而言七律。其发端者当为金代党怀英,金代刘祁《归潜志》云:

> 赵闲闲尝言:律诗最难工,须要工巧周圆。吾闻竹溪党公论,以为:五十六字皆如圣贤中,有一字不经炉锤,便若一屠沽子厕其间也。①

王士禛《香祖笔记》卷 3 亦引之,且加按语云:"此五代人刘昭禹语,党述之耳。"此为王士禛记忆失误,刘昭禹只论五言四十贤人,未曾衍及七律。五十六圣贤之论确为党怀英的创举。元初刘壎引时人桂舟公之论七律,以为"五十六字,乃一篇有韵之文,分寸节度,有一字位置不安即不纯熟"②。其分寸节度、位置安否的论述,本义皆指向贤达之士应对之际的从容优雅,以人论诗,实则也源自四十贤人之论。

至于七律言及五十六字如圣贤,其与五律所要求的四十贤人说内质并不完全一致。胡应麟曾论曰:"七言律,五十六字之中,意若贯珠,言如合璧。其贯珠也,如夜光走盘,而不失回旋曲折之妙。"诗句、文字之间彼此融通贯彻,如贤人之间彬彬有礼,周旋有道而无滞碍,此为"意若贯珠"。言为贯珠,则不就个体而言,而是彼此周旋,从容谐和,"綦组锦绣,相鲜之为色"③,既有回旋曲折以见变化,又如珠在盘;虽有炉锤,又气脉贯彻。其流畅如珠玉在盘的意思,强调了七律快意与五律的不同。胡应麟没有以五十六贤人或者圣贤言七律,显然是有意在突出七律的个性,而其论述的理路,却植根于刘昭禹的理论。

其二,将四十贤人说从诗歌延至曲论。明代王骥德《曲律》卷 3"论小令"云:

> 作小令与五七言绝句同法,要酝藉,要无衬字,要言简而趣味无穷。

---

① 刘祁:《归潜志》卷 8,影印文渊阁四库全书本。
② 刘壎:《隐居通议》卷 6,影印文渊阁四库全书本。
③ 许学夷:《诗源辨体》卷 17 引,第 187 页。

昔人谓:五言律诗如四十个贤人,著一个屠沽不得。小令亦须字字看得精细,着一庆句不得,着一草率字不得。弇州论词,所谓宛转绵丽,浅至儇俏,正作小令至语。周氏谓乐府小令两途,乐府语可入小令,小令语不可入乐府,未必其然。渠所谓小令,盖市井所唱小曲也。[①]

将五律的四十贤人说纳入,以论诗的标尺考量词曲,就如同时人以李白与杜甫的优劣比附《琵琶记》与《西厢记》的优劣,在艺法探究之外,有着鲜明的尊体诉求。

————————

　　① 中国戏曲研究院编:《中国古典戏曲论著集成》第四册,中国戏剧出版社 1959 年版,第 132 页。

第二章　宋代浙东文学理论批评

概　　论

　　宋代是浙江文学理论批评全面繁荣的时代。北宋时期,由于政治经济文化中心依然处在北方,浙江一带文学以及相应的理论建树延续了汉魏六朝隋唐时代有点少面、有大家少捧月之众星的局面。钱惟演(今杭州人)在宋初虽然因西昆酬唱而与杨亿等齐名,但没有留下文学批评的文献资料,不过,蔡宽夫(杭州人)以其《蔡宽夫诗话》以及《诗史》在整个北宋文学理论批评领域为浙江争得了地位。南宋都于杭州,这个钱塘江边繁华的城市,集聚了当时中国的政治文化精英,其独特的地理位置,又可以迅速辐射浙东、浙西、浙北。南迁的大批士族定居于此,生养繁衍,与这里本土的文化交流碰撞,使浙江迅速膨胀为文化中心。于是,在随后较为安定的环境下,浙江一带的文学创作队伍、文学理论批评成就都实现了历史性的跨越,诗学、文章学、词学、初步的小说理论等相关理论,几乎都走在了宋代中国文学理论批评的前列。

　　宋代浙东的文学理论批评,延续了前人在各个领域的研讨,并作出巨大开拓,文人们对文学关注的范围、视角都得到扩展,比如王十朋的《策问》便是一个很具体的代表。《策问》首先引刘禹锡序柳宗元之文所说的“文章与时高下”,又引苏轼之韩文公碑:“公起布衣,谈笑而麾之,天下靡然归之正。”随后便抛出一连串的问题,涉及了时代对文学的影响、时代对文人的影响、文人对时代的影响、文人对文风的影响、文人个人才性与文学的关系等具体的理论问题,带有一定的集大成色彩。

综合整个宋代浙江文学理论批评,大致体现了以下一些特征:儒家思想影响深远,文学理论批评之中对传统诗教观点多有沿袭;浙东学派开始走上历史舞台,其文学理论表现了致用的鲜明特征;禅悟论诗;后期永嘉四灵宗唐之论,从创作与理论上开始对以江西诗派为主的宋诗进行反思,开唐体宋体论争之先河。

第一节　保暹《处囊诀》的理论开拓与宋初崇儒论

北宋初期浙东的文学理论批评,以保暹的建树居多。

保暹(生卒年不详,今金华人)是唐末宋初著名的九僧之一,著有诗学专著《处囊诀》,宋代陈应行《吟窗杂录》卷 13 收录,当是残篇。《宋诗纪事补遗》卷 96 有简介,称其"景德初,直昭文馆","景德"系宋真宗年号,因此纳入宋代讨论。

《处囊诀》沿袭了唐代诗格、诗式等著述注重技法的传统,但又有一定的升华。从所存条目看,包括诗用、诗病、诗格、诗眼等四部分。其中主要的诗学理论贡献体现在他对诗歌之"用"的论述上,他将诗用分大用、妙用:

> 夫诗之用,放则月满烟江,收则云空岳渎,而情忘道合,父子相存;明昧已分,君臣在位;动感鬼神,天机不测:是诗人之大用也。

> 夫诗之用也,生凡有圣,该古括今,恢廓含容,卷舒有据:是诗之妙用也。[①]

"大用",可以弥漫人伦,位育父子君臣,使之各得其所,各安其分;又能够通过诗歌的感动教化,襄助政治。这样的作用,当是明道明礼,使得主体合于自然与社会的规范,大致属于世俗政教之用。"妙用",则指诗可以统纳凡圣、包举古今,兼容宇宙间自然万类,所有这一切被诗人融会,从而舒卷吐纳,这主要表现在心灵化育与陶冶,大致近于个体性情之用。从诗的功用上,保暹既接纳了儒家的教化,也标榜艺术的陶融。可贵的是,保暹对诗歌的讨论,将功用与实现功用的艺术手段作了区分,他将大用、妙用统一到具

---

① 　陈应行:《吟窗杂录》,中华书局 1997 年版。

体的"诗有五用"之中：

> 一曰其静莫若定，二曰其动莫若情，三曰其情莫若逸，四曰其音莫
> 若合，五曰其形莫若象。

五用就是大用与妙用落实的艺术手段。强调诗当静定，如此方能涵养气机，实现入兴贵闲；强调诗的创作天机得养，则待情动而可以挥毫，情不动则诗不成。以上的定、情二者，是从创作的涵养与动力而言的。继而强调所有情之中，以"逸"为高，这一点继承了贾岛、司空图辨体以"逸"体为高的思想，也有以此立体标格的意思；又认为，定体之后，诗歌中最核心的就是音律的和谐与意象的塑造。情逸、音合、形象这三者，则主要是就创作法式而言的。诗的创作，由此成为一个以象、音、情来见乎性之静与情之动的过程；而动静之间又可以因面向世界与面向自我而舒卷变化。这五用是偏于个体审美感受与主观希冀的，其中的确有些神秘味道，但未必是诗学理论的神秘，更多的是僧人玩味诗歌与僧侣生活的过程中禅境和枯寂杂糅的产物。但无论如何，它是就艺术而言的，说明在保暹的理论里，诗歌无论从本意上追求什么效用，最终都要回归到艺术手段上。也可以说，只有艺术价值的实现，才能保证社会伦理价值的实现。

另有"诗病"、"诗眼"、"诗格"之论。诗有"诗病"，其目有七，分别为骈经、钩锁、轻浮、剪辞、狂辞、逸辞、背题离目。又论诗有"诗眼"，如举"天上中秋月，人间半世灯"，称"灯字乃是眼也"；又举"鸟宿池边树，僧敲月下门"，称"敲字乃是眼也"。其中诗格无甚新意，但诗病、诗眼之论，都有开拓之功。以病论诗是中国生命诗学特性的表现之一，病犯说在六朝主要集中在声律考究上，《文心雕龙》称之为"指瑕"，兼言声律、文字，而保暹论病则将其落实在诗体与风貌之上。诗眼说延续了早期秀句锻炼的传统，至此明确为一种诗歌创作体式，为宋代以"诗眼"论诗奠定了基础。黄庭坚及其学生范温等皆有诗眼之论，而范温的《潜溪诗眼》已经将"诗眼"的内涵深化为了诗学理论。

宋初，整个浙江范围内文学理论崇儒的气氛普遍浓厚，浙西智圆（生卒年不详，今杭州人）有着重要的贡献。智圆是一位僧人，与柳开同时，早年就已经出家，但他的文学理论却是儒化的，甚至于比真正的儒士还要虔诚，这从他的古文观念中能够清晰感受。宋初承五代声偶丽靡的文风，一些文人力思振作，古文成为抵御这种五代体（当时又称为晚唐体）的有力武器。但在古文的内涵、语言形态、表现内容以及其所附丽的今古关系等问题上，大

家意见并不一致：王禹偁有易言易晓说，石介有宗经说，孙复有文教说，柳开则有意古辞古之论，等等；而智圆的观念在当时也有着一定的代表性，他认为，古文当明古道，道即仁义。《送庶几序》中说："夫所谓古文者，宗古道而立言。言必明乎古道也。"古道是什么呢？"圣师仲尼所行之道也"，儒家先师开辟的准则就是道，概言之，"无越乎仁义五常"。《答李秀才书》对此有进一步阐释：

> 愚尝谓文之道者三，太上立德，其次立功，其次立言。德，文之体；功，文之用；言，文之辞也。德者何，所以畜仁而守义，敦礼而播乐，使物化之也。功者何，仁义礼乐之有失，则假威刑一防之，所以除其灾而捍其患也。言者何，述其三者以训世，使履其言则德与功其可知矣。然则体以正宗，用以权既，辞而辟之，皆文也。

以文辞述德、述功，以仁义为文辞之核心，文兼仁义，则可以兼备德、功和辞。能够以文述德、述功、述含仁义五常之辞，则三者皆为文之道。智圆进而阐述了以下观点：

一则，古文要言仁义五常，当节情以中。同文中称，要立言并非人人可行，必须"用心存公，性其情者，然后可以立于言"；假如"情之不性"，即使艰其句，险其辞，貌似古雅，也必然是反经非圣之说。因此，古文写作要性其情——以性制约情感，不能率情而发，"率情之所为未见有益于教也"。制约的尺度是达到"中"，他称之为"节情以中"："夫喜而不节则其言佞，怒而不节则其言讦，哀而不节则其言懦，乐而不节则其言淫。"因而古文的体貌就要保持中和："中也者，天下之大本也；和也者，天下之达道也。"是为立言之大要。

二则，古文以意古为上，言辞形式不是标准。《送庶几序》中说："夫所谓古文者，宗古道而立言。言必明乎古道也。"古之道为仁义五常，能明古道，述仁义五常就是古文，"古文之作，诚尽此矣"，并非只有"涩其文字、难其句读然后为古文"。可见当时存在着将滑熟、流畅语言颠覆即为古文的观念。智圆又云："与其古其辞而俗于儒，岂若今其辞而宗于儒也？今其辞而宗于儒谓之古文可也，古其辞而背于儒谓之古文不可也。"只要能够传播仁义五常，宗法儒学，语词形式根本没有什么限定，哪怕是以今日倡导古文的文人们反对的时文之言写作也没有问题。可惜的是，这种今辞却"未见有根仁柢义，模贤范圣之作"，连篇累牍，不出风云月露之状，趋炎附势之谈，如此的文章，只能"伤风败俗"，无益于教化。对古文而言，尽管不限定言辞形式，但智圆还是认为："辞意俱古，吾有取焉。"

智圆的儒家文学观在古文之外的诗歌理论上也有体现,人问其"诗之道",他回答:"善善恶恶。"对方觉得过于简约,问还有什么增加的,他说:"善善,颂焉;恶恶,刺焉。"①继承的是诗教之中的美刺说,只不过兑换为了佛家的劝惩语码。

据智圆《钱塘闻聪师诗集序》中记载,宋初雕篆丛起,变其声偶其字的形式追求、"写山容水态述游仙洞府"的创作更是"浸以成风"。当时有些文人以此类游戏娱乐的消遣态度对待诗歌,甚至出现了这样的现象:

> 及夫一言涉于教化,一句落于谲谏,则伟呼族噪,攘臂眦睚,且曰:"此诟病之辞也,讥我矣,詈我矣,非诗之谓也。"

谁要是被认为诗中有讽喻,关教化,那么作者就会认为那是在骂自己。如此风气,确实有着与政教传统的严重背离。

而在当时的浙江文学批评领域,除了智圆之外,浙东也有一批对儒家基本文学观的守护者。如"梅妻鹤子"的林逋(967—1028,今杭州人,一说浙东奉化人),一生流传下来的作品以诗为主,也多遣兴之作,看其《诗将》、《诗家》、《诗匠》、《诗狂》、《诗魔》、《诗牌》、《诗筒》之类的题目就可晓其一二。但他在其《省心录》中却大谈儒家的正统诗学思想,如他尽管称"华藻见于外者谓之文",但又称:"苟见道不明,用心不正,适足以文过饰非,文学所以在德行政事之下。"又有"绮语背道,杂学乱性"之类的教戒。②

沿袭了智圆崇儒思想并又有所发挥的还有赵湘(958—994,今衢州人)。于古文,他提出了"文之本"的说法,所谓文之本,就是文以道为本,道即仁义礼智信五常。以五常为道本于智圆,但以五常为文本则是赵湘新义,在《本文》之中,他这样概括自己的这个思想:"灵乎物者文也,固乎文者本也。本在道而通乎神明,随变以发,万物之情尽矣。"以五常为道是就内容而言的,以五常为文本则兼容着艺术效应,文章有道,可实现"通乎神明,随变以发",那么就可以尽万物之情态了。有人疑问:古代的文章,能够固其本者都是圣贤,今日文人等而下之,如何能够做到以道为本呢?赵湘回答:

> 圣与贤不必在古而在今也。彼之状亦人尔,其圣贤者心也,其心仁焉、义焉、礼焉、智焉、信焉、孝悌焉,则圣贤矣。以其心之道,发为文章,教人于万世,万世不泯,则固本也。

---

① 智圆:《钱塘闻聪师诗集序》,见续藏经本《闲居编》,以上引文皆出此。
② 林逋:《省心录》,丛书集成初编本。

圣贤并非超人,只是因为他们有仁义礼智信与孝悌之心,有此心即使不是圣贤也能明道固本。

《王象支使甬上诗集序》又从诗入手阐释自己的儒家文学观,他称:"诗者文之精气,古圣人持之摄天下邪心,非细故也。"既然诗为文精,起到的是持摄邪心的作用,因而"天惜其气,不与常人",也就是说不是随便什么人都能作诗,都可以作诗,即使在圣门之中,弟子不能诗者也大有人在。什么人才能作诗呢? 他认为不是小人,而是明章句的君子。这种君子,"温而正,峭而容,淡而味,贞而润,美而不淫,刺而不怒"。这样的君子实则就是儒家气象的化身,其所作的诗才是真诗,才符合教化天下的要求。又通过太原王公的创作,描绘了这种作品的体貌:"造意发辞,复在象外;戛击金石,飘杂天籁;闳邃淳浑,幽与玄会。其为美也,无娇媚之志,以形于内;其为刺也,无狠戾之气,以奋于外。"①如此婉而成章,就是章句君子,其诗就可以持摄天下邪心,消除烦郁之毒。

第二节　宋代浙东理学家的文学理论批评与禅悟论诗

南宋时期,浙江一带理学相当发达,吕祖谦、陈傅良、王柏、叶适、陈亮、王应麟等都有相当的影响力。陈亮与当时的大儒朱熹有着名动一时的义利王霸之争,其他如陆游、楼钥、薛季宣等众多文学之士身上,不同程度地烙有理学的痕迹。这种痕迹在文学理论批评上大致表现在以下几个方面:

其一,讲雅正。雅正是对鄙俗、邪思、淫艳的摈弃。杨简(1140—1225,今慈溪人)将其与"思无邪"建立起关系。孔子称《诗经》,一言以蔽之,无非"思无邪"。关于这个无邪,有人觉得恐怕有深意;有的甚至以为这个无邪"必非常情所谓无邪"。杨简《家记》说,圣言夷坦,用不着穿凿,"无邪者,无邪而已,正而已矣",正则不"越乎常情",无放僻邪侈。叶适(1151—1223,今永嘉人)从不虚假入手阐释雅正,《题荆公诗后》记载程正叔见秦少游,问:"'天知否? 天还知道,和天也瘦。'是学士作耶? 上穷尊严,安得易而侮之?"很多文学之士听到这样的指责觉得好笑,但叶适却说:

> 如此等风致流播世间,可谓危矣。且《华严》诸书,乃异域之放言,

---

① 赵湘:《南阳集》,影印文渊阁四库全书本。

婆须密女岂有声色之实好? 而遽以此裁量友朋乎? 志意想识,尽堕虚假。然则元祐之学,虽不为群邪所攻,其可操存亦不足赖矣。此苏黄之流弊,当戒而不当法也。①

从语词和修辞等方面,要求不能意象不实,过于空幻,与经典圣学相背离。

王柏(1197—1274,今金华人)以反对淫艳来维护雅正,《雅歌序》中他首先从《诗经》入手,提出孔子杂列郑卫之淫声于其中的目的在于"存之以为世戒",使读者"悚然知所羞恶",这样,就将《诗经》之中所谓的淫艳之辞与当时流行的"怨月恨花、殢红倦翠之语,艳丽放浪、迷痼沉溺者"作了区分。但即使这样,他仍然觉得郑卫之音罪不可逭,故又说:"郑卫之音,二南之罪人也;后世之乐府,又郑卫之罪人也。凡今词家所称脍炙人口者,则皆导淫之罪魁耳,而可一寓之于目乎?"将宋代流行的词整体纳入到放而弃之的行列。

当然,雅正的内涵不仅仅表现在情之无邪与辞的不虚上,最主要的是这种精神应该融入诗体,化为一种内在持守的要求。关于这一点,浙西赵孟坚(今海盐人)有过细致的论述,他先从"诗非一艺"入手,将诗从文艺之事当中分离,赋予其"德之章,心之声"的含义,由于将诗与道德、情志粘连,顺理成章地得出了诗需要雅正的结论——道德情志主于雅正是儒家的基本要求:

> 其(道德与情志——著者)寓之篇什,随体赋格,亦犹水之随地赋形。然其有浅有深,有小有大,概虽不同,要之同主忠厚,而同归于正。

这个思想和孔子"有德者必有言"的要求大致相似,不过孔子是从道德论及文字,赵孟坚则是从文字论及道德。倡导雅正,则视国风、雅、颂、离骚以及杜诗为诗家正者之流;而从汉代苏李五言开始,建安七子之余,晋宋之清虚,齐梁之靡丽,至唐代歌行、吟谣、怨叹、词曲,进而律诗诞生,"诗体备而诗亦变矣"。诗变而至律并不代表诗本该如此,也不代表诗的能事已经止于此,更不意味着诗雅正之脉至此断绝,律诗只要守雅正之义,便依然可以纳入雅正之脉流。如何实现这种雅正呢?"其发也正,则演而春容大篇,忠厚也;束而二十余字,亦忠厚也。"②所谓"发也正",就是发乎情、止乎礼,赵孟坚在此将"发情止礼"的大道糅进了律诗诗学风格的建构,雅正又被风格化了。

其二,平淡自然。平淡自然是雅正的延伸,雅正致力于诗体的要求与规范,而平淡自然更倾向于风格的追求。宋代文人关于这一点的继承,主要从

---

① 叶适:《水心先生文集》卷23,四部丛刊初编本。
② 赵孟坚:《赵竹潭诗集序》,《彝斋文编》卷3,影印文渊阁四库全书本。

以下几点得以表现：

首先,不怪异。宋代继承了先秦两汉魏晋南北朝以及隋唐漫长的文学史积累,承担上一份厚重遗产的同时,也面临着巨大的创新压力,动求新异便在所难免。楼钥(1137—1213,今宁波鄞州人)描述这种现象就是:唐代文有三变,宋代也经过了数次变化,仅仅骈体也已经变化了数次,"作者争名,恐无以大相过,则又习为长句,全引古语,以为奇倔"。① 他对这种现象的评价是:"反累正气。"他眼中的文章,"文从字顺,便于宣读"就是佳境,无须如此诡异。《答綦君更生论文书》对文不当奇怪又作了详细的论述。綦君来书论文:长江东流,三峡恰因为地势迫束而形成了动心骇目之奇观,不动心不骇目则平平。由此得出结论,文章就应该以奇怪为美。楼钥回道:"诚是也,然岂水之性也哉?水之性本平,彼遇风而纹,遇礐而奔。浙江之涛,蜀川之险,皆非有意于奇变,所谓湛然而平者固自若也。"一切的奇怪都不是其本来面目,平才是水的根本。随后对和与平作了专门的论述:

> 故乐之未亡也,与天地同和,可以感发人之良心;而其既亡也,史纪其精者,谓能使人叹息凄怆,至泣下沾襟者,然后以为声之妙。曾不知哀以思者,乃亡国之音,所谓安以乐者何在耶?②

和是平的表现形态,也是平所呈示的境界,是祥和治世的表征,而奇怪的违和不平之音声虽然也美,却是亡国之音。所以奉劝论文者"不必惑于奇,而先求其平"。有人质疑:唐代柳子厚称韩愈言"文益奇",韩愈也自称"怪怪奇奇",二人又为万世景仰,如何解释?楼钥认为:韩愈之文,"在流俗中以为奇,而其实则文之正体也"。就是说,韩愈的文章本来是和平的,只是当时一些人依照世俗的标准难以赏识,因而才认为怪奇,其实偶尔有文人习气不免之处,但不害其文之平。这是对唐代浙江以及整个文坛曾经流行的怪奇倾向委婉的批评。

其次,尚平易反纤巧。尚平易其目的在于明理明意,因而语言当以平常朴素为主。杨简《家记》中就批评了当时的文风,对文人们宗"陈言之务去"、"文意切忌随人后"、"语不惊人死不休"之说表示了不满,继而云:"夫言惟其当而已矣。谬用其心,陷溺至此,欲其近道,岂不大难?虽曰无斧凿痕,如太羹玄酒,乃巧之极功。"至于文士之言,"止可谓之巧言,非文章"。于是,孔子

---

① 楼钥:《北海先生文集序》,《攻媿集》卷51,四部丛刊初编本。
② 楼钥:《攻媿集》卷66。

的"辞达而已矣"、《尚书·毕命》中的"辞尚体要"便成为文的最高标准,至于"冥心苦思"、"炼意磨字"之类,都不是夫子认可的文章。① 王柏则从忌纤巧来强调平易,时人论诗:"须有宿根,有记魄,有吟骨,有远心,然后陶咏讽诵,即声成,脱然颖悟。"他则说:"美则美矣,是非言古人之诗也。三百五篇之作,虽有出于闾巷小夫幽闺女子之口,而亦自有以得吟咏情性之正者,岂必刻苦用心于琢句炼字之工哉!"②宿根、颖悟、吟骨、记魄之类,过于刻镂,过于琢磨,过于强调先天禀赋,有违古诗平易自然之道。《跋欧曾文萃》卷 11 则又称:"文字好处,只是平易说道理,初不曾使差异的字换寻常字。""平易"二字,应该说是儒家强调的温柔敦厚、儒者气象的最标准形态。

又次,重风教也要出于自然。王柏对风教很讲究,其《重改石笋清风录序》一文从清风二字敷衍,对风化、风教、风雅颂之"风"的内涵作了具体分析:

> 夫天道流行,发育万物,鼓天下之动而神变化之功者,莫疾于风。起于空洞苍茫之中,而激越于山川,徘徊于草木,虚徐游泳于精神兴致之表,泠然而不可挹,倏然而不可留。其感人也深,其动物也力。有自然之妙,莫知其所以然者,其惟风乎!

风之特征分别体现在其速疾、其覆盖广、其感人深、其动人有力、其运行自然而然。因此风对于教化格外重要,应用极广:无论风气、风声、风教、风俗、风范、风致,"皆取其感人动物,有自然之妙"③。因此,创作既要做到有所教化,又要以风为法,使得教化如风化人,了无痕迹。

与理学家凿实拙朴的文学思想形成鲜明对照的是,其时浙东一带以禅悟论诗也成了风气。宋代禅宗已经发展成熟,并实现了与文人情趣前所未有的结合,随着禅学在文人之中的普及,以禅悟论诗也成为当时诗学理论中的新鲜内容。就整个文学理论界而言,早在北宋,苏东坡、黄庭坚就有以禅论诗的诗句,如东坡《夜直玉堂携李之仪端叔诗百余首读至夜半书其后》诗:"暂借好诗消永夜,每逢佳处辄参禅。"山谷《奉答谢公定与荣子邕论狄元规孙少述诗长韵》:"无人知句法,秋月自澄江。"当然,此二诗一侧重于禅悟,一

---

① 杨简:《家记》,见吴文治主编:《宋诗话全编》,凤凰出版社、江苏出版传媒集团 1998 年版。

② 王柏:《跋邵絜矩诗》,《鲁斋王文宪公文集》卷 11,金华丛书本。

③ 王柏:《鲁斋王文宪公文集》卷 4。

论句法。较早直接以禅正面系统论诗者是吴可,其《学诗诗》明确表示"学诗浑似学参禅";另如范温《诗眼》中也较早提出了"学者先以识为主,禅家所谓正法眼"以及"识文章者当如禅家有悟门"的说法;最著名者当属严羽的《沧浪诗话》。对浙江而言,诗学之中论及禅悟者很多,如楼钥云"(诗)当有悟入处,非积学所能到"①。楼钥生活的时代要早于严羽,论诗当有悟处,将诗依仗的素养与学区分,楼钥是具有开拓贡献的。葛天民(1198年左右在世,今绍兴人)于《寄杨诚斋》中将参禅与学诗并列,称"参禅学诗两无法",无法是指没有死法,因而又称"死蛇解弄活泼泼",②是对活法的认可,而这个"活法"也出于禅宗。戴复古(1167—?,今台州人)《论诗十绝》中有云:"欲参诗律似参禅,妙趣不由文字传。个里稍关心有悟,发为言句自超然。"又云:"诗本无形在窈冥,网罗天地运吟情。有时忽得惊人句,费尽心机作不成。"此皆就自得而言,兴会开悟,非由人工。戴复古所居天台地近福建,和以禅悟论诗的福建学者严羽订交,时有过从,并有《祝二严》一诗称:"羽也天资高,不肯事科举。"其《论诗十绝》前有小序云:

> 邵武太守王子文日与李贾、严羽共观前辈一两家诗及晚唐诗,因有论诗十绝。子文见之,谓无甚高论,亦可作诗家小学须知。③

《石屏诗集》之中也有赠王子文的诗篇,严羽等当时可能为王子文的清客,戴复古因此与这些喜欢晚唐诗的文人在诗学思想上互有直接或者间接的影响,而戴复古因为不喜晚唐所以才格外强调对方"日与李贾、严羽共观前辈一两家诗及晚唐诗",这也是《论诗十绝》产生的背景,于此可见他们之间存在着诗学思想的切磋。据考证,严羽其时只有二十岁左右,而戴复古已经成名,这也说明严羽以禅悟论诗恐怕也和浙东诗人对此的提倡互有关联。

另如杜范(1181—1245,今黄岩人)有《方山有求转语之作并用韵二章》,其中云:"观物非外索,具眼以心会。微阳花病槁,宁供等闲醉?我尝课前作,无言乃为最。譬彼清庙瑟,一鸣弦越外。"④诗中"具眼会心"、"无言为最"、"弦外"等都是禅的影响下引出的诗学术语。史弥宁(1210年左右在世,今宁波人)也有以禅论诗的言论,而且明确提出了一个"诗禅"的范畴,并以

---

① 楼钥:《书张武子诗集后》,《攻媿集》,卷70。
② 葛天民:《葛无怀小集》,影印文渊阁四库全书本。
③ 戴复古:《石屏诗集》卷7,四部丛刊续编本。
④ 杜范:《清献集》卷1,影印文渊阁四库全书本。

《诗禅》为题作有一绝："诗家活法类禅机,悟处工夫谁得知？寻著这些关捩子,国风雅颂不难追。"由于讲禅悟,所以对作诗之际偶然的兴发极为重视,《评诗》强调"诗要天然莫强为",《觅句》讲究诗兴不来则当助兴："山院清吟雪作堆,锦囊开口等诗来。尚嫌句里欠平淡,忍冷巡檐看老梅。"[1]以雪中访梅助雅兴。不过,在讲禅悟的同时,又对过分以禅机为诗以禅语为诗进行了反思："诗禅在在谈风月,未抵江西龙象窟。尔来结习莲社丛,谁钦超出行辈中？"[2]满篇风月,以为参悟的意象,但习气已成,便没有什么新意,反不如江西派的作品大气,因而盛赞友人"玄机参透涪仙句",得山谷真传。

第三节   浙东学派初创之际的文学理论批评

宋代是浙东学派的初创时期,浙东学派是后来的命名,其崭露头角的时候,学术界称之为永嘉派,源于道学。有学者认为其开拓者是永嘉周行己,随后王十朋、薛季宣导其流;继而有吕祖谦、陈傅良、陈亮、叶适、楼钥、陈耆卿、吴子良等为其后进。浙东学派的形成既是一个演化过程,也是一个集纳融会过程,所以学界以为其重要代表文人分别来源于以吕祖谦为代表的金华学派、以陈亮为代表的永康学派、以叶适为代表的永嘉学派。

浙东学派从一走上历史舞台就表现了相当的活跃性,它吸纳了史学派、事功派,人员覆盖温州、台州、金华、宁波、绍兴等地,聚集了当时浙江文人的精英力量。这批文人多数是学者身份,兼通经史,因而论文呈现出鲜明的素朴特色。其中文学建树和理论建树最高的是叶适。

一、文学致用观

浙东学派起初明确涉及致用思想的是陈傅良(1137—1203,今瑞安人),《答贾端老》书中论读史云："《春秋》同是圣人经世之用,要其托史见义。"[3]"经世之用"后来在浙东史学大家那里被提升为一种"经世致用"的思想。王十朋(1112—1171,今乐清人)的文章里虽然没有明确的经世字眼,但却出现了文学与社会关系的具体观照,其《策问》便是一个很具体的代表。策问首先引刘禹锡序柳宗元之文所说的"文章与时高下",又引苏轼之韩文公碑:

---

① 史弥宁:《友林乙稿》,影印文渊阁四库全书本。
② 史弥宁:《赋桂隐用王从周镐韵》,影印文渊阁四库全书本。
③ 陈傅良:《止斋先生文集》卷35,四部丛刊初编本。

"公起布衣,谈笑而麾之,天下靡然归之正。"随后发问:

> 尝因二子之论而验其时与人,必刘子之言是信耶? 则吐辞为经如
> 孟荀二子,实战国人也,战国之分裂能病天下之文,何为不能病二子乎?
> 必苏子之言是信耶? 则战国二儒贤过韩愈,愈能起八代之衰,而二儒乃
> 不能起战国之病,何也? 我国朝四叶,文章最盛,议者皆归功于我仁祖
> 文德之治,与大宗伯欧阳公救弊之力。沉浸至今,文益粹美,远出乎贞
> 观、元和之上,而进乎成周之郁郁矣,是果时耶人耶? 二者若兼有之,与
> 刘、苏二子之说又皆不同,何也?①

尽管此文涉及了诸多的理论问题,但最引人注目的是其着力探讨文学与时
代和人的关系:若言文与时高下,战国混乱的时代,却出现了孟子、荀子这样
的大儒以及其名垂青史的文章;若如苏轼之论,伟人的文章能够使得天下之
文章向风而归之于正,那么韩愈能够做到,为什么远比韩愈神圣的孟子、荀
子不能做到呢? 宋代文章繁荣,究其原因,一为国家之文德治化,即时代的
清明;一则为文坛泰斗欧阳修的拨乱反正,以实际的创作,使天下文人翕然
宗法。而这种宗法归正,实则就是以文章实现的对治化的参与。因此,《策
问》中所论及的不是一般如《文心雕龙·时序》的文章代变问题,也不是纯粹
的文风问题,而是透过文风的变化以及其原因的探悉,强化文学与现实的关
系,以文学为中介构建精英之士干预社会的方略。

当时倡导致用的健将首推陈亮(1143—1194,今永康人),而附和者也数
量可观,成为浙东学派早期在文艺理论上一次集体亮相:

首先,陈亮认为面对时艰,变法第一,至于文章之变当居其次。《策对·
变文法》中称:"古人重变法,而变文尤非变法所当先也。"为什么变文不当居
于变法之前呢? 他论述了法不定则舆论的嚣杂对法会造成冲击,众口多词,
莫衷一是:

> 天下之士,岂不欲自为文哉? 举天下之文,而皆指其不然,则人各
> 有心,未必以吾言为然也。然不然之言,交发并至,而论者始纷纷矣。
> 纷纷之论既兴,则一人之力,决不能胜众多之口。此古人所以重变法而
> 尤重于变文也。

对策中所言之文,是当时的科举之文。变文是就改变考试方式、考试内容及

---

① 　王十朋:《梅溪文集》卷14,影印文渊阁四库全书本。

文风而言的。当时基于科举文风之弊,有人提出当变文,陈亮以为这是舍本逐末:且不论"三年课试之文,四方场屋之所系",非一朝可以得变,即使可变也无补于世用;根本的出路在于变考试之法,参取前人取士方略,不以时文为唯一之途径。至于何者是更好的选才考试方法,陈亮在《变文法》一文中作了具体分析,他针对宋代学校及科举考试中的经义与诗赋之争,明确提出"古人重变法而尤重于变文"的观点,并在回顾宋代诗赋文体演变的过程中,对于柳开、穆修倡导古学的宗旨极为赞同,指责杨亿、刘筠等西昆体瑰奇精巧而体格卑弱;赞扬欧阳修、尹洙以古学风敦励学者,石介、孙复以经术居讲太学,李觏、梅尧臣又以文墨论议游泳于其中:在他看来,这才是最佳的教育体式和人才培养模式,所以称"太学之盛,盖极于此"。因此推崇王安石以经术选士的主张,而司马光"元祐更化"尽复旧制,诗赋之类又成为科举主体,徒取快于一时而无益于世。主张参用胡瑗、孙复的教法和王安石的学法等,改革宋代太学的文风及学规,重新回到重视经术上来,这样也许还可以选出真正的人才。而经术并非仅仅是儒生的训诂之学,还包括学习经典之中的治术与经济之道。

其次,文章当服务于行宜。陈亮重视实践,文章在他看来应当有助于实践,因此反对空谈华艳而不理实务。《复吴书异书》云:"亮闻古人之于文也犹其仕也。仕将以行其道也,文将以载其道也。道不在我,则虽仕何为?"[①]文载道,仕行道,文章写作的最终目的在于将其中的思想理念实践化,不然就是空文、无用之文。反过来,实践如果不践行自己文章中秉承的大道,也会因此误入歧途。文章与行宜之间是这种相成的关系,但不是二者并重,而是一因一果,一始一终。文章行宜兼而论之也是吕祖谦的主要思想,他与陈亮书信往来,在这一点上也有着一致性。《与陈同父书》云:"若实有意为学者,自应本末并举。若有体而无用,则所谓体者,必参差鲁莽无疑也。"本末并举、体用并举,文章由于可以明体,自然不可轻视,所以他专门提出"词章古人所不废";但同时强调,有体无用则其所谓的体便值得怀疑,因为不从用当中是难以参透真正之体的。因此,不能表现于用的体便"参差鲁莽无疑"了——不明确、草率粗疏。[②]

致用思想影响很广,在与陈亮重实用事功的理论呼应的同时,还表现在直接对文学价值的贬抑。与陈亮大致同时的陈傅良认为文章无用、文盛道

---

① 陈亮:《陈亮集》卷 11、卷 20,中华书局 1974 年版。

② 吕祖谦:《东莱吕太史文集》,卷 5,续金华丛书本。

衰,《文章策》中说:

> 三代无文人,六经无文法。非无文人也,不以文论人也;非无文法
> 也,不以文为法也。是故文非古人所急也,古者道德同而风俗一,天下
> 未尝惟文之尚也。学校进士,无文教也;乡党选士,无文科也;朝廷爵
> 士,无文品也。①

无论是文人、文章还是文法,古人都不重视,因此才有了古代道德之盛。自
汉代以来文章日盛,"而士之俗日漓,人才之日乏,而国家之日不理也。华藻
之厚,而忠信之薄也;词辨之工,而事业之陋也;学问之该,而器识之浅也"。
文章盛、文人盛带来的竟然是世俗浇漓、人才匮乏、事业萎缩,以古证今,自
然得出了这样的结论:"道盛则文俱盛,文盛则道始衰。"文与文人在充当盛
世点缀的同时,又成为盛世衰落的罪魁。这样论述,从以尊古作为理论的起
点就犯了根本性错误,古代文章与文人之所以不被重视并非崇道明道的追
求所造成,而是社会文明、民主整体发展滞后的必然产物;而以此为准绳,比
量时代兴衰,将衰落的罪责加于文章文人,便有些欲加之罪了。浙东思想界
致用的理论产生在南宋岌岌可危、风雨飘摇的时代,此时的反思紧迫而无
奈,由此带来了急功近利的弊端是在所难免的,而文章与文人不幸又往往成
为理论反思的批评对象。杜范就更为明确地从具体服务社会的角度贬斥
文艺:

> 某等窃观昔人有言:"士之致远,先器识,后文艺。"絜是矩以观人,
> 真取人之良法。盖尚器识者,必重厚;专文艺者,多轻浮。重厚之士,如
> 金石齿革,虽贵贱不同,而咸适于用;轻浮之人,如镂冰刻楮,虽华采可
> 观,而无补于时。此王杨卢骆所以不见录于裴行俭者也。②

以文艺使人轻浮为前提,得出文学之士徒有华采无补于用的结论,忽略的恰
恰是文艺在使人兴会标举、意气飞扬的同时对人的陶冶与塑造。另有黄震
(1213—1280,今慈溪人),对诗歌创作成见更深,读《晦庵先生文集》见朱熹
《至日诗》有悔恨多言之意,并云从此"绝不作诗",黄震评道:"以先生晚年之
学,谓漫辞为虚废工夫则可,若言以明道,虽多何害耶?"③意思是:朱熹晚年
诗文之作颇多,无非是徒废工夫。因此反对闲适无为的消遣娱乐,诗为其中

---

① 陈傅良:《止斋先生文集》卷52附。
② 杜范:《荐葛应龙札子》,《清献集》卷15。
③ 黄震:《黄氏日抄》卷34,影印文渊阁四库全书本。

之一；并举围棋为无用之物的代表，以之为"废时乱日"，对宋人袁象溇举林和靖语中"平生所不能，担矢与围棋"极为称誉，并解释孔子"不有博弈者乎，为之犹贤乎已"云："正借无益之事以甚言无所用心之为害，非真谓博弈之犹可为也。"依照这样的逻辑，诗虽然未必和担矢并列，但也是乱日害事的无用之物。

二、重义理

以诗文表达一定的义理，是致用观的一个引申，无义理者只有绮靡藻饰，只能佐助宴乐，难以醒世。这个观点具体的落实就是主张文章不重好言语，以意理胜。陈亮《书作论法后》云：

> 大凡论不必作好语言，意与理胜，则文字自然超众。故大手之文不为诡异之体而自然宏富，不为险怪之辞而自然典丽。奇寓于纯粹之中，巧藏于和易之内。不善学文者，不求高于理与意，而务求于文彩词句之间，则亦陋矣。故杜牧之云："意全胜者，辞愈朴而文愈高；意不胜者，辞愈华而文愈鄙。"昔黄山谷云："好作奇语，自是文章一大病，但当以理为主。"理得而辞明，文章自然出群拔萃。①

此条文字专就文章中"论"之一体而发，似乎这个重意重理、不主典丽文彩的要求于文体有所局限，实则不然。《与吴叔异》中也称，如果不能明道，虽然作文有文彩，也无非是"与利口者争长"，并承程子之说讽刺韩愈以文为本、骋其言辞的作品为"倒学"，可见重视义理是对整体文章而言的。陈亮心目之中文章的标准是古文，其中欧阳修的文章得到他极力的称赞："根乎仁义，而达之政理，盖所以翼六经而载之万世者也。"②"关世教"、"根仁义"、"达政理"、"翼六经"，是他确立的标准。

吕祖谦对理的重视程度在致用派之中同样突出，这一点吴子良（南宋1226年进士，今临海人）曾经有过总结："自元祐后，谈理者祖程，论文者宗苏，而理与文分为二。吕公病其然，思融会之，故吕公之文，早葩而晚实。"③在他看来，吕祖谦文、理融会的方法就是以文见理，明理是文章有体有用的表现形态。

叶适是文章当言义理更坚定的信守者，于诗于文都是如此。《王木叔诗

---

① 陈亮：《陈亮集》卷16。
② 陈亮：《欧阳文粹书后》，《陈亮集》卷16。
③ 吴子良：《筼窗集续集序》，陈耆卿《筼窗集》卷首附，影印文渊阁四库全书本。

序》论唐诗："夫争妍斗巧，极外物之变态，唐人所长也；反求于内，不足以定其志之所止，唐人所短也。"争妍斗巧之外，诗歌最主要的是要能够"定志之所止"——止乎义理。《周南仲文集序》云文章：

> 夫文者言之衍也。古人约义理以言，言所未究，稍曲而申之尔。其后俗益下，用益浅，凡随事逐物，小为科举，大为典册，虽刻稴损华，然往往在义理之外矣，岂谓文也？君子于此寄焉则不足以训德，学者于此习焉则足以害正。力且尽而言不用，去古人不愈远乎？①

文章就是要以义理为主。义理和道关系密切，在叶适看来，道是规律，是最高准则，文章依据道而生，道呈现于文章之中就是义理，是道的分殊。此道不同于道学之本体探询，乃是可以治理国家、燮理阴阳的道，故称"上世以道为治，而文出于其中"，"于义理愈害而治道愈远"：文源于道，所以文以义理为主；文如果有违于义理，那么就说明世道离治道越来越远了。那么，什么样的文章有违于义理呢？叶适认为就是汉唐开始出现的那些虚文：

> 既不知以道为治，当时见于文者，往往讹杂乖戾，各恣私情，极其所到，便为雄长。类次者复不能归一，以为文正当尔，华忘实，巧伤正，荡流不反。

要防止此弊，就要做到义有所考、事有所核，以实际取代"区区虚文"，则义理就有了落实之处。于是盛赞吕祖谦的《宋文鉴》：

> 此书刊落浩穰者百存一二，苟其义无所考，虽甚文不录；或于事有所该，虽稍质不废。巨家鸿笔，以浮浅受黜；稀名短句，以幽远见收。合而论之，大抵欲约一代治体，归之于道，而不以区区虚文为主。余以旧所闻于吕氏又推言之，学者可以览焉。然则谓庄周、相如为文章宗者，司马迁、韩愈之过也。②

文在叶适这里被区分为"实文"与"虚文"。后世艺术审美范畴的文被纳入虚文之列，明理载道者才是实文，是文人学子不可忽略的。

杜范是重致用的后来之士，面对文士各斗新美的状况，他也表达了厌弃华艳的观点，认为"春禽转巧舌"一类的创作，但可"供好弄"，取之以应事则

---

① 叶适：《水心先生文集》卷12。
② 叶适：《习学记言》卷47《读吕祖谦文鉴》，影印文渊阁四库全书本。

"只字不可用"①。又称:"词章道之华,于世非少补。"就是说,词章以明道为本,不明道,就属于措置失宜,虽文秀也不值分文。②

师从于叶适的吴子良对义理多有论述,他不同于同出叶适之门的陈耆卿,陈耆卿(1180—1237,今临海人)受学叶适,在从文还是学理上心有彷徨,所以自称:"今而后当涵浸乎义理之学;词章之习,不惟不敢,亦不暇。"③不敢是心中有顾忌,不暇又未免见其遗憾:这是他将义理之学与文章对立的产物。吴子良没有否定诗文创作,但将其与义理之说结合了起来,《跋陈耆卿筼窗集》中云:"为文大要有三,主之以理,张之以气,束之以法。"④人称为文学三要。吴氏有专门对叶适诗歌的论述,关注的重点就在义理上:

> 水心诗早已精严,晚尤高远。古调好为七言八句,语不多而味甚长。其间与少陵争衡者非一,而义理尤过之。难以全篇概举,姑举其近体成联者:"花传春色枝枝到,雨递秋声点点分。"此分量不同,周蔽天际也。"江当阔处水新涨,春到极头花倍添。"地位已到,功力倍进也。"万卉有情风暖后,一筇无伴月明边。"此惠和夷清气象也。"包容花竹春留巷,谢遣蒲荷雪满涯。"此阳舒阴惨规模也。"隔垣孤响度,别井暗泉通。"此感通处无限断也。"举世声中动,浮生胥带来。"此真实处非安排也。"峙岩桥畔船辞柁,冷水观边花发枝。"此往而复来也。"有儿有女后应好,同穴同时今奈何。"此哀而不伤也。"此日深探应彻底,他时直上自摩空。"此高下本一体,特有等级也。"著蔡羲前识,箫韶舜后音。"此古今同一机,初无起止也。所谓关于义理者如此,虽少陵未必能追攀。⑤

此处的义理是泛化的,有自然之理,有人生往还之理,能够有义理而非徒裁弄风月,这就符合要求。之所以得出这样的批评标准,关键在于浙东学派本身出于理学,"理"在宋代思想界被视为宇宙统辖力量与神秘规律的代称,只要能与这个带有终极色彩的理接通,那么相应的接通形式就获得必要的礼遇与认可。这一点和魏晋之际的玄言诗获得长达百年的繁荣有近似之处。不同的是,叶适论义理强调:义有所考据——义禁得起推验,有理有据;事有

---

① 杜范:《送子瑾叔》,《清献集》卷1。
② 杜范:《丁丑别金坛刘漫塘七首》,《清献集》卷1。
③ 陈耆卿:《筼窗集》卷首自序。
④ 陈耆卿:《筼窗集》末附。
⑤ 吴子良:《荆溪林下偶谈》卷4,影印文渊阁四库全书本。

所核——针对实事实际而发。叶适立言的根本在于现实社会、现实世界的关怀，而吴子良以义理论诗文，并没有排斥艺术的包装。

　　义理说和气说是宋儒阐释宇宙规律的核心方法，因而言义理者多言气，吴子良讲立之以理、张之以气就是一个代表。楼钥也论养气、论胸次，《雪巢诗集序》云："诗之众体，惟大篇为难，非积学不可为；而又非积学所能到。必其胸中浩浩包括千载，笔力宏放，间见层出，如淮阴用兵，多多益办，变化舒卷，不可端倪，而后为不可及。"①其中虽没有明言养气，但胸中浩浩者正是浩气。《纸阁诗序》又称其曾叔祖："方其四方之志未衰，以一介行李往来江湖间，上武昌、浮彭蠡，历览胜地，挹秀气以充胸中之奇。"又讲以壮游养气，和前面积学养气相辅。浙东学派之中论气最有新意的是王十朋，他吸纳孟子养气说、道学思想的理气论与苏辙的养气说，提出一种文主"刚气"论：

　　　　文以气为主，非天下之刚者莫能之。古今能文之士非不多，而能杰然自名于世者亡几，非文不足也，无刚气以主之也。孟子以浩然充塞天地之气，而发为七篇仁义之书；韩子以忠犯逆鳞勇叱三军之气，而发为日光玉洁表里六经之文：故孟子辟杨墨之功不在禹下，而韩子诋排异端、攘斥佛老之功又不在孟子下，皆气使之然也。若二子者，非天下之至刚者欤？②

刚气和孟子的浩然之气有更具体的继承关系，但浩然之气虽集义而生，仍然是讲气的形态；而王十朋则将其具体化为了一种敢于犯险履危、敢于开拓进取的干预社会的精神。

三、叶适"文欲肆"与"验物切近"说

　　叶适被后人称为永嘉派的集大成者，也是浙东学派的主力，他不仅在思想上进步，而且对文学的考察深入，有的放矢，具有一定的理论高度和文学实践指导意义。从总体而言，作为宋代浙东学派的旗手，尽管于义理功用格外重视，《跋刘克逊诗》宣称"水为沅湘不专以清，必达于海；玉为珪璋不专以好，必荐于郊庙……诗虽极工而教自行，上规父祖，下率诸季"，但论文学却没有蔑弃艺术尺度，他吸纳了吕祖谦调和文道的思想，提出了"德艺兼成"。这个提法有两个要求：一则诗文要矩于教，不至于违背义理，"孔子诲人，诗无庸自作，必取中于古，畏其志之流"；二则诗文要合乎艺术的标准。诗歌发

① 楼钥：《攻媿集》卷52，下文同。
② 王十朋：《蔡端明文集序》，《梅溪文集后集》卷27。

展的现实是,"后人诗必自作,作必奇妙殊众"的状态已经无可改观,对艺术性的讲求成为自觉,诗"艺"不可废,但同时仍然要保证"矩于教"。不废其艺,但教又不能违背,因此他提出"德艺兼成,而家益大"的调和之策。《题拙斋诗稿》也申明了这个思想:

> 盖谋臣智士,遁藏草野,能终身不耀,养其身矣,而文采晦郁,无名以传。骚人墨客,嘲弄光景,徒借物吟号,夸其名甚矣,而局量浅狭,无道以守。若君忧患不干其虑,而咏歌常造其微,庶几兼之矣。①

叶适这种兼容调和论,是以对道和德的遵奉为基础的,即对艺的重视,必须建立在以义理道德为主之上,而所谓德艺兼成,由他的论述可以看出,也是后世的抵达艺术顶峰的必由之路。如论四言诗与道相通:

> 余尝怪五言而上,往往世人极其材之所至,而四言虽文词巨伯辄不能工,何也? 按古诗作者,无不以一物立义,物之所在,道则在焉,物有止,道无止也。非知道者不能该物,非知物者不能至道。道虽广大,理备事足,而终归之于物,不使散流,此圣贤经世之业,非习为文词者所能知也。②

古人作四言诗,本身只是以物立义,眼前事眼前物只要能尽义,则事理备足,流而为诗,并无其他名心、竞心、乞巧之心,也无须极其才而为之。只有这种因物而成、物在道在的诗才是境界最高的,后人仅凭才华难以造就;反过来,仅凭才华创作,难以及乎上流。

在强调义理道德根本地位的基础上,叶适对"艺"作了精彩的论述,从文学理论展开的目的看,那不是简单的折中德艺:

强调艺术,有时是为了纠偏。如有人以反对纤丽浮靡、工巧对偶为由,以"拙钝"为高,后世论古文者每每如是。叶适认为,其拙钝经常衍为"断散拙鄙"、"腐败粗涩",这根本没有什么值得推崇,反而不如古人堂堂正正的"丽巧",并辨拙钝之失:

> 书称"作伪心劳日拙",古人不贵拙也。"大巧若拙","巧者劳而智者忧,无能者无所求",老庄之学尔。盖削世俗纤浮靡薄之巧而归之于

---

① 叶适:《水心先生文集》卷 29。
② 叶适:《习学记言》卷 47《吕氏文鉴》。

正，则不以拙言也。以拙易巧而不能运道，则拙有时而伪矣，学者当思也。①

无论巧拙，明义理运道德才是根本，并非仅仅是语言形式从富丽变为拙朴就可以成为优秀的文章；仅仅从形式求拙朴，既钝又鄙，如同作伪。

强调艺术，有时又是为了其美学理论的建树。《习学记言》卷47《皇朝文鉴》引王禹偁《高锡》诗："文自咸通后，流荡不复雅。因仍历五代，秉笔多艳冶。高公在紫微，滥觞诱学者。自此遂彬彬，不荡亦不雅。"叶适认为："此文章小气数，只论用世者。柳开、穆修至欧阳氏，以不用世之文，欲挽回机括，虽不能独胜，然后世学者要为有用力处。"王禹偁所言是高锡主持朝廷取士之政，有鉴于从唐代至五代沿袭的艳冶文章之风气，因而以文质彬彬课士，天下文风之变当由乎此。叶适认为，这种仅仅从校士文章入手改变文风的观点，只重视实用的考试文章，王禹偁也仅仅从这种实用考试文章入手谈论转移风气，是"文章小气数"，故云："夫可以自勉而安于自弃，时文误之尔。"他认为对欧阳修、柳开、穆修等人致力于"不用世之文"挽回颓风的努力应当给予充分关注。所谓"不用世之文"，是指考试等实用文体之外的文章，其中应该说更多的是指《醉翁亭记》等一类以艺术审美见长的文章。叶适认为，这类文章对移风易俗、挽回机括等虽然暂时不能"独胜"，但是，今日无用未必后世无用，经济无用未必陶情无用，由于其关涉广泛，所以他认为这类文章才是后世学者的用力之处。这种有用、无用以及二者关系的辨析，是对艺术之审美价值的深刻领悟，尽管叶适的本意未必是要研析文学的审美价值以及这种价值的实现特点。这一点延续了王充对无用的关注，已经和近世王国维等从美学角度论有用无用达到了相似的理论高度。

叶适诗文理论之中最突出的是其"文欲肆"说和诗歌的"验物切近"说。

"文欲肆"说。这个观点首见于《观文殿学士知枢密院事陈公文集序》："经欲精，史欲博，文欲肆，政欲通。"

"肆"是相对于拘而言的，因此不肆而拘的四六骈俪之体成为叶适破除的对象。《宏词》称循沿汉末及乎唐宋的四六是"两汉刀笔吏能之而不作者"，而今天却成了"奇文绝技"，而且以此取天下之士，造成的后果是"士大夫以对偶亲切相夸，有一联之工而遂擅终身之官爵者"，他对这种炽烈之风表示甚不可解。他认为，文章就要以人知其义、学知其方、才中其器为前提，

---

① 叶适：《习学记言》卷47。

"取成于心,而本其源于古人",拘于四六,援笔以为比偶是做不到这一点的。对四六靡丽的攻讦,是文肆的必由之路,而这个肆,最终实际上就体现在"古文"一体,其形式更倾向于散文。因此评价前代创作,建安七子至北宋之黄、秦、晁、张等组成可接续的文统,其"文体变落,虽工愈下,虽丽愈靡,古道不复庶几"的创作,都在排摈之列。①

"肆"还体现在对义理的开拓创新上。《龙川集序》言陈亮:"既修皇帝王霸之学,上下二千余年,考其合散,发其秘藏,见圣贤之精微常流行于事物,儒者失其指,故不足以开物成务。其说皆今人所未讲。"②其中"发其秘藏"、"见圣贤精微"等评价都很高,而且对这些"今人所未讲"、朱熹虽然意有不与而难以夺的新创,叶适将其和常流儒生的"不足以开物成务"对举,言外之意,陈亮文章的新意新理是可以用世的,此为其文章之"肆"。

"肆"还指一种审美体式。《龙川集书后》再赞陈亮文章:"海涵泽聚,天霁风止,无狂浪暴流,而回旋起伏,莹映妙巧,极天下之险。"不仅道其文章风貌阔大不拘,也赞其内容极天下之险。"险"这个范畴在儒家文学观念中有悖于中和,历代多被抨击,鲍照操调险急已经成为反面教材,但叶适对此反而接纳。《题陈寿老文集后》也论到诗歌之险,只是说要"险而不怪,巧不入浮"③。对险的接纳,一则是对肆的敷衍,二则表达了一种对力度和反传统的倾心。另外,评论陈亮之肆又有一个"无狂浪暴流"的限定,其意是说,肆的审美要求之中不包含过于放肆狂荡的特性。《巽岩集序》论历代名世之人及其文章:"自有文字以来,名世数十人,大抵以笔势纵放、凌厉驰骋为极功,风霆怒而江河流,六骥调而八音和。"虽然这种审美风范被推为极观,但是:"此韩愈所谓下逮庄骚,其上无是也。"这种纵恣流荡不过是《庄子》《离骚》的特征,尚没有达到上等:"详而正短,语简而法,初未尝藻繢琢镂以媚俗为意。曾点之瑟方希,化人之酒欲清。"肆又与如此的祥和达成统一。

再者,"肆"未必就是语多而繁。《罗袁州文集序》说:"能道其意,多不为繁;又能道人意,少不为略。"④尽意明道为主,不限于语言繁简。

"验物切近"说。这个观点见于叶适《徐道晖墓志铭》:

　　　盖魏晋名家,多发兴高远之言,少验物切近之实。及沈约、谢朓永

---

① 　叶适:《水心先生文集》卷3、卷12。

② 　叶适:《水心集》卷12。

③ 　叶适:《水心集》卷29

④ 　叶适:《水心集》卷12。

明体出,士争效之。初犹甚艰,或仅得一偶句,便已名世矣。夫束字十余,五色彰施,而律吕相命,岂易工哉!故善为是者,取成于心,寄妍于物,融会一法,涵受万象,豨苓桔梗,时而为帝,无不按节赴之,君尊臣卑,宾顺主穆,如丸投区、矢破的,此唐人之精也。然厌之者谓其纤碎而害道,淫肆而乱雅,至于廷设九奏,广就大福,而反以浮响疑宫商,布缕谬组绣,则失其所以为诗矣。①

其中的"魏晋名家,多发兴高远之言,少验物切近之实"之句,意思容易含糊,作者指的是唐代之前的诗篇——以魏晋为代表的创作,多停留在直接表现意兴和直接抒发情感,注重整体的混成与当下击发,属于钟嵘所谓的"直寻",也是后世创作之中常见的"即事"、"即景",尤其不在意或者说不擅长提炼名句,将情意义理表现到具体贴切的意象之中,这是需要反复吟诵锻炼的。恰恰是音律说的出现,对音声与字数都做出了限定,迫使文人们在有限的艺术空间下锻炼词句,而锻炼词句的具体手法就是"取成于心,寄妍于物",即通过心和物的交流以及对这种情感交流的概括提炼创造意象,也就是作者所说的"涵受万象"。再将这些意象依照音或意进行组合,便可以实现艺术形象在艺术规律之下的排组,完成意境的创造。明人李梦阳的结论更为明了直接:"夫诗,比兴错杂,假物以神变者也。"②假物,就是凭借意象的意思。而之所以如此,原因在于作者有"难言不测之妙"。

　　这个过程既强调了心物关系,更强调了要"验物切近"。讲究"验物"是叶适所代表的浙东学派事必有据、义当有考说在诗学之中的延伸,他一方面希望超越魏晋发兴高远、意绪过于飘忽的赋写,另一方面又从验物的精神得到启发而提供了超越的方法。验物则要凝定于物,不可脱离于物,同时又要切近,即能够实际、入微,在实实在在可触摸的意象之中创作,避免过多虚泛不实、惝恍迷离的"浮响";也要避免从古人那里生硬地点化脱胎,意虽近但却并不切实,和作者的思想情感有距离。

　　因为主张验物切近,因此叶适对其相反的浮泛汗漫提出了批评,如言学江西者:"格有高下,技有工拙,趣有浅深,材有大小,夫以汗漫广漠,徒枵然从之。"③汗漫则不能切物。而如魏晋文人那样过于倾心于发兴高远则同样不值得提倡:"昔谢显道谓陶冶尘思,模写物态,曾不如颜、谢、徐、庾流连光

① 叶适:《水心先生文集》卷17。
② 李梦阳:《缶音序》,《空同先生集》卷51,明代论著丛刊本。
③ 叶适:《徐斯远文集序》,《水心集》卷12。

景之诗。此论既行,而诗因以废矣。"①发兴高远而作,往往表现为流连光景,这样的创作,同样不能专心于切物,而是悬浮于"流连"。

"验物切实"对验物的标举,形成了叶适文学理论之中对"学"的重视。《谢景思集序》批评宋代崇观以后的创作:"文字散坏,相矜以浮肆,为险肤无据之辞,苟以荡心意耳,以取贵一时,雅道尽矣。"同时称道谢景思不受俗学熏染,"自汉魏根柢,齐梁波流,上溯经训,旁涉传记",②学的效果是最终拨弃组绣,洗削纤巧。有刘子致书叶适,认为作诗当求"天机自动,天籁自鸣,不待雕琢"而可达乎"浑脱圆成",叶适《答刘子书》中回到:你作诗有今天的成就与这种天机论的心得,正是"得从来下功深之力",而自己如今尚有"短之未坚等,滓垢未明净者",其原因恰恰是"以下功犹未深也"。当此之时,唯一的进步之途依然是致力于学,甚至不妨雕琢,"若便放下,随语成章,则必有退落",这一点他认为极其关键,所以申明"窃须审详"。

"验物切实"对切实的标举,又成就了他对唐诗的宗尚。叶适对唐诗评价很高,如《徐道晖墓志铭》中所说,"争妍斗巧,极外物之变态"是"唐人所长";"取成于心,寄妍于物,融会一法,涵受万象"是"唐人之精"。而近世诗人之弊在于:上则涵濡道德、发舒心术而不能,下则"抑扬文义,铺写物象之所为,为近诗准绳"也不能。③《徐斯远文集序》又具体分析了近世诗人习江西诗派之病:"诗险而肆,对面崖壑,咫尺千里,操舍自命,不限常律",险而肆尚无过分贬抑,对面崖壑、咫尺千里则为主要毛病,因为汗漫广漠,不切实不具体不实际,意象无所着落,往往使人不知所云。既然近世诗歌之病集中在不切实上,自然要对以意象切实见长的唐诗表示尊崇,而四灵当此之际秀出,得到叶适的高度赞誉也就可以理解了。不仅如此,四灵对汗漫之批评,也与叶适心有灵犀,徐玑就说:"昔人浮声切响、单字只句计巧拙,盖风雅之至精也。近世乃连篇累牍,汗漫而无禁,岂能名家哉?"④虽然尚没有对切实有更具体的论述,但对当时诗坛之病的发现是准确的。不过叶适褒奖四灵并非毫无原则,《题刘潜夫南岳诗稿》鼓励潜夫以流连光景自鉴,而进于古人,同样可以"参雅颂轶风骚","何必四灵哉"? 这明显是对四灵虽习唐体但

①　叶适:《题刘潜夫南岳诗稿》,《水心集》卷 29。
②　叶适:《水心集》卷 12、卷 27。
③　叶适:《习学记言》卷 47。
④　叶适:《徐文渊墓志铭》引。

又过于流连光景表示了不满。①

　　叶适在文学理论上还有很多贡献,如他提倡"完重"。何谓完重?《松庐集序》通过对杜甫《送杨六判官使西蕃》的分析给予了回答,他称此诗"直下无冒子,始末只是一意","语出卓特,非常情可测",属于刘向所谓"太史公辨而不华,质而不俚"者。虽子美无诗不工,"要其完重成就,不以巧拙分节奏如此篇者"仍然为数甚少。② 完就是神完气完,强调了气脉贯彻而凝聚如一体的统一感,这包括意的一贯而不枝蔓,还包括不以巧拙分节奏而得于天然不可移易的声律;重则指辨而不华、质而不俚的凝重与不轻浮纤靡。完重近于叶适《题拙斋诗稿》中的"格老"之"老"、《题刘潜夫南岳诗稿》中的"老练"之"老"。

　　另外,叶适还有一个文学鉴赏"空寂"说,见于《沈子寿文集序》。其中言沈子之文的阅读感受:"不为奇险而瑰富精切,自然新美,使读之者如设芳醴珍肴,足饮餍食而无醉饱之失也。又能融释众疑,兼趋空寂。读者不惟醉饱而已,又当销愠忘忧,心舒意闲而自以为有得于斯文也。""空寂"自然是源自佛禅的术语,叶适此处将其引入,意在说明文学鉴赏舒愤忘忧、心舒意闲的审美效能。

第四节　陆游、戴复古的文学理论批评

一、陆游对刚大雄浑的提倡

　　陆游(1125—1210),今绍兴人。

　　陆游是一位深受传统儒家思想影响的文人,其一生都努力践行着"达则兼善天下,穷则独善其身"的儒家信条,因而呈现出强烈的爱国有为情怀与闲适隐逸情趣相统一的特性。当然,其诗学思想首先是一个由儒家思想支撑起来的诗学体系,从《夜坐示桑甥十韵》一诗中可以大致概括出这个体系:

　　　　好诗如灵丹,不杂膻荤肠。子诚欲得之,洁斋袯不祥。食饮屑白

---

　　① 关于叶适心仪四灵的原因,周密有一个解释,《浩然斋雅谈》云:"水心翁以抉云汉、分天章之才,未尝可一世,乃于四灵若自以为不及者何耶?……其富赡雄伟,欲为清空而不可得。一旦见之,若餍膏粱而甘藜藿,故不觉有契于心耳。"

　　② 叶适:《水心集》卷12,下同。

玉,沐浴春兰芳。蛟龙起久蛰,鸿鹄参高翔。纵横开武库,浩荡发太仓。大巧谢雕琢,至刚反摧藏。一技均道妙,佻心讵能当。结缨与易箦,至今犹自强。①

诗中大致涉及了以下五个方面:

第一,作诗要涵养。既然好诗如灵丹,必然是丹炉之中炼造出来的,这个炼造的过程属于文学创作之前涵养的过程,其中又分两个方面:

一是养气。所谓不杂荤腥、斋戒而祓除不祥,以白玉为食以春兰沐浴,都是讲通过养气而戒除杂心杂念,使心思清静而芬芳,不沾染尘埃,由此达到净、静、专、一的空明。《剑南诗稿》卷24《岁晚》也云:"闭门养气渊源在,未敢摧伤学楚骚。"是说养气是一个过程,而且要培育正气,不能轻易为骚赋之艳丽沾染而功败垂成。

二是养学。"纵横开武库,浩荡发太仓"是就博学而言的,腹笥厚重才能有纵横、浩荡的快意,不然诗人难为无米之炊。《剑南诗稿》卷34《寄题吴斗南玩芳亭》云:"读书不放一字过,闭户忽惊双鬓秋。"养学就要读书,而且是苦读。

第二,反对雕琢。即"大巧谢雕琢"。

第三,主刚大。即"至刚反摧藏"。

第四,有志而自立。这就是"结缨与易箦,至今犹自强"的内涵,"结缨"指子路为君死难临终结缨,"易箦"是指曾参临终易箦。二人都是儒家思想坚定的信徒,陆游非常景仰,认为诗人自然要讲操守,一朝定志,就当白首无悔,这样诗言志才能不流为一句空言。这也就是《剑南诗稿》卷20《次韵和杨伯子主簿见赠》所云:"文章最忌百家衣,火龙黼黻世不知。谁能养气塞天地,吐出自足成虹蜺。"另外,这种有志自立还表现为不求以诗娱人、博喝彩,因而没有兴趣追逐时髦,此所谓"诗到无人爱处工"。②

第五,拒佻纤。即诗中所云"一技均道妙,佻心讵能当"。诗不纤佻,于是转而主张雄浑,这在《白鹤馆夜坐》一诗中有着生动自述:

袖手哦新诗,清寒愧雄浑。屈宋死千载,谁能起九原。中间李与杜,独招湘水魂。自此竞摹写,几人望其涘。兰苕看翡翠,烟云啼青猿。岂知云海中,九万击鹏鹍。更阑灯欲死,此意谁与论?

① 陆游:《剑南诗稿》卷19,《陆放翁全集》,中国书店1986年据世界书局1936年版影印。

② 陆游:《明日复理梦中意作》,《剑南诗稿》卷19。

诗以屈原、李、杜为指归,提倡雄浑阔大;而兰苕翡翠之类的纤秀与之相比,就如同击水九万里的鲲鹏与不能高飞的小鸟。不过陆游此处还表达了另一种无奈:雄浑是关乎势位的,类似自己的清寒际遇,就难以完全达到这种境界。其他诗歌,如《剑南诗稿》卷8《绝胜亭》:"地胜顿惊诗律壮,气增不怕酒杯深。"卷10《醉书》:"浩歌惊世俗,狂语任天真。"卷15《秋兴》:"应俗纷纷何时了,咏诗混混寄吾豪。"豪荡之外,又表现为夭矫不驯,即"诗如奋蛰龙,夭矫不受驯"①。暮年以后,仍然称自己"诗成老气尚如虹"②、"荷戈老气纵横在"③。至于虫吟蝉唱,则称"蝉嘶分付于吴僧"。④

对雄浑的嗜好,使得陆游对骈俪之习比较拒斥,他曾见到赫赫有名的王简栖《头陀寺碑文》,读后的评价是:"简栖为此碑,骈俪卑弱,初无过人,世徒以载于《文选》,故贵之耳。"骈俪则卑弱,与雄浑相距甚远。由此专门对汉魏以来的文体之变给予了分析:

> 自汉魏之间,骎骎为此体(骈俪)。极于齐梁,而唐尤贵之。天下一律,至韩吏部、柳柳州,大变文格,学者翕然慕从。然骈俪之作,终亦不衰。故(韩)熙载、(徐)锴号江左辞宗,而拳拳于简栖之碑如此。本朝杨刘之文擅天下,传夷狄,亦骈俪也。及欧阳公起,然后扫荡无余。后进之士,虽有工拙,要皆近古。如此碑者,今人读不能终篇,已坐睡矣,而况效之乎? 则欧阳氏之功,可谓大矣。⑤

《老学庵笔记》卷4又云:

> 绍兴中,有贵人好为俳谐体诗及笺启,诗云:"绿树带云山罨画,斜阳入竹地销金。"《上汪内相启》云:"长楸脱却青罗帔,绿盖千层;俊鹰解下绿丝绦,青云万里。"后生遂有以为工者。赖是时前辈犹在,雅正未衰,不然与五代文体何异!⑥

对俳谐体诗及骈俪笺启进行的批评,仍然集中在气魄窘涩而搬弄聪明上。讲气势则难以做到如此琢磨,所以陆游对影响甚大的诗要圆美说也不认同:

---

① 陆游:《开元寺小阁十四韵》,《剑南诗稿》卷23。
② 陆游:《醉歌》,《剑南诗稿》卷25。
③ 陆游:《蓬莱阁闻大风》,《剑南诗稿》卷28。
④ 陆游:《读前辈诗文有感》,《剑南诗稿》卷39。
⑤ 陆游:《入蜀记》卷4,影印文渊阁四库全书本。
⑥ 陆游:《老学庵笔记》,影印文渊阁四库全书本。

"区区圆美非绝伦,弹丸之评才误人。"①圆美容易显得纤秀,要重雄浑,所以并圆美一起驳斥。从诗风上讲,不同于雄浑却又为陆游所接纳的,是代表了儒家独善意味的淡泊。因为对淡泊的欣赏,由此又对陶渊明极力褒扬:"莫谓陶诗恨枯槁,细看字字可铭膺。"②"高咏渊明句,吾将起九原。"③"我诗慕渊明,恨不造其微。"④雄浑对应着儒者的侠义气象,淡泊则代表了儒者独善的自守:两种诗歌特征在陆游诗学理论之中的有机统一,恰恰是对他儒家人格的印证。

二、陆游的工夫在诗外论与妙手偶得论

陆游《示子遹》云:

> 我初学诗日,但欲工藻绘。中年始少悟,渐若窥宏大。怪奇亦间出,如石漱湍濑。数仞李杜墙,常恨欠领会。元白才倚门,温李真自郐。正令笔扛鼎,亦未造三昧。诗为六艺一,岂用资狡狯。汝果欲学诗,工夫在诗外。⑤

"工夫在诗外"是陆游影响最为深远的一个诗学观点。在这首诗中,作者自述学诗历程:早期的藻绘,中年以后的宏大与怪奇,都未达乎李杜至境;就连元、白等诗人,也是未窥三昧。笔可扛鼎不行,但求工也不可,《何君墓表》中已言:"大抵诗欲工,而工亦非诗之极也。"⑥只有积蓄了诗外的工夫,才可以与诗神相遇。那么其"诗外"指什么呢?

第一,指道德的培植。《上辛给事书》认为,君子之文,"必有其实,乃有其文",其理路是:"心之所养,发而为言;言之所发,比而成文。"读者通过文章观人,其邪正便不可隐蔽了。所以君子所养,应该"充实洋溢"然后再发之于外,"岂可容一毫之伪于其间哉"⑦?《方德亨诗集序》将这个不伪具体化了:"诗岂易言哉?才得之天,而气者我之自养。有才矣,气不足以御之,淫于富贵,移于贫贱,得不偿失,荣不盖愧,诗由此出,而欲追古人之逸驾,讵可

---

① 陆游:《答郑虞任检法见赠》,《剑南诗稿》卷 16。
② 陆游:《杭湖夜归》,《剑南诗稿》卷 21
③ 陆游:《小舟》,《剑南诗稿》卷 24。
④ 陆游:《读陶诗》,《剑南诗稿》卷 27。
⑤ 陆游:《剑南诗稿》卷 78。
⑥ 陆游:《渭南文集》卷 39。
⑦ 陆游:《渭南文集》卷 13。

得哉?"①富贵不淫、贫贱不移是孟子所欣赏的大丈夫气概,要不伪就不能随意放弃持守,毫无气节,《答陆伯政上舍书》专门举了一个事例:

> 仆绍兴末在朝路,偶与同舍二三君至太一宫中,闻中有高士斋,皆名山高逸之士,欣然访之,则皆扃户矣。裴回老松流水之间,久之,一丫髻童负琴引鹤而来,风致甚高。吾辈相与言曰:"不得见高士,得见此童足矣。"及揖而问之,则曰:"今日董御药生日,高士皆相率往献香矣。"吾辈一笑而去。②

这是一个讽刺伪高逸的故事。高逸的本质就是离俗,不事权贵,高尚其事。而此中的高士徒有鸣琴引鹤、山栖水宿的妆点,但骨子里却尽是趋炎附势。陆游意在说明,不重内在之德,徒具外在形式,无论什么都是没有价值的。讲这个故事之前,陆游首先发了如下的感慨:"古声不作久矣,所谓诗者遂成小技。诗者果可谓之小技乎? 学不通天人,行不能无愧于俯仰,果可以言诗乎?"有才而无道德节气,其诗便无可观;就像这些徒有其表的高士,他们的行为只能成为天下人的笑谈。事实上诗人们也多不能免俗,于是陆游说:"今世之以诗自许者,大抵皆太一高士之流也。"

第二,学问积累。《何君墓表》云:"诗岂易言哉? 一书之不见,一物之不识,一理之不穷,皆有憾焉。"为什么要读书识物穷理呢? 因为作诗不易:"同此世也,而盛衰异;同此人也,而壮老殊。一卷之诗有醇漓,一篇之诗有善恶,至于一联一句,而有可玩者,有可疵者,有一读再读至十百读乃见其妙者,有初味可人意、熟味之使人不满者。"影响诗的因素很多,作者少老之异、读者嗜好不同;要想取得成功,唯一的办法就是凭借读书、明理来而弥补这些遗憾,使得作品尽量圆满。

第三,现实人生的投入。具体有三个方面:

一是沉浸闲适静摄之中。陆游心仪陶渊明,对谢灵运也表示过钦佩,因而他心中弥漫着很浓的江湖隐逸情怀,认为沉迷在如此的情境里,就容易有诗的灵感。《剑南诗稿》卷18《即事》云:"组绣纷纷炫女工,诗家于此欲途穷。语君百日飞升处,正在焚香听雨中。"卷47《夜雨》一首又重申对这种听雨之境的痴迷:"吾诗满箧笥,最多夜雨篇。"雨在农业文明中是一种引人遐想的意象,空灵阻隔、静谧自足,不仅仅是诗歌的催化剂,也是艺术的一种境界。

---

① 陆游:《渭南文集》卷14。
② 陆游:《渭南文集》卷13。

二是对现实人生的热情投入。《剑南诗稿》卷 25《九月一日夜读诗稿有感走笔作歌》记述自己早期学诗无心得,难免乞人残余,力屡气馁,心有愧色。随后记载这种诗思窘涩的转移之路:

> 四十从戎驻南郑,酣宴军中夜连日。打球筑场一千步,阅马到厩三万匹。华灯纵博声满楼,宝钗艳舞光照席。琵琶弦急冰雹乱,羯鼓手匀风雨疾。

这样火热多姿的军营生活,最终激发出了创作灵感:"诗家三昧忽见前,屈贾在眼元历历。天机云锦用在我,剪裁妙处非刀尺。"陆游一生重视实行,这是一种朴素的实践精神,与新兴的浙东学派的思想很接近,有"纸上得来终觉浅,绝知此事要躬行"①的传世名言。他读《诗经》中的《豳风》,看到了《七月》等诗中日常的劳作、家国的体制、渔猎祭祀等等,处处实际而不务虚,很受启发,强化了他的知行合一精神。由于《豳风》对他的影响很大,所以诗中屡屡道及:"少学诗三百,豳风最力行。"②"豳诗有七月,字字要躬行。"③"君看八百年基业,尽在东山七月篇。"④"读诗读七月,治书治无逸。"⑤"我读豳风七月篇,圣贤事事在陈编。"⑥实行的理念转化为投身现实的热情,从而成为诗的源泉,所以有学者说,陆游是以入世的姿态寻求超世的艺术灵感。

三是诗在道途中。诗在道途的说法是对唐人"诗在风雪灞桥蹇驴背上"说的拓展,陆游于此颇有心得,《剑南诗稿》卷 10《送客城西》:"客思不堪闻断雁,诗情强半在邮亭。"《病中绝句》:"诗思出门何处无?"与此对应者,卷 20《我梦》:"百日京尘中,诗料颇阙供。"卷 50《题庐陵萧彦毓秀才诗卷后》:"法不孤生自古同,痴人乃欲镂虚空。君诗妙处吾能识,正在山程水驿中。"另如《与杜思恭书》:"大抵此业在道途则愈工,虽前辈负大名者,往往如此。愿舟楫鞍马间加意勿辍,他日绝尘迈往之作,必得之此时为多。"⑦诗在行途,尤其强调了在山程水驿,这个论断探讨的是诗与兴会的关系。山水路途之所以成为诗歌源泉,关键在于路途之中可以因为优美壮美的物色山川而兴发在

---

① 陆游:《冬夜读书示子聿》,《剑南诗稿》卷 42。
② 陆游:《豳风》,《剑南诗稿》卷 45。
③ 陆游:《春晚书村落间事》,《剑南诗稿》卷 45。
④ 陆游:《杂兴六首》之一,《剑南诗稿》卷 50。
⑤ 陆游《杂兴》,《剑南诗稿》卷 66。
⑥ 陆游:《读豳诗》,《剑南诗稿》卷 73。
⑦ 孔凡礼:《陆游佚著辑存》丙,中华书局 1976 年版。

在不同的情怀,这就是江山助人,所以他才说:"挥毫当得江山助,不到潇湘岂有诗?"①陆游生长于江南,对明山秀水有着细微深切的体察,甚至发出"江山壮丽诗难敌"②的感慨,因而其《入蜀记》成为早期山水小品的翘楚,而这种对山水的爱恋最终被他内化为了诗歌创作理论。江山助人说在中国文学理论中传承久远,但仔细分析会发现,这个理论的倡导与播布多在江南,这和江南的地理有着直接的关系;而北方粗犷陡峻的高山以及开阔的江河平原,留下的艺术理论更多集中在对以山水比德的接纳与转化。

与陆游时代近似的楼钥在《答杜仲高旃书》中论杜诗,对工夫在诗外也有过阐述,只不过名之为"别是一种肺肝"。其中称道杜诗,引王安石之说,以为"与元气侔";引王安石"所以拜公象,再拜涕泗流"之诗,赞茅屋秋风之诗"用意之大";引东坡"自是稷契等辈口中语"之评语,认为其诗"似稷契辈",不愧唐史之赞:"诗人以来未有如子美者。"此书论杜诗如王羲之的字,虽可临摹却学不来。其中所称道的三点,皆在诗艺之外:与元气相侔、与浩气贯通;用意广大,爱念天下;忧人之忧,圣人心肠。由此,楼钥认为杜诗之所以成为杜诗,关键在于这些非诗艺的成分:

> 工部之诗真有参造化之妙,别是一种肺肝:兼备众体,间见层出,不可端倪;忠义感慨,忧世愤激,一饭不忘君。此其所以为诗人冠冕。

兼备众体,是指其学究天人而极造化之变;忧世感愤一饭不忘君,是指其道德之修养,忠义过人。这一切都是诗外工夫,属于"别是一种肺肝"。不能具备这种诗外的修养,仅仅"著意形似",即使杂在杜诗之中以假乱真,也学不到这种奔逸绝尘的真正"肺肝"。没有这种肺肝,便是一具傀儡,即使是名公之作,"恐未免瞠乎其后"。③

工夫在诗外所关涉的多是儒家的修养,但这种于体外寻觅本体的思维形式应该与禅学提倡的不沾不滞有关。苏轼曾有一首禅诗:"若言弦上有琴声,放在匣中何不鸣?若言声在指头上,何不与君指上听?"此诗影响很大,成了很多问题的解读钥匙。清代薛雪《一瓢诗话》继承乃师叶燮的思想,认为"就诗以求诗"不可取:"学诗读诗,学文读文,此古今一定之法,余独以为

---

① 陆游:《予使江南时以诗投政府丐湘湖一麾会召还不果偶读旧稿有感》,《剑南诗稿》卷59。

② 陆游:《感事》,《剑南诗稿》卷1。

③ 楼钥:《攻媿集》,卷66。

不然。诗不必在古人诗上,文不必在古人文上。"并引用了以上苏轼的禅诗,认为"斯言虽浅,可以喻诸"。①

陆游还有一个自得论较有影响。《剑南诗稿》卷83《文章》一诗又将其描述成妙手偶得:"文章本天成,妙手偶得之。粹然无瑕疵,岂复须人为?君看古彝器,巧拙两无施。"其中的"妙手偶得"是对其理想之中创作状态的概括。《颐庵居士集序》也称:"文章之妙,在有自得处,而诗其尤者也。"②自得说源自《庄子》,《让王》篇云:"舜以天下让善卷,善卷曰:'余立于宇宙之中,冬日衣皮毛,夏衣葛绤;春耕种,形足以劳动;秋收敛,身足以休食;日出而作,日入而息,逍遥于天地之间而心意自得。吾何以天下为哉!'"《天道》云:"帝张咸池之乐于洞庭之野,吾始闻之惧,复闻之怠,卒闻之而惑,荡荡默默,乃不自得。"《缮性》云:"古之所谓得志者,非轩冕之谓也,谓其无以益其乐而已矣。今之所谓得志者,轩冕之谓也。"儒家《孟子》中也有自得,《离娄下》云:"君子深造之以道,欲其自得之也。自得之,则居之安;居之安,则资之深;资之深,则取之左右逢其原,故君子欲其自得之也。"然此自得乃自觉有所得,且强调的是一种道德修养,与道家将自得作为一种精神状态不同。

中古时代,"自得"一词甚为文人标尚,《世说新语》中屡屡提及,《容止》注引梁祚《魏国统》曰:"刘伶……肆意放荡,悠然独畅,自得一时,常以宇宙为狭。"《栖逸》云:"康僧渊在豫章,去郭数十里立精舍,旁连岭,带长川,芳林列于轩庭,清流激于堂宇。乃闲居研讲,希心理味。庾公诸人往看之,观其运用吐纳,风流转佳,加己处之怡然,亦有以自得,声名乃兴。"中古之际的自得,一则延续了道家表达精神闲适的内涵,一则又增加了不违背性情的内涵。如《世说新语·轻诋》云:"王北中郎不为林公所知,乃著《沙门不得为高士论》,大略云:高士必在于纵心调畅。沙门虽云俗外,反更束于教,非情性自得之谓也。"其自得之中便有了使性命之情处其所安的特征。嵇康《养生论》云:"齐万物兮超自得,委性命兮任去留。"《赠秀才入军五首》:"目送归鸿,手挥五弦。俯仰自得,游心泰玄。"陶渊明《晋故征西大将军长史孟府君传》云:"会神情独得,便超然命驾。"这些自得,皆已在玄的色彩里与身、心、情、性相关,开始表示当兴会突生之际文人所进入的一种脱俗的艺术化的生命状态。陆游"妙手偶得"的"自得"体现了以下内涵:

首先,它是如上传统自得论中所体现的一种艺术化无为化的生命状态,

---

① 薛雪:《一瓢诗话》,人民文学出版社1979年版。

② 孔凡礼:《陆游佚著辑存》丙。

依靠这样的状态才能获得诗歌的兴发。

其次，含有偶得之意，在天成自然的兴会之外，又格外突出了不拟不依循的独创性。当然，不因袭的自得首先得于对古作者的学习："文章要法，在得古作者之意。意既深远，非用力精到则不能造也。"但这是入门，是积累，"久之，乃超然自得"。①

又则，崇妙悟。《剑南诗稿》卷31《赠应秀才》云："我得茶山一转语，文章切忌参死句。"曾几是江西诗派的重要人物，陆游自称得其启示，所以后人论诗将陆游列入江西派麾下。而此处曾茶山影响陆游的恰非江西派诗学要义，而是原出于禅学的参活句，实则就是妙悟。但妙悟不是空穴来风，无中生有，而是源自起初艰苦的诗外工夫准备，所以卷51《夜吟》之二云："六十余年妄学诗，工夫深处独心知。夜来一笑寒灯下，始是金丹换骨时。"只有寒灯下工夫深处的坚持，才能最终获得金丹换骨的妙悟。

再则，不苦吟。学习作诗要有艰苦的读书积累工夫，养气养德工夫，但具体的创作之中，陆游则反对人工过分的投入，《和张功父见寄》中将"信笔题诗勿太工"当作赠于对方的灵丹妙药；消遣怀抱之际，亦主张"一首清诗取次成"②。老年之后，陆游依然以此标榜："老来无复雕龙思，遇兴新诗取次成。"③"老人无日课，有兴即题诗。"④这种随意创作，和其老来愁闷渐多无以排遣有关，既然是以遣兴遣愁为主，所以也就格外强调作诗要适然寓意而不留于物；即情即景，也就更加要"亦莫雕肺肝，吟哦学郊岛"⑤了。苦吟有着锻炼、斫削、雕琢等具体表现，陆游一概表示反对，《何君墓表》即云："锻炼之文，乃失本旨；斫削之甚，反伤正气。"又直言："雕琢自是文章病，奇险尤伤气骨多。"⑥文章成于自然就是美的，根本无须再有人为。

陆游不以理论见长，但其儒家诗学体系的建构以及"工夫在诗外"、"妙手偶得之"的理论，却都切实而独到，这多源自他艺术创作实践的感悟。

三、戴复古的论诗绝句

戴复古（1167—?），今台州黄岩人。其主要文学理论批评观点集中表现

---

① 陆游：《杨梦锡集句杜诗序》，《渭南文集》卷15。
② 陆游：《秋雨》，《剑南诗稿》卷23。
③ 陆游：《舟行过梅市》，《剑南诗稿》卷29。
④ 陆游：《闷极有作》，《剑南诗稿》卷29。
⑤ 陆游：《晨起》，《剑南诗稿》卷30。
⑥ 陆游：《读近人诗》，《剑南诗稿》卷78。

于《论诗十绝》。

《论诗十绝》前有小序,讲本诗作因:友人王子文为邵武太守,经常与严羽等文人聚会,读晚唐名家之诗,乐此不疲,因此戴复古作此十绝。十首诗概括宋代主要的诗学理论观念,也表达了自己的诗学倾向。

首先,诗风推崇气象雄浑。《论诗十绝》(下简称《绝句》)云:“诗家气象贵雄浑,雕锼太过伤于巧。”这一点类似于陆游,而戴复古本人与陆游不仅同时,而且交游甚密,楼钥《石屏集序》称他“登三山陆放翁之门,而诗学大进。”戴复古诗中也多次提到陆游:“杨陆不再作,何人可受降?”①“茶山衣钵放翁诗,南渡百年无此奇。”②由此受到陆游影响而宗雄浑是有依据的。雕镂,有学者认为是就江西诗派而言,但也同样可以指向学唐体者,不仅仅包括使事求奇,补辑奇字,而且也涵盖刻镂意象。对诗句形式的过分琢饰,容易影响到诗的气象,如魏泰《临汉隐居诗话》就以为,作诗往往有“句虽新奇,而气乏浑厚”③的现象,即于语句上过分追琢,容易造成气的孱弱而不浑厚,不浑厚则易单薄,薄而易露易透。姜夔也说:“雕刻伤气,敷衍露骨。”④

由于主雄浑,近师陆游、杨万里,远宗陈后山、黄山谷,所以戴复古文学思想之中承继着近于江西派的成分,因此对王子文、严羽等人流连于晚唐体有此十绝之作,微见规讽之意。但对江西派的病累也心存警惕,所以有防过于雕镂的诗句。不过戴复古此处的“雄浑”要全面理解,从其诗歌创作与其他言论来看,其雄的成分少,浑的成分多,即他更重视诗歌的浑成一气。吴子良《石屏诗后集序》引戴复古论诗之言:“诗之意义贵雅正,气象贵和平,标韵贵高逸,趣味贵深远,才力贵雄浑,音节贵婉畅。”将雄浑定位在才力,而不是外在风格体貌之中体现出的气象、韵度、趣味,甚至也不是最直观的音节。所谓才力的雄浑是就诗歌诸要素的统驭力量而言的,诗人之才力胜任甚至有余,能够使情、物、意、音、韵、趣等融会一体。这样,方不至于与气象和平、标韵高逸、趣味深远、音节婉畅等矛盾。由此也可以看出,他的雄浑是偏于浑之一意的。

其次,重禅悟。《绝句》云:“欲传诗律似参禅,妙趣不由文字传。个里稍关心有会,发为言句自超然。”又云:“诗本无形在窈冥,网罗天地运吟情。有

<hr />

① 戴复古:《诸诗人会吴门》,《石屏集》卷3。
② 戴复古:《读放翁先生剑南诗草》,《石屏集》卷6。
③ 魏泰:《临汉隐居诗话》,见《历代诗话》。
④ 姜夔:《白石诗说》,见《历代诗话》。

时忽得惊人句,费尽心机作不成。"皆主兴会开悟,非由人工刻琢,其中不仅包括创作,还有通过读诗领悟法门。这与陆游一方面不废学另一方面又强调"妙手偶得之"的思想是一致的。

韵、字贵安稳。《绝句》云:"押得韵来如砥柱,移动不得见工夫。"以"稳"论韵,取象自然。后世以明人对此论述较多,如陆时雍、李东阳等,李东阳《怀麓堂诗话》中即有"诗韵贵稳,韵不稳则不成句"之说。戴复古论韵稳还有具体的意见,韵要稳则不可虚:"以韵成章怕韵虚。"有关韵的虚实是在与文章的对比中说的:"作诗不与作文比。"所谓韵虚主要是指韵的发声浅弱,所以他提倡"玉声贵清越"[①];其次是就意蕴单薄而言的。音韵由浅弱化为清越,通过精研四声清浊飞沉可以得到会悟;意蕴的单薄一般理解当指诗歌之中对虚字的运用不得当。文章对韵的讲究并不严格,其中骈俪四六之文尽管需要押韵但又对虚字的使用没有太多的限定,发展到后来,时文八股之中的虚字甚至成了文中顿挫抑扬敷衍文气的重要手段。但在诗歌之中,戴复古认为应该避免这些虚韵,因为它们既不清越,又含蕴肤浅。

《绝句》又专论修改润饰:"草就篇章只等闲,作诗容易改诗难。玉经雕琢方成器,句要丰腴字要安。"对于用字,提出的标准为"安",安和稳有近似之处,都是讲不可移易。《绝句》对韵字之安和稳的论述,都还包含着相应手段的说明:韵的不虚、字的雕琢,都是对诗需要雕琢而言的,不琢不成器是他如此立论的依据。《题郑介夫玉轩诗卷》也申说此旨:"良玉假雕琢,好诗费吟哦。""雕琢复雕琢,片玉万黄金。"这种雕琢在他看来就是"工夫"。对雕琢如此的推举,和江西诗派的诗法以及后来四灵的苦吟都能接通。作为江湖诗派的诗人,在他的理论之中较为鲜明地体现了对江西诗派以及四灵艺术审美思想的综合。

诗要陶写性情。《绝句》云:"陶写性情为我事,流连光景等儿嬉。锦囊言语虽奇绝,不是人间有用诗。"陶写性情是诗言志的具体化,这里的性情指什么? 在另一首诗中有说明:"飘零忧国杜陵老,感寓伤时陈子昂。近日不闻秋鹤唳,乱蝉无数噪夕阳。"所谓性情,在南宋偏安的特殊年代,是指杜甫一般的忧国之情,是陈子昂般的欲有为于世而不能的感遇伤时之情。与此对应者,流连光景之作、凭借锦囊苦吟所成之诗,便被名为了"乱蝉无数噪夕阳";另有戏谑之作,也是不可提倡者:"时把文章供戏谑,不知此体误人多。"

《论诗十绝》涉及了唐体,涉及了江西诗派,大致也表现出作者的诗学纲

---

①　戴复古:《题郑介夫玉轩诗卷》,《石屏诗集》卷1。

领——气象雄浑、自立脚跟、陶写性情,也确立了自己的作诗方法——悟和字韵安稳。前后是一个完整的体系,所论并非十分高明,间或还有一些抵牾之处,如排诋江西之雕镂而又讲究苦吟等。所以王子文称"无甚高论",而戴复古自己也认为可充当"诗家小学须知"。不过,宋人论诗以诗话最为盛行,而戴复古以诗论诗,成此十绝,在宋代独具风景。

第五节　永嘉四灵的苦吟理论与宋末唐体宋体之争

南宋后期,永嘉四灵崛起文坛,宗法晚唐,诗学界唐宋诗体之间的取舍论争由此引发。永嘉四灵指当时生长于永嘉(今浙江温州)以及今温州乐清的四位诗人:徐照(字灵晖)、徐玑(字灵渊)、赵师秀(字灵秀)、翁卷(字灵舒),由于每人字中有一"灵"字,叶适便合此四人之诗编选为《四灵诗选》,从此被称为"四灵"。四人同出于叶适之门,于学术无所贡献,但诗歌创作却被全祖望视为宋代诗歌的一大变局。四灵生活的时代,南宋诗坛较为显达的是能够代表宋代文化审美个性的江西诗派,四灵则立唐代贾岛、姚合等苦吟诗人为楷模,以苦吟编织意象,一改江西诗派的点化脱胎、以学为诗,因而与当时的尊宋文人出现了文学理论上的分歧与争论,并直接影响到随后的江湖诗派。

永嘉四灵文学理论批评的核心是以唐代贾岛、姚合为模范,形式上提倡苦吟,格调上提倡清空甚至幽冷。

先是心仪唐体,宗尚贾岛、姚合。《四库全书总目·清苑斋诗集提要》论四灵称:"四灵皆学晚唐,然大抵多得力于武功一派。"赵师秀(1170—1220)专门选姚贾二人之诗为《二妙集》,并赞誉徐照的诗:"君诗如贾岛,劲笔斡天巧。"[1]姚、贾长于五言,所以四灵的创作也以五言为主,时人甚至以为四灵制作冶择淬炼,字字玉响,杂之贾岛、姚合之作中人不能辨。尽管有人批评四灵:"纤碎害道,淫肆而乱雅,至于廷设九奏,广就大福,而反以浮响疑宫商,布缕谬组绣,则失其所以为诗矣。"但叶适却力辨其非,并以徐照为例赞云:"发人未悟之机,回百年已废之学,使后复言唐诗自君始,亦词人墨客之一快也。"[2]正是从四灵能够恢复唐调而给予了肯定。《西岩集序》中,叶适又以翁

---

[1]　赵师秀:《哀山民》,《清苑斋诗集》,影印文渊阁四库全书本。

[2]　叶适:《徐道晖墓志铭》。

卷为例,表达了对四灵的支持,有人说翁卷的诗歌"易近率,淡近浅",要纠此病只能在学问以及习古上用功,但叶适却称:"不知诗道之坏,每坏于伪,坏于险。伪则遁之而窃焉,险则幽之而鬼焉。"这显然是对江西诗派而发的,而救江西伪、险之弊的策略是:"救伪以真,救险以简:理也,亦势也。能愈率则愈真,能愈浅则愈简。"他视能够真而简为诗歌之理,是大势所趋,正是从积弊丛生而不得不变着眼,而符合真而简、具有"意在笔先,味在句外"特征的就是唐诗,四灵能倡唐调自然居功甚伟。①

提倡苦吟。《四库全书总目·清苑斋诗集提要》中论四灵皆学晚唐,大抵多得力于武功一派,而武功一派的主要特征就是锻炼苦吟,因此四灵"专以炼句为工,而句法又以炼字为要",拈出了其锻炼苦吟的特点。江西诗派一般来说也属于苦吟的行列,这主要体现在脱胎换骨与点铁成金都需要对所学、所积累的诗料反复推敲,但动辄从古人那里讨生活;四灵所论的苦吟主要体现在琢字炼句上,而且有意识少用事典,因而其苦吟与江西诗派不同。关于苦吟,四灵从不同的角度多有印证,如徐玑(1162—1214)就从声律字句论之:"昔人浮声切响、单字只句计巧拙,盖风雅之至精也。近世乃连篇累牍,汗漫而无禁,岂能名家哉?"②连篇累牍、汗漫无禁是宋诗的特征,而"浮声切响、单字只句计巧拙"则是唐人之精——尽管将唐诗的佳处归结到秀句与声韵有片面之处。重视声韵与字句,自然少不得要锤炼苦吟,其《晓》诗云:"诗鬓晓星星,霜天似水清。风当窗眼入,冰向砚池生。已瘦梅花影,犹干竹叶声。"《宿寺》云:"独吟侵夜半,清坐杂禅中。"《书翁卷诗集后》云:"五字极难精,知君合有名。磨砻双鬓改,收拾一编成。"都是描绘吟诗之苦。《诗人玉屑》载赵师秀作《冷泉夜坐》诗:"楼钟晴更响,池水夜知深。"后来改"更"字为"听"字,改"知"字为"观"字。又有《病起诗》:"朝客偶知承送药,野僧相保为持经。"后改"承"字为"亲"字,"为"字为"密"字。另外,赵师秀在诗中也屡屡道及苦吟,如《千日》:"苦吟无爱者,写在户庭间。"《寄茅山温尊师》:"莓苔石上秋吟苦,星斗坛中夜样寒。"《会宿再送子野》:"眠迟古鼎销残火,吟苦寒缸落细花。"而且他还有这样一段论诗之语:"一篇本止有四十字,更增一字,吾未知如之何!"③意思是说,五言律诗总计八句四十个字,但要作好已经苦吟耗神,如果再增一字的话,就实在无可如何了,是对自己苦吟锻

---

① 叶适:《西岩集序》,翁卷《西岩集》附,影印文渊阁四库全书本。

② 叶适:《徐文渊墓志铭》引。

③ 刘克庄:《野谷集序》引,《后村先生大全集》卷94,四部丛刊初编本。

炼为诗理论的道白。

徐照(？—1211)之诗中尽管不乏即目所得者,但如《冬日书事》"梅迟思闰月,枫远误春花"一联,方回就认为其中的"思"字、"误"字"当是推敲不一乃得"①。叶适也称徐照之诗"斫思尤奇",所谓"斫思"就是苦思,而斫思之后诗的面貌则是:"无异语,皆人所知也,人不能道尔。"②就是说,经过艰苦的锻炼苦吟,最终诗歌呈现了如此平易的审美风貌,这是江西诗派锻炼而至自然的思想。可见,尽管四灵努力规避和江西诗派的关系,但作为代表了宋诗风格又有着巨大号召力的江西诗派的思想,其中有着艺术规律一定维度的概括,不因流派之异而不同。

追求清空幽冷的格调。四灵追求一种清空幽冷的格调,因而格外强调诗歌的"清",诗中因此也就每每标举"清"字,如徐照《酬翁常之》:"扁舟莫负林间约,好把清诗慰此心。"《宿翁卷书斋》:"君爱苦吟吾喜听,世人谁更重清才。"《山中寄翁卷》:"吟有好怀忘瘦苦,贫多难事坏清闲。"徐玑《书翁卷诗集后》:"泉落秋岩洁,花开野径清。"《赠徐照》:"身健却缘餐饭少,诗清都为饮茶多。"翁卷(生卒年不详)《秋日闲居呈赵端行》:"清气全归月,寒声半是风。"赵师秀《秋色》:"一片叶初寒,数联诗已清。"《简同行翁灵舒》:"必有新诗句,溪流合让清。"《林逋墓下》:"犹有归来鹤,清时欲与论。"而《梅磵诗话》则引有赵师秀以下故事:

> 杜小山问句法于师秀,答曰:"但能饱吃梅花数斗,胸次玲珑,自能作诗。"

所谓饱吃梅花,正是就作诗当超卓、不能过多俗气而言的,其意旨仍在于"清"。

四灵所言之清内涵比较丰富,或者指诗体之清而不杂,源自参禅而得的空寂。或者指内容的清雅,避免俗累,因此诗中多有以清寒打趣解嘲者,如徐玑《秋行》云:"诗怀自叹多尘土,不似秋来木叶疏。"秋光清疏,但胸怀为俗务缠绕,因此难得清逸。或者指诗境之清幽,这个诗境之清中有幽独,有清冷,如徐玑《梅》:"野桥流水最清冷。"有远离尘嚣的理想,更有清寒生活的写照。所以无论时人还是后人论四灵之诗,多能发现这一点,叶适《徐道晖墓志铭》称其诗"上下山水,穿幽透深",有清空幽深之致,又"冰悬雪跨",冰雪

---

① 纪晓岚等:《四库全书总目·芳兰轩集提要》,徐照《芳兰轩集》卷首。

② 叶适:《徐道晖墓志铭》。

之气自然清冷。《梅磵诗话》称赵师秀："其诗主于野逸清瘦,以矫江西之失。"清瘦是就诗歌意境薄、意象窄束而言,当然,某种程度上也可以表示清隽健举。另如《四库全书总目》称徐照"尤为清瘦",称翁卷"喜为槎牙萧飒之语,不免寒瘦",都是这个意思,尤其"萧飒"之说,更是指其诗对萧疏寒凉的青睐。至于四灵诗歌意象之窄,方回早就说过:"其所用诗料不过花、竹、鹤、僧、琴、药、茶、酒,于此数物一步不可离,而气象小矣。"①

宋代诗坛能够代表宋诗独特个性的是江西诗派,四灵以及后来的江湖诗派则以学习唐诗为指归,由此形成了唐体与宋体的论争。

宋诗与唐诗各有成就,这一点不只渐被后人认可,即使宋代一些学者对此也有判断:"本朝诗人与唐世相亢,其所得各不同,而俱自有妙处。"②对唐诗没有疑义,对本朝诗也能较客观评价,本来就不会有什么论争,问题出在诗歌流派宗尚的不同。江西诗派在宋末依然影响较大,四灵的别辟途径本来就是因为不满江西诗派的以学为诗,这样其支持者便必然与江西诗派传人之间产生矛盾:"宗江西流派者则难听四灵之音调,读日高花影重之句,其视青青河畔草即路旁苦李。"甚至有樽酒论诗之际"裂眦怒争"的现象。③ 对四灵诗派而言,矫江西之弊,使诗坛唤醒了性灵与清新,在当时得到了文坛泰斗叶适等人的激赏,但纤秀而乏局量。江西派声势浩大,有着宋诗独到的审美旨趣,就其开山者黄山谷而言,诗风"清新奇峭,颇造前人未尝道处,自为一家",但师法者多得其弊:"声韵拗捩,词语艰涩。"④二者各有佳处病处。宋末文人有识者认识到这种"不同其为器,而同其为宝"的艺术现象,因而他们能走出论争,从不同立场提倡唐宋诗体的兼容。这主要表现在:

其一,诗之理本同而其体异。

其二,诗有五味,所嗜不同。

其三,感遇为诗,不拘于体。

浙西赵孟坚《孙雪窗诗序》云:"感遇事物,英英气概形而为诗。亦犹天有英气,景星庆云;地有英气,朱草紫芝是也。然何尝体制限哉?"诗既然是感物而发,属于感物之际气运动的赋形,那么就和天地万物四时节候、人生遭际、时代沉浮等等密切相关,这些引发诗情的对象不统一,诗就不可能限

---

① 方回:《瀛奎律髓》卷 10,上海古籍出版社 2005 年版。

② 陈岩肖:《庚溪诗话》卷下,丁福保辑:《历代诗话续编》,中华书局 1983 年版。

③ 宋伯仁:《雪岩吟草序》,陈起《江湖小集》卷 72 引,影印文渊阁四库全书本。

④ 陈岩肖:《庚溪诗话》卷下。

于一个体制。而"今之言诗者,江西晚唐交相诘也,彼訾此冗,此訾彼拘",各不相下,全然违背了诗的本质之自由。他以李杜元白苏黄为例,希望读者认真观赏这些大家的作品,会发现其重要的特征之一就是"众体该具,弗拘一":可古则古,可律则律,可乐府杂言则乐府杂言,从未闻"举一隅而废一"。今日习江西、晚唐者,拘牵论议,而即使追究江西晚唐本身也并未如此孤陋,倒是后学者强分边界,画地为牢了。

故此戴昺(1257 年左右在世,今台州人)论云:"性情元自无今古,格律何须辨宋唐?"山水登临、景物感触、宾友应酬以及草虫嘤摇、柳梢袅袅,虽然是鸣高冈、唳九皋,"声韵邈乎不侔",但"发于情则一"。①

俞文豹(1250 年左右在世,今丽水人)又透过体制之争,将视野定位于时代精神的演革。《吹剑录》中也从诗写情兴、难以拘泥入手说明了同样的观点:

> 诗不可无体,亦不可拘于体。盖诗非一家,其体各异。随时遣兴,即事写情,意到语工则为之,岂能一切拘于体格哉?

不过,俞文豹讲不拘于一体,是针对拘于晚唐体的诗人而言的。在他看来,近世诗人所喜好的晚唐体是不值得效法的,因为"唐祚至此,气脉浸微",文士生于斯时,无他事业,将毕生精神伎俩全副投入到诗歌创作,诗成了事业,成了专门,于是"局促于一题,拘挛于律切"。这样的作品,"求如中叶之全盛,李杜元白之瑰奇,长章大篇之雄伟,或歌或行之豪放,则无力量矣",以清浅纤微的风容色泽为主,而无复"浑涵气象",属于"文章之正气竭矣"的回光返照。诗体的迁变由此纳入文与时代关系的解读,既有盛衰的警醒,又提示论争的诸公:诗体变迁是有气运在其中的。

由此可见,在唐体宋体抑或江西体四灵体的论争之中,晚宋浙西浙东乃至整个宋代诗坛逐步形成了共识。

第六节　宋代浙东从传统诗教延伸出的文学理论

宋代的浙江,尤其南宋,由于科举的影响,对《诗经》的研习相当盛行,其时出现了数量可观的《诗经》研究著述,且浙东文人著述更为突出。这些著

---

① 戴昺:《有妄论宋唐诗体者答之》,《东野农歌集》卷 4,影印文渊阁四库全书本。

述一方面沿袭了诗教中的传统观点,对此反复演述;另一方面,则开始突破传统学说的局限,以诗教的问题范畴为依托,开拓出了文学理论之中的新学说。这主要表现在诗体用论、诗与序的关系、诗亡说、诗地理说等等。

诗体用论。北宋刘安节(1107 年左右在世,今永嘉人)有《以六律为之音》①一文,其中首先解释诗之体用的内涵:

> 学诗之道,有本有用。志之所之谓之诗,此其本也;声成文谓之音,此其用也。

体用的标准就是要不失中和:"本失其中,则言不止乎礼义,其文能足论而不失乎? 用失其和,则音不出乎度数,其声能足乐而不流乎?"表面看来,所谓体用沿袭的是文质关系的内涵,质为本为体,文为用。作为其具体规范的中和,以发情止礼分别实现对体和用的限定,体要达乎中而不邪,用要和而不流溢,是对《诗大序》发情止礼说的另一番包装。但刘安节的重点却没有放在体和用平衡两端的折中论上,随后他将关注的重点转移到了"用"——对乐律的关注:"先王之教人以诗,虽其本之道德出于性情者固已尽美,而声音之末亦不敢苟焉者,非以是为美听也,盖将以纳世于太和,而乃不能使其声足乐而不流,且不足以感动人之善心,岂作乐之意哉!"既然要教化,就要有效果,效果源于诗乐的感动人心,就诗而言,本来就是诗乐一体的:"存乎心而为志,宣于口而为诗,既已存于心矣,且得无形乎? 既已宣于口,且得无声乎?"在心为志,发言为诗,诗存于心出于口则有声有形,整个形声,最终就形成"度数之所域"的一个形声系统,因此诗的教习根本离不开六律。既然离不开乐,仅仅因为要防止不流而使得乐不美善、不能动人心感人意,教化也就无从谈起,所以才有古代太师教六诗,"必以六律为之音",六律可以最终以"用"而发扬"本"。律之所以能感人,关键在于六诗以六律为之度数,能够"播之金石,形之舞蹈,宣之丝竹,达之匏革",并且"与堂上之歌相和为一",诗乐舞一体,能够实现这样的协调:"翕如其始作也,纯如其从之也,泽如其乐成之也。"有始,有从,最后相成而统一,这就是"和",全部在艺术形式的作用下完成,所达到的恰是体,是志。

刘安节的这个"体用"论,从志与音的关系入手,探讨以用得体、由音达志的艺术道路,虽然没有超越儒家兴于诗、立于礼、成于乐的设定,但他关注这个问题的视点明显地有了倾斜,对手段、形式表现了更浓厚的兴趣。而

---

①　刘安节:《刘左史集》卷 3,影印文渊阁四库全书本。

且,他在论及诗的作用时说,"可以兴、可以群,与乐同其妙用",似乎有意识遗落了"可以观"与"可以怨",助成德化而又格外留心于诗、乐的娱乐功能。

诗与序的关系。《诗经》之大序小序的作者与义旨的辨析,一直是《诗经》学研究的热点,南宋浙东文人对这个领域多有关注。其中杨简本陆九渊之学,据《后汉书》的观点,力诋小序害义,多创新义。黄震论《诗经》,也对小序多有驳斥,《读本朝诸儒理学书五·晦庵先生语类一》论毛诗,引朱熹之论:"今人不以诗说诗,却以序解诗。大率古人作诗与今人作诗一般,亦自有感物道情、吟咏情性,几时尽是讥刺他人? 只缘序者立例,篇篇要坐美刺,将诗人意思穿凿坏了。"①又引朱熹排击东莱过遵小序之言:

> 《诗记》只说得个可以怨,乃主张《小序》之过。尝戏伯恭为"毛郑之佞臣"。②

> 温柔敦厚,诗教也。使篇篇皆是讥刺人,安得温柔敦厚? 伯恭欲主张小序,锻炼得郑忽罪不胜诛。

以上虽然所引都是朱熹之言,但正是黄震赞赏的思想,由于其与我心戚戚,所以才多录此类内容。不仅如此,黄震还承朱熹之论,对过信小序带来的歪曲历史的缺失进行了细致论证。《读诗一议》借《狡童》一诗考证被拘泥于小序者锻炼得罪不容诛之郑忽:

> 王雪山曰:"郑忽言行,盖亦近贤,不可以成败论人。所谓狡童,当有他人当之,非谓忽也。"华严谷曰:"忽以世子为郑君,不得目以狡童,正指忽所用之人耳。"晦庵则谓:"忽之辞婚,未为不正。《有女同车》、《山有扶苏》、《箨兮》、《狡童》四诗,皆非刺忽。"

对于这些学者的考证及观点,黄震认为"凡皆公议",公者即公正,并认为诸公之所以能够得出这样可观的结论,在于"不惑于记序讲师之说"。③

王应麟(1223—1296,今宁波鄞州人)总结历代讲说《诗经》的经验教训,列举了古人最为通达的意见:"荀子曰:善为诗者不说;程子之优游玩味,吟哦上下也;董子曰:诗无达诂;孟子之不以文害辞,不以辞害志也。"④其意在于避免过于穿凿。依附于《诗经》之序解释作品,从义理情事上容易有前面

---

① 黄震:《黄氏日抄》卷 37。
② 黄震:《黄氏日抄》卷 38。
③ 黄震:《黄氏日抄》卷 38。
④ 王应麟:《困学纪闻》卷 3,影印文渊阁四库全书本。

所说诸般附会。

浙西沈作喆(今湖州人)则将《诗经》与序的关系延伸到了普遍意义的诗歌与序之间的关系,他认为:"诗之作也,其寓意深远,后之人莫能知其意之所在也,因诗序而知之耳。"对于后人为《诗经》作序,他表示了理解。但从最大效果发挥诗的效用又自我保全的角度来看,他又觉得序实则不必:"盖诗本以微言谏风,托兴于山川草木,而劝谏于君臣父子夫妇朋友之间。其旨甚幽,其词甚婉,而其讥刺甚切,使善人君子闻之,固足以戒;使夫暴虐无道者闻之,不得执以为罪也。是故言之而勿畏。"但由于《诗经》的广泛影响,诗序这种形式同样进入了后世诗歌创作,起到的效果却是:"晓然使人知其为某事而作也,又知其切中于其所忌也。故后世以诗而得罪者相属,是则序之过也。"①序将目的公开化,又有获罪致病之弊端。而对《诗经》托兴山川草木其旨幽微、使君子戒而暴虐不得执以为罪的赞赏,实际上表达了一个潜在的审美观点:不以序过于鲜明地解释诗旨,就不会将诗歌禁锢,使诗的比兴具有开放的解读空间与宛转幽微的审美特征。

出于对附会的防范和对审美情兴的保护,浙东学者在对《诗经》的鉴赏理解上,多与朱熹熟读涵咏之法相通。吕祖谦虽然有过信小序的弊病,但对于诗大体上仍然主张优游吟讽,并求其言外之趣。这对后世诗歌鉴赏的健康发展也提供了一条更符合艺术规律的道路。

诗亡说与相关文学理论。《孟子·离娄下》云:"王者之迹熄而诗亡,诗亡然后春秋作。"朱熹以及程子认为,王者之迹熄是指平王东迁之后政治号令不及于天下,诗亡谓《黍离》赋兴亡则国风出现而雅亡。这个论断对中国文学民族精神影响深远,如果以后人直接视《诗经》为文学的维度理解,这个论断也是文学理论建构之中的一个里程碑,它将文学的艺术特质与现实历史连接起来,涉及了诗的功能、诗的内涵转化、诗与史的关系,成为中国文学生生不息的动力。正因为其重要,历代学者研究《诗经》,多通过这个论断阐释自我的文学理论思想。在宋代浙东,关于这个问题主要的观点有两个:

其一是王柏等诗与史相关的诗史论。《诗亡辨》中王柏不赞同程朱的解释,他认为所谓诗亡并不是指《诗经》作品的吟咏范围由宫廷降为乡野,或者由雅降而为风;乃是指"诗可以观"的本旨下失于列国,上失于庙堂,中间从此缺乏相关的媒介与沟通机制:

---

① 　沈作喆:《寓简》卷1,影印文渊阁四库全书本。

　　惟河汾王氏窥见此意，直以《春秋》、《书》同曰三史，其义深矣。愚窃意王制有曰：天子五年一巡狩，命太师陈诗以观民风。自昭王胶楚泽之舟，穆王回徐方之驭，而巡狩绝迹，夷王方下堂而见诸侯如敌国矣。而政教号令已不及于天下，而诸侯亦岂有陈诗之事哉！民风之善恶于是不得而知也。宣王复古，仅能会诸侯于东都，二雅虽中兴而诸国之风亦无有也。诸国之风既不得而知，今见于三百篇之中者，又多东迁以后之诗，毋乃得之于乐工所传诵，而陈诗之法不举久矣。至夫子时，传诵者又不可得，益不足以尽著诸国民风之善恶，然后因鲁史以备载诸国之行事，不待褒贬而善恶自明，故诗与春秋，体则异而用则同。①

王柏从"诗亡而春秋作"对《诗经》与历史关系的认定，打破了一些前期学者从《诗经》内部风雅变迁认识诗亡的观点，使得《诗经》与历史在体异用同上达成统一，这一则与浙东学派重视史学的思想有吻合，一则为诗歌创作确立了一个方向，"诗史"的观念从此便逐步清晰起来。

　　诗史论出于唐孟棨《本事诗》："杜甫逢禄山之难，流离陇蜀，毕陈于诗，推见之隐，殆无遗事，故当时号为诗史。"但其真正得到关注是在宋代，浙西蔡宽夫的诗话之一就称为《蔡宽夫诗史》，其中有"聂夷中诗"条云："聂夷中，河南人，有诗曰：'二月卖新丝，五月粜新谷。医得眼前疮，剜却心头肉。'孙光宪谓有三百篇之旨。此亦为诗史。"②王柏等关于《诗经》与《春秋》关系的论述，是诗史论的隐性表达和总结，这种隐性的表达与蔡宽夫明确的继承会合，使得诗史论在宋代获得了发展。至清代，黄宗羲等将其和国家兴亡的内涵联系起来，诗史论成为现实主义诗歌创作的主要纲领。

　　李如篪（生卒年不详，今台州人）则从是否具有发情止礼的规范入手论述诗亡说：

　　盖尝考之国风之诗，如郑庄、卫宣、齐桓、秦穆襄、晋昭献之类，皆孔子所传闻之世，所作虽变风居多，亦本于人情，而止乎礼义，先王之泽未泯也。孔子所闻所见之世，亦安得无诗？国风无见焉者，止乎礼义者无有也。此孟子所谓迹熄而诗亡者也，非谓《黍离》列于国风而云也。③

将能否保持发情止礼作为诗亡的内涵，实际上是以变风变雅之作中情绪比

---

① 王柏：《鲁斋王文宪公文集》卷16。
② 郭绍虞：《宋诗话辑佚》，中华书局1980年版。
③ 李如篪：《诗亡然后作春秋》，《东园丛说》卷上，丛书集成初编本。

较鲜明而强烈作品的产生来作为诗亡与否之分野。作为变风变雅之中冲决情礼限定的作品,恰恰是动荡时代纷乱放纵现实社会的映象,因此李如篪如此论"诗亡",恰恰说明,这些创作是一个特定时代历史的写照。

其二是叶适关于诗脱离公共性情而见人之"材品高下"的理论。《黄文叔诗说序》云:

> 自文字以来,诗最先立教,而文武周公用之尤详。以其治考之,人和之感,至于与天地同德者,盖已教之诗,性情益明;而既明之性,诗歌不异故也。及教衰性蔽,而雅颂已先熄,又甚则风谣亦尽矣。虽其遗余犹仿佛未泯,而霸强迭胜,旧国守文,仅或求之人之材品高下,与其识虑所至,时或验之。然性情愈昏惑,而各意为之说,形似摘裂,以从所近,则诗乌得复兴,而宜其遂亡也哉! [1]

诗最先立教,治人性情,可以达到神人以和。从性情贯彻于政治则天下安定,这就是诗教。后世之人性为各种欲望遮蔽,诗难见性情,见了性情其真与否又无所判定,于是论诗不再论性情而是论材品之高下,读者也只能根据诗人材品来判断其个体性情,普遍意义的真已经缺失,更何况求形似、从臆说,就更加无所谓性情了。

可见,在早先文人们的理想状态里,性情有一个统一的状态,适应于伦理社会和谐之构建,并成为一把验证的尺度。但后世这种统一荡然,性情的统一转化为了个体性情的展示,并经过材品之不同来体现。从此,诗歌创作便从表现公性情转移为自我材品的演绎,材品就是人禀赋之才,才于是走上了文学理论的舞台。这是一个关乎中国文学理论与实践的重要转型,有了这个转型,传统意义的诗亡了。尽管叶适也对此深表惋惜,但在对诗亡内涵以及诗亡历程的论述之中,他敏锐地发现了诗亡前后诗表现对象以及所强调之依托源泉的差异。至于这种差异的文学史意义,是他所始料不及的。

尤为难得的是,宋代浙东文人在对"诗亡然后春秋作"的阐释之中,直接将这个经学话题与文学建立了联系。如俞德邻(宋咸淳九年即1273年进士,今永嘉人)就说:"孟子曰:王者之迹熄而诗亡,诗亡然后春秋作。知其说者,其知诗之道乎?"他举友人北村为例,"兵燹以来,一再迁,颜色日悴,文日工",而诗之内容主要是:"悯世道之隆汙,悼人物之聚散,明时政之得失,吟

---

[1]　叶适:《水心集》卷12。

咏讽谏,使闻者皆足以戒焉。"①反映现实的作品,承担着咏叹讽谏鉴戒等作用,这种创作方针,便是从诗亡而春秋作内涵的解读之中得来,能够知道从《诗经》到后世诗歌的这种变化,便能够真正明白诗道,所以说:"知其说者,其知诗之道乎?"

诗风与地理。《诗经》涉及当时黄河流域众多诸侯国,从孔子论诗开始,就留心于不同地域国家的不同诗歌风尚,所谓"放郑声,郑声淫"等即是这样的思考路径。《汉书·地理志》开始探索地理与主体气质的关系。王应麟则著有专门的《诗地理考》,对诗经中涉及地理的方方面面问题进行研究,涉及了风格形成、题材形成与地理的关系问题。

其一,诗中能够显示风土风俗。王应麟关于创作主体与地理关系的理论建立的基础近于《汉书·地理志》,也是以五行为解释路径,《诗地理考序》云:

> 夫诗由人心生也,风土之音曰风,朝廷之音曰雅,郊庙之音曰颂,其生于心一也。人之心与天地山川流通,发于声见于辞,莫不系水土之风,而属三光五岳之气。因诗以求其地之所在,稽风俗之薄厚,见政化之盛衰,感发善心而得性情之正。②

人之心——此处的心当指诗人的情志,此情志的培养与生养自己的地理环境风土民情直接相关,并受制于在这个环境下培育出的具有一定类型化的人格气质。情志发抒于诗中,便由此带有这些自然、社会信息的烙印,成为观诗者可以观的依据。

其二,诗的发生与地理相关。王应麟认为,诗的盛衰与是否临水关系密切,《诗地理考》卷1引郑樵论曰:

> 周为河洛,召为岐雍。河洛之南濒江,岐雍之南濒汉。江汉之间,二南之地,诗之所起在此。屈宋以来,骚人辞客多生江汉,故仲尼以二南之地,为作诗之始。

二南即《诗经》之中的《周南》、《召南》,居于《诗经》开篇,为什么称为"南",又为什么将其置于这个开篇的位置,历史上文人们聚讼不已,王应麟以诸子之论注我,从一个非经学的视角对这个问题的关注显得非常新颖且有启示意

---

① 俞德邻:《北村诗集序》,《佩韦斋集》卷10,影印文渊阁四库全书本。
② 王应麟:《诗地理考》,丛书集成初编本。

义。一如郑樵所论,二南之地恰在江汉之间,由于此地毗邻两大水系,地既富饶,生息之资兼备,而且山水优美,所以"二南之地,诗之所起在于此"。既然是诗发生发展繁荣的地方,因此孔子将其置于《诗经》开始的位置。王应麟又引"林氏"之言曰:

> 江汉在楚地,诗之萌芽自楚人发之。故云江汉之域,诗一变而为楚辞,即屈原、宋玉为之唱,是以文章鼓吹多出于楚也。

这是诗多发于江汉之间的延伸,又涉及《诗经》之后,延续《诗经》继续繁荣的楚辞,依然产生在江汉之间——这块属于楚地的沃野。这仅仅是一个问题的开端,或者浅层的解释,深究一步实际上就可以发现,濒江河的地方土地肥美,得渔樵之力,水又为生命之源,因此这些地方经济发展,也因此容易推动文化的繁荣。濒江汉而诗兴,也由此成为对文学与经济关系问题一个较早的阐释。

其三,情诗盛处多有山川之阻隔。

《诗地理考》卷 2 引《汉书·地理志》:"卫地有桑间濮上,男女亟聚会,声色生焉,故俗称卫之音。"又引《汉书·地理志》言郑:"土惬而险,山居谷汲,男女亟聚会,故其俗淫。"言卫国,因为桑间濮上是郑卫大川所在,交通隔绝,男女亟聚会的"亟",包含渴望之意。郑卫多山地,且山深谷险,男女本来也被阻隔,不能够交通,于是男女同样"亟聚会",对聚会表现了巨大的渴望。男女顺应自然及时地结合,本来是《诗经》之中就倡导的,但彼此悦慕,却被山水断绝,由此便强化了内心可遇不可求的情感,情无可寄托,发而为诗便多与男女思慕爱恋相关。孔子对郑卫之音给予批评,而究其原因,竟然是地理环境的产物。

对《诗经》与地理关系的探讨,开拓了文学解读的思路,也为文学理论之中文学发生的探索提供了新的视角。与王应麟大致同时的方岳(1252 年左右在世,今宁海人)论贾岛诗风,便也是从地理角度的考察:"贾阆仙,燕人,产寒苦地,故立心亦然。诚不欲以才力气势,掩夺情性。"有了源于地理的情性禀赋,又不愿以才力气势变更这种情性之本然,因而贾岛的创作是其独有的,甚至是"于劫灰之上泠然独存"者。[1]

由经学尤其《诗经》的研究推衍出的理论问题还有诗兴说。吕祖谦论兴,抓住了"有余"这个特征,《吕氏家塾读诗记》卷 2《周南·关雎》:"兴多兼

---

[1] 方岳:《深雪偶谈》,丛书集成初编本。

比,比不兼兴,意有余者兴也。""有余"反映到艺术手法上就出现了反复歌咏,其论《周南·桃夭》云:

> "桃之夭夭,灼灼其华。"因时物而发兴,且以比其华色也。既咏其实,又咏其叶,非有他义,盖余兴未已而反复歌咏之尔。

对于作者而言,如此反复歌咏才可以发泄余兴;对于读者而言,如此反复才能感觉出诗中蕴含的不尽之兴。将《诗经》之中的兴定位在不尽上,和钟嵘以言有尽而意无穷论兴有些近似,只不过钟嵘侧重于读者的审美感受,吕祖谦侧重于作者的内心体验。其贡献还在于对兴的书写手段的探索,反复咏歌,实则是具有开拓意义的发现。后世书写情兴,无论侧重于音声,还是侧重于体式,抑或侧重于意象编织,几乎都离不开这种根本形态。

南宋末吴渭(1299 年左右在世,今浦江人)《月泉吟社诗·诗评》则将六义之一的兴释为"得于适然之感":

> 诗有六义,兴居其一,凡阴阳寒暑,草木鸟兽,山川风景,得于适然之感而为诗者,皆兴也。

赋比兴比较起来,"风雅多起兴,而楚骚多赋与比,汉魏至唐皆然"。其中似乎有赋与比偏于承载愤郁之情的意思,而兴则偏于对闲适情怀的抒发。此文来自对诗社作品的评价,而诗社的作品又集中于"春日田园杂兴"这个题目之下,吴渭对兴的理解,便借这个题目引申:"《春日田园杂兴》,此盖借题而他及;舍之则非此诗之题,泥之则失此题之趣。"写兴,离开情感兴发的对象则汗漫,泥于这个对象又乏趣味,"有因春日田园间景物感动性情,意与景融,辞与意会,一吟风顷,悠然自见",如此不舍不泥的这种融会才叫"适然之感",这才叫兴。这是从作者而言兴,吴渭对兴的理解,还兼及了读者诵读之际的审美感受:

> 如游辋川,如遇桃源,如共柴桑墟里。抚荣木,观流泉,种东皋之苗,摘中园之蔬,与义熙人相尔汝也。如入豳风国,耡者桑者竞载阳之光景,而仓庚之载好其音也。如梦寐时雍之世,出而作,入而息,优游乎耕凿食饮,而壤歌之起吾后先也。[①]

如此似与作者同游的感觉,便是作者融会在诗中的情兴传达给了读者,从而唤醒了读者之情兴,实现了作者读者通过兴象的同情共鸣。

---

① 吴渭:《月泉吟社诗》,影印文渊阁四库全书本。

第七节　宋代浙东文章论

从唐代开始,诗格之类的著作为多,集中于法式的总结概括,虽然陈振孙对此颇有挖苦:"论诗而若此,岂复有诗矣! 唐末诗格污下,其一时名人,著论传后乃尔,欲求高尚,岂可得哉?"①但对法的研究传统一直延续下来。到了宋代,诗格虽然不再繁荣,诗话也以闲适的清谈解构了诗格的功用,但侧重于法的论述依然是诗话中的一项重要内容。在诗法之外,宋代浙江开始出现了一定数量的文章法式研究著作。

这种著作分为两类:一是辑录类,其代表作是浙西张镃(今临安人)的《仕学规范·作文》;另一类是专门著作,代表作是浙东陈骙的《文则》,吕祖谦的《古文关键》,楼昉的《崇文古诀》、《过庭录》等。

《文则》,陈骙(1128—1203,今临海人)著。本书是较早对修辞理论表示了极大兴趣的专著,作者拿出了相当篇幅讨论语言形式的表现与美化。其中涉及了助词之用:"文有助词,犹礼之有傧乐之有相也。"礼乐无傧相则不协调,"文无助则不顺"②。又论及了倒言以及病辞、疑辞、缓辞、急辞等。《文则》丙则对比喻这种修辞进行了集中论述,涉及直喻、隐喻、类喻、诘喻、对喻、博喻、简喻、详喻、吟喻、虚喻等十种比喻形式。《文则》丁等篇专论句法,包括上下相接、交错、上下同目以及总分、繁省等。在修辞作为一门专门学问独立之前,对语言形式及其美化手段表达手段的研究,本属于文学理论的范围。

《古文关键》是吕祖谦编辑的文章选集,收录了韩愈、柳宗元、欧阳修、曾巩、苏洵、苏轼、张耒等七人作品,中间附有点评文字。《四库全书总目》认为,这些评点"举其命意布局之处,示学者以门径",被认为是古文点评的先声,也是吕祖谦重要的文论文献。卷首有《看古文要法》,含《总论看文字法》、《论作文法》、《论文字病》三部分。

《崇文古诀》、《过庭录》,楼昉(1193 年进士,今宁波人)著,收录《史记》、《汉书》至宋代文章近二百篇,其中有评语,或考证,或点评,术语多为后世八股文评继承,诸如文气笔力、开合变化、救首救尾、宛转翰旋等等。《过庭录》

---

①　陈振孙:《直斋书录解题》卷 21,影印文渊阁四库全书本。
②　陈骙:《文则》乙,王水照辑《历代文话》,复旦大学出版社 2008 年版。

是笔记体的文论，共有 11 条传世，分别为作文用虚字、古人用字、诸家文章、柳文学国语、太史公有侠义、晋问、文字、四六等。①

综合以上宋代文章论著，体现了以下特征：

其一，传统的宗经理念在一些文章理论之中依然盛行。如陈骙论文主要的理论是宗经，他认为六经文异体同，皆为文章源泉。所谓文异体同，是说六经虽然形式文字内容都不同，但本体上多有相通之处。《文则》甲云："六经之道，既曰同归，六经之文，容无异体。故易文似诗，诗文似书，书文似礼。"既然有此相通之处，因而六经便同时都是后世文章的渊薮，具体对后世的影响或者后世对六经的取法表现在：

先是和而协："夫乐奏而不和，乐不可闻；文作而不协，文不可诵。文协尚矣，是以古人之文，发于自然，其协也亦自然；后世之文，出于有意，其协也亦有意。"既然古文经典和而协，且发于自然，则后世之文当以此为标准，避免不协，同时也要避免有损自然的有意而为。

其次是简而当："事以简为工，言以简为当。言以载事，文以著言，则文贵其简也。文简而理同，斯得其简。读之疑有阙焉，非简也，疏也。"六经以简而当立体，文虽简而事理俱足，这就是文章之工。后人学习不当徒学其表，语言虽然少了，义理却不完足，让人觉得浅薄，这不是简当而是疏漏。并举例云，刘向载泄冶之言曰："夫上之化下，犹风靡草，东风则草靡而西，西风则草靡而东，在风所由，而草为之靡。"用了 32 个字义理方才显出。《论语》则云："君子之德风，小人之德草，草上之风必偃。"文字较泄冶减了一半而意思也清楚。而《尚书》之中则只有 7 个字："尔惟风，下民惟草。"比《论语》又少了 9 个字而意思更加鲜明。这就是简当，但为之不易。

《文则》主要的贡献在对修辞手段的总结上，至于其论六经为文章之源头，观点虽然陈旧，但他将后人应该向经典学习的内容细化了，更便于后学。

其二，诗学标准开始了向文章标准的移植。《文则》之中提倡文章含蓄不尽："文之作也，以载事为难；事之载也，以蓄意为工。观《左氏传》载晋败于邲之事，但云：'中军下军争舟，舟中之指可掬。'则攀舟乱刀断指之意自蓄其中。"给读者留下涵咏的空间，不主张没有余旨。

《古文关键》主张常中有变，其《论作文法》云："常中有变，正中有奇。"所谓常中有变，可以表现在"题常则意新"，题目平常则以意思新颖为变；也可以表现在文章的整体运作之中，如果文辞较多，那么应该争取"意新则语

---

① 楼昉：《崇文古诀》、《过庭录》，王水照辑《历代文话》。

新",语言新而不腐,再多也不显繁冗,此为"辞源浩淼而不失之冗";又表现在意思不平铺直叙上,多设波澜,多有起伏,也属于变,是所谓"意思新转处多则不缓"。这样的文章可以说符合"结前生后,曲折斡旋,转换有力,反复操纵",是变化的极致,也是变化的手法。《总论看文字法》称秦观之文为"知常而不知变",称张耒之文为"知变而不知常",都是从常中有变的角度进行批评,常为正,变即奇。《论作文法》又称:"文字一篇之中,须有数行齐整处,须有数行不齐整处。或缓或急,或显或晦,缓急显晦相间,使人不知其为缓急显晦。常使经纬相通,有一脉过接乎其间然后可。盖有形者纲目,无形者血脉也。"此处强调"血脉"的贯通,而非表面章句明显的连贯,对血脉的强调,实际上是对文章意蕴内在性、隐蔽性的形象说明。对文章义理隐蔽性的说明,反过来正是强调文章的形式不应该过于显露、单调而缺乏变化,所以才对整与不整、缓与急、显与晦的融合运用格外在意。

　　以上含蓄之旨、常与变、隐与显等命题的论述,其资源基本上是从诗学之中借鉴的,是早熟的诗学理论对文章理论的深化。

　　《崇文古诀》则更具体而鲜明地以意在言外论文。《古诀》之中论诸家文章,时有意在言外之评,如评苏洵《管仲》:"老泉诸论中,惟此论最纯正,开合抑扬之妙,则得管仲最深切,意在言外。"评王安石《扬州龙兴十方讲院记》:"以儒者而为浮屠氏之文,……感叹之意见于言外。"评苏轼《表忠观碑》:"发明吴越之功与德,全是以他国形容比并出来,方见朝廷坐收土地,不劳兵革,知他是全了多少生灵……意在言外,文极典雅。"评陈师道《思亭记》:"节奏相生,血脉相续,无穷之意见于言外。"评王震《南丰集序》:"结尾一节,叹息其用之不尽,尤有余味。"意在言外,与含蓄以及变化内涵是相通的,只有变化而不呆板平滞,文章才可能含蓄,体现出言外之趣。这是玄学开拓出的艺术空间,经过禅学的洗礼,被司空图等系统为诗学审美尺度,与余味不尽表达的是一个感觉,更可见楼昉是将诗学尺度向文章作了移植。但这不是简单的尺度借用,它体现了文章观念的变革,不从实用论文,而是强调文章的审美意味。

　　其三,科举考试体制直接影响到了文章理论关注的话题,得体论由此得到强化,这以《崇文古诀》之中表现尤为突出。《古诀》中多处论得体,如评王安石《扬州龙兴十方讲院记》:"以儒者而为浮屠氏之文,得体者最难,自首至尾,抑扬高下,重彼者所以伤此。"以儒言佛而能得体,即得身份之体,符合儒者身份,大肆褒扬不妥,委婉而发则不失身份,其态度正体现在抑扬高下的言外之意中。评王禹偁《待漏院记》:"句句见待漏意,是时五代气习未除,未免稍俳,然词严气正,可以想见其人,亦自得体。"虽然文风近似俳偶,但并不绮靡而伤于轻浮,此得体是说文风。评苏轼《代张方平谏用兵书》:"说利害深切,得老臣谏君之体。"指合乎君臣关系要求,作为代笔,尤其能见体贴揣摩之细微。

得体在宋代开始被广泛论及,又如楼钥称道洪文安:"禅位之诏、登极之赦、尊号改元等文皆出公手,纷至沓来,从容应之,动合体制。"①此处之体是指各文体所要求的程式和规范,也包括特定之体所规定的风格特征。如楼钥此文中赞誉洪文安天分素高,加以好学,因而"文体早成",而早成之体又是"天生廊庙之文"之体,具体说:"文从字顺,随物赋形,非如寒士苦志悲鸣口吻。"廊庙之文属于高文大册,应该冠冕堂皇,而不能有凄惨愁苦之音。又如黄震评王安石《孔道辅铭志》:"以击蛇为小事而附其后,得体。"②系指根据人物的身份事功,文章于所涉及的事体之轻重、缓急、大小处置得当而不失分寸。王应麟甚至在论文之际将得体置于首位:

> 文章以得体制为先,精工次之。失其体制,虽浮声切响、抽黄对白、极其精工,不可谓之文矣。凡文皆然,而王言尤不可以不知体制。龙溪、益公号为得体制,然其间犹有非君所以告臣,人或得以指其瑕者。③

得体第一,而王言——庙堂之文体更当注重。宋代之所以于文章论得体者渐多,一则是源自中国文学理论重视体的传统,一则是文学理论发展而辨体渐细,但在当时更为主要的原因则与博学宏词考试相关。《玉海·词学指南序》中对此有揭示:

> 博学宏词,唐制也。吏部选未满者试文三篇(赋、诗、论),中者即授官……皇朝绍圣初元,取士纯用经术。五月,中书言唐有辞藻宏丽、文章秀异之科,皆以众之所难劝率学者,于是始立宏词科。二年正月,礼部立试格十条(章表、赋、颂、箴、铭、诫谕、露布、檄书、序、记),除诏诰赦敕不试。又再立试格九条,曰表章、露布、檄书(以上用四六)、颂、箴、铭、诫谕、序、记(以上依古今体,亦许用四六)。

分析博学宏辞所立考试诸体,基本上属于实用范围,且多官府庙堂之中的文体。这些文体本身就与传统礼仪相关,规矩严格,极重体制。文人们为了应

---

①　楼钥:《洪文安公小隐集序》,《攻媿集》卷52。
②　黄震:《黄氏日抄》卷64。
③　王应麟:《玉海·词学指南》卷2,见《历代文话》。

付考试而揣摩,于是对各体的体制规范便格外重视,由此影响到文学理论对得体的讨论。

其四,关注具体文章法式的研究。如楼昉重视虚字在文章中的应用,《过庭录》"文字"条云:"文字之妙,只在几个助词虚字上,看柳子厚答韦中立、严厚与二书,便得此法。助词虚字是过接斡旋、千变万化处。"转化、斡旋所表达的是气的运行状态,如此可以摇曳而生姿。《崇文古诀》评李斯《谏逐客书》云:"中间两三节,一反一覆,一起一伏,略加转换数个字,而精神愈明,无限曲折变态,谁谓文章之妙不在虚字助词乎?"

从整体安排上,他则提出"留最好者在后面"的方法。《崇文古诀》评柳宗元《晋问》一文的法式:

> 《晋问》节目凡八:先说山河,次说兵器,次说马,次说木,次说鱼盐,次说晋霸,末乃归之唐尧遗风。一节高如一节,而武陵之说自废。盖子厚先有最后一节,前面只是布置敷衍,旋旋引入。

这样的方法,楼昉认为就像贩卖珍奇宝器,不能一开始就把最好的东西示人,应该从最平常的看,一直到珍宝,买者自然欢喜赞叹,"彼之观渐异,则吾之宝渐重"——其对宝物的感觉渐渐有了奇异的欣喜,那么宝物才能渐渐加重砝码,卖出好价钱。文章亦然,最好的放在最后,才能引导对方一直阅读下去,并会感觉到一层高过一层的欢悦。这样的文章读者才会读,才会珍视,古人称之为"作文须留最好者在后面",又引吕太史之言:"文章结尾如散场后底板,若好者相俳铺在前面,后面只平平结果,则无可笑者矣。"

在以上法式之论外,楼昉还有一个独到的"刻薄论"。《过庭录》"文字"一节楼昉吸纳友人意见,提出了"刻薄人善作文"的观点,发人所未发:

> 予少时每持非圣贤之书不敢观之说,他书未挂眼。有一朋友谓某曰:"天下惟一种刻薄人,善作文字。"后因阅《战国策》、《韩非子》、《吕氏春秋》,方悟此法。盖模写物态,考核事情,几于文致傅会操切者之所为,非精密者不能到,使和缓长厚多可为之,则平凡矣。若刻薄之事自可不为,刻薄之念自不可作。亦先有六经、孔孟义理之说,先入而为之主,则百家之书,反为我役而不能为我害矣。此须鲁男子乃能学,不然痴人面前不可说梦也。

刻薄与其中的和缓长厚相对,本意是对道德人格的品目。运用于文章创作,和缓长厚者当是随意而不深究,在在皆不挑剔,此类人作文自然容易"平凡";而"刻薄"的内涵侧重在模写物态的"模"与"考核事情"的"考核"上：
"模"求其真与精密，"考核"求其实而无缺憾，对自己不满足，对外物穷搜博
取，一丝一毫也不放过。刻薄之刻，本身就具有精细之意，如柳宗元诗学习
谢灵运，谢诗主要特点就在于精描细刻，《麓堂诗话》称柳宗元学习的效果是
"过于精刻"。这个刻，即为精严刻峭。

此外，刻薄又指具有一定自主性，不为平易经典所束缚的胆识，故而可
以广学而深思；也指敏锐易感的一种禀赋，只有这类人才可以写物情、核
事情。

刻薄并不排斥学，所以要先沐浴六经，然后矢志不移地坚守。有了这种
标尺，创作之中严格把握，这样其他百家之学、奇思异想不但不为扰，反而为
我所用。

以上易感、摹写、敏锐等素养，实则就是文学之特有的"才性"。如此说
的话，"天下惟一种刻薄人善作文字"就是说：只有具备文学之别才者始善作
文字。

第八节　宋代浙东词论

宋代词论较之词创作的繁荣而言，实际上并不算丰富；与诗话的琳琅满
目相比，也显得冷落。除了一些序跋之外，真正的词学著作凤毛麟角，大致
以北宋李清照的《词论》（作于南渡前还是南渡后尚无定考）、南宋沈义父的
《乐府指迷》、张炎的《词源》为主。而综其实际，一如吴熊和先生所云："《本
事词》始为纪事，《苕溪渔隐词话》由述事转为论辞。说到以词学为主，则北宋
末李清照发其绪，至宋元之际张炎臻于完成。张炎的《词源》是宋人词话在
理论上最为完备的一部。"①故而学者们称其为宋代词学的殿军。当然，在
《词源》之外，浙东文人对词学理论同样有着不可忽视的贡献，主要表现在：

其一，关注词的本体特征，讲究词与乐的关系。词由隋唐燕乐发展而
来，与音乐之间的关系是其本体特征之一。唐代填词尚且声乐相从，即欢乐
之意和欢乐之乐曲，哀情和哀伤之曲。这个传统到了宋代，只有民间的里巷
歌谣，及《阳关》、《捣练》之类稍存旧俗；而在文人们的填词之中，则已经基本
忽略甚至遗失了这个传统，出现了"哀声而歌乐词，乐声而歌哀词"的不伦之

---

① 参阅吴熊和：《两宋词论述略》，见《吴熊和词学论集》，杭州大学出版社 1999 年版。

态。由于对音乐性的忽略甚至游戏，音乐辅助于情意的内涵在词之中便逐渐淡化，这才出现了"语虽切而不能感动人情"的现象。张炎对词的音乐性这个问题也至为关注，因此《词源》开篇就是"制曲"，意在强调词的音乐特征。不过在对音乐性论述的同时，他意识到了词的音乐与词的文字本身具有统一性，所以非是就音乐而言音乐，而是说："作慢辞，看是甚题目，先择曲，然后命意。"将词的音乐的选择和题目、词体的类型、整体命意联合起来考察。①

但由于文学的演化，一些文体本源的特征慢慢遗落衰微都是正常的，词从吟唱化为案头吟咏，也是词雅化从而进入文人心灵后花园的必要代价，但乐的相关功能并没有彻底淹没，而是从此转移为一种吟咏之中的节奏美，陆游将其归纳为"顿挫"。《徐大用乐府序》中，陆游先沿袭自己诗成于路途的思想，提出词多出于"悲欢离合，郊亭水驿，鞍马舟楫"间，而论徐大用乐府之特征则云"赡蔚顿挫"，于是识者"贵焉"。② 宋人论词而言顿挫，黄山谷当为较早者，陈亮随后也承黄山谷之意而倡导"抑扬顿挫"，其主要意思都指向悦耳可听。陆游、陈亮对顿挫的关注，正体现了浙东文人论词对音乐性的遵守。

不过陈亮对顿挫的关注不仅仅局限在词，而是将其扩大到了诗，《桑泽卿诗集序》云："尝闻韩退之之论文曰：'纤余为妍，卓荦为杰。'黄鲁直论长短句，以为'抑扬顿挫，能动摇人心'。合是二者，于诗其庶几乎？"③杂合文章与词的标准为诗歌的准绳，可见陈亮的词学理论已经很宽泛，正如他提倡"本之以方言俚语，杂之以街谈巷歌，抟搦义理，劫剥经传，而卒归之曲子之律"④，以经子文章之术言词，词学的本体特征由此而淡化。

其二，关注词相对于诗的文体发展意义与独立价值。从李清照论词别是一体开始，词与诗的关系以及创作之中二者关系的处理问题便成为文人们的重点关注。郑刚中（1089—1154，今金华人）《乌有编序》中云：

> 长短句亦诗也。诗有节奏，昔人或长短其句而歌之。被酒不平，讴吟慷慨，亦足以发胸中之微隐。余每有是焉。⑤

---

① 张炎：《词源》，人民文学出版社 1963 年版。
② 陆游：《渭南文集》卷 14。
③ 陈亮：《陈亮集》卷 14。
④ 陈亮：《复杜仲高痈》，《陈亮集》卷 27。
⑤ 郑刚中：《北山集》卷 13，影印文渊阁四库全书本。

其意是词本通于诗。陆游也有论词产生的文字：

> 唐自大中后,诗家日趋浅薄。其间杰出者,亦不复有前辈闳妙深厚之作,久而自厌,然梏于俗尚,不能拔出。会有倚声作词者,本欲酒间易晓,颇摆落故态,适与六朝跌宕意气差近,此集所载是也。故历唐季五代,诗愈卑而倚声者辄简古可爱。盖天宝以后,诗人常恨文不迨;大中以后,诗衰而倚声作,诸人以其所长格力施于所短,后世孰得而议? 笔墨驰骋则一,能此不能彼,未易以理推也。[①]

从词出于诗歌创新压力这个角度立论,既强调了词从诗中新变这一源流关系,同时又说明词与诗的差异在于词为诗之"变":前辈之诗闳妙深厚,但习尚已深,久而生厌,故而求变求开拓。词这个时候应运而生,因此词是文体代变而成,词是诗歌发展求变而成,词是气运文运之变而成。这不仅是说词出于诗道之衰,同时也是对词独到价值的公开捍卫。尽管其中有对这些词人能词恰恰不能诗这种偏能的疑惑。

其三,关注词体的外在风貌——也就是风格取向。在宋代词学理论之中,词体外在风貌问题不是一般性风格的关注,实则也属于词本体特征的探索,因为这个风貌不是因为词人体性才气而造成的不同词风,乃是指作为词而言什么样的风格是其本体性的风格,带有为词定位的色彩。这样的话,如所谓词为艳科的说法,就是兼题材的佑觞佐欢、风月花柳与体貌之缠绵靡丽而言。宋代浙东文人在词之体貌问题上,呈现为绮靡与雄浑兼收的局面,大致趋势是南宋前期倾向于绮靡,南宋后期多倾向于雄浑。

对绮靡的接纳。对绮靡的接纳从对花间词的态度就可以看出端倪,陆游《跋花间集》虽然没有大张旗鼓地对此类创作进行表扬,但却对其开拓之功极为首肯,其中便包含了对绮靡之体的包容。郑刚中则从不可错认假象入手,对所谓绮靡采取了认可态度,其《乌有编序》中称长短句通于诗,且自己多有其作,又云:

> 然赋事咏物,时有涉绮靡而蹈荒迨者,岂诚然欤? 盖悲思欢乐,入于音声,则以情致为主,不得不极其辞如真是也。毛居士逢场作戏,乌有是哉! 辄自号其集曰《乌有编》。

这是一篇很有理论深度的序文,郑刚中从两个方面论述绮靡存在的合法性。

---

① 陆游:《跋花间集》,《渭南文集》卷30。

首先,从文德立场讨论,绮靡仅仅是作品之形式,无关作者之德。他承认创作之中时有绮靡荒迮之处,但赋事咏物的绮靡荒迮不代表作者本身就如此,这不过是"逢场作戏"的假象,其"诚"其"是"则不然。其二,从艺术手段出发,认为这种"极其辞如真是"的方法具有表达情意的不可替代性。他认为,词人当乎悲思欢乐,又要以音声表达这种悲思欢乐,就必然要符合词体特征——"以情致为主";而要实现以情致为主,就要配合赋事咏物,以绮靡等手段推极其辞,尽妆点之能事,这样才可以将生活之中的情致转化为艺术作品之中的艺术情致,完成现实真实与艺术真实的对接或者转移,此谓"极其辞如真是"。这种说法之中有着禅宗不沾滞于色相或者色即是空的启迪,既然绮靡为无关作者德行的逢场作戏,又是表达情致的艺术手段,自然有其存在的意义和价值,没必要过于担心。

对雄浑的提倡。关于李清照所不满的苏、辛之豪,南宋浙东文人却从理论上给予了支持,俞德邻首先破除花间之风:"乐府,古诗之流也。丽者易失之淫,雅者易邻于拙,求其丽以则者鲜矣。自《花间集》后,迄宋之世,作者殆数百家,雕镂组织,牢笼万态,恩怨尔汝,于于喁喁,佳趣正自不乏。然才有余,德不足,识者病之。"作者并非将花间一派尽行抹杀,而是承认其"佳趣正自不乏",不过又以才和德这对范畴的介入作最终的裁决,"德不足"者尽管"才有余"也丽而不则。因此便推出当以东坡为楷式:

> 独东坡大老,以命世之才,游戏乐府。其所作者,皆雄浑奇伟,不专为目珠睫钩之泥,以故昌大罳庶,如协八音,听者忘疲。渡江以来,稼轩辛公其殆庶几者。下是折杨皇荂,诲淫荡志,不过使人嗑然一笑而已。①

东坡之所以值得效法,正在于其"不专为目珠睫钩之泥",即不似花间一派拘泥于对女人明眸、睫毛以及衣裙钩带等等的描述,而能"雄浑奇伟",使人振作。

另一位主词风刚健者是林景熙(1242—1310,今温州平阳人),不过林景熙不是抑此扬彼,而是带有兼收并蓄的姿态。《胡汲古乐府序》中说:

> 唐人《花间集》,不过香奁组织之辞,词家争慕效之,粉泽相高,不知其靡,谓乐府体固然也。一见铁心石肠之士,哗然非笑,以为是不足涉吾地。其习而为者,亦必毁刚毁直,然后宛转合宫商,妩媚中绳尺,乐府反为情性害矣!乐府,诗之变也。诗,发乎情止乎礼义,美化厚俗,肩此

---

① 俞德邻:《奥屯提刑乐府序》,《佩韦斋集》卷10。

焉寄？岂一变为乐府,乃遽与诗异哉？①

文中对香奁、花间之风并不满意,但林景熙于此尚未诋毁,而一些人坚守这种界划,以为刚直之类非妩媚宛转,不可入词之堂奥,他这才说出"乐府反为情性害"的意气之语。他考虑问题的支点在于词为诗之变,既然如此,词对诗的形式、内容等诸多方面都应该继承,即词作之中"诗之法度在焉",其创作的源泉也是"根性情","岂一变为乐府,乃遽与诗异哉"？如果与诗无异,那么,诗风包纳婉约、刚直,词就没有理由拒绝刚直。因此他称词的创作:"清而腴,丽而则,逸而敛,婉而庄,悲凉于残山剩水,豪放于明月清风,酒酣耳热往往自为歌之。"如此写词,已经进入诗歌创作的变风变雅之境,尤其成为了书写国破家亡之痛的重要工具。这种词不仅仅词风不入于绮靡,而且题材也得到极大的拓展,和陈亮以词"陈经济之怀"已成呼应。②

宋代的小说理论批评整体上属于刚刚起步,就浙东而言也大致如此,不过起步阶段的浙东小说理论批评也有值得关注之处,这主要体现在对小说本体性质的探究上。这种探究,其核心表现于对小说虚构性的理论总结,如北宋胡锜(生卒年不详,今丽水人)《耕禄藁自序》云:"以文为戏曰子虚,曰亡是,曰毛颖,曰革华,曰黄甘陆吉,往往皆是也。"视小说一类的创作为子虚乌有一类的编撰,与雅正之文相比,其价值一般都不高,虽然意在贬斥,却恰恰从贬斥的原因中揭示了小说虚构无实的特征。另外是对小说传奇一类作品娱乐性质的认识,如胡锜认为,学士大夫不为诗文而从事子虚乌有的写作,目的在于"游情翰墨"③。其他诸如浙西陈振孙、周密、吴自牧等也有一定的贡献。

---

① 林景熙:《霁山文集》卷5,影印文渊阁四库全书本。
② 叶适:《书龙川集后》引,《水心集》卷29。
③ 丁锡根辑:《中国历代小说序跋集》,人民文学出版社1996年版。

第三章　元代浙东文学理论批评

概　　论

　　由于维持时间仅仅百年左右,元代浙江的文学理论批评可以说受到了宋代文学理论批评的强烈影响:对宋末文学风气的理论反思、对宋代儒家文学理论批评繁荣局面的延续成为元代前期浙江文学理论批评的主流。这一时期,由于道学风气盛行,纯粹艺术的理论探讨较宋代薄弱,浙江一带出现的诗话数量不多,以《梅磵诗话》、《诗法家数》、《吴礼部诗话》、《诗谱》为主。这一时期比较令人瞩目的是浙东陈绎曾的文章理论,以及他对文学理论体系构建所作的努力,这主要体现在其《古文谱》中。

　　在宋代文学影响慢慢消退的元代后期,浙东一带出现了杨维桢、袁桷等在全国都影响巨大的文士,于诗学理论多有发明。由于文人地位远不如宋人,大众化的戏曲崛起,因而词论在这个时期也很萧条,除了少数文人间或在文章中有所涉及,专门的论词著作在这个时期的整个浙江都是一片空白。而戏曲当时主要以活跃在北方的杂剧为主,南辞尚未大兴,因而相关的戏曲理论也较为罕见。

　　总括元代浙江文学理论批评,表现出以下鲜明的特征:诗话等著述一改宋代诗学等著作随笔而录、触事而发的闲适特征,致力于对诗学内部要素的分类细化研究,虽然琐碎,却具有一定的体系建构和理论系统性,陈绎曾的《诗谱》是其主要代表。另一个特征就是儒家思想影响依然深刻,尤其延续了宋代浓厚的道学宗尚。元代浙江一带经济文化繁荣,原先科举推动下的儒学普及,至此开花结果,而且由于朝代更迭,异族入主,更激发了中国士人维护道统的责任感。于是,元代不长的历史当中,浙江诞生了大批有着浓烈儒学背景和深厚儒学修养的硕儒,代表人物如金履祥、戴表元、袁桷、许谦、程端礼、黄溍、吴莱、戴良等。这种道学色彩的文学探讨可以说贯穿了整个元代浙江文学理论界,从而培育了儒家文学理论思想普及的丰厚土壤,以至于明代初年的大儒文人如宋濂、刘基、方孝孺等多出现在浙江。其文学理论批评的主要特征是文道并重、重视涵养。

第一节　对宋末文风的反思及兴亡语境对文学理论的建构

一、对宋末文风的反思

宋末被当时一些学者描述为文风凋敝的阶段,江湖诗派、四灵、江西诗派传人等各标其帜。立说者缺少了王权与传统的有力统摄而背离经旨,加以缺乏大家的号召与辐射,一时间诗派之间互相排诋,各不相让,突出表现为以四灵为代表的唐体与以江西诗派后进为代表的宋体之间形成的唐宋之争。不过从局面而言,倒显得丰富而不单调。元初浙东文人对宋末诗风的反思有不同的表现方式,并形成了相应的文学思想:

其一,从审美风貌入手表达对晚宋文学的批评,并确立新的诗学规范。浙西赵孟𫖯就认为宋朝末年文体大坏:"治经者不以背于经旨为非,而以立说奇险为工。作赋者不以破碎纤靡为异,而以缀缉新巧为得。"①批评的重点是背于经旨、自立奇说,以及破碎纤巧。《刘孟质文集序》在倡导文当以明理为主的同时,又对宋代以来的文学风气进行了抨击,这些风气包括:"夸诩以为富,剿疾以为快,诙诡以为戏,刻画以为工。"②包括以学为诗、以游戏为诗、议论为诗、雕琢为诗,涉及了宋体与唐体所呈现的诸般弊端。

浙东袁桷(1266—1327,今宁波鄞州人)的批评更为具体。袁桷是元代颇负盛名的文人,是坚定的理学中人,但在道学气比较浓厚的氛围中,他的文学理论批评能够从文学本位出发,且有一定建树。这主要体现在诗理关

---

① 赵孟𫖯:《第一山人文集序》,《赵孟𫖯集》卷6。
② 《赵孟𫖯集》卷6。

系论与诗以法度为本说，而这两个观点都是在对宋末诗风的批判之中确立的。

诗理关系论。儒生论诗，明道、讲义理已然是常谈，尤其宋人以议论为诗甚至发展为一个具有时代特性的体式。尽管持此论者不乏从艺术形态上作一下修补，但从明理功用入手论诗，虽然不能说离开了诗的本色，也遗落了诗很多更具有审美性质的内涵。袁桷即从纠偏入手讨论了以诗说理。他首先追溯了此风的源头——宋代的理学道学之气："宋世诸儒，一切直致，谓理即诗也。取乎平近者为贵，禅人偈语似之矣。拟诸采诗之观，诚不若是浅。"①这种诗歌体式直致平近，就连古代采诗以观所搜集的诗歌都不会如此俗浅。又云："唐诗有三变焉，至宋则变有不可胜言矣。"②之所以如此抨击宋诗，在于他认为宋诗遗落音节而一味言理，没有了诗的体制："其得谓之诗乎？"说理讲道之风在宋代有三宗：王安石、黄庭坚和乾淳间诸老。三宗以及其追随者以道德性命思理发为声诗，流弊及于元代，其诗如同佛家宣讲，表面上条达明朗，实则浅俗乏味。诗的形态应该是"模写婉曲"，因此，能够革除错冗猥杂、散不成章的说理之风的时代就是一个诗歌真正繁荣的时代。在袁桷看来，元代经过诗人们的努力与廓清，已经出现了诗歌"缜而有度，曲而不倨，将尽夫万物之藻丽，以极其形容赞美之盛"③的局面。

袁桷的高明之处在于，他并没有将以诗说理全盘否定。他认为，诗是不排斥说理的，故云"理固未尝不具"，但一定要保证先是诗，然后诗中见理，所以又提出先决条件："诗以赋比兴为主。"④他也秉持着这个标准衡量诗歌创作。如评论《甬山集》，先认可其对儒家思想的融会："贯穿笼络，悉本于五经之微旨，而优柔反覆，羁而不怨，曲而不倨，蔼然六义之彝。"其间都是儒家诗学语汇，可见集中之诗同样含理。但随后则云：

> 宫商相宣，各叶其体，神至理尽，守之以严，无直致之失。⑤

体现六经微旨是《甬山集》作品的儒学色彩，也显示了中和温厚等儒家诗学特征，但同时其在声律、神理、含蓄上的成就，都是理之外的艺术尺度。而且理和艺术形式之间并不是截然分开，其中提出的"神至理尽"——以写神而

---

① 袁桷：《书括苍周衡之诗编》，《清容居士集》卷49，四部丛刊初编本。
② 袁桷：《题闵思齐诗卷》，《清容居士集》49。
③ 袁桷：《乐侍郎诗集序》，《清容居士集》21。
④ 袁桷：《闵思齐诗卷》，《清容居士集》49。
⑤ 袁桷：《甬山集序》，《清容居士集》22。

达理,既是一条以诗写理的衡量标尺,又是摆脱直白说理、维护艺术体制的路径。这一点有对宋体的批判。

诗以法度为本论。袁桷对诗法的关注不同于一般诗话体格声病、字词事意的具体法门介绍,他立足于纠偏,在相关论述之中对法作了具有理论深度的提升,《跋吴子高诗》云:

> 诗本性情,能知之矣;本于法度,知之不能详矣。风雅颂,体有三焉,释雅颂,复有异焉。夫子之别明矣。黄初而降,能知风之为风,若雅颂则杂然不知其要领。至于盛唐,犹守其遗法而不变,而雅颂之作得之者十无二三焉。故夫绮心者流丽而莫反,抗志者豪宕而莫拘,卒至天其天年,而世之年盛意满者犹不悟,何也?杨刘弊绝,欧梅兴焉,于六义经纬得之而有遗者也。江西大行,诗之法度益不能以振,陵夷渡南,糜烂而不可救,入于浮屠、老氏、证道之言,弊孰能以救哉?①

诗本性情,是被普遍认可的观念,但袁桷此处却又提出诗本于法度。法度虽然是我国文学理论批评之中的核心内容之一,但以法度为本的理论观点这还是首次提出。法度的源泉被追溯到《诗经》六义之风雅颂,风雅颂为诗之三体,即三种体格,但从文学历史来看,风得到一定程度的发扬,但雅、颂则从魏晋之交就不得要领,以至于渐渐衰微。三体失其二,所以说法式荡然,而自己提出以法度为本,振起雅颂之体,是为了破绮丽豪荡之风,破江西体之拘守,破诗入于佛、证于道。

其二,对唐宋诸体多有微词因而提倡"诗贵成,成贵专","专"出于自得而非趋奉。舒岳祥(1219—1298,今宁海人)就持这种见解,他本人对晚唐体的风行也有意见,但对宋体也未明确表达倾慕,所以提出了"诗贵成,成贵专"的观点:

> 诗贵成,成贵专。不惟诗为然,虽百工商贾,马医洒削,占覆小数,莫不皆然也。今夫自一伎以上,以身始终之,其家虽丰且硕,门巷不徙肆,而标表不易识,使来者目熟而即之者武相袭也。问其所习,必精于此者也。若夫朝慕东邻之富而商之趋,夕希西市之价而贾之坐,厌小利而从大谩,舍能事而务巧智:若是者扰扰苟焉者也。信矣,不专则不成也。诗者,言之最精也,而可以不专者,能之乎?②

---

① 袁桷:《清容居士集》49。
② 舒岳祥:《刘士元诗序》,《阆风集》卷10,影印文渊阁四库全书本。

朝慕于此，夕向乎彼，踵武相袭，皆为苟且之徒。要专则需坚持始终，既要合于才性，又不能随风趋会，如此则可以有成了。专而能成，一则体现了舒岳祥诗当专门、不当懈怠的思想，二则实际上也有以专于其一不及其他而对抗文坛流行体派摇惑的用意，这一点在《刘士元诗序》之中有明确表示，其中云："初，薛沂叔泳从赵天乐游，得唐人姚贾法。晚归宁海，为人铺说，闻者心目鲜醒，而菊田闭户觅句，惟取其清声切响。至于气初之精，才外之思，元善盖自得之，而非有所授也。"文中提到晚唐体姚贾诗派的影响已经波及作者的故乡宁海，但在众人皆趋奉之际，独有方元善闭门觅句，不为风会所动，作者对此有着明显的赞许。而方元善之所得后来为胡俊父所习，其诗风主要表现为"刻意侧体"，大概倾向于雕琢。而刘士元因少与俊父交游，获其传授，故而曾经澹然冲守。然而，"近又欲自蜕前骨，务为恢张，骎骎乎派家步骤也"。舒岳祥对刘士元这种不自坚守一体而妄思变异的举动并不认可，故称："呜呼！摆落拘窘之习，跌宕模拟之踪，此志诚可尚也。君前日之体成矣。夫自六朝魏汉，上至于骚雅，学无穷而才有限，君自知必审矣。予故论其专且成者如此。"其意无非是说，创新自然可取，但没有必要得陇望蜀，更希望刘士元能够专心于已经有所成的自我专门之体。这种劝慰表面是以"学无穷而才有限"为借口，实际上是对刘士元所要肆力的恢张之诗风不满，而这种诗风，同样是宋诗从苏轼就形成的一种风范。可见，舒岳祥在见识了体派林立、出主入奴的文坛喧嚣之后，更倾向于能够有所自得、自立。

其三，创作应当兼容百家而不互相排击。戴表元（1244—1310，今奉化人）也不主张偏于某一体派，但他没有故意跨越这些诗学实践的经验，而是视之为艺术资源，并以此为依据提出了一个总括百家的"酿蜜法"。《蜜谕赠李元忠秀才》论作诗之法：

> 酿诗如酿蜜，酿诗法如酿蜜法。山蜂穷日之力，营营村墟薮泽间，杂采众草木之芳腴，若惟恐一失，然必使酸、咸、甘、苦之味无可定名，而后成蜜。若偏主一卉，人得咀嚼其所从来，则不为蜜矣。

蜜蜂酿蜜杂采百花而后成，从来不拘于一花一卉。这个酿蜜法与诗歌酝酿之法相通，戴表元因此从唐代诸家论及江西派。本来，唐代诸大家后世都不乏踪迹学习者，如豁达者之于乐天，刻苦者之于阆仙，古淡者之于子昂，整健者之于许浑。宋人之中，黄山谷则极尊子美，而山谷之后者，多不再问津唐代其他大家："自是以后，学豫章之徒一以为豫章，支流余裔，复自分别标置，专其名为江西派，规模音节。"学江西者，病在嗜好一家而不及其余，其宗师黄山谷尚且溯源至于杜甫,而传人们却排击不同风格,所以难以再有创新,"似而伤于似",仅能优孟衣冠了。博宗而不主一家,才是为诗之正道。①

其他如浙西文人仇远以体用一体打通唐宋二体的隔阂,释英通过倡导诗本出体性、各有千秋消弭厚此薄彼,其思想皆趋向通融。可见,元初文人基本上已经从江西体、晚唐体的笼罩下走出,不主一端、兼容百家、贵有专成、提倡自得的思想延续了宋末对体派之争的反思,并超越体派批评的偏激,出现了普遍化、客观化文学批评标准的探索。这个客观标准之中,又格外重视批评主体维持艺术公正的素养,舒岳祥的"真识"、"正气"说便是其中代表。这个理论属于文学鉴赏批评范围,出于《俞宜民诗序》:"作诗难,评诗尤难也。必具真识而后评之当,必全正气而后评之公。"所列举的鉴赏批评最高标准有二:一为当,一为公。而要做到这两点,必须具备两个条件——真识与正气,有真识,批评才能得当,有正气,鉴赏才会公允。有鉴于此,舒岳祥认为以下人等皆不适合从事文学批评,即"富贵者不能评,贫贱者不足评,少锐者不可评,衰老者不敢评"。究其原因:

> 盖富贵者真识憺然,夫以科举寸晷之长,躐取显仕,一生学问不出是矣,安能剂量诗人之铢两也。贫贱者正气索然,酤边炊畔,毁誉失实,安能为人轩轾乎?……少锐者真识未定,新涉笔墨行间,安知古人要妙?雏鸟习飞,自谓已冥鸿举矣,肆口谈论,固先生长者之所羞也。衰老者正气已耗,方畏人之议己,而求所以自媚于后生者,故立论多恕,而拟人非伦。

综上所述,富贵者无此性灵,偏见者挟意气而毁誉失实,少壮者肆口谈论,衰老者为乡愿而立论多恕,奖诩失伦。之所以如此,关键在于这四类人或无真识,或乏正气。所以"非有真识不能以知人,非有正气易至于失己":无真识容易失人于目睫之前,因为缺乏基本的审美鉴别能力;无正气,则在抑扬失当趋奉排诋之中权以私意,断以俗情,失去自我应该有的道德品格。舒岳祥最后还有这样一句话:"每见近时诸君,喜以文人自任,而辄以诗家予人,往往不出四者之病。"②以文人自任者喜品评他人诗篇,而好评者恰入此四病,言外之意,也有对元代初年文人们标榜儒学、自以为文人而不屑于诗的讥讽。瞧不起诗人的文人却往往无真识正气,要真正鉴赏诗歌并不是一

---

① 戴表元:《剡源集》卷24,丛书集成初编本。
② 舒岳祥:《阆风集》卷10。

件简单事。

二、家国兴亡与文学理论批评建构

家国兴亡对文学创作有着直观而显著的影响,事实上,对文学理论批评也往往产生微妙的辐射。这种辐射不一定显示为有什么超越了文学基本规律的理论创生,但却经常体现为一种传统范畴被赋予更为广泛或者更为具体、更为深刻的内涵。舒岳祥的家世论、戴表元的寄托无迹说便是两个在国破家亡之际被赋予特殊内涵的文学理论批评范畴。

家世论是宋末文人关注的一个问题,严羽、何梦桂已经对此有过论述。何梦桂(今杭州淳安人)《胡柳塘诗序》云:

> 诗有谱,而家谱尤亲。歆、向家于文,谈、迁家于史,故诗不可以无家。胡氏家世于诗,诗源于静轩,派于庸斋、坦斋,而流衍于诸孙。

《胡氏清雅堂诗集序》亦云:

> 古之诗人,以诗闻于世多矣,而鲜世其家。杜审言有孙甫,牧之有子荀鹤,谢世有连、运,陆氏有机、云,然仅间一再世而已。清溪胡氏:一家四世十二人皆以诗名,诗集题曰《清雅》。

“家世”说是对有家学渊源的诗歌世家的称呼,同时也表明自己的一种观点:诗的成就与家学的熏陶关系密切,父兄对此技的言传身教、子弟的耳濡目染,形成了对诗歌早期的浸淫,是一种他人很难具备的积累,而风尚相传,又有近似之处。由此引申出的思想是,何梦桂注重诗歌素养的积累。①

舒岳祥也是这个理论的支持者,《王任诗序》中,他先从诗句源流有自论述:

> 诗必有家也,家必有世也,不家非世也,不世非家也。唐诗人惟杜甫家最大,要自其祖审言世之也:“枝亚果新肥”,审言诗也,甫用之为“花亚欲移竹”之句;“飞花搅独愁”,审言之诗也,甫用之为“树搅离思花冥冥”之语。而甫亦自谓“诗是吾家事”,非夸也。

后人取法于先祖,肯构肯堂,延续艺术的灵机。又从体式之确立论家世之用:“盛唐之时,诗未脱梁陈之习,至审言始句律清切,华而不靡,典而不质。观其《和李嗣真奉使存抚河东》诗,则甫之《夔府书怀》等作有自来矣。”有家

---

① 何梦桂:《潜斋集》卷6、卷7,影印文渊阁四库全书本。

世,既能够为后人摹袭提供最近切情性的模本,传递诗的灵思,又能树立诗歌的体式。杜甫不事绮靡的儒家情怀赋形于诗,实则源自杜审言对梁陈诗风的跨越。舒岳祥论家世比何梦桂深入了一步,不仅涉及家世对诗人成长的左右、对诗体形成的影响,同时也提出了"诗必有家也,家必有世也"的思想:诗必有所传承才可成家,但家必须有世代的传承才能成大家。

这篇序文是为王任写的,王任的祖上王齐于宋代以科第至列卿,晚归林泉以诗歌自适;至王任又复致力于斯道,振作起祖辈的笔墨,舒岳祥称:"其祖传焉,己可行也;其己行焉,祖可传也。如是不已,诗且家矣,家且世矣,家而世,则宋杞之绵远可以敌齐楚之盛大。"[①]意思是说:有先辈的诗学浸润,后人便可以有所作为;后人能够有所作为了,先辈才能得到更广泛的声名传布。这样代代不已,从诗人而成家学,有家学而延续为世代之业,这样生生不息的结果是,虽然声名势力并不强大,却也比倏焉兴起、因无所维系又倏焉衰微的所谓"大家"要有生命力。表面看来,这段文字是在讲诗文只要世代延续不断,则虽然人微,却也可以敌过表面的显赫;但如果结合何梦桂之说,二者都产生于宋元之交,其中似乎隐含着以诗文为华夏诗礼文明之代表,以其家而且可世表示这种文明的绵延不断,薪火传递,这样就可以和貌似强大的异族对抗,维系民族的血脉。诗学理论在此与国家兴亡的主题建立了关联。诗能够承担如此的使命,自然不能忽视。这和明末清初顾炎武以学术存华夏统脉、保存民族精神以图恢复的用意基本相通。

寄托无迹。寄托就是《诗经》流传下的"比兴传统",陈子昂称之为"兴寄",它强调了通过意象寓托诗人的主体情怀。一般的创作都提倡比兴无端,但带给读者丰富的解读空间与含蓄委婉的意境只是一种艺术诉求,而戴表元则强化了寄托的"无迹":

> 酸咸甘苦之食,各不胜其味也,而善庖者调之,能使之无味。温凉平烈之于药,各不胜其性也,而善医者制之,能使之无性。风云月露、虫鱼草木以至人情世故之托于诸物,各不胜其为迹也,而善诗者用之,能使之无迹。是三者所为,其事不同,而同于为之之妙。何者? 无味之味,食始珍;无性之性,药始匀;无迹之迹,诗始神也。

将比兴取象比为庖者烹调五味成至味而无各自本来之味道,医者合不同之药材于一体成良药而无各自本来之特性,意在说明两个要点:首先,诗不能

---

① 舒岳祥:《阆风集》卷 10。

仅仅涂抹风云月露,取其形似,当有寄托才是珍品;其次,寄托取兴于风云月露、草木虫鱼,但要将这些意象融会一炉,将历代被诗人们反复运用中已经固态化的寓托之意隐蔽,达到含而不露的艺术效果。不过,此处论到的寄托而求含蓄,非止从一般艺术效果讲,看一下戴表元举的例子就能够领会。他称道许长卿之作:

> 徘徊窈窕,情衷意剧,如高渐离、李龟年之过都历国,惊欣而凄怆也。噫呜慷慨,神张气旺,如唐衢、庄舄之怀人思土,若不愿居而中不能释也。登山临水,流连畅洽,如宋玉、司马相如之感遇而有所适也。扫门却轨,呻吟沉著,如虞卿、冯衍之独行无与而莫之悔也。

戴表元认为,这样的寄托比兴,其所寓托的情感和自己相同,而作者所达到的境界就是"托遇无迹"。分析事例之中所涉及的情感,很显然多是就故国家乡而发,他所倡导的这种无迹的寄托,实为对已经灭亡的旧国的深深思念。而这位许长卿,文中交代其生平:"长卿生于二千石之家,尝通金马门之籍。"如此身世,最易感知世事兴亡。而许长卿更有一段特殊经历:"从下士之列,而游东诸侯之幕府,最后遂为文相国知。"原来他曾从文天祥抗元。最终文天祥殉国,而长卿"用志既不展,则幅巾布衣,浮沉民伍"。综合这些信息再来考察戴表元所论的无迹的寄托,本意在于熔心、事、诗于一炉,确为怀念故国的文学理论升华。①

第二节　元代浙东理学之士的文学理论批评

元代浙东理学繁荣,是六朝尤其宋代以后本地重视教育、科举隆盛、传统儒学思想根深蒂固的重要表现。理学之士多为醇儒,其中也不乏文学修养极高的饱学之士。其文学理论批评思想集中于以下两点:

第一,提倡文道并重。叶适等人早就说过洛学兴而文字坏,因为这批理学家以文字为玩物丧志。戴表元注意到了理学的这种影响:"异时缙绅先生无所事诗,见有攒眉拥鼻而吟者辄靳之曰:是唐声也,是不足为吾学也。吾学大出之可以咏歌唐虞,小出之不失为孔氏之徒,而何用是啁啁为哉?"②袁

---

① 戴表元:《许长卿诗序》,《剡源集》卷9。
② 戴表元:《张仲实诗序》,《剡源集》卷8。

桷也说过："至理学兴而诗始废,大率皆以模写婉曲为非道。"①二人不约而同地对理学反艺术的偏激给予了批评,而他们理想的文道处理标准则是文道并重。戴表元《紫阳方使君文集序》云："人之精气,蕴之为道德,发之为事业,而达之于言语词章,亦若是而已矣。"②袁桷《戴先生墓志铭》云："自昔孔门首分四科,历代之士率不能兼,有尊德行者后文学,世尝病焉。"③戴表元将道德、事业、文章视为精气发散的不同途径,没有彼此之间的抑扬。袁桷则从孔门四科入手,以为一般人是难以兼能四者的,而有德行者兼长文学,属于才大而能,世人竟然还要批评,便实在令人费解了。尽管他没有明确对此表示不满,但随后称戴先生:"为文尤多忠厚孝悌之语,后之纂言者其必有所考。"实际上是对有德者亦当有言的首肯。

元代儒士多演绎此说,陈高(1314—1366,今温州平阳人)没有接纳理学之士诗文害道之说,但沿袭了理学中通明之士通明之中的严刻,附和朱熹之论,以陈子昂《感遇诗》尚且有"淫于仙佛怪妄"之病,更不要说风云月露、花卉禽鱼了。因此,诗可以作,但要"陈古道今,引物比类,意在惩劝,不习于雕镂",至于言辞要妙,仅是其余事。④

戴良(1317—1383,旧题浦江,今诸暨人)持戴表元心、诗、事一体之论,讲文道合一,不主空言。他认为这个尺度是古人确立的:"古者学成而用,故其志在乎行事而已。然方未用时,有其志而无其行事,则以其性情之发,寓诸吟咏之所资,则所以发诸性情以明吾志之有在者,夫岂见之空言而已哉?"这是对"诗言志"这个传统观点的儒学解读,"志"被具体化为了用世的期待与具体的经济之策。因为志为了行事,未能行事不得已始发而为诗,所发之诗又以寄托自我用世之志为主,这样,志便实现了对诗和行事的全面涵盖。后人将诗和事一分为二,在他看来恰恰违背了诗言志的本义,所以他对不以行事为指归的诗给予了批判:

> 后世学不师古,而诗之与事判为二途。于是处逸乐者则流连光景,以自放于花竹之间而不知反,不幸有饥寒迫之,摈斥摧挫流离穷厄之至,则嗟穷道屈,感愤呼号,莫有纪极于其中。

① 袁桷:《乐侍郎诗集序》,《清容居士集》卷21。
② 戴表元:《剡源集》卷11。
③ 袁桷:《清容居士集》卷28。
④ 陈高:《感兴》,《不系舟渔集》卷3,影印文渊阁四库全书本。

这样于时政无所系、于治道无所补的一己呻吟，也仅仅是"见诸空言"而已。①

　　对文道并重的强调，虽然在具体内涵上和文以载道、文以明道不能等量，但其目的都是一致的，那就是实现文学的美刺劝惩功能，以助成教化。程端礼(1271—1345,今宁波鄞州人)是邵雍"删后无诗"之论的信徒，他从是否有实际之用入手，对六朝以后的诗歌创作几乎全盘抹杀："后世之诗，辞非不正也，旨非不深也，趣非不远也，率不过剽窃陈言，缀缉绮语，以夸一时而觊后誉。甚至拥被而卧，三年而得一联者，穷毕世之力而遂为无用之物。言愈多而炫目，事愈繁而惑心。"具体而言，七言与词是尤为其所排摈的重点：

　　　　愚尝究其末流之弊，以为诗一变而为骚，再变而为五言，五言变七言，七言其后又变为律，琢而为词。故诗至七言而衰，律而坏，词而绝矣！何则？骚作于屈子，虽其忧幽愤怨，有戾中和，然皆出于恳恻之诚。五言有梁昭明选，虽其出处不精，薰莸杂植，犹平易而近古。若七言，则或驰骤，或放肆，或刻巧不醇，以至乎词，则轻浮浅薄，华靡淫荡，不惟无用，又有以凿人之性，故曰诗之绝也。②

有用之用，在于承续《诗经》比兴传统，有所美刺，《离骚》继承了这一点，尚属于变而不失其正。汉魏六朝五言离古未远，比兴等古诗手法得以传承，体貌温柔敦厚近于《诗经》，所以尽管已经杂乱但也可以接受。至于七言和词，一个驰骋太过，一个华靡太过，皆失去中正，而且侧重于个体情性发抒，难见其用，所以得出了"诗至七言而衰，律而坏，词而绝"的结论。其中对词定罪量刑如此之重，原因在于它不仅无用，又坏人心性。

　　从以上的论述可以看出，所谓文道并重，不是就二者各自的单独价值说的，多数儒学之士都在强调以文为手段、以道为目的。只是此时论道，已经不是抽象的哲学之道，而是多和现实与经济相关。

　　当然，儒学之士并非一味以道论文，既然文道并重，其研习诗艺同样热情高涨，且视角不同，经常会有一些重要的艺术理论贡献。如黄溍对诗歌审美效用的论述。《题陈茂卿诗卷》云：

　　　　诗之为用其微矣乎？辎轩之使不至，而挟飞霞籨明月者，徒以自怡于万物之表而已。夫音奏之悲凉，意象之荒忽，初若澶漫无属，至其使幽人狷士有适而不怼，或者舒扬振导之益，犹有资乎览者。顾谓其为瑶

---

① 戴良：《玉笥集序》，《九灵山房集》卷7，金华丛书本。
② 程端礼：《孙先生诗集序》，《畏斋集》卷3，四明丛书本。

华琪树,世所罕见,探而有之,或鬻于用。若吾亡友陈茂卿之为诗,其亦所谓瑶华琪树者非耶?①

辀轩使者不至,意味着诗不能或者无法承担讽谏鉴戒的效用,而能够"自怡"就是诗的审美之用,这种效用可以是心中有适意之感而忘掉眼前怨怼,或者是舒展发扬自我积郁、振作精神而引导主体走出自我的封闭。诗就如同珍奇的瑶华琪树,世人罕见,但一朝拥有,却又觉得没有实际的作用。其非实际、非经济的作用实则即为审美之用。可贵的是,黄溍还分析了诗歌审美之用的表现手段——"音奏之悲凉,意象之荒忽"。悲凉是以悲为美传统的延续,这里就是音律之美,意象之荒忽即为意象蕴蓄幽微。通过这两个途径,诗方能感人,但感人的方式则为"初若澶漫无属",即于无意之间感染读者。

第二,重视涵养。儒士为文重视涵养,是孟子养气说的滥觞,经过韩愈、苏辙等历代文人的补充,涵养说已经颇为完备,元代文人论涵养便是对这个学说的传承演绎。

如程端礼有"时至自化"论。《道士吴友云集序》说自己早年学诗,有人教以秘方:"当如优孟学孙叔敖衣冠,抵掌谈语皆叔敖可也。"于是他便取名家诗句字摹句拟,以求其妙,但长者又这样提醒他:"是三年刻楮之智,不亦固乎?古人一家,篇句声韵风度,老少自不能似,谢不似陶,杜不似李,建安大历元和诸家,各不相似。今愈求其似将愈不似,纵悉似焉,还之古人,则子无诗矣,能名家乎?"前者示人以入门路径,后者示人以诗之超诣,二者实际上并不矛盾。他最后得出学诗的方法是:"学诗如学仙,时至则自化,在为之不已焉耳。"②优孟衣冠不可,但不可否定这个对诸家参研的过程。既然学诗如同学仙,那主要的相似之处在于修养修炼的过程,都需要假以时日,"时至则自化"是讲前面量的积累与工夫付出之后质的飞跃,而不是天机忽动的一日飞升,所以才格外强调了"在为之不已"一句。最终的境界就是脱离古人而自成面目。程端礼对修养涵养的论述,集中在从学入手上。

又如黄溍(1277—1357,今金华义乌人)的内外兼养论。内养主要就道德学问而言,系儒士论文几乎人人要谈的话题。比如柳贯(1270—1342,今金华浦江人),从道在群经、学经以致道入手提倡涵养:"求之群圣人之经以端其本,而参之以孟、荀、扬、韩之书以博其趣,又翼之以周、程、张、邵、朱、陆

---

① 黄溍:《金华黄先生文集》卷2,四部丛刊初编本。
② 程端礼:《畏斋集》卷3。

诸儒先之论以要其归。涵养益密，识察益精，则发之文章，自然极夫义理之真；形之歌咏，自然适夫性情之正矣。"①对儒家经典的涵咏，于文可得其义理，于诗可适我性情，最终转化为自我内在的道德涵养。黄溍《陈生诗》同样叮嘱陈生要努力耕耘于六经，溯百圣之源，"源长流自远，根大枝乃蕃"②，如此创作才是有根有本。

黄溍涵养论最出色的贡献是对外养之效用的论述。外养就是苏辙所论的广见闻、开心胸之途径，劳劳行役、山水登临抑或通都大邑的经行游历，都可以起到这个效果。戴表元十分重视外游，认为就作诗作文而言，"人之未游者不如已游者之畅，游之狭者不如游之广者之肆"③。黄溍《致用斋诗集序》则将这种外养的效用细化了，他首先称道诗集中的作品笔势翩翩、纵横驰骋莫不如意，无艰辛龃龉之态，随后分析之所以能达到这种境界的缘由：

> 盖伯温之少也，涉江逾淮，溯大河而上，徘徊齐鲁燕赵之郊，以达于天子之都，博习乎朝廷之故事、台阁之旧仪，而周览乎古昔君臣废兴之遗迹，有以资其见闻；蒙被乐育而翱翔乎英俊之林，有以养其性情。逮其强而仕也，随牒远方，崎岖岭海万里之外，长风怒涛，鱼龙变化，岩奇穴怪，殊言异服，宏大卓绝瑰诡之观，又有以开廓其心目。今方载笔属车之后，度居庸，陟龙门，息驾滦水之阳，入则与闻国家之命令，出则睹夫山溪之固，士马之雄，志愈充而气愈夷。

外养之用，分别被概括为资其见闻、养其性情、开廓其心目，最终归结到志愈充而气愈夷。有了这样的涵养，创作便进入了一个崭新的境界："凡形于言者无非身之所履，境与神会而托于咏歌以发其胸中之趣，是故不待巧为刻饰而文采自然可观。"④大抵浙东一派多重视诗外的工夫，外游而达到内养，也是本地文人推重的自修之策。

儒家思想在文学理论批评上更深入的影响还表现在通过道统观念的引入强化文统的意识。戴表元《紫阳方使君文集序》云：

> 窃独怪夫古之通儒硕人，凡以著述表见于世者，莫不皆有统绪，若曾孟周邵程张之于道，屈、贾、司马、班、扬、韩、柳、欧阳、苏之于文。当

---

① 柳贯：《答临川危太朴手书》，《柳待制文集》卷13，影印文渊阁四库全书本。
② 黄溍：《金华黄先生文集》卷1。
③ 戴表元：《刘仲宽诗序》，《剡源集》卷9。
④ 黄溍：《金华黄先生文集》卷18。

其一时,及门承接之士,固已亲而得之;而遗风余韵,传之后来,犹可以隐隐不灭。

这段文字表达了两个意思:一则,文统道统的代表人物不同,意味着文与道并不相同,二者当并重;二则,文有文统,则后人学习就有典则,不应该过于背离。戴表元文统的提法在古代比较早见,后世明代文人的文统说,应该与此相关。

第三节　元代浙东诗话

元代浙江诗话著述不多,仅韦居安、吴师道、陈绎曾等人的著作传世。浙东一带的诗话著述则以吴、陈为主,呈现出如下理论倾向:

其一,关注诗"体"与"题"。陈绎曾(1332 年左右在世,今丽水人)《诗谱》对诗"体"给予了较为充分的关注。《诗谱》之外,陈绎曾另有《文章欧冶》,后面有论。① 本书整体分为本、式、制、景、事、意、音、律、病、变、范、要、格、体、情、性、音、调、会诸部分。其中除了体一部分侧重于论诗之外,其他各部分基本上是文章、辞赋、诗歌的通论。《诗谱》论体分两个部分,一是文体,二是诗体类。文体包括古体、律体、绝句体、杂体;诗体类包括张衡、唐山夫人、蔡琰、汉郊祀歌、汉乐府、古诗十九首(这三类作者不详,以诗代人)、陈思王、王粲、刘桢、嵇康、阮籍、张华、傅玄、潘岳、陆机、束皙、张协、郭璞、刘琨、卢谌、陶渊明、谢瞻、谢灵运、谢惠连、鲍照、谢朓、沈约、江淹。文体主要列举各体佳作与名家,尤其注意举其开拓者,如古体从《诗经》开始;律体则从沈约、吴均等开始,因为他们属于"律诗之源而尤近古者";绝句体从古乐府开始;杂体从傅咸《七经》诗开始。诗歌体类则主要点评各自特点和风格,如陈思王:"斫削精洁,自然沉健。"嵇康:"人品胸次高,自然流出。"可见,所谓《诗谱》,就是诗歌文体、诗歌体类风格的谱系,是文统的一种编织手段。

另有切题说,是从宋代开始科举影响文学理论之所在,科举文章关键在

---

① 《诗谱》收入《历代诗话续编》,此前是陈绎曾《文章欧冶》(又名《文筌》)最后所附。丁福保辑入《历代诗话续编》者仅仅是《诗谱》之中的一部分,并非全本。且此书也不是陈绎曾独著,作于至顺三年七月的《文筌序》称:"亡友石桓彦威尝共为《诗小谱》二卷,因附其后。"(见《历代文话》附《文筌序》)可见本书是陈绎曾和友人石桓共著的,其本名为《诗小谱》。本书对《诗谱》的论述以《历代文话》所收《文章欧冶》中之《诗谱》为依据。

题目,应试者作文无不从审题开始,由此促成了文学理论切题的要求,并从文章衍及诗歌。浙西韦居安《梅磵诗话》是较早涉及这个问题的诗学著作:

> 乡人曹龟年,乾淳间老儒……少能诗声,吟稿甚富。余幼岁尝见之,仅记其《咏墨梅枕屏》绝句,结云:"莫道有香描不得,夜来梦蝶尚徘徊。"极切题。①

大约同时的盛如梓(1275 年左右在世,今衢州人)也有切题之论:

> 余读《暮秋将归秦留别湖南亲友》诗,不觉涕之无从,况归秦之愿不遂而客焉?如"日长惟鸟雀,春暖独柴荆",即"感时花溅泪,恨别鸟惊心"。"荒庭垂桔柚,古屋画龙蛇",皆禹事,于题禹庙切。②

切题论从宋代发展起来,与科举的命题作文相关,本也不是什么高论,而且后来诗人和理论家们对拘泥于题也多有批评,甚至有人为了强调比兴无端之作而以古之无题诗为高,但它毕竟丰富了诗学理论的内容,并且呼应了创作实践需要。

其二,对诗歌的批评,从注重体派归属重新回归到关注真情实感。《诗谱》通过文统的编织,表现出的基本诗歌审美标准是推崇情真。

书中明确提倡要"真实"。论古体:"凡读汉诗,先真实,后文华。""凡读建安诗,于文华中取真实。""三国六朝乐府,犹有真意,胜于当时文人之诗。"评蔡琰:"真情极切,自然成文。"评陶渊明:"情真景真,事真意真,几于十九首矣。"

当然,情真是内容,要将如此的真情表现而出,需要相应的艺术手段,因此作为真情的艺术保障,陈绎曾格外注重锻炼。《诗谱》多次谈到锻炼,评汉郊祀歌"锻意刻酷,炼字神奇"。评束皙为"全篇锻炼,首尾有法"。评潘岳,虽然指其佳处为"质胜于文,有古意",然而病在"澄汰未精耳"。另如陈思王"斫削精洁",批评王粲等"澄滤不足"等。澄汰、澄滤、斫削的过程就是删削、润色、锻炼的修改过程。当然,锻炼也须有度,张协"逐句锻炼",结果便是辞工而"制率"——从体制上草率。

真实和锻炼澄汰之间是手段与目的的关系,真实是核心,澄汰是保障;真实是体,锻炼是用;真实为质,锻炼澄汰为文:二者只有达到统一协调,才

---

① 韦居安:《梅磵诗话》卷下。

② 盛如梓:《庶斋老学丛谈》卷中,影印文渊阁四库全书本。

能有助于创作。因此,其评价王粲、刘桢"真实有余,澄滤不足",真实与澄汰仅有其一,因此为病。而古今诗歌之中,其对古诗十九首评价最高:

> 情真、景真、事真、意真。澄汰清,发至情。

情既真实,文又澄汰:这就是诗歌的最高标准。澄汰锻炼和苦吟大同小异,注重苦吟在元代诗学著述中有着较为广泛的认可,另如杨载《诗法家数》也支持"诗要苦思",他认为诗歌不工,"只是不精思"。

　　吴师道(1283—1344,今兰溪人)《吴礼部诗话》也体现了对真实感受的重视,只不过吴师道所论的真实主要是从审美感受入手,他称之为作诗当"实与景遇":"作诗之妙,实与景遇,则语意自别。古人模写之真,往往后人耳目所未历,故未知其妙耳。"诗论真是中国诗学的核心内容,它与后世叙事文学理论是不同的,叙事文学可以虚构,只要符合艺术规律;但诗为性情之所发,为志气所至,不能虚构,必须真实,尽管它无可考量验证。这个真,一般的体现就是主体"实与境遇"的兴会。后人于古人诗中所见,有时可能不易体会,以为杜撰,实则往往属于发兴不同。若得兴会一致,自能悟得诗中妙境。如《吴礼部诗话》中记载了作者这样的创作经历:

> 甲寅秋,与黄晋卿夜宿杭佑圣观。房墙外有古柏一株,月光隔树,玲珑晃耀。晋卿曰:"此可赋诗。"后阅默成潘公集,有一诗云:"圆月隔高树,举问何以名。镜悬宝丝网,灯晃云母屏。"序称:"因见月未出木表,光景清异,与诸弟约赋。"夜梦人告以何不用下二句。乃知此夕发兴,与潘公不殊。①

发兴同,才真正体味到古人摹绘的真切。《许益之秋夜杂兴诗》论许益之的创作:"君平时罕作诗,以为不发于兴趣之真,不关于义理之微,不病而呻吟者,皆非也。"②其意也是诗要真诚。

第四节　杨维桢的情性理论

　　经过元代较长时间的反思,诗学批评领域刻意于某种法式、某种体式或

---

① 吴师道:《吴礼部诗话》,见《历代诗话续编》。
② 吴师道:《礼部集》卷18,影印文渊阁四库全书本。

者审美格调的现象逐步淡化，文人们的批评逐步回归到了本体性的诗学关注。如与袁桷同乡的程端学（生卒年不详，1312 年左右在世，今宁波人）道学气较重，但他有一个诗歌"适意"与"留意"的比较理论很别致。在《游赤山诗序》中，他分境界为天作之境与人作之境，所谓人作之境是：

> 役吾心，劳吾力，积石象山，地穴池凿，彤庭缇幭，金碧照灼，嘉木妖葩，蟠挐倒植，笼养珍禽，槛囚异兽，与人相废兴者，是谓人作之境。

所谓天作之境：

> 自然之山，自然之水，远澜近薄，可眺可止，风气自清，闲云自生，幽鸟清猿，时来自鸣，与天地相始终者，是谓天作之境。①

表面看这仅仅是物境的对比，实则作者是要以此说明自己的诗学思想：诗应该以天作之境为法，而不应该法人作之境。二者的区别在于：人作者"强其无以为有"，役心劳力，极尽人工，违背自然，终将与人之废兴而废兴，没有长久深远的审美内涵；天作者则"因其有以益其所不可无"，在自然的基础上略施人工，可以获得不可替代的属于自然的美质。人作者劳，天作者逸；人作者为"留意"，天作者为"适意"。适意的创作，以创作为寄；留意的创作，以创作为业，以创作求名誉。但寄兴的创作并非排斥人工，而是要在自然的基础上讲人工，弥补自然在某种特定情景下的遗憾，但不能刻镂琢磨、孜孜不倦。而"诗的自然"这个命题不只是一种审美体貌问题，其核心是就诗歌的发生与源头而言的。诗因情性的激发而创作，而非在艺术形态上较量短长，这就是自然；诗因情性激发因循自我之性书写，而非以不适于自我情性之体勉强迁就，也是自然。可见，自然问题就是以情性为主而进行创作的问题。随后，杨维桢的诗学思想便主要集中于提倡诗本情性而不可以学为，这种提倡标志着元代对宋末体派论争反思的延续。

杨维桢（1296—1370，今绍兴诸暨人）是元代最为杰出的诗人之一，他以带有独创意味的铁崖体名扬天下，文学理论批评中正统之见很多，但也时时出现一些性灵派的成分。最值得注意的就是其对诗本情性的提倡。

杨维桢诗主放肆，多用拗体，有自己的独到之处，但诗学思想中却时有道学之语，如"本诸三纲，运之五常"②，对"有婴拂或饥寒之迫、疾病之楚、一

---

① 程端学：《积斋集》卷 2，四明丛书本。
② 杨维桢：《诗史宗要序》，《东维子文集》卷 7，四部丛刊初编本。

切无聊之窘则必大号疾呼,肆其情而后止"等写作现象的反感等等。① 但这掩盖不住其实际理论的锋芒,对情性的提倡是其鲜明的代表。《李仲虞诗序》亦云:"人各有情性,则人有各诗也。"《两浙作者序》则记载了他与福建诗人之间的一次论争:"曩余在京师时,与同年黄子肃、俞原明、张志道论闽浙新诗。子肃数闽诗人凡若干辈,而深诋余两浙无诗。余愤曰:'言何诞也。诗出情性,岂闽有情性,浙皆木石肺肝乎?'"归结点依然是诗出情性。《剡韶诗序》云:"诗本情性,有性此有情,有情此有诗也。"这里的"情性"是指个体的情感与个体的体性。很少有人留心杨维桢此处"情性"一词的顺序,他一改平常所谓的"性情",其中有着对这个词内涵理解的巨大差异。儒家论性情,是以性节情之意;杨维桢这里将情性具体为情感和属于禀赋范围的个性,所以才有"人各有情性"之说,关乎自我气质个性的情性,与才性也就有了关系。他实际上是说,诗关乎才、情,因此古代的经典诗篇都是出于主体之情和主体之才性面目:"雅诗情纯"、"风诗情杂"、"屈诗情骚"、"陶诗情靖"、"李诗情逸"、"杜诗情厚",所有这些创作,未有不依情而出者。而反映于诗之状貌上则各自有体,与作者之具体情感对应的同时,更和各自的才性对应,是主体情感经由其才性的酝酿最终在诗歌之中的呈现。以此为基础,《剡韶诗序》提出了"诗不可以学为也"的观点。随之又鉴于诗不可以学而为过于笼统,容易造成师心独用,所以又将这个观点具体化、准确化为"不可学诗之所出者"的理论,即发生诗歌的性灵、才情是不可以互相之间学习的,也学不来。因为"才"与个性面目是一体的,来源于禀赋之限量,不可增减,因而也就不可能由学而获得才的改变与情性之本的改变。

不过在对诗不可学而能这个话题进一步的讨论中,杨维桢也作了一定的折中或者明确。他说,虽然不可学诗之所出者,但"不可以无学"。这个"学"在他的相关论述里大约有两个方面的效用:

其一在于学对情性有着一定的修正作用。他论学没有讲以学济才,而是将才学关系转化为了以学养性:

> 诗之状未有不依情而出也。虽然,不可学诗之所出者,不可以无学也。声和平中正必由于情,情和平中正或矢于性,则学问之功得矣。②

学问最终落实于养人心性,由于性动情生,这样得到学问陶冶的性便对于情

---

① 杨维桢:《郭羲仲诗集序》,《东维子文集》卷7。
② 杨维桢:《剡韶诗序》,《东维子文集》卷7。

的产生、情的性质等产生相应影响,情再发于诗,就相当于学进入了艺术创作。这个学有多种含义,或为临摹习练,或为博览穷究,或为性之陶冶,甚至也可以表现为一种氛围情境的浸润。因此,当有人质疑"三百篇有出于匹夫匹妇之口,而岂为尽知知学乎"之际,他回答道:"匹妇无学也。而游于先王之泽者,学之至也。发于言辞,止于礼义,与一时公卿大夫君子之言同录于圣人也,非无本也。"杨维桢所言之"学"包容了以上诸多内涵,然而又侧重于思想道德陶冶,由此正情而达到发情止礼。如此以情礼关系解读才学关系,使得杨维桢对才与情性和文学关系的探讨受到了局限,但他对学通过什么路径参与文学创作问题的解决,却具有重要的学术价值。

其二,反对模拟的同时,正常的诗学涵养之路离不开"学",但应该是"因资而学"。对于个人才性情性深刻的认识,使得杨维桢论文学有了一个基点,也由此获得了深度。《李仲虞诗序》云:

> 删后求诗者尚家数,家数之大无止乎杜。宗杜者要随其人之资所得尔,资之拙者,又随其师之所传得之尔。诗得于师,固不若得于资之为优也。诗者人之情性也,人各有情性,则人有各诗也。得于师者,其得为吾自家之诗哉?[①]

家数即体格之沿袭,资为禀赋天资,也就是才。对学诗而言,学习的对象、学习的内容要因自己才的禀赋而定。他举李仲虞为例:"盖仲虞纯明笃茂,博极文而多识当朝典故。虽在布衣,忧君忧国之识时见于咏歌之次。"这样的笃诚、忧国且多识有学,"其资甚似杜者",因而所为之诗不似者很少。但这种因为秉性天资相近而造成的对古人的爱好和学习必须强调天资与禀赋的相近这个前提,不然的话,如果仅仅是出于体派传承,因师而得,如此的建树门派是不在他所谓"学"的行列的。不过,杨维桢最后也指出了其学杜而不完备的缺陷:"观杜者不惟见其律,而有见其骚者焉;不惟见其骚,而有见其雅者焉;不惟见其骚与雅也,而有见其史者焉:此杜诗之全也。"恰是这个要求,与其因资而学的理论是有矛盾的。所谓的资近才近,只能是一部分的接近,不可能实现与学习对象的完全对应,那样的话,才性情性的独特性反而被取消了。

当然,因资而学也不是模拟,不能亦步亦趋以成土木形骸,关键在于学其神气。神气是评定诗文高下的重要标准,因此,风雅至骚,至十九首,至陶

---

① 　杨维桢:《东维子文集》卷7。

至杜,"其骨骼不庳、面目不鄙",原因就在于"其情性不野,神气不群";齐梁晚唐之所以骨骼日庳,其情性神气也就不可问了。所以说:"诗之情性神气,古今无间也,得古之情性神气,则古之诗在也。"①诗的神气不存在古今之别,得之即为诗,因而学习古人神气就可以得诗之真谛而非复古。不过,最终的境界仍要依赖具体的学习手段:"面目未识而谓得其骨骼,妄矣;骨骼未得,而谓得其情性,妄矣;情性未得,而谓得其神气,益妄矣。"②具体的学习,只能从学习古人的面目、骨骼,即文字格调作起,循序渐进。这实为明代七子复古论的先声。

对情性、才性独有面目的理解,促成了杨维桢创作上对个性气质的发扬,也促成了他先作气、后论格理论的形成。他认为:"诗至律,诗家之一厄也。东坡尝举杜少陵句曰:'五更鼓角声悲壮,三峡星河影动摇。''五夜漏声催晓箭,九重春色醉仙桃。'是后寂寥无闻。"③东坡之论,意在感慨,假如以律衡诗,自所举杜少陵两联之外,佳者后来渐渐寂寥,其原因在于律对诗的束缚,所以有律为诗厄之说。杨维桢自称"奇其识而韪其论",但鉴于律的实用已然成为文学传统,所以主张即使用律也当如崔颢《黄鹤楼》、杜甫《夜归》等篇,"先作其气,而后论其格",实现"虽律而有不为律缚者"。这与"人各有情性,则人各有诗"以及"神气不群"等文学主张一样,都具有个性发抒的色彩,是因才性倡导而必然遭遇的才法关系的权衡较量。④

情性神气的提倡反映到创作之中便是重视自我的创新,因此,杨维桢极力反对迹人以得的模拟:

> 诗得于言,言得于志,人各有志有言以为诗,非迹人以得之者也。⑤

> 古风人之诗,类出于闾夫鄙隶,非尽公卿大夫士之作也。而传之后世,有非今公卿大夫士之所可及,则何也? 古者人人有士君子之行,其学之成也尚矣,故其出言如山出云,水出文,草木之出华实也。后之人执笔呻吟,模朱拟白,自以为诗,尚为有诗也哉? 故模拟愈逼,而去古愈远。……间尝求诗于模拟之外,而未见其何人。⑥

---

① 杨维桢:《李仲虞诗序》,《东维子文集》卷7。
② 杨维桢:《赵氏诗录序》,《东维子文集》卷7。
③ 杨维桢:《蕉窗律诗选序》,《东维子文集》卷7。
④ 杨维桢:《赵氏诗录序》,《东维子文集》卷7。
⑤ 杨维桢:《张北山和陶集序》,《东维子文集》卷7。
⑥ 杨维桢:《吴复诗录序》,《东维子文集》卷7。

不模拟有明确的标准,要能够使得读者于诗中见到其为何人,文如其人于此成为了验证创作之诚与否的镜鉴。而求诗中见人的说法,也开了明清诗学诗中有人说的先河。事实上,杨维桢所反对的模拟不是一般性的泛指,而是针对宋末以来诗坛在唐体宋体上的追随而言的,《赵氏诗录序》中就称:"吾友宋生无逸送其乡人赵璋之诗来曰:璋诗有志于古,非锢于代之积习而弗变者也,是敢晋于先生求一言自信。余既讶宋言而覆其诗,如桃源月蚀,颇能力拔于晚唐季宋者。"友人推荐赵璋之诗,优点在于"有志于古,非锢于代之积习而弗变者";杨维桢自己读后的感觉是"力拔于晚唐季宋者"。其意思是说,赵璋的创作,能够不为宋末流行的晚唐体或者江西体余脉所局限,卓然而出。由此可以验证,杨维桢诗学思想也是在对宋末体派之争的批判之中逐步确立的,而且相对于其他文人而言,作为对晚宋文坛反思的全面而深入总结,他已经建构起了以"情性"为主体的诗学理论。由于这个情性既包括创作之际与自我情性的对应,也包括对古人学习的时候要领会其情性进而把握其神气,所以他的情性理论实际上具有创造与复古两方面的取向,并直接影响了明代前后七子的复古理论。

第五节　陈绎曾的古文体系建构论与养气论

《文章欧冶》原名《文筌》,是陈绎曾文学理论研究成果的汇总,其中主要包括《古文谱》七卷,后附录《四六附说》,又收有《楚赋谱》、《汉赋谱》、《唐赋附说》、《古文矜式》、《诗谱》。《诗谱》我们已经介绍,其他几种从论述体系上基本以《古文谱》为主,只是根据不同的文体稍有变通。《古文谱》以养气、识题和式、制、体、格、律编织了一个细密的文章理论系统。这个古文理论体系以及其中作为发端的养气说是系统之中的精彩部分。

一、古文体系建构

陈绎曾于《古文谱》中编织的文章理论体系,一如其对诗学理论体系的编织一样,具有一定的集大成色彩,也有些繁琐。如《古文谱》七卷,分别讨论养气、识题、式、制、体、格、律;《楚赋谱》、《汉赋谱》等分别论法、体、制、式、格;《四六附说》论法、目、体、制、式、格:三者大体相当。养气与识题属于创作之前的积累与准备,是文机的涵育;而式、制、体、格、律等为创作之中所要依托和运用关注的要素,属于本体的讨论,大致可以用法式、体制、格律来概括。

　　文机涵育首先为养气,延续了古代文学理论批评创作论从养气开端的传统,后有专论。识题不仅仅指具体创作之前审查题目,而且主要是指平时对这些题的类型作法的熟稔,是作为常规知识进行前期储备的。

　　就具体的创作论而言,"式"侧重于文章总的体貌,陈绎曾将其分为叙事、议论、辞令三类。这个分类已经与现当代文学早期叙事、议论、抒情的三分很近似了。三类以下又细分为 18 目,如议论就分为议、论、辨、说、解、传、疏、笺、讲、戒、喻,接近于文学体裁的具体形式。这些具体的议论形式,代表了不同的议论方法,各自有着独到的规范,如传:"传述所闻,不敢增减。"戒:"正辞严色,规儆于人。"断题之后定式,方可进入写作。

　　"制"论置于式后,也分为三部分:体段、体式、体制。体段,含起、承、铺、叙、过、结,相当于文章的整个架构,或曰间架。体式,就整体而言,在已经确定的式之中,再具体分辨自己的写作是叙事、记事、议论、辞令、论事、应辞、叙言、记言、论理、问对中的哪一种,体式最终属于对手法的选择。体制,是以体式为基础的体段的具体展开,即叙事、议论、记言或者论理等等在展开的过程中,于起、承、铺、叙、过、结各处所施用的具体艺术手段。陈绎曾对体制共总结了 90 个字,合最终补充 10 字,共计 100 字。前 90 字为引、入、出、归、承、粘、抑、扬、开、合、收、纵等,为具体文字敷衍方法;最后补充了翻、融、点、莹、补、变、化、割、熨、掇等 10 字,为"改润法",即用于文章修改。对于以上各法,也有具体的解释,如顿:"顿而高上,升于清天";应:"前语既远,后必照应";等等。

　　"体"主要指文体和家法,实则就是体裁和体派。文体也是由式展开,即叙事、议论、辞令三式之中各含什么文体。各体又分体变、体原、体流,相当于一个文体的本色以及流变。如"议论"这一式中"书"这一文体,其原为:"君奭、吕相绝秦。"其中"君奭"出于《尚书》,是一般认为的书信之源;"吕相绝秦"见于《左传》,也是早期的书信。其变为"抒写事情"。其流为"韩柳"。意思是说:起初的书信纯粹用以信息情志的传递,而抒写事与情,既多描述又富寄托就属于书信的变体;而及唐代,韩愈、柳宗元,以之辨析道理,论议思想,则是书信从源头而来之流变。家法或家数属于学有所宗,近似于体派之祖,是后人学习的楷模。陈绎曾视经史子集为一大家数,意为从《易》、《诗》、《书》、《春秋》等至《文选》、《古文苑》、《文粹》、《文鉴》,以上著作都是某一体格的代表或者是在某一种共同的审美原则下进行的搜集,自然可以成为文人们摹习某体的参研对象。另外又分出了韩文、柳文、欧文、荆公文、三苏文、曾文,认为这些大家本身的文章就具有范式意义,值得认真临习、揣摩,如此而可以得其家数。但陈绎曾也专门提醒,列出家数,目的在于培养自己文章的境界，但要学而化，取其所长，弃其所短，"融化自成一家"，以"各似其似而不模拟，各变其本而不相错杂"为归依。

"格"，当属于衡量作品的尺度，共分三类：未入格、正格、病格。

从养气、识题的文机涵育，到具体创作之中具体要关注的式、制、体，再到批评鉴赏之中的格，陈绎曾《古文谱》对文章从准备到品目的完整过程都给予了精微细致的论述，其条目繁琐又具体，包罗涵盖全面而准确，是中国古代文章论中就创作论所作的极为周详而理论化的研究。当然，这部著作由于主要是复原创作的过程，综合了历代文章理论的成果，除了对创作各环节、各环节的各组成部分的分析更系统之外，基本上缺乏理论的创新。大约从陈绎曾开始，元明之际的诗话、文论著述以及曲论等作，往往超越随笔札记或者具体格制、创作法式的具体探讨，致力于较为全面的体系构建。

二、养气论

养气理论早已经确立，道家有庄子的心斋，儒家有孟子养气，二者分别从养生与人格陶冶立论。至《文心雕龙》则将其实现了文学理论转移，专设《养气》一章，创立了"入兴贵闲"的新说。随后，韩愈论气盛言宜、苏辙论壮游养气，都是围绕文学来谈养气。而陈绎曾的贡献在于，他将养气具化为了可操作的步骤，形成了一个养气的系统理论。也就是说，以往的养气说，即使是就文学而言，多是观念的标举，或者对读书、壮游、凝神等具体手段的强调；但陈绎曾的养气论则从养气的具体手段出发，将整个养气的过程实现了理论化、系统化的提升。这个工作是前所未有的。

具体而言，这个系统包括：其一澄神、其二养气、其三立本、其四清识、其五定志。陈绎曾将这五个步骤统称之为"养气"，是作为文机涵育而泛言的。其中第二个步骤也名为"养气"，这个养气指向具体操作手段。这五个步骤是一个从虚到实的显现过程，由澄神至定志，进而可显之于诗，因为诗言志。这是从养气最终抵达创作的过程，这个过程不是层级，即处在后面的立本、清识、定志等并非比澄神更高的修养级别，而是澄神的产物。在对这个系统的完整全面论述之中，陈绎曾有着很多创新之处：

第一，对"澄神"美学意味的揭示与定位。一是对神之美学意义价值的揭示。道家心斋、坐忘之类都是论澄神的，六朝之际，通过玄学的沟通，神也被纳入了文学理论批评范围，诸如神思、神韵之类范畴诞生了。但文学理论批评界始终也未有从文学角度正面对神给予总结和概括。陈绎曾是第一位在文学理论批评著述内正面、全面论述神的学者。他开篇论述了达到澄神所要做到的"屏欲、弃染、息虑"三个条件:"欲"是指要好求胜,具体表现为求工、求丽、干名、谄媚之类;"染"是指如习韩习柳执一偏而不圆通者,也就是习气或者偏嗜的风格;"虑"是指身事家事国事不可拨置,因而创作之际心不在焉。以上三者或生于内,或染于外,惑乱心绪。而屏欲可以定志,弃染可以清识,息虑可以立本。通过对以上三种惑乱的括除,可实现志定识清本立,如此才能养气而得神的澄清。随后对神给予了论述:

> 妙万物而主吾心,须先识此,须令属我,须令我与之为一,须令不复有我,而我即神,此第一工夫也。

其中强调了神的几个重要特征:

神是妙万物的称呼。妙万物也就有着至高至妙的意思,是审美至境的批评尺度。

神是我心之主宰。当然,"神是我心的主宰"这句话是和"妙万物"一起讲的,其意思应该是说:诗文之最高境界的神是一个内在精神范畴,是不能从外在世界获得的。

"我"与"神"一体而不分才是创作的状态。要一体首先要通过澄神,将涫乱的心神凝聚,不再无所归属奔逸四出的神此时才是真正属于自己的神——即是自己可以把控的神,所以讲"须令属我"。但神我一体在神即我、我即神之外还有一个意思,就是"须令不复有我"——不能因主观的牵扯动摇神的本色,和神一体的我应该是自然状态的、不过施于人工的我。

澄神、得神是艺术创作的第一工夫。

二则又进一步论述了澄神之境界的艺术定位。以上对神的论述,从美学上确定了神的特性和价值。就澄神而言,其中所获得的境界并非一致,陈绎曾将其分成了以下几个层次:

> 静定莹彻,此心光明普遍,如青天白日,上也;虚明圆莹,如澄秋皎月,次也;清冷渊静,如万顷寒潭,又其次也;如清池,如明镜,则可小用而已。

四种境界,前三种是以是否温煦为准的,故而虽澄明而渐渐灰冷者则次之,可见陈绎曾对澄神的理解里,多了人间情怀与审美关怀,对清冷虚寂则是敬而远之。这主要出于对宗教性质的神澄所保持的警惕,这一点很少为人注意,但却体现了陈绎曾的深刻,他将宗教清修的境界与艺术审美的境界作了区分,意在凸显自己养气说的艺术本质。能够澄神,自然心镜烛照,无微不至:"以此属辞,何辞不精?"

　　第二，论述了气和景、事、情、意的关系以及景、事、情、意的内涵。神澄之后需要进入作为具体手段的养气，这个气实则是指文章的气质风格，所谓养气也就是根据题目开始确定文章最为合适的风格气质类型，然后有意识向这个方向涵养、构思。陈绎曾将能够与不同题目搭配的气质风格分为肃、壮、清、和、奇、丽、古、远，将玄虚的气实感化。每一类型的气对应不同类型的题目，如肃——朝廷题，圣贤题；壮——河岳题，武功题；清——山林题，仙隐题等。其下又分为三个步骤，是就选定题目之后如何进行养气而言的，而这三个步骤则主要探讨如何将景、事、情、意浑然一气，又如何通过一定的涵养撷取气之精切要妙者，并自然而然地生发或者联想，使得作品如气之赋形般自然。具体而言：

　　一是如何实现景事情意的融会一气，他提出了"料景"之法：

> 澄神矣，将此题中此景、此事、此意，一一由根生干，由干生节，由节生枝、生叶、生花。枝枝叶叶，无则不可强生，有则不可脱漏。一一将此题此景、此事、此情，如青天白日，照烛纤悉，明白净尽；却将此景、此事、此情、此意都扫除，无纤毫存于心目之间，只有此题此气。肃然凛然，壮者巍然，清者泠然，和者温然，奇者屹然，丽者烂然，古者淡然，远者廓然。

这个过程实则属于其所论的作为文机涵育阶段重要程序的"识题"。通过审题，弄清题中所包含的情景事意，随后又要做到不为这些具体的情景事意所局限，而是要回归到"此题此气"：明白了题中基本的情景事意则神思不至于漫无边际。回归到此题此气之中，则又不为一些基本的信息所束缚，使得创作拘泥，而是沿着已经大致确定的情景事意所呈现出的艺术走势，因题而发，随气而行，这样就可以实现情景事意的融会。一切为神所统摄，不为情景事意之中的任何一桩所牵扯，一气混同，然后自然流淌，赋形于作品。

　　二是从情景事意的融会之中撷取清切要妙者，他提出了"取精"说："一片真境存于胸中，而此景、此事、此情、此意融化于其中，变态蜂生，取其精者、切者、要者、妙者而用之。"如果说料景是要将情景事意融会为一气，那么取精则是为了防止一意宣泄之际的鱼龙混杂，因而强调自然气化之外的人工，取其精切要妙。

　　三是无论情景事意的一气浑融化还是情景事意清切要妙的取精，整个过程都要维持气的自然状态，因此他提出了"养存"说，以防止取精之中过用人工，违背自然的法则。"养存"就是情景事意的融会与取精要依赖主体本然的所"存"之气，故云："须是自然存于胸中，不可着想，着想之即入客气，徒劳终日无所用之。"融会情景事意与清切要妙之取要根据本然所存之体气来自然选择,不能着想,着想则为刻意,刻意而为就容易违背本然之气的特征而流于客气,客气生则无真气,作品就会为文而造情。养存的这一阶段已经进入作品赋形前的最后阶段,陈绎曾不仅将其作为前两条的补充,而且也是作为气最终赋显于作品的方法提出的。具体而言,养存的手段可以分为"存"和"想"。"存",是就题目"自然于胸中生出此景、此事、此情、此意";"想",是"看题浮沉,却于自胸中别生出他景、他事、他情、他意"。"存"是第一步,属于"料景"之中的内容;"想"是第二步,属于"取精"之中的内容。通过"存"由题中生发情景事意,融成一气;通过"想"则从现有的情景事意之浑融中别自生发出更具体的情景事意。二者综合,通过养存,既保证了料景,又保证了取精;既不失题,又不泥于题。人工与自然和谐统一,完成了养气这一过程。

可注意的是,对情景事意等一系列范畴,陈绎曾并没有如前人那样凭借感受使用而没有具体的内涵限定,他对这些范畴都给予了定义,这在中国文学理论批评史上是不多见的——

景:"是题中实有本身及相连诸物。"

事:"是题中功用处。"

情:"是题中喜怒哀乐爱恶欲之情状。"

意:"是题中事务及情合说意思,及吾所以处置之意,与古人曾有处置之意。"

以上阐释可注意的是对"景"的解释,所谓"题中实有"是指诗文题目所关涉到的自然、社会、精神状态。这是一个十分开放的定义,超越了从唐宋开始景多限于物色的认识,近代王国维以社会人事为景,实则发微于陈绎曾。另外,陈绎曾论景,又称和"实有本身"的"相连诸物"也是景的范围,这样,他理论之中的景就是一个系统、一个关系结构,而非一些固定的具体对象。

对"情"与"意"的区分也是陈绎曾的贡献。以往古代文学理论批评,动辄涉及情意,但一般人很难区分彼此的差异,有的甚至视"情意"为一体。陈绎曾则于细微之处作出了辨析:情指喜怒哀乐爱恶欲等所谓七情所呈现的状态,即作品之中所展示的是什么情,此情又表现为什么情态;而意则属于作品所呈现的归趣、旨意,它在诗文之中一般不是直接陈述出来,而是通过事务、情感将其展示,故云"是题中事务及情合说"。二者之综合所呈示出来的主要是作者的主观诉求和意旨,同时也能反映作者之所以如此处置这些事务、情感的原因，以及作为例证的古人对这些事务情感处置的方式，后二者在陈绎曾看来也属于"意"的范围。"意"是理性的提升，但却是由感性的事务和情感表现出来的。

三、要获得"清识"需要穷理，而穷理之途具有超越书本的实践性要求

"清识"是文机涵育、文气积蓄过程之中重要的内容，欲使识清，陈绎曾认为就当究天理、物理、事理、神理。天理为自然人文社会的基本规律，以得其"妙"为真识。物理是具体的格物，但格物不能"专倚书籍"。这样，究物理一说中对专赖书本的否定就体现了只有读书与究眼前之理结合方为真识的思想。对事理的解释尤能见出陈绎曾具有很强的实践诉求：

> 今事须于自家自心历练处体验人情事理，十分切实老成，即以此心去量度他家事理，虽不中，不远矣。古事只要看来踪去迹言行著实处，休听他古人议论，休据古人字样，怀洗千古冤抑、照万代奸欺之心以临之。自家的见识定，然后看古人议论以商榷之可也。如此则为真识。

对理的领会重视自我体验、自身历练，不偏信古人议论，一路破除诸般迷信，而且提倡疑古，以确立自我有关事情的见识为主，具有浙东学派的魄力。更主要的，关于理的认知之中，陈绎曾没有忘记主体对自我的认知同样是究理，所以对神理的解释就强调自我认知：

> 自家先澄吾神，明明白白，见此主宰妙理。则其他天神地祇，人鬼物怪，有者无者，是者非者，可得而照矣。自家不识自家，而欲妄意窥测，政恐魑魅魍魉辈窃笑耳。识自家神以照彼神一也，方是真识。

天理、物理、事理、神理，烛照自我的同时烛照自然社会。不唯书，不唯古，方为有真识。真识又可以概括为以下几条：一曰明其然，究目可见、耳可闻之实理；二曰明当然，究心可知、身可行之正理；三曰明所以然，究口不可言、心不可思而理势自然之所必至者；四曰明不然，知晓正理之外所当防戒的种种邪僻者。

真识，是整个文机涵育以及养气过程的归结点，它联系着作者的道德人格，影响着作品成型后的实际效用。有识便具有了主体卓然自立的可能，但志有二义：一是经过澄神养气而突出出来的所思所想所感所识所悟；二是从事创作所必须具有的志气。这两者是统一的，即必须有志气的托举识才能坚定而自立，所以陈绎曾在最后的"定志"之中提出八项要求："心性必欲通神明，量度必欲包宇宙，聪明必欲察毫厘，裁处必欲合圣贤，识趣必欲度先秦,变化必欲备万家,体制必欲像韩柳,格力必欲造屈马。"一则体现了以志气而举识见的思想,一则又给人仰而生畏的感觉,因为所列条目都是登峰造极者,似乎过于不现实。但陈绎曾恰恰从立志入手作了解释:"志于其上,犹恐不及其中,终亦卑下而已矣。"取法乎上仅得其中,立志不高,如何能够有所作为? 所以说只有那些不惮辛劳、勇往直前、"不让第一等与他人"者,"方可与言文"。如此定志,融识于其中;而诗言志,养气而及乎志定,诗文也就自然水到渠成了。

这套体系在陈绎曾的《古文矜式》中也被使用,但总体表述的概念、展开形式变化较多,如将《古文谱》中的"养气"替换为了"培养",这应该是一个进步,避免了原先总的"养气"论中,澄神后面又有一个"养气"带来的理解上的混乱。从构建与规模上,《古文矜式》远不如《古文谱》,但《古文矜式》似乎成书于《古文谱》后,因此继承了《古文谱》的精神,更加精粹,也更加准确。陈绎曾另有《文说》一卷,是答陈俨之问而作的时文专论,基本延续了《文章欧冶》中的观点,以养气、抱题、明体、分间、立意、用事、造语、下字八部分讨论文章法式,侧重于读书、审题的论述。

第六节　元代浙东乐府论

乐府在元代一般是指散曲,也有称为今乐府的,还有一些文人称词也叫乐府。元代浙江的词论较此前此后都略薄弱,而且在道学气浓厚的背景下,词作为淫靡之声的代表,遭到了一些卫道学者激烈的抨击,程端礼论文学代降,其中罪不容诛者为词:

> 愚尝究其末流之弊,以为诗一变而为骚,再变而为五言,五言变七言,七言其后又变为律,琢而为词。故诗至七言而衰,律而坏,词而绝矣!
>
> ……词则轻浮浅薄,华靡淫荡,不惟无用,又有以凿人之性。[1]

如此定谳,此前从未有过。不过元代文人论乐府的文章,多数是指散曲。

戴表元在道学家对乐府进行攻讦之际,从尊体入手,为乐府辩护。《余景游乐府编序》中,他以书累变而为草书比附词章累变而为乐府,尽管是"礼

----

[1]　程端礼:《孙先生诗集序》,《畏斋集》卷3。

法士所不为",但他却认为守一法而不变,反而促使旧体古法逐步丧失活力。如同书法,千万人楷而习之的都是所谓正书,而古法恰恰因为人人习之而荡然,"放焉而为草,草之自然,其视篆隶,相去反无几耳"——倒是敢于从草书入手的人,因为不同流俗,顺其自然而为,所以反而深得古代书学的精神。这种现象说明,对于艺术而言,能破旧体而创新才有发展,而乐府恰是如此。南朝齐梁以来,诗出现了向律体过渡的趋势,继承者相守不变,以至于"声病偶俪",岁深月盛,至有唐人的盛极之衰,这种形势下乐府的出现应该说是符合文学内部演革规律的。不过他对"流连荒荡、杯酒狎邪"之风提出了批评,这一点一定程度上与道学者是呼应的。他主张乐府发挥诗应有的言志功能,"陈礼义而不烦,舒性情而不乱"。至于有人回护风花雪月之词,以为"必有托焉",他未置可否,可见在对乐府借鉴诗歌功能这一点上,戴表元并未照单全收,对于乐府能寄托的理论探讨,也便于此止步。①

袁桷《与陈无我论乐府》表达了复雅的思想:

> 龙文被宝鼎,雕刻益精;天马架鼓车,低回滋窘。贯珠之音空在,累黍之器莫传。吐角含商,孰分其清浊;析宫合徵,莫辨其短长。俚歌日烦,古调几废。流连《桃叶》,习晋世之风流;凄切《竹枝》,传巴人之羁旅。江南肠断之句,谁足近之? 凉州意外之声,今无是也。风声鸟叶,当由动植之可通;《霓裳羽衣》,徒诧神奇而自眩。舍《阳关三叠》之清怨,变南乡九阕之狎邪。乐意生香,写天机之妙理;山光水色,换俗子之凡容。②

乐府为"词林之绪余",是由于万物变化愈多,而一般体式的五彩施章难以适应这种变化而出现的。但乐府发展过程中也出现一些弊端:如文字雕刻益精,但不合宫商,不辨清浊;又如俚俗反古,多如《桃叶》般风流之情与《竹枝》般的羁旅,以及似《霓裳羽衣》一类的狎邪自眩、《阳关三叠》一般的清怨。他心目中的词应该是这样的:如江南断肠之句凉州意外之声,不放纵,不过情,不俚俗。应该可通比兴,所谓"风声鸟叶,当由动植之可通"。要舍弃清怨、狎邪,以乐为乐府之体,以山水物色之美置换庸俗的内容。为此,袁桷也树立了一个标杆——姜夔,并称:"每希白石道人之雅声,以成黄绢幼女之佳制。"本意正在复雅。

① 戴表元:《剡源集》卷 9。
② 袁桷:《清容居士集》卷 39。

　　杨维桢也是复雅的支持者,《沈氏今乐府序》辨析今乐府之名义,认为其之所以称"今"正是由于距离可以称为"古"的汉代很遥远了,而当今从事乐府创作者,在他看来皆是"文墨之游":"其于声文,缀于君臣夫妇仙释氏之典故,以警人视听,使痴儿女知有古今美恶成败之劝惩,则出于关庚氏传奇之变。或者以为治世之音,则辱国甚矣。"可见,对一些乐府作品堂皇的劝惩名目,他都认为不是治世之音,甚至此类流于街谈市谚之陋者,"有渔樵欸乃之不如者"。原因在于它背离了"古"的标准,这个标准是雅正的核心内容。《周月湖今乐府序》再申此意,并明确所谓"古"的内涵是有"风雅余韵":

　　　　夫词曲本古诗之流,既以乐府名编,则宜有风雅余韵在焉。苟专逐时变,竞俗浅,不自知其流于街谈市谚之陋,而不见夫锦脏绣腑之为懿也。

明确要求词曲当效其本然,有风雅之余韵,可见他对乐府向民间的渗透是很有成见的。

　　除了以复雅尊体之外,杨维桢又从才情入手,确立起乐府与诗文一样的素养需求。《沈生乐府序》云:

　　　　张右史评贺方回乐府,谓其肆口而成,不待思虑雕琢。又推其极至,华如游金、张之堂,冶如揽嫱、施之袪;幽洁如屈、宋,悲壮如苏、李。具是四工,夫岂可以肆口而成哉! 盖肆口而成者,情也;具四工者,才也。情至而此,贺才子妙绝一世;而文章巨工不能擅场者,情之不至也。

以情为源头、动力,以"情至"为才子妙绝的源泉;而才则表示可以具备所列举不同风格的能力,即情即景实现肆口而出且又能得此不同之体优点的能力。才的特点是破除束缚,但由于才出自禀赋,所以一定范围的才自有局限;相比之下,情则具有强烈的发抒性。二者关系处理不好,容易产生偏颇,他举例称:"自疏斋、酸斋以后,小山局于方,黑刘纵于圆。局于方,拘才之过也;纵于圆,恣情之过也:二者俱失之。"所以,杨维桢主张披帙而"见其情",而情又要"成于才"——发于情而成于才。这样既关顾到了情的发抒性,也维系了才的独到性,乐府由此便成为才与情融合调剂的产物。针对才情各自的局限性,他提出的策略是以学济之。在赞赏沈生乐府发于情成于才之余,他又这样写道:"披其帙见其情发,于成于才者亦似矣。生益造其诣,以小山之拘者自通,黑刘之恣者自摅,生之乐府不美于贺才子者吾不信已! 生读书强记,有志晋人帖、南唐人画,乐府特其余耳。"才有局限,因此要扩其造诣,以使拘者得通;情易放肆,故要陶其性情,以自搏节。

　　杨维桢乐府理论之中另一个有影响的思想是对文辞和音节关系的揭示,《周月湖今乐府序》云:

　　　　士大夫以今乐府成鸣者,奇巧莫如关汉卿、庾吉甫、杨淡斋、卢苏斋;豪爽则有如冯海粟、滕王霄;蕴藉则有如贯酸斋、马昂父。其体裁各异,而宫商相宣,皆可被于丝竹者也。继起者不可枚举,往往泥文采者失音节,谐音节者亏文采,兼之者实难也。

在藻饰文辞与谐和音节之间,他主张"兼之"。这个问题的探讨,已开启了明代临川与吴江之争的前奏。①

----

　　①　杨维桢:《东维子文集》卷 11。

第四章　明代浙东文学理论批评

概　论

明代是浙东文学理论批评全面繁荣以至于鼎盛的时期,这种繁荣局面主要表现在以下方面:

其一,明初,从明太祖至成祖这段较长的时间里,正统的儒家文学理论观在浙江盛极一时,宋濂、刘基、王祎、方孝孺等大儒,不仅卫道立场坚定,而且都有与此相匹配且颇具特色的文学理论著述。甚至可以说,明代初期的文学理论,是以明代浙江文人为主体构建而成的。

建立在理学基础上的文学理论,倾向于对文章、道理合一的提倡,元代如此,明初也是如此。宋濂等编修《元史》,一改以往史书"儒林"、"文苑"分立的格局,将二者合并为"儒学"传,所作的说明是:"经非文则无以发明其旨趣,而文不本于六艺,又乌足谓之文哉? 由是而言,经艺文章,不可分而为二也明矣。"[1]文苑传从儒林传之中分离,是文学自觉在史学之中的必然反映,而在经历了漫长的演化才完善了这种区分之后,又将二者合并,从史学观、文学观上都是一种倒退。因此,正统儒学文艺观的维持在明代浙江也出现了重重阻力,有科举完善对文人们普遍的功名腐蚀,使得道义支撑流于形式。最有力的阻击来源于王阳明心学理论从儒家思想内部发起的冲击。

---

① 宋濂等:《元史·儒学传一》,上海古籍出版社、上海书店 1986 年缩印《二十五史》。

　　其二,王学兴起,文学主体性的理论关注有了重要依据。从理论诉求上看,王阳明(1472—1529,今余姚人)也是传统儒家思想的坚守者,他主张见良知,以自身良知的修为作为人生抵御诱惑的动力,对"投情于诗酒山水技艺之乐"等牵溺于嗜好者的寄情不以为然,以为求物以遣,一旦"其所之既倦,意衡心郁,情随事移",则"忧愁悲苦随之矣"。① 他对文辞的地位比较轻视,延续了一般理学、道学对文学的态度,认为学文辞、学棋、学道都可以叫学,但归趣不同,道为大路,只有专于道、精于道才能叫作"专"与"精"。而专于文词、精于文词或者围棋,则不能以专、精论定:"专于弈而不专于道其专溺也;精于文词而不精于道其精僻也。"他又承继了道学文由道出的观点:"夫道广矣大矣,文词技能于是乎出,而文词技能为者去道远矣。"②道为根本,为源泉,从道流出的文词尚可以接纳,而离开道,则不足取。

　　王阳明文章中还有很多反文饰的言论,如《与马子莘》云:"缔观来书,其字画文彩皆有加于畴昔,根本盛而枝叶茂,理固宜然。然草木之花千叶者无实,其花繁者其实鲜矣。"《寄邹谦之》云:"慨夫后儒之没溺词章、雕镂文字以希世盗名,虽贤者有所不免。……通世之儒道,各就其一偏之见,而文又饰之比拟仿像之功,文之以章句假借之训,其为习熟既足以自信,而条目又足以自安,此其所以诳己诳人,终身没溺而不悟焉耳。"③很多研究者都视此为王阳明的文学理论,实则不然。以上反文饰的观点都不是对艺术创作的诗文而发,尤其不是对诗而发,乃是对讨论道理的文章过于文饰讲的。

　　但王阳明对心的阐释则具有反传统的色彩。他认为,"心者,天地万物之主也","心外无理,心外无事,心外无物"。④ 对心的强调使得人的主体性得到空前的焕发,而对心、对良知的提倡,又时时体现出颠覆权威的魄力。如《传习录》中论学:"夫学贵得之心,求之于心而非也,虽其言出于孔子,不敢以为是也。"圣人不足据,经典不足依,在随后的王学左派推波助澜下,这种主体意识成为明代思想解放的理论和武器。从此,明代文学发抒性情,自我作主,反通套,破缠缚,其烂漫而艺术意味浓厚的局面,王学对心的礼赞居功甚伟。就浙江而言,无论徐渭还是屠隆,无论王思任还是张岱,他们弘扬性情、破旧立新的文学理论之中,都有着王学的影子。王阳明除了讨论明道

---

①　王阳明:《答南元善》,《阳明先生集要·理学编》卷4,四部丛刊初编本。
②　王阳明:《送宗伯乔白岩序》,《阳明先生集要·文章编》卷1。
③　王阳明:《王文成公全书·文录》卷6,四部丛刊初编本。
④　王阳明:《传习录》,见《王文成公全书》。

文章的写法、强调此类文章不当假以文饰之外,很少有对作为艺术门类诗歌等问题的艺术探讨。因此,得出王阳明文学理论比较保守的结论是缺乏依据的,但其心学思想却成为破坏正统文学理论的工具。

其三,无论宗唐理论还是性灵理论,在明代浙江都有相当的成就,且浙东一带尤为突出。复古理论表现较为突出的是师法于盛唐的文学思想。师法于唐,是前后七子复古的重要主张,一般认为系在明初高棅等的提倡下得到普及。高棅《唐诗品汇》的影响力当然不能低估,但高棅之前,元末明初文人王祎(1321—1372,今义乌人)已经在力推盛唐气象,宣称"三百篇而下,莫古于汉魏,莫盛于盛唐"①。《张仲简诗序》中分别从盛唐诗歌皆为"性情所发"、"才性有不同故其为诗亦不同"的面目各异、可以观当时"治化之盛"三点,标榜"盛唐气象"。《练伯上诗序》先道元末诗风之弊:"争务粉绘镂刻以相高,效齐梁而不能及。"开出的药方正是以唐为宗,他历数诗歌正变演化,而于盛唐最为倾心:

> 开元、大历,杜子美出,乃上薄风雅,下掩汉魏,所谓集大成者。而李太白又宗风骚而友建安,与杜相颉颃。复有王摩诘、韦应物、岑参、高达夫、刘长卿、孟浩然、元次山之属,咸以兴寄相高。以及钱、郎、苗、崔诸家,比比而作。既而韩退之、柳宗元起于元和,实方驾李杜,而元微之、白乐天、杜牧之、刘梦得,咸彬彬附和焉。唐世诗道之盛,于是为至。②

从开元至大历,其时诗坛以李白、杜甫、王维等为核心,形成了群星璀璨的局面。元和之后,韩愈、柳宗元、白居易等同样创造了诗坛的辉煌。以上阶段,王祎认为都是唐诗的极盛时期,这个时期恰恰是以盛唐为主及其随后巨大余波共同铸就的。王祎对唐诗的关注与杨士宏《唐音》有关,《张仲简诗序》中提到过自己曾闻杨公之言:诗当取材于汉魏,而以唐为宗。他对此又给予了发扬。

镏绩(弘治三年即 1490 年进士,今绍兴人)则通过唐诗宋诗的对比,表达了宗唐的理念:

> 唐人之诗,一家自有一家声调,高下疾徐皆合律吕,吟而绎之,令人有闻韶忘味之意。宋人诗,譬则村鼓岛笛,杂乱无伦。

---

① 王祎:《浦阳戴先生诗序》,《王忠文公集》卷 4,丛书集成初编本。
② 王祎:《王忠文公集》卷 2。

> 或问余唐宋人之别,余答之曰:"唐人诗纯,宋人诗驳;唐人诗活,宋人诗滞;唐诗自在,宋诗费力;唐诗深成,宋诗饾饤;唐诗缜密,宋诗漏逗;唐诗温润,宋诗枯燥;唐诗铿锵,宋诗散缓;唐人诗如贵介公子,举止风流,宋人诗如三家村乍富人,盛服揖宾,辞容鄙俗。"

又专言咏物诗:

> 唐人咏物诗于景意事情外,别有一种思致,不可言传,必心领神会始得,此后人所以不及唐也。……宋人都不晓得。①

高棅宗唐,取法盛唐,建立起了一个唐代诗学谱系,有建庙设神,不得不拜的意思;而镏绩法唐,不仅门径更宽,而且是通过唐诗、宋诗对比的手段最终得出结论,更具有理论的说服力。尤其这些评语,准确而形象,颇得诗家三昧,后被谢榛《四溟诗话》征引一部分,且对其中观点提出质疑,遂使很多人只知其一、不知其二了。唐宋诗比较,宋代《沧浪诗话》中已经出现,但较为零散,清代《随园诗话》、《诗辨》等都有涉及,但若从比较的系统、全面和准确性衡量,镏绩无疑应该是最出色的。

值得关注的是,王祎生活的时代远远早于高棅,镏绩为弘治三年进士,而提倡师法盛唐的前七子领袖李梦阳则是弘治七年进士,王祎、镏绩这些宗唐的理论,可能对前七子的复古理论也产生了一定的影响。

开拓了性灵的文学理论思想。屠隆之前,乌斯道(1375年左右在世,今慈溪人)就表明过诗"出于性之自然"的思想,并以此为依据批评拟古。② 随后受徐渭、屠隆以及公安派的影响,浙江明代中后期反复古、崇性灵的文学理论极为繁盛:徐渭以冷水浇头的畅快刺激等个体性感受品评诗歌,屠隆则以才为核心构建了一个较为完善的诗学理论体系,这二人作为明代浙江反复古理论中的核心,对整个明代文学的性灵理论建设都起到了重要作用。性灵文学理论的核心观点为贵真、反拟古,浙西张次仲(今海宁人)《阆堂夕话》论云:

> 文章寿夭,存乎笔下。有千岁之精神即传千岁,有万年之力量即传万年……吾辈行文,借彼须眉,呕我精血,会须极其想路,空诸所有。如惊饵之鱼,伤弓之鸟,高入杳冥,深沦洪洞,途穷殊极,忽然天开,此则圣

---

① 镏绩:《霏雪录》卷下,影印文渊阁四库全书本。
② 乌斯道:《王敏公诗集序》,《春草斋集》卷8,四明丛书本。

> 贤之精神,吾人之性命,急起追之,有如鹊落传诸通国,一任杀死,我自
> 怜才。①

可诉诸笔下、传之万年者,是无可如何忽然异想天开所感知到的真精神,它不是"离离合合、虚虚实实"所谓法则一类的老生常谈,而是和自己的性命精神融会的不可复制的面目。真包括真情、真意、真景、真事等,而真情尤其得到当时广大文人的热烈响应,重情也因此与贵真成为当时重要的衡文标准:如王骥德《曲律》将曲的艺术效用之一定位于"快人情";屠隆《题红叶记序》也由"闻者伤心,感之者陨涕"关注文学之魅力。

建立在真和情之上的创作,由此有了它发于性灵、不拟古人的面貌。浙西董斯张(今湖州人)对历史上那些标榜"从驴背上得句投囊中,及暮归,必叠纸足成之"的作诗法颇感怪异,视为"小儿强作解事状"。在他看来,诗歌创作当"畅为真声","境如迫,魂如赴,欲迟之而无待,试追之而已后",必须是撷取当下"兴会"。无此当下的出于情灵的兴会,徒然规模他人,此所谓:"情不可得,何有于声气?"②何白(1626年左右在世,今永嘉人,一说乐清人)倡导诗出于胸臆,他评论友人诗作,"冶而有致,境真趣远,出自胸臆,不假议拟"③;论诗歌创作亦云:

> 弟窃谓古今不相及,固也,然时有古今,而境物色象无古今。目之
> 所触,心之所感,古今同也。苟能极吾情境之所诣,尽吾赋予之所分,短
> 不引之使长,长不促之使短,若凫胫鹤胫,各全其天,不以拟议牵合损吾
> 性灵,直抒胸臆,我去古人何必有间?

抒发胸臆,不损性灵,合乎自然,最终可以使得后人具有了与古人一较高下的勇气。但如果背离了这一点,不明白格与时迁,诗则代变,而动辄效汉魏、六朝,效初唐、盛唐,如此字字句句而摹之,那么写出的只是"汉魏六朝初盛唐之面目",而非"我本来胸臆"④。这些文学发展变化观,和袁中郎的一些论述几乎出于一辙。张次仲宣扬"斯道无门径,意之所创即为祖,时之所师即为令",表现了更强烈的自我意识与创新开拓意识。他同时批判"剽剥点缀"

---

① 张次仲:《阆堂夕话》,见王水照辑《历代文话》。
② 董斯张:《唐诗合选序》,《静啸斋遗文》卷1,吴兴丛书本。
③ 何白:《石屋先生诗序》,《汲古堂集》卷23,清道光丙申重镌本,引自吴文治主编《明代诗话全编》。
④ 何白:《答林孺苞》,《汲古堂集》卷27。

的拟古现象:"拟秦则谲,拟汉则枝,拟唐则芜,拟宋则弱。"①有鉴于明代复古、拟古风气,钱肃乐甚至作了这样的比喻:"为文而无以自贵其性,则笔墨贱于末耡。"②

其四,时文理论繁荣。明清时期的浙江科举极盛,由此催生了时文理论、时文法式一类文章著述,其间名作如《论学须知》、《行文须知》、《文诀》、《举业素语》等,茅坤、庄元臣、倪元璐、凌义渠等等都是个中大家。在对具体的文章作法进行细致揣摩的同时,文人们也对时文的价值、特点等给予充分的关注。

对时文的价值评判,首先体现在尊体上。屠隆从其本质与效用论之:"今学士之为制义,匪小物也,要以寸管代素王玄圣口吻,磔裂元气,搜剔三才,而总归于人伦日用。"代圣贤立言,拟议以成教化。从写作而言:"自非学识综淹,引物连类,澡浴丹府,藻合灵光,握环中而吐之,鲜臻其妙。"③学识、文彩、妙悟一样不能缺。

于此之外,更有对八股的大肆批评,最严厉者如张岱称之"用心镂刻学究之肝肠,亦用以消磨豪杰之志气","八股一日不废,则天下一日犹不得太平"。④ 不过,这已经不是就文论文,而是裹挟了王朝没落带来的失意与激愤。

其五,曲学成果突出。明代浙江,由于南戏的发展促进了曲学的发展,浙东相关著述极为丰富,《南词叙录》、《曲律》、《曲品》、《远山堂曲品》、《远山堂剧品》以及《顾曲杂札》等理论著作和其他众多的曲学文章,共同构筑了当时中国曲学的理论高地。其中主要的理论热点之一就是对本色当行的辨析,并由此延伸到对临川尚辞采与吴江重法度的讨论。其时,徐渭、吕天成、臧懋循、王骥德等众多浙江文人都参与了对本色当行的辨析,也因此多发表了对吴江与临川辞采法度之争的看法,而且基本统一于这样的观点:得词隐先生之法度,兼临川之才藻。这显示了浙江文学理论上较为浓厚的调和性与兼容性。

当时的浙江文人在这样的繁荣中又从理论上为曲的独立地位作了理论铺垫,臧懋循的"三难"说是其代表,即情词稳称之难、关目紧凑之难、音律谐

---

① 张次仲:《澜堂夕话》。
② 钱肃乐:《序徐拙民稿》,《钱忠介公集》卷1,四明丛书本。
③ 屠隆:《董扬明制义序》,《翠娱阁评选皇明小品十六家》,浙江古籍出版社1996年版。
④ 张岱:《科目志总论》,《石匮书》,上海古籍出版社2007年版。

叶之难。① 以难而不易为尊体,形式是传统的,但也是经典的,结论也是划时代的。当然,三难是就元曲而言,但适用于明代的传奇。三难之中,"情辞稳称"虽然从串合、雅俗上对语言形态有要求,但对诸般取材没有限制,六经子史、稗官诸语都可用,而曲能如此兼收并蓄,和明代流行的小品的语言特点也相近,此条作为曲的个性尚不甚鲜明;"音律谐叶"也与乐府、词等的要求可以相通。但"关目紧凑"、事肖本色一条,则突出了曲的故事性以及结构的重要性,凸显了人物个性化、典型化塑造的重要,是曲的独到之处。

其六,小说理论繁荣。就明代浙江的小说理论而言,很多都是站在当时整个时代前列的,如明代中后期小说理论的核心人物就是金华的胡应麟,他的小说理论虽然包含有较多的复古因素,但从对小说关注的广度、深度而言,明代尚无人可以和他比肩。对后世小说戏曲影响深远的"劝惩"说首倡于《诗经》美刺传统,汉代王充在《论衡》中最早将美刺转化为劝惩。随着佛教因果报应思想的普及,奖善黜恶成为很多文章的口实,一些文人在给消遣类的野史笔记作序时,实在没有其他价值可言之际往往拿出这四个字搪塞,如元代杨维桢《山居新语跋》中就有"其史断诗评,绳前人之愆;天灾人妖,垂世俗之警"的话,通过史断或者诗评的形式究弹前人之罪愆,以记录天灾人祸等奇异之事劝诫世俗。将劝惩明确而直接地运用于对小说评论的是瞿祐(今杭州人)的《剪灯新话序》。

早期引"通俗"入小说理论的是金华蒋大器,其《三国志通俗演义序》中提出的这一理论不仅在寻求小说的艺术形态定位上是一个重要探索,而且由于其迎合了当时的商业文化消费潮流,很快演化为影响深远的商业文化理论。

其七,两浙文人广泛参与了当时的理论论争与体派,如谢铎与茶陵派,茅坤与唐宋派,屠隆、胡应麟等与后七子,陶望龄等与公安派等。对于当时重要的理论热点,他们都发出了自己的声音。如前七子之中著名的何景明、李梦阳之争:李梦阳认为诗当依照法式,不可舍筏而登岸;何景明则称诗当天机自流,神情领会,达岸则舍筏,反对过于依赖法度、依傍形迹。这场争论不仅造成了七子内部的裂痕,也在当时的浙江诗学领域产生了影响。胡应麟便明确表示,何李之争,二人之论都不当废弃:"仲默此论,直指真源,最为吃紧。舍筏云云,亦以献吉多拟则前人陈句进规耳,非欲人废法也。李何二氏之旨,当并参。"明末杨承鲲(生卒年不详,今宁波市人)则以为何景明之论

---

① 臧懋循:《元曲选序二》,《负苞堂集》卷三,古典文学出版社 1958 年版。

不足取,《答永嘉刘忠甫书》云:

> 笃而论之,信阳为偏。夫舍筏登岸,期在得岸,不在执筏;岸不必
> 登,虽而宝筏,终筏中人,非彼岸也。诗之为道,至圆不能加规,至方不
> 能加矩,则方圆之至也。规矩在手,必至于是,乃为方圆。李有不自出
> 伟词者乎? 何以言古人影子也,何有不画一先哲者乎? 何以言自开堂
> 奥也?

意思是说:“舍筏登岸”是讲现实之中的乘筏以登岸为目的,登上岸则自然可
以不再执泥于筏;但假如并非是为了登岸,或者说在路途之中,则无论乘坐
什么的样的筏,最终行人依然都是筏内之人,而不可超越之。杨承鲲之意实
则是讲,诗歌创作根本不是为了达到什么彼岸,而是一个过程,就如同行于
旅程之中,这个过程是不能舍弃规矩的。诗要达到至圆至方的境界,则必须
有不可增损的规矩,这就是诗的法式。所以说:“盖先民觳率备至,不入其
觳,即当穷万卷,敏发万函,侈则侈矣,何谓诗哉? 匪徒觳也,藉令二三作者
为唐人口吻而不禀沈韵,于心快乎? 韵犹若此,何论尺度!”古人诗学法式备
至,本当恪守,不然的话,即使穷究书卷,下笔千言,也不算是诗。当然,杨承
鲲对李梦阳法式论的推崇并非没有矫正,《与钱季梁书》就又提出师法古人
但不能“字剽句垫,百缀成篇”,矛头指向了后七子的领袖李攀龙。因为,李
攀龙曾自诩其乐府如“胡宽造新丰,鸡犬放之皆识其处”,但杨承鲲却说,李
攀龙那样“毁其柱石,移其屋壁,迁其户牖、瓦石”的创作,仅仅是模拟古乐
府,“不可谓不巧,不可谓真巧”①。其又体现出了对拟古的矫正,仍然有着折
中调和的色彩。

　　由于儒家文学理论在初期的鼎盛、心学的影响、宗唐复古与性灵等理论
的活跃以及开放的姿态,使得浙东明代文学理论批评获得了巨大的成就,从
而奠定了这个时期在整个浙江文学理论历史上的顶峰地位。

　　当然,明代词学不振,浙江也难免这种尴尬。依照朱彝尊的说法,这是
李梦阳复古论作祟的结果:“宋元诗人无不兼工乐章者,明之初亦然。自李
献吉论诗,谓唐以后书可勿读,唐以后事可勿使,学者笃信其说,见宋人诗集
辄屏置不观,诗既屏置,词亦在所勿道。焦氏编《经籍志》,其于二氏百家搜
采勿遗,独乐章不见录,宜作者之日寥寥矣。”②创作不振,相关的理论批评也

---

① 杨承鲲:《碣石编》卷下,四明丛书本。
② 朱彝尊:《柯寓匏振雅堂词序》,《曝书亭集》卷40,四部丛刊初编本。

无法与诗文戏曲相比,成规模的论著只有杨慎《词品》、俞彦《爰园词话》、陈
霆(今湖州德清人)《渚山堂词话》,其他或为辑录,或为零篇。从浙东、浙西
的差异而言,浙东一直延续了宋代之后就出现的词学欠发达的局面,词学理
论亦然。

第一节　明初浙东诸儒的文学理论批评

一、道充于中、事触于外而形乎言

　　明初浙江诸儒,多经历过元末变局,对其时一些文人放逸不归的生活与
作品耳闻目睹,因此从维持世道出发,自觉地祭出了卫道的大旗。而元代浙
江儒学极盛,理学思想播布广泛,延续时间长,形成了明初深厚的理学背景,
文学理论批评由此也深受影响。理论传统与现实反思合流,促成了明初浙
江儒学色彩较浓的文学理论批评的高潮,其主体力量多在浙东。作为旗手
之一,宋濂(1310—1381,今浦江人)提出了儒学色彩浓厚的"道充于中事触
于外而形乎言"的主张,这是其时儒家论文的纲要。其《朱葵山文集序》云:

> 　　文不贵乎能言,而贵于不能不言。日月之昭然,星辰之炜然,非故
> 为是明也,不能不明也。江河之流,草木之茂,非欲其流且茂也,不能不
> 流且茂也。此天地之至文,所以不可及也。惟三代之《书》《诗》,四圣
> 人之《易》,孔子之《春秋》,何尝求其文哉? 道充于中,事触于外,而形乎
> 言,不能不成文耳。[1]

道、事、文一体,是就三者的统一而言,而充道触事最终形乎言,侧重于从道
而事而文这种由内至外的顺序与因果。因道而起,因道而生,事触而动,书
而道明,道明则事不论行与不行成与不成,都是一个可以满意的交代:这是
一个打通了道、事与文的逻辑过程。

　　有一点需要注意,儒学之士多将道所施为的最终对象定位在事功,道充
于内,要见于事功事业,文是退而求其次的选择,而且又非是沉溺辞翰的艺
能把玩,而是要载道、明道。我们不妨取苏伯衡(1360 年左右在世,金华人)
《王生子文字序》略作说明。这篇文章的主旨继承了《文心雕龙》天文地文人
文之说,以礼乐政事为文,故而认为文并非是溺于辞翰:"其在人也,则尧之

---

　　① 　宋濂:《宋学士文集》卷 72,四部丛刊初编本。

文思,舜之文明,禹之文命,文王周公孔子之所以为文,此文也。其在经也,则《易》之卦爻辞象,《书》之典谟训诰誓命,《诗》之风雅颂赋比兴,《春秋》之赏善罚恶,内中华而外四夷,此文也。不然则何以经天而纬地。"古人以此为文,而后人以沉溺辞翰为文:

> 彼殚一生之精力从事于其间者,音韵之铿锵,采色之炳焕,点画之妩媚,则自以为至文矣,而乌在为文也? 嗟夫,文而止于辞翰而已,则世何贵焉? 而于世抑何补焉?①

意图恢复古之文心文意文道,反对以辞翰为文,甚至干脆强调,"闲家有则也,执礼有节也,处事有伦也,接物有仪也,内外有辨也,尊卑有序也,疏亲有恩也"等都是文,进而"闻由圣贤之训,耕耨诗书之圃,游泳道德之涯,归宿仁义之奥,究极天人之蕴,成就文武之材",由此出仕为邦家之光,这才是最大的文。而艺术把玩、丽辞艳藻的创作则是玩物丧志。

但宋濂的以上不能不言、不能不文之说,则暗藏了一个巨大转圜余地:事功的理想未必都能兑现,事功的成就方式也可以多维,文无不可为,只是要遵循"道充于中、事触于外而形乎言",如此就是不得不文。

不惟如此,宋濂在道文关系之中,并未像此前儒者那样,只关心将事功之"事"作为道的落实,而是将其融入了文艺要素中情、景、事、理范畴之"事"的内蕴之中。从外事感激论文学并不新鲜,但从事之感激触发论道和文学的关系则是儒家很重要的一个文学理论提升,并且体现了浙东学派重视现实的一贯立场。

刘基(1311—1375,今青田人)论文与宋濂有一致的地方。宋濂因发于道、触于事而见于文,称之为不能不言;刘基说:"君子居庙堂则忧其民,处江湖则忧其君,夫人之有心,不能如土瓦木石之块然也。"②也是内有理道坚守、外有事触发而见于文。刘基同样也是从道直接指向事:"禹思天下有溺者由己溺,稷思天下有饥者由己饥之,伊尹思天下有一夫不获则心愧耻若挞之于市。是皆以天下为己忧而卒遂其志,故见诸行事而不形于言。"但事未必都能践行,于是:"若其发为歌诗,流而为咏叹,则必其所有尘埋,抑郁不得展,故假是以抒其怀。"这样的见志于诗文,是不能行志的一种安慰,故云"岂得已哉"。方孝孺阐释了同样的观点,不得已主要是指志难以见于行事,为了

---

① 苏伯衡:《苏平仲文集》卷5,四部丛刊初编本。
② 刘基:《唱和集序》,《诚意伯文集》卷10,影印文渊阁四库全书本。

道的传播才从事于文章,《与郑叔度》中云:

> 古人之为学,明其道而已,不得已而后有言。言之恐其不能传也,不得已而后有文。道充诸身,行被乎言,言而无迹,故假文以发之。伏羲之八卦,唐虞三代之《书》,商周十二国之《诗》,孔子之《春秋》,皆是已,然非为文也,为斯道之不明也。及孔子殁,诸子各著书,多者百余篇,少者数十篇,虽未必一出于圣人之道,然亦各明其所谓道,而岂为文哉?故孔子曰"辞达而已矣",孟子亦曰"我不得已也",则非摹效言语为世俗之文可知矣。①

相比于宋濂,方孝孺更强调了道不行而不得不假文以传的理念。在以上前提之下,才能讨论道文关系的技术问题。一般说来,以上从道至文的逻辑过程,包括以下两个内涵:

其一,明道的过程应该是自身道德修养的过程,学习的内容是圣贤存于典籍之中的道德仁义;学习不只是为了获得对知识与常识的了解,主要是要获得教化社会的动力与资源,所以说"不徒师其文而师其行,不徒识诸心而征诸身"。宋濂认为,能如此学习师法,道德仁义就化为自己的行动,"小则文一家化一乡,大则文被乎四方",实现渐渍天下、辅俗化民的效果,具有如此修养的人"而后可为文也"。所谓"可为文"的意思是说,不为也无所谓,关键在于前面的修养过程,这个过程本身也是文,正所谓"明道之为文,立教之为文,可以辅俗化民之为文"。不然,徒然于文字刻画,"身之不修而欲修其辞,心之不和而欲和其声"②,就只能是徒有文华,"文之所存,道之所存也,文不系道,不作焉可也"③。

其二,从道至文,不是道和文直接发生关系,而是气化为文,即道文之间有气为中介。宋濂称之为文当有本:

> 其本者何也?天地之间,至大至刚,而吾藉之以生者,非气也耶?必能养之而后道明,道明而后气充,气充而后文雄,文雄而后追配乎圣

---

① 方孝孺:《逊志斋集》卷10,四部丛刊初编本。

② 宋濂:《文说赠王生黼》,《宋学士文集》卷66。

③ 宋濂:《浦阳人物志·文学篇序》,见蔡景康编选《明代文论选》,人民文学出版社1993年版。

贤,不若是不足谓之文也。①

养气可以明道,明道则气充,这个气是道义之气、生命刚健之气的综合。

其三,发于道而成之文有着具体的诉求——有用,以能够成教化、厚人伦、化风俗为直接目的和主要目的。以上思想是诗文兼通的,因为在宋濂看来,诗文本来就同源:

> 诗文本出于一原,诗则领在乐官,故必定之以五声,若其辞则未始有异也。如《易》、《书》之协韵者,非文之诗乎?《诗》之周颂多无韵者,非诗之文乎?何尝歧而二之?沿及后世,其道愈降,至有儒者、诗人之分,自此说一行,仁义道德之辞遂为诗家大禁,而风花烟鸟之章流连于海内矣,不亦悲夫?②

诗文同源论,也顺便对儒士、诗人的区划表示了质疑,也就有了《元史》儒林文苑的合一。既然如此,诗自然也要纳入道的统摄,尽管在对诗的论述上,宋濂增加了一些诸如"洗濯其襟灵、发挥其文藻、扬厉其体裁、低昂其音节"的形式上的独特要求,但"其有忠信近道之质者与蕴优柔不迫之思者、形主文谲谏之言者"③是与文一致的。诗也要"本乎仁义",也只能通过"学古之道"④而得诗之本。

事实上,在宋濂看来,诗文本原于道不是古人的坚守,也不是今人的发明,而是古今不变的常经。因此,诗体文体可以代变,"今不得为古,犹古不能为今",但今古之文在"期归于道"上则为"大同"⑤。诗文在历史演革之中,只要发人情、宣人声、成人文的本质未变,那么归于道的根本就保持稳定。

宋濂的"道—事—文"体系的本质仍是"文道合一"论。但所谓文道合一不是仅在作文之际讲文中合道,其重点在于先要养气、明道、修身,可以行事而化行,也就是《文原》中所说的"必有其实后文随之,初未尝以为徒言也"⑥。

在道充于心事触于外而形于文这一理论指导下,诗文创作美与不美、病与非病便都一目了然了。他首先抨击宋代辞章之不美处:

---

① 宋濂:《浦阳人物志·文学篇序》,见蔡景康编选《明代文论选》,人民文学出版社1993年版。
② 宋濂:《题许先生古诗后》,《宋学士全集》卷12,丛书集成初编本。
③ 宋濂:《清啸后集序》,《宋学士文集》卷7。
④ 宋濂:《林氏诗序》,《宋学士文集》卷75。
⑤ 宋濂:《皇明雅颂序》,《宋学士文集》卷12。
⑥ 宋濂:《文原》,《文宪集》卷25,影印文渊阁四库全书本。

> 辞章至于宋季,其弊甚矣。公卿大夫视应用为急,俳谐以为体,偶俪以为奇……稍上之,则穿凿经义,骦括声律,孜孜为哗世取宠之具。又稍上之,剽掠前修语录,佐以方言,累十百而弗休,且曰我将以明道,奚文之为? 又稍上之,骋宏博则粗精杂糅,而略绳墨;慕古奥则删去语助之辞,而不可以句。①

以上批评,涉及宋代公卿之间应酬的声偶骈俪之体,道学家的语录体,古文家的粗放或者枯涩。在这样的风气之下,宋末元初戴表元的"新而不刻,清而不露"便显得弥足珍贵。但这是就文章体貌而言的,仅仅凭借体貌,有时不能确定诗文价值,因为体貌看不出诗文与道的关系。《霞川集序》又破除了一般观念中的所谓的美:

> 宫羽相变,低昂殊节,而浮声切响,前后不差,谓之诗乎? 诗矣,而非其美者也。辞气浩瀚,若春云满空,倏聚而忽散,谓之诗乎? 诗矣,而非其美者也。斟酌二者之间,不拘纵而臻夫厥中,谓之诗乎? 诗矣,而非其美者也。

那么什么样的诗是美的呢? "盖诗者,发乎情,止乎礼义者也。"这本是诗大序就确立的一个标准,宋濂此处对为什么要以此为美的标准作了说明。从诗歌特征而言:"情之所触,随物而变迁,其所遭也怵以郁,则其辞幽;其所处也乐而艳,则其辞荒;推类而言,何莫不然!"意思是说,情忧郁则诗忧郁,情欢乐则诗安泰,随境迁变,没有止境,则人心放逐,没有回归的时候。只有发情止礼,则"幽者能平,而荒者知戒",诗才不至于成为乱人心性的罪魁。根据这一标准,他对违背礼义而一味苦吟者最为不齿,认为他们流连光景,往往驰骛于空虚恍惚之场,"控之非有,挹之非无",而且自造奇论,谓"诗有生意,须人持之,不尔将便飞去"。② 这些在宋濂明道礼义的尺度下,都是等而下之的。

《赠梁建中序》一文,分文为上中下三等,高下有别。上者:"昔之圣贤,初不暇于学文,措之于身心,见之于事业,秩然而不紊,粲然而可观者,即所谓文也。其文之明,由其德之立。其德之立,宏深而正大,则其见于言,自然光明而俊伟。"中者:"优柔于艺文之场,厌饫于今古之家,搴英而咀华,溯本而探源,其近道者则而效之,其害教者辟而绝之,俟心与理涵,行与心一,然

---

① 宋濂:《剡源戴先生文集序》,《剡源集》卷首。
② 宋濂:《宋学士全集》卷 6。

后笔之于书,无非以明道为务。"下者:"其阅书也搜文而摘句,其执笔也厌常而务新,昼夜孜孜,日以学文为事。且曰:古之文淡乎其无味,我不可不加浓艳焉;古之文纯乎其敛藏也,我不可不加驰骋焉。……由是好胜之心生,夸多之习炽,务以悦人,惟日不足。纵如张锦绣于庭,列珠贝于道,佳则诚佳,其去道益远矣。"①上中下三等,分别代表了身文、德文、艺文。身文是有德有事业而最终发挥于艺文,德文是有德而无事业而发挥于艺文,艺文则于"文外无道,道外无文"的道理全然不顾,只是以文为业,以文娱乐消遣。宋濂认为,类似第三等这种名为文而实则非文之作在后世已经占据了主流,在在皆是,《徐教授文集序》中列举了九种,皆以"非文"判之:

> 扬沙走石,飘忽奔放者,非文也;牛鬼蛇神,诡诞不经,而弗能宣通者,非文也;桑间濮上,危弦促管,徒使五音繁会而淫靡过度者,非文也;情缘愤怒,辞专讥讪,怨尤勃兴,和顺不足者,非文也;纵横捭阖,饰非助邪,而务以欺人者,非文也;枯瘠苦涩,棘喉滞吻,读之不复可句者,非文也;庾辞隐语,杂以诙谐者,非文也;事类失伦,序例弗谨,黄钟与瓦釜并陈,春秋与秋枯并出,杂乱无章,刺眯人目者,非文也;臭腐塌茸,厌厌不振,如下俚衣装,不中程度者,非文也。②

以上所列诸病,有些是文章的艺术标准不到,如失伦、杂乱;其他则不乏一些个性化、私人化的情感表达。可见宋濂以明道、感事及事功与礼义为主确立的文学理论标准,其中也不乏反艺术的成分。

二、宗法经史与主体变

经为道之渊薮,同时也是文法的源头。《文心雕龙·宗经》篇已经阐明过经为文宗的观点,认为后世文体,多从六经中出,如"论说辞序,则易统其首"等,宋代陈骙《文则》之中也有类似论述。但宋濂以为这样仍然未尽经典泽被后世之意:

> 《易》之象象有韵者,即《诗》之属;《周颂》敷陈而不协音者,非近于《书》欤?《书》之《禹贡》、《顾命》,即序纪之宗;《礼》之《檀弓》、《乐记》非论说之极精者欤?况《春秋》谨严,诸经之体,又无所不兼之欤?错综而推,则五经各备文之众法,非可以一事而指名也。③

---

① 宋濂:《宋学士文集》卷 10。
② 宋濂:《宋学士文集》卷 51。
③ 宋濂:《白云稿序》,《宋学士文集》卷 8。

宋濂不同于刘勰的是,刘勰将固定的几个文体之源,分别划归五经之一;而宋濂则认为,五经每一经都是后世诸体的源泉,因为它们兼包众体,这一点与陈骙《文则》中的思想有相通之处。既然"经之所包广大如斯",学习为文"其可不尊之以为法乎"? 具体而言,六经之中可以为法者不可胜言,且各自有突出之处:

> 文之立言,简奇莫如《易》,又莫如《春秋》;序事精严莫如《仪礼》,又莫如《檀弓》,又莫如《书》,《书》之中又莫如《禹贡》,又莫如《顾命》;论议浩浩,不见其涯,又莫如《易》之大传;陈情托物莫如《诗》,《诗》之中反复咏叹又莫如《国风》,铺张王政,又莫如二雅,推美盛德又莫如三颂;有开有合,有变有化,脉络之流通,首尾之相应,莫如《中庸》,又莫如《孟子》,《孟子》之中又莫如养气、好辩等章。①

他如《华川书舍记》称"有志于古,舍群圣人之文何以法焉"?《樗散杂言序》称"诗至于三百篇而止尔……学诗者不可不取以为法"等,无论体式、风格、章法,诸经之中都能取之不竭。而从文学史演革来考察,他认为以宗法六经为文的师古,是历代文学繁荣的根本原因。《答章秀才论诗书》分析道:从汉代苏李诗到永明体出现,诗歌经历多次变化,但其发展都是建立在师法古人的基础之上。从永明体发展到唐诗,从开元天宝至于大历,从晚唐而至于宋代元祐间,诗风经历了宫体、盛唐气象、中唐晚唐之涩之白与艳,以至于宋代以意相高等数次大的变化,但其中却自有李、杜、元、白、韩、刘、姚、贾、苏、黄等名家如星耀眼,其根本原因就在于其善于师法,如此才保证了诗能够延续变迁。

宋濂在文学涵育上,接纳了其老师黄溍的思想:"作文之法,以群经为本根,迁固二史为波澜。本根不蓄,则无以造道之原;波澜不广,则无以尽事之变。"②因此在讲从经书之中获得文法的同时,也主张从《史记》、《汉书》之中获得启迪,尤其学习其中陈事布局的波澜安顿之法。他对司马迁、班固极为推崇,《吴潍州文集序》引唐子西之语云:"学文者舍迁固将奚取法?"并自道《史记》、《汉书》的阅读感受:"迁之文如神龙行天,电雷惚恍,而风雨骤至,万物承其涉泽,各致余妍;固之文类法驾整队,黄麾后前,万马夹仗,六引分旌,

---

① 宋濂:《浦阳人物志·文学篇序》。
② 宋濂:《叶夷仲文集序》引,《宋学士文集》卷34。

而循规蹈矩,不敢越尺寸。"①对史文的重视,是宋代以来浙东学派的独到风格,不过宋代浙东学派言史多从致用鉴戒入手,明代浙人则已经普遍扩展到学习史书的为文方法。师古则反对师心,对那些自称"曹刘李杜苏黄诸作虽佳不必师,吾即师,师吾心耳"的阔视前古为无物的狂徒,他以为其作往往猖狂无伦,粗豪放逸而无醇和之意。

不过宋濂又专门提醒不当拘乎古之遗法,要思变通,师古与变通于是纳入到一个统一的系统当中。变通说在当时浙东也有一些呼应,但意旨有些区别,具体的理论阐释分为两类:一类以宋濂、方孝孺为代表,为了实现复古而倡导通变;另一类以苏伯衡为代表,为了维护"诗可以观"的传统效用而倡导体法当自由。

其一,为师古之道而寻求体法的通变。宋濂认为,师古上者师其意,下者师其辞,《答章秀才论诗书》中提出:"若体规画图,准方作矩,终为人之臣仆。"②方孝孺也说:"不师古非文也,而师其辞又非文也。"③师古乃师古之心、古之道,而非专溺于辞章之间。宋濂的变通论在很多文章中都有创新的含义,如《浦阳人物志·文学篇序》:"盖文至于变,变而无迹之可寻则神矣。"《答章秀才论诗书》:"为诗者当自名家,然后可传于不朽。"《苏平仲文集序》:"古今之势不同,山川风气亦异,为文何以异此?"《皇明雅颂序》虽然认为道归于大同,但也承认"体不同"。当然,创新的是体式言辞,其效用是为了更好地师法古人之意以明道。

方孝孺论师古而求变通的思想与宋濂一致,但其变通论并非出于对面目雷同的规避,而是强调了不得不变的意思。《义门诗序》称:"秦汉以来,治道湮熄,先王之泽不可复见,所存者独诗为粗完。……然其言虽存,而不易入人,诵说者且不解其意,况于闻之者乎哉? 盖世远而事异,旨微而理密,人不为之感者固宜也。"④就诗体而言,时代变迁,《诗经》的形式已经很难打动人,旧的艺术形式在"世远事异"之后必须寻求突围。在他看来,体随代变是文学的法则,也是明道的需要。从汉代到明代,乐府千姿百态,"隐而章,丽而不浮,沉笃而雍容、博厚而和平",不过都属于古诗之流,但其体却可以"横出"。杜甫、韩愈皆深于诗、明于道,但其诗之体已经属于唐体,"体之变,时

---

① 宋濂:《宋学士文集》卷 23。
② 宋濂:《宋文宪公全集》卷 37,严荣校刻本。
③ 方孝孺:《张彦辉文集序》,《逊志斋集》卷 12。
④ 方孝孺:《逊志斋集》卷 13。

也",尽管后面还有一句"不变于时者,道也"的限定,①但体变随时的理论,已经将文学形式从道的监督之中解放。

其二,为维护"诗可以观"的传统效用而倡导体法当自由。苏伯衡反对论诗歌以体裁相限定,他论体法也不惮于开拓。在面对"文有体乎"、"有法乎"的疑问时,他回答:"何体之有?《易》有似《诗》者,《诗》有似《书》者,《书》有似《礼》者,何体之有?""初何法? 典谟训诰,国风雅颂,初何法?"②他提出了以音论诗以见世变、法乎古诗之自由的理论。此论见于其《古诗选唐序》,文中首先提出一个以音论诗的观点,音即治世之音、乱世之音的音,他不是从诗的体裁论诗,而是越过五言、七言以及律诗、绝句等纯艺术的诗歌探索,重新回到诗和世情之关系的视角考察:

> 商也周也鲁也,以至于邶鄘卫诸国,其诗之作也,经之以风雅颂,纬之以赋比兴,未尝不同也,而其音则未尝同也。乐音之有治有忽,不系八音六律六吕,而系世变。诗音之有正有变,系风雅颂赋比兴而不系世变哉? 夫惟诗之音,系乎世变也。是以大小雅、十三国风出于文武成康之时者,则谓之正雅正风;出于夷王以下者,则谓之变雅变风。风雅变而为骚些,骚些变而为乐府、为选、为律,愈变而愈下。不论其世而论其体裁,可乎?

诗歌沿革的历史明显提示:诗歌的变化并非由于体裁的变化而决定,而是由于世变染乎世情,见于诗篇,形成诗音,"诗之音,系乎世变也"。因此,从诗音论诗,最具有价值,也符合诗可以观的要求。而仅仅论体裁变迁,则只能是诗艺的研索,不仅于诗之观无益,又形成从体裁上对诗人与诗风的限定。这些观点并非偶然兴会之语,而是针对杨士宏《唐音》而发。《唐音》分唐诗为盛唐、中唐、晚唐三个时期,苏伯衡认为,这三个阶段的划分是合理的,且"文之日降",面目各自不同,"晚不及中,中不及盛"。但这个"不及"并非仅仅是一个诗歌艺术标准,因为如果仅仅从诗歌艺术、诗歌体裁本身来论:"晚唐之诗,其体裁非不犹中唐之诗也;中唐之诗,其体裁非不犹盛唐之诗也。"此处所说的"不及"关键在于诗音之异:"盛唐之诗,其音岂中唐之诗可同日语哉? 中唐之诗,其音岂晚唐之诗可同日语哉?"音不同的原因在于音的本质在于其系乎治乱。但《唐音》恰恰忽略了三个时期诗歌之音所系挂的治乱

① 方孝孺:《时习斋诗集序》,《逊志斋集》卷12。
② 苏伯衡:《空同子瞽说》,《苏平仲文集》卷16,四部丛刊初编本。

内涵,却以盛唐之诗为始音,晚唐之诗为正音,完全从体裁成熟过程考察唐诗。这样的话,作为正音的晚唐之作便成为了最高范式,而这个时期的创作,主要表现为声律偶对的成熟,没有了盛唐之作对时代精神的观照。如此论诗,遗弃诗的兴观群怨功能,引导后人务为声偶律对之术,诗成为艺,诗人们殚精竭虑所逐求的圆美流转反而最终成为诗反映治乱的枷锁,忽略了诗本来可以有着更自由的形式,故云:

> 诗缘情而作者也,其部则有风雅颂,其义则有赋比兴,其言或三或四或五或六或七,其篇或长或短,初何尝拘拘于其间哉? ……奈何律诗出而声律、对偶、章句拘拘之甚也? 诗之所以为诗者至是尽废矣。①

真正的"诗音"不是从诗歌体式格律声偶来断定的,应该以感于时变而发之音为准。这样,诗歌通过诗音便回归到与时代息息相通的大路上来,而且只要能够成为符合时代的诗音,就没必要过多地受到艺术体式的限制。在这一点上,《诗经》是最为杰出的代表,因为它在反映现实的同时,没有什么声律偶对的束缚。为了恢复自由的表达,实现诗以音见世的目的,所以苏伯衡才倡导形式自由的古诗,选唐诗也以近古者为鹄的。

　　有学者认为,一言宗经师古,一言变通创新,显示了宋濂等人文学理论批评的矛盾之处。这个结论值得商榷:汉魏文学自觉之后,从唐代开始,文学理论之中文人们一方面以道、以理、以教化的持守者姿态发言,冠冕堂皇,门面语处处皆是;但涉及诗文创作,则将对技术有着相当制约性的道理等放在一边,往往重点讨论文辞、声律、技法。这不仅是文学理论批评总体的面貌,也往往是具体文学理论批评文本的建构形态,苏伯衡《空同子瞽说》就是其中一个代表。此文论文章,在体法不惮于开拓、繁简无定规之外,侧重于论文章之法式:讲有本、有统摄、有布置、有条理、能贯通、气象沉郁、浩瀚诡异、光影常新、动荡变化、神聚冥会;意境追求深远、文字追求洁净、意味归于隽永、气势主于回复驰骋、法势求其萦迂曲折、章法求其奇正相生、首尾相应、面貌端严温雅正大、激切雄壮顿挫。其法变化无常,都是纯艺术技巧的美学探讨,但最终却声称要"有补于世";所有技法的归纳总结,目的本在文章之美,最终却云:"虽然,非力之可为也。圣贤道德之光,积于中而发于外,故其言不文而文。"无论法式如何,还是归结到"学于圣人之道"上,以圣人之道为内容,以上面五花八门的技术为依托,文道实现了理论上的融合。如果

---

　　①　苏伯衡:《苏平仲文集》卷 4。

仅仅关注最终的皈依于道,便很容易忽略前面艺术技巧的美学探讨及其应有的价值。

这个现象看起来是矛盾的,但仔细分析,矛盾双方实际上是对文学之发生或者文学之目的与文学创作论的分说,本属于"文学"的理论内涵之中的不同指向,由于没有认清这种差异,所以被今天的研究者硬性撮合,造成了又复古又创新的假象。可见,复古明道的目的和追求艺术形态的创新并不矛盾,对宋濂、方孝孺以及其他儒生而言,创新是就体法而言的,变通是就防止因袭文辞而言的,能否明道才是关键。

三、气与文

以气论文是儒家文学理论的重要组成部分,明代浙东文人当然也是如此。以宋濂为例,其文学理论批评之中好言气,他以阴阳五行的理论建立了他气论的基本框架:"人之身,天之气也;人之性,天之理也。理与气合以成形,吾之身与天何异乎?"①有了这个框架,天人之际才能贯通。气得养而刚或虚静,都属于气的积蓄,当其势能达到一定的力量,则假一定的形式发泄而出,文章是其诸多形式之一。如《马先生岁迁集序》所云:"士之生斯世也,其有蕴于中者,必因物以发,譬犹云既瀹而灵雨不得不降,气既至而蛰雷不得不鸣。虽其所发有穷达之殊,而所以导宣其堙郁、洗濯其光精者,则一而已矣。"天人之间通过气实现交流,气化而为诗文,此所谓"气化纠缠,人文昭宣"。《文原》之中,宋濂明确提出:"为文必在养气,气与天地同,苟能充之,则可配序三灵,管摄万汇。"他的气论有两个来源:

一是孟子的浩然之气。他认为,天地之间有正气,蕴藉轮困,不折不回,物受之则屈轶,而人受之则将其锻造为刚烈之士,威武不能屈,权势不能变,"参乎气化,关乎治体",而且与邪气正邪不两立。正气的培养要通过"浸灌乎道德,涵咏乎仁义"②,也就是孟子的配义与道。

二是道家的虚静之气。《云寓轩诗(并序)》赞誉天上之云,飘忽敛藏,"资一气之流行",其自由得于云的"无心"。人于万物,因为物的牵累所以有挂碍,"有碍则不虚,不虚则灵明不通"。要实现心思灵通,则需要"澄心默坐","冲漠无朕"③,如此以达空灵。

以上来源实则也是其他以气论文的儒学之士的思想源泉,即令早期融

---

① 宋濂:《吕氏孝感诗序》,《宋学士文集》卷 67。
② 宋濂:《送部使者张君之官山西宪府序》,《宋学士文集》卷 26。
③ 宋濂:《宋学士文集》卷 41。

会了佛学思想的六朝刘勰《文心雕龙》论养气也是这个理路。关于气与文学的关系，当时浙东儒生们大致从以下几个方面进行了论述：

其一，养气与创作之间的关系。宋濂对此有具体论述，首先，养气能够获得文章所需要的文之量、文之焰、文之峻、文之深、文之变：

> 气得其养，无所不周，无所不极也；揽而为文，无所不参，无所不包也。九天之属，其高不可窥；八柱之列，其厚不可测，吾文之量得之。规爩魄渊，运行不息，基地万荧，躔次弗紊，吾文之焰得之。昆仑县圃之崇清，层城九重之严邃，吾文之峻得之。南桂北瀚，东瀛西溟，杳眇而无际，涵负而不竭，鱼龙生焉，波涛兴焉，吾文之深得之。雷霆鼓舞之，风云翕张之，雨露润泽之，鬼神恍惚，曾莫穷其端倪，吾文之变化得之。上下之间，自色自形，羽而飞，足而奔，潜而泳，植而茂，若洪若纤，若高若卑，不可以数计，吾文之随物赋形得之。①

文量的说法始于宋濂，表示诗文总体的包纳容积；文焰是指层次布置与文采；文峻指深邃而不浅薄、不近流俗；文深是指信息量大与旨趣的耐人寻味；文变是从文辞风格、章法安排等而言。这些都是气运动之中的赋形，因此创作之先需要养气以蓄文机。

其次，养气可以达到文如其人的境界。《林伯恭诗集序》云：

> 诗，心之声也，声因于气，皆随其人而著形焉。是故凝重之人，其诗典以则；俊逸之人，其诗藻而丽；躁易之人，其诗浮以靡；苛刻之人，其诗峭厉而不平；严壮温雅之人，其诗自然从容而超乎事物之表：如斯者盖不能尽数之也。②

人的气质性情与诗歌体貌能够达到统一，声由各自所蓄养之气而发，自然合于各自面目。

其二，气更多地倾向于阳刚。气之赋形于诗文，实现文与人之间的对应，在此基础上，宋濂、方孝孺等都倾心于在作品之中彰显雄浑之气，但人之情性皆有禀赋，如果"局乎一才，滞乎一艺"则难以驰骋，也就无所谓雄浑。这就需要通过养气来弥补先天的不足，"颖悟绝特之资而济以该博宏伟之学，察乎古今天人之变而通其洪纤动植之情"，只有这样才能"凭藉是气之

①　宋濂：《文原》，《宋学士文集》卷 55。
②　宋濂：《宋学士文集》卷 33。

灵"而有所造就。宋濂举林伯恭为例,早先博极群书,登科后学益加修:

> 历佐省宪二府,正色直言,百壬畏摄。时出奇计,剪三逆如烹狐兔,
> 则其所养之充是气,浩然弗挠弗屈,故其发于诗也,沉郁顿挫,浑厚超
> 越。大雅奏而黄钟独鸣也,武库开而五兵森列也,洪涛怒张而鱼龙出没
> 也。一展卷间,呈珍献异,可欣可愕,精神为之震眩。濂前所谓声因于
> 气皆随其人而著形者,岂非然耶?

壮阔而激烈的现实人生遭际磨砺,塑造出的是不畏蒽、不卑馁的气度。宋濂
由此发出感慨:"世之言诗者众矣,不知气充言雄之旨,往往局于虫鱼草木之
微,求工于一联只字间,真若苍蝇之声出于蚯蚓之窍而已,诗云乎哉!"又称
四灵一类作品"诗趣凡近而音调卑促",抑扬之中明显是在宣扬雄放之气。①
方孝孺《李太白赞》则更热切地体现了对阳刚壮阔人格及作品的呼唤,他称
李白"雄盖一世","狂呼怒诧,日月为奔",而其之所以如此,正因为"此气之
充,无上无下"。由此联想到腐儒、酸儒、小儒"气馁儒鬼"之貌,与李白之浩
然相比无异于"虎与鼠"。回归到作品上,他说:"斯文之作,实以气充,后之
作者,尚视于公。"②因养气而创作,后世诗人当以李白的浩然为准的。

其三,理(道)气论。宋元明儒生继承儒家思想并多有改造,以理、以道、
以心为核心论述儒家的思想,因而多被后人名为理学或道学心学。刘基就
是一个典型的理学传人,因此,他标榜理气:"文以理为主,而气以抒之。理
不明则为虚,文气不足则理无所驾。"③与宋濂论道而言气近似,刘基将气视
为贯通理和文的中介。苏伯衡也是理气说的支持者,《洁庵集序》称集中之
文"理到矣,气昌矣,意精矣,辞达矣"④,理到意才能精,气昌辞方可达。苏伯
衡的理气说也如同宋濂论道,适用于诗和文,他评郑璞的作品:"根柢六经,

---

① 宋濂的理论较为博杂,这与他的素养驳杂有关,其理论形态总体呈现为儒家思想的
产物,但又在一些艺术表现形态、概念范畴上,吸纳了道家、禅宗的表达甚至思想,并表现了
调弄自如的魄力。如《水云亭小稿序》中,友人诘难:"达摩氏西来,其所以传者,心法而已矣,
何以诗文为哉?"宋濂回答:"昔我三届大师,金口所宣诸经,所谓长行,即序事之类;所谓偈
颂,即比兴之属。汪洋盛大,反覆开演,天地日月,山川草木,城邑人物,飞仙鬼趣,羽毛鳞甲,
莫不摄入。故后世尊之,号曰文佛。如此而能文,吾惟恐其不能文也。"如同能够明道而形式
则可以通变一样,佛经宣讲而不排斥诸种文章形式,在出于道见于文的路径上佛禅与儒家没
有区别。
② 方孝孺:《逊志斋集》卷19。
③ 刘基:《苏平仲文集序》,《诚意伯刘文成公文集》卷5,四部丛刊初编本。
④ 苏伯衡:《苏平仲文集》卷5。

出入子史;诗则渊源风雅,沉浸骚选,莫不理到而辞达,气充而韵胜,味隽而光洁。"①其间细微的差别在于对诗的评论中又纳入了两个诗学范畴:韵与味。方孝孺以道为主,将道、气、文的关系阐释得更清晰,他说:"文与道相表里,不可勉而为。道者,气之君;气者,文之师也。道明则气昌,气昌则辞达。"②道为根本、是源泉,对气有着统辖性,所以道为气之君;气又最终引导文的创作并赋形于文,气是文的直接根柢与动力,所以气为文之师;而最终的赋形则显于文字的顺达。这样,"道—气—文"便形成了完型的、以气为中介的系统。具体到文章法式,"有体裁,有章程,本乎理,性乎意,而导乎气",五个要素之中,具体创作里首先要考虑的是气,"气以贯之",然后依次做到"意以命之"、"理以主之"、"章程以核之"、"体裁以正之"。其中章程要严,而气则欲其昌,气不昌则"破碎断裂而不成章"。方孝孺论"道明气昌"与刘基的"理明气昌"没有二致,其《苏平仲文集序》中列举历代之文,以为兴者都因为理明而气昌:上古之际,其文诚于中而形于言,不矫饰以为工,也没有虚声,所以"理明而气昌";汉代发展到文景之际,返璞归真,文臣皆用简直,当时董仲舒之策、贾谊之疏,皆妥帖却"不诡语不惊人",而意能自至,这是由于"理明而气足以抒之";尽管武帝时曾用司马相如等文饰之人,但仍然得以拨乱反正,其后汉人朴厚之尚已然成为风气,类似赵充国屯田之奏、刘向封事之言,往复开陈,诚意垦至,同样是"理明辞达,气畅而舒"。因而,明初浙东的道气理气之论中,气的"足"、"昌"、"畅"便被重点突出出来。

以上刘基、苏伯衡、方孝孺的理气说、道气说,是以理道为本为源头、以气为表现理道的手段,二者共同构筑而成的一个理气、道气合一的体系。但有一点值得注意,这里的"气"显然不似和理或者道一个内涵的本源范畴,因此和理、道之间不是体用关系。根据要求它要"足"、要"昌"、要"畅"这些美学特征,可以断定,刘基等人所论的气就是生命之气与道义之气的融合,最终要落实在生命之气,对理、道有驾驭的动力。这就保证了其文章虽然论道、论理,却多生机勃勃。

另一方面,道气、理气之理、道也与宋儒所论的纯哲学范畴的道和理不尽相同。所谓的理、道按照刘基所列举的诸般实例,没有什么神秘,皆是经世济世的谋划,政治得失的指陈,源出于《诗经》的美刺、讽谏。如其《王原章诗集序》便是对以诗讽谏的极力宣扬,有人说:"诗贵自适,而好为论刺无乃

---

① 苏伯衡:《郑璞集序》,《苏平仲文集》卷5。
② 方孝孺:《与舒君》,《逊志斋集》卷11。

不可乎?"刘基回答:虞书有"诗言志",卜夏早就说过"诗者,志之所之也",诗大序中讲上以风化下、下以风刺上,主文而谲谏,言之者无罪,闻之者足以戒。所以,周代天子五年一巡狩,命太师陈诗以观国风,假如诗人们写的诗都是"清虚浮靡以吟鹦花咏月露,而无关于世事",还怎么起到观的作用呢?有人问:"圣人恶居下而讪上者",如今居于下位而挟诗以弄是非,"不几于讪乎"? 刘基说:国风之作多出闾巷贱夫怨女之口,变风变雅大抵多为讽刺,却皆被圣人选入《诗经》,后世去取不以圣人为轨范,却私自以为好恶,难以与其言诗了。有人告诫:病从口入,当年苏轼以谤诗速狱,播斥海外,当以此为戒。刘基回答:得言不言,是土木瓦石。① 通过驳斥三难,意在树立以诗明理、讽刺而不避利害的精神,同时也凸显了明初浙东儒者所谓理道的人间情怀和入世精神。

其四,不得已而为文。前面已经涉及宋濂、刘基、方孝孺的不得已为文,侧重于事不得行而不得不发于文章,指向明道见志,归结于用世。此处从气与文而言不得已,是就必有所感激而发说的。违反不得已而发声的自然原则,致力于声偶模拟,极才力尽人工,结果是诗越来越难作,也越来越背离诗的风雅精神。刘基以自己身经战乱的切身感受,领悟到了杜甫诗歌中何以那么多忧愁怨抑:

> 言生于心而发为声,诗则其声之成章者也。故世有治乱,而声有哀乐,相随以变,皆出乎自然,非有能强之者。是故春禽之音悦以豫,秋虫之音凄以切,物之无情者然也,而况于人哉?予少时读杜少陵诗,颇怪其多忧愁怨抑之气,而说者谓其遭时之乱,而以其怨恨悲愁发为言辞,乌得而和且乐也?然而闻见异情,犹未能尽喻焉。比五六年来,兵戈迭起,民物凋耗,伤心满目,每一形言,则不自觉其凄怆愤惋,虽欲止之而不可,然后知少陵之发于性情真不得已,而予所怪者不异夏虫之疑冰矣。②

悲天悯人的情怀因乱世而激发为诗篇,不得已为文,经过与现实苦难忧患联系,赋予了诗歌表现内容的重要提升。关注民生,关注现实世界实实在在的兴衰,刘基的不得已论,较之当时其他人仅仅从有志不行而垂之文的角度讨论要切实而深刻。

---

① 刘基:《诚意伯刘文成公文集》卷3。
② 刘基:《项伯高诗序》,《诚意伯刘文成公文集》卷5。

不得已为文又不能不为文,在矛盾的纠缠之中,儒者们既有笔墨挥洒,又喋喋不休地解嘲,"不得已"三个字里,有着对文巨大的戒备与无奈。唯一的通融之途当是文道相合,方孝孺为此一生力避"文士"之名,有人以文士相称,他也极为反感,认为:其时文章,非谀死人则媚权贵,文道判裂,何以谓文? 但在其对道的内涵有意的开放里(下面有论),其文也并非都是传统之道的传声筒,由此来看,不得已又成为儒士为文的挡箭牌。

四、文者道之余说

文者道之余是浙东方孝孺主要的理论观点。其《答王仲缙》云:

> 文者,道之余耳,苟得乎道,何患乎文之不肆耶?①

文者道之余的内涵主要指向以下两点:道是源泉、根本,文为末;文章的写作是从道至文的一个自然过程,道充、道满,自然溢而为文,无须刻意以文为业,刻意从技术、技艺的角度去学文。这个论述和前面宋濂的"道充于中、事触于外而形乎言"相比,对道的尊奉一致,但对学道的目的指向明显有了一些差异,即对事功、事业的强调有些淡化,强化了道与文之间的直接关系。因此,在方孝孺的文章之中,我们感受更多的是如何能够通过明道写好文章。《与郑叔度》中,他有一个道与文的比喻,很贴切地体现了这个特点:

> 夫道者根也,文者枝也。道者膏也,文者焰也。膏不加而焰纡,根不大而枝茂者,未之见也。故有道之文,不加斧凿而自成,其意正以醇,其气平以直,其陈理明而不繁决,其辞肆而不流,简而不遗,岂窃古句探陈言者所可及哉?

根和枝叶、膏和焰火,虽然有别,但仍然是统一体,在强调枝叶、焰火出自根、膏的同时,根和膏存在的目的恰恰是要生出枝叶、绽放焰火。从这一点看,方孝孺的道学思想之中,对文已经有了很大的宽容。他批评司马相如与扬雄摹袭屈原而流于淫靡,"穷幽极远,搜辑艰深之字,积累以成句,其意不过数十言而衍为浮漫瑰怪之辞,多至数千言,以示其博,至于合乎道者,欲片言而不可得"。后世尤其晋宋萎弱浅陋,皆沿其习,故而司马相如难辞其咎。但分析司马相如等和屈原的差异,屈原合道,相如等不合道,而屈原所合之道是"忧世愤戚"、"出乎至性"、"忠厚介洁"、"风人之义",最终表示为"以忠情达志"。以上诸条,已经与所谓的仁义道德之类有了区分,是对真情真意

---

① 方孝孺:《逊志斋集》卷10。

的肯定,以此为文章当合之道,无异于讲文章当发于真情,而不当敷衍为文。这已经与道学家反艺术的提倡有了距离。在方孝孺看来,从道至文与从情至文,在可以自然发抒而无须有意为文上实际上是一致的,《与郑叔度》中举了一个很形象的例子:

> 譬彼登泰山之巅,极乎目之所至,而水则江海淮泗,山则凫峄龟蒙,周秦齐鲁滕薛梁郑卫赵韩魏人民之繁鲜,土地之广狭,皆得之于心。故言之而不污,问之而(无)不知。泽中之夫,升寻丈之丘而望焉,所见不过东阡西陌,鸡犬牛羊踪迹,辄逞智以谈于人,终不畅达顺适。何者?所见高下之不同也。

高下之差异缘于所见之不同,高者即明道充道,所以高瞻远瞩,"故人有知道与否,而文何以异此"?所论主旨不是文章当不当写,而是文章应该如何写,是不主张刻意学而为文,而希望道充满则自然发而为文,并非"拘拘执笔凝思而为之"。论及道充则文成之余,也不忘将情感纳入,此处的情并非著者有意的牵扯,而是本文之中,方孝孺明确表示过自己有一些文章属于"凡有所感触亦间发之"。所谓"感触",非情而何?尽管他自己解释,"其意在明斯道,非为文也",但以写感触而发明道,其道、情之间密切的关系已经昭然。

事实上,方孝孺这位道学家的文学理论之中,有很多地方都表现了一种在文道关系上的游移,如《与郭士渊论文》言秦汉以下有"道虽未至而其言文,人好之,故亦传"[①]者,是说存在一种虽然论道不多却能流传的诗文;言宋之道学家道虽醇,"而文不能以胜道"[②],又对宋儒一味言道而文章不振表示了不满。就文之内容而言,也并非只有道德,《与郑叔度》中所言情感,《题黄东谷诗后》表示应该"述风俗江山之美"、"探草木虫鱼之情性、状妇人稚子之歌谣",则文之包揽早就突破道学所能容忍的范围。而《题刘养浩所制本朝铙歌后》一文,则已经呈示出非道学甚至反道学色彩:"士未足以明道,则博求当世非常可喜之事而述焉,亦文之美者也。"[③]非常可喜之事,已经没有了基本的道学界限,全凭审美感觉而为文了。当然,任何人的思想不可能时时统一,尤其岁月有变化,自身遭际有影响,偶然的不统一尚不能说明问题。

---

① 方孝孺:《逊志斋集》卷 11。
② 方孝孺:《送平元亮赵士贤归省录序》,《逊志斋集》卷 14。四部丛刊初编本题下注:"考郭士渊集,当作牟元亮。"
③ 方孝孺:《逊志斋集》卷 18。

但仔细梳理,我们的确可以在以下几个方面发现方孝孺在论文学之际对道的范围有了一定的修正:

其一,诗合乎道但也要出于性。《与郑叔度》书论屈原之作:"夫屈原之离骚,忧世愤戚,呼天日鬼神自列之辞,其语长短舒纵,抑扬阖辟,辩说诡异,杂错而成章,皆出乎至性。忠厚介洁,得风人之义,然务以忠情达志。"屈原之作是他作为合道之作列举的,但这篇合道之作最为人称道的地方恰恰是"出乎至性",至性非他,真情而已。尽管他屡屡表示:"道之不识,学经者皆失古人,而诗为尤甚。"但也主张"本于伦理之正,发于性情之真"①,也认识到了《诗经》形式已经难以应时,而"后世之诗出于一时之言殆若可以感人"的事实②。这些对情的关注,有着与提倡出乎"至性"的一致之处:发情止礼历来多被片面阐释,只强调止的伦理尺度,忽视了发情的文学源泉认定,方孝孺这里重提老话,虽然没有进步,但恰恰超越了道学的拘牵。

其二,论诗当有诗道,诗又要明道,而诗道又是明道的前提。《时习斋诗集序》言诗:

> 诗者,文之成音者也,所以道情志而施诸上下也。三百篇,诗之本也;风雅颂,诗之体也;赋比兴,诗之法也;喜怒哀乐动乎中,而形为褒贬讽刺者,诗之义也。大而明天地之理,辨性命之故;小而具事物之凡,汇纲常之正者,诗之所以为道也。诗道废久矣。自汉以下,编册之所载,乐府之所传,隐而章,丽而不浮,沉笃而雍容,博厚而和平者,则亦古诗之流也。而其体横出矣,体之变,时也;不变于时者,道也。因其时而师古道者,有志于诗者也,而师者寡矣。

所谓诗本、诗体、诗法、诗义,兼包了艺术之道与政教之道。他认为,以上内涵,体、法等是可变的,但核心的诗道不变,即诗由体法义构成、以诗三百为本,并以此而明理、明性、见事物纲常的道不变,故云:"体之变时也,不变于诗者道也。"③诗道之中包括性情物理的承载,因此,是明道的手段,然而有此诗道之恒在,则但凡能明道,无论体法如何皆所不废。因此,从诗之道而言道,也有向艺术维度游移的动向。

方孝孺文学理论在道学之中的游移,在他的《谈诗五首》之中也有反映。

---

① 方孝孺:《刘氏诗序》,《逊志斋集》卷 12。

② 方孝孺:《义门诗序》,《逊志斋集》卷 13。

③ 方孝孺:《逊志斋集》卷 12。

这五首诗的主题分别是:宗风雅、宗宋、明道德、排击明初唐诗派、宗道。其中云:"万古乾坤此道存,前无端绪后无垠。手操北斗调元气,散作桑麻雨露恩。"宗道为本,形而上者为理道,形而下者为治道,道之与文的关系,就是文者道之余,故云:"发挥道德乃成文,枝叶何曾离本根。末俗竞工繁缛体,千秋精意与谁论?"但其他三首,基本上是具体诗风的批评:

> 举世皆宗李杜诗,不知李杜更宗谁。能探风雅无穷意,始是乾坤绝妙词。
>
> 前宋文章配两周,盛时诗律亦无俦。今人未识昆仑派,却笑黄河是浊流。
>
> 大历诸公制作新,力排旧习祖唐人。粗豪未脱风沙气,难抵熙丰作后尘。①

宗风雅自然是道学家的共同主张,但批评明初师法唐诗的诗人们未脱粗俗之气,称道宋代文章以及其繁盛之际的诗律为昆仑正派,已经不再是诗文论道不论体的道学腔调,而得到他赞誉的宋人盛时诗律,也并非指向专言道理的理学诗。

其三,文者道之余的道文关系有时被"巧"和"神"的关系置换。《苏太史文集序》有云:

> 天下之事,出于智巧之所及者,皆其浅者也。寂然无为,沛然无穷,发于智之所不及知,成于巧之所不能为,非几乎神者,其孰能与于斯乎?故工可学而致也,神非学所能致也,惟心通乎神者能之。神诚会于心,犹龙之与雨,所取者涓滴之微,而可以被八荒,泽万物。无所得者,譬之抱瓮而灌,机械而注,为之不胜其劳,而所及仅至乎寻丈之间。②

此文意在论述如何能够写好文章,最高境界是神会,是无所用其巧的自然而非有意而为。巧即艺,神为道:神则见道,是以气为之;巧而得艺,以技为之。可见,巧神关系就是古典文学理论之中常说的道艺关系,这个道不再是道学之道,而是艺术的至高境界和至高法式。方孝孺认为,巧和神不同,但二者之间并非毫无关系:

> 文非至工,则不可以为神,然神非工之所至也。

---

① 方孝孺:《逊志斋集》卷 24。
② 方孝孺:《逊志斋集》卷 12。

神之至境的抵达,必须经过工的阶段磨砺积累,但又并非经过了工的磨砺积累就能抵达。神是具有禀赋性限定和因缘际会要求的,最终显乎神以气行而不见人工,所以说"神非工之所至也",又云:"智巧之于文不能无也,而不能用也;虽未尝用也,而亦未尝无也。"神就是超越了技巧,但起初又不可能离开技巧的磨炼,只有技巧达到高度纯熟而运用自如又不能成为诗文的套路,同时又具备禀赋才性为基础,神境才能降临。如此论文,文道关系被巧神关系置换,道学之道被艺术之神置换,诗文载道、明道的问题,至此已经成为文章规律的探索。

从诗出于性对创作动力的论述,到诗也有道对诗道的描述,再到文之神巧关系对最高境界实现手段的探索分析以及对文道关系的置换,以上内容都具有较强的美学意味,而道学反艺术的分量明显淡化了。

第二节　明代浙东文统论

论文而及文统,最早见于韩愈《送孟东野序》。文中从庄周、屈原、司马相如到唐代陈子昂,勾勒出一个文章谱系,但韩愈在《答李秀才书》中自道"不惟其辞之好,好其道焉尔",可见是文统与道统分而言之的。随后,孙樵在《与王霖秀才书》中自道:"樵尝得为文真诀于来无择,来无择得之于皇甫持正,皇甫持正得之于韩吏部退之。"专言文统未及道统,可见也是道统文统分说。至北宋初年的石介,其《尊韩》一文中云:"道始于伏羲氏,而成终于孔子。道已成终矣,不生圣人可也。故自孔子来二千余年矣,不生圣人。若孟轲氏、扬雄氏、王通氏、韩愈氏,祖述孔子而师尊之,其智足以为贤。孔子后,道屡废塞,辟于孟子,而大明于吏部。道已大明矣,不生贤人可也。"将道统承续的重任交给了以古文著称的韩愈,而在《与裴员外书》中则明确宣称"文之弊已久",而要振作起来其方法是"当思得韩孟大贤人出",又公开让韩愈担当救文章积弊的使命:既承道统又救文弊,具有了明显的融合道统文统为一体的形态。但这种融合并未获得共识,宋代理学家将文人痕迹极重的韩愈排挤而出,直接承续孟子。唐宋的文人也开始编织自己心目之中的文学谱系,先是唐代张为作《诗人主客图》,以白居易等六人为不同的宗主,每一主下分升堂、入室、及门等不同等级以为客,后人认为诗派由此而起,而这种诗派,是具有统绪沿承的。继而宋人吕本中著《江西诗社宗派图》,中有一祖杜甫,三宗黄庭坚、陈与义、陈师道,另含江西诗派附庸者 25 人。这个宗派具有相近的审美取向和历史较为漫长的传承,因而也是文学之统。①

从此,建构文统便成为中国古代文学理论批评展开的形式之一。

浙江的文统论首见于南宋浙东王十朋,他曾论及唐宋文章不易优劣,唐之韩柳与宋之欧苏并驾齐驱,很难分清谁先谁后。这种对唐宋文家的批评并没有什么太大的理论价值,重要的是他提出了文章学习与这些唐宋名家的关系:

> 不学文则已,学文而不韩柳欧苏是观,诵读虽博,著述虽多,未有不陋者也。②

这些唐宋大家,是学文者必须上溯的源泉,脱离了和这些源泉根干的联系,就很难有所造就。随后,元代戴表元比较明确地提出了著述有统绪,而且将道的统绪与文的统绪作了区分,《紫阳方使君文集序》云:

> 窃独怪夫古之通儒硕人,凡以著述表见于世者,莫不皆有统绪,若曾孟周邵程张之于道,屈贾司马班扬韩柳欧阳苏之于文。当其一时,及门承接之士,固已亲而得之,而遗风余韵,传之后来,犹可以隐隐不灭。

这段文字表达了文统道统并重的思想。且认为,有文统则后人学习就有典则,不应该过于背离。另外也强调,道统和文统不同,不能妄加混淆。明初浙东理学家大讲文道合一,实际上又隐含有继承石介道统即文统的意思,只是没有明确揭示。如方孝孺《张彦辉文集序》在历数历代文章与其作者基本文如其人之后称:

> 虽然,不同者辞也,不可不同者道也。譬之金石丝竹,不同也,有声则同;江河淮海,不同也,蓄水则同;日月星火,不同也,能明则同。人之文不同者也,犹其形也不可不同,天下之文根于新者一也。故立言而众者,文之隶也;明其道而不求异者,道之域也。人之为文,岂故尔不同哉?其形人人殊,声音笑貌人人殊,其言固不得而强同也,而亦不必拘乎同也。道明则止耳,然而道不易明也,文至者道未必至也,此文之所以为难也。呜呼,道与文具至者,其惟圣贤乎!圣人之文著于诸经,道之所由传也;贤者之文盛于伊洛,所以明斯道也:而其文未尝相通,其道未尝不同。

---

① 郭绍虞主编:《中国历代文论选》,上海古籍出版社 2001 年版。
② 王十朋:《读苏文》,《梅溪前集》卷 19。

在方孝孺的理论里,有两类文,一是敷错而成与他所言道无关的所谓文章,一是文道俱至的道文。对于前者,他有所保留但并未否定。他所认可的是道文,道文人人面目未必相同,但明道的本旨一致。学文就要学习这类文章,这类文章的学习有统脉,先是圣人之文著于经,继而贤者明道之文见于伊洛诸贤的文章。当然,方孝孺对道文兼具之文又强调言未必同、文未必皆相通,这是专门就文章形式而言的,即只要明道,艺术形式是开放的。可见对文道俱至之文及其统绪的论述,也没有抛弃艺术指标。

可关注的是,方孝孺在道文俱至这个最高标准之外,并未将其他众多的在他看来也根于道然而却达不到道文俱至程度的文人一笔抹杀,而是开列了一个从先秦到宋元的谱系——

战国秦汉:庄周、荀子、韩非子、司马迁、司马相如、贾谊、扬雄;

魏晋至隋:陶渊明;

唐:韩愈、柳宗元、李元宾、李习之;

宋:欧阳修、苏轼、王安石、曾巩、真德秀、魏华甫、陈亮;

元:姚宽甫、虞伯生、黄溍、欧阳原功。

这个文人谱系不是对历代著名文人的随意撷取,而是一个能够明道或者起码不背离道的文人集合,其间魏晋六朝,除了陶渊明没有其他一人入选,原因是这一段的文学"流丽淫靡,浮急促数",和他要求的文相去甚远,所以"殆欲无文"。五代也是一人未取,因为"五代之弊,甚于魏隋之间"。由此可见,在方孝孺的文学理论之中,有两个统绪,一是文道具至者,一是退而其次者。文道具至者之统绪中虽然多为理学道学中人,但方孝孺却没有排斥艺术标尺;退而求其次者的统绪虽然也标榜明道或者起码不违背道,但所开列的名单几乎都是历代文豪。可见,尽管文章中他没有明确提出文统,但所论确实是文统的内容。

在以上文人的开拓之下,明代浙江文统理论的编织和其相关理论逐步走向成熟。其典型标志为:其一,比较早的文脉理论的确立;其二,"唐宋八大家"作为一个具有文统意味之命名的完成。前者打通道统、文统,标榜传承之中文心的稳定;后者则将历代笼统的文统明晰化,并获得了学术界与世俗舆论的普遍认可。

文脉理论的系统建构者是浙西海盐的王文禄,他著有《文脉》一书。全书共三卷,其主要的理论思想是:文自从产生至今,有一条贯穿其中、显示文心之未灭的脉络存在,此为文脉。文脉是就文学产生后在整个文学史上的演化而言的,有脉,这个演化就前后贯穿,就没有中断,从而维系了一个整体的艺术生命,彰显出一个民族艺术精神的统一性。

唐宋八大家命名的化成。在八大家的称呼出现之前,唐代就有韩柳之称,宋代有欧苏、三苏之称,这些唐宋文章大家因此便经常被各种选本一起纳入。宋代浙东吕祖谦《古文关键》之中,首次跨唐宋而选,将韩愈、柳宗元、欧阳修、曾巩、苏洵、苏轼、张耒等七家并列,这是唐宋八大家在正式命名之前最早的系统集合。明初浙东临海人朱伯贤选《唐宋文衡》,因为篇幅庞大,后来约选为《唐宋六家文衡》,其中包括韩愈、柳宗元、欧阳修、王安石、曾巩、三苏。这是八家之名化成前已经很接近八家的一个选本,贝琼论其名所以为"衡":"为学文之法,如物平于衡。"正是为学文者提供师法。更主要的是,诸家"虽于道有深浅,皆本诸经为说",因而其文发挥圣人之纯,宗其大道而不失,是文统,但并未背离道统:

> 战国以来,孟轲扬雄氏发挥大道,以左右六经,然雄之去孟轲,其纯已不及矣,降于六朝之浮华,不论也。昌黎韩子倡于唐,而河东柳氏次之,五季之败腐,不论也。庐陵欧阳子倡于宋,而南丰曾氏、临川王氏及蜀苏氏父子次之。盖韩之奇,柳之峻,欧阳之粹,曾之严,王之洁,苏之博,各有其体,以成一家之言,固有不可至者,亦不可不求其至也。予尝读之,若《原道》《原毁》,由孟轲之后,诸子未之能及;至宗元《守原议》、《桐叶封弟辩》,凿凿乎是非之公,使圣人复作,无以易之。其他驰骋上下,先后相发,诚乐之而不厌。①

对诸家的师法,核心在于其对道的坚守,而落实之处则在于各自体格的创造。

据《四库全书总目》集部六《白云稿》提要称:"右为文不矫语秦汉,惟以唐宋为宗,尝选韩柳欧阳曾王三苏为《八先生文集》,八家之目实权舆于此。"此书当即《文衡》异名。

《唐宋六家文衡》初步奠定了遴选唐宋名家的目的在于师法古文之体,发挥大道;《八先生文集》则确立了八大家的具体身份。在此基础上,浙西茅坤顺理成章地推出了唐宋八大家的名号,并赋予其文统的地位,阐释了其与道统一的价值。

"唐宋八大家"命名的普及是通过茅坤选辑《唐宋八大家文钞》最终完成

---

① 贝琼:《唐宋六家文衡序》,《清江文集》卷 28,影印文渊阁四库全书本。案:本书因"六姓"而名"六家",实含 8 人。

的,茅坤确立唐宋八大家的目的,在于对抗七子"文自西京、诗自天宝而下俱无足观"的观点。

王文禄《文脉》将道统义统融会为文脉,但其中曾强调:"人心圆巧,审变争名,若绘妆万模,质本完素,岂曰某文道,某文非道?"意在冥合道文与非道文的分析。而其以《文选》为指归,更鲜明地体现了冥合二者论争的意图乃在于提升非道之文的地位。唐宋八大家文统的编织,则倡言以学习文统恢复道统,视习文为学道的手段,也意在提升文章的地位。因此,我们可以说,在明代中期的文学理论批评界,同时出现了这样通过和道以及道统攀附而为文章、文统张目的理论,这应该是文学突破道之束缚的前奏。

第三节　胡应麟《诗薮》

胡应麟(1551—1602,今金华兰溪人)的《诗薮》在中国文学批评史上以体系完备、涉猎广泛著称,它不同于一般的诗话文论,是一部自成整体的理论著作。但此书在历史上的评价却颇为不同,有以为博大精深者,也有说无甚新论的,尤其以钱谦益之论最为苛刻:"要其旨意,无关品藻,徒用攀附胜流,容悦权贵,斯真词坛之行乞,艺苑之舆台。"文辞虽然刻薄,不过对《诗薮》大旨的概括并非皆是捕风捉影,在胡应麟的理论里,千古之诗莫胜于明、明代诸家之中又以王世贞为集大成的思想了然,作为师承于王世贞的后学,如此标榜便难免他人的非议。① 不过,《诗薮》是七子诗学思想在浙江最具代表性的继承,在总结七子文学思想的同时,胡应麟也进行了必要的矫正与丰富,时有自己的贡献,这集中在世运与诗的关系、对体格声调与兴象风神的研究。

一、世运与诗:体代变格代降

世运论诗,自《毛诗大序》已开其端,《文心雕龙·时序》篇则已经系统建构了时代与文学关系的理论架构。《诗薮》内编多次称"文章关世运"、"诗文固系世运",体现了胡应麟对此问题的关注。其讨论这个问题涉及以下几个内涵:

其一,不同的时代塑造不同的文学风尚。内编卷1有云:"优柔敦厚,周

---

①　钱谦益:《列朝诗集小传》丁集上,上海古籍出版社 1983 年版。

也;朴茂雄深,汉也;风华秀发,唐也。"时代风格便是世运对文学的塑造。

其二,诗中蕴含着诗歌风气迁变的细微征兆。内编卷1:"魏继汉后,故汉风犹存;六代居唐前,故唐风先兆。"又举历代开国之君的作品,汉祖大风雄丽宏远、魏武乐府沉深古朴、唐太宗之诗绮绘精工,其时代发端即已如此,因而汉、魏、唐三朝的诗歌冠绝古今。

其三,时代变化,作品之中的意境气象随之变化。内编卷4云:

> 盛唐句如"海日生残夜,江春入旧年",中唐句如"风兼残雪起,河带断水流",晚唐句如"鸡声茅店月,人迹板桥霜":皆形容景物,妙绝千古,而盛中晚界限斩然。固知文章关气运,非人力。

盛唐之作生机振作,中晚之际则气力衰杀。

其四,气运、世运对时代风格、体格有决定作用,个人才力无以挽回。故云:"元和如刘禹锡,大中如杜牧之,才皆不下盛唐,而其诗迥别。故知气运使然,虽韩之雄奇,柳之古雅,不能挽也。"当然,人力的效用虽然有限,仍然可以参与时代精神的塑造,气运人事并不截然相分,只是人力要发挥作用必须依照气运世运的规律。《诗薮》论宋元诸子复古而不能,原因是"一则气运未开,一则鉴戒未备";而明初沿袭元代习气,李、何等人振臂一呼而得以风气大开,其原因在于:"以人事则鉴戒大备,以天道则气运方隆。"[1]乘气运渐渐佳胜之际,尽戒前代病累,则能培育新风。

具体到体格而言,世运带来的影响是"体代变格代降":

> 四言变而离骚,离骚变而五言,五言变而七言,七言变而律诗,律诗变而绝句:诗之体以代变也。

> 三百篇降而骚,骚降而汉,汉降而魏,魏降而六朝,六朝降而三唐:诗之格以代降也。[2]

体变是文学发展的必然,在创新的压力下,体很难维持长久的稳定。就读者的审美热情而言,体长久的稳定不仅使体式僵化,而且也抑制读者的审美激情:

> 曰风曰雅曰颂,三代之音也;曰歌曰行曰吟曰操曰辞曰曲曰谣曰谚,两汉之音也;曰律曰排律曰绝句,唐人之音也。诗至于唐而格备,至

---

① 胡应麟:《诗薮》内编卷5,上海古籍出版社1979年版。
② 胡应麟:《诗薮》内编卷1,下不注者同。

于绝而体穷。故宋不得不变而之词，元人不得不变而之曲。词胜而诗
亡矣，曲胜而词亦亡矣。

不得不变来源于文学内部发展的压力，除旧布新的过程之中，造就代胜的局
面。但胡应麟此处表达了一个发展到了尽头的思想，就古典文学而言，这个
悲观的结论确实有着特定时代的无奈。

格降的"降"字中似乎有着较强的价值评判："楚一变而为骚，汉一变而
为选，唐三变而为律，体格日卑。""诗至于律，亦属俳优，况小词艳曲乎？宋
人不能越唐而汉，而以词自名，宋所以弗振也；元人不能越宋而唐，而以曲自
喜，元所以弗永也。""今人律则称唐，古则称汉，然唐之律远不若汉之古。"格
以代降的结论是胡应麟复古思想的必然产物，他承七子之论，以古为正，取
法乎汉唐之上，因而后世之变即背离正宗，所以称之为格代降。

胡应麟论格都是因体而发，体格难以拆分，尤其词曲，因为已经背离了
诗的形态，所以其格降的代表性就更为突出。而在诗的体变之中，由《诗经》
至唐，尽管也认为其格已降，但诗尚能"文质迭尚，而异曲同工"，且"咸成
厥美"：

　　国风雅颂，温厚和平。离骚九章，怆恻浓至。东西二京，神奇浑璞。
建安七子，雄赡高华。六朝俳偶，靡曼精工。唐人律调，清圆秀朗。此
声歌之各擅也。

由此看，体代变格代降之中，格代降是针对唐以后创作而发的，这就为尊盛
唐秦汉留下了余地。不过在胡应麟看来，复古是迫不得已的手段，他举李杜
为例：李之古风，步骤建安；杜之出塞，规模魏晋。大家尚且如此，小家更无
活路，"前规尽善，无事旁搜，不践兹途，便为外道"。在这样的情势之下，后
生小子，喜慕高名，任心纵笔，"动欲自开堂奥，自立门户"，便觉得很可笑了。
在体已无可变之中如何彰显自己的面目，是《诗薮》思考的问题，其结论是：
"不致工于作，而致工于述；不求多于专门，而求多于具体。"述而不作言复
古，多而具体乃指融会集纳、兼包，他又称之为集大成。他称誉何景明古诗
法汉魏，歌行短篇法杜，长篇法初唐四杰，律诗法杜之宏丽，兼取王、岑、高、
李之神秀，萃于一家，自成堂奥。又评王世贞：

　　短长诸策则横人倜傥之风也，记传碑志则太史孟坚之雄也，赋颂箴
铭则中郎文考之蔚也；序论之闳深奥衍则韩苏四子竞出其长，书牍之俊
逸诙奇则晋宋九朝互标其胜。而四言斟酌风雅……乐府比节三曹，郊

> 祀联镳二京,古风枚蔡雁行,歌行李杜遐轨,近体拾遗之造极,绝句龙标
> 之轶尘。①

其所达到的境界是"总统百家,熔铸万品"。又云王世贞:"古诗枚李曹刘阮
谢鲍庾以及青莲工部,靡所不有,亦鲜所不合。歌行自青莲工部以至高岑王
李玉川长吉,近献吉仲默,诸体毕备。"②只有融会前贤,才能有所作为,由于
王世贞在这一点上的突出,所以他盛赞之为诗家"集大成之尼父"。

二、体格声调与兴象风神

胡应麟诗学复古思想不仅仅是一个空洞的理念,他将其具化为了学习
的方法,这个方法是这样一个过程:体格声调(简称为格调)—悟—兴象
风神。

《诗薮》内编卷 5 首论之:

> 作诗大要不过二端,体格声调,兴象风神而已。体格声调有则可
> 循,兴象风神无方可执。

格调有则可循,是说诗歌的体格声调都是体貌上的,可以观察、涵味、揣摩而
得,由此深入可获得体格正、声调畅的诗法。但是,对古人的学习仅仅凭借
反复机械地对格调的揣摩还远远不够,必须寻求在这个过程之中能够获得
会悟,胡应麟说:"汉唐以后谈诗者,吾于宋严羽得一悟字,于明李献吉得一
法字,皆千古词场大关键。第二者不可偏废,法而不悟,如小僧缚律;悟不由
法,外道野狐耳。"因此需要揣摩久之,在谙熟之中去寻求领悟:"积习之久,
矜持尽化,形迹俱融,兴象风神,自而超迈。"这个由法而悟的理论,本自严羽
以悟为正法眼,又接纳了何景明的"登岸舍筏"之论,何景明在这个问题上曾
与李梦阳论战,李梦阳批评他废弃法式,何景明以为李梦阳过于依傍。胡应
麟倾向于何景明,称其深情领会天机自流、临景结构不傍形迹的论诗之说
"直指真源,最为吃紧"。但又唯恐论悟而才情放逸,故而又从李梦阳那里吸
纳了"法"的坚持。于是便形成了这个抑扬于法悟两端的论诗策略。无论乐
府、五言古、七言古还是五律、七律,抑或五绝、七绝,胡应麟都倡导从对古诗
的格调吟咏揣摩入手而求悟,内编卷五对此有全面的论述:

如乐府的学习。一些人觉得古乐府典奥晦涩,类似铙歌、横吹之类往往

---

① 胡应麟:《与王长公第一书》,《少室山房集》卷 111,影印文渊阁四库全书本。
② 钱谦益:《列朝诗集小传》引胡应麟语。

艰诘难通。胡应麟认为其原因在于读近代作品多,于乐府的体格声调不熟悉,所以应该熟读三百篇及两汉诸作,追溯其源,"一旦悟入,真有手舞足蹈乐不可支者"。阅读之外,拟作也是揣摩其法式的手段。拟作之际,但取声调之谐,不必词义之合,具体说:

> 今欲拟乐府,当先辨其世代,核其体裁。郊祀不可为铙歌,铙歌不可为相和,相和不可为清商。拟汉不可涉魏,拟魏不可涉六朝,拟六朝不可涉唐。使形神酷肖,格调相当,即于本题乖违,然语不失为汉魏六朝,诗不失为乐府,自足传也。

只要格调逼肖,于本题乖违也无妨。这就相当于说,即使文不对题,只要习得格调,便为完成对乐府的领悟打下了基础,摹袭就可以认为获得初步成功。

又如五言古的学习:

> 五言古,先熟读国风离骚,源流洞彻。乃尽取两汉杂诗、陈王全集,及子桓、公干、仲宣佳者,枕藉讽咏,功深日远,神动机流,一旦吮豪,天真自露。骨骼既定,然后沿迴阮左以穷其趣,颉颃陆谢以采其华,旁及陶韦以澹其思,博考李杜以极其义。

先于吟咏习练之中熟悉其格,然后博采众家以待融会。其中专门又提到向汉诗学习:"当尽取汉人一代之诗,玩习凝会,风气性情,纤悉具领。"在玩习之中,逐渐从格调法式升华为风气性情的领悟。

其他如论五言律则要求读者勿取元白以后,而要选择沈宋陈杜苏李等作"朝夕临摹";论排律则以杜律为正法眼而朝夕把玩;等等:皆是从格调入手,在积累之中取得领悟,从而跨越对格调的临摹进入对其兴象风神的摄取。

从体格声调至兴象风神是学习古诗循序渐进的手法,但同时也是从事诗歌创作的两个境界,因此,兴象风神的追求就成为胡应麟诗歌理论中的最终方向,而兴象风神的内涵基本上又被风神所包纳,兴象是表现风神所形成的艺术手段。

风神的本义接近韵致,作为一种诗学审美趣味得到诗人的重视,应该从六朝的艺术论说已经开端,司空图、严羽、范温等皆有出色的论述,后世也得到众多的理论响应。明代文人关注这一范畴的不在少数,如谢榛《四溟诗话》即讨论过类似问题。他认为诗不可太切、不宜过于逼真、不必执着于一

意,提出了"诗有可解、不可解、不必解",诗如"镜花水月"勿泥其迹。李梦阳
《诗论》将"镜花水月"即定位在"人外之人,言外之言"。胡应麟的风神说,即
是古今镜花水月之论的概括。一般情况下,他论诗多称为风神,如"绝句之
称,独主风神"、"初唐七言古以才藻胜,盛唐以风神胜"、李攀龙绝句"风神高
迈"、"盛唐绝句,兴象玲珑……中唐遽减风神"等等。在更多的语境下,他多
以"神韵"代之:

> 孟五言不甚拘偶者,自是六朝短古,加以声律,便觉神韵超然。
> 唐初惟文皇《帝京篇》藻赡精华,最为杰出。视梁陈神韵少减,而富
> 丽过之。①
> 大率唐人诗主神韵,不主气格,故结句率弱者多。惟老杜不尔,如
> "醉把茱萸仔细看"之类,极为深厚雄深。
> 盛唐气象浑成,神韵轩举。
> 若神韵干云,绝无烟火,深衷隐貌,妙谐萧韶。
> 昌黎有大家之具,而神韵全乖。故纷吆叫噪之途开,蕴藉陶熔之
> 义缺。②

神韵是含蓄又浑然一体没有断裂痕迹的,它是一种气象,表达言有尽而意无
穷的意味,以含蓄之旨趣、精粹之意象充分表现审美对象,以有余为其追求。
神韵不同于叫嚣等形式,但不同于叫嚣又并非说神韵就是阴柔,因为它接纳
"轩举"等特征。胡应麟的神韵说出现在王士禛神韵说之前,彼此都受到禅
学的影响,王士禛接近于顿悟,胡应麟的神韵说更接近于渐悟,在通过悟触
动天机上,顿、渐是一致的。但《诗薮》内编卷2认为:"禅必深造而后能悟,
诗虽悟后仍须深造。"禅以悟为终极,而诗则悟才是创作的起点,仍需要人工
的投入。他格外重视从格调到神韵之间所要经历的学习揣摩过程:

> 故作者则求体正格高、声雄调畅。积习之久,矜持尽化,形迹俱融,
> 兴象风神,自尔超迈。③

从体格声调的学习到"积习之久"后矜持尽化,这是创作之前的学习与人工;
而"诗虽悟后仍须深造"则是兴象风神获得之后的人工。对人工的强调,最
终要落实在体格声调上,因此,胡应麟的神韵论实则属于以悟为中介的格调

---

① 胡应麟:《诗薮》内编卷2。
② 胡应麟:《诗薮》内编卷5。
③ 胡应麟:《诗薮》内编卷5。

神韵统一论,也可以称之为广义的格调论。即使后世王士禛的神韵说,沈德潜也认为其本质仍然是格调,因为风神最终要在格调中显形。

从具体创作理解神韵问题,其中包含以下几点具体内容:

其一,不能粘皮带骨。他推崇苏长公"作诗必此诗,定知非诗人"二语,认为:"登临、宴集、寄忆、赠送,惟以神韵为主,使句格可传乃为上乘。"而其时诗界,作诗如纪事书史,登临则必录泉石之名、宴集则纪园林、寄赠则传姓名,如同田庄牙人、点鬼簿,被具体所沾缚,难以见空灵,正犯了东坡所谓"作诗必此诗"的呆板之病。

其二,就题而言,主张略点题面,但没必要局限于题。他以唐人名作论曰:"崔颢《黄鹤楼》、李白《凤凰台》,但略点题面,未尝题黄鹤、凤凰也。杜赠李但云庾开府、鲍参军、阴子铿,未尝远引李陵近攀李峤也。二谢题戏马台,则并题面不拈,但写所见之景。故古人之作,往往神韵超然,绝去斧凿。"不为题目所限定,才有超逸于题目之外的余韵。

其三,在求切与求工的问题上,以工为上,宁可工而不切:

> "清晖能娱人,游子憺忘归",凡登览皆可用。"微云淡河汉,疏雨滴梧桐",凡宴集皆可书。"海日生残夜,江春入旧年",北固之名奚与?"天阙象纬逼,云卧衣裳冷",奉先之义奚存?而皆妙绝千古,则诗文之所尚可知。今题金山而必曰金玉之金,咏赤城而必云赤白之赤,皆逐末忘本之过也。

传世的名句,多书写超越于题目之外的情怀物色。由此,他坚定了这样的信念——不切则可,不工则不可:"工而不切,何害其工?切而不工,何取于切?"进而又提出"不切而切,切而不觉其切",并云此关从无人拈破。切是指切题,对切的戒备是为旨趣不僵化作铺垫。

胡应麟诗学批评之中的贡献很丰富。在明代诸多的文学理论著述之中,他的《诗薮》呈现了古代文学理论批评范畴的集大成式应用,如当行、本色、神情、情与景、风骨、气骨、格调、风神、神韵、兴象等等。其中一方面是对传统理论批评范畴的承袭,另一方面也有着自己的开拓和发展。比如"兴象"这一范畴的广泛认同,就和《诗薮》关系密切。一般认为,"兴象"的出处就是殷璠《河岳英灵集序》中的"都无兴象"。但是,这个后世学术界论评唐诗如此熟稔的"兴象",在有的文献当中却写作"比兴",就是说,其本初的存在是有分歧的。从语词的源流考察,"兴象"一词在唐代几乎没有任何其他的呼应,可以说是绝响。就后世而言,宋代兴象的使用也极其罕见;元代这个范畴逐渐浮出水面,杨维桢就曾多次运用,如《卫子刚诗录序》云:"音节兴象皆造盛唐有余地。"①《李庸宫词选》:"然则代之善为宫词者,岂直慎怨兴象之似(王)建为得哉?"②兴象一词真正广泛的运用是从明代开始的,其中比较著名者如高棅《唐诗品汇·七言绝句叙目》云:"又如储光羲、常建、高适之流,虽不多见,其兴象声律一致也。""若李义山、杜牧之……兴象不同,而声律之变一也。"③马得华《唐诗品汇序》:"则古人声律、兴象、长短、优劣不能逃心目之间矣。"何良俊《四友斋丛说》卷25:"只如中唐诗人,如'月到上方诸品静,身持半偈万缘空'之句,兴象俱佳,可称名作。"又云:"边华泉兴象飘逸,而语亦清圆。"胡应麟《诗薮》则大量以"兴象"论诗,《内编》卷1:"《铙歌曲》……以拟《郊祀》则兴象有余,意致稍浅。""《铙歌》陈事叙情,句格峥嵘,兴象标拔。"卷2言古诗十九首:"兴象玲珑,意致深婉,真可以泣鬼神,动天地。""东西京兴象混沦,本亦无佳句可摘。"卷4评唐初五言:"兴象婉然,气骨苍然。"卷5论诗之创作:"作诗大要不过二端,体格声调、兴象风神而已。"卷6:"盛唐绝句,兴象玲珑,句意深婉,无工可见,无迹可寻。"《外编》卷1论诗:"盖作诗大法,不过兴象风神,格律音调。"对比之下,不仅使用最为集中而丰硕者是胡应麟,而且在文学批评史上与殷璠的"神来气来情来"一样成为批评唐诗经典标尺的"兴象玲珑"也是胡应麟的贡献。

第四节　性灵理论的开拓者:徐渭、孙鑛、屠隆

公安、竟陵二派对性灵的提倡影响了明代文学的格局,也对从明初就势头强劲的复古风潮给予了回击,对后世文学的走向产生了深远的影响。但这两个产生在湖北的文学流派,如果追溯其源头,应该在浙江。从哲学思想上,王学左派的自主理论滋养了当时反复古的文人;从文学创作的实践上,袁宏道明言自己在故纸堆中发现了徐文长,并为之作传,足见仰慕之心,至于徐渭一系列的反模拟言论和求自得理论,自然对他也产生了重要影响;孙鑛虽然对性灵理论本身没有过多的贡献,但其对后七子的批判却奠定了新理论诞生的舆论基础;而从理论建设上,屠隆虽然也有一些对后七子理论的

---

① 杨维桢:《东维子文集》卷7。
② 杨维桢:《东维子文集》卷11。
③ 高棅:《唐诗品汇》卷首,影印文渊阁四库全书本。

响应,但他以才为核心构筑的理论体系以及对性情热情的推扬,则直接影响了三袁——尤其袁宏道的文学理论与创作。

一、徐渭的"自得"论

徐渭(1521—1593,今绍兴人)是浙东也是当时整个时代反复古的先锋人物,他反复古的魄力,除了个性的张扬,另有王学的背景。他与王阳明同乡,师从于王阳明弟子季本,和另一王学传人王畿交游,思想中有师心任性的因子。徐渭文学理论的核心在于倡导"自得",《叶子肃诗序》云:

> 人有学为鸟言者,其音则鸟也,而性则人也。鸟有学为人言者,其音则人也,而性则鸟也。此可以定人与鸟之衡哉。今之为诗者,何以异于是! 不出于己之自得,而徒窃于人之所尝言,曰:某篇是某体,某篇则否;某句似某人,某句则否。此虽极工逼肖,而不免于鸟之为人言也。①

很明显,自得是针对当时前后七子模拟秦汉盛唐、讲究格调辞气而发的。要实现自得的创作,关键在于要"本乎情",他分析当时诗坛之弊,以为有诗人而无诗:"迨于后世,则有诗人矣,乞诗之目多至不可胜应,而诗之格亦多至不可胜品,然其于诗,类皆本无是情,而设情以为之。"所谓"设情以为之",就是自己没有真情实感,为了应付诗债、追逐虚名而为文、而造情。如此创作自然难免"袭诗之格而剿其华词",诗人在在皆是,但诗却在面目雷同、格调相似之中被抹杀了。在徐渭看来,古人的创作是"本乎情"的,不是设情以为之,不为求名,只为抒发,所以"有诗而无诗人"②。《胡大参集序》又将发乎情名之为"写其胸膈",并批评摹袭者:"今世为文章,动言宗汉西京,负董、贾、刘、杨者满天下,至于词,非屈、宋、唐、景则掩卷而不顾。及叩其所极至,其于文也,求如贾生之通达国体、一疏万言、无一字不写其胸膈者,果满天下乎?"③

要实现自得,前提是去伪饰。徐渭以女子初嫁与成熟之后的形态作比:女子初来夫婿家,朱之粉之,倩之鬈之,行步不敢越裙裾,说话不敢露齿牙,百般做作;数十年后,儿孙绕膝,于是情态大变:"黜朱粉,罢倩鬈,横步之所加,莫非问耕织于奴婢;横口之所语,莫非呼鸡豕于圈槽。"其他露齿而笑、蓬

① 徐渭:《徐渭集·徐文长三集》卷19,中华书局1983年版。
② 徐渭:《肖甫诗序》,《徐渭集·徐文长三集》卷19。
③ 徐渭:《徐渭集·徐文长逸稿》卷14。

首而搔,不一而足。和初嫁之际对比,前者便是"妆缀取怜,矫真饰伪"①。诗也是如此,步骤他人腔口、临摹前贤声调者,恰恰没有了本色的自我。

自得的实现在于创作要待其"天机自动,触物发声",也就是因兴会而起,又要写书写兴会。友人以书札论文,以为诗中"兴体起句,绝无意味",徐渭辨析称:

> 自古乐府已然,乐府盖取民俗之谣,正与古国风一类。今之南北东西虽殊方,而妇女儿童、耕夫舟子、塞曲征吟、市歌巷引,若所谓"竹枝词",无不皆然。此真天机自动,触物发声,以启其下段欲写之情,默会亦自有妙处,决不可以意义说者。②

"天机自动,触物发声"以释兴,而兴又是创作的发端,不被"意义"所缠缚且又对意义有着重要的支撑。不仅如此,有兴可以突破对古人的字摹句琢,《论中》又云:

> 夫词其始也,而贵于词者曰兴也。故词,一也,古之字于词者如彼而人兴,今之字于词者如此而人亦兴,兴一也而字二耳。兴一而字二者,古字艰,艰生解,解生易,易生不古矣。不古者,俗矣。
>
> 古句弥难,难生解,解生多,多又生多,多生不古,不古生不今矣。

古今之字之词都能使人兴,但古字古词艰难又不得不演化,因此创作之中就会有古有今甚至有俗,但具体需古还是今不是主观意志的抉择,而是"时使然也"。不是"可不然而故然之",如此刻意拟古便违背了"时使然也"这个前提。他又以古代《康衢》之歌与今日之俗曲里唱对比,《康衢》自然高古,但属于上古,今日的里唱虽俗,却是时代的产物,因此如果从兴的效果来衡量,"康不胜里也"。因为这种形式是时代的,能够起到兴的作用,所以就没有必要再摹袭古人之字词、之体格、之声调。在他看来:"不务此之兴,而急彼之不兴,此何异夺裘葛以取温凉,而取温凉于兽皮木叶也?"③能兴则能自得。

由于把文学的尺度从圣人、古人转移到了自我,因此诗歌的鉴赏标准便发生了变化,这主要体现在他以"冷水浇头"释"兴观群怨"上,《答徐(阙)北》云:

① 徐渭:《书草玄堂稿后》,《徐渭集·徐文长三集》卷20。
② 徐渭:《奉帅季先生书》,《徐渭集·徐文长三集》卷16。
③ 徐渭:《论中》,《徐渭集·徐文长三集》卷14。

公之选诗，可谓一归于正，复得其大矣。此事更无他端，即公所谓可兴、可观、可群、可怨一诀尽之矣。试取所选者读之，果能如冷水浇背，陡然一惊，便是兴观群怨之品。

对"兴观群怨"的解释，时人以历代诸儒的传述为准，而徐渭此处属于自我的新解，这表现在：情感上陡然一惊，有对较强烈刺激的渴望，打破了中和之道，人以为怨怼英特者尽可以纳入，没有了温柔敦厚。通过对效果的认定，又开释了昔日对题材的局限，以李杜为例："诗至李杜、昌黎、子瞻而变始尽，乃无意不可发，无物不可咏。"①也开启了对不同风格的全面接纳，《与季友》盛赞韩愈、孟郊、李贺等人之诗，以为"奇种"②，并质疑当时学王孟者眼界不阔，伎俩狭小。这种纯粹个性化的审美鉴赏，在其一些对李贺的评语中有着更具体的表现：

《溪晚凉》："玉烟青湿白如幢，银湾晓转流天东。""玉烟"、"银湾"并杜撰，却自是好。

《吕将军歌》："遥闻簏中花箭香。""花箭香"三字杜撰，却好。

《听颖师琴歌》："渡海峨眉牵白鹿"，声幽即"呦呦鹿鸣"，或是用《酉阳杂俎》。海神女，用白鹿迎送射摩事，或是长吉杜撰，亦不害其为妙也。③

无论用词还是用典，都表达了对新奇、生涩、怪僻的宽容和喜好。

二、孙鑛法古不泥古论

孙鑛（万历二年即 1574 年进士，今余姚人）有着很强的反潮流意识和魄力，其《批评诗经》和戴君恩的《诗风臆补》、钟惺的《诗经评点》、万时华的《诗经偶笺》等，都是《诗经》研究从经学到文学重要转折的代表。他是明代文学理论界的一个过渡人物。他首肯尊古，称李梦阳等倡导汉魏盛唐、捐弃大历以下"最是正路"；但却对后七子之领军人物王世贞等提出了严厉的批评："汪、王非但时套，兼有偏弊：一以今事传古语，二持论乖僻，三好诹，四纤巧，五零碎。而总之则有二：曰不正大，曰不真。"又云不论何事出王世贞之手，

---

① 徐渭：《答龙溪师书》，《徐渭集·徐文长三集》卷 16。
② 徐渭：《徐渭集·徐文长三集》卷 16。
③ 徐渭：《批注李长吉诗集》卷 4，见吴文治主编《明诗话全编》。

"便令人疑其非真"①。由其所开列的弊端来看,其对后七子的不满原因恰恰在于认为其法古不彻底;但对"真"的提倡却又与主张性灵的反复古派思想呼应。不过其提倡书写真情兴的同时,对当时的新兴文学思潮同样多有不满。这表现了理论个性的执拗,也有一种理论思想上的左右游移不定,体现的恰是一种过渡状态。其理论主张主要是法古而不泥古,是其从尊古向性灵转移之际思想的具体总结。

（一）首先是法古

孙鑛的法古论是以对六经的师法为起点的,《与李于田论文书》称:

> 弟四十以前,大约惟枕藉班马二史,以雄肆质峭为工。丁亥以后,玩味诸经,乃知文章要领惟在法,精腴简奥,乃文之上品。古人无纸,汗青刻简,为力不易,非千锤百炼,度必不可朽,岂轻以殄竹木。宋人云:三代无文人,六经无文法;弟则谓:惟三代乃有文人,惟六经乃有文法。周尚文,周末文胜,万古文章,总无过周者。②

以周末六经为诗文之源泉,后人师法其道可得其文法。然而《战国策》之后,奇肆百出,法穷而纵,直到韩愈探源于经而法得以复出。因此,古就意味着有法度,有规矩,而不是纵恣放肆,于是时人以为"纵肆者为古,规矩者为今",便属于迷其初始了。具体而言,其取法乎经的途径是:

> 祖篇法于《尚书》,间及章字句;祖章法于戴记、《老子》、三传、《国语》,间篇字句;祖意法于《易》、《周礼》、《春秋经》,间章句。不获已,乃两之以庄、策。其纵而驰也,乃任途于韩、吕,最后而陆沉于班、马,然亦慎言其余矣。③

将六经视为文法的渊薮,因此才有"诗书二经,即吾夫子一部文选"④的说法。通过对经典的沉吟,对法的学习,所要达到的便是《与吕甥玉绳论诗文书》中所称的"悟境"。

在六经之外需要学习的是历代经典作品。孙鑛云:

---

① 孙鑛:《与余君房论文书》,《姚江孙月峰先生全集》卷9,清嘉庆静远轩刊本,见《明诗话全编》。

② 孙鑛:《姚江孙月峰先生全集》卷9。

③ 孙鑛:《与吕甥玉绳论诗文书》《姚江孙月峰先生全集》卷9。

④ 孙鑛:《与余君房论文书》,《姚江孙月峰先生全集》卷9。

> 诗道惟在以句求，玩味汉魏诗深，自有悟入。然亦不须欲速，久而融会贯彻，则信手妙境矣。张景阳、左太冲、鲍明远于诗选中尤慷慨峭厉可喜，刘越石亦跌宕不群，常目之，亦可大发才思。
>
> 唐人五言律，不问中晚，无一不佳，杜尤臻神境。若常细玩，诗宁有不工者？
>
> 诗宜自《选》入，然不得唐调终不响。……此事甚渊微，日玩味，则自得，还从《选》入为高也。

对历代诗歌经典主张"玩味"，其最终目的也在于"悟入"，联系对六经学习而求"当有悟境"，可见孙鑛在尊古思想上虽然对七子有修正，但也有近似，从体格声调法式的积学揣摩进而获得悟的境界的历程，所传者正是胡应麟的衣钵。这个形式实际上属于积精思苦学而抵达会悟，与皎然所倡导的苦吟而待兴有着一致性。

除了涵养论中对学古的重视，具体创作之中孙鑛也有对古的依赖：

> 诗可以兴，是道最近人，而亦可断续为之，与宦情不碍。然须深沉求之，乃学有味。今且将三百篇及风雅、广逸及诗乘置篦中，碎摘其佳句，信手录一帙，日讽咏之，自能令诗思勃勃。①

这已经不是从经典入手，乃是从古人佳句入手进行文机涵养，从皎然就力主此法。以上论述没有超越前人在诗艺上所总结的心得。但孙鑛对心目中的古还有一些具体的标准，就诗文而言，这就是本色和古雅。这不仅对复古法古思想有了提升，而且也使得其文学理论有了独到之处。

（二）不泥古

在复古的观点之外，孙鑛又在很多文章之中着力论述了不能泥古。所谓泥古，是指当时文派将古的内涵具体化为某一时段、某一人的风格；他主张学习古人就当全面学习，不必设立局限，尤其不能被不同的文派所左右。《与余君房论诗文书》言李梦阳以后复古派的蜕变与其他新派的产生：

> 久之，觉束缚不堪，则逃而之初唐，已又进之六朝，在嘉靖中最盛。然此路终隘而不宏，近遂有舍去近体但祖汉魏之论。然有言之者，鲜行之者。则以此一路枯淡，且说物情不尽耳。近十余年以来，遂开乱道一派，昨某某皆此派也。然此派亦有二支：一长吉、玉川，一子瞻、鲁直，某

---

① 孙鑛:《与吕甥玉绳论诗文书》。

> 近李卢,某近苏黄。然犹有可喜,以其近于自然,某则大矫揉耳。文派
> 至乱,道则极不可返,尔来作人亦多此派。此关系世道,良足叹也。

其中七子后尘受志不坚,已经部分背离了其宗旨。所谓乱道二支,似指新兴的革新流派,虽指斥其不循古,却也认可了其求自然的风致。至于矫揉一派,难以确指。对于以上派别,他都未作首肯,因为他认为如此创作就会局限于一时一代、一家一派。有了这种独立意识,其具体论述中才多有反潮流的言论,如针对诗必盛唐之论,他说:

> 《唐诗纪》必尽中晚乃为大成。若但盛唐而止,则其集皆家家所有,
> 即所新搜,不过什三耳,不为奇。且中唐以下,绝句甚有入神者,乐府亦
> 大有奇,惟律体理弱,然五言亦间有独造者,安可遗之?故必尽中晚,然
> 后幽奇种种具可喜耳。
>
> 中晚体格虽卑,然中实有奇妙句,人所不能到。又其即事为味,响
> 而切,足动人,甚可剪裁作诗料。①

针对宗盛唐抑宋之论,他说:

> 宋诗亦未易可轻……其古体及五言律亦间有可观,意味尚真于
> 今也。

他本不喜欢宋调,尤以苏轼为最,但对其余的创作并没有一概而论,所以在人们宗唐而弃宋的时候能有此客观之论。针对以文派衡诗,他提出独得:

> 近偶得一选明诗,法更律以汉魏盛唐,但即其有独得者取之,如此
> 方觉有衡度,不知足下肯见许否?②

独得近似于徐渭的自得,都是相对于依附而言的,只有自得,才能走出泥古。

（三）本色与古雅

孙鑛论诗主张本色,如《与余君房论文书》云:"凡堪压卷者,必须自然,须本色。"又云:"首二句既藻积,不本色也。"《与余君房论今文选书》称唐代李端《古别离》诗:"音调婉切,即二李何王诸公恐不能作……欲求如此之本

---

① 孙鑛:《与吕甥玉绳论诗文书》。
② 孙鑛:《与余君房论今文选书》。

色,如此之自然,未能也。"①《与吕甥玉绳论诗文书》论乐府:"近体乐府如白乐天等篇,似非本色,或可删之;若增入太多,又恐浩瀚,翻失乐府本意耳。自上古至隋,俱是本色,更不须摘,唐以后则须辨其体。"以上本色有三意:一是不藻积,二是自然,三是符合诗文本体的基本特征和要求。表面看来,本色之论发自宋人论诗,其所强调的自然面目和当时七子矫饰作态的创作恰成对比。孙鑛称本色之作"即二李何王诸公恐不能作"、"欲求如此之本色,如此之自然,未能也",实则暗示了对七子的不满,是其向复古派模拟创作的发难,是其向性灵理论靠拢的证据。

对古雅的提倡是从他不主张漫兴、不喜欢宋调中反映出来的。《与吕甥玉绳论诗文书》论韩愈苏轼之诗"似非正派",但韩愈古诗"犹有雅旨",而对苏轼之诗的评价是:"格调卑浅,且复多漫兴及系纵笔,虽间有工致,然于雅道亦违,奈何好之?"言语之间表达了对古诗有雅旨者的欣赏,此为其古雅论之所出。由于首先树立了这样一个尺度,因此对与此不谐者多有成见,《与余君房论文书》也说:"'昔闻洞庭水',真是神来,又高远,又本色自然,又响,第结句太漫兴。"所谓漫兴的创作,是指创作因兴而发、语言有欠锤炼、结束随意的遣兴而为。这样的作品时有天然烂漫、一气浑成者,但也往往因缺乏精雕细刻而芜杂。苏轼才气淋漓,其诗歌多有此种,所以孙鑛批评苏诗漫兴之后又称其"语太杂",不宜看,可以白乐天代之。不喜欢宋调从他对苏轼的批评已经透出信息,孙鑛以为宋调之弊在于"豪快恣肆",因此甥孙吕天成作诗,他以为过于放肆而"微有阑入苏黄处"。解救的方法是"于婉雅间求之,勿遽作苍老语"。②

漫兴者"于雅道有违",避宋调当"于婉雅间求之":综而言之,古雅是其追求的目标。涵味漫兴之作芜杂与宋调过于豪快恣肆的批评,这二病当是后七子之支脉以及新兴的革新派等诗歌的主要特征。孙鑛从不喜漫兴与宋调入手批评,存有纠偏的意旨。

综合以上的论述,孙鑛虽然主张法古,但却针对时弊提出当法古之古雅、本色,对芜杂、豪快恣肆的诗风也给予了批评,矛头同时指向当时的复古派与革新派。在倡导法古之际,又不主张泥古,提出了"独得"的诗学思想。可见孙鑛身上的确融合了复古革新两股力量,既有对复古派的批判,又有对革新派的不满。其文学理论在对古雅本色的迷恋之外,同样表现了对性情、

---

① 孙鑛:《姚江孙月峰先生全集》卷 9。

② 孙鑛:《与吕甥孙天成书牍》,《姚江孙月峰先生全集》卷 9。

自得的憧憬,因此,他是一个从复古向性灵开始过渡的重要人物。

三、屠隆以才为核心构筑的反复古理论系统

屠隆(1542—1605,今宁波市人),较公安派领袖袁宏道早 26 年出生,系万历五年(1577)进士,较万历二十年的进士袁宏道走入文学主流社会也早了 15 年。且二人有交往,袁宏道对其非常仰慕。他是一个从复古派阵营之中破缚而出的文人,因此其理论兼有七子和公安派的见解,其创作亦如《四库全书总目》所称:"沿王李之途饰而又兼三袁之纤佻。"但总体说来,其革新的力量远远大于复古尊古的惯性,而且形成了一个比较完整的、以才为核心构建的文学理论体系,对复古文学理论形成了巨大冲击。

屠隆被列入末五子,承后七子的余响,其复古倾向从他对六经的地位作用、对汉唐诗文地位作用的维护皆可体现。

《文论》从道术、文辞分别推扬六经:

> 夫六经之所贵者道术,固也,吾知之,即其文字奚不盛哉?《易》之冲玄,《诗》之和婉,《书》之庄雅,《春秋》之简严,绝无后世文人学士纤秾佻巧之态,而风骨格力,高视千古。若《礼·檀弓》、《周礼·考工记》等篇,则又峰峦峭拔,波涛层出,而姿态横出,信文章之大观也。①

虽然论及道术,但主要还是谈文辞法式对后世的影响。评价刘子威的文章:"培娄子云,觳雏崔蔡,融屈贾而诣化,驱班马以入深。"称道其因学习战国两汉而有成就。②

有人不喜师法于唐,批评唐代无诗,原因在于唐人未能随事触景,创出胸臆,"徒以天地山川风云草木数字递相祖述",而且"徒用丽字秀语为声俊",务为工致而已。屠隆回答:"唐人长于兴趣,兴趣所到,固非拘挛一途。且天地山川风云草木止数字尔,陶铸既深,变化若鬼,即不出此数字,而起伏顿挫,回合正变,万状错出,悲壮沉郁,清空流利,迥乎不齐,而总之协于宫商,娴于音节,因琅然可诵也。子徒以其琅然可诵也,而谓一切工致已尔,唐人不又大冤乎?"对方提出,诗道至大,"鸿巨者、纤细者、雄伟者、尖新者、雅者、俗者、虚者、实者,轻而清者,重而浊者,华而缛者,朴而野者,流利而俊响者,艰深而诘屈者,景之所触,质直可;情之所向,俚下亦可;才之所及,博综猥琐亦可",这样的话诗则"无所不有"。这很明显已近似公安派人物的思

---

① 屠隆:《由拳集》卷 23,续修四库全书本。
② 屠隆:《刘子威先生澹思集序》,《白榆集》卷 2,续修四库全书本。

想,显示了较为坚决的破缚倾向,屠隆对此却给予了批评:

> 诚如子言,诗道不已杂乎? 诗者非他,人声韵而成诗,以吟咏性情者也。固非蒐隐博古,标异出奇,旁通俚俗,以炫耀恢诡者也。既欲蒐隐博古,标异出奇,旁通俚俗,以炫耀恢诡,何不为《汲冢》、《竹书》、《广成》、《素问》、《山海经》……诸书,何诗之为也? 且诗出于三百篇,三百篇诚多识鸟兽草木,然不过就其所见,触物而为之,何尝炫奇标异? 试取三百篇而读之,大率闲雅且都,出于田夫里妇之口,何者不委婉曲折,琅然可诵? 而乃务以朴野质直为能自脱笔墨蹊径,不落藩篱乎?①

随后又引杜甫诗篇,说明诗之佳者不在俚俗朴野,不在炫耀学问,而在于既得声韵谐和,又能宛转、闲雅,唐诗恰为其杰出代表。

但是,仔细分析屠隆这些为六经、汉、唐张目的文字,宗六经着眼点在文辞法式的继承,宗唐不是从七子体格的标尚言之,而是从诗歌的艺术成就立论。同时,他也走出了盛唐的遮蔽,称赞刘子威的诗歌就赞其"又何独到"。独到在何处? "程古则苏李抗旌,三谢陪乘;体近则正始命格,大历取材。"②师法所及,汉魏六朝以及唐大历,远远超越了盛唐。《文论》之中,虽然也批评鲍谢颜沈盛粉泽而掩质素,绘面目而失神情,但却同样给予充分肯定:"然而秾华色泽,比物连汇,亦种种动人。譬之南威、西子,丽服靓妆,虽非姜姒之雅,端人庄士或弃而不睨,其实天下之丽,洵美且都矣。"

尤为值得注意的是,屠隆对于诗必盛唐最终形成的风格独尊乎"雄深奇古"的现象给予了严厉批评,矛头直指后七子首领李攀龙:

> 今夫天有扬沙走石,则有和风惠日;今夫地有危峰峭壁,则有平原旷野;今夫江海有浊浪崩云,则有平波展镜;今夫人物有戈茅叱咤,则有俎豆宴会:斯物之固然也。假使天一于扬沙走石,地一于危峰峭壁,江海一于浊浪崩云,人物一于戈茅叱咤:好奇不太过乎? 将习见者厌矣。文章大观,奇正离合,瑰丽尔雅,险壮温夷,何所不有?③

诗道至宽,风格应该是奇正离合无所不有,一于雄深,则违背了诗作为艺术的开放原则。可贵的是,屠隆又挖出了当时诗风划一的根源。《文论》云:"学左国者得其高峻而遗其和平,学史汉者得其豪荡而遗其博雅,模辞拟法,

---

① 屠隆:《与友人论诗文》,《由拳集》卷 23。
② 屠隆:《刘子威先生澹思集序》。
③ 屠隆:《与王元美先生书》,《由拳集》卷 24。

拘而不化。独观其一,则古色苍然;总而读之,则千篇一律也。"所以千篇一律,恰在于习古而不化,矛头指向了师法古典而局乎体格这个复古的总纲领。屠隆和孙鑛的不同是:孙鑛致力于对复古的批判而理论建设欠缺;而屠隆在批评之外,其理论建设的成绩更为突出。

从以上粗略的分析可以看出,复古并非屠隆思想的主流,从复古风气劲吹的时代走出,并与其中人物周旋,难免沾染一些痕迹。他文学理论思想更突出的是以才为核心编织的一个充满主体性的理论结构。

后七子从王世贞开始已经有了对模拟古人格调从事创作的反思,《艺苑卮言》中,他提出了著名的"才思格调"说:"才生思,思生调,调生格,思即才之用,调即思之境,格即调之界。"以才为中心指导创作、论述诗歌。《文心雕龙·原道》言三才,惟人参乎天地,实"性灵所钟,五行之秀",所谓性灵即指向人之才性。故而论才就已经接近论性灵,论性灵本义就是从主体才性、才情言创作,以"我"为出发点,而非古人的体调格式。屠隆则以此为基础,以才(他又称之为"匠心")讨论文学创作,逐步将格调的模拟舍去了。这个从师古到匠心的跨越与综合,在其《论诗文》之中表示得很清晰:

> 文莫古于《左》、《国》、秦汉,而韩、柳、大苏之得意者,亦自不可废。莫质于西京,而丽如六朝者亦自不可废。莫峭于左、史,而平雅如二班者,亦自不可废。莫简于《道德》,而宏肆如《南华》、《鸿烈》者,亦自不可废。诗莫温厚于三百篇,而怨悱如《离骚》者,亦自不可废。赋莫庄于扬、马,而绮艳如江、鲍者,亦自不可废。诗莫天然于十九首,而雕饰如三谢者,亦自不可废。莫雄大于李、杜,而幽适如韦、储者,亦自不可废。唐七言绝莫妙于初、盛,而妍媚如晚唐者,亦自不可废。至于不可废而轩轾,难论矣。人亦求其不可废,而何以袭为也?今人自李、何之后,文章字句,模仿史、汉,即令逼真,此子长之美,而非斯人之美也。子长美而传矣,何必有我文章?至韩、苏而不古,至唐、宋而萎弱,今欲返之,亦求其古劲耳。六经而外,《汲冢》、《竹书》、《山海》、《尔雅》、《穆天子传》、《老》、《庄》、《管》、《韩》、《左》、《国》、《越绝》、《淮南》、刘向、扬雄并不相袭,而皆谓之古文,何必史、汉也?即如书法,钟元常之后有颜、柳,颜、柳之后有苏、米,苏、米之后有虞、赵,彼皆法度师古,神采匠心,然后各成一家,名世不朽。若人钟繇家二王,字摹笔临,守而不化,则古今书家止钟、王传耳,何有诸家纷纷哉?余少时亦尺寸史、汉,今每临文,欲用太史公字句,不胜羞缩。不为史、汉,亦不为韩、苏,而古法苍然,而神采

煜然,是所望于今之操觚者也。①

先论述历代相沿,各代作品都不可废:不同文体、不同时代、不同文人、不同风格皆有流传的依据。这样强分古今或者局限于一隅而不及其他的思想都不可取。即使是对古人的学习,不是字摹句琢,不是限于体格,而是要学习其之所以流传的"不可废",最终使自己的作品同样不可废,因此不应该一切法古,而要做到"法度师古,神采匠心":匠心是才所具有的,神采的获得,要凭借才思。具体分析,屠隆论才大约有以下几个方面:

其一,文学之才是创作的根本,文人有文学之才,方具有创作的基本素质,所以,"(文学)虽小道亦有不可强而能者"②。不同时代的文人只要具有其才,就可以实现文学的繁荣,未必后就不如昔、今不如古。《冯咸甫诗草序》论诗:"其思欲沉,其调欲响,其骨欲苍,其味欲隽,而总之归于高华秀朗。"思、调、骨、味共同凝结成一种风范,但对这一切起决定作用的是能够运掉思、调、骨、味的才:"其风神之增减,大都视其材(通才)。材多则情赡而思溢,光景无限;材少则境迫而气窘,精艺易穷,则其大较也。"高华秀朗就是所谓风神之一种,通过才对思、调、骨、味等的支配而获得。但是,不是谁都具有这个能力,才的多少,对此有着最终的限定。正因为文学的盛衰、作品的成败,从本体上讲是由才决定的,所以衡量文学的兴衰、判定不同时代的成就,就应该从其时文人之才论,而不应该以时代论。于是,他提出了代有其胜的观点:

> 宣父道臻神盛,文兼国华,故采诗婉畅,语语神来,以今读之,如叩玉而撞巨钟也。即令宣尼降而为近体,必不作伧父之谈。楚气雄慑,则屈、宋擅其菁英;汉道昭明,则扬、马吐其巨丽;魏骋鹄爽,则曹、刘之步绝工;晋尚风标,则潘、陆之声特俊。六朝绮靡,诗道随之,江、鲍、徐、庾,则其雄杰。雕绘满眼,论者或置瑕瑜;然声华烂然,而神骨自具。③

时代不同,各代精英能够以其高才,擅一代之风华,也留下各自不同的风神。以才为批评尺度,于是圣人取得了巨大的成就,但圣人之后的文人因为有才并没有淹没在前人巨大的阴影之中毫无作为,哪怕是备受唾弃的六朝文学:"譬之蕣英苟药,何尝无质? 骊姬南威,何尝无情? 固与剪彩貌影者异矣。"

---

① 屠隆:《鸿苞》卷17,明万历刊本。
② 屠隆:《范太仆集序》,《白榆集》卷2。
③ 屠隆:《白榆集》卷1。

只要显示出自我的才情面目,就有质有情,有姿有采,"奈何贵死声而薄后响也"? 所谓剪彩貌影以及死声之类,都是指当时摹袭汉唐者而言,而其弊病根源在于忽略了自我的才思。茅坤批评七子以时代论文,难免厚古薄今,但他修正的药方是以文统论文,虽然走出了时代论文的机械,却又陷入道统对文统的辖制。屠隆从才入手论文,点到了复古派忽略创作主体这一要害,于是古今之说便难以支撑了。

其二,才是禀赋,不可改变;尽管力学和作品的精工有关,但作品之所以精工的根本不在于学,而是才。也就是说,对才不足者而言,力学也许可以使得部分作品的质量得到提升,但难以提高其实际的创作水准。这是对才与学关系的论述,屠隆这一立场极其鲜明:

> 古今之人,才智不甚已绝,殚精竭神,终其身而为之。而格以代降,体缘才限,流英硕彦,逞其雄心于此道。浅者欲其深,深者欲其畅,塞者欲其疏,疏者欲其实,弱者欲其劲,劲者欲其和,俗者欲其秀,秀者欲其治,狭者欲其博,博者欲其洁,以并驾前人,夸美后世,其心盖人人有之。而赋材既定,骨骼已成,即终身力争而卒莫能改其本色、越其故步。①

才是既定的,所以又叫天赋——在中国古代,这个词本身并无夸诩高人一等的含义,只是表明各自所有、本然如此,彼此之间各不相同。其所谓才既定而不可更改的意思有二:

一则才各自不同,不可能改变原先的本色,成为另外一种形态。各行各业都需要才方能有所成就,但彼此领域之间的才不具备兼容性:"世有智笼宇宙力格熊罴,而用之声诗则短;辩倒江海,巧雕众形,而施之吟咏则拙。"不仅如此,即使是吟咏一事,不同的才禀之间,也存在着差异:"徐庾之不能为陶韦,亦犹陶韦之不能为徐庾;青莲之不能为少陵,亦犹少陵之不能为青莲。"这种难以冥合的差异,恰恰维护了艺术的各自独特面目。另有才禀近似者,如"人但知李青莲仙才,而不知王右丞、李长吉、白香山皆仙才"。不过尽管都属于仙才,却仍然有着细微的差异:"青莲仙才而俊秀,右丞仙才而玄冲,长吉仙才而奇丽,香山仙才而闲淡。"②虽然有着细微的差异,但仍然肯定了其总体才禀在超逸这一点上的近似,这种近似性的首肯,又使得艺术在特定标准下的面目统一性有了存在的基础,也是体派得以存在的基础。

---

① 屠隆:《范太仆集序》。
② 屠隆:《论诗文》。

一则才的量是固定的,不会因为其他后天的手段而增减,其中主要指不会因为"学"而增加。所以《范太仆集序》说:"以精工存乎力学,而其所以工者非学也;以超妙存乎苦思,而其所以妙者非思也。""学"的内涵很丰富,包含一般经史子集的学习积累,包含现实的人生实践。对复古派而言,学主要是对前代经典的沉吟涵咏,也包括根据所获得的法式进行模拟创作的习练。结合前面胡应麟等所论,屠隆这里所谓学大致指倾心于对古人经典的习练与揣摩。他从才学关系入手,得出"以精工存乎力学,而其所以工者非学;以超妙存乎苦思,而其所以妙者非思"的结论,相当于对七子体格声调进而兴象风神的拟古之路的棒喝:学不可废,但所以工并不在于习古、拟古的学。

其三,才、性一体,因才而进行的创作所传作者的神,是个性化的内容,作品与作者之间能够实现文如其人。《王茂大修竹亭稿序》云:"夫诗者,神来,故诗可以窥神。士之寥廓者语远,端亮者语庄,宽舒者语和,偏急者语峭,浮华者语绮,清枯者语幽,疏朗者语畅,沉着者语深,谲荡者语荒,阴鸷者语险。读其诗,千载而下,如见其人。"①《论诗文》中也说过"取材于经史而熔意于心神"②的话,神是古代表达个体才性最为突出的范畴,它本原于才性,体现于性情。将其作为诗要表达的对象,实现以诗文传神,文如其人,本是古代文气论文思想中的应有之意,但当乎前后七子风行之际,如此提倡者显然不是主流。而当时的复古派所关注的,是如胡应麟所谓似不似、像不像等问题,因此才出现了屠隆所批评的千篇一律。屠隆从才性入手,倡导以诗传神,以诗传诗人性情,正是对模拟的发难。所以他的文章著述之中,继承徐渭呼应孙鑛反对模拟倡自得的声音便相当密集,《论诗文》云:

> 诗之随世递迁,天地有劫,沧桑有改,而况诗乎?善论诗者,正不必区区以古绳今,各求其至可也。论汉魏者当就汉魏求其至处,不必责其不如三百篇;论六朝者,当就六朝求其至处,不必责其不如汉魏;论唐人者,当就唐人求其至处,不必责其不如六朝。汉魏凄婉如苏李,沉至如十九首,高华如曹氏父子,何必三百篇?六朝冲玄如嗣宗,清奥如景纯,

---

① 屠隆:《白榆集》卷3。
② 有学者认为,这句话以及屠隆的"格虽自创,神契古人"等是其一脚跨出复古,另一只脚却还在复古思潮中的证据;其他"取材于经史而熔意于心神,借声于周汉而辞命于今日"也是如此。事实上,中国古代无论什么派别,在对待传统文化上都有着基本的尊重,也或多或少表达过经史给自己的滋养,融会经史是古人文机涵育的必经阶段,和复古不复古没有必然联系。

> 深秀如康乐，平淡如光禄，婉壮如明远，何必汉魏？唐人清绮如沈宋，雄大如子美，超逸如太白，闲适如右丞，幽雅如襄阳，简质如韦储，俊丽如龙标，劲响如高岑，何必鲍谢？宋诗河汉不入品裁，非谓其不如唐，谓其不至也。如必相袭而后佳，诗止三百篇，删后果无诗矣！至我明之诗，则不患其不雅，而患其太袭；不患其无辞采，而患其鲜自得也。

诗如仅仅凭借相袭，那么后人便只有临摹前人的作品而创作，这样，源头上的《诗经》就会成为唯一的珍品正品，其余后人都将在其阴影下苟延残喘，所得者只能是赝品。事实是，历代作品，各有千秋，各有面目，恰恰是没有因袭的产物。

才与文学本体、才与学、才与传神和主体面目等问题的论述，是屠隆以才为核心、从不同维度对复古思潮进行的批判。仅仅局限于此的话，屠隆充其量只能是一个背叛者而称不上开拓者或者创新者。事实上，在高度重视才的同时，屠隆提出了"诗不论才而论性情"的观点，将无所着手的才论归结于性情论，使得文学创作在不背弃主体根本素养约定前提下又能落实于后天的修为，理论由此被方法论化。而且他的性情理论对公安派的理论产生了重要影响，即他通过对性情的提倡逐渐从理论上确立了性灵的文学思想，成为公安、竟陵派理论建设的资源。

但这中间有着表面的矛盾：既然屡屡称道才的重要，何以这里又称论诗不当论才而当论性情呢？他是如何完成从论才而转入对性情的提倡呢？才与性情之间存在什么关系？

从论才转而论性情的关键在于，才为禀赋，不因为着以外力人工而改变，这样对于创作主体而言，有贱视人工努力的嫌疑。对于鉴赏者而言，也无法通过作品了解作者的修养，因为即使看到了诗歌之中存在诗人的面目，也表面符合以才为诗的特征。但其诚实性是不可预料的，因为存在着"心溺珪组，口胃烟霞"这种口是心非的创作。这种现象刘勰就已经发现，与中国古代修辞立其诚的提倡以及自王充开始就极力提倡的"诚实"、"真"的审美标准背离，其言虽美，也见才华，但味道短促，"为其非真也"[①]。而且，这种对才在现实之中绝对的提倡又会鼓励文人放弃必要的道德底线而纵恣才情，才子气流行于世道人心并非美事，论才而不论德的尺度历史上以曹操坚持得最为彻底，但却是乱世的尺度。于是，对才的提倡出现了以上两个前提：

---

① 屠隆：《李山人诗集序》，《白榆集》卷3。

既要保证主体有着力的地方，以便于在才为定量的前提下可以通过努力丰富自我的创作修养；又要强调主体之才与作品之间真诚的对应，拒斥伪饰虚矫的炫才耀才。于是，一个既能将才包容在内，同时又能够接纳人工努力与人格修养的尺度进入了视野，这就是"性情"。因此，他在《李山人诗集序》中提出了下面的观点：

> 故诗不论才而论性情，亦存乎养已。

意思是说：尽管才如前面所论，对于文学本体而言属于决定性的要素，但由于其具有禀赋而不可变异的性质，由于它的发散特性和道德持守时时形成龃龉，因此论诗歌主要还是论性情，因为性情可以通过人工培养，也能够在作品之中体现这种涵养之所得。为此，他专门列举了历代能够切实做到文如其人的一批文人，如仲长统、梁鸿、郑子真、陶渊明、王绩、孟浩然等，认为历代文人如过江之鲫，而后人却对以上文人情有独钟，其根本原因在于这些文人能够"抱幽贞之操，达柔澹之趣，寥廓散朗，以气韵胜"。所谓"气韵胜"之"气韵"即得益于养，其才虽然各有定分，但气得养而有韵，所以作品彰显气韵，这是古代文艺理论养气思想的发挥。又称道李山人："所居有林皋之胜，灌园垂钓，与禽鱼亲。发为诗歌，力去雕饰，天然冲夷，语必与情冥，意必与境会，音必与格调，文必与质比。"能够达到这样的艺术境界，"非独其材过人，盖根之性情者深哉，则其得于丘壑之助不小也"。也就是说，丘壑对性情的滋养，培育了冲夷之性情，而同时又强调了其本身才能过人，有这种本然的禀赋，通过性情在江山之中的陶养，更能够获得非同一般的艺术成就。

性情是古代哲学之中的传统概念，本义主要体现在本末关系的规定上，性为常，情为性之动；儒家对其进行了改造，以性制情为性情。从本义而言，性情包含才性和情感两个部分，因为才是天性禀赋之中的，与性一致。才性又含有才赋与气质，气质与情感结合，又形成情操、人格，所以性情是由才赋、气质、情操、人格共同铸就的。其中才性属于稳定部分，但情虽然本于性，却是由感而生，所以《礼记·乐本》中说："人生而静，天之性也；感于物而动，性之欲也。""人心之动，物使之然也。"于是和情相关的情操、人格等等都属于可变因素，是可以通过培养而成就或者改变的；即使气质出于性之所赋，也可以通过学与习染影响它，尽管无法将其改变，却可以使它的表现受到约束。对以上性情之中可变因素试图改变的过程属于养，能够因培养而变，就能打破天赋带来的部分局限，也能引领文人们对自我培养的关注——尤其是对情操、人格、气质的关注。当然，这个培养不是向着一个划一的目标迈进,进而陷入一种规范,而是向着自己的审美嗜好培养,进而造就各自独立的、能够弥补才之不足同时又与才呼应的面目。屠隆称陶渊明、孟浩然等人有幽贞之操、柔澹之趣,最终以"气韵胜",其所标尚的操、趣、气韵都属于个体性的审美内涵,恰是强调了以本然为基础,辅助以培养,从而获得不同寻常的性情面目、气质状态,形成自我独到的风格。当然,这个培养的内涵很广泛:孟子讲配义与道,韩愈承之;庄子讲心境澄明,陆机刘勰承之。手段则包含读书、壮游、人生实践,同时也包括道家的虚静。单就文学创作而言,"养"是从两个方面展开的:一是养学,以学为养来弥补才的限量,学包括知识的储备、法式的谙熟、经典的熏陶;二是养气,培养发动才的文机,《文心雕龙·养气》之中称之为"入兴贵闲"。"学"与"兴"是就文学创作而言可以着以人力的两个点,都属于通过性情的培养能够获得者。诗论性情于是实现了对论才的超越,既然是超越,其对才依然是包纳的。而且更重要的是,儒家诗学也论性情,但没有提到才;屠隆重提性情之所以具有了反传统、反复古的魄力,其关键正在于他的性情说中已经包容了才。

强调才在文学之中的绝对地位,又从主体可着力、可修养的性情论诗,沿着这个理路,屠隆在《论诗文》中又提出了如下观点:

> 诗非博学不工,而所以工非学;诗非高才不妙,而所以妙非才。

"诗非博学不工,而所以工非学"和《范太仆集序》中的"以精工存乎力学,而其所以工者非学"内涵一致;而《范太仆集序》中的"以超妙存乎苦思,而其所以妙者非思"与此处《论诗文》中的"诗非高才不妙,而所以妙非才"则已经有了内涵的差异。苦思是抵达妙的一条路径,但之所以妙的根本却并非因为苦思,而是《论诗文》中所说的"诗非高才不妙"的才。有了才,苦思才能有化为妙的基础,不然苦思便仅仅是徒劳而无功。但此处又进了一步:"诗非高才不妙,而所以妙非才。"这一点实则是说,才是妙的必要条件,无之必不然,但有之未必然,原因是才的发挥要受到前面所论两个方面的制约:

一是学之所养是否提供了创作所当必备的素养,同时又具备了超越所学的"神契",此为学以启才。他在提出"诗非博学不工,而所以工非学;诗非高才不妙,而所以妙非才"这个命题之后,随又说了下面一番话:

> 杜撰则离,离非超脱之谓。格虽自创,神契古人,则体离而意未尝不合。程古则合,合非模拟之谓。字句虽因,神情不传,则体合而意未尝不离。

探讨的本是才、学、妙之间的关系，但却接上了这样一段分析如何学习古人的文字，初看有些莫名其妙。仔细分析，其用意原来在如何能使得才最大限度发挥、进而达到作品之妙的手段探讨上。才的发挥既然有着支配者或者制约者，那么就应该由此入手；而能够使才实现"妙"的手段，就是学习古人并最终摆脱古人，做到字句、体格与古人离，而神却和古人契合。实现这种游刃有余的状态，在于对古人高度熟悉之后的神悟。严格讲，屠隆对古的神悟属于积学而至的学的范畴，作品之妙与不妙，其根本在于自己是否有"高才"。但高才的创造未必尽妙，同样必须获得成就妙的其他资源的支持与要素配合，即使以上要素资源皆已经齐备，还面临着一个所创造者审美价值的评判问题。高才创造的评判，不是一般意义的他者，而应当是作为曾有的经典所确立的高度以及彼此的契合程度：杜撰不可，背离传承背弃根基；字因句摹也不可，有形无神如僵尸。于是，"格虽自创，神契古人，则体离而意未尝不合"的标尺由此诞生：出自才的创造而不因袭，又能暗合古代经典确立的妙的含蕴，"程古则合，合非模拟之谓"，此即"所以妙"者之所在。

　　既重视才，又不废学，且将师法古人提到一定的高度，甚至影响作品之"妙"。屠隆在七子体格声调至兴象风神的拟古程序之中加入了才作为根本要素；又为施展才、发挥才提供了一个着力点，学——此处主要是学习古人，但学习古人之际又明确反对模拟。表面看来，屠隆借论文学寻找才外可以着以人工的机会，有为复古张目的嫌疑，反映了其过渡阶段的游移。但深入考察，七子及其追随者也倡导对古人的神悟，但悟之所得即成定法定格，这是其之所以走不出复古的原因。但屠隆以为字模句琢、一意杜撰皆不得古人之神，领悟古人之神如果不资乎学又配合自己的"高才"，便无所谓妙。由此看来，屠隆从学古得神而论得妙，无非是其以性情论文、而学可以培养性情这一理论的具体演绎，因为对古代经典的浸淫，是塑造自我性情的重要手段。

　　另外，结合前后语境，"诗非高才不妙，而所以妙非才"这句话显然是针对拟古者不能自拔而发。他在提醒，如果没有神契会悟来实现对古的最终超越，那么，才有可能恰恰充当了拟古的"急先锋"，使得拟古更加得心应手。而能够、敢于超越拟古，是属于性情培养之中独立人格以及审美情操的锻造，的确不是凭借才就能够完成的，所以说："君子不务饰其声而务养其气，不务工其文字而务陶其性情。"①最终也是归结到诗不论才而论性情上。

---

　　①　屠隆：《论诗文》。

二是气之所养是否达到凝神之境,而使得才赋得以发挥。这个能够使得"高才"实现妙的"所以妙"者,又被屠隆命名为"凝神":

> 语云:用志不分,乃凝于神。夫天下之物,何者非神所到;天下之事,何者非神所辨哉?方其凝神此道,万境俱失;及其忽而解悟,万境俱冥,则诗道成矣。①

凝神是他对禅宗"寂照"之说的诗学改造,也是对道家虚静思想的继承,其实就是儒家道家所论的养气。神凝则专注,专注则无杂思,心地空明,"言必寂而后照,必止而后观",由此可达到"烛照幽微,无远不届"的境界。这里的凝神有两个意思:首先是专注于一事,心无旁骛,故《贝叶斋稿序》推李惟寅袭家世而无生活之忧,谢博士之业,以英爽之力一用于诗歌;其次是无扰无欲的心境涵养,文章中提到李惟寅筑贝叶斋,时时跏趺蒲团,也是静心一术。而专注与无扰所培养的就是一种淡泊舂容的性情,凝神的最终效果是神专一而没有滋扰,由此养就了完神。从创作而言,"士不务养神而务之诗,刻画斧藻,肌理粗具,气骨索然,终不诣化境。"②他以历代具体的创作实践为例:"古今能言者不少,往往以材溢格,以格掩材,体局于资,情伤于气,作如牛毛,合如麟角。"作品没有影响,汗青之业及身而止,其原因"非必尽由天赋,则其凝神之不至也",并非都由于才赋不足,而是因为缺少凝神,没有性情上充分培养,所以作不由文机,文乏兴会,才难以施展。创造妙的本然具备,但"所以妙"的凝神不备,则作品之成就可想而知。

从确立才在文学之中的核心地位而反复古,到以性情以性灵论文,继而推出适、趣、致等纯粹主观审美感受的虚灵性批评尺度,屠隆不仅由此构建了他比较完整的文学理论体系,而且还对文学的本体价值作出了超乎前人的总结。他虽然也承前人的一贯说法,称"诗者伎也,其为道也小",但随之列举历代不同领域人物对诗的嗜好,不仅仅是文人、儒者不废诗,僧人也不废诗。道家亦然,他举《黄庭》为例,其中"金简玉书,琅琅锵锵,尽作韵语",因此"东华西池,南真北阴,郁萧弥罗之土,蕊珠之中,何尝不以此物为贵也?又况文士墨卿"③?人人爱之、人人皆殚精竭虑终身为之,如何能以小道视之呢?其用意显而易见。至于何以爱之,他从两方面作了说明——

---

① 屠隆:《贝叶斋稿序》,《白榆集》卷1。
② 屠隆:《王茂大修竹亭稿序》。
③ 屠隆:《范太仆集序》。

就创作者而言："取之千秋而收之于语,索之人外而得之目前,构之累月而成之瞽刻。当其思涩,呕血刻心,玄鬓早白;当其神来,心旷气爽,凡骨立仙。"全身心投入,凝神而无旁骛,虽呕心沥血而自得其乐。尤其一朝神思澎湃,文机发动,脱胎换骨、标举兴会的生命状态恰是现实人生中少有的艺术化人生意味的沉溺。

从读者而言:"略而读之,则山川花月,机杼有限;徐而味之,则飞云流霞,意象无穷。故语山川则躁竞之意烟销,谈放旷则郁结之胸雾散。"种种联想与感动,在"妙诸玄解"之中体验到了"神物下来"的绮丽景象与审美享受。①

而所有这一切,放到经济世用之中衡量,可以说"诗固无毛发用"。屠隆不同于很多文人的地方是,他虽然也发出了这种诗文无用的慨叹,但他没有停留在这种慨叹上,而是进一步作出了辩解:

> 夫天地之生物,用风雷雨露尔,而不废云霞,夫云霞何用之有?万物之生,用牛马鸡狗尔,而不废麟凤,夫麟凤何用之有?醍醐、甘露、雪藕、交梨,无疗饥之益,而有消烦之功,世并珍之。

通过这些无用之物而不废于世的例证,屠隆得出结论,诗虽然于道不尊,但千秋万岁不废,其主要原因恰在于其"无用之用滋大",所谓"无用之用",就是"舒畅性灵,描写万象,感通神人"②。无用之用的理论,在中国文学理论的历史上是一个重要的贡献,尽管此前道家曾畅其旨,但在文学本体价值的考量上很少有人涉及这个话题。屠隆全面针对文学而发,并且作出了理论的阐释,是在明代文化背景之下,对文学本体研究的重要收获。

第五节　晚明浙东文学理论批评

一、性灵理论的繁荣

性灵理论在复古论遭到屠隆等批评的时候就在浙江兴起了,其后,浙江众多的文人会聚到这面大旗之下,而这些文人也正是整个晚明文学阵营的中坚力量,如冯梦桢、黄汝亨、李日华、陆云龙、陶望龄、王思任、张岱等。尽

---

① 屠隆:《高以达少参选唐诗序》,《白榆集》卷3。
② 屠隆:《高以达少参选唐诗序》。

管在具体的文学见解上不乏差异,但他们都体现了推扬性灵的倾向。就明末浙东文人而言,其对性灵理论有着重要的贡献,这种贡献其一体现在对这一理论的宣扬上,其二体现在对其内涵的剖析上。

(一)性灵理论的推扬

屠隆是浙东性灵思想较早的提倡者,在《与友人论诗文》中,屠隆曾经批评这位文人某些对唐诗的偏见和对俚俗的提倡,但对其中两个观点却是首肯的:一为唐人长于兴趣,因兴趣为诗;二为对方所云"景之所触,质直可;情之所向,俚下亦可;才之所极,博综猥琐亦可"之中的"景之所触"、"情之所向"与"才之所极"。此处所涉及的兴(景所触而起者为兴)、情、才是文学创作的三个要素,也是破除复古思潮的锐利武器,徐渭冲破复古所用的武器就是诗论兴、论真情。而屠隆在徐渭的兴、情之外又着重加上了才,并且将三者统一纳入性情,其诗言性情的理论思想就这样得到全面确立。《唐诗品汇选释断序》云:"夫诗,由性情生者也。"①《论诗文》亦云:"造物有元气,亦有元声,钟为性情,畅为音吐,苟不本之性情而欲强作假设,如楚学齐语,燕操南音,梵作华言,鸦为鹊鸣,其何能肖乎?"但正如前面所分析的,性情是古典儒家诗学的常用辞汇,由于屠隆将才的内涵楔入,因此焕发了时代的特征,和后来公安派所倡导的性灵基本没有区分。性灵的核心就是一个"真"字,其外在形态是个体性与个性化。而屠隆所言性情,虽然强调了它的可陶冶性,但陶冶的本质在于抵御异化、回归本然之真。《论诗文》认为,诗发性情,于是诗文传世,而实际上,"匪其文传,其性情传也"——诗与人一体,言其真;又称唐诗之所以传世,其托兴深有风人之遗当然是原因之一,但不是全部:"匪独谓其犹有风人之遗也,则其生平性情者也。"主要也是诗传递了唐人的真实性情。而这个性情又主要表现在情感的真实上:

> 夫性情有悲有喜,要之乎可喜矣。五音有哀有乐,和声能使人欢然而忘愁,哀声能使人凄怆恻恻而不宁。人不独好和声,亦好哀声。哀声至于今不废也,其所不废者可喜也。唐人之言繁华绮丽、优游清旷,盛矣;其言边塞征戍、离别穷愁,率感慨沉抑,顿挫深长,足动人者,即悲壮可喜也。②

性情有悲喜,二者能够引发读者的共鸣,主要是由于诗歌真切传递了诗人的

---

① 屠隆:《由拳集》卷12。
② 屠隆:《唐诗品汇选释断序》。

悲喜。由于性情与性灵内涵近似,所以在很多文章中,屠隆也往往以性灵论文,《高以达少参选唐诗序》:"(诗)舒畅性灵,描写万物,感通神人。"①《行戍集序》:"夫纯父有道者,视荼如荠,齐夷险死生,而时写性灵,寄之笔墨。即文字可灭,性灵不可灭也。"《鸿苞节录·文章》:"夫文者华也,有根焉,则性灵是也。"《鸿苞节录·论诗文》:"以上摘赏篇什,选波斯宝,析栴檀香,各极才品,各写性灵。意致虽殊,妙境则一。"而性灵同样是各极才品的结果,因而和性情是一致的。

王思任(1574—1646,今绍兴人)从《诗经》言性出发,认为传统的诗言性情说有儒士以性节情之偏,情性本为一体,尽为文学书写的对象:"诗三百皆性也,而后之儒增塑一字,曰:诗以道性情,不知情即性之所出也。性之初,于食色原近,告子曰:食色性也,其理甚直。而子舆氏出而讼之,遂令覆盆千载,此人世间一大冤狱也。"②取消情性的区别,尤其强调情即性之所出,正是为了解构儒士以性对情的节制。

(二)性灵内涵的挖掘

在直接的倡导之外,浙东文人又致力于对性灵的内涵进行剖析,概括当时的论述,性灵的内涵大致体现为以下数条:

从心到面目都要真。真则不能虚假矫饰,"强笑不乐,强哭不哀,饰妇人须髯则不韵,傅男子以粉黛则不庄",原因很简单:"性情不可假也。"因此,创作就要"吐其心之所欲言","自鸣其性情"③。真的本源是心真,真心为元气,真心即太极。主张真则一切模拟、虚矫均不得阑入。张岱以一系列形象的比喻批评虚假,他称:拟于他人者如同"童子蒙虎皮以怖人";创作如同吃肉,"食龙肉,谓不若食猪肉",原因是猪肉之味"真";貌鬼神者,也不如貌狗马亲切,也因为狗马"得其真得其近而已"。④

从创作动力而言要不得已而发。无所兴会勉强操笔并非不得已,要做到不得已就应该随感而动,天机自呈。这就是创作过程的不刻意,一切因性情之所向而为之,因性情之所由、之所至而为之,"宁待安排布置"?⑤

思想见识要自具手眼。张岱(1597—1679,今绍兴人)之弟毅孺选《明诗

---

① 屠隆:《由拳集》卷 3。
② 王思任:《落花诗稿》,《王季重杂著》,台湾伟文图书出版公司 1977 年版。
③ 冯梦桢:《跋尚友堂诗集》,《快雪堂集》卷 31,四库全书存目丛书本。
④ 张岱:《张子说铃序》,《琅嬛文集》卷 1,上海古籍出版社 1991 年版。
⑤ 张岱:《张子说铃序》,《琅嬛文集》卷 1。

存》,先是非钟谭之风者不取,后来几社兴起,重提复古之调,又非王、李不入,转而痛诋竟陵派。张岱批评他:"钟谭之诗集仍此诗集,吾弟手眼仍此手眼,而乃转若飞蓬,捷如影响,何胸无定识、目无定见、口无定评乃至斯极耶?"①主张自为好尚,不随流派而为其影响。

题材不以声情为禁忌。王思任针对一些正人君子动辄以淫艳批评他人、见写情感尤其两性之情者即嗤之以鼻的现象,以情出于性反击,并以文王与汉武帝对比:

> 国风好色而不淫,若非魁三百篇者乎? 未得关雎,不胜其哀哀之旨,向使不必得之,又得之即不寿,参差其羽,文王将默默已耶? 宁不知倾城与倾国,佳人难再得,武帝雄风大略,开口称善,五脏俱见。至姗姗来迟叹语,烛萤惚恍,而读者先已心伤矣。此皆性之所呼也。若必别之曰文王德也武帝色也,武帝诚已具服,而文王独非人性也哉?②

周文王思佳人而见于《诗经》首篇,历代儒生曲为之解,以为好色不淫,以见盛德;而汉武帝倾心佳人、怀念亡姬,就被视为好色:同样的情感,一见诛,一见赏,全属臆度,出于私心所需。诗言情既然从《诗经》就如此,正不必以此为禁锢。既然内容不忌声色,那么风格更无须贬抑绮靡,浙西黄汝亨便径直为绮靡翻案:"陆士衡有云:诗缘情而绮靡。绮自情生者也。万物之色,艳冶心目,无之非绮。"其翻案的手法就是将绮纳入性情范围,只要它出自性情,那么自然就无不可发。有人针对咏花之作过于艳冶说"绮伤大雅",他回答:"应物称体,斯二者为宜,何厌绮乎?"诗就要写性情,而手段的选择以能够实现应物与称体为准,凡是能够达到这个目的的艺术形式与手段都可以,更何况所写者来自香国、呈示媚态,"令人飘飘摇摇而不自禁、情为之萦然"呢?③

从旨趣上要有"冰雪精神"。冰雪精神是张岱对符合自己审美理想诗文作出的概括,并将自己的创作集为《一卷冰雪文》。其序中自道何谓"冰雪"云:

> 鱼肉之物,见风日则易腐,入冰雪则不败,则冰雪之能寿物也。今年冰雪多,来年谷麦必茂,则冰雪之能生物也。盖人生无不藉此冰雪之气以生,而冰雪之气必待冰雪而有,则四时有几冰雪哉? 若吾之所谓冰

---

① 张岱:《又与毅孺八弟》,《琅嬛文集》卷3。
② 王思任:《落花诗稿》。
③ 黄汝亨:《绮咏小序》,《寓林集》卷3,明天启刻本。

雪则异是：凡人遇旦昼则风日，而夜气则冰雪也；遇烦躁则风日，而清静则冰雪也；遇市朝则风日，而山林则冰雪也。

由是推之，则剑之有光芒，与山之有空翠，气之有沆瀣，月之有烟霜，竹之有苍蒨，食味之有生鲜，古铜之有青绿，玉石之有胞浆，诗之有冰雪，皆是物也。①

细案其文意，所谓冰雪之精神，正是指发于人之独到禀性而见乎诗文之中的主体气质和审美旨趣，尤其标榜其不入流俗、不投时好，不和光同尘，也不求人赏，也不易为人所赏识。其美"在骨在神"②，特立卓拔，维持着文人的主体意识与独立价值，发出不同于流俗的色泽与光芒。

二、晚明浙东文人关注的审美范畴

由于晚明浙东文人多从性灵论文，对文学的观照标准也由此发生了变化，从儒家诗学关注的教化讽喻之有无、从复古派留心的体格风神之似与不似，逐步转移为新的审美维度。其涉及讽喻、教化等沉重内容者较此前锐减，也不汲汲于中和、温柔敦厚、文质彬彬等传统的审美意趣，而是多集中在具体细微的审美感觉之上，由此形成了其时独到的审美范畴，主要包括适、趣、致、秀、闲等。

适。屠隆《旧集自叙》云："余恶知诗，又恶知美，其适者美邪？夫物有万品，要之乎适矣；诗有万品，要之乎适矣。"③"适"是一个极为主观感受性的批评标准，表现在感官的快适与否。屠隆以此为依据，以为"读古人之诗则洒然以适，而读今人之诗则不适"，于是，古诗今诗的美恶由此区分。

趣。屠隆《论诗文》云："文章要有妙趣，不必责其何出。"关于趣，袁中郎有过专门的阐释，大约如花之光、美人之韵，有不可拘泥者在。王思任则以趣颠覆复古派的格调等说：

弇州论诗曰才曰格曰法曰品，而吾独曰一趣可以尽诗。今日为诗者，强则峭峻镵刻，弱者浅托淡玄，诊之不灵也，嚼之无味也，按之非显也。而临侯遇境，抒心感怀，发语往往激吐真至之情，归于雅含和厚之旨，不斧凿而工，不橐龠而化，动以天机，鸣以天籁，此其趣胜也。④

① 张岱：《一卷冰雪文序》，《琅嬛文集》卷1。
② 张岱：《一卷冰雪文后序》，《琅嬛文集》卷2。
③ 屠隆：《由拳集》卷12。
④ 《袁临侯先生诗序》，见《翠娱阁评皇明小品十六家》。

重在存天籁,动天机,而摈弃无感无触的摹袭格调。可见明末浙东文人所论之趣,是存在于诗文之中、通过对格法模拟的超越、依循自然而获得的一种魅力,它出于主体活泼生机的心灵,集中体现为"真"的审美状态和深情独具的情怀。

致。屠隆《论诗文》云:"秦汉六朝唐文有致,理不足称也;宋文有理,致不足称也。"致和理并非对立,故而有情致亦有理致,但溺于理者无致。

秀。王思任《李大生诗集序》标秀为诗之准的,自称:"五色之中,惟蔚蓝最秀,从色从骨出者,秀而不远;从神出者,愈逖愈深。"由此而言,秀有两类,一见于体貌,秀而不远;一类出于神理,它没有骨色体貌所显示得那么详细,但意味无穷。只要备秀,就能超凡,所以他称:"吾从苍苍处起想,则名之曰秀,但濡其少许,在女西子,在男卫玠,在禽曰鹤,在花曰兰,在植曰竹,在果曰萍,在蔬曰笋,在味曰天花曰江瑶柱,而在文章中曰诗。"对秀而言的深远是审美意味的深远,不是现实距离。秀远必当从神而出,就具体作品而言,远实则"不远而在近",故云:"其骨其色,即近而即远。"意思是说,要由近显远,远就在近之中。秀之远是和神一体的,所以诗之秀的获得以得神为主;神之得当求之于骨色,他以作画为例:"作诗如写照,一见而呼之曰此某某,果某某也,诗在是矣。若复烦巡环视,尚复有此人邪?"其意为,画能将本人的神摄取,使人一见即识;诗也是如此,当模写其神,写其独到的和其他审美对象不同的神,这样的话,秀在其中,而无须笔墨往复,辩说不止。因此:"(秀)不在声律,不在字文,不在学问,不在资颖,而自有万丈碧落之意。揽结飞盈,使我神快。"就是从秀是对神的领悟而言的。①

闲。闲,《说文》作"閒",释云"隙也"。段玉裁注云:"隙谓閒,閒者,门开则中为际,凡罅缝皆曰閒……閒者,稍暇也,故曰閒暇。"从字源上看,早期"閒"(下面一律写作"闲")之含义更多地侧重于指向空间。从空间移植到时间之宽裕上,是春秋战国之际的事。最早综合诸般闲的意义,进行必要的哲学升华,使"闲"显示出一定美学品格的是庄子。《庄子》中屡屡提到闲,《天地》云:"天下无道,则修德就闲。"《大宗师》云:"其心闲而无事。"《刻意》云:"就薮泽,处闲旷,钓鱼闲处,无为而已矣;此江海之士,避世之人,闲暇者之所好也。"其基本含义是时空上的闲暇以及由此闲暇引申出来的安静无事。从此,对闲这种观念而言,道家的尚闲"无为"和儒家的"游于艺"为其提供了思想的保证,儒家的"舞雩风流"和道家的"濠梁闲趣"为其提供了实践的探

---

① 《李大生诗集序》,见李鸣选注《王季重小品》,文化艺术出版社 1996 年版。

索,使其在魏晋六朝之际进入艺术理论有了相应的基础。另外,六朝佛学在当时表现了与世俗性情浓厚的附会热情,一则大讲就德修闲,二则对闲中之心理感受给予了理论上的支持,其法乐之说便是一个代表。法乐,缘自佛法中的触受说,触就是接触,它能使主体产生不同的心理感受。这些感受共分三类,有苦受、乐受还有非苦非乐受,所谓法乐,实则接近这种非苦非乐受。而这也恰是日常人生中所云七情六欲之外的一种微妙情感。从生命的本体考察,它是主体在现实世界之中的一种样态、一种体验;从哲学上说,它也是主体理解世界呈现自我的一种方式。具体说来,能由自我支配的、不受外力干扰的时间都是"闲";追求闲、妆点闲、享受闲、描绘闲、转移驻留闲的情感活动过程以及这一情感活动的固态结晶如文学艺术品的创作等皆为闲情所寄。明代文人,有着对闲空前的认同,所以才有华淑《题闲情小品序》中"夫闲,清福也,上帝之所吝惜"的感慨;袁宏道的挂冠以及当时众多文人歆慕山人隐逸的现象,都是心仪于闲的具体体现。因而,在六朝就已经被纳入审美批评的"闲"也成为明代后期文学批评的重要范畴。张岱《跋寓山注二则》云:

> 寓山作记、作解、作述、作涉、作赞、作铭者多矣,然皆人而不我,客而不主,出而不入,予而不受,忙而不闲。主人作注,不事铺张,不事雕绘,意随景到,笔借目传。如数家物,如写家书,如殷殷诏语家之儿女童婢。闲中花鸟,意外烟云,真有一种人不及知而己独知之妙。不及收藏、不能持赠者皆从笔底勾出。如苏子瞻凤翔寺观王摩诘壁上画僧,残灯耿然,踽踽欲动,非其笔墨之妙,特其闻见之真也。①

文中提倡了自浸、自得、自娱、自然的创作,又两次提到"闲":一般人对寓山的描绘,有诉求,有期限,因而"忙而不闲",所以作品之中便缺乏深入细致的内涵。主人祁彪佳与寓山朝夕相对,融入其中,神与物游,因而笔下花鸟自来亲人,小品文字《寓山注》也便在"闲中花鸟"内蕴含有"意外烟云":以闲的心态投入创作,入乎其中,出乎其外,有着"闻见之真";又以闲的对象为审美对象,"不及收藏、不能持赠者"的闲云媚影,得以优游而不迫地"从笔底勾出"。作品的成功关键在此。

王思任有《南明纪游录序》,称道历代游者文字:"苏长公之舒畅,王履道之幽深,王元美之萧雅,李于鳞之生险,袁中郎之俏隽,始各尽记之妙,而千

---

① 张岱:《琅嬛文集》卷5。

古之游乃在目前。"唯独不取柳宗元,原因是其游记"山川似藉之而苦",即柳宗元心有郁塞,假借山川发泄苦闷,而山川于是多有清冷凄苦之韵。其他人风格不同,而所共取者乃是"在目前",吕大来作《南明纪游》,如延南明山水还于几上,正得"在目前"之趣。此趣是如何获得的呢?关键也在一个"闲",作者是以闲心写闲山闲水。王思任写道:

> 南明吕大来,快士也,居南明而游南明,譬之写东邻对户之照,熟察其意思所在,已非一年一日。酌墨呼酒,生描而活绘之,遂使山川自笑,草木狂舞。又得其敲爱鼎彝为之布置,近水楼台,儿孙拂膝,亦南明所生之地与大来朝夕俱近也。①

从艺术创作上,所谓在目前,不是山山水水的舆图式描摹,而是"熟察其意思所在"、"生描而活绘之"。"意思"如何察、"生活"如何得?在于能够居处其中,常年浸染。得山水之意思,即得其真;得山水之神魄,即得其生活。如此胸有成竹,养就丘壑,方能使得游记达到如在目前的效果。而体味这种居处、浸淫,无处不透着从容闲适;而山水物色之驱使,也完全在乎一心,无所功利。其如在目前的审美效果的获得,如同张岱称祁彪佳《寓山注》,成功的关键在于有着比他人丰沛的闲,有着对闲山闲水闲物色的审美激情。

以上所论的范畴,兼容了创作旨趣和欣赏旨趣。而批评之中用以表达对这种范畴的审美感觉的范畴,则又有快、娱等,彰显了感官消费和享受的诉求。它们体现在诗歌之中,更多也更为成功的是体现在明代独树一帜的小品之中。

三、浙东晚明诗画关系理论向小品的转移

诗画关系的讨论确立于宋人诗为有声画、画为无声诗的观点,尤其苏轼以诗中有画、画中有诗评论王维,从此确立为一种文学批评标尺。宋人这些评价,最终以一种艺术形式(诗)能够兼有另一种艺术形式(画)为审美高格。这个观点一直以来颇为世人追捧,几乎成了批评诗画的套语。

宋元以后,文人诗画兼通者增多,尤其元明时期,出现了大批身兼二艺的文人,其大家如倪云林、唐伯虎、文征明、董其昌等,题画诗也由此日益繁盛,因此诗画关系便更多地纳入文人的理论思考。如明代邵经邦《艺苑玄机》专门讨论了画家的诗:"谓诗好可入画,画好何必诗?唐伯虎、沈石田诸人诗,画上看便好,入集又未知何如。""张芳洲亦恐不免画上夺了工夫。"又

---

① 李鸣选注:《王季重小品》。

评文征明优于画,画优于字,字优于诗。其中没有分析诗画之间的艺术关系,只是对一些长于画的文人则短于诗的现象给予了关注,认为其原因是艺难兼得,画上夺了工夫,则诗便没有了精彩。李日华《六研斋笔记》等多论题画诗,也表现了对诗画关系的关注。

　　总结宋代以后浙江文人关于诗画关系的论述,大致可以看出,晚明之前,几乎异口同声地秉承了苏轼诗画一体的理论。元代释英(今杭州人)《答画者问诗》曰:"要识诗真趣,如君画一同。机超罔象外,妙在不言中。"①元代义乌黄溍云:"声之与色,二物也。人知诗之非色,画之非声,而不知造乎自得之妙者,有诗中之画焉,有画中之诗焉,声色不能拘也。"故此:"诗即画,画即诗,同一自得之妙也。"②杨维桢以有声诗无声画为基础,也得出了"诗者心声,画者心画,二者同体"的结论,并认为:能诗者必知画,能画者必知诗,"由其道无二致也"③。

　　明代后期的部分文人,同样沿袭了前人一贯的看法,但对诗中有画、画中有诗的基本内涵又给予了开拓。如李日华论梁元帝《巫山诗》:"树杂山如画,林暗涧疑空。山之精彩浮动,全藉于树,树杂则穿插掩映,有幽深层沓之趣。"而梁元帝之所以能够深谙此道,在于他"善画",所以二语"已破山水之的"④,诗法颇合于画法。但在此之外,他还关注到画家以诗发兴而作画的现象:

　　　　赵彝斋与皇甫表论写墨竹,而尤其胸中无诗。又云:"何况高束李杜编,江湖竞买新诗读。"以新诗味薄,读之终不能壮人怀抱,于写竹潇洒振拔之韵无以助发耳。⑤

画墨竹,而责怪对方胸中无诗,是以作诗的心态与机轴作画,也是诗画一体之论;又以作画之前应该饱读李杜诗篇,以振作起潇洒之韵,则此前未有人论过,这一点是诗与画相通的又一个表现。王嗣奭(1566—1648,今宁波市人)也主张诗画一体,画法即诗法,但他没有停留在一般的理念上,而是以杜甫《奉先刘少府新画山水障歌》为证,作了深入的剖析:

---

①　释英:《白云集》卷3,影印文渊阁四库全书本。
②　黄溍:《唐子华诗集序》,《金华黄先生文集》卷18。
③　杨维桢:《无声诗意序》,《东维子文集》卷11。
④　李日华:《恬致堂诗话》卷2,见吴文治主编《明诗话全编》。
⑤　李日华:《六研斋笔记》卷2,影印文渊阁四库全书本。

画有六法：气韵生动第一，骨法用笔次之。杜以画法为诗法，通篇字字跳越，天机盎然，见其气韵。乃"堂上不合生枫树"，突然而起，从天而下，已而忽入"前夜风雨急"，已而忽入两儿挥洒，突兀顿挫，不知所自来，见其骨法。至末因貌山僧，转云门、若耶，青鞋布袜，阒然而止，总得画法经营位置之妙。而篇中最得画家三昧，尤在"元气淋漓障犹湿"一语。试一想象，此画至今在目，真是下笔有神；而诗中之画，令顾陆奔走笔端。①

杜甫诗以人工夺天工著称，王嗣奭从其诗法合于画法论述这一特点，是颇为精到的。

晚明浙东文人开始关注诗画差异性问题。对诗画关系，尤其诗中有画、画中有诗说给予深刻全面批评的是张岱。其论的缘起是包严介作《画诗》、《楼诗》，且引诗中有画、画中有诗而摩诘一身兼此二妙之语，谓诗画合一。张岱致书云："若以有诗句之画作画，画不能佳；以有画意之诗为诗，诗必不妙。"他从主形主神之差异理解诗画本质的不同，二者不可替代：

如李青莲《静夜思》诗"举头望明月，低头思故乡"，有何可画？王摩诘《山路》诗"蓝田白石出，玉川红叶稀"，尚可入画。"山路原无雨，空翠湿人衣"，则如何入画？又《香积寺》诗"泉声咽危石，日色冷青松"，泉声危石，日色青松，皆可描摹，而"咽"字"冷"字，则绝难画出。

其中所举不可入画或者难以入画的诗句，都是千锤百炼流传后世的佳句，倒是可入画的"蓝田白石出，玉川红叶稀"之类，只有物色的描摹，并不见特出。所以结论是："故诗以空灵才为妙诗，可以入画之诗，尚是眼中金银屑也。"此为诗中有画而诗未必佳，即"以有画意之诗为诗，诗必不妙"。又从画而论："画如小李将军，楼台殿阁，界画写摩，细入毫发，自不若元人之画，点染依稀，烟云灭没，反得奇趣。"依靠写实之画中内容为诗，点画分明凿实，难以开拓。尽管肯定了元代文人画的变幻，但依照画来作诗，从画中汲取意境，如何也难以和师法自然本身的奇妙媲美，所以称："有诗之画，未免板实，而胸中丘壑，反不若匠心训手之为不可及。"②画匠师法自然，诗人师法画匠，如此家数已经缩减，其胸襟与丘壑自然低了画匠一等。

张岱此说一出，诗中有画、画中有诗的观念得到了更为符合艺术真实与

① 王嗣奭：《杜臆》卷2，中华书局1963年版。
② 张岱：《与包严介》，《琅嬛文集》卷3。

艺术规律的矫正。清人杨际昌虽然也沿袭以诗中有画评诗,但也称:"其深细处,正恐画手难到。"①当是对张岱思想的继承。而叶燮也不再沿袭旧论,不论诗画一法,而是倡导诗画融合:"画者,形也,形依情则深;诗者,情也,情附形则显。"②以画之形显情之深,视两种艺术形式的完美结合为最高境界。

诗画关系问题引发的文人对画的关注,在晚明有着另一番重要的意义,即在对宋元以来文人画的玩味学习之中,领悟了墨戏的精神,从而推动了小品文的理论建设和创作实践。这样,诗画关系实现了向文画关系的拓展。

在小品繁荣之初,就开始了诗中有画、画中有诗观念向文章的转移,茅坤《与蔡白石太守论文书》中主张文章应该"各得其物之情而肆于心",进而称:

> 昔人谓:"善诗者画,善画者诗。"仆谓其于文也亦然。今夫天地之间,山川之所以寥廓,日月之所以升沉,神鬼之所以幽眇,草木之所以蕃翳,鱼鼇之所以悲啸,九州之所以声名,文物四裔之所以椎髻被发,以及圣帝、明王、忠贤、孝子、羁臣、寡妇、谗夫、佞悻、幽人、处士、释友、仙子之异其行,礼乐、律历、兵革、封禅、天官、卜噬、农书、稗史之异其术,宴歌、游览、行旅、蒐狩、问释、讥嘲、咏物、赋情、吊古、伤今、成败、得失之异其感,彼皆各有其至,而非借耳佣目所可紊乱增葺于其间者。学者苟各得其至,合之于大道而迎之于中,出而肆焉,则物无逆于其心,心无不解于其物。③

文章的成功在于对物情可以如画家绘写万象一样了然于胸,而非求"区区字句之激射"。很明显,茅坤将诗画关系已经延伸为了"文、画"关系,而其所取于画者,除了一般所说的逼肖,还包括包纳万有。但晚明画对文最突出的影响体现在小品上。

小品的概念源自佛经小品,兴于六朝。明代科举经常出试小题,纤巧变异,造成了小题、小品的融合,促使小品文字盛极一时,成为性灵文学理论的首要实践载体。小品的审美精神大致有发性灵、纵恣率意、讲究情致兴趣韵味、篇幅短小、没有手段与体法规限等等;其内容则以山水物色的描摹流连、个体情志的书写为主。其中浓厚的墨戏精神则与文人画中的墨戏有着精神

---

①　杨际昌:《国朝诗话》卷 2,见郭绍虞辑《清诗话续编》。

②　叶燮:《赤霞楼诗集序》,《已畦文集》卷 18,康熙刊本。

③　茅坤:《茅鹿门先生文集》卷 2,《茅坤集》,浙江古籍出版社 1993 年版。

情趣上的相通之处,这主要体现在文人们对画、文的评价,关注的核心恰在其创作心态与作品意趣,而不强调教化或者讽谏。如果我们将画的意趣与创作心态称为"画心"的话,那么这个"画心"和小品的"文心"是一致的。如张岱有《跋徐清滕小品画》一文,不仅叙说当时文人视一些随意的创作即为画之"小品",而且文中论清滕这些小品画,主要关注的是:"清滕诸画,利器超脱,苍劲中姿媚跃出。"不涉及点画皴染,也不论其构图布局,更不讲素材义旨以及墨彩运用,而是主要从意趣上勾画自我的审美感受。另如张岱《再跋蓝田叔米山》,既称为再,则非止一次为此画作跋,可见仰慕。米山是指北宋书画大师米芾之子米友仁的创作,米芾山水画不求工细,以水墨点染,自谓信笔作之,多以烟云掩映树石,得意思便已。米友仁继承了米芾的家法,号为"墨戏",并称取顾恺之之高古,不入吴道子一笔,重视神韵而轻视画工,从而形成了画史上的"米家山",又称"米氏云山"或者"米派"。

　　米家云山在明代影响深远,不仅仅画派,文人们也嗜好。袁小修称西山物色:"堆蓝设色,天然一幅米家墨气。"①尺牍之中随口而来。王思任《呆道人吹笛引》评呆道人之诗:"意神淡远,骨态鲜妍,味是太玄,画则倪、米,绝无时咏玄晦之苦。譬之天有泄云,山有飞水,自然境界,匪夷所思者。"②以倪云林、米家墨戏的神韵来评价诗歌的艺术境界,可见对画境的取法。张岱嗜好米家山,其跋文中所论的核心是创作心态之无为而"闲"。米家山之墨戏,看似随意,不费工夫,但却也是精心打造,有意存乎其中,《再跋蓝田叔米山》中说:"画米家者,止取其烟云灭没,故笔意纵横,几同泼墨。然不知其先定轮廓,后用点染,费几番解衣盘礴之力也。"这就如同昔日的草书,创立之初,本在求实用之中提高书写速度,但被审美化为一种书艺之后,人人视之为拱璧,反而要精心打磨,刻意美化,所以才出现了"忙促不及作草书"的现象。张岱认为,墨戏也是如此,看似率意涂抹,但实则需要作者有全身心投入的审美热情,有精雕细刻而不使自由率意流为粗疏的耐心与悠闲。其中"悠闲"二字正是其创作心态的全部,不求实用,因我而为,将创作视为消遣闲情的手段,这同样是明代小品的创作心态。

　　关于小品与文人画尤其米家墨戏的关系,并非仅仅隐在于以上所论的文心、画心的一致,还明确表现为小品对米家山独到技法的吸纳。陆云龙《翠娱阁评选小札简小引》专论尺牍一类小品应该讲究片言居要,要"敛长才

---

① 袁中道:《寄四五弟》,《珂雪斋集》卷 24,上海古籍出版社 1989 年版。
② 见李鸣选注:《王季重小品》。

为短劲"、"敛锐于简"、"敛巧于简"、"敛广于简",另外,特别提出一条"敛奇于简",而获得这个技法的灵感之源泉正是米家墨戏:"当如米颠卷石,块峦而具有岩鹫。"①当然,敛才敛奇、敛广敛锐不是一挥而就的过程,如张岱所论一样,也有一个不急迫细琢磨的程序,心态同样必须是闲而无所役使。

有人以为,小品提出自由自在的写作,与这种在闲情下细致的打磨似乎不合。实际上这是将小品艺术精神与其实现手段的混淆。艺术精神的自由,主要体现在对政教之用的背离上,也体现在对文学创作传统体式的突破,至于最终如何完成这篇作品,是操刀立割还是含毫沉吟,都属于个体才思差异问题,不会影响小品的本体特征。另外,文讲锤炼锻造,也是晚明文人有鉴于公安派的浮滑熟畅甚至肤浅粗率而下的药剂,有着纠偏的意义。竟陵派本意如此,浙人之中也不乏此类声音,陆云龙对小品文字就讲要"锤炼刳剔推敲,皆备良工苦心"②,张岱练熟还生以防止油滑也是对此而发(下有论)。

从旨趣到心态,再到具体的艺术手法,画心都与文心吻合,可见小品在晚明的繁荣和小品画以及米派墨戏的艺术精神有着深刻的联系。这也是诗与画关系探索对艺术实践的一种直接影响。

四、陶望龄的"偏师必捷"论

陶望龄(1562—1609,今绍兴人),与公安派领袖袁宏道交往密切,也是公安派的领军人物,在反对复古思潮的过程中,他与屠隆近似,以才为核心构建了一个反复古的理论体系,体现了很高的理论价值。这个理论在《马曹稿序》中他自己称为"偏师必捷"论,这个理论的总体架构如下:

首先,陶望龄从才性论出发,论述了人性有所蔽,则才有所短。从刘邵《人物志》开始,就曾称具体而微者为大雅,一至而偏者为小雅。其意思是说:"人之性有所蔽,材有所短。"不为圣人则此偏便为常态。就历代文人及其作品而言,具体而微者不可多见,自屈宋以降之文人韵士,大抵皆小雅之流,属于偏至之器。《及幼草序》中论"文士之才,譬诸拳勇":

> 苏子瞻诗贯穴万卷,妙有炉冶,用之盈牍而韵致愈饶,此禄儿作胡旋,运千斤之躯,同于肉飞,气胜其干者也。元白长律,动至千言,犹有

---

① 陆云龙:《翠娱阁评选行笈必携》,见吴文治主编《明诗话全编》。

② 陆云龙:《钟伯敬先生小品序》,见《翠娱阁评皇明小品十六家》。

> 余伎,此宋万蓼革中,手足尽力,力浮其格者也。①

才不仅各有所短,也各自有着独到之处,恰成其不同于他人的优长,如苏轼的气胜其干与元白的力浮于格,便属于才的两种形态。

其次,从才的偏至不同对历代文学的贡献着眼,才对于个性化创作有着重要价值与意义。他认为,才性各有短与蔽并非意味着无所作为,那样的话世界的任何成功都只能属于全能之材。只要偏至之士知道自己的长处与蔽处,穷究于其所长,而后就可以"修而通",甚至"极于彼",即通过对自己之才性得穷究发扬,可以达到一定的极至。他举例称:"如火炎则弥扬之,水下则弥抑之,醴盈其甘,醯究其酸。不独无以揉之也,而且为之极焉。故其势充,其量满,其神所至,自足以轶往古,垂将来。"火炎热则使之更烈,水就下则使之更幽,甜的更甜,酸的更酸,在各自性分才分所偏的方向努力,便能够有所作为。而单就文学创作来说,"古之人缘性而抒文,因能而效法,文以达意,法以达材",文因性情而发,但还要根据自己的才能来将这些性情"效法"——描绘清楚,实现文字达意,效法而尽其材。这样一个过程,其成功的关键也在于上面提到的"务自致于所通,而不求全于所短"。唐代诗歌的繁荣恰恰印证了这一点:

> 君观唐之诗,至开元盛矣。李杜高岑王孟之徒,其飞沉疏促浓淡悲愉,固已若苍素之殊色。而其流也,抑又甚焉:元白之浅也,患其入也,而郊岛则惟患其不入也;韦柳之冲也,患其尽也,而籍建则惟患其不尽也;温许之冶也,患其椎也,而卢刘则惟患其不椎也;韩退之氏之以为诘崛,李长吉氏探之意味幽险。

唐代凭借人人不同的才性,创造出了不同的诗歌面貌,并又共同铸就了唐诗的辉煌,正是"惟人就其偏,而后诗之大全出焉"。而陶望龄也从中得出结论:"偏师必捷,偏嗜必奇。"任何时代文学的繁荣都是在对才性差异性的尊重与培养上造就的:"众偏之所凑,夫是之谓富有;独至之所造,夫是之谓日新。"以个体之才的偏至而求之不已为日新,以不同个体偏至之才与日新之功的集合为富有,这就是所谓的百花齐放。假如"以群众易己以摹古,疗偏以造完"——不满意自己和他人的差异而想办法冥合、弃我所长而模拟他人或者古人,那么只能自困而无成。

再次,从文学的本体特征考虑,诗因才、情而得,才、情不同则作品不同,

---

① 陶望龄:《歇庵集》卷 6。

这就决定了文学创作之中雷同模拟是违背艺术规律的。他说:"诗也者,富有、日新之业也,无诗焉,是无才与情也。"其意思是说:"诗也者,附材与情而有者也。"材由体而具,情因感而生。材之中含有气质个性与独有才赋两方面内涵,二者都是稳定的。材虽稳定但情变异不定,艺术创作之中,诗文因此也就不可能总是同一个模态,所以说"人之材如其面,而其情如其言"。面虽稳定而言出却不定,因此由情与材而构成的诗欲求不新与不异反而成了很难做到的事。

　　既然才的偏至而究其极可创造出文学的繁荣,附才与情为诗又不能不异而新,因此不尽己才而一味拟古也就应该摈弃:

　　　　鸟之慧者,其效人至数十语而止;善绘人者,其肥瘠动静各异态焉,然至百人而止矣。此人言者也,非自言言者也;人貌者也,非自貌者也;欲新与异得耶? 然则所云宋以后无诗者,非诗之果穷,为者穷之耳。夫杜韩之诗信大矣,群宋人之称诗者而毕效焉,不亦至小而可笑乎?①

拟则不新不异,和诗必新必异的本体特征相违背,更谈不上繁荣了。《刻徐文长三集序》也称:

　　　　夫物相杂曰文,文也者,至变者也。古之为文者,各极其才而尽其变,故人有一家之业,代有一代之制,其注隆可手模,而青黄可目辨,古不授今,今不蹈古,要以屡迁而日新,常用而不可弊。

文的本质是变,变的动力在于才,所以说"极才而尽其变",如此才能各成一代之胜。因此,他心目之中的诗应当论才、情、神、力:"情务己出,而格由古造,其材富,故词博而工;其神完,故气和而王;其用力久,故锻炼组织之迹尽泯。"②明代自其初,高启《独庵诗序》就称"兼师众长,随事模拟",谢榛合唐十四家为一家,胡应麟则理论化为"集大成",皆由博习而拟议以成自我之变化论诗。而陶望龄与屠隆等一样,以才和主体联系,在破除集大成之说的同时,也冲决了复古的网罗。

　　陶望龄对自己以才为中心而编织的"偏至必胜"论很自信,当然也明白其中有偏颇。友人从复古派积学模拟而至兴象风神的可行性质疑他的才论:"子不见学书者乎? 其始按古帖而师之,点摹画拟,若有律令绳墨焉,而

---

① 以上引文俱见《马曹稿序》,《歇庵集》卷 3。
② 陶望龄:《歇庵集》卷 6。

不敢逾越；至其合而忘也，而妙解出焉，以成其为一家之书。夫语斗蛇争担之悟于未始操笔之先，不亦远乎？然则子之论固未尽矣。"尽管这种说法无懈可击、四平八稳，但却于当时济世之溺、纠时之偏并无大益，所以陶望龄说："然。吾之言，偏辞也，待子而完。虽然，使予操故说求完理以序子之诗，惧其为子辱也。"[1]他采取的恰是文中偏师的策略，因为他知道，理论则如才性，必有所偏，但如果依照复古派的由拟而入手论诗，其偏颇与给创作带来的危害会更大。

偏师必捷是对才的差异性的肯定，那么如何依靠才来进行创作呢？他提出了"叩虚给饶以抒至迁纪至易"的理论观点：

> 夫文有常新之用，有必弊之术，接而不胜迁者情也，多而不胜易者事也，虚而不胜出者才也，饶而不胜取者学也，叩虚给饶以抒至迁纪至易，故一日之间而供吾文者新新而不可胜用，夫安得而穷之？[2]

虚为才，饶为学，至迁者为情，至易者为事，所谓"叩虚给饶以抒至迁纪至易"，便是以才学情事构筑的一个理论结构。它涉及了才学情事的关系，且以才为生生不已之虚，也就是"无"。无中生有，才是文学的根本。

五、王思任的自然说与晚明浙东纠偏理论

王思任是一个率意而有操守的文人，他有舌如风笑一肚的诙谐，也提出了代胜的理论："一代之言，皆一代之精神。所出其精神不专，则言不传。汉之策、晋之玄、唐之诗、宋之学、元之曲、明之小题，皆必传之言也。"[3]并以此作为反对复古的依据，但实际上他对晚明文风又有着自己独到的反思。他最核心的理论是推崇"自然"，这个提法与公安派的性灵有近似之处，但也有差异。性灵是从才情的源头而论，自有其深刻之处；自然则有纠性灵过于率意的用心，视无节制的倾泻为非自然，因而从理论上有一种节制的取向。

王思任《呆道人吹笛引》赞呆道人的诗篇为"自然境界，匪夷所思"。诗文法自然则重天籁，文中引呆道人之论称："丝出于竹，竹生于肉，人心一块肉也。"意在说明渐近自然则入妙。又云无论何种演奏，虽然有声有律，但是："总之不如牧竖之吹牛背。前村夕阳下，荷蓑荷笠，第五桥边划尔一声，天耳为之碧落；无端几弄，涧鹤可以破秋。"这样的声音之所以有压倒庙堂堂

---

① 陶望龄：《马曹稿序》。
② 陶望龄：《刻徐文长三集序》。
③ 王思任：《唐诗纪事序》。

皇之乐的魅力,是因为"此子规最新一血,婴儿之堕地初啼",属于天籁,而人籁不如地籁,地籁不如天籁,天籁源于自然。重天籁则又重"天文",《自怡篇序》即云"文莫妙于天",而天之文何在呢?曰:

> 其灵在空,其健在转,其骨在青,其精在日,其韵在雪与月,其采在霞,其叫号狂怪在风雷,而其变幻诡戾、恍惚合离不可想测处则在云。是故诸象形声俱有定轨,而惟云流今古曾无同局。兵家言韩云如布,宋云如车,秦云如行人,蜀云仓囷,齐云乃绛衣:此神其变之说,而以常惑之者也,乃所以幻之也。

言天文之美,在于其灵、健、骨、精、韵、采以及叫号变化离合,而其最为典型的代表是云:"惟是白云之兴,春容淡漠,其行浩浩,其留囷囷,肤寸而合,不崇朝而遍天下。"其美正在自然,在其"无心以出岫"的舒卷自如。王思任的自然有以下内涵:

首先,不依傍,"宁使作我"。《徐文长逸稿序》赞徐渭英雄气大,意空一世,"宁使作我,莫可人知,绝不欲有枕中之授,亦不乐有名山之封",所谓枕中之授,即指因袭与依傍。① 他将笼罩文坛的七子复古之风作为批判的矛头,尤其指向李梦阳等的拟议以成变化说,认为此论开优孟衣冠之派,使得文人关注的问题集中于如何为汉魏六朝、如何为唐宋之上,集中于何者为古何者为今、何者为盛何者为晚之上,而这样的创作"皆拟也,人之诗也,与己何与"? 真正应该提倡的是"各任其性情之所近"②,从写性情来恢复诗歌的自然本质。《朱崇远定寻堂稿序》又借友人之言将不依傍申之为"自我作祖":

> 吾于诗怨明,怨七子,怨历下。其所奉为符玺丹药者,拟议以成其变化一语耳,吾闻之不乐也。造物者既以我为人矣,舌自有声,手自有笔,心自有想,何以拟之议之为? 而必欲相率相呼以为拟议之人,彼为人拟议者,宁渠曾仿某子甲耶? 今夫太极,死圈也;两仪,板画也。吾恶知太极之不方也,而两仪之不竖乎? 矩不谓之规,纵不谓之横也? 甫何为而圣,白何为而仙? 维何为而禅,贺何为而鬼? 吾与天地山水、鸟兽草木、情欲变态、道理微茫之故,觉非我不能想之声之笔之,觉我所想之声之笔之者,皆天地万物等自有心有舌有手,而适以我出之者也。人有

---

① 以上皆见《王季重小品》。
② 王思任:《倪翼之宦游诗序》,见《翠娱阁评皇明小品十六家》。

> 短我者，不过谓我诗近词，巧伤雅，艰刻孤瘠难为和者，而我知之不顾也。要以玄黄一判，即存此一段气意，自我作祖亦可，天佛称尊亦可。

这应当称得上是一篇反模拟的檄文了。核心主张：我手写我口，我心出自然，如代天而言。能够如此，则风格如何转在其次。

其次，自然则有生动之气。生动之气即灵动而不做作，王思任引董其昌之语："有生动之气者便好。"并明确阐述生动属于自然之神妙体现："生动者，自然之妙也。"如同孩儿出壳，声笑宛怡，无不出自童心天真；至于塑罗汉之类，匠人穷极工巧，却无一丝生意，"究竟土坯木梗耳"。唐诗之所以"韵流趣益"，主要也在其"开口自然"；而当时的明诗所以使人厌烦，则是因为"捏作"。①

再次，自然是指以乡野风光物色为主的生活。这个观点有着今日看来鲜明的"自然"诗学取向，其《杨泠然秀野堂集序》对此有详细的解释："今夫野之义，对都市而言之者也。嗜欲之所丛，人车之所哄，一线枢机，百孔垢弊之所戾止，村莫甚焉，而反谓之都。岂有舒卷天云，纵横草木，布置川岳，呼遣鱼鸟，反不得蒙都之号？"开篇就具有强烈的反都市生活的意识。明代文人对都市、尤其对京都的描绘，与前代迥异，名利薮泽、藏垢纳污、车马烦殆，所以王思任称之为"村"——村俗。而萧散舒卷，清爽怡人的自然也就应该是远离都市的乡村了，这样的地方，在真正的自然之中，才称得上叫作"都"。又云：

> 则野也者，天地间之大史也，此惟大文之人能领略而噏繪之。是故善同者，得之则亨；善谋者，适之则获；善礼乐者，用之则进；善游者，乘之则入于百昌之无极。无论野之功用被广而收多，即人眼不及郊牧者，能逃其身不处于圹壤乎？

自然秀野，无处不文，在在皆有诗文之机轴，可发文人之兴会，可谓功业广被。即使号称一生目不及乡野者，实际上最终仍然要回到乡野土地之中作永世的长眠，于是田野又有了终极故乡的性质。又云："一日不得野趣，则人心一日不文：端木氏之皙也，不如子夏之癯；蔡德珪之青石，不如仲尉之堵；五侯之鲭，不如庾郎之贫菜；朱弦牙板肉好广奏，不如秦缶之呜呜：未有野而不秀者也。"乡野代表了一种生活的姿态，它不以物质的丰薄来衡量价值，却能给人带来心灵深处的升华，减少欲望征逐的牵挂，从而助人灵思，所以王

---

① 王思任：《王大苏先生诗草序》，见《王季重小品》。

思任称不得野趣则人心不文。又云：

> 泠然以石隐之身，栖居之性，偶来千应，但取四虚，能调苦为甘，又铺夷平险，踪迹所及，湘雨湖风，燕灯瀟雪，无弗游也。贫家有竹，好事家有石，或花来异国，或琴蓄异时，即过从而赏之。大节名乡，可儿侠里，旗亭狗马，丸剑丘墟，每每咨嗟凭吊，或歌或哭，以尽其没测之变韵。僧奇客贤，豪长者之交无不厚；鸟道蛇盘、猿啸虎嗥之窟，但欲搜剔鸿蒙，不惜以其珠为弹。苦家山逼窄，常欲收拾九有于袖中；苦功名暂偶，常欲盟结千秋于世外。是以其为诗无不平之鸣，而多自然之籁。大抵清贵落字，高古诀格，华言取响，岑孟钱刘之伦也。

居于自然乡野之中，无拘无束无扰，得闲得适，生活虽不安逸却安然。友朋雅集豪会，率意而行，无牵系与索取，无功名利禄的萦心与利害的纠缠，因此心平气和。所向无不平之鸣，因而创作也就没有了"不得已"而为之的发泄幽愤，更多的是天机自触而天籁自鸣，是地道的自然创作。而所绘写的内容，也以山水物色为主，格调清高。所以，最终的结论就归结到自然和诗的关系上：

> 予尝论诗，颂不若雅，雅不若风。盖廊庙必庄严，田野多散逸，与廊庙近者，文也；与田野近者，诗也。泠然蒙气尽除，天空独语，秀野集意，或在斯乎？①

自然乡野之中，其清静、自由、文饰、闲适、其清爽等，都宜于诗歌。王思任这个理论，无异于坚守农业文明的宣言。它保持了人与自然天人和谐的精神内核，也深刻论述了中国诗歌与自然之间的本然关系。

晚明浙东一带，王思任之外，张岱等不事复古的文人虽然受到性灵理论的影响，但多数很少直言性灵，而是偏于以自然论诗文，如张岱《琅嬛诗集自序》论诗："人之诗文如天生草木花卉，其色之红黄、瓣之疏密，如印板一一印出，无纤毫稍错。世人即以他木接之，虽形状少异，其大致不能尽改也。"②意思是说，诗本乎人之性情，源出于自然，诗文与此自然的面目应该是对应的，没有必要违逆自我而依附于人。用晋人之言说，即"我与我周旋久，则宁作我。"

---

① 见《王季重杂著》。
② 见《张岱诗文集》补编。

晚明浙东文人言自然而不言性灵,有纠偏的用意。王思任曾说过,明代诗歌远坏于馆体,近坏于钟、谭:馆体"文不符情",于是文不陈情;钟、谭则"托之乎琢炼",刻意"求新求异",其结果是"实非韺声"、"终归嚼蜡"。① 钟谭之病在以写性灵为依托而求新异,违背了自然之本色,性情因此反而成为雕琢。张岱也多有纠偏的言论,如对晚明文人自恃性灵冲口信手的现象,他吸收了竟陵派开山者的见解,主张以"厚"济之,所以对比杜甫与陆游,认为二人"笔意苍茫伯仲间",但又称陆游"有其博洽无其厚"②。另外一个主要的纠偏理论是对生熟关系的论述,公安派信口而出,其流弊过于熟畅,故有圆滑之象;竟陵派本在于纠正公安末流的圆滑与浅薄,但流入斫削刻薄甚至生涩。张岱《与何紫翔》一文阐述了自己独到的观点——"练熟还生"。他说,先世文人不能化板为活,"其弊也实";不能从熟而至于生,"其弊也油":二者都是"大病"。因而他以琴论艺术之道:

> 弹琴者,初学入手,患不能熟,及至一熟,患不能生。夫生,非涩勒离歧,遗忘断续之谓也。古人弹琴,喤揉绰注,得心应手。其间勾留之巧,穿度之奇,呼应之灵,顿挫之妙,真有非指非弦,非勾非剔,一种生鲜之气,人不及知,己不及觉者。

以从熟而达到的生为至境,生即表为勾留之间,不滑不离,不是一味畅快无余,而是指"遗忘断续"的巧妙运用。能遗忘一些表面的关联、能断开过于流畅的节奏,则能涵养乐气于琴声之中,使之不至于一泄无余,生于是成为蓄养作品之中鲜活之气的手段。而要达到生,必须由纯熟入手:"非十分纯熟,十分淘洗,十分脱化,必不能到此地步。"这就是"练熟还生",而这种策略不仅仅适应于弹琴:"自弹琴拨阮、蹴鞠吹箫、唱曲演戏、描画写字、作文作诗,凡百诸项,皆藉此一口生气。"诗文也以此为妙境,能如此方可摆脱时弊。他最后指出,能够实现"遗忘断续"的关键在于保持一股生鲜之气:"得此生气者,自致清虚;失此生气者,终成渣秽。吾辈弹琴,亦惟取一段生气已矣。"有此生气则可以贯通于作品的文字、音符,使之鼓荡其间,即使表面意思音节看似不联属,但内在之生气却将其连接,形断神气未断。这样就可以避免"一字音绝,方出一声,停搁既久,脉络既断,生气全无",这属于为避熟畅之疾而又生出的新病。

---

① 王思任:《知希子诗集序》,见《王季重小品》。
② 张岱:《读陆放翁剑南集》,《琅嬛文集·张子诗牝》卷3。

六、王嗣奭的性情论

晚明诗学研究很突出，一些文人以对古代著名诗人作品的诠解以及对古诗的辑选、评点等手段表达自己的文学理论思想，如曹学佺的《石仓历代诗选》（另有文选）、顾起纶的《国雅》、李攀龙的《古今诗删》及《明诗选》、钱谦益的《列朝诗选》等。其中王嗣奭、陆时雍（今桐乡人，一作檇李，属嘉兴）二人在晚明浙东、浙西的诗学研究中成就突出。王嗣奭的《杜臆》，是研究杜诗的名著；陆时雍的《诗镜》选录从汉魏至晚唐诗歌进行评点，其总论辑为《诗镜总论》，也影响深远。

王嗣奭针对李攀龙《诗删》摈弃宋诗，认为"宋有步趋唐人者，可以分路扬镳；有自操杼轴者，可以开山作祖"，因此"宋人安可轻也"？对宋诗言理也有辩护：杜牧序李贺诗集，尊崇之极，但仍认为"少加以理，奴仆风骚可也"，"诗何尝不贵理，但以浑融不露，意在辞外为佳耳"。达到这种境地，就是有理趣。他对理趣格外推崇："理趣盎溢，即眼前山光水色，鸟韵花香，皆为理趣之助，而愈理愈佳。"

王嗣奭的诗学基础是性情论。以此为依托，只要合乎性情，没有诗不能包纳的，因此他对历代争论颇多的诗学与道学的关系也采取了折中的态度：道学者只要"发自性情，而非矜奇斗巧"，则"无妨于学"；非道学的诗人，往往也能偶得隽语，且能实现"默与道会"，此时无妨认为"诗即学"，二者各自无妨。而诗人能够不为道所束学所缚、道学也不为诗所误的关键，都在于性情：陶渊明、朱熹、陈白沙、王阳明等皆为有道者诗工而不废道，原因就在其"发自性情"，无矜奇斗巧之心，诗人默与道会又能出于道学乃在于"其性情不俗"。从性情论诗，实现了诗对种种争议的超越。此论虽然在当时已经没有什么新奇，但对其如何理解如何运用，也能体现一个文人的理论倾向。通过以上对道学诗学的冥合看，王嗣奭所论的性情，核心也是一个"真"字，所以在其他具体的论述之中，对"真"屡屡标举：

> 今诗人满天下，而识诗诀者少。诗恶乎在？夫子所云"一言以蔽之"者，正授人以诗诀而人不知也。思苟无邪，则子为真孝，臣为真忠，喜怒哀乐必无妄发。……故老杜诗极多忠君爱国语，而人不厌，发自真心也。后人无其心而仿效其语，人遂厌之。

从真出发，他论诗不论今古，并认为"天下惟真古者斯大奇"，奇就奇在其所创作者"能不为时俗之所摹"①。能真即使古也无妨,而摹古与刻意为奇则既不是古也不是奇。真正的诗人应该"以我为诗",而不该以诗为诗:

> 盖诗者抒写性情之物也,性情万变,诗亦如之。试读三百篇,宁可持概而量哉? 流而离骚,发自幽愤,已不免文胜于情,自汉而魏,日以渐离。沿至六朝,风云月露,巧相取媚,以诗为诗,非以我为诗,而性情之道远矣。是何异饰木偶而与相揖让也! 吾谓千余年来,以我为诗,独有陶杜两君。陶冲夷旷达,自成一家,有其趣不患无其诗,盖发于性情而未极其变,故蹊径一而易工也。少陵起于诗体屡变之后,于书无所不读,于律无所不究,于古来名家无所不综,于得丧荣辱流离险阻无所不历,而才力之雄大又能无所不挈,故一有感会,于境无所不入,于情无所不出;而情境相传,于才无所不伸,而于法又无所不合。当其搦管,境到、情到、兴到、力到;而由后读之,境真、情真、神骨真而皮毛亦真。②

此序主要观点是:诗为抒写性情之物,因此应该以我为诗,写自己之性情,而不应当以他人之诗为诗,拟他人之性情,也不应当以诗为诗,涂抹以酬应而无性情。对作者而言,能够检验其是否书写了性情的标志是境到、情到、兴到、力到;对读者而言,能否感受到作品之中书写了性情的标志是境真、情真、神骨真而皮毛亦真。其中的"力到"指的是才力,王嗣奭《杜臆》卷 2 有云:"诗才有二:有才华,有才力。何刘数子,不过才华,是以其力未工,而见笑于大方也。"才华外见于文辞体貌,才力则侧重于那种能够冲破模式,敢于且能够自道性情的能力。无论读者还是作者,无论是"到"还是"真",其根本都能统一到"真"上:所谓能"到",无非是当时情境兴力一时具来,实实在在,而非假托虚拟;"真"即"出自性情",且为"自作",自作即《杜臆》卷 2 所云的"诗贵创新"。表现在创作效果上,"境真、情真、神骨真而皮毛亦真"被王嗣奭概括为了逼肖:

> "宝玦"、"珊瑚",明写出王孙模样,而又"不肯道姓名",光景逼肖。
> 前首,起语写景如画。……"邻人墙头",乡村真景……"夜阑更秉烛","更"读平声。久客归家未能即睡,不无琐事,更换秉烛,自是真景。
> 起语,钟云:"描写村落小家光景如见。"前有《述怀》、《得家书》二诗,则公与其家人已知两无恙矣。此诗有"妻孥怪我在"、"生还偶然遂"

---

①　王嗣奭:《管天笔记外编》卷下,四明丛书本。
②　王嗣奭:《杜诗笺选旧序》,见吴文治主编《明诗话全编》。

等语,若初未相闻者,何也? 盖此时盗贼方横,乘舆未复,人人不能自保,直至两相对面,而后知其尚存,此实情也。①

　　三四写出乡村荒陋景象逼肖。

　　"野径云俱黑",知雨不遽止,盖缘江船火明,径临江上,从火光中见云之黑,皆写眼中实景,故妙。

　　"强将笑语供主人",写作客之苦刻骨,身历始知。四壁依旧空,老妻颜色同,痴儿索饭啼,不亲历写不出。写得情真自然,妙绝。②

其他事例尚有很多,集中在对情、景描绘得真实进行褒扬,"真景"、"如画"、"实情"、"逼肖"等成为了他批评的标尺。

　　王嗣奭推举盛唐,自然有七子的影响;但标尚性情,以真为尺度,又明显有性灵思想的痕迹。以上显示了经过复古派革新派反复的较量和融合,晚明浙东文学理论界已经出现了对这些理论思想的折中,体现了浙东文学理论批评独有的调和性。

第六节　明代浙东曲学理论批评(上)

　　浙江尤其浙东曲学理论批评在明代盛极一时。从理论著述上看,徐渭的《南词叙录》是首部专门研究南戏的著作,而徐渭对很多曲学理论问题的探讨都是开拓性的。明代中晚期,分别又涌现了吕天成《曲品》,王骥德《曲律》,沈德符《顾曲杂言》,凌濛初《谈曲杂札》,祁彪佳《远山堂曲品》、《远山堂剧品》等著名成果,以及孙月峰、臧懋循、孟称舜等一大批对曲学有专门研究的文人。

　　《南词叙录》对南曲的源流、特征作了分析,书中还诠释了一些南曲中常见的术语,集纳了宋元南曲旧本和明代南曲的一些著名作品。这个形式对后来吕天成、祁彪佳等人的曲品产生了影响,它们辑录古今作品,整理曲目,又借鉴历代诗歌品目的形式,对作品进行了品评。明代浙江对曲、剧进行品评的现象比较突出,其中不乏以集大成身份自居的文化担当,最著名的是吕天成《曲品》与祁彪佳的《远山堂曲品》、《远山堂剧品》。

---

①　以上见《杜臆》卷 2,《哀王孙》、《羌村三首》评语。
②　以上见《杜臆》卷 2,《漫成》、《春夜喜雨》、《百忧集行》。

吕天成(1580—1618,今余姚人)《曲品》分上下二卷。上卷论作家,分前人今人。前人分神品、妙品、能品、具品,高则诚纳入神品。作新传奇的今人分上中下三等,各等再分上中下三品,其中上之上者二人——沈璟、汤显祖。卷下论作品,分论新传奇、旧传奇,也按神、妙、能、具评判,旧传奇纳入神品的是《琵琶记》《拜月亭》。另外,对以创作南剧为主的文人专门单列,俱入上品。①

祁彪佳(1602—1645,今绍兴人)《远山堂曲品》是在吕天成《曲品》基础上扩展而成的。品级分为妙、雅、逸、艳、能、具六品,并列杂调一类专收弋阳腔剧本,为不及品。祁彪佳《远山堂曲品》已残缺,但所存已经涉及作品466种,而吕天成《曲品》不及二百种。另外《剧品》同样按照妙、雅、逸、艳、能、具六品品评,共242种。

祁彪佳《远山堂曲品》与吕天成的《曲品》相比,有很多可注意的思想。他在《曲品叙》中自称:"予之品也,慎名器,未尝不爱人才。韵失矣,进而求其调;调伪矣,进而求其词;词陋矣,又进而求其事。或调有合于韵律,或词有当于本色,或事有关于风教,苟片善之可称,亦无微而不录。故吕以严,予以宽广;吕后词华而先音律,予则赏音律而兼收词华。"相比之下,祁彪佳兼容的特色非常明显。从所收录曲目看,吕天成传奇不入格者不录,祁彪佳则将其收入"杂调"之中,称"工者以供鉴赏,拙者亦资捧腹"②。吕天成虽然将沈璟、汤显祖并列入神品,但沈居于前,汤居于后,其重音律的倾向较为明显。祁彪佳标榜音律词华兼重,所以《凡例》称音律一道不易,才如玉茗尚有拗嗓,何况他人;"求词于词章,十得一二,求词于音律,百得一二"。具体评价,汤显祖之作除了《紫钗记》之外都入"妙品"——最高品,沈璟的作品则分入雅、逸二品,近乎二三品。这当然不是祁彪佳口是心非,而是根据作品的质量所作的客观辨析。沈璟长于音律但作品成就不甚出色,这是不争的事实,而汤显祖作品也非尽入高品,说明祁彪佳对作家作品的批评更加客观,认识到了瑕瑜不相掩,而非一概而论。

与这些作品批评不同的是王骥德(?—1623,今绍兴人)的《曲律》,该书论作曲各法,从宫调到科诨详备,是最早一部通论南北曲创作方法的著作。其创作有矫正当时曲坛之病的目的:"人翻窠臼,家画葫芦,传奇不奇,散套

---

① 吕天成:《曲品》,吴书荫校注,中华书局1990年版。

② 祁彪佳:《远山堂曲品凡例》,《远山堂剧品》,《远山堂曲品》,见《中国古典戏曲论著集成》,中国戏剧出版社1959年版。

成套。讹非关旧,诬曰从先;格喜创新,不思乖体。恒钉自矜其设色,齐东妄附于当行。"①至于最基本的"配调安腔,选声酌韵"却都略而不言,或者语焉不详。① 王骥德也自序当时的情景:"彩笔如林,尽是呜呜之调;红牙迭响,只为靡靡之音。"②有鉴于此,他才著论《曲律》,便于作者"以律谱音"、"以律绳曲",以防淆乱,还复古初。书中详细论述了调名、宫调平仄等,属于曲的本体特征;论韵,力纠周德清《中原音韵》之弊;论唱腔、字之阴阳(清浊);等等。另外《曲律》所论,开创了中国古典曲学理论很多新领域:

首论务头。正如王骥德所说,务头在《中原音韵》之中胪列甚详,但主要是对具体曲调中何为务头作出标示,而南曲则从无人论及务头。无论南北曲,从理论上对务头的内涵进行界定,《曲律》为首次,专设有"论务头":"(务头)系是调中最紧要字,凡曲遇揭起其音,而宛转其调,如俗之所谓'做腔'处,每调或一句,或二三句,每句或一字,或二三字,即是务头。""古人遇务头,辄施隽语或古人成语一句于其上,否则诋为不分务头,非曲所贵,周氏所谓如众星中一月之孤明也。"务头为曲所要遵循的律,它并非仅仅表现为秀语,乃是强调此处为音声关键,不同于其他之处。

首论科诨。设有"论科诨":"插科打诨,须作得极巧,又下得恰好,如善说笑话者,不动声色令人绝倒,方妙。大略曲冷不闹场处,得净、丑间插一科,可博人哄堂,亦是戏剧眼目。"科诨意在调节沉闷的气氛,因此要运用在得当之处,尤其冷淡之时施设,可以得提神之效,又能画龙点睛,引起观众的重视,起到"眼目"的作用。科诨要自然,根据需要而定,"若略涉安排勉强,使人肌上生粟",则不如安静为妙。

首论宾白。散白之类的要求,徐渭曾经有过比较具体的说明,如强调本色家常自然等;《曲律》中则专列"论宾白",对定场白、对口白都分别给予了具体说明。定场白:"初出场时,以四六饰句者也。"其要求是:"稍露才华,然不可深晦。"以观众能理会为首位,四六再好而无人识,也不如"寻常话头",人人晓得。散口白,大略就是曲中对话与自言自语之类,要求:"明白简质,用不得太文字;凡用之、乎、者、也,俱非当家。"其要求要比定场白更倾向于简质明了。不过不追求文饰不是不讲美感,尤其音韵效果,仍然要保证动听:"句字长短平仄,须调停得好,令情意宛转,音调铿锵,虽不是曲,却要美听。"对于宾白,王骥德并没有以"宾"来怠慢,而是认为宾白的创作在已有的

---

① 冯梦龙:《曲律叙》,《曲律》附,见《中国古典戏曲论著集成》。
② 王骥德:《曲律自序》,见《中国古典戏曲论著集成》。

作品之中往往难以实现和曲的水准的统一,诸戏曲之工者白未必佳,所以说"其难不下于曲"。

首论"头脑"。设有"论套数":"大略作长套曲,只是打成一片,将各调胪列,待他来凑我机轴;不可做了一调又寻一调意思。《西厢记》每套只是一个头脑,有前末句牵搭后调做者,有后调首句补足前调做者,单枪匹马,横冲直撞,无不可人。他调殊未能知此窾窍也。"头脑是套曲的指导思想,是其主旨。套曲论头脑延伸到整个剧本,便成为了全剧的大头脑,它侧重于全剧的紧要之处对整个剧本故事编织所起到的作用,因而往往是故事矛盾交织与高潮之处。后来李渔论头脑,便是对第二点的接受与改造。

以上浙东文人总结创作实践之作、理论集大成之作、评点之作以及其他众多的序跋与专论文章,共同铸就了明代浙东曲学的繁荣。

一、徐渭曲学理论开拓

徐渭《南词叙录》表现了很大的理论勇气。按照其序中所论,当时有人酷信北杂剧,甚至以南歌为犯禁。因此,整理北杂剧成果者有《点鬼簿》,整理院本成果者有《乐府杂录》,曲选有《太平乐府》,唯独南戏无人关注。客居闽地的徐渭鉴于这种局面,录南戏诸剧,为"村坊小曲而为之"的南戏张目。徐渭在本书和其他一些曲学著述里表达了以下理论观点。

(一)主张自然、本色

首先是曲律的自然,《南词叙录》并不反对曲律,但对其太多的规限表示了疑问,尤其对南九宫提出了批评,认为南曲起源于南宋永嘉杂剧,本于民间,没有这些条条框框:

> 永嘉杂剧兴,则又即村坊小曲而为之,本无宫调,亦罕节奏,徒取其畸农市女顺口可歌而已。谚所谓"随心会"者,即其技欤? 间有一二叶音律,终不可以例其余,乌有所谓九宫? 必欲穷其宫调,则当自唐宋词中别出十二律、二十一调,方合古意。是九宫者,乌足以尽之? 多见其无知妄作也。①

有人以高则诚《琵琶记》中"也不寻宫数调"的表白为其不明宫调的证据,徐渭称恰恰从此可见出高则诚的见识,因为他认识到了南曲本来为市里之谈,如同吴下山歌,自然天籁,何处寻宫调?

---

① 徐渭:《南辞叙录》,见《中国古典戏曲论著集成》。

其次是曲文要自然。《题昆仑奴杂剧后》评论此剧虽然"于词家可立一脚"，但也存在明显的问题："散白太整，未免秀才家文字语，及引传中语，都觉未入家常自然。"此处曲文主要指散白，散白属于人物的对话一类，"宜俗宜真，不可着一文字与扭捏一典故事，及截多补少，促作整句"。一着点缀，往往成"锦绣灯笼，玉镶刀口，非不好看，讨一毫明快，不知落在何处矣"。又如"要紧处"也要本色自然："不可着一毫脂粉，越俗越家常越警醒，此才是好水碓，不杂一毫糠衣，真本色。"所谓要紧处，当就剧情而言，最紧要之际人人都会因为利害命运而露出本色面目，无暇自我妆点，假如此时剧作尚且装模作样、刻意琢磨，便会背离常情，冲淡气氛，徐渭称"不知减却多少悲欢"①。对散白与剧情紧要处要自然的强调，是对艺术与现实关系的一种态度。在徐渭看来，艺术和现实真实吻合的程度是一块艺术试金石，这种真实不是就事情的不虚而言，而是就符合现实逻辑讲的，因此也属于艺术真实的范围，有其重要的美学价值。

（二）存雅俗之辨

《南词叙录》在反对宫调束缚之际，对南戏的俗给予了首肯，由此表达了山歌、小曲之类作品也值得重视这一意见。在对南戏戏文的分析之中，又针对以时文为戏而掉弄学问者提出："与其文而晦，何若俗而鄙之易晓也？"以上在论述散白以及"要紧"处时也提出了越俗、越家常则越警醒的观点，甚至主张"越俗越雅"，说明徐渭在当时的文化环境下，于俗的态度相当通达，其中有着对文士酸腐之气的警醒。当然，他所说的俗内涵比较丰富，或指与精英气质对立的文化，或指即时当下的俗常人生状态，或指本色自然而未经人工妆点。不过他自己本心仍然存有雅俗之辨，比如他比较当时兴起的四大声腔，独推昆山腔："惟昆山腔，止行于吴中，流丽悠扬，出乎三腔之上，听之最足荡人，妓女尤妙此。"分析原因，他认为主要在于："隋唐正雅乐，诏取吴人充弟子习之，则知吴之善讴，其来久矣。"宗雅倾向明显。又如比较南北曲：

> 南易制，罕妙曲；北难制，乃有佳者。何者？宋时，名家未肯留心；入元又尚此，如马、贯、王、白、虞、宋诸公，皆北词手。国朝虽尚南，而学者方陋——是以南不如北。然南戏要是国初得体，南曲固是末技，然作者未易臻其妙。《琵琶》尚矣，其次则《望江楼》、《江流儿》、《莺燕争春》、

---

① 徐渭：《徐渭集·徐文长佚草》卷2。

《荆钗》、《拜月》数种稍有可观,其余皆俚俗语也。

通过南北对比,大势上佳与不佳的差异,根本在于"作者":北曲至元代,多名公词手投身其中;而南曲早期之弱在于作者"未臻其妙"。作者之所以如此,则是因为其主体多为底层优伶,而批评南曲之病,根还在"俗"上。当然,徐渭的雅俗之辨是不可轻易贬抑的,立足于雅的基础上接纳俗,又在接纳俗的同时不忘对俗的提升,这一切恰恰体现了徐渭在雅俗问题上的成熟。就民间艺术而言,不经过雅的提升,便没有成熟发展的资本;而雅不接纳俗,也便会丧失传播的动力与普及发展的力量和源泉。

(三)曲学之兴观群怨说

徐渭评《琵琶记》云:"《琵琶》一书,纯是写怨。蔡母怨蔡公,蔡公怨儿子,赵氏怨夫婿,牛氏怨严亲,伯喈怨试怨婚怨及第,殆极乎怨之致也。诗可以兴、可以观、可以群、可以怨,《琵琶》有焉。"[1]兴观群怨兼作者创作与读者观赏而言。

从作者创作讲,怨情居多,所以才有将《琵琶记》定位在"怨"的结论。其《选古今南北剧序》言其所选剧目:"非昭阳纨扇,即滴博征衣;非愁玉怨香,即驿梅河柳。余并桂风萝月、岫晃云关、邯郸枕畔、婺州角上语。"其所选剧目的主要内容是昭阳纨扇讲宫怨、滴博征衣为征人之怨、愁玉怨香驿梅河柳之类为闺怨、邯郸枕畔婺州角上语则为人生无可奈何之怨,无处不怨,无人不怨,无时不怨,空人凡心,销人红尘,所以称"实炎熇中一服清凉散"。作者酒酣耳热,辄取如意击唾壶,呜呜而歌,也可少抒胸中忧生失路之感。

曲学之中的兴则多从读者而言,徐渭通过南北曲对人情绪的不同感发对此给予了说明:

> 听北曲使人神气鹰扬,毛发洒然,足以作人勇往之志,信胡人之善于鼓怒也,所谓"其声噍杀以立怨"是已。南曲则纡徐绵渺,流丽而婉转,使人飘飘然丧其所守而不自觉,信南方之柔媚也,所谓"亡国之音哀以思"是已。夫二音鄙俚之极,尚足感人如此,不知正音之感人何如也。[2]

北音之豪放与南音之缠绵,代表了各自不同的风格,给人的兴发也恰恰相

---

① 徐渭:《琵琶记》评语,下同,《中国古典戏曲序跋汇编》第二册卷 2,齐鲁书社 1989 年版。

② 徐渭:《徐渭集·补编》。

反。将诗歌的兴观群怨移植到曲学,是对其地位的提升。当然,徐渭虽然讲兴观群怨,但具体论述涉及的以"怨"和"兴"为主,这体现了他人生遭际对艺术理论的影响。

（四）主张摹绘求真,真则"动人易"

《选古今南北剧序》云:"人生堕地,便为情使,聚沙作戏,拈叶止啼,情防此矣。迨终身涉境触事,夷拂悲愉,发为诗文骚赋,璀璨伟丽,令人读之喜而颐解,愤而眦裂,哀而鼻酸,恍若与其人即席挥麈,嬉笑悼唁于数千百载之上者,无他,摹情弥真则动人弥易,传世亦弥远,而南北剧为甚。"总结南北曲动人的原因,在于"摹情弥真",将作者诸般人生况味模写真切,与读者就能发生共鸣,因而"动人弥易"。他还专门强调"南北剧为甚",意在说明杂剧、南曲等在摹写事态人情上有着其他文体所不具备的优势。关于南北剧之真,徐渭在《琵琶记》评语中有很细腻的分析:

> 黯然销魂者,唯别而已矣。唐人多朋友送别之诗,元人多夫妇惜别之曲。然写朋友送别,慷慨悲壮,能令人增长意气。若写到夫妇惜别,纵使极情尽致,不过男女缱绻之私已耳。《琵琶》高人一头处,妙在将妻恋夫、夫恋妻,都写作子恋父母,妇恋舅姑。如"南浦"一篇,始之以"亲在游怎远",而终之以"归家只恐伤亲意",此其不淫不伤,发乎情,止乎礼义者也。不然,为男子者,出门惘惘有离别可怜之色,叮咛顾妇子语刺刺不休,便不成丈夫;为女子者,全不注意功名,为良人劝驾,只念衾寒枕冷,牵衣涕泣,便不成贤媛。

在发情止礼的礼教浸淫下,中国人夫妇之情的表达非常含蓄,它不同于友人间的慷慨,其平淡往往被人认为薄情。但事实上,这种高度含蓄与礼教挤压下的情感非常强烈,是对所有试图进行表达的作家的挑战。高则诚显然是一位高手,他明了这一切,而且没有违背这种语境而刻意去虚构缱绻的场景,而是把发情止礼这个伦理规条进行了艺术的改造,使之成为摹情的一个方法:既然情态如此,那么就将有情人是如何发情止礼的情态描绘出来,那种细微、含蓄而又欲言又止、欲罢不能的心思,正在这种幽微、细腻的刻画里得到复原,唯其真而忍,所以更加动人。《西厢记》也是此中高手,徐渭云:

> 《琵琶》有嘱别之文,《西厢》亦有嘱别之文。而《西厢》之文之妙,固在嘱别之前。从前写得莺莺极其娇雅,极其矜贵,盖惟合之难,故离之难耳。若只写《长亭送别》一篇文字,便没气骨。

《西厢记》长亭送别一出极其感人,原因在于写出了热恋中青年男女初尝离别滋味的真实情感。而为了写好送别,此前众多的关目都在为此服务,尤其两人结合得艰难,都是对后来依依不舍的铺垫。合之难故而别亦难,所以才有长亭古道、碧云黄叶的动人场景。①

二、曲学尊体论与当行论

曲学在明代浙东的繁荣,引发了一个尊体的理论热潮。所谓尊体,就是通过对曲的本体性特征的研究、挖掘,确立其在文学门类、文学史中的地位,摆脱小道、末艺的尴尬局面。早期一些文人对词曲创作存有偏见,如胡应麟就说:"汉文唐诗宋词元曲,虽愈趋愈下,要为各极其工。然胜国诗文绝不足言,而虞杨范揭辈皆煊赫史书,至乐府绝出古今,如王关诸子,无论生平履历,即字里若存若亡,故知词曲游艺之末途,非不朽之前著也。"②元代以诗文著称者如杨维桢等皆彪炳史书,而王实甫、关汉卿等杂剧大家却连履历都难以保存下来,这是从元代就流行的对待曲学的态度,所以胡应麟从功利的立场出发,以之为游艺末途,贬低得已经无以复加,但又承认元曲亦为"极其工"者,可见其思想之中对曲的态度也是有矛盾的。但在明代,为词曲正名翻案的声音高涨起来,其时对词曲之体的尊奉分别表现为:在对源流追溯之中体现源远流长,对诗词与曲的辨析之中分辨曲的独到特征,对曲需要积学与当行的论述之中体现为曲之不易,从曲兼教化与审美二用见曲之重要。

(一)在对源流的追溯之中体现源远流长

追溯源流本是古代文学理论的首要任务,关于曲的源头,胡应麟《庄岳委谈》以为起源于优伶:"优伶戏文自优孟抵掌孙叔敖实始滥觞,汉官者傅脂粉侍中亦后世装旦之渐也。魏陈思王傅粉墨椎髻胡舞诵俳优小说,虽假以逞其豪俊爽迈之气,然当时优家者流装束因可概见,而后世所为副净等色有自来矣。"从古代优伶传统论起,至《乐府杂录》中的弄参军以及后来的范传康等人"弄假妇人",正是装扮副净、旦角,皆为优伶传统。而到了唐代,优伶分工日益细化并衍生出了专门的演习,使得优伶的活动空间受到挑战:

> 古教坊有杂剧而无戏文者,每公家开宴,则百乐具陈……唐制自歌舞之外特重舞队,歌舞之外又有精乐器者,若琵琶羯鼓之属。此外俳优杂剧不过止供一笑,其用盖与傀儡不甚相远。非雅士所留意也。

---

①　徐渭:《琵琶记》评语中文字,《中国古典戏曲序跋汇编》第二册卷2。

②　胡应麟:《庄岳委谈》,《少室山房笔丛》卷25,影印文渊阁四库全书本。

早期的百乐具陈之中也包括杂技优伶,汉代大赋对此有具体的描绘;到了唐代乐舞分工渐细,优伶被边缘化,而且这种局面一直持续到宋代。其改观在于元代文人给优伶赋予了戏文,使得优伶的演出有了戏文的依据,并综合了乐舞的特征,故云:"浸淫胜国,崔蔡二传奇迭出,才情既富,节奏弥工,演习梨园几半天下。"他称这是"古今一大变革"。①

王骥德《曲律》开篇第一条也是"论曲源"。这个源头的探讨侧重于杂剧、传奇之中套曲的源头,王骥德将其和"乐"建立了联系。他说:"曲,乐之支也。"古乐从《康衢》等作开始,至西汉乐府,声渐其靡,六代延之。到了唐代以绝句为曲,如清平、凉州之类,由于难尽音声变化,所以又创立了《小秦娥》、《菩萨蛮》等调,因此说李白、温庭筠为曲之"始作俑"者。宋代词兴,与曲接近,"然单词只韵,歌止一阕,又不尽其变"。金章宗时渐渐发展为北词,入元则漫衍为北曲。北曲"滞于弦索,且多染胡语,其声近噍以杀,南人不习也",所以至明变为南曲:"婉丽妖媚,一唱三叹,于是美善兼至,极声词之致。"论源头而及乎乐,则与雅正接上了血脉,通过溯源而确立了曲的地位。

通过曲与乐关系的探究,学者们进而将曲与《诗经》建立了联系。祁彪佳称:"今之曲即古之诗,抑非特古之诗耳,即古之乐也。"②当时的王世贞、何良俊均持类似观点,以乐为依据,将曲之源头推及诗,其体出于《诗经》,其用等于《诗经》,后来又衍入古诗,由此提高了曲的地位。正因为这种关系的确立,具体的创作论中,诗学的标准经常成为曲学批评的重要尺度。如《曲律》"论声调"便以唐诗格调作为曲的最高规范:

> 夫曲之不美听者,以不识声调故也。盖曲之调犹诗之调。诗推初盛之唐,其音响宏丽圆转,称大雅之声。中晚以后,降及宋元,渐萎蔫偏诐,以施于曲,便索然卑下不振。故凡曲调,欲其清不欲其浊,欲其圆不欲其滞,欲其响不欲其沉,欲其俊不欲其痴,欲其雅不欲其粗,欲其和不欲其杀,欲其流利轻滑不欲其乖剌艰涩而难吐。其法须先熟读唐诗,讽其句字,绎其节拍,使长贯注融液于心胸口吻之间,机括既熟,音律自谐,出之词曲,必无沾唇拗嗓之病。

从对唐诗格调的学习之中获取曲的格调,其方法就是体格声调的涵咏,"讽咏之久,有金石宫商之声",通过模拟,渐得其似,这种思想颇近似于七子的

---

① 胡应麟:《庄岳委谈》,《少室山房笔丛》卷25。
② 祁彪佳:《孟子塞五种曲序》,《祁忠惠公遗集补编》,道光二十二年增刊本。

诗学思想,所以有学者称这可以看出王骥德受七子影响之深。但这同时也说明了另一个问题:王骥德将诗学标准纳入了曲学批评,而且以作为诗学标尺的盛唐法式要求曲的创作,体现了其提升曲学地位的策略。而在有的批评文章中,他则干脆打通了诗、曲:

> 《西厢》,风之遗也;《琵琶》,雅之遗也。《西厢》似李,《琵琶》似杜,二家无大轩轾。然《琵琶》工处可指,《西厢》绳削甚严,旗色不乱;《琵琶》之妙,以情以理,《西厢》之妙,以神以韵。[①]

以风雅比曲,以李杜喻曲,以神韵评曲。其他曲品之类以神逸妙能等论曲,以趣味、情景等论曲,皆是诗学标准的直接运用。如吕天成《曲品》评《双卿》:"景趣新逸。"《修文》:"穷其幻妄之趣。"《投桃》:"甚有情趣。"又如祁彪佳《远山堂曲品》论《太平乐事》:"无深趣耳。"《小春秋》:"曲本平实,便觉趣味不长。"《地狱生天》:"不作禅语而作趣语。"其他如"全不入趣"、"尽竹林诸贤之趣"、"趣复不长"、"有何景趣"等等。诗文与曲批评尺度的统一,体现了彼此隔阂的冥合。

(二)在对诗词与曲差异的辨析之中确立曲的独到特征

在通过对诗的依傍获得合法地位之外,明代文人们又致力于对曲与其他文体差异性的辨析,辨析的过程是一个文体自觉的过程,在辨析之中曲的自我形态获得了定位。除了最基本的曲有套数、有宾白、有故事,呈现综合性之外,《曲律·杂论》又从曲更近自然、更加婉曲地表达情感这一点强调了曲的本体特征:

> 吾人言:丝不如竹,竹不如肉,以为渐近自然。吾谓:诗不如词,词不如曲,故是渐近人情。夫诗之限于律于绝也,即不尽于意,欲为一字之利不可得也。词之限于调也,即不尽于物,欲为一语之益不可得也。若曲,则调可累用,字可衬增。诗与词不得以谐语方言入,而曲则惟吾意之欲至,口之欲宣,纵横出入,无之而无不可也。故吾谓:快人情者,要毋过于曲也。

曲与诗、词在自由度上有着很大的差异,因此在表达情感上也有极大的不同。通过这种对比,曲显示了诗词所不可替代的作用,它的表现形式更自由,它表达情感的效果更加突出。因此:"词之异于诗也,曲之异于词也,道

---

① 　王骥德:《新校注古本西厢记》,见《中国古典戏曲序跋汇编》第二册。

迥不侔也。诗人而以诗为曲也,文人而以词为曲也,误矣,必不可以言曲也。"又从曲的独特性入手,以为诗词曲彼此不可以一道统之。

又则,对曲的虚构性给予了充分关注。关于这一点当时形成了戏剧虚实问题的论争,所谓虚实问题,是指从本质上讲,戏曲应该反映真实的现实人生还是虚幻的尤其虚构的传奇故事。"传奇"的命名本来已经体现了这个艺术品种传演奇事的特征,人们对此也多有接受。胡应麟从戏曲传奇源自优伶剧戏探讨这个问题,认为所谓的生旦净末丑等角色,其本质都出于于幻设虚构:

> 凡传奇以戏文为称也,无往而非戏,故其事欲谬悠而无根也,其名欲颠倒而无实也,反是而求其当焉,非戏也。故曲欲熟而命以生也,妇宜夜而命以旦也,开场始事而命以末也,涂污不洁而命以净也。凡此咸以颠倒其名也。

生旦净末的角色设置,全部来源于颠覆现实,以见戏与实的区分。他又举当时著名的《荆钗记》、《琵琶记》、《香囊记》等为例:"中郎之耳顺而婿牛也,相国之绝交而娶崔也,荆钗之诡而夫也,香囊之幻而弟也,凡此咸以谬悠其事也。"[1]谬悠其事,是就不滞于事实而言的。这一观点在当时有着较为广泛的认同,如《琵琶记》诞生之后,有人附会此曲意在影射,就连王世贞也认为是讥讽当时一士大夫。但吕天成却质疑:"讽友人夫其信然?"并申说其对虚构的支持:

> 赏其绝技,则描画世情,或悲或笑;存其古风,则凑泊常语,易晓易闻。有意驾虚,不必与实事合;有意近俗,不必作绮丽观。[2]

徐复祚也说:"要之传奇皆是寓言,未有无所为者,正不必求其人与事以实之也。"[3]对虚的认可,不是说故事违反艺术真实,而是不照搬现实。

又则,虚构也应该以符合情理为标准。晚明之际,传奇之奇演为神奇怪异、牛鬼蛇神,虚幻之说怪异之说大兴,因此一些文人从理论上给予了批评。凌濛初认为,作为戏曲结构故事的方法,"略附神鬼作用"是无可厚非的,只要自然不牵强,做到"大雅可观",但当时很多作品却远远背离了这个限制:"今世愈造愈幻,假托寓言,明明看破无论,即真实一事,翻弄作乌有子虚。"

---

① 胡应麟:《庄岳委谈》,《少室山房笔丛》卷 25。

② 王世贞:《曲品》,见《中国古典戏曲论著集成》。

③ 徐复祚:《曲论》,见《中国古典戏曲论著集成》。

装神闹鬼,致使真实反而化作虚无,"兼以照管不来,动犯驳议,演者手忙脚乱,观者眼暗头昏,大可笑也"。因此,他认为"人情所不近,人理所必无,世法既自不通"的怪异应该有所收敛,要维系基本的情理尺度。① 张岱对传奇之中一意作怪的现象也有深刻的批评,他以《合浦珠》为例详细进行过分析:

> 盖郑生关目,亦甚寻常,而狠求奇怪,故使文昌、武曲、雷公、电母奔走趋跄,闹热之极,反见凄凉。……今人开场一出,便欲异人,乃妆神扮鬼,作怪兴妖,一番闹热之后,及至正生冲场,引子稍长,便觉可厌矣。

他引苏轼之语,认为"凡人文字,务使和平知足"。又道《琵琶记》、《西厢记》:"布帛蔬粟之中,自有许多滋味,咀嚼不尽,传之永远,愈久愈新,愈淡愈远。"而这些作品却毫无奇怪之处,尽为常情常理。又通过《西楼》一剧的成功阐述称:"只一情字,讲技、错梦、抢姬、泣试,皆是情理所有,何尝不闹热,何尝不出奇?何取于节外生枝屋上起屋耶?"②意在倡导情理之中的故事,而非无所依托的捏造。

(三)曲不易为

曲不易为首先体现在需才情之外积学而就。《曲律》拿出了相当的篇幅论述曲之不易,除了"论须识字"外,尚有"论须读书":"词曲虽小道哉,然非多读书以博其见闻,发其旨趣,终非大雅。"所读之范围又多设定在发挥才情的诗文之上:"须自《国风》、《离骚》、古乐府及汉魏六朝三唐诸诗,下迨花间、草堂诸词,金元杂剧诸曲。"最后又提到"古今诸部类书"。读书要达到的状态当如王实甫、高则诚"下笔有许多典故,有许多好语衬副",而非堆垛学问以吓三家村人。其最高境界是"作诗原是读书人,不用书中一个字"。读书尚关乎曲文用事,故专设"论用事"一节:

> 曲之佳处,不在用事,亦不在不用事。好用事,失之堆垛;无事可用,失之枯寂。要在多读书,多识故实,引得的确,用得恰好,明事暗使,隐事显使,务使唱去人人都晓,不须解说。又有一等事,用在句中,令人不觉,如禅家所谓撮盐水中,饮水乃知咸味,方是妙手。

在用事与不用事之间游移,实则对用事大加称道,既体现了王骥德文人的积习,也可以看出他努力在以诗文所共用的创作手段论曲,以显示曲之不

---

① 凌濛初:《谈曲杂札》,见《中国古典戏曲论著集成》。
② 张岱:《答袁箨庵》,《琅嬛文集》卷 3。

易为。

其次从需要当行论曲之不易。当行之说,除了《沧浪诗话》当行本色的提法,南宋楼昉《过庭录》中也曾使用:"太史公作苏秦、张仪、范雎、荆轲传分外精神,盖子长胸中有许多侠气,所谓爬着他痒处。若使之作董仲舒等传,则必不逮,以其非当行也。"①这个当行是说作者的精神与所书写对象有着共性,因此驾轻路熟分外传神。当行因此也就具有了熟稔且能够轻松驾驭的内涵。

明代对当行的理解大致分为四类,一是如王骥德等的观点,当行本色并列,大致视为无甚区别。其二如冯梦龙所云:"当行也,语或近于学究;本色也,腔或近于打油。"②视当行为文人化,本色为村朴之创作。其三,当行侧重于对曲的本质特征尤其是音律的把握,代表是沈璟,其《二郎神》套曲《金衣公子》中云:"怎得词人当行,歌客守腔?大家细把音律讲。"其四则是在明代较为流行的看法,即本色侧重于曲词宾白,当行则兼论关节局段,倾向于对故事编撰、演绎以及实现舞台化的内行,还包括创作表演可传神写照的本领,和楼昉所说的早期的当行有着共性。浙西臧懋循就是这种以关节局段故事编撰论当行的代表,其《元曲选序二》中发表了著名的"三难"说:情词稳称难、关目紧凑难、音律谐叶难。根据以上标准,继而对名家创作进行点评:因为有着以上诸难,所以名家之作多不如人意,他人更是等而下之了,于此可见曲非末技杂艺。继而臧懋循将曲家分为名家与行家,名家文采斐然,大凡闳通之士,皆可为之,但多可奉于案头,难以搬演,所以独重行家之当行:

> 随所妆演,无不模拟曲尽。宛若身当其处,而口忘其事之乌有,能使人快者掀髯,愤者扼腕,悲者掩泣,美者色飞。是惟优孟衣冠,然后可与于此,故称曲上乘云曰:当行。③

曲所需要的能力,远非诗词的花鸟比兴所能就,能够将人物写活,而且再现于舞台之上,不以文辞动人而以人物故事的逼真感染观众者才是上乘,能达此上乘者即为"行家",即为当行。

当行又被称为"当家",在王骥德那里升华为曲需要"业有专门"。《曲律·杂论》引时人之言:元代从事杂剧创作的文人多沉于下僚,如关汉卿乃

---

① 楼昉:《过庭录》。
② 冯梦龙:《太霞新奏》卷12,见《中国古典戏曲论著集成》。
③ 臧懋循:《元曲选序二》。

太医院尹,马致远江浙行省务官,郑德辉杭州路吏,因此"多以有用之才,寓于声歌",所谓不得其平则鸣。但王骥德认为不然,他举当时其他文人称:贯酸斋、白无咎、杨西庵、胡紫山、赵松雪等皆宰执贵人,而未尝不工于词。所以,他认为元曲繁荣的真正原因是"胜国时上下成风,皆以词为尚",这样的结果是形成了"业有专门"的局面,将曲提升为需要专门而为的艺术事业。

(四)从曲兼教化与审美二用见曲之重要

对本身效用的论述和强调是不同艺术门类、文学体裁彰显自我地位的手段之一。徐渭已经初步论述了曲承接《诗经》,有着兴观群怨之用,王骥德《曲律》则明确从教化入手论曲:"古人往矣,吾取古事,丽今声,华衮其贤者,粉墨其慝者,奏之场上,令观者借为劝惩兴起,甚或扼腕裂眦、涕泗交下而不能已,此方为有关世教文字。"[①]由于崇教化,因此称"不关教化,纵好徒然";又批评《拜月亭》"只是宣淫,端士所不与",称那些"徒取漫言"的创作无所贵。值得注意的是,王骥德论教化有两个层次:其一为"令观者借为劝惩兴起",因善而得激励,因恶而得惩戒,这仅仅是戏剧内容故事情节给读者直观的影响,此为基本的兴观群怨阶段;其二为"甚或扼腕裂眦、涕泗交下而不能已",其中"甚或"是相比于"劝惩兴起"而言的,表示程度的加深,故事能够令读者观众彻底投入,同情共感,获得心灵深处,情感深处的洗礼与震撼,这种文字方为"有关世教"文字。可见,王骥德的教化说里已经深深植入了艺术审美的因素,在美的沉浸之中获得教化,提升了他教化论的理论层次,可以说对当时一般的教化说是一个超越。

关于戏曲教化,王骥德从审美理论上还提出了动人与快人两个问题。"论套数"云:"摹欢则令人神荡,写怨则令人断肠。不在快人,而在动人。此所谓风神,所谓标韵,所谓动吾天机。"高则诚《琵琶记》开场词中曾说过:"论传奇,乐人易,动人难。"喜怒哀乐属于人的基本生理情感,既曰生理情感,则其具有官能的色彩,官能由于其生理的特征,因此对快适、舒畅者都有好感,但它因为注重消遣娱乐而处于审美的浅层。动人的"动"则具有广泛的包容性,是对审美感觉的敞开与对诱发审美感觉的对象的收纳,它表示一种超越了官能刺激之外的具有反思色彩的审美感动。将戏剧的审美尺度从快人调整为动人,也表现了王骥德对戏剧故事审美形态的取向:大凡快人者,往往要注重故事外在情节、人物个性、矛盾冲突的夸张与提炼,我国古代类型化

---

① 王骥德:《曲律·杂论》。

的戏剧作品多具有这种直接感发人之情感的特点,大忠大孝、大悲大喜、大起大落另有大团圆,都使人基本的审美理想在故事之中得到抒发并与观众在世俗人生热情上获得共鸣。而"动人"则具有一定的对张扬夸张的收缩与内敛,更加注重以含蓄而真实的现实力量打动读者,拓展审美的空间。王骥德将高则诚的"乐人"上升为"动人",并强化了快人和动人的差异,明确倡导戏剧以"动人"为高,显示了很高的理论辨析能力。

既有伦理之用又有艺术审美之效,既能化俗也能动雅,雅俗共赏:从这个意义上来看待曲学,自然应该给予其相应的地位。

三、本色论与其引发的才律论争及影响

对于本色与当行之间的关系,明人理解上不甚统一,大致体现为以下规律:言本色者,往往兼言当行,视本色当行为一个基本内涵,以为能够当行的创作必然本色,与学问词章之类无涉。强调当行者,则基本认为当行有着与本色不同的要求。

(一)本色论

本色本是诗学批评范畴,最早约见于两宋时期,陈后山《后山诗话》中云:"退之以文为诗,子瞻以诗为词,如教坊雷大使舞,虽极天下之工,要非本色。"《沧浪诗话·诗辨》中也有"惟悟乃为当行乃为本色"之说。本色说在明代极为普及,除了曲学,当时诗学领域也广泛应用,如王嗣奭《杜臆》、陆时雍《诗镜》等多以本色论诗。

浙东文人之中,徐渭是较早对本色发表观点的文人,其本色论主要内涵是真实自然。《西厢序》云:"世上莫不有本色有相色,本色犹言正身也,相色替身也。替身者,即书评中'婢作夫人终觉羞涩'之谓也。婢作夫人者,欲涂抹成主母而多插戴,反掩其素之谓也。"①自称贵本色而贱相色,原因在于反对相色的矫情作态,此处并未明确本色的对象是事还是文辞,其实二者兼容,既要求文辞自然,又要求事写真情、见真精神。《题昆仑奴杂剧后》论本色也正是二者着眼,而文辞则包括曲词与宾白。如言散白:"散白太整,未免秀才家文字语,及引传中语,都觉未入家常自然。"一着点缀,往往成"锦绣灯笼,玉镶刀口,非不好看,讨一毫明快,不知落在何处矣"。又如言剧情"要紧处"也要本色自然:"不可着一毫脂粉,越俗越家常越警醒,此才是好水碓,不杂一毫糠衣。"他认为这才是"真本色"。

---

① 徐渭:《徐渭集·徐文长佚草》卷1。

　　徐渭本色论另一个内涵是易晓。《南词叙录》认为词学之中晚唐五代最高,原因在于"浅近"。元曲之所以如此辉煌,在于其学唐诗而得其"浅近婉媚",且"去词不远",因此绝妙。由此论及明代的南曲创作:"以时文为南曲,元末国初未有也,其弊起于《香囊记》。《香囊》乃宜兴邵文明作,习《诗经》,专学杜诗,遂以二书语句匀入曲中,宾白亦是文语,又好用故事作对子,最为害事。夫曲本取于感发人心,歌之使奴僮妇女皆喻,乃为得体;经子之谈,以之为诗且不可,况此类耶?直以才情欠少,未免凑补成篇。"徐渭认为,以经子时文气而为、意在炫耀学问的《香囊记》"如教坊雷大使舞,终非本色"。而与此类创作相反,《拜月》等南戏虽然俚俗,却有一高处:"句句是本色语,无今人时文气。"文则饰,雕饰多则晦而不清,所以徐渭宣称:"与其文而晦,何若俗而鄙之亦晓耶?"鄙自然是不被提倡的,这里仅仅是作者对浅显易晓之肯定的一种策略。

　　徐渭本色论在对自然、易晓的提倡之中,还有一个被人们忽略的重要内涵:易晓而未必俗,且妙处要由读者观众领会,而不能在文辞字句上求显在的妙处。他说:"填词如作唐诗,文既不可俗,又不可自有一种妙处,要在人领解妙悟,未可言传。"这段话有两个需要仔细理会的要点。其一,"文既不可俗,又不可自有一种妙处"。徐渭是不否认通俗的,但也强调了雅俗之辨,通俗可晓畅可,鄙俗粗俗不可。但也不能为了追求通俗而过施人工造作姿态,以主观寄托深意,或者刻意于对文眼、务头的锻炼,以使曲辞漂亮如诗词。而是要自然写来,在易晓的前提下,使观众在其中能够领悟到妙处。所以才说"文既不可俗,又不可自有一种妙处",明确指向了"文"不能俗又不可自有妙处,可见是针对文辞而发,它体现的正是鲜明的本色要求,有着徐渭对案头化的警醒。"不可自有"并非没有,而是顾及曲的整体是在"自然"下诞生的,某一处过分渲染辞采,雕琢义旨,会影响整体的和谐与自然的形态;要像唐诗,不能在字句之中求诗之美,而应该从整体上会悟,恰恰在简朴无奇的表面之外,有着令人流连的滋味。

　　更主要的是其二,"要在人领解妙悟,未可言传",要考虑如何使得观众在现场实现当下的领悟,而非刻意由作者以文饰手段赋予到文辞之中,试图观众通过文辞语言的索解、揣摩然后获得这种微妙。此处所谓"妙"有各种不同的表现形态,但本意之中就有着玄而神的意思,长期的精英文化包装,使之一则包容了文辞华美,二则包容了文辞的深奥,一眼看穿、一听就透者往往不被纳入这个行列。而因为文饰带来的晦与奥是徐渭坚决反对的,他批评《香囊记》以时文为曲,过于酸文,故云"与其文而晦,何若俗而鄙之亦晓"。本节文字在提出"文既不可俗，又不可自有一种妙处"之后，提到一个例子："名士中有作者，为予诵之，予曰：'齐梁长短句诗，非曲子。何也？其词丽而晦。'"意为，其人之曲作如齐梁杂言诗，虽美丽却晦涩，这个晦也是针对观众而言，非是就案头读者而言。可见追求文辞之美妙影响晓畅，给观众在"看"戏剧的时候增加了寻味的时间；而戏剧是不提供这种反复索解时间的一个艺术门类，它可以供观众事后回味，但当下的一切应该使之明了，否则会影响欣赏过程的完整。而对"未可言传"一句，多数解读者都理解有误：这四个字并非是说"文既不可俗，又不可自有一种妙处"这个道理不易言传，也不是说自己领悟到的妙处有着不可言传的精微幽渺，而是和前面的"要在人领解妙悟"联系在一起，用以强调曲文之妙不在作者创作之中努力锻造隽语秀句、以文字语言来塑造玄逸意象表现奥妙，而应该通过文辞晓畅，使观众在看戏赏剧的演出现场领悟，才是得体合格的。

　　"要在人领解妙悟，未可言传"强调了三点：曲辞要晓畅；妙处要由观众领悟，曲作既要具备令观众领悟的潜在因素，又不能通过诗词的艺术手段将种种妙处进行表现；观众领悟不是针对案头的阅读而言，是观剧之际的明白易懂，但当下的明白并不排斥事后的回味与反思。可见，徐渭对"不可自有妙处"、"未可言传"的强调，实则是对曲与诗词创作差异性的强调，是一种尊体的行为。

　　《南辞叙录》本条随后的一条正是对他这种又不俗又不可自有妙处之作的一个总结：

> 　　或言："《琵琶记》高处在庆寿、成婚、弹琴、赏月诸大套。"此犹有规模可寻。惟"食糠"、"尝药"、"筑坟"、"写真"诸作，从人心流出，严沧浪言"水中之月，空中之影"，最不可到。如"十八答"，句句是常言俗语，扭作曲子，点铁成金，信是妙手。

他所推崇的《琵琶记》中"食糠"、"尝药"诸场，其艺术特征首先真而不忸怩，不仅指情出于心，也指言出于衷，没有刻意锻造文辞之中的隐秀义，一切从人心流出，全本自然。这样的曲辞之美不在句曲局部，而是有着镜花水月的超越文辞形式的整体之美。这些文辞不是刻意修饰的，而是常言俗语点铁成金。"常言俗语，扭作曲子，点铁成金"一句是对"不可自有妙处"的最好注解：不求文辞形式上的美妙，只需常言俗语；不是常言俗语的直接运用，而是对其裁剪、加工；不是讲曲词整体没有意味，而是强调单独曲词不能溺乎文饰、典故而影响理解。如此的创作对观众而言，最终则既可明晓又能领悟其妙。

由此可见，文"不可自有一种妙处"乃是徐渭对"本色"深刻的一种理解，也是对曲与诗词差异的深刻体察，源自他对戏剧艺术舞台特性的把握。不过一些研究者对此理解上不够全面，因此有人以为这句话有问题，《中国古典戏曲论著集成》第三册在收录《南辞叙录》的时候，对"填词如作唐诗，文既不可俗，又不可自有一种妙处，要在人领解妙悟，未可言传"这句话作了如下校勘：

> 此处似脱落一"不"字，"又不可自有一种妙处"，似应作"又不可不自有一种妙处"，文意才顺。①

如果这样修改的话，徐渭在曲辞创作上的主张就被修正为：文既不可俗，又不可不自有一种妙处。"文"既不能俗，又要自有妙处，这和他反对刻意于言辞而求浅显重观众的观念、和他不喜欢锦绣刀口等一系列主张都有了抵牾。

本色与藻饰之间这种关系在当时是整个本色理论的核心内涵，也是文人们关注最为密切的，由于二者对立的强化，逐步使得本色演化为了素朴平易的代名词。其时很多文人讨论这个话题，反而遗落了徐渭本色论中有对故事、情感的关注，而基本上将视线转移到了文辞风格上：沈璟就以质朴近于民间为本色，徐复祚以非藻丽为本色。就浙东文人而言，如胡应麟称誉友人作品："大雅堂四句，文彩翩翩，而精严密丽，工极人间，自当为南音绝唱。元人第长本色耳，稍入纷华即关郑虽高不无冗复之累。"②胡应麟是藻绘派的支持者，视元之大家为本色，乃有贬抑其无风华之意。祁彪佳则兼本色与藻饰并收，《曲品叙》自称"或词有当于本色"者即收录，评其入选的作品如《合纵记》："时出本色，令人会心。"《檀扇记》："幸其词属本色。"可见重视家常本色，但同时不废词华，评《玉合记》："词场中正少此一种艳手不得。"《蓝桥记》："字字翠琬金镂，丹文绿牒，洵为吉光片羽，支机七襄也。"不仅兼收本色与辞藻，而且还讨论了本色与辞藻之间的关系，评《红蕖》云：

---

① 参阅《中国古典戏曲论著集成》第三册，第 255 页注[8]。另外，郭绍虞主编：《中国历代文论选》第三册第 95 页录本节文字，也以《集成》为底本，但标点断为"填词如作唐诗，文既不可，俗又不可，自有一种妙处，要在人领解妙悟，未可言传。"也很顺，但这样的话给人一种徐渭强调曲词应该使人能够"领解妙悟"的暗示，这和其本色论以及对案头性的态度似有不合。

② 胡应麟：《杂束·汪公谈艺》，《少室山房文集》卷 113。

> 此词隐先生初笔也。记中有十分巧合，而情致淋漓，不啻百转，字字有敲金戛玉之韵，句句有移宫换羽之工；至于药名、曲名、五行、八音及联韵、叠句入调，而雕镂极矣。先生此后一变为本色：正惟极艳者方能极淡。今之假本色于俚俗，岂知曲哉？

视藻绘、艳丽为实现本色的一个阶段，这个说法虽然本于诗文之论，但运用到曲学之中，则表现了相当的宽容精神，也只有对藻绘一派的这种宽容精神，才能说出"词场中正少此一种艳香不得"的话。

而主张本色与藻绘兼容的集大成者是王骥德，《曲律》认为："当行本色之说，非始于元，亦非始于曲，盖本严沧浪之说诗。沧浪以禅喻诗，其言禅道在妙悟，诗道亦然。惟悟乃为当行，乃为本色。"学者们认为，这个溯源对确定其本色论的内涵意义很大。严羽本色当行并言，所论为诗的本质特征，并非仅就艺术表达形式而言。有了这个前提，王骥德认为，凡是能够合乎曲之摹写物情、体贴人理这个本质特性的即为得体合本，能够达到这个标准，则尽为本色当行。对本色当行如此宽泛的理解，抵消了本色说的排他性，也决定了他对本色与词华的兼收并蓄。"杂论"称南北时曲小调《打草竿》、《山歌》等"皆北里之侠或闺阃之秀以无意得之"，而这些作品皆"妙入神品"。"论须读书"则又称词曲虽然小道，非多读书"终非大雅"，王实甫、高则诚等皆为读书人："下笔有许多典故，许多好语衬副，所以其制作千古不磨。"又反对无学、浅俗。其顾盼两端的姿态较为明显，因此在"论家数"一篇中，王骥德对本色与文调作出了调和：

> 曲之始，止本色一家，观元剧及《琵琶》、《拜月》二记可见。自《香囊记》以儒门手脚为之，遂滥觞而有文词一体。近郑若庸《玉玦记》作，而益工修词，质几尽掩。夫曲以模写物情，体贴人理，所取委曲宛转，以代说词，一涉藻绘，便蔽本来。然文人学士，积习未忘，不胜其靡，此体遂不能废，犹古文六朝之于秦汉也。大抵只用本色，易觉寂寥；纯用文调，复伤雕镂。《拜月》质之尤者，《琵琶》兼而用之。如小曲语之本色，大曲引子如"翠减祥鸾罗幌"、"梦绕春闱"，过曲如"新篁池阁"、"长空万里"等调，未尝不绮绣满眼，故是正体。……至本色之弊，易流俚腐；文词之病，每苦太文。雅俗浅深之辨，介在微茫，又在善用才者酌之而已。

分析这段文字，王骥德大致从以下方面对本色、藻绘的调和作出了说明：

其一，从源头看，本色为源，藻绘为流，一正一变，变出于正，且成型之后便"不可废"。

其二,本色、文辞在一曲之中本来就应该兼用:"大抵只用本色,易觉寂寥;纯用文调,复伤雕镂。"

其三,一曲之中,大曲、小曲、过曲也需要本色、藻绘调和而用,如所云小曲用本色,则大曲之中诸般文饰之句也未尝不可。就过曲而言,大曲、小曲的过曲要求不同:"大曲宜施文藻,然忌太深;小曲宜用本色,然忌太俚。"①这也是本色与文藻兼施。

其四,宾白也是本色、文藻兼有,如"论宾白"继承了徐渭的观点:"定场白稍露才华,然不可深晦……对口白须明白简质,用不得太文字。"

从正变源流到曲词与宾白,都需要本色与文藻的兼容,因此同时接纳本色与文藻二者也就成为王骥德的基本思想。

不过,虽然王骥德主张本色、文藻的调和,但他的本色与徐渭以及沈璟等人所说的质朴家常也不尽相同,更不是一般的所谓民间代言。首先,他认可本色要做到易解,如论散套之中的闺情创作不易:"盖闺情古之作者甚多,好意、好语,皆为前人所道,不易脱此窠臼故也。白乐天作诗,必令老妪听之……作剧者,亦须令老妪解得,方入众耳,此即本色之说也。"又云:"世有不可解之诗,而不可令有不可解之曲。"②但王骥德论易解就是要容易明白,却没有涉及家常、日常等说法,可见不同于一种文化价值取向,而是一种浅深、浓淡、雅俗之间的表达策略与平衡。因此在对具体民间语言的评价上便有了保留,如沈璟评一些剧作之中的"理合敬我哥哥"为"质古之极,可爱可爱",评"三十哥央你不来"为"大有元人遗意,可爱"。而王骥德对此不以为然,称:"此皆打油之最者,而极口赞美,其认路头一差,所以己作诸曲,略堕此一劫,为后人之误甚矣。"③为了防止此类创作,他甚至对词曲的雄劲险峻之类的风格都不赞同,认为只"一味妩媚闲艳,便称合作",而类似苏轼、辛弃疾者,只能"并置两庑,不得入室"。

综上所述,王骥德所论的本色乃是兼有词章之美又合乎自然优美的一种审美状态,所以他认为,当时创作,"于本色一家,奉常(汤显祖)一人"。汤显祖的创作被一些后来研究者认为偏于词华,就是这样一位作家的作品,王骥德认为是唯一的本色,由此可见他的本色论对文辞的偏嗜。值得注意的是,沈璟等对汤显祖的批评以不谐律为主,很少见到对汤显祖曲词文藻的攻

---

① 王骥德:《曲律·论过曲》。
② 王骥德:《曲律·杂论》。
③ 王骥德:《曲律·杂论》,下同。

击,可见汤显祖的创作与当时《香囊记》之类时文为曲、四六馌饤等文藻派的极端迥然相异,视之为本色并非刻意拂逆时见。而王骥德所确立的文藻派代表是梅禹金:"于文辞一家得一人,曰宣城梅禹金,摛华掸藻,斐亹有致。"而汤显祖的本色则表现为:"其才情在浅深、浓淡、雅俗之间。"这是最高的本色,"为独得三昧"。可见本色在王骥德的理论体系里是居于最高地位的标准。当然,这个内涵之中尚有对合乎生活逻辑、合乎故事情境人物身份的要求,如论《琵琶记》赵氏在丈夫别后景况——"翠减祥鸾罗幌,香消金炉,楚馆云间,秦楼月冷"等语,认为"皆过富贵,非赵所宜",便是对本色的生活真实的关注。

王骥德的本色理论来源于吕天成,吕天成《曲品》言本色:"不以摹勒家常语言,此中别有机神情趣,一毫妆点不来;若摹勒,正以蚀本色。"本色就是指曲词宾白,而且不表现为模仿家常语言,这就和王骥德所论的本色达成了一致。其称"元人词手,制为南词,天然本色之句,往往见宝,遂开临川玉茗之派",又和王骥德以汤显祖为本色最杰出的代表相同。王骥德《曲律》"杂论"曾言自己与吕天成交游,且吕天成曾促其《曲律》之作,并为《曲律》作序,可见王骥德的本色理论,是直接受到了吕天成的启发。

关于本色的内涵,学术界也有一些其他的意见。如有学者就认为,本色在古典剧论之中是指某种传统典范的审美特色,即所谓金元风格或者元人本色。这个观点很有价值,它从"本"入手理解本色,抓住了关键。[①] 对照王骥德、徐渭以及当时何良俊、冯梦龙等众多文人对本色的理解,其内涵当中的易晓、传真、传神等内涵的确是从金元以来就积淀而成的。

(二)才律之争

本色理论的探讨不仅仅局限在理论辨析上,它实际上是当时曲学界创作实践的概括,也是创作实践与文学论争在理论上的再现,同时又直接影响了文学创作实践和创作理念。当时以本色的不同理解为依据而引发的重要曲学论争,就是沈璟吴江派与汤显祖临川派之间的才与律的彼此内涵及相互关系的讨论。沈璟主张曲当严守律法,不能为了曲词的漂亮与情思的发抒而破坏法律,影响作为曲之本色的声律;汤显祖则侧重于曲词情事,以此为基础,以为能够发抒才情则佳,没有必要死守声律。吕天成《曲品》论汤显祖云:

---

① 谭帆:《中国古典戏剧理论史》,中国社会科学出版社 1993 年版,第 117 页。

> 汤奉常绝代奇才，冠世博学。周旋狂社，坎坷仕途。雷阳之谪初还，彭泽之腰乍折。情痴一种，固属天生；才思万端，似挟灵气。搜奇八索，字抽鬼泣之文；摘艳六朝，句叠花翻之韵。红泉秘馆，春风檀板敲金；玉茗华堂，夜月湘帘飘馥。丽藻凭巧肠而濬发，幽情逐彩笔以纷飞。

又称其曲作琢调妍俏、赋景新奇，有如天花乱坠，"信非学力所及，自是天资不凡"，强调了汤显祖尚才的特性。又称沈璟"妙解音律"：

> 嗟曲流之泛滥，表音韵以立防；痛词法之蓁芜，订全谱以辟路。红牙馆内，誊套数者百十章；属玉堂中，演传奇者十七种。顾盼而烟云满座，咳唾而珠玉在毫。运斤成风，乐府之匠石；游刃余地，词部之庖丁。此道赖以中兴，吾党甘居北面。

强调的是沈璟在表音韵、订曲谱、守规条法律上的贡献。以庖丁、匠石言沈璟，意在说明其积学而至的特征。

二人在各自的坚守中都很固执。沈璟云："宁律协而词不工，读之不成句，而讴之始协，是为曲中之巧。"汤显祖云："彼乌知曲意哉？予意所至，不妨拗折天下人嗓子。"[1]沈璟所执握者为律法，汤显祖则纵其才思，二人各有所长，又各具所短，所以凌濛初称沈璟"审于律而短于才"，汤显祖"使才自造"。[2] 王骥德说："松陵具词法而让词致，临川妙词情而越词检。"[3]沈德符称沈璟"独恪守词家三尺"，"斤斤力持不少假借"；而汤显祖则云："不谙曲谱，用韵多任意处，乃才情自足不朽。"[4]才与律的对立也因此成为焦点。

由于彼此在曲学界崇高的声誉，汤、沈之争在当时影响深广，浙江文人对此的反应最为强烈，大致也分为两个阵营：一是沈璟的信奉者，以臧懋循为主；二是汤显祖的支持者，以茅元仪为代表。二人俱为浙西湖州人。更多的浙东文人对汤、沈之才律纷争持一种调和态度，一如茅暎（今湖州人）所云，才与律"合则双美，离则两伤"[5]。

如吕天成《曲品》云："二公譬如狂狷，天壤间应有此两项人物。不有光禄，词碷不新；不有奉常，词髓孰擅？倘能守词隐先生之矩矱，而运以清远道

---

① 吕天成：《曲品》引。
② 凌濛初：《谈曲杂札》。
③ 吕天成：《曲品》引。
④ 沈德符：《顾曲杂言》，见《中国古典戏曲论著集成》。
⑤ 茅暎：《题牡丹亭记》，《中国古典戏曲序跋汇编》第二册卷10。

人之才情,岂非合之双美者乎。"二人各有千秋又各有偏短,如狂与狷,恰未得中行。

祁彪佳《远山堂曲品》评《女状元》语云:"南曲多拗折字样,即具二十分才,不无减其六七,独文长本已不羁,不觖于法,亦不局于法。"又《樱桃梦》评语云:"先生此记,尽泄其慨世之语,而其才情跌宕,皆不可一世;乃其守法正名,则居然老宿也。"都是既论才情,也讲法度。

王骥德对这个问题有更为全面的论述。《曲律》之所以名之为"律",本身就有重视律法之意,所以"杂论"中他称沈璟"斤斤返古,力障狂澜,中兴之功,良不可没",并批评高则诚所云"也不寻宫数调",批评汤显祖之曲"置法字无论,尽是案头异书"。且仔细挑剔汤显祖作品违背律法之处,其一为辞采过繁不合法度,尤其《紫箫》、《紫钗》等作:"第修藻艳,语多琐屑,不成篇章。"而《还魂》虽有奇丽动人处,"然无奈腐木败草,时时缠绕笔端"。其二为于律法有憾,如称《邯郸记》等作,仍需要"约束如鸾",即通过对词采的约束,达到音声更加便利,如鸾之鸣唱,因此是就声律着眼。

法度之外,王骥德也重视辞采。有人自称"宁声叶而辞不工,无宁辞工而声不叶",这是沈璟的论调,王骥德反驳道:"夫不工,奚以辞为也。"并云:"曲之尚法固矣,若仅如下算子、画格眼、垛死尸,则赵括之读父书,故不如飞将军之横行匈奴也。"[1]因此称沈璟所赞誉的家常之语"皆打油之最者",而盛赞汤显祖《邯郸记》等作品"布格既新,遣辞复俊,其掇拾本色,参错丽语,境往神来,巧凑妙合,又视元人别一蹊径。技出天纵,匪由人造",为"二百年来,一人而已"。并与吕天成一样,视汤显祖的作品为最符合本色要求者。

对律法和辞采的共同重视,使得王骥德的理论呈现为纠偏的中和:"第尚达者或跳跟难驯,守法者或局蹐而不化。若夫不废绳检,兼妙神情,甘苦匠心,丹腠应度,剂众长于一冶,成五色之斐然者,则李于麟有言:亦惟天实生才,不尽后之君子。"合众长为一冶,则达者、法者当融合。吕天成《曲品》以"上之上"属沈璟与汤显祖,且以沈居其前;王骥德认为:"二君既属偏长,不能合一,则'上之上'尚当虚位。"他认为古今能够称得上神品的作品必须是"法与辞两擅其极",而具体作品,只有《西厢记》堪当神品。

但当时浙东文人对才与律的调和还有一个理论倾向,即普遍对才表达了远过于律法的推扬。如吕天成《曲品》以"绝代奇才"、"天资不凡"推汤显祖,而以匠石、庖丁比沈璟,一天一人,也隐有对才的歆仰。而王骥德《曲律》

---

① 王骥德:《曲律·杂论》,下同。

"杂论"对比沈、汤二人说："词隐之持法也,可学可知也;临川之修辞也,不可勉而能也。大匠能与人规矩,不能使人巧。"显然是说,沈璟之律可学而能,但汤之才情却只有凭借天赋,非积学能至。又云:

> 天之生一曲才,与生一曲喉,一也。天苟不赋,即毕世拈弄,终日咿呀,拙者仍拙,求一语之似,不可几而及也。然曲喉易得,而曲才不易得,则德成而上与艺成而下之殊科也。

并举其友人读书好古,且诗赋文章俱佳,"独不能为词曲"为例,分析其原因是:"天实不曾赋予此一副肾肠。"强调了才的不易得,与其对艺术创作的绝对作用,尤其是不同之才赋对具体文学之体的保障作用。同时,以得于才者为"德成而上",得于一般技艺者为"艺成而下",显然有以上下分才艺才法的倾向。

本色当行关系、才律关系、沈汤优劣,诗学颜延之谢灵运优劣、李杜优劣的论争融合,形成了浙东曲学界的《西厢记》、《琵琶记》优劣论。

这两个曲目优劣的争论在明代浙江曲学界很热烈,其发起者以徐渭为主。《琵琶记》"前贤评语"中有徐渭品评二剧目离别描绘的文字(见前面徐渭一节的征引),他认为二剧对离别的描绘各有千秋,不过:"仔细看来,《西厢》嘱别之文,毕竟只写得男女缱绻,还逊《琵琶》一着。"《琵琶记》因为其将发情止礼语境下蔡邕与赵氏的分别细微摹出,内涵更为丰富,令人涵咏,所以徐渭认为胜过《西厢记》仅仅儿女情长的离别描绘。与徐渭近似的是王思任,他从易学难学的角度分析这两个曲目:

> 《西厢》易学,《琵琶》不易学。盖传佳人才子之事,其文香艳,易于悦目;传孝子贤妻之事,其文质朴,难于动人。故《西厢》之后,有《牡丹亭》继之;《琵琶》之后,难乎其为继矣。[①]

这种判断也许有可商榷之处,但无论徐渭所谓传传统语境下夫妻别离之情难,还是王思任的传孝子贤妻之凡常事难,都有着穿透表层考察艺术本质的深度。新奇事易传,香艳事易夺目动人,但能够将日常平凡之事写得动人,的确属于高手。

明代浙东文人对二曲的对比,在具体离别与故事难易的分析之外,又将

---

① 王思任:《琵琶记》评语,见《中国古典戏剧序跋汇编》第二册卷5,《琵琶记》附"前贤评语"。

其纳入了李杜优劣的延伸体系。如胡应麟也较早对此发表了意见,他认为,《琵琶记》虽然极天工人巧,但和当时明代的审美风气相关,而且家喻户习,所以容易动人,但一旦"时尚悬殊",后人仅仅从案头摸索,它的价值就会受到很大影响,甚至有可能跌入齐东下里的行列。这里的所谓时尚,是指当时舆论对家常日用之本色的欣赏习惯。而他认为《西厢记》也颇具本色,此本色也是指作品之中词、事的日常化,但是"才情逸发处自是卢骆艳歌、温韦丽句"。而将来得以流传的恐怕"在彼不在此",即其可流传在艳丽之辞藻而非本色之处。胡应麟是主张丽词的,曾称元人仅有本色而无藻丽,所以这里在对《西厢记》、《琵琶记》的对比中以是否艳丽作为流传与否的依据。进而又将二剧目的对比与李杜优劣比附:"《西厢》主韵度风神,太白之诗也;《琵琶》主名理伦教,少陵之作也。《西厢》本金元世习,而《琵琶》特创规矱,无古无今,似尤难至。才情虽《琵琶》大备,故当让彼一筹也。"[①]以韵度名理、才情体式比较,尤其才情与体式,《琵琶记》虽然也颇具才情,但更为突出的是其体式的创新,而《西厢记》虽然继承了金元旧式,但在才情上要更胜一筹,因而更能够流传。这样,将二剧目的优劣对比也归结到了才与法律的大致框架,因为名理、体式之类更多的是就学与法式而言的。

王骥德也从李杜优劣的角度论述了《西厢记》、《琵琶记》的优劣:

> 《西厢》,风之遗也;《琵琶》,雅之遗也。《西厢》似李,《琵琶》似杜,二家无大轩轾。然《琵琶》工处可指,《西厢》无所不工。《琵琶》宫调不伦,平仄多舛;《西厢》绳削甚严,旗色不乱。《琵琶》之妙,以情以理;《西厢》之妙,以神以韵。《琵琶》以人,《西厢》以化,此二传三尺。

以风神论《西厢记》,和胡应麟近似,风神不可凑泊,出于才情,非是人工的琢磨,颇似李白;而《琵琶记》工处可指,在于可以积学而至,尚有痕迹,某些地方类似杜甫:所以有二者分别为"人工"与"化工"的论断。这个论断出于李卓吾,王骥德在评语之中也有说明,认为李卓吾"《西厢》化工,《琵琶》画工"的结论"似稍得解",但对其以为《西厢记》作者"必有大不得意于君臣朋友之间而借以发其端"的说法不以为然,且称李卓吾将《西厢记》"比之唐虞揖让,汤武征诛"为"变乱是非,颠倒天理"。虽然出于卫道的本能大肆攻击李贽"死晚矣",但对《西厢记》的反道学、反传统色彩依然多有肯定:"《西厢》,韵士而为淫词,第可供骚人侠客赏心快目,抵掌娱耳之资耳。彼端人不道,腐

---

① 胡应麟:《庄岳委谈》,《少室山房笔丛》卷25。

儒不能道,假道学心赏慕之而嗫口不敢道."对《西厢》的评价显然要远远高于《琵琶》。①

第七节　明代浙东曲学理论批评(下)

一、情节构思论与人物塑造论

明代浙东文人曲学尊体之论的繁荣,使得戏剧创作合乎其体的要求与特点成为当时文人们的自觉。按照曲的审美特征,摆脱诗文套路,这样的创作被称为得体。徐渭《南辞叙录》曾提到得体:"夫曲本取于感发人心,歌之使奴僮妇女皆喻,乃为得体。"祁彪佳又具体为"得剧体",《远山堂剧品》评《红莲记》:"太乙传此,藻艳俊雅,神色俱旺,且简略,恰得剧体。"评《西楼夜话》:"桐柏第记其淫纵一段耳,可以插入原记,非剧体也。"得体之体是就曲各组成部分的具体与曲之整体而言的。就整体而言,曲有着较为统一的要求,以南戏为例,孙鑛概括为以下十条:

> 凡南戏,第一要事结;第二要关目好;第三要搬演出来;第四要按宫调、协音律;第五要使人易晓;第六要辞采;第七要善敷衍,淡处作得浓,闲处作得热闹;第八要各角色分得匀称;第九要脱套;第十要合世情关风化。②

吕天成认为,这十条标准,"十得六七者便为玑璧,十得三四者亦称翘楚,十得一二者即非碔砆",所说的"得"实则就是得体。浙东曲论之中因得体而引发的创作方法论较丰富,其核心是情节故事的构思理论与人物的塑造理论。

(一)情节故事构思论

情节故事属于曲学得体之中的重要内容,也是当时浙东文人论述最多的内容之一。作为戏剧的结构布局,吕天成《曲品》多名之为"局段",《琵琶记》评语:"串插甚合局段。"《蕉帕记》评语:"情节局段能于旧处翻新。"《鹦鹉洲》评语:"局段甚难,演之觉懈。""局段"即情节结构的安排布置。祁彪佳的结构论述突出而具体,《远山堂曲品》屡屡言及结构:"结构之法,不无稍疏";

①　王骥德评语,见《中国古典戏曲序跋汇编》第二册卷6,《西厢记》评语。
②　吕天成:《曲品小序》引,见《曲品》。

"构局攒簇";"无意结构而凑簇自佳";"结构少胜";"别有结构";等等。具体评点中，又将结构具体化为头绪、剪裁、贯串、关目、节奏、呼应等，且认为"作南传奇者，构局为难，曲白次之"，将结构布置构思摆在首位。

对情节结构故事安排布置进行的构思也被称为"炼局"、"锻炼"，如吕天成《曲品》称王雨舟"颇知炼局之法，半寂半喧"。总括明代浙东文人对故事结构的论述，大致体现了以下具体的要求：

其一，情景逼真而故事错综。吕天成《曲品》云："布景写情，色色逼真，有运斤成风之妙；串插甚合局段，苦乐相错，具见体裁。"情景是对故事以及其所依赖的背景而言的，苦乐相错则表现为情节的安排布置，提倡错综而不单调乏味。情景逼真则格外指向故事之真切与细腻，又称之为"核实"，如《远山堂曲品》论《请剑》："记魏珰事，详核不能过他体。"《回天》："记杨中丞死谏事，不入里闾影响之谈。"《金牌》："精忠简洁有古色，而详核终推此本。"《宁胡》："记王嫱事，颇核。"对于达不到这个要求的，多以不切、不核、不实为评，《鹦哥》："苏妃事，殊不经。"《万金》："掇拾遗事，至于不经。"《三节》："辽阳之役，高衷白仗节死难，且有义仆如高永者，至今凛然有生气。但附之以王君日宣，而许君亦强预其内，反遗不核之诮。"

其二，整体要紧凑。王骥德《曲律》"论剧戏"云：

> 贵剪裁、贵锻炼——以全帙为大间架，以每折为折落，以曲白为粉垩、为丹膹。勿落套，勿不经，勿太蔓，蔓则局懈，而优人多删削。勿太促，促则气迫，而节奏不畅达。毋令一人无着落，毋令一折不照应。传中紧要处，须重著精神，极力发挥使透。

以剪裁锻炼保障戏曲整体不懈不迫，这是从故事演进以及情节安排的节奏说的，故事拖沓则局面松弛，情节过于促迫又容易造成全剧气氛的压抑。要做到这一点，就要审轻重，于要紧处着力，"若无紧要处，只管敷衍，又多惹人厌憎"。

其三，反对枝蔓，尚繁简得宜。祁彪佳《保主》评语云："赵子龙为生，传事能不枝蔓。但曲有繁简之宜，未必一简便属胜场。"[1]在古代演出场地局限、技术支持不足的条件下，曲学秉持了文学的一般原则，以简为胜。但祁彪佳却认为，简只是不枝蔓，并非简就一定美，只有情事俱足又繁简得宜才是标准。当然，繁简的标尺在于是否自然，但从观众立场而言，即使不反对

---

[1] 祁彪佳：《保主》评语，见《远山堂曲品》，下同。

自然的繁,但也反对转折头绪过多:"迩来词人,每喜多其转折,以见顿挫抑扬之趣。不知转折太多,令观者索一解未尽,更索一解,便不得自然之致矣……头绪过繁,大有可删削处。"①

其四,贯串有条理。祁彪佳云:"王景叔父子功业搬演殆尽,而能贯串有条,一洗诸作庸陋之习。"②这是就人物事迹演绎之中的头绪分明而言的。头绪分明除了叙事不混乱之外,还表现为事迹位置摆布得体,如《玉鱼》评语称此剧传郭令公,"前半全袭《琵琶》,后半虽多实迹,总如盲贾人张肆,即有珍玩,位置杂乱不堪"③,即指其不顾故事的实际需要以及剧情变化,一味铺陈。王骥德也主张贯串,他要求戏剧要"毋令一人无着落,毋令一折不照应",侧重于人物、故事的前后统一性。

其五,所有情节布局都围绕着矛盾冲突展开。祁彪佳认为,矛盾冲突是建立作者与观众审美关系的关键:对作品而言,它显示为"炎冷离合,如浪翻波叠,不可摸捉"④,增加了作品的魅力;对观众而言,则存在一种"不快人意处","大凡情缘一起,必有一种大不快人意处,为之颠倒,为之龃龉,方见吾辈独有所钟"⑤。对观众情绪的忤逆,正是故事矛盾的爆发,对引导观众的审美专注有着重要作用。

其六,戏剧成功与否首先取决于故事之佳恶。吕天成《曲品》评语中多以事论曲,如《孤儿》:"事佳,搬演亦可。"《金印》:"季子事佳。写世态炎凉曲尽,真足令人感激。"《连环》:"事亦可喜。"《退带》:"裴晋公事佳,铺叙详备。"《投笔》:"调平常,多不叶,但以事佳而传耳。"《千金》:"韩信事佳,写得豪畅。"故事佳恶,其本然有着结构故事的内在张力,其事迹又有着与大众审美趣味的关合。

以上的论述都是具体的法式与要求,在此之外,明代浙东文人在故事情节构思理论上还有更为理论化的提升,这主要体现为王骥德的"整整在目而后可施结撰"理论和王思任的"思"论与"错"论。

王骥德的"整整在目而后可施结撰"理论。《曲律》"论章法"以造宫室为例论述创作的过程与前提:

---

① 祁彪佳:《翡翠钿》评语。
② 祁彪佳:《三槐》评语。
③ 祁彪佳:《玉鱼》评语。
④ 祁彪佳:《樱桃梦》评语。
⑤ 祁彪佳:《灵犀佩》评语。

　　　　作曲,犹造宫室者然。工师之作室也,必先定规式,自前门而厅,而堂,而楼;或三进,或五进;又自两厢而及轩寮,以至廪庾、庖湢、藩垣、苑榭之类,前后左右,高低远近,尺寸无不了然于胸中,而后可施斤斫。作曲者亦然,亦必先分段数,以何意起,何意接,何意作中段敷衍,何意作后段收煞,整整在目,而后可施结撰。此法,从古之为文赋、为歌诗者皆然。

这是前人诗文理论一气而成、成竹在胸说向曲学创作理论的移植,他强调曲在起、接、中、后的整体性,以造室为比喻,形象而贴切,李渔后来对戏剧结构的论述全出于此。对全曲整体性的要求,可以达到创作之前整个故事框架就"整整在目",规式、段数等等都已经酝酿于胸,这样可以避免故事不连贯造成的左支右绌,意散神离。这是源自我们民族文学传统气动力理论的阐发,即是对气化或者气之赋形而为艺术作品的理论把握。

　　王思任以"思"论神思、构思。神思出于《文心雕龙·神思》篇,王思任《王实甫西厢序》将这个诗学理论延伸到了曲学之中,且主要用于故事结撰的论述:

　　　　诗三百而蔽之以思,何也? 思起于心,而心不能出,夫其有所愤悱焉,有所感叹焉,有所呻吟焉,而各随其思之到欠以为声之工拙,故曰思则得之。《国风》精于思者也,忽一语焉,创之曰窈窕。窈何解也? 窕何解也? 闻之乎? 见之乎? 抑有所本乎? 嗣后屈原得之曰要眇,宋玉得之曰嫣然,武帝得之曰遗世,太史公得之曰放诞,渊明得之曰闲情,太白得之曰掷心卖眼,少陵得之曰意远态浓,而思路如岷觞渐滥矣。

思可以将心中之事、未发之志与所感所触结合,并通过音声将其表现出来。如同《国风》经过精思而得"窈窕"以状淑女之美,它无本无源,思之而得即影响深远,开拓出无数的艳情之境,《西厢记》就是这样思的产物。在此之前,"儿女之情,千曲万曲,非厌袭可呕,即戾幻不情,间有文章综错,不过山异海肴,断不能出梁肉之上"。就是说,此类题材已经泛滥,如何才能翻新呢? 这就需要作者的"极思",于是一个迥异寻常的故事架构出现了:"思起于佛殿,终于草桥;既至草桥,亦可罢得而无已之求。"这样将绮情置于凄冷之佛境,将闹热止于草桥一梦的故事布局,来源于作者的神思,实为"绝处逢生,无中生有"。①

---

　　①　王思任:《三先生合评西厢记序》,《中国古典戏曲序跋汇编》第二册卷6。

中国古代文论中,从王充就提出了虚实之论,随后戏剧小说等以幻代虚,虚实论又演化为真幻之争,都是就艺术本质而进行的争论,其中有着一定的彼此排斥。王思任则从创作实践入手,继承《文心雕龙·神思》论,提出了作为创作核心也是创作基础的"思",由此抛开了真幻的分歧,但又统包了真幻的内容,包纳了一切艺术的构思,以及可以纳入构思的联想,其中有真也有幻,有奇也有常。没有限定,都是手段,这应该是一个理论的创新。

王思任"文章不可不错"的矛盾冲突论。祁彪佳曾经对戏剧的矛盾从观众欣赏感觉上有过描述,他说:"大凡情缘一起,必有一种大不快人意处,为之颠倒,为之龃龉,方见吾辈独有所钟。"①他认为这种不快人意的地方,是作者应该着力的要紧之处。王思任则将这种不快人意提升为"错":

> 天下无可认真,而惟情可认真;天下无有当错,而惟文章不可不错。情可认真,此相如、孟光之所以一打而中也;文章不可不错,则山樵花笔之所以参伍而缩也。

这个错就是故事、情节、义旨、结局等不依照常人的预料发展;不是一泄而出一览无余,而是时有纠缠,时有波澜,时有矛盾,"文笋斗缝,巧轴转关,石破天来,峰穷境出"②。这样的参伍而缩、无中生有,才有动人处与引人入胜处。

对曲词之外戏剧的叙事、结构的论述属于当行论强调的范围,吕天成《曲品》中明确提出:"当行兼论作法,本色只指填词。"具体内涵上,当行:"不在组织饾饤学问,此中自有关节局段,一毫增损不得。"从关节、局段以及表演规律等论当行,且以自然为主。但当行在论局段故事之外,并非排斥了本色所关涉的曲词,而是也包纳曲词在内,基于这种区分,吕天成对本色当行兼论也就有了针对性和深刻性:"今人不能融会此旨,传奇之派,遂判而为二:一则工藻绘少拟当行,一则袭朴淡以充本色,甲鄙乙为寡文,此嗤彼为丧质。殊不知果属当行,则句调必多本色;果其本色,则境态必是当行。"意思是说,任何故事的编撰都不是故事人物或者曲词的单独创作,故事人物必须和所运用的曲词结合起来,方能达到真正的本色当行,即在本色当行的区别之中达成二者统一,使得词与事、人、境融会协调。王骥德对"整整在目"的论述便没有局限在情节结构上,他说:"于曲,则在剧戏,其事头原有步骤。"意思是说,此法则运用于故事编撰上,根据故事本身的步骤敷衍,人们多能

---

① 祁彪佳:《灵犀佩》评语,见《远山堂曲品》。
② 王思任:《十错认春灯谜记序》,见《翠娱阁评选皇明小品十六家》。

够认识到需要先有成竹于胸。他高明的地方是,在古诗结撰之外,论述了套数本身也需要"整整在目"而后施之结撰,而恰恰是"作套数曲",很多人"遂绝不闻有知此窍者",于是出现了种种弊端:"漫然随调,逐句凑拍,掇拾为之,非不间得一二好语,颠倒零碎,终是不成格局。"王骥德将这种整整在目创作的学习过程名为"炼格","论套数"中又名之为"立间架":

> 套数之曲,元人谓之乐府,与古之辞赋,今之时义,同一机轴。有起有止,有开有阖。须先定下间架,立下主意,排下曲调,然后遣句,然后成章。切忌凑插,切忌将就。务如常山之蛇,首尾相应,又如鲛人之锦,不著一丝纰累。意新语俊,字响调圆,增减一调不得,颠倒一调不得,有规有矩,有声有色,众美具矣。

立间架与整整在目一样,二者兼情节与剧本之中的套数而言,全面而深刻。以上说明,无论本色当行,还是曲词与故事结构,二者之间都应该达成一种协调,实现曲词与故事的统一,二者共同构成曲的审美形态。

(二)人物塑造理论

关于人物塑造,张岱、王思任等都有精彩观点。

张岱的取其"深情远识"说。张良曾于博浪椎击秦始皇,张岱认为张良乃误堕荆轲、聂政等刺客行列,是浅薄之举,不足以成大事。传奇如果选择这件事作为主体,反而失去了张良最为重要的贡献,也体现不出他恬退洒然的道家风范。所以他创作《博浪椎传奇》不为这段故事所局限,张岱自认为处理极佳:"总以见子房用气而卒能不为气用,取其深情远识,以提醒英雄豪杰,为功大矣。"[①]"深情远识",是指作为传奇主要人物张良的主要性情与建树。张岱以此意在说明,戏剧之中的人物塑造是通过故事情节的安排表现的,但作为剧中的主要角色,往往有着众多事迹,要善于从中选择与主角核心情性相吻合的故事或者细节来表现主人公的个性,即要以能够见主人公的深情远识为选材的依据。

王思任的人物塑造理论。如果说张岱的人物塑造理论尚是各局限于一隅,那么王思任《批点玉茗堂牡丹亭叙》一文则已经加建构了系统的人物塑造理论:

其一,他分析了戏剧人物塑造的本质在于模仿,他称之为"像":"火可画,风不可描;冰可镂,空不可幹。盖神君气母,别有追似之手,庸工不与耳。

---

① 张岱:《博浪椎传奇序》,《琅嬛文集》卷1。

古今高才，莫高于《易》，易者，象也；象也者，像也。"所谓神君气母，即以神为主、以气充形而成之人物。神为取神，取神求其像，这就是戏剧人物塑造的目的。王思任认为，能够达到"像"并非是一件简单的事，所以"能言其所像者人亦不多"，古今数人而已。这个"像"字又建立了艺术和现实之间的关系，说明戏曲是对现实的反映与表现。

其二，人物塑造要生动、鲜活，《牡丹亭》中："其款置数人，笑者真笑，笑即有声；啼者真啼，啼即有泪；叹者真叹，叹即有气。"能够达到这种活灵活现，需要的也是孟称舜所说的"化身为曲中人"的神与物游。

其三，人物形象要通过具体人物言行在剧情的展开中显现。他概括《牡丹亭》中诸人物：

杜丽娘之妖："杜丽娘隽过言鸟，触似羚羊，月可沉，天可瘦，獠牙判发可狎而处，而梅柳二字，一灵咬住，必不肯使劫灰烧失。"

柳梦梅之痴："柳生见鬼见神，痛叫顽纸，满心满意，只要插花。"

老夫人之软："老夫人智是血描，肠邻断草，拾得珠还，蔗不陪蘖。"

杜安抚之古执："杜安抚摇头山屹，强笑河清，一味做官，半言难入。"

陈最良之雾："陈教授满口塾书，一身襕气，小要便益，大经险怪。"

春香之贼牢："春香眨眼即知，锥心必尽，亦文亦史，亦败亦成。"

在具体的故事情节之中展开人物的个性，同时还要彼此各有面目、各有性情："杜丽娘之妖也，柳梦梅之痴也，老夫人之软也，杜安抚之古执也，陈最良之雾也，春香之贼牢也，无不从筋节窍髓以探其七情生动之微也。"这样就保证了人物形象的丰富性，避免了雷同。

其四，戏剧的人物既然是塑造，就未必皆真。所以称："如此等人，皆若士玄空中增减杇塑，而以毫锋吹气生活之者也。"这个塑造论虽然说得简略，但内涵却比较完整：首先人物是剧作家塑造出来的，塑造的法则是"增减杇塑"。而要有所增减以塑造，必须有依托的基本形象，所以这个塑造不是凭空编撰，而是有所附丽，作家在这个来源于生活的形象上或增或减，并赋予其鲜明的个性，使之生活起来。

王思任从个体人物的面目到集体人物的差异，再到人物个性的实现途径，都有较为全面的论述，是我国古代叙事文学的人物塑造理论中最重要的成果之一。

二、明代浙东曲境论

境是我国固有的范畴，不过它经历了多次内涵的扩展。起初，它基本上是一个地理概念,表示疆域的划分;东汉后期魏晋之际,境当中开始有了心理体验的成分。其时有的文人把心理的感受也称之为境,如蔡邕《九势》:"即造妙境。"嵇康《声无哀乐论》:"应美之境,绝于甘口。"但仅是当时偶然的应用,成为文坛重要的话语酝酿于六朝,突出表现于唐代以后。

境又被称为境界,除了境本义的延伸外,境界这个概念得到广泛传播并在艺术人生和艺术创作中广为渗透得益于六朝以后佛教的流行。当时佛经的翻译中经常有境界一词出现,如《楞伽经》之"非言说妄想觉境界"、《成惟识论》之"尽佛境界"、《坛经》之"见诸佛境界"、《无量寿佛》之"斯义宏深,非我境界"等等。佛典中的境界指六根之所攀援者,六根攀援者,是眼、耳、鼻、舌、身、意"六根"所感觉与作用或辨别的对象,它含有色、声、香、味、触、法六境。也就是说,心之所攀附、所游履的对象、感觉随后也被纳入境界之中。佛家的境界说与东汉以后文人言境而关乎心灵感受的现象融合,所谓的"意境"的说法也因此慢慢确立。意境理论经过唐代王昌龄、殷璠、皎然、刘禹锡、司空图等人在理论上的总结、补充和升华,已经基本奠定。

意境理论起初主要是一个诗学范畴,词学后来也得以借用,但文章等很少涉及。至明代,浙东文人在曲学理论中将其纳入,成为一个使用频繁的范畴,如情境、意境、境界、局境、境趣、腐境、苦楚境、苦境、惨境、俗境、小境等等。那么从诗学转入曲学的境有着怎样具体的内涵呢?我们可以通过吕天成、祁彪佳的具体应用作一下总结。

境在曲学之中的应用保持了诗学之中的基本审美内涵。如有余味:"贾午事不减文君,此记状之,其婉曲有境。"①从鉴赏感受入手论述剧情带来的回味,与诗文言有尽而意无穷的境论一致。祁彪佳评《李瓯》云:"于错处见境,为沈为彭,几令人莫可端倪,而巧笑于中叠出。"②错处见境,即指从故事的巧合偶然之中透出机趣,使人涵味。又评《轩辕》为"渐入佳境",其原因在于"构局之妙,令人且惊且疑",使人"深味之而无穷"。类似那种无可涵味的作品,如祁彪佳评《浓珠楼》即为"境落于平实"。但更多的属于新增加的、曲学独特的内涵。这主要包括:

以人物命运变幻为境。祁彪佳《曲品》评《珠衲》:"仓猝间易贫士为贵人,此是绝妙之境。"人生中的陟起陟落,这种变幻的命运就是境。

以戏曲情节故事为境。祁彪佳评《鸳鸯被》:"取意于《错送鸳鸯被》剧,

---

① 吕天成:《曲品》评《青琐》。
② 祁彪佳:《远山堂剧品》。

而穿插别一情境。"又评《南楼梦》:"生不与旦配,张子文不以功名终而为海外王,友人严有秋夫妇且以同溺为水仙,皆传奇未辟之境也。"此处侧重于指情节的设计与他人不同。又评《唾红》:"叔考匠心创词,能就寻常意境,层层掀翻,如一波未平,一波复起,词以淡为真,境以幻为实。"以虚幻的故事为境。又吕天成《曲品》评高明的创作:"意在笔先,片语宛然代舌;情同境转,一段真堪断肠。"与情宛转的境就是引发情的故事本身。

以戏剧之中的具体情景为境。祁彪佳《剧品》评《闲看牡丹亭》:"徐野君《春波影》有'小青翻阅《牡丹亭》'一境。"又评《琪园六访》:"六访中,惟错访、病访最有情景。"一个是主人公翻阅《牡丹亭》,一个是错访病访的场景,此处便是以某一具体的剧中情景为境。

以冲突、矛盾等翻新出人意料为境。祁彪佳《曲品》评《鹡鸰》:"此记波澜,只在荆公误认宋广平为康璧耳,搬弄到底,至于完姻之日,欲使两女互易,真戏场矣。柳沃若桃斗一段,大有逸趣;但韦安石之构国香,境界叠见。"又评《青蝉》:"海公子盗池生书物,乃为金媚娘所易,竟达空函,绝处逢生,取境甚巧。"

以整个戏剧故事取材、立意等所体现的审美情趣、人格品味为境。祁彪佳《曲品》评《玉簪》:"幽欢在女贞观中,境无足取。"在庄严地而滥情,有伤大雅。评《三桂》:"以老夫狎一青衣,境界庸俗,无堪赏心耳。"才子佳人、俊男靓女、英雄美女等等的配合已经成为一种审美风尚,也符合生活伦理,但苍苍老者与一位年少佳人缠绵,巨大的反差难以给人美感,使人觉得低俗而作呕,所以称境界庸俗。另如吕天成《曲品》评《完福》:"此吉庆戏也,俗境。"又评《五福》:"徐勉之事,积德似窦禹钧,境界平常。似时人作此以媚富翁者。"又言《逢人骗》"取境俗"。三曲主题为吉祥如意、行善积德或者坑蒙拐骗,为俗滥套子,故云境界平而俗。而《三益》一剧,取儒家以三益三损为世人箴言,祁彪佳认为"取境不入恶俗",正是其中体现了君子的风度节操。

祁彪佳对于审美情趣、人格品位而展现的境极为看重,因而专门提出了一个境关乎气格的理论观点,认为作者气格不高,则作品之境就容易低俗平庸,如《剧品》评《金鱼》:"此记传韩君平非不了彻,但其气格未高,转入庸境。"评《鹦哥》:"立格已堕落恶境,即实甫再生,亦无之何矣。"王实甫是曲部的秀手,才思极美,但格不立仅有辞采情韵甚至引人的故事也是惘然。因而极力推崇吕天成《曲品》之论:"郁蓝生论词才、词学,而归之词品,信然。"

曲学言境还有一些独到的审美旨趣,如境虽需要给人以回味,但曲之境需要透,吕天成《曲品》评《红拂》:"此记境界描写甚透。"又评《玉香》:"此据

《天缘奇遇传》而谱者,人多,攒簇得法,情境亦了了,故是佳手。"了了就是鲜明而清豁不隐晦。境界之透,祁彪佳名之曰曲当"刻露",《剧品》评《缠夜帐》:"以俊仆狎小鬟,生出许多情致。写至刻露之极,无乃伤雅?然境不刻不现;词不刻不爽,难与俗笔道也。"以对故事人物情节的雕刻来展现境,其意思是说,曲之境是通过精雕细刻而创造的,人物、故事、情节、景象、情致都需要雕刻。评《人面桃花》也称"作情语者,非写得字字是血痕,终未极情之至",也是从刻露而言的。对刻露之境的提倡,与当时曲学界流行的戏曲应该易晓的搬演理论分不开,是关注受众的一种美学提升。

　　总结以上的内容,我们可以这样概括曲学之境的内涵:境是戏剧故事情节、关目、人事设计布局的具体环节,又是以上所有环节所形成的整体系统。它既包含这个系统所具有的容量——境论大小,如吕天成《曲品》评"四梦":"《高唐梦》亦具小境。"也包含故事整体所具有的情趣、品位带给观众的回味。境在曲学之中既指向诸般情节、细节、场景,又指向由诸般组成因素整合生成的系统,它反对因袭,无论整体的构架还是情节的安排、场景的布置,都以创新为高。祁彪佳《曲品》就批评《锦带》一剧:"词章斐然,第苦不得佳境。中如乔招讨之背约,马当户之夺婚,即作者或以意创,终似近于蹈袭。"

　　分析以上对境界的总结可以发现,境无论指情节、矛盾冲突、场景、故事还是人物命运演变幻化,核心都是围绕着故事的转换而言的。而舞台上的故事转换,应该称之为具体时间、具体空间背景之下的人物关系变化。由于古代戏曲实际演出之中不可能有今人影视艺术的真实切换,又很少借助道具,或者说道具在故事的频繁转化之中也作用有限,因此对剧作者与演出者以及观赏者而言,在方寸舞台上要展现故事情节的转变就成为首要的难事,也是头等的大事,故而也便引起创作者与批评者的重视。其方法无外乎借助在舞台上设计出具体时空背景下的故事片段来串联,每个时空片段具有一定的时空独立性,有其时代社会背景、自然场景、人物情节,以及在情节之中融会的主体情感,由此形成了情景在具体舞台上的交融。这极其符合诗学之中境的产生条件,因而曲学将这种故事片段和境也便建立了联系,进而将其引入曲学批评。

　　如前所述,曲论以戏剧之中的具体情景为境,祁彪佳《剧品》评《闲看牡丹亭》:"徐野君《春波影》有'小青翻阅《牡丹亭》'一境。"这个小青翻阅《牡丹亭》不是情节,也不是矛盾,它仅仅是一种景象,但这种景象由于美人翻阅《牡丹亭》这种绮丽之作而赋予了情致,所以它是剧作之中、舞台之上的一个美丽"情景",情景融而称之为境。又评《琪园六访》:"六访中,惟错访、病访最有情景。"有情景也是有境的意思。又祁彪佳《曲品》评《奇节》:"三事皆出正史,传之者,情与景合,无境不肖。"都是以情景说境。也就是说,境就是通过人物在舞台上展示的故事片断和融入故事情节的主体情感共同构筑的。景就是情节故事,也包括自然物色时令,渗透了时代的风雨,它是作者构思之意的显象,也是作者之情的显象。具体的片段所构筑的境通过串联转换整合,所形成的就是整体戏剧完整的境,所以祁彪佳称《烟花梦》"剧中境界凡十余转",是指具体时空片段的转换。评《八仙庆寿》有"境界是逐节敷衍而成"之说,恰指整体之境是有片段之境整合而成。具体之景展示在舞台之上,在审美主体的观照中形成片段之境;片段之境的连贯、完整再现仍然依托于审美主体的审美感觉整合。

　　可见,曲学对境的引入不是一种随意的理论范畴借鉴,而是与戏曲舞台演出的实际情态相吻合的,是对这种叙事文学独特性质的概括提炼,强调了戏曲的舞台空间特征。

　　曲境种类繁多,诸如腐境、俗境之类自在排斥之列,此外还有怪异之境,这一点前面论虚实真幻问题时已经涉及,明代浙东曲学界也以反怪异为理论主流。而以境立论、反对怪异,则以祁彪佳为代表,如《远山堂曲品》评《精忠》:"末以冥鬼结局,前既枝蔓,后遂寂寥。"评《平妖》:"永儿、王则之乱,记之井然有绪,然终是神头鬼脸,景促而趣短。"评《玉掌》:"一涉仙人荒诞之事,便无好境趣。"评《剑丹》:"画工画鬼魅易,若词家反难之。盖如元曲所称为'神头鬼脸'者,易涉于俚。至于此记载人黑诛妖,以并宝钏之'七红',尤为鄙俗可笑。"另外如《剧品》言《相思谱》"我辈有情,自能穷天罄地,出有入无,乃借相思鬼氤氲使作合,反觉着迹"等,都表达了曲境反怪异的精神。

　　诸境之中,祁彪佳对苦境有其偏嗜。如《曲品》评《双杯》:"张廷秀累遭困辱,易邵姓显达,相传为浙中一大绅,然实无此事也。近日词场,好传世间淫异之事,自非具有高识者不能,不若此等直传苦境,词白稳贴。"评《威凤》云:"记韩生阋墙之变,曲尽惨苦。构词虽未超逸,亦自有大雅体裁。"评《鸾钗》则引王世贞论《幽闺》"终本不令人堕泪"的"堕泪"为批评依据,称此曲之价值正在"点点是泪矣"。《剧品》评《崔氏春秋补传》之境:"传情者,须在想象间,故别离之境,每多于合欢。实甫以惊梦终《西厢》,不欲境之尽也。"此处假古人穷愁之言易好为依据,认为传情者重在使观众有想象的空间,而合欢之事一览无余,恰恰愁苦别离助人情思,使人有绵绵不尽的审美感觉。祁彪佳因此以苦境的不易尽批评关汉卿等所补《西厢记》的易尽:

　　至汉卿补五曲,已虞其尽矣。田叔再补出阁、催妆、迎查、归宁四
曲,俱是合欢之境。故曲虽逼元人之神,而情致终逊于谱离别者。

所以易尽,正在于化悲愁哀怨为合欢。明人认为,《西厢记》第五本系关汉卿
所续,但关汉卿及其他人的续作,令才子佳人最终团圆,远不如原作结之以
离别愁苦有余味。将曲之审美与哀乐题材关联起来,虽然是传统文化中以
悲为美的因袭,也从韩愈穷愁之言易好等论中获得启迪,但对曲学的审美取
向却有着重要的影响。戏剧之境以吉庆之类为俗境,以穷愁、令人堕泪为佳
境,这个思想在晚明是比较普遍的,而且形成了一个对传统戏剧大团圆境界
的反思高潮,其核心多是围绕《西厢记》的正本与续作之优劣展开。除了祁
彪佳,徐复祚也曾说过:"《西厢》之妙,正在草桥一梦,似假疑真。乍离乍合,
情尽而意无穷。何必金榜题名、洞房花烛而后乃愉快也?"①以悲为美延续了
传统审美的精神,以穷愁哀怨为佳境又借鉴了诗学的相关理论,在曲学这种
提倡"苦境"的氛围中,鲜明的悲剧观、反大团圆的理论也随之诞生了,其代
表就是浙西卓人月(今杭州人)。尽管卓人月的悲剧论有着过浓的宗教情
怀,因而造成对艺术本质的偏颇理解,但他以宗教的洞达与其时曲学界对苦
境的欣赏为依托所建立的悲剧理论,以及对大团圆的反诘,在整个美学史上
都是划时代的。晚明浙东文人以境论曲,通过对苦境的钟情与升华锻造出
了中国特色的悲剧理论,这一点可以说同样居功甚伟。

第八节　明代浙东小说理论批评

　　小说在经过漫长的演革之后,至明代迎来了其创作和理论建设的高潮。
就浙江而言,小说理论批评也在这一时期呈现出繁荣的局面。郎瑛较早开
始了对小说之体与其他文体关系的研究。瞿祐《剪灯新话》推出后,凌云翰、
刘敬分别从才学或者才学识兼长方能创作小说推尊文体。
　　小说效用是当时浙江文人为了确立小说地位而关注的重要话题,如胡
应麟就曾称小说具有墨戏娱乐、备见闻、助讽谏、资谈谑等诸般效用。瞿祐
则将小说效用锁定于劝惩。其《剪灯录自序》论称,对读者而言,小说之中的
内容"皆可喜可悲可惊可怪者",不关义理经济,属于情感官能的刺激。对作

---

　　①　徐复祚:《曲论》。

者而言,有"哀穷悼屈"的目的,属于以小说遣发郁积。无论作者读者,都有着疏散情怀的期待。至张岱,则将其概括为"痛快"二字:

> 天下事不痛不快,不痛极则不快极。强弩溃痈,力锥拔刺,鲠间臃肿,横冰无余,立地一刀,郁积尽化,人间天上,何快如之?①

痛因为作者选取了可悲可惊之事,快为将悲苦倾倒而出,使作者和读者同时获得情感的洗礼。张岱细致描述了大痛则大快的阅读感受:"余于节义之士,窃以为然。当其负气慷慨,肉视虎狼,冰顾汤镬,余读书至此,为之颒赤耳热,眦裂发指。如羁人寒起,颤栗无措;如病夫酸嚏,泪汗交流。"阅读之中,可悲可泣之事激发起读者的同情,如自己深入冰炭,对眼下俗务恰恰是一种屏蔽,因此虽痛却不关功利,这样才有真正的快意。

　　相比之下,浙东在小说创作与理论建构上较浙西逊色,一如词的创作与词论。其中值得关注的是胡应麟从学术立场对小说本体的研究以及浙东文人对虚实雅俗的讨论。

一、胡应麟的小说本体研究

　　胡应麟的小说理论较为庞杂,且多以早期的笔记小说为对象,不过他论述的内容多为小说的本体性问题,且时有真知灼见。

　　胡应麟首先表示了对小说不同于以往的关注。《少室山房笔丛·九流绪论》上云:

> 余更定九流:一曰儒,二曰杂(总名、法诸家为一,故曰杂,古杂家亦附焉),三曰兵,四曰农,五曰术,六曰艺,七曰说,八曰道,九曰释。

《汉书·艺文志》根据刘歆《七略》称诸子十家,其可观者九家而已,九家即九流。九流本来是儒、道、阴阳、法、名、墨、纵横、杂、农,其中并无"说"一类,胡应麟更定之,将"说"纳入其中,并称:"子之为类,略有十家。昔人所取凡九,而其一小说弗与焉。"②可见"说"就是小说。其特点是"浮诞怪迁","其言淫诡而失实",事情不切实而怪异,多虚构。而其效用则是"主风刺箴规"、"洽见闻",所以"有足采也"。又云:"小说者流,或骚人墨客游戏笔端,或奇士洽人搜罗宇外。纪述见闻,无所回忌;覃研理道,务极幽深。其善者足以备经

---

①　张岱:《古今义烈传自序》,《张岱诗文集补编》。

②　胡应麟:《九流绪论》上,《少室山房笔丛》卷11。

解之异同,存史官之讨覆。总之有补于世,无害于时。"①辨异同、存史料,又是从学术角度对小说的认可。但他所认可的小说多是古代笔记小说,至于当时流行的如《水浒传》之类,虽然也有赞许,却以"至下之技"称之,甚至这样评价《水浒传》的作者:"余每惜斯人以如是心,用于至下之技;然自是其偏长,政使读书执笔,未必成章也。"②如此看来,对小说的关注主要是对小说繁荣的不可回避,而不是对小说地位的真正认可。在胡应麟的观念里,除了传统的笔记体小说,他对当时的历史演义小说、其他章回体长篇以及流行一时的话本短篇等甚至有些敌视。另外,胡应麟对小说的关注还有一层功利目的,他曾在评价《酉阳杂俎》时说:

> 故大丈夫于立言固当以删诗书、制礼乐为首务,而业成之后,间一染指于斯。俾吾之不朽于来世可以万全,亦岂非征南勒石遗意哉?

晋征南大将军杜预将自己的名字文章勒石,一置山上,一沉水中,以防陵谷迁变。功业与小说都是传世不朽的手段,功业成立未必能够保障不朽,但小说也许可以增加一些使作者及研究者传于后世的砝码。其主要的理论贡献是:

其一,小说源头的追溯。胡应麟将先秦诸子列为小说之源头,其中志怪类小说源头最古,上溯到了《庄子》与《列子》:"古今志怪小说率以祖夷坚、齐谐,然齐谐即《庄》,夷坚即《列》耳。二书固极诙诡,第寓言为近,纪事为远。"尽管又提到《汲冢》、《琐语》当在《庄》、《列》之前,且引束皙传云:"诸国梦卜妖怪相书,盖古今小说之祖。"③但其书已经不传,因此仍以《庄》、《列》为先。而《九流绪论》下又云:"《飞燕》,传奇之首也;《洞冥》,杂俎之源也;《搜神》,玄怪之先也;《博物》,杜阳之祖也。"又将汉代的笔记杂说列为小说诸种品类的源头。又云:"《子虚》、《上林》不已而为《修竹》、《大兰》,《修竹》、《大兰》不已而为《革华》、《毛颖》,《革华》、《毛颖》不已而为《后土》、《南柯》,故《庄》、《列》者诡诞之宗,而屈宋者玄虚之首也。"以《庄》、《列》为志怪一类的源泉,而汉大赋之中的子虚乌有的杜撰则为小说虚构的开端。

诸体之中,胡应麟对志怪一类较为倾心,《九流绪论》下云:"云仙,诞之诞也;清异,俳之俳也。然其喻旨命辞往往如郗方回,小有意焉,此亦滑稽之

---

① 胡应麟:《九流绪论》下,《少室山房笔丛》卷13。
② 胡应麟:《庄岳委谈》下,《少室山房笔丛》卷25。
③ 胡应麟:《二酉缀遗》中,《少室山房笔丛》卷20。

囿也。其诡撰无益见闻,其雅言可资谈噱,不为所欺可也。"取其"有意"和"可资谈噱"。《二酉缀遗》中又曾记其有意从事诡异之故事的编辑,其搜集范围是:"杂摭《左》、《国》、《纪年》、《周穆》等书之语怪者,及《南华》、《冲虚》、《离骚》、《山海》之近实者,《燕丹》、《墨翟》、《邹衍》、《韩非》之远诬者,及《太史》、《淮南》、《新序》、《说苑》之载战国者:凡瑰异之事,汇为一编,以补《汲冢》之旧。"他认为这些瑰异的故事"虽非学者所急",但"其文与事之可喜,当百倍于后世小说家",表现了对怪异的浓厚兴趣,同时也体现了小说理论之中的复古倾向。

其二,影响小说主要因素的研究。胡应麟认为,影响小说的主要因素是作者的才性与时代的思潮。胡应麟对影响小说因素的探讨,在小说理论史上是有创新意义的。

一是思潮。胡应麟引历史为证:"魏晋好长生故多灵变之说,齐梁弘释典故多因果之谈。"魏晋道教风行,因而小说之中多有长生灵变的内容。齐梁之际佛教盛行,于是当时的小说之中便多谈论因果。从思潮论小说,要比单纯从"文变染乎世情"更具体。

二是作家的主体才性影响小说创作。他对比唐宋小说之异云:"小说,唐以前纪述多虚而藻绘可观,宋人以后论次多实而彩艳殊乏。盖唐以前出文人才士之手,而宋以后率俚儒野老之谈故也。"作者身份不同,修养有异,因而小说体貌大不相同。

其三,小说虽不入流而独繁盛的原因。尽管子有十类而昔人只取其九,小说不入其中,但是历代著述小说家独盛,而且其作品也往往能够流传。胡应麟分析,怪力乱神虽然圣人不道,但俗流却颇为喜闻乐道,而且也是"博物所珍",不同的嗜好者可以从中各取所需:"谈虎者矜夸以示剧,而雕龙者间掇之以为奇;辨鼠者证据以成名,而扪虱者类资之以送日。"至于大雅君子,在对待小说上又口是心非:"心知其妄而口竞传之,且斥其非而暮引用之,犹之淫声丽色,恶之而弗能弗好也。"这样,雅俗两方面都对小说有着浓厚的兴趣,"好者弥多,传者弥众;传者日众,则作者日繁"[1],所以小说便在一片贬抑声中发展起来,其根本在于满足了读者对文化消费的需要。小说和戏曲一样,是与自娱自乐性的诗词不同的,它所满足的是他者的需要,是超越自我需要的艺术创作,由此与商业的发展、城市的繁荣建立了内在的紧密联系。

在以上基本的小说理论研究之余,胡应麟的小说理论之中又体现了小

---

[1]　以上引文俱出《九流绪论》下。

说理论成熟之前的过渡态势,这主要表现在他对小说分类的困惑以及批评标准的错位。

其一,小说的分类及困惑。当时一些人对小说的概念比较模糊,胡应麟对此多有辨析。如传奇与小说的关系,陶宗仪就认为唐传奇、宋戏诨、元杂剧是一个系统,一脉相承。胡应麟对此给予了清晰辨析,认为"唐所谓传奇自是小说书名",不是曲学体类。另如小说与戏文的关系:

> 今世俗搬演戏文,盖元人杂剧之变,而元人杂剧之类戏文者,又金人词说之变也。杂剧自唐宋金元迄明皆有之,独戏文《西厢》作祖,《西厢》出金董解元,然实弦索小说之类。至元王、关所撰乃可登场演,高氏一变而为南曲。①

早期词话就是弦索小说,戏文又是在此基础上发展起来,因此戏曲和小说也有着密切的关系。《九流绪论》下中,胡应麟将小说分为了六类:

> 小说家一类,又自分数种。一曰志怪:《搜神》、《述异》、《宣室》、《酉阳》之类是也。一曰传奇:《飞燕》、《太真》、《崔莺》、《霍玉》之类是也。一曰杂录:《世说》、《语林》、《琐言》、《因话》之类是也。一曰丛谈:《容斋》、《梦溪》、《东谷》、《道山》之类是也。一曰辨订:《鼠璞》、《鸡肋》、《资暇》、《辨疑》之类是也。一曰箴规:《家训》、《世范》、《劝善》、《省心》之类是也。

当然,这种分类之中多有重合:"谈丛、杂录二类最易相紊,又往往兼有四家,而四家类多独行,不可搀入二类者。至于志怪、传奇,尤易出入,或一书之中,二事并载;一事之内,两端具存。"这种难以划定归属的困惑尚且属于内部类别的划分,更大的困惑是,胡应麟感觉到了小说在经史子集范围之内确定其归属的困难:

> 小说子书流也,然谈说理道或近于经,又有类注疏者;纪述事迹或通于史,又有类志传者。他如孟棨《本事》、卢瑰《抒情》,例以诗话文评,附见集类,究其体制,实小说者流也。至于子类杂家尤相出入,郑氏谓古今书家所不能分有九,而不知最易混淆者小说也。

分类的困难,起码说明了两个问题:一则,小说有着自己独到的特征,它不同于子、集、史,然而有时又明显有着子集史等的部分内容或者特征;二则,用

---

① 《庄岳委谈》下。

以区分文类的经史子集标准并不能适应文学发展的实际。在这种情况下，小说的位置问题便成为一个关系到小说身份与地位的关键问题，胡应麟感觉到了这种困惑，并试图通过学术的努力使之明确，但总体而言，他仅仅是发现了这个问题，最终仍然是笼统而言，正如他将子部的笔记纳入小说，继承了传统的分类。而这种分类，是其为小说寻找位置的依据，而恰恰是这个依据，使其难以从这种容纳了诸多学术内容的小说观念中抽身，使志怪、传奇等真正意义的小说裹挟其中，没有寻到小说独立的位置。从这方面而言，胡应麟的小说理论有着一定的复古成分，这和他作为后五子的文学复古思想是分不开的。

其二，批评的错位。这主要体现在由于没有建构起独立的批评话语体系，他只能以其他文体批评标准对小说进行考量。胡应麟的小说理论有着鲜明的从模糊向清晰的过渡色彩，因此有时呈现出批评标准的混用，并由此带来了批评的错位。

一是以文章、诗歌标准论小说。评《水浒传》云："今世人耽嗜《水浒传》，至缙绅文士亦间有好之者。第此书中间用意，非仓猝可窥，世但知其形容曲尽而已。至其排比一百八人，分量轻重，丝毫不爽。而中间抑扬映带、回护咏叹之工，真有超出语言之外者。"①用意、抑扬、映带、咏叹以及言外之意等，皆是诗文批评术语。又如称宋代小说避免了唐人的幻设，"多有近实者"，但是"文彩无足观"，以文彩论小说，也是诗文标准。胡应麟小说批评中的文人积习——或者说其传统的诗文批评思维还体现在他关注小说的另外一个视角：重视小说之中的诗文，并以此论述小说。如《二酉缀遗》下云：

> 唐人小说诗文有致，佳者薛用弱《集异记》，文彩尚出元怪下。而山元卿一铭殊工，盖唐三百年如此铭者亦罕矣。岂薛生能幻设乎？余旧奇此作，读洪景庐随笔，亦以为青莲叔夜之流，不觉欣然自快。

又云："铭词精练奥古，奇语甚多。"更多的是批评小说中的诗歌，如：《夷坚志》紫姑咏美人手诗：'笑折樱桃力不禁，时攀杨柳美春阴。……秋来几度调罗袜，时为相思放却针。'诗虽卑弱，亦清婉可喜，且成之顷刻间也。"此处是小说中主人公的诗作，另外还有小说中假托著名诗人创作的伪作、仙人的降箕之作、鬼诗、妓女诗、女仙诗、梦诗等，他都给予了总结与概括。

二是以曲的标准论小说。出于正统的思想，胡应麟对当时的小说多有

---

① 　胡应麟：《庄岳委谈》下。

批评，如称《剪灯新话》等明代小说为"鄙陋之甚"，而《西厢记》、《琵琶记》等虽然也是"词场最下伎俩"，但在曲这一体当中"要为绝到"。又称当时流行的演义"盖尤在传奇杂剧下"，其尊曲抑小说的思想较为突出。而批评《水浒》便也是以曲来对比：

> 《水浒》余尝戏以拟《琵琶》，谓皆不事文饰而曲尽人情耳。然《琵琶》自本色外，"长空万里"等篇即词人中不妨翘举，而《水浒》所撰语稍涉声偶者辄呕哕不足观。信其伎俩易尽。①

从《水浒》的声偶之词入手批评，以为较《琵琶记》等曲中的丽词相去遥远，如此论小说，自然有些不着边际了。好在胡应麟还是关注到了小说独到的特点，随后又称："第述情叙事针工密致，亦滑稽之雄也。"

诗文与曲的标准对小说的批评，除了以上造成的批评错位，也偶尔有其嫁接之中的收获，如对《水浒》中游词余韵的关注："此书所载四六语甚厌观，盖主为俗人说，不得不尔。余二十年前所见《水浒》传本尚极足寻味，十数载来为闽中坊贾刊落，止录事实，中间游词余韵神情寄寓处一概删之，遂几不堪覆瓿。"小说除了故事，需要对生活流的完整仿真性恢复，其方法就包括故事之外要有与故事也许关系并不密切甚至无关的情景、言辞等等，这接近于闲笔。胡应麟认为这些游词是神情余韵之所寄托，是小说传神写照不可缺少的组成部分，所以称被删落了游词的《水浒》毫无价值，只能覆瓿，这体现了他不凡的审美识力。

二、明代浙东小说虚实论与雅俗论

小说的虚实问题是与戏曲之中的虚实问题一齐受到关注的，从小说本身而言，虚实话题在志怪类作品出现之际就已经埋下了伏笔；不仅志怪，明代开始出现的历史小说，也需要相应的虚实理论指导，虚实问题便成为小说理论的核心问题之一。关于这个问题，一般分为两个对立观点：首肯虚构者与反对幻设者。

浙东小说的虚构理论中，蒋大器（庸愚子，生卒年不详，今金华人）的历史小说论有着重要的理论地位。他首先提出，历史小说应该以事实为主，"事纪其实"，但又可以"留心损益"，这样的话虽然难免出现一些"过与不及"，但这种损益却可以使读者"有所进益"，即观赏得更加鲜明。②

---

① 胡应麟：《庄岳委谈》下。
② 蒋大器：《三国志通俗演义序》，最早见于明嘉靖刻本《三国志通俗演义》。

在虚实这个问题上,胡应麟的思想是保守的。他通过长期的研究,认识到古代小说多有虚构的事实,《九流绪论》下称小说"浮诞怪迂","其言淫诡而失实",他对此很不以为然。因此,对过去笔记小说的批评常以是否真实为标准,如《二酉缀遗》中云:"今考惟太甲杀伊尹与纪年合,余并诸书所无,盖皆琐语中事也,其说诡诞不根。""苏轼好谈鬼,客至使谈,有不能者,辄云姑妄言之,则又导之以妄。"又如:"(徐)铉所著《稽神录》,其中必有诳于宾客如《夷坚》所得者,岂皆实哉!"以导人以妄、不根、不实批评古人的作品与行为。而他自己编辑宋至明小说中的志怪内容,续成《广记》五百余卷,自称"其诬诞瞭然"者概行删去,唯恐致"后来之讥"。又如志怪所谓人死复生,他专门辨析,以为"千古未闻之异,于理恐必无"。《稽神录》中有剖腹涤肠医治癫狂者,他又辨云:"若劈之为二犹能活,则宇宙之中断无此事也。"于《集异记》中王之涣酒楼事认为"大非实录";而于白行简《三梦记》则认为第一梦"盖实录"。

胡应麟又将故事的虚构称之为"幻设",而对幻设的态度也是否定。如:"凡变异之谈,盛于六朝,然多是传录舛讹,未必尽幻设语。至唐人乃作意好奇,假小说以寄笔端,如《毛颖》、《南柯》之类。"胡应麟认为,依照他人的传闻而实录,尽管所录之中多神怪诡异之事,但这是记录者观念上确信的产物,因为确信神怪而辑录之,未必是刻意的虚构,六朝之际很多此类作品都是如此;而唐代的传奇则是好奇而且又有所寄托的主体性创作,属于幻设,其中佳作无多,多是"但可付之一笑"而且"文气卑下,无足论"者。又称明代小说《剪灯新话》、《剪灯余话》等虽出于名流之手,但"皆幻设而时益以俚俗",其品位又在唐宋人之作以下。如称《树萱录》"幻设怪语以供抵掌,取忘忧之义"、"新、余二话皆幻设,然亦有一二实者"。从不主张小说幻设,进而又对以小说为诗文事典之源提出批评:

> 唐人小说如柳毅传书洞庭事,极鄙诞不根,文士亟当唾去,而诗人往往好用之。夫诗中用事本不论虚实,然此事特诞而不情,造言者至此,亦横议可诛。何仲默每戒人用唐宋事,而有"旧井潮深柳毅祠"之句,亦大鲁莽。今特拈出为学诗之鉴。①

文中表现了对幻设的不以为然,对以小说之中的故事为诗歌典故的作法给予了批评。但同时又肯定通过幻设带来的"抵掌"、"忘忧"等效用,体现出性

---

① 胡应麟:《二酉缀遗》中。

好其虚却力辨其非的矛盾心理与过渡心态。

　　虚实问题在小说理论的发展之中逐步又演化为常奇问题的争论,主张实录者一般也就是"常"的提倡者,即对日常真实的反映;"奇"则以反常为主,早先小说之反常者多表现为以奇怪诡异为内容。以"神怪之谈,君子所不道"自居的胡应麟对奇怪也有首肯,其《增校酉阳杂俎序》中少见地对《酉阳杂俎》大加称道:"志怪之书,自《神异》、《洞冥》下亡虑数十百家,而独唐段氏《酉阳杂俎》最为迥出,其事实谲宕亡根,驰骋于六合九幽之外,文亦健急瑰迈称之,其视诸志怪小说,允谓奇之又奇者也。"虽然也流露了如此才情无所用心而托好于如此之道的遗憾,但依然认为此作是"滑稽俳笑之雄"①。

　　当时更多的文人对奇的内涵进行了另外一个方向的挖掘。徐如翰(万历二十九年即 1601 年进士,今上虞人)不以怪异理解奇,而是认为小说之奇当是绘写现实人生之中的奇特之人事。其《云合奇踪序》云:"天地间有奇人始有奇事,有奇事乃有奇文。"首先对奇给予了肯定,但随之说:"所谓奇者,非奇衺、奇怪、奇诡、奇僻之奇,正惟奇正相生,足为英雄吐气豪杰壮谈,非若惊世骇俗咋指而不可方物者。"奇不是怪异离奇荒诞不经,而是与正——也就是常相对应的不寻常者。具体到《云合奇踪》所写,元人统一华夏,举声名文物之邦化为左衽,如此之沧桑巨变就是"宇宙一大奇厄",而明太祖提三尺扫腥膻,当时佐命元勋,云蒸雾变,一时响应,这种波澜壮阔的英雄史诗,他认为就是"真奇"。② 奇从神头鬼脸被牵引到英烈事迹。

　　虚实常奇问题是就小说的内容而言的,那么在这样的内容之下应该采用什么样的艺术表现形式,就涉及了雅俗问题。胡应麟以先秦诸子以及唐代之前的笔记为标本,贬抑唐以后的创作,而且以唐代文人致力于小说创作为楷模,批评宋代俗儒里人的创作无唐人的文采生气,可见他是倾向于艺术形式之雅的。但历史演义诞生之后,其欣赏者多为市井平民,高其意、雅其词的手段便受到了挑战,蒋大器有关以"俗"为追求的相关理论于是诞生了,《三国志通俗演义序》云:"夫史,非独纪历代之事,盖欲昭往昔之盛衰,鉴君臣之善恶,载政事之得失,观人才之吉凶,知邦家之休戚,以至寒暑灾祥、褒贬予夺,无一而不笔之者,有义存焉。"但是,"史之文,理微义奥",史家之法虽然如此,于常人观览却大不当意,所以往往有"舍之而不之顾者",其根本原因在于"不通乎众人",这样历史的诸般作用便难以发挥,这是过雅之弊。

　　①　胡应麟:《少室山房集》卷 83,影印文渊阁四库全书本。

　　②　徐如翰:《云合奇踪序》,见《中国历代小说论著选》。

有鉴于此,也曾有一些普及性的探索,如"前代野史作为评话,令瞽者演说",但"言辞鄙谬,又失之于野",其病在于粗俗,故而君子厌弃。在雅与野之间权衡,蒋大器认为《三国志通俗演义》所采取的"通俗"之形式最为得体,他说:

> 若东原罗贯中,以平阳陈寿《传》,考诸国史,自汉灵帝中平元年,终于晋太康元年之事,留心损益,目之曰《三国志通俗演义》。文不甚深,言不甚俗,事纪其实,亦庶几乎史。盖欲读诵者,人人得而知之,若《诗》所谓里巷歌谣之义也。

正是采取这种文不深、言不过俗的"通俗"形式,所以书成以后才出现"争相誊录"的盛况,对读者而言,"一开卷,千百载之事豁然于心胸矣"。达到了普及和鉴戒而雅俗共赏的目的。

通俗理论表面上是历史普及以史为镜的需要,事实上则是市场消费的需求,市民阶层的壮大以及其他底层文化需求的旺盛,促使小说戏曲等文体被推上舞台,成为非自娱自乐的大众狂欢性的文体,而且也促成了这种需要。另外,由于其间存在着文化产品的大众化需求,于是文化生产也便逐步形成了规模,进而纳入了产业。明清之际书商队伍壮大,他们所秉持的小说理论,就是以获得最大读者群体为基础的通俗理论,因此蒋大器的通俗说预示了一个新的文学时代的到来。

第五章　清代浙东文学理论批评

概　　论

　　清代浙江文学理论批评有着与明代相同的繁荣,也有着自己独到的时代特性,这就是集大成性。清代浙江在诗论、文论、词论、曲论、小说论、赋论等各个方面都取得了巨大成就。这个时期,诗话的数量非常可观,对后世影响巨大者有叶燮的《原诗》,理论色彩浓厚且新见迭出者有毛先舒的《诗辨坻》,富有创见者如《随园诗话》、《载酒园诗话》、《茗香诗论》、《白华山人诗说》,汇聚乡邦文献者如陶元藻《全浙诗话》等。专门的文、赋之论也很多,如吕留良《吕晚邨先生论文汇钞》(后人辑录)、唐彪的《读书作文谱》、孙梅的《四六丛话》等。曲论以李渔的《闲情偶寄》为最,其他又有姚燮规模巨大的《今乐考证》。小说理论批评虽然缺乏专门著述,但各类序跋评点涉及了方方面面。

　　在诸体创作、理论延续了明代繁荣的同时,清代浙江词学一改明代的沉寂,表现出相当的繁荣,李渔就称当时文人不重诗而重诗之余,一唱百和,未几成风:"无论一切诗人皆变词客,即闺人稚子、估客村农,凡能读数卷书、识里巷歌谣之体者,尽解作长短句。更有不识词为何物,信口成腔,若牛背儿童之笛,乃自词家听之,尽为格调所有。岂非文字中一咄咄事哉?"①在他看来,清初开始,词已经达到了一种近乎喧嚣的程度。仅词话就有《金粟词话》、《笠翁词话》、《填词杂说》、《莲子居词话》、《复堂词话》等,皆享有较高声誉。但清代浙东、浙西相较,浙东同样延续了宋代以来的一种局面,词学薄弱。其中值得一提的是李渔的《窥词管见》,其中"一气如话"说是当时较为当行的词论。

作为中国古代文学的总结时期,加以当时迥别于其他时代的文化思潮,诸如高压之下的朴学繁荣,合以浙东文化致用务实思想的影响,清代浙江的文学理论批评总体上又体现了其比较独到的面目:

推崇学问积累思潮格外浓厚。这种思潮又以浙西文人倡导为甚,诗人之中诸如毛先舒(今杭州人)、朱彝尊(今嘉兴人)、查慎行(今海宁人)、王昙(今嘉兴人)、汪师韩(今杭州人)、吴骞(今海宁人)、杭世骏(今杭州人)等莫不如是。

对文体的理论研究极为关注。清代文坛出现了桐城派古文,出现了骈体文与词学的复兴,并由此引发了骈体散体之争。什么是古文,古文之体式应该有什么要求,散体与骈体的关系区别是什么等,成为当时理论界的一个热点,而浙江在这些理论的建设之中,尤其是骈体散体的辨析上,是首开风气的。孙梅对赋的研究以及其《四六丛话》同样具有开拓意义。

清代浙人文学理论,在全国多有着重要的代表性。就浙西而言,如吕留良等的诗文理论、西陵词派的词学理论、浙西词派的词学理论、浙派的诗学理论、袁枚的性灵诗学理论;就浙东而言,如清初黄宗羲章学诚等浙东学派的文学理论、李渔体系完备的曲学理论、姚燮以统计手法从事的小说研究等等。

第一节　明末清初浙东学派文学理论批评

一、学术视野观照下的文论:重道与重事

明末清初作为浙东学派最辉煌的时期,涌现了一大批通才硕儒,其中著

---

① 李渔:《耐歌词自序》,《笠翁一家言诗词集》,《李渔全集》第 2 卷,浙江古籍出版社
1992 年版。

名的学者如黄宗羲（1610—1695，今余姚人）、全祖望（1705—1755，今宁波市人）以及章学诚（1738—1801，今绍兴人）等，其学术思想也影响到了文学理论，呈现出与浙西偏重艺术审美文类及艺术审美研究迥异的理论维度。

　　首先是强调道对于文章的影响，重视学统系列中人的文章，注重文的实际效果，认为出于学统者多善于文章，而文能行远者未有不本于学。宋濂论文，对比汉唐之儒与宋儒，认为汉唐诸儒得文之皮肤骨骼，具"能事"，即能"质文始终"——文质的始终安排之能；而宋代学统之中的诸先生得"文之精髓"，即能够载道。黄宗羲引用宋濂这些文字，认为这样的区分相当于说汉唐之文载道虽然不如宋代诸儒，但却比宋之学统数先生在文的艺术性上具"专长以相胜"。因此，他对宋濂这种抑道统之文的品目并不满意，进而分析说：

　　　　夫考亭、象山、伯恭、鹤山、西山、勉斋、鲁直、仁山、静修、草庐，非所谓承学统者耶？以文而论文，则皆有史汉之精神包举其内。其他欧苏以下，王介甫、刘贡父之经义，陈同甫之事功，陈君举、唐说斋之典制，其文如江河，大小毕举，皆学海之川流也。其所谓文章家者，宋初之盛，柳仲涂、穆伯长、苏子美、尹师鲁、石守道渊源最远，非汛然成家者也？苏门之盛，凌厉见于笔墨者，皆经术之波澜也。晚宋二派，江左为叶水心，江右为刘须溪。宗叶者，以秀峻为揣摩；宗刘者，以清梗为句读：莫非微言大义之散殊。元文之盛者，北则姚牧庵、虞道园，盖得乎江汉之传；南则黄溍卿、柳道传、吴礼部，盖出于仙华之馆。

从宋到元，能文者在他看来恰恰都出于学统之中，为明道之士，其中或者如朱子、陆象山、真西山等人，其文章皆有"史汉之精神"；欧苏以下王安石等也具事功，或具典制。其中史汉之精神，是浙东学派导源于史学而提出的衡文标准，即纪事明理，具有实用。可见，之所以推崇学统之中的文章，关键就在于其具有服务社会的实际效能。所以最终称：

　　　　由此言而言，则承学统者，未有不善于文，彼文之行远者，未有不本于学，明矣。

道和文并不抵牾，能文则需要有学、明道；有学明道也不排斥能文，此处的能文自然包括宋濂所说的"质文相始"。后来道文二分是出于各自的偏跛："言理者惧辞之工而胜理，则必直致近譬；言文章者，以修辞为务，则宁失之理。"于是道文离，实际上应该是一体的，所以声称"理学兴而文艺绝"的说法"亦冤矣"。①

黄宗羲的这个道文一体之论是以道以学为首为本而文为末的,有道则有文,其中对文有一定的贬抑,他曾说过:"不以文为学。"又云:"文非学者所务。"此处的学者,并非一般的读书人,乃是指道学学统之中致力于修齐治平者。他提到王阳明早年和七子中之何景明、李梦阳等唱和,后来弃去,别人惜其不成,而王阳明则恰是"不欲以文人自命"。至于有学有道之人,其文未有不传者,所以说:"学者未有不能文者。"能够不以文为学,"而后其为文始至焉"。王阳明不以文人自命,所以其文又非七子可望其项背。②　其中有一定的反艺术成分,目的在于提倡事功道德。

全祖望也持这样的思想。他将文章分为三等:见道之文,经世之文,词章之文。赞赏古人"欲学者从事于有用之经济,而不徒汩没于无益之词华"的态度,即使不得已而为文,其文当为"经世务者,皆本经术",是"发为典册,春容乎钟吕之音"的"庙堂元老之文"。至于那些咿唔呫哗、雕虫之技,以鸣其抽青俪白之工者,则为"委巷下士"③。他又从诗派、学派的离合论述诗、学一体,诗不害道,但文人不当溺于诗:

> 世之操论者,每言学人不入诗派,诗人不入学派,吾友杭董浦亦力主之。余独以为是言也,盖为宋人发也,而殊不然。张芸叟之学出于横渠,晁景迂之学出于涑水,汪清溪、谢无逸之学出于荥阳吕侍讲,而山谷之学出于孙莘老,心折于范正献公醇夫,此以诗人而入学派者也。杨尹之门有吕紫微之诗,胡文定公之门而有曾茶山之诗,湍石之门而有尤遂初之诗,清节先生之门而有杨诚斋之诗,此以学人而入诗派者也。章泉、涧泉之师为清江,栗斋之师为东莱,西麓之师为慈湖,诗派之兼学派者也。放翁、千岩得之茶山,永嘉四灵得之叶忠定公水心,学派之中但分其诗派者也。安得以后世之诗歧而二之,遂使三百篇之遗教自外于儒林乎?"赋诗日工,去道日远"——昔人所以箴后山者,谓其溺于诗也,非遂谓诗之有害于道也。④

能诗者身入学派,有学者能为诗而入诗派,又有诗派学派相兼容,又有学派

---

①　黄宗羲:《沈昭子耿岩草序》,《南雷文定后集》卷 1,见《黄宗羲全集》,浙江古籍出版社 2005 年版。

②　黄宗羲:《李杲堂文钞序》,《南雷文案》卷 2,见《黄宗羲全集》。

③　全祖望:《受宜堂集序》,《鲒埼亭集外编》卷 26,四部丛刊初编本。

④　全祖望:《宝瓶集序》,《鲒埼亭集外编》卷 32。

之下衍生出诗派。总而言之,诗都不能离开学,学者也未放弃诗,诗、学一体,承黄宗羲以及此前宋代浙东学派的一贯主张。全祖望则更进一步,延伸出诗派学派也是一体的思想,不过他对诗的看法较此前要宽容。黄宗羲是不主张文人将精力投入其上的,但全祖望却通过对"赋诗日工,去道日远"一语具体语境的溯源,说明这个判断是昔人纠陈后山之偏颇而提出的,并非对诗这门艺术的批评,诗并不害道。

　　章学诚是清代中期浙东学派的主将,其文学理论批评的核心围绕作为浙东学派主要学术领域的史学展开,且讲求实践性。他在王阳明、李卓吾、胡应麟等人以六经为史这一观点的基础上,将"六经皆史"作为一个重要的理论进行了系统的研究,将文学、学术与现实历史的关系贯通。《文史通义》中设有《易教》、《书教》、《诗教》以及《经解》等篇,都是全面分析六经与文和历史之间的关系。具体论及文学与经世致用关系的地方也很多,《内篇·文理》提出,"立言之要,在于有物",有物则需要"本于中之所见",而不是好为锦绣以夸耀色彩。而要做到中有所见、中有所得,则要从"博览"入手。不过,章学诚没有将文章的素养积累停留在博览之上,而是又加了一条"须兼阅历",仅有博览而没有阅历,是"发策决科之学",即凭空而论,没有现实认知为依托。①"博览"在《文史通义》之中概括为"才学识",章学诚论文屡屡提及三者,而又以学统摄才识。而他所论之学同样和实践有关,如《原学上》云:

　　　　《易》曰:"成象之谓乾,效法之谓坤。"学也者,效法之谓也。道也者,成象之谓也。夫子曰:"下学而上达。"盖言学于形下之器,而自达于形上之道也。

他解释学就是效法,效法的对象是圣人,而学的原因在于"人之禀气不齐,固有不能自知适当其可之准者",即本质不能生而知之,需要先知先觉者指导如何能达到"适当其可"。他对这种效法的解释很有特色:

　　　　盖天之生人,莫不赋之以仁义礼智之性,天德也;莫不纳之于君臣父子夫妇兄弟朋友之伦,天位也。以天德而修天位,虽事物未交隐微之地,已有适当其可,而无过与不及之准焉,所谓成象也。平日体其象,事至物交,一如其准以赴之,所谓效法也。

---

①　章学诚:《文史通义》,中华书局 1994 年版。

学就是通过对圣人以及典籍的学习,实现以天德修天位,明白如何位育,如何尽德。这些准则在内心形成形象,遇到具体情境,象便与外在相关者相交,形成对自我一切的协调指引。从学而至于成象,再至于见象于外,格外强调的是实践。所以又说:"诗书诵读为学,然此外非无学,此即行事。"文、文章修养、学、行事,便是这样建立了关系。

由于关注的重点在行事,因此考察文章也主要看其是否有益于行事,而于为诗而诗、为文而文便一概不屑。当时文人论争学人之诗、才人之诗、文人之诗的优劣,章学诚认为"各有所长,亦各有其流弊",但必须统一于这样的标准:"酝酿于中,有其自得而不袭于形貌,不矜于声名,即其所以不朽之质。"①这里的"自得"者与"不朽之质"以及前面提到的文需要"有物",都不是从艺术角度而言的。从这样的立场出发,对于当时的诗文优劣对比,他的态度便很明朗了:虽然诗文异派,同出于经,但"文似优于诗"。因为"文必通人为之,可以无疵,诗则不必通人而皆可支展"。诗有小慧者就可拨弄,即展示小慧,而文则需要通人,原因在于其更能致用。② 于是,在各种文学理论著述之中备受责难的祭幛、寿屏、婚启、寿言、上梁文、祭挽、墓志铭等代言文体,他几乎都表示不可轻废:"因乎人者,人万变而文亦万变;因乎事者,事不变而文亦不变。"③这些文体属于事不变则文不变者,历代沿用,关乎礼仪。《答朱少白书》中对此也有解释:

> 文体不废应酬。昌黎墓志,无其实而姑取以应酬者十之七八,与近代寿文有何分别?先夫子于寿序一体,多用传记之法,最为有用之文,岂可轻忽?鄙著正因世俗拘文体为优劣,而不察文之优劣并不在体貌推求,故撰《砭俗》之篇,欲人略文而求实也。④

世俗排斥这些代言之体,主要原因是其艺术感染力欠缺,因袭陈套。而章学诚提倡之,恰恰是从史学着眼,这些文章都是世俗的历史,可以征为资料,所以才自称"略文而求实"。

二、黄宗羲的性情论

黄宗羲论诗文重视学的作用,他目睹了晚明文风放恣之弊,因而虽并不

---

① 章学诚:《韩诗编年笺注书后》,《章氏遗书》卷13,吴兴刘氏嘉业堂本。
② 章学诚:《与胡雒君论文》,《章氏遗书》卷9。
③ 章学诚:《文史通义·砭俗》。
④ 章学诚:《章氏遗书》卷29。

赞同复古,但仍然认为:"学之至而后可无所学。"即有所学并不是毛病,问题是不能模拟。而放弃对前人的学习,"以无所学为学",则将使魏晋三唐如同高山大川的文学遗产"荡为粪壤"①。他又提出了"诗文吾所自为者也,苟非好之,则吾亦无能自得"的观点,认为"好之"是能文的关键:"古今能文之士,必其好专于是,外物不足以动其心,而后其文始工。小好则小工,大好则大工。"所谓"好之"最终也主要体现在学和习上:"必聚天下之书而读之,必求天下之师友而讲之,必聚一生之精力而为之。"②积蓄学识、切磋技艺、时而习之,如此方会有所成。《论文管见》之中也多次论学:

> 学文者,须熟读三史八家,将平日一副家当尽行籍没,重新积聚,竹头木屑,家常委事,无不有来历,而后方可下笔。
>
> 作文虽不贵模仿,然要使古今体式无不备于胸中,始不为大题目所压倒,⋯⋯此儒人所以读万卷也。
>
> 文必本之六经,始有根本。③

可见黄宗羲所谓学,不只是对前人经典的习练,更主要的要有经史的沉淀,《南雷诗历题辞》即反复提醒:"若只从大家之诗,章参句炼,而不通经史百家,终于僻固而狭陋耳。""读经史百家,则虽不见一诗,而诗在其中。"当然,他清楚"诗非学之而致",因为诗受制于才与情性,但只要具备才情兴会,那么"多读书则诗不期工而自工"。④

黄宗羲的主要文学理论思想之一是其性情说。黄宗羲认为,诗是人精神之所寓托:"从来豪杰之精神,不能无所寓。老庄之道德,申韩之刑名,左迁之史,郑服之经,韩欧之文,李杜之诗,下至师旷之音声,郭守敬之律历,王实甫关汉卿之院本:皆其一生精神所寓。"⑤精神有所寓托,也就是情有所寄,"苟不得其所寓,则若龙挐虎跛,壮士囚缚,拥壅郁遏,忿愤激讦,溢而四出,天地为之动色,而况于其他乎?"无所寄则郁结者必然喷涌而出,化为戾气。因此,诗文就是承接人之情性的一种形式:

> 文以理为主,然而情不至,则亦理之郭廓耳。庐陵之志交友,无不

---

① 黄宗羲:《曹实庵先生诗序》,《南雷文定四集》卷1。
② 黄宗羲:《戴西洮诗文题辞》,《南雷文定五集》卷1。
③ 黄宗羲:《论文管见》,见《历代文话》。
④ 黄宗羲:《南雷诗历》卷首。
⑤ 黄宗羲:《靳熊封诗序》,《南雷文定后集》卷1。

鸣咽;子厚之言身世,莫不凄怆;郝陵川之处真州,戴剡源之入故都,其言皆能恻恻动人。古今自有一种文章,不可磨灭,真是"天若有情天亦老"者。而世不乏堂堂之阵,正正之旗,皆以大文目之,顾其中无可以移动人之情者,所谓剑然无物者也。①

能够言性情之文就能够动人,便可以流传。其他如:"诗之为道,从性情而出。"②"诗以道性情,夫人而能言之。"③又如:"今之论诗者,谁不言本于性情,顾非烹炼使银铜铅铁之尽去,则性情不出。"④"诗也者,联属天地万物,而畅吾之精神意志者也。"⑤以上诸说都是从性情论诗。概括而言,黄宗羲性情说的内涵是:

其一,性情是变化的,讲性情则不能拘于家数、宗派。他说:"性情海涵地负,古人不能尽其变化,学者无以窥其隅辙。"正因其变,所以那种"曰此为风雅正宗,曰此为一知半解"的拘执见解就是非愚即妄了。《南雷诗历题辞》云:"古今志士学人之心思愿力,千变万化,各有至处,不必出于一途。今于上下数千年之中必欲一之以唐,于唐数百年中而必欲一之以盛唐,盛唐之诗岂不佳,然盛唐之平奇浓淡亦未尝归一。"情包纳不同,则表现形式不同,必使诗归之于一种体式,恰是扼杀了性情。

他称这种放弃性情而徇前代家数的作法为"以宙灭宇"、"以宙灭宙":"上天下地曰宇,古往今来曰宙,自有此宇,便不能不宙。今以其性情下徇家数,是以宙灭宇也;又障其往来者,而使之索是非于黄尘,是以宙灭宙。"⑥以古人掩盖了自我今日之天地,使得自己局限而难以开阔,所以叫"以宙灭宇";而徇家数又阻隔了从古至今以及从眼下向未来的流变,使学者无从获得诗的真谛,所以又称之为"以宙灭宙"。这样的徇家数,貌似尊古,实际上破坏了古人实际应有的地位和价值。黄宗羲还在其他很多文章之中提到了类似徇家数而带来的刻意趋避现象,此类创作既"以一时为轻重高下",也"未尝毫发出于性情",因人而抑扬,因此他称之为"乡愿之诗"。⑦

---

① 黄宗羲:《论文管见》。
② 黄宗羲:《寒邨诗稿序》,《南雷文定后集》卷1。
③ 黄宗羲:《马雪航诗序》《南雷文定四集》卷1。
④ 黄宗羲:《万贞一诗序》,《南雷文定四集》卷1。
⑤ 黄宗羲:《陆鉁俟诗序》,《南雷文定四集》卷1。
⑥ 黄宗羲:《寒邨诗稿序》。
⑦ 黄宗羲:《天岳禅师诗集序》,《南雷文定三集》卷1。

其二,性情不只是一己之情,还包括天下治乱所引发的家国之情。《南雷诗历题辞》云:"夫诗之道甚大,一人之性情,天下之治乱,皆所藏纳。"天下治乱之情,是就兴亡而言。

其三,性情非只是一时之兴会,还包括万古不变的性情。一时之性情,因具体的外在情事而触发,个体的情感多属于这个范围,参差而变化。万古不变之性情,是从情出于性、性有稳定性而引发的,《马雪航诗序》正是通过对"性"之特质的辨析,论述了诗当发万古之性情。性情之所谓万古,在于性与理的相合,性情因此纳入了情理范畴,这个理不是理学之理。序中对朱熹一些说法作了抨击,于程子"性即理"的说法虽然首肯,但设定了先决条件:"然当其澄然在中,满腔子皆恻隐之心,无有条理可见,感之而为四端,方可言理。"即:理当化于生命的感兴之中才是他所谓的理,也是他所谓的性。因此,所谓万古不变之性情,是指人性中根本的人道情怀,以孟子所论恻隐、辞让、是非、羞恶四端为核心,尤其强调了其中的恻隐。这种情怀通过感兴而见于象,再发之于诗,此时的诗所言者便同属于万古之性情。但是,既然是以生命感发为源,就存在着自我之情对性的冲决,只有以性对此个体之情给予规限,才能保证四端尤其恻隐之性情在诗歌中的凸显:

> 自古以来,诗之美者多矣,而知性者何其少也。盖有一时之性情,万古之性情。夫吴歈越唱,怨女逐臣,触景感物,言乎其所不得不言,此一时之性情也。孔子删之,以合乎兴观群怨、思无邪之旨,此万古之性情。如徒逐逐于怨女逐臣,逮其天机之自露,则一偏一曲,其为性情亦末矣。故言诗者不可以不知性。

文中黄宗羲运用了儒家诗学理论中的"兴观群怨"、"思无邪"等思想,表面看来又是对发情而止礼陈词的敷衍。实则黄宗羲已经对这种传统的儒家诗学思想作出了符合自己理论建构的改造,他借用这些诗学通理的外壳,又在其中纳入了自己视为万古之性情的"恻隐"等人道情怀。强化恻隐之性情就是为了超越诗仅仅言一己之性情,诗如果仅仅表达自己的一己性情,便会以率性为道,以人而等同于物,"使物而率其性,则为触为啮为蠢为婪"者都属于率性而为之道了,诗至于此,也便走上了绝路。在黄宗羲看来,知性者之诗表现为:"吴楚之色泽,中原之风骨,燕赵之悲歌慷慨,盈天地间,皆恻隐之流动也。"这是其以诗关注当时家国沧桑的隐性表达,恻隐不忍,即是不能如动物一样无所感怀。

其四,性情本于"真"。《黄孚先诗序》云:

情者可以贯金石,动鬼神。古之人情与物游,而不能相舍,不但忠臣之事其君,孝子之事其亲,思妇劳人结不可解,即风云月露、草木虫鱼,无一非真意之流动。故无溢言漫辞以入章句,无谄笑柔色以资应酬,唯其有之,是以似之。

情与物游,即二者缠绵一体,不可分解,由此生发的性情真挚动人,而非偶生偶灭不关痛痒。此情可以是忠,可以是孝,可以是相思相慕,也可以是流连光景。与此相反:"今人何情之有? 情随事转,事因世变,干啼湿哭,总为肤受,即其父母兄弟亦若败梗飞絮适相遭于江湖之上。劳苦倦极,未尝不呼天也;疾痛惨怛,未尝不呼父母也。然而习心幻结,俄顷消亡,其发于心,著于声音,未可便谓之情也。"①那些随时而变,不专一、不深沉的情感,不过是肤浅的一点感受,有的甚至仅仅是生理性习以为常的感应或者表现,如文人以悲为美等,或者是一时失意的反映,并非真心呈示,如此之类,不可言之为情。黄宗羲如此严守性情之界限,不轻易许人,是就当时一班贰臣未得新朝赏识转而发故国之思而言的。

其五,诗既然以言性情为主,因此诗就要为己而作。他认为,古代之称为诗者汗牛充栋,但传于今者寥若晨星,其原因就在于出现了"为人为己之分"。为人作者以当下之为诗者居多:"才入雅道,便涉艺门。浮云白日,摘为古选。青枝黄鸟,拈为六朝。纷纭胶轕,自锢其灵明,无非欲示人以可悦耳。不知昔人之所以上下千古者,用以自治其性情,非用以取法于章句也。"为己作者多为古人:"三百篇大抵出于放臣怨女怀沙恤纬之口,直达其悲壮怨谪之气,初未尝有古人家数存于胸中,以为如是可以传远也。"为人为己的差别就在于是否写其性情,而古今文人诗法大致三类,"上者求之于景,其次求之于古,又其次求之于好尚"。他认为三者皆非其至,而应当"以己之性情"②为主,在情与物游的缠绵之中融会为象。《景州诗集序》将这种情与物游称之为"以月露风云花鸟为其性情","月露花鸟之在天地间,俄顷灭没,而诗人能结之不散"。③ 神与物游是文机涵育,而能够将神与物实现"结之不散",就可以完成情性的诗化。这个结之不散的手法,一方面指向性情的真挚,一方面侧重于意象的塑造,另一方面则强调了赋比兴综合运用的能力,故云:"古之言诗者不出赋比兴三者,诗传多析言之,其实如庖中五味,烹饪

①　黄宗羲:《黄孚先诗序》,《南雷文案》卷2。
②　黄宗羲:《金介山诗序》,《南雷文定四集》卷1。
③　黄宗羲:《南雷文案》卷1。

得宜,欲举一味以名之,不可得也。"①

其六,性情说还体现在文学鉴赏批评之中。《钱退山诗文序》论历代批评:

> 钟嵘之《诗品》辨体明宗,固未尝墨守一家以为准的也。至于有宋,折衷之学始大盛。江西以汗漫广莫为唐,永嘉以胆鸣吻呋为唐。即同一晚唐也,有谓其纤巧酿亡国之音,有谓其声宏还正始之响。学昆体者谓之村夫子,学郊岛者谓之字面诗。入主出奴,谣诼繁兴,莫不以为折衷群言。②

这里"折衷"的意思是以一己心思判定之意,但判断的标准是主体性的、偏颇的,出于流派宗派之义旨而非自我审美之情志,因此折衷而生弊,成为固守自我条框的口实,也成为诋毁他人的根据。黄宗羲认为这种违背审美规律的先入为主式批评不应该发扬,否则的话,批评会成为一种体格对其他体格的清洗,是守自我所谓性情而扼杀他人之性情。所以,他称道钱退山之诗出之于性情,而且,"其于古今作者,有品藻而无折衷,盖不欲定于一家以隘诗路"。无折之以固有体格,而是以是否合乎"人"之性情为引导,这样才能保持诗坛"良金华玉并行不悖"的繁荣,防止各以铢两定价的偏颇。

三、黄宗羲的变风变雅论

《诗经》有变风变雅是汉代经学家得出的结论,《毛诗大序》云:"至于王道衰,礼义废,政教失,国异政,家殊俗,而变风变雅作矣。"据郑玄《诗谱序》之说,孔子记录彝王以至陈灵公淫乱之事的诗被称为变风变雅。宋代朱熹注《离骚》,以寓情托意者为变风,以感今怀古者为变雅,以其中描述祀神歌舞之盛者为颂之变。后世提及变风变雅,主要指具有较强烈现实批评精神的风雅之作。黄宗羲袭用了这个理论,而赋予了更为激烈现实的政治情感。

首先,黄宗羲从正变关系讨论了变的合法性。他认为,诗文之中的变是常态,但变化之中也有不变的内核,这就是正。变之中如果保留了正,达到正变一体,变就有自己存在的合理性。他以情理为正、辞为变,因而,文学表现形态尤其语言形态的变化不会影响艺术本身所具有的价值。《庚戌集自序》云:

---

① 黄宗羲:《淇仙毛君墓志铭》,《南雷文定后集》卷4。
② 黄宗羲:《南雷文定三集》卷4。

余观古人,自唐以后为一大变。唐以前字华,唐以后字质;唐以前句短,唐以后句长;唐以前如高山深谷,唐以后如平原旷野:盖画然若界限矣。然而文之美恶不与焉。其所变者词而已,其所不可变者虽千古如一日也。得其所不可变者,唐以前可也,唐以后亦可也;不得其所不可变,而以唐之前后较其优劣,则终于愦愦耳。[1]

此即诗文自具正变,当以正是否得以保存、得以表现衡文,而不当以时代论之,即时代演革可以带来文学之变,但不能决定文学优劣。《陈苇庵年伯诗序》从《诗经》正变申说:

风自《周南》、《召南》,雅自《鹿鸣》、《文王》之属以及三颂谓之"正经";彝王、夷王而下迄于陈灵公淫乱之事,谓之变风变雅:此说诗者之言也。而季札听诗,论其得失,未尝及变;孔子教小子以可群可怨,亦未尝及变。然则正变云者,亦言其时耳,初不关作诗者之有优劣也。

否定诗之正变关乎优劣,只肯定其与时代的关系,实际上是对历史上儒家学者对变风变雅一些批评的销解,是为变风变雅的书写提供理论依据。在黄宗羲看来,唐代如李杜这样的大家,恰恰是变风变雅的继承者:"李诗得变风之体,杜诗得变雅之体。"而今人诗歌创作,正应该尊法于此:"向令风雅不变,则诗之为道,狭隘而不及情,何以感天地而动鬼神乎?"[2]文中所谓风雅之变以及感天动地,是就当时家国之变而言的,异乎寻常的时代,自然要有一套异乎寻常的诗歌尺度,黄宗羲选择了变风变雅以为创作指导。其时,另外一些遗民文人或者其他文人也多表达了这样的情怀,但他们很少以变风变雅相称,如贺贻孙称"穷而后工"[3],钱谦益称"结撰"[4]——郁积而发,相当于发愤著书。变风变雅因为和时代的衰弊关联,具有一定的现实批判性,所以一般文人如果不是出于学术研究,在当时是不会轻易使用的。而黄宗羲明确称之为变风变雅,表现了遗民的风骨。

其次,变风变雅的出现具有必然性。《黄孚先诗序》中的黄孚先,经历丧乱,与作者多年不见,后来寄诗请序,黄宗羲序云:"声音之正变,体制之悬殊,不特中晚不可为初盛,即风雅颂亦自有迥然不同者。"所云正是动荡丧乱

---

①　黄宗羲:《南雷文案》卷1。
②　黄宗羲:《陈苇庵年伯诗序》,《撰杖集》,即《南雷文案三刻》。
③　贺贻孙:《示儿一》,《水田居集·文》卷5,同治九年勑书楼刻本。
④　钱谦益:《周元亮赖古堂合刻序》,《牧斋有学集》卷17,四部丛刊初编本。

对诗产生影响，并使之具有了不可移易的时代特色，而这种特色的声情体貌，都很难调整到与以往的"正"统一的程度，因为所发为变声："身之所历，目之所触，发于心，振于声，迫于中之不能自已，一唱而三叹，不啻金石悬而宫商鸣也。"变声出于情不得已，意思是说，诗之体貌的改变不是诗人刻意的调整，而是因为人情为时势压迫而郁结，诗不变昔日所谓雅正的形态，便难以承载这些新的怨愤郁结之情。这里所说的怨愤郁结，在黄宗羲的文学理论之中很少是涉及自我一己之情的，而多为万古不灭之情。如他称变声之所以多，是由于"以时而论，天下治日少而乱日多；事父事君，治日易而乱日难"的历史现实，在这样的时代之下，"美而非谄，刺而非讦，怨而非愤，哀而非私"的和平之"正"是难以维系的。正难以承担不同以往之情感的抒发，变由此出现，这是文学自然演化的规律。变的出现在外系因时而生，在内为因情而动，可见变的出现，是内外作用的必然产物，此情之有无、真假、浓淡、指向，是诗从正到变的机键。

这里引发变的"时"有二类，一为家国之时："汉之后，魏晋为盛；唐自天宝而后，李杜始出；宋之亡也，其诗又盛：无他，时为之也。"所举的诗歌繁盛之时，集中在社会从繁盛走向衰落甚至有家国兴亡巨变之际，如魏晋之动荡，天宝之后唐朝的衰落，宋亡所引发的巨变，等等。一为一人之时："即时不甚乱，而其发言哀断，不与枯荄变谢者，亦必逐臣、弃妇、孽子、劳人，愚慧相倾，悄算相制者也。此则一人之时也。"[①]对一人而言，诗发变声且要妙动人之际，多在这种人生所不堪的景况之中。

再次，正变之于创作，并非截然两分，各主其一，文学创作有正变兼具者。《陈苇庵年伯诗序》评陈苇庵：

> 先生风度闲绰，早优名辈，诗情所结，若开金石，曾靡榛蹊。其对扬恭纪诸诗，与早朝大明宫贾、杜、王、岑并称典雅。逮夫笙管革文，先生流矢影风，顾有忧色，一唱三叹，凄人心脾，读之者但觉秋风惨憟，中人肌肤。方其悲乐相生，掩卷不能，曾何忌讳之可言乎？此一人之身而正变备焉者也。

一人而经和平与变幻，心态情感的变化能够反映在诗篇之中，即为一人而兼正变，这样的现象在文学创作之中多为常态。这样的作品是一个国家民族的镜鉴，也是一个人的心路历程，因而对于后人而言，不仅仅具有艺术价值，

---

① 黄宗羲：《陈苇庵年伯诗序》。

还有史学价值。古人云"诗亡然后春秋作",陈苇庵之子集录《春秋》传注,有对诗之失望,黄宗羲对他说:"亦知诗之有不亡者乎? 不必舍先生之诗而别求也。"其意是说,陈苇庵一身而兼正变的创作,具有《诗经》"可以观"的特质,有这样的诗在,诗的兴观群怨之功能皆具,就是有韵的历史,诗因此就未亡。

又次,变风变雅的审美风格与传统的温柔敦厚对应。激烈情感的发抒,很难保证艺术的所谓中正和平,但黄宗羲对传统的温柔敦厚并没有否定,而是采取了一种迂回策略——扩大了温柔敦厚的外延,使之具有了更充分的包容性,继而使得变风变雅的风格纳入其中。《万贞一诗序》云:

> 今之论诗者,谁不言本于性情。顾非烹炼使银铜铅铁之尽去,则性情不出。彼以为温柔敦厚之诗教,必委蛇颓堕,有怀而不吐,将相趋于恹恹无气而后已。若是则四时之发敛寒暑,必发敛乃为温柔敦厚,寒暑则非矣;人之喜怒哀乐,必喜乐乃为温柔敦厚,怒哀则非矣。其人之为诗者,亦必闲散放荡,岩居川观,无所事事而后可;亦必茗椀薰炉,法书名画,位置雅洁,入其室者萧然如睹云林、海岳之风而后可。然吾观夫子所删,无非《考槃》、《丘中》之什厝乎其间,而讽之令人低回而不能去者,必于变风变雅归焉。盖其疾恶思古,指事陈情,不异薰风之南来,履冰之中骨,怒则掣电流虹,哀则凄楚蕴结,激扬以抵和平,方可谓之温柔敦厚也。

在黄宗羲这个理论里,温柔敦厚是一种艺术形态,不是对所表现之诗歌情感内容的限定。如果温柔敦厚仅仅代表一种自始至终的情感与格调和平,那么便形成一种具有排斥情感多样化特征的套子,能够常常如此,非贤既圣,超凡入定,与现实情感有着巨大的反差。只有活生生的、富有情性的人,在与现实人生社会的遭际之中有兴有会,有感有慨,然而表达之际又能不为情使,不为性驭,渐而归之于平静,不因情性之溢而于作品之中狂肆放纵,这才是真正的温柔敦厚。他举万贞一为例:万贞一牢骚历落之士,被招入史馆,以遗民的身份修《崇祯长编》百余卷,当此之时,无暇为诗。"既而晨炊欲绝,自请外补,斗大一城,鹄面苍生,旱蝗孑遗,抚循委曲,继之涕泣。"这种景况又不忍为诗。有了如此痛切的感受,经历了情感的激荡,最后在时间的沉淀之中,情感实现了反思的升华:"贞一风尘困顿,锻炼既久,触景感物,无一而非诗,则以其不暇为、不忍为者溢而成之,此性情之昭著,天地之元声也。"无暇为者,是指遗民修史,感伤旧国之亡,难以为诗,不堪为诗,其假借无暇,托词而已。外放小城,所谓鹄面苍生、旱蝗孑遗,非仅仅指天灾,实为乱后遗黎,凄凉荒废,不忍为诗。所以家国之恨,天下之落魄,最终形成诗篇,自然是不得已而发,属于变声。然而天下大定,无力回天,因此激烈的怨愤最终归之于幽怨与平静,这就是所谓"激扬以抵和平"。①

　　综上所述,变风变雅理论是黄宗羲在国破家亡之际抒发这种不可抑制的家国情怀的理论武器,因此他的这个理论之中所涉及的情感,万古不灭的恻隐之心成为主流,这种情感实则就是民族情感。这种情感在一些遗民如文中的泽望(即缩斋)那里以不可遏止的形态喷薄而出,黄宗羲将其概括为为"彷徨于山颠水澨"之孤愤:

> 泽望之为诗文,高厉遐清。其在于山,则铁壁鬼谷也;其在于水,则瀑布乱礁也;其在于声,则猿吟而鹡鸰欸且哮也;其在平原旷野,则蓬断草枯之战场,狐鸣鸱啸之芜城荒殿也;其在于乐,则变徵而绝弦也。

这样的风格,只有黄宗羲扩大了外延的温柔敦厚才能接纳。但因其过于激烈,所以黄宗羲也不能不说:"盖惊世骇俗之言,非今之地上所宜有也。"黄宗羲认为,此属于"能折困其身而不能屈其言"者。但缩斋不屈之言与苏轼的不屈之言并不相同,东坡是承平之际人生的不遇,而缩斋则为家国破亡之际的悲愤,所以黄宗羲说,同样是发出不屈的言辞,"至泽望而又为文人之一变"。因为劲直而不能屈己,清刚而不能善世,是古之所谓"隘人":"隘则胸不容物,并不能自容,其以孤愤绝人,彷徨痛苦于山颠水澨之际,此耿耿者终不能平,至于鼓胀而卒,宜矣。"有如此之人、如此之情,自然有不同的诗文,而这种诗文的诞生,和谢翱等宋代遗民的表现一致,所以黄宗羲将其都归入天地阳气的激发:

> 泽望之文,可以弃之使其不显于天下,终不可灭之使其不留于天地。其文盖天地之阳气也。阳气在下,重阴锢之,则击而为雷;阴气在下,重阳包之,则抟而为风。……宋之亡也,谢皋羽、方韶卿、龚圣予之文,阳气也,其时遁于黄钟之管,微不能吹纩转鸡羽,未百年而发为迅雷。

亡国遗民之诗文,痛旧国,思志士,望兴复,因此谢翱等人之作,百年之后即演为元末义师对元统治者的摧枯拉朽,这是阳气的迸发。所以黄宗羲称:

---

① 黄宗羲:《万贞一诗序》,《南雷文定四集》卷1。

"今泽望之文亦阳气也,无视葭灰,不啻千钧之压也。锢而不出,岂若刘蜕之文冢,腐为墟壤,文人之文而已乎?"①其中明显寄托了期待风雷的情绪。

这种变风变雅的声音,由于其情真而激烈,不可抑制,黄宗羲将其创作命为"气化",它是"孤行一己之情"的气化:

> 夫此戚然孤露之天真,井底不能沉,日月不能老,乃从来之元气也。元气不寄于众而寄于独,不寄于繁华而寄于岑寂,盖知之者鲜矣。②
>
> 夫文章天地之元气也。元气之在平时,昆仑磅礴,和声顺气,发自廊庙而畅浃于幽遐,无所见奇。逮夫厄运危时,天地闭塞,元气鼓荡而出,拥肿郁遏,坌愤激讦,而后至文生焉。③

气化系指创作的不得已,其本质就是创作之气的郁结而难以抑制。与黄宗羲同时,李邺嗣也有对变风变雅的宣扬,《非时吟序》中称:类似于那些身既隐而老、自放于时者,应该卷舌销声,自同木石;守之不严,而使一吟一韵落在人口,都属于非时。此处的身隐自放者也是就遗民而言。既然非时当然可以三缄其口,但却依然压抑不住创作的欲望,"此则有所不能自已者也",而如此的创作便多为变风变雅:

> 六经之教,能以声感人,莫如风雅,其音安以乐,可以宣幽明、畅万物,此当其时之盛也。既而变风变雅作,则已有哀有怨,言之无罪,此非其声之异也,非其时也。然诗有正有变,而俱谓之风谓之雅,此先生之诗所以非时而作也。

这种变声,"众方歙歙,尔独咄咄",表现为不随时而逆时、不随人而逆人的特征。为什么会如此不同于众呢?"岁有四时而骚人视之俱若秋;日有十二时而嫠妇视之俱若夜。彼之令节,吾之凄辰;彼之白日,吾之长夜也。吾岂忘吾之咄咄以从人之歙歙者乎?"长恨难销,发之于诗篇,自然不能和新朝顺民们一样一派升平;尽管这样的作品已经与风雅之正不同,但李邺嗣认为这仍然是"所谓变而能守其正者也"。④

有学者总结黄宗羲等这种气化理论的特殊运用:"黄宗羲运用中国古代的元气论和阴阳相交的矛盾观来认识社会发展变化的内在原因,将明清之

---

① 黄宗羲:《缩斋文集序》,《南雷文案》卷1。
② 黄宗羲:《吕胜千诗集题辞》,《南雷文定五集》卷1。
③ 黄宗羲:《谢皋羽年谱游录注序》,《南雷文定前集》卷1。
④ 李邺嗣:《杲堂文续钞》卷2。

际疾风暴雨般的民族斗争和反抗压迫的正义精神与文学创作的血肉关系，高度抽象为具有普遍品格的诗文美学。"①将民族斗争的理论升华为普遍的文学理论，变风变雅也因此与风雅传统一样，确立了其在文学理论史之中范式的地位。

四、李邺嗣诗文尊体论、诗禅一体论

李邺嗣(1622—1680，今宁波人)，是明末清初著名文人，与黄宗羲、万斯同等交往，所以文学理论思想上多有近似之处，如重学、变风变雅论等。变风变雅前面已经涉及，另如作为浙东学派影响下的文人，李邺嗣也延续了浙东学派一贯的重学思想，他曾说："吾党之学二：一曰经学，一曰史学。是以学者先之经以得其源，后之史以尽其派，则其于文章之事可以极天地古今之变，波澜四溢，沛然有余，其于诗亦然。"视经学史学为诗学的前提。他又以司马相如等乐府创作为例，说明诗当博极群书："余尝读《史记》，谓司马相如诸人撰乐府十九章，其文尔雅，通一经之士不能独知其词。即杜公号为诗史，非其博极群书，网罗当世见闻，亦岂能作！由是知士不通经史之学，即于文章诸体俱不应漫然下笔，而何独可易言诗耶？"②《上梨洲先生书》称："将从事于斯文，必本诸六艺，折衷于夫子而始得与于文章之事。故必先之以经学，是为载道之音；次之以史学，是为载事之言。"③评价万贞一之创作，也是从学而论："其学一本于通经，一本于读史，服习圣贤，贯穿纪传。"④李邺嗣不仅论诗当有学同于黄宗羲，而且也有"好之"者有成的近似之说："人各治其事，惟以得所嗜为乐，是以有所求而治之与无所求而嗜之绝不同。"他以学为例，只要嗜好在学，"饥可以餐，小病可以当药，观可以当丝竹，慷慨可以当酒，出行可以当舟车"⑤，不仅是人生寄托，也可以有所作为。除了和黄宗羲近似的理论观点，李邺嗣还有一些与黄宗羲很不一致的理论，即诗文尊体之论与诗禅一体论。

当时文人对诗有一个普遍的偏见，即"诗小道"，不关经史，李邺嗣回答："夫诗列五经之一，皇皇焉如日月丽天，斯其道大矣；第自唐以后，置诗不用，徒使闲曹荐绅、不读书山人为之，此诗格所以不尊耳。岂遂谓诗可轻耶？"意

---

① 黄保真等：《中国文学理论史》，北京出版社 1987 年版，第 103 页。
② 李邺嗣：《万季野诗集序》，《杲堂文续钞》卷 1，四明丛书本。
③ 李邺嗣：《杲堂诗文钞》卷 4。
④ 李邺嗣：《万贞一集序》，《杲堂文续钞》卷 1。
⑤ 李邺嗣：《礜樵现实集序》，《杲堂文续钞》卷 4。

思是,诗本来就列于五经,有着经世之用,但唐代以后,诗歌成为无事文士、浅薄山人的消遣,才显得诗为道不尊。这种学说,对诗文的尊奉之意较为明显,他将诗需要学这个话题从另外一个角度阐释,就成为离不开经史之学的诗非是末艺。《万季野诗集序》先引时人贱视诗学的偏见:"若吾党所称,儒者治经,究心圣贤之学,则每奉先儒玩物丧志一言,遂以读书修古文辞为末事。"既为末事,自然无须用心,故而"禅门声口"流行,偶然的吟咏如同僧偈梵颂,所谓风雅坠地。因此,他便从经史入手论诗道:

> 夫三百篇微言妙义,每阐从前圣学所未发,使雅之皇矣抑颂之维天之命敬之,其说理有如后儒之腐俚,则夫子当亦删之矣。余故曰:诗非能害经也,惟出后世儒者及唐以后诗人所作斯其害于经者也。至诗与史学更相表里,盖诗义主述治乱、陈美刺,其所叙两朝主德及中兴将相勋业烂然,自板荡以后,记王室衰微之由,下至列国盛衰,历历可诵,故诗与《春秋》相接。而汉以下诗家则称彭泽、杜陵二公,俱诗之圣。然陶公诗上自述史、咏古、传赞,托契千载以寄其遥情;而杜公善叙其所历时事,发于忠愤感激,读之遂足当一代之史。二公所长若此,余故曰诗非无益于史也。

诗中有微言妙义,可以接续《春秋》;诗中敷衍神情厚意,自为其诗史。于理于史皆有裨益,因此诗不是小道末艺,自不可漫然为之,否则难以承担阐发妙义、见证历史的使命。《上梨洲先生书》中,李邺嗣又嘲笑那些以学道自居而贱视诗文之技能者:"今学者稍从问道,未知其中曾有所得否,但见人亲书卷,辄以为玩物;见人操翰,辄以为务华;即使彼稍窥仿佛或有所解,亦如萤火熠熠,仅堪自照,终生死于腐草间耳。"对于复古者以古诗朴拙为标尺而攻难后世妙丽之作,他也不以为然:"或以后世之诗其言俳丽,近于雕虫篆组,故不足为。然诗人之言曰:不闻亦式,不谏亦入;曰:昊天曰明,及尔出王;昊天曰旦,及尔游衍。辞工而理精,无出其上,此非俳之始也?"不仅为诗辩护,而且连带为俳丽之作辩护。

　　对诗歌的尊奉,使得作诗轻而易举之类的率意之见难以立足,因此,他对那些自以为有道则有言的一劳永逸式的理论也提出了质疑:

> 今人谓既学道之后,便可不费吟绎,徒取先儒一二陶写性情之作奉为典型,肆笔而出,无复顾情,几与禅门所谓颂古说偈相类,顿使风雅荡然。

意思是说,学成而有道,并不意味着诗文即可臻于上乘,诗文各有其道,是需要认真钻研然后才能掌握的,圣人所谓"有德者有言"仅仅是对道德强调的一种手段,有德无法直接转化为艺能技术。此论对艺术的独立性以及创作的艰辛给予了充分关注。

李邺嗣另一个很有特色的理论是诗禅一体说。以禅论诗肇始于唐代,至宋代经过《诗眼》、《沧浪诗话》的推广,基本已经普及。明代文人狂禅,以禅论诗更是盛行。即使在七子等人的复古之论中,也体现了禅学取法乎上的思想。明末清初抗清英雄张煌言(1620—1664,今宁波人)对以禅论诗也颇有心得,《僧履端诗序》对比诗与禅云:"夫诗本性灵,而禅亦性灵。要自有活泼泼地者,此即禅机也。"《梅岑山居诗引》再申此意:"诗律可通于禅,禅锋每寄于诗。"并论其原因称:"诗家格律甚精,不避空虚三昧,而禅家机触,原具风雅三魔。故禅有魔而诗亦有魔,而诗称圣禅亦称圣。"①诗讲虚静通于禅,禅悟也因为与物相会而又通于诗思。李邺嗣与张煌言俱为宁波人,生活在一个时代,都有着强烈的民族情怀,二人在诗禅问题上也有着一定的近似。关于诗与禅的理论,其贡献在于详细论证了诗与禅的统一性,即他不仅以禅论诗,而且对二者的关系给予了理论升华:

> 儒者可举一爻说《易》,亦可断一意说《诗》,正测旁推,其理毕具,所谓仁者见之谓之仁,智者见之谓之智,而奚独不可以禅说诗?至释氏自一祖而后正法递传,凡一默一言、一呼一笑俱可合宗门微旨,契教外之真机,舞笏吹毛,亦堪演唱,而奚独不可以诗说禅?余亦谓迦叶见华破颜,此即尊者妙解之文也,而不得专谓之禅;天竺菩提谓诸门人曰"汝得吾肉,汝得吾髓",此即西来传宗之文也,而不得专谓之禅;卢行者非树非台,此即曹溪转句之文也,而不得专谓之禅。

以上论述佛家禅悟解会之中有文机兴会。所以,"试屈从上诸祖作有韵之文,定当为世外绝唱"。又云:

> 即如唐人妙悟,若游明禅师西山兰若诗,此亦孟襄阳之禅也,而不得专谓之诗;白龙窟泛舟寄天台学道者诗,此亦常征君之禅也,而不得专谓之诗;听嘉陵江水声寄深上人诗,此亦韦苏州之禅也,而不得专谓之诗。

---

① 张煌言:《张苍水集》第一编《冰槎集》,上海古籍出版社1985年版。

以上又论诗家妙悟之合于禅义。故云:"使招诸公而与默契禅宗,岂不得此中奇妙?"而高僧的禅宗语录之中"每引唐人诗",或者单章,或者只句,并不妨僧人"得参第一义",因此说"诗之于禅诚有可投水乳于一盂,奏金石于一室者",于此可证诗禅之一体。①

第二节　章学诚的文学理论批评

章学诚《文史通义》涉及了大量与文学理论相关的话题。如《文史通义·诗教》认为:"后世之文,其体备于战国。"而战国诸体,其源头在于六艺,尤其"多出于诗教",便是对文学史的追溯。又如章学诚有专门的"文理"论,所谓"文理"主要论述的是文章法式问题,但其高明之处是,他没有就法论法,而是从文章本质出发,在确立了言要"有物"这个大前提之后,才开始讨论法式问题,这就使法具备了超越形式的意义和价值。《文理》中说:

> 夫立言之要,在于有物。古人著为文章,皆本于中之所见,初非好为炳炳烺烺,如锦工绣女之矜夸采色已也。富贵公子,虽醉梦中不能作寒酸求乞语;痛疾患难之人,虽置之丝竹华宴之场,不能易其呻吟而作玩笑。此声之所以肖其心,而文之所以不能彼此相易,各自成家也。今舍己所求,而摩古人之形似,是杞梁之妻善哭其夫,而西家偕老之妇亦学其悲号;屈子自沉汨罗,而同心一德之朝,其臣亦宜作楚怨也。

章学诚从文当有物、当本于中之所见论述文当各肖其心,不可彼此互易,矛头正是指向一些文学法式的倡导者。他们将古人之法涂抹出来,示后人以准则,不知如此恰恰将作者的心思灵机拘束,不考虑自立自见,而照猫画虎,成就的是外表颇有法度的"疏宕顿挫",但文章之中"无物",遂不免于浮滑,开后人描摹的陋习。这番议论是针对归有光批点之《史记》而言的,此书采取了八股时文的批点策略:"五色标识,各为义例,不相混乱。若者为全篇结构,若者为逐段精彩,若者为意度波澜,若者为精神气魄。以例分类,便于摹服揣摩,号为古文秘传。"章学诚认为,批评文章,偶尔举精字善句,或者评全篇得失,令读者能够意会就可以了,非要如此标识且归之为类,往往出于附会:

---

① 李邺嗣:《慰弘禅师集天竺语诗序》,《杲堂诗文钞》卷2。

> 比如怀人见月，月岂必主远怀；久客听雨而悲，雨岂必有愁况？然
> 而月下之怀，雨中之感，岂非天地至文？而欲以此感此怀藏为秘密，或
> 欲嘉惠后学，以谓凡对明月与听霖雨，必用此悲感，方可领略，则适当良
> 友乍逢及新婚宴尔之人，必不信矣。

这说明批点一类的评法为一时兴会，主观性强，可娱乎心，却难作为恒常之
理以教人。所以他说，学文之事"可授受者规矩方圆，其不可授受者心营意
造"。只有从这种僵死的法式之中超越，使得"文章变化非一成之文所能
限"，才能使得文章"得歌哭啼笑之至情"。

对法式的论述，章学诚总结当时古文创作，还从反面提出了《古文十弊》
以教作者。这十弊是：剜肉补疮、八面求圆、削足适履、私署头衔、不达时势、
同里铭旌、画蛇添足、优伶演剧、井底天文、误学邯郸。如其中"井底天文"一
条云：

> 塾师讲授四书文义，谓之时文，必有法度，以合程式。而法度难以
> 空言，则往往取譬以示蒙学。拟于房室，则有所谓间架结构；拟于身体，
> 则有所谓眉目筋节；拟于绘画，则有所谓点睛添毫；拟于形家，则有所谓
> 来龙去穴。随时取譬，习陋成风，然为初学示法，亦自不得不然，无庸责
> 也。惟时文结习，深锢肠腑，进窥一切古书古文，皆此时文见解，动操塾
> 师启蒙议论，则如用象棋枰布围棋子，必不合矣。

所论者也是拘束于所谓法式而不能抽身，因而酸腐愚笨，不成文字。各种理
论之中，最为突出的是对文学、历史差异的论述，对文德这一范畴的完善以
及其"义理、博学、文章"论。

一、《文史通义》的文史关系论与文德论

其一，文学与史学的差异。尽管《文史通义》的目的是打通文史，但章学
诚对二者之间的区别依然很重视，他提出了一个史学应该"慎辨天人之际"
的观点，目的就是要求史学对文学思维、文学意识或者冲动保持必要的戒
备。《史德》篇中，他专门提炼出"当慎辨天人之际，尽其天而不益以人"为史
德。他认为对比史德之要求，从事史学者一般存在二偏：以"人"参"天"，有
"天"无"人"。

就第一点而言，哪怕是一般善善恶恶的思维，他都表示不可以轻易假
借："天与人参，其端甚微，非是区区之明所可恃也。"一点是非之心尽管未可
轻易抹杀，但以自我这个有情、有是非的"人"而参乎历史真实这个"天"，有

时关系甚为微妙,如在史料采集上就可能发生重大偏差,史书也由此差之毫厘失之千里。当然,这里所谓的以"人"参"天"的"人",主要指对事实的文饰之心,以期望史书能因为"人"之参与而使以事为主的"天"具有文章之美。

另外是有"天"无"人":"史所载者,事也,事必借文而传,故良史莫不工文,而不知文又患于为事役也。"事的甄选与表达没有表现力,有"天"而无"人"之参,则直接影响到史文。

这二者是史学之中的常见病,都属于史学之中天人关系把握得缺乏分寸。不过比较之下,主观之"人"的过度参与,是史学的顽症,而这种过度参与,主要表现在两个方面:

> 盖事不能无得失是非,一有得失是非,则出入予夺相奋摩矣,奋摩不已,而气积焉;事不能无盛衰消息,一有盛衰消息,则往复凭吊,生流连矣,流连不已,而情深焉。

事的得失是非之心出于自我人伦的标准,属于个体性的判断;盛衰消息所生发之流连感慨是宇宙情怀,出于历史兴衰浮沉,是人类共有的情怀。二者源自感发,是文学不可或缺的情感。假如是文学创作,有了这样的情感基础,就已经具备了创作的条件,并且已经表现了深度的审美参与,所以章学诚说:"凡文不足以动人,所以动人者气也;凡文不足以入人,所以入人者,情也。"就文而言,是非得失之心打破主体和平的心态,使之情绪波动,意念翻腾,这是受到外事激发引起的内在之气的"感动",气动则情动;而情动则更易使作品感染人,深入人心,使人不能自持,所以叫作"所以入人者情也"。也就是说,能够实现艺术动人、入人的是气和情。遗憾的是,本为形成文学佳作的必备条件,对于史学却是一大弊病:对事实是非得失的考量,激发起主体的反思、辨析、爱恶等情绪,萦绕不去便搅动人心,使之难以平静,对事的甄选、辨析也便容易出现偏颇。而历史事实无不与沉浮抑扬相关,盛衰消息滋生人唏嘘流连凭吊之情,情生,则史文便要染上浓重的色彩。所以,一气一情,"其中有天有人,不能不辨",辨就要明确气和情如果融入人心,便是"阴(情)阳(气)伏沴之患",二者乘于血气而行,于是在内心潜移默化,"似公而实逞于私,似天而实蔽于人",发于文辞,害义违道,而自己却全然不知。故曰:

> 心术不可不慎也。夫气胜而情偏,犹日动于天而参于人也。才艺之士,则又溺于文辞,以为观美之具焉,而不知其不可也。

他所认可的理想状态是"气合于理"、"情本于性"。气与情之感动,应当合于理、本于性,要以"主观"合历史的本来面目,避免逞私,违背历史的公正。当然,章学诚对史文一直比较重视,也没有否认"人"对"天"的作用,所以也说:"史之事出于天,而史之文不能不借人力以成之。"可见他的史学天人理论,正是一个以人合天的过程。在对史学文学的辨析之中,阐释了文学之所以动人的内涵。

其二,文德说。《文史通义》专设"文德"篇。"文德"二字纳入文学批评或者理论研究,从《论衡》就开始了,王充云"文德之操为文"、"繁文丽辞,无文德之操",指的是文与德的共同尊尚。《文心雕龙·原道》云"文之为德也大矣",近似于论文之道。《魏书·文苑传》中有杨遵彦《文德论》,大意说:"古今辞人,皆负才遗形,浇薄险忌;惟邢子才、王元景、温子昇,彬彬有德素。"对于以上资料,学者们早已留心,章太炎甚至指责章学诚"窃"杨遵彦之说,实则是误解。结合《魏书》对杨遵彦所论文德的概括可以看出,杨之文德侧重在文人才性,如同《颜氏家训》以及《文心雕龙》中对历代文人性情的分析,这是当时的一个潮流,源自对才性普遍的重视,称之为文德,实际上是"文人之才性"。而章学诚的文德有着自己独到的定位:

> 古人论文,惟论文辞而已矣。刘勰氏出,本陆机氏说而昌论文心;苏辙氏出,本韩愈氏之说而昌论文气:可谓愈推愈精矣。未见有论文德者,学者所宜深省也。夫子尝言"有德必有言",又言"修辞立其诚";孟子尝论知言养气,本乎集义;韩子亦言"仁义之途"、"诗书之源":皆言德也。今云未见论文德者,以古人所言,皆兼本末,包内外,犹合道德文章而一之;未尝就文辞之中言其有才,有学,有识,又有文之德也。凡为古文辞者,必敬以恕。临文必敬,非修德之谓也;论古必恕,非宽容之谓也。敬非修德之谓者,气摄而不纵,纵必不能中节也;恕非宽容之谓者,能为古人设身而处地也。①

章学诚之所以说此前未见论文德者,主要是对自己所谓文德有着独特的内涵认定:

首先,文中提到的论及"德"的言论,诚如他所言,是兼本末内外而言,视作者与文章为一体,先言主体修养继道其对创作的影响,此德指的是和文与作者相关的广泛要求。而他所谓文德是指,创作主体当具备才、学、识要求

---

① 章学诚:《文史通义·文德》。

之外,还要具备的一种创作素养或者品质。

其次,这种文德强调的创作素养或品质是指"临文"之际作者"不可无敬、恕"。

为了将敬、恕和修德宽容等道德内涵分开,他格外强调:"临文必敬,非修德之谓也;论古必恕,非宽容之谓也。"敬是指平心静气,保持"气摄而不纵";恕是指不刻薄,批评之际能"为古人设身而处地"。这实则是一种不要先入为主的品质,如此才能保证史文的客观公正。以上态度,和《文心雕龙》中所说的"入兴贵闲"颇为类似。

二、章学诚的"义理、博学、文章"论

章学诚关于文章的理论,最著名者为"义理、博学、文章"说。这个理论与桐城派的文学纲领有近似之处,但更强调了学的地位。而这个文学理论得以构建的基础,是他对才学识关系的重新建构,即一改过去以才统摄才学识的思想,而强调以学统摄才识。

才学识论首先出于刘知己论史,历代断续言之者不乏其人,叶燮开始以三者系统论诗。章学诚继承了刘知己的思想,也将才学识用作论史的主要范畴,但又表示了对以三者论史的一些质疑,《史德》篇云:

> 才学识三者得一不易,而兼三尤难。千古多文人而少良史,职是故也。昔者刘氏子玄盖以是说谓足尽其理矣。虽然,史所贵者义也,而所具者事也,所凭者文也。孟子曰:"其事则齐桓晋文,其文则史。义则夫子自谓,窃取之矣。"非识无以断其义,非才无以善其文,非学无以练其事。三者固各有所近也,其中固有似之而非者也。

才学识三者各有所主,才主文之能,学主对于庞杂事实的拣选,识以断义。虽然各自有所承担,但章学诚却认为尚有未尽之处:"记诵以为学也,辞采以为才也,击断以为识也,非良史之才学识也。虽刘氏之所谓才学识,犹未足以尽其理也。夫刘氏以谓有学无识,如愚估操金不解贸化。推此说以证刘氏之指,不过欲于记诵之间知所抉择以成文理耳。"意思是:仅仅论才学识,实则还是论文,要论史需要有史德,才能保证才学识各适其用而不至于流入纯粹的文学创作。这个史德就是"著书者之心术"——客观公正。由此看来,章学诚并未否定以才学识论文学的切实,而且他在《文史通义》中论文也多次采用了才学识,如《妇学》论三者关系:"夫才须学也,学贵识也。才而不学,是为小慧。小慧无识,是为不才。不才小慧之人,无所不至,以纤佻轻薄为风雅,以造饰标榜为声名。"尤其《文德》篇专门论文,同样宣称自己的文德

内涵是"就文辞之中言其有才、有学、有识",此外又有专门的"文之德";又云:"夫史有三长,才学识也,古文辞不由史出,是饮食不本于稼穑也。"史有三长,而文从史出,自然也应该有此三长。以上更是其以才学识论文的重要依据。

在章学诚的理论体系里,尽管《说林》中多次论述了识对文辞的作用,但纵观其论述整体,才学识三者之中,最为核心的因素是学,因为识也出于学的积累,这也是浙东学派所具有的突出特征。《文德》篇论三者关系:"识生于心也,才出于气也。学也者,凝心以养气,炼识而成其才者也。"以学养气,因其炼识,由识成才,"学—识—才"成为一个完整的过程,又是一个自足的创作系统。有了学,则识与才都能兼成。出于史学家的身份自诩,章学诚相关理论中对才的价值——尤其文才的价值有着本能的抑制或者缺乏重视。其相关理论也鲜明体现了清代中期学者、文人身份辨析这一文化背景。他以清真二字为文律,服膺邵念鲁"文贵谨严雄健"之论,认为:"谨严存乎法度,雄健存乎气势。气势必由书卷充积,不可貌袭而强为也。法度资乎讲习。"不过,法度不是一般的方圆规矩,乃是无形无声却又至当不易的规律,他称为"文心"①。此中可关注的是"气势必由书卷充积"与"法度资乎讲习"二语,它明显地提示:法度(法度是由识而得者,因此明法能见人之识)的谙熟,气势(气势根本于才性禀赋、道义的培养)的雄健,最终造就二者的一个为"讲习",一个为"书卷充积",都是学而后能得,学兼包了才识。朱少白以为文不可以靠学习他人而工,但学养优余,则文沛然而出。章学诚以为偏颇,随后他分析了"学"的内涵:

> 学于道也,道混沌而难分,故须义理以析之;道恍惚而难凭,故须名数以质之;道隐晦而难宣,故须文辞以达之:三者不可偏废也。义理必须探索,名数必须考订,文辞必须闲习,皆学也,皆求道之资,而非可执一端谓尽道也。②

学含有义理推求、名数考订与文辞闲习,义理推求为识,文辞闲习需要文才以及摹习和书卷涵养,名数考订为狭义的学问,三者皆为"学"。此学又是求道之资,此处的求道是指通过文章这种形式探求道,于是文章创作便需要义理推求、名数考订与文辞闲习这三"学"。学对才识基本也实现了包容。学

---

① 章学诚:《于邵二云》,《章氏遗书》卷9。
② 章学诚:《与朱少白论文》,《章氏遗书》卷29。

对才识的这种包纳,通过章学诚区分学问与功力也可以了解,《又与正甫论文》云:

> 学问文章,古人本一事,后乃分为二途。近人则不解文章,但言学问,而所谓学问者,乃是功力,非学问也。功力之与学问,实相似而不同。记诵名数,搜剔遗逸,排纂门类,考订异同,途辙多端,实皆学者求知所用之功力尔。即于数者之中能得其所以然,因而上阐古人精微,下启后人津逮,其中隐微可独喻而难为他人言者,乃学问也。①

"学问"超逸于作为一般记诵之学的"功力"之上,既有识的透悉幽微之能,又具有阐释幽微表现于文章的本领,学问便成为了识、功力与文章的综合,从而包纳了文才与见识。

学对才识的这种包纳之外,章学诚认为学也有天性与至情,《文史通义·博约》云:"夫学有天性焉,读书服古之中,有入识最初,而终身不可变易者是也。学又有至情焉,读书服古之中,有欣慨会心,而忽焉不知歌泣何从者也。"学是前面兼容了学问、文章为一体的学,它与天性偏能相关,与至情偏骛相关。这二者本乎才性,使得各自之学具有坚持遵守与领悟会心的能力,没有这个特征,则学也难成,所以说:"功力有余,而性情不足,未可谓学问也。性情自有,而不以功力深之,所谓有美质而未学者也。"性情天性之类,即才性之所有,属于禀赋,才与学在此虽然呈现为彼此相须的关系,但章学诚强调的却是依托出于才的性情、辅以功力方能成就学问,学是需要才情功力共同具备方可成就的事业,也可见章学诚所谓的学对才、情的统摄。

更能够体现章学诚对学之地位重视的是《质性》篇中的以学持才之说:

> 夫情本于性也,才率于气也。累于阴阳之间者,不能无盈虚消息之机。才情不离乎血气,无学以持之,不能不受阴阳之移也。一身之内,环转无端,而不自知。苟尽其理,虽夫子愤乐相寻,不过是也。

才情本于血气,受禀赋的影响。人处于阴阳二气的变幻之中,不可能没有盈虚消息等幻化带来的情感上、血气上的波动。此变化之气发见于情则见于种种形态,往往不能自控,悲欢无端,循环不止。要控制这种自然的宣泄,就应该有"学",通过学可以把持人的血气,即调整才情、性情,抑制其过于无节制的放纵。对于这个以学持才情的过程,章学诚以阴阳五行的形式给予了

---

① 章学诚:《又与正甫论文》,《章氏遗书》卷 29。

阐释:"易曰:一阴一阳之谓道。阴变阳合,循环而不穷者,天地之气化也。人禀中和之气以生,则为聪明睿智;毗阴毗阳,是宜刚克柔克,所以贵学问也。"意为:中正平和之气最佳,不得已而偏于阴或者偏于阳,如果得学问的修养,可以成就刚克或者柔克二德。这是指以学调整主体性情之中被后日习染而成者,主要可以体现在对道德的修养、对生理之气的状态调整上。但是:"骄阳沴阴,中于气质,学者不能自克。"过于阳或者阴者——从《史德》篇的解释看,过于阳者为"气",过于阴者为"情"——二者深入于才性气质之中,凭借学也是很难改变的。不过,以学持血气,在一般情态下,虽然不能改变才性,却可以抵御外在环境对它的影响,从而减少出于才性的自然性发抒。他所谓的自然发抒,就是"乐至沉酣,而惜光景,必转生悲;而忧患既深,知其无可如何,则反为旷达"之类的表现。

对学的重视,促成了章学诚"义理、博学、文章"统一的文学理论。《原道》提出:"义理不可空言也,博学以实之,文章以达之。三者合一,庶几哉!"如果不能做到三者合一,则各有偏失,比如过于炫耀学问:"训诂名物,将以求古圣之迹也,而记诵者如货殖之市矣。"比如过于炫耀文辞:"撰述文辞,欲以阐古圣之心也,而溺光采者如玩好之弄矣。"宋人鉴于以上二弊,于是主张舍器言道,他们既称孔子的"博学于文"为玩物丧志,又称曾子的"辞远鄙俗"为工文害道,求义理性天而鄙视博学与文章。章学诚认为这如同"见疾在脏腑,遂欲并脏腑而去之"。又称:"学问成家,则发挥而为文辞,证实而为考据,比如人身,学问其神智也,文辞其肌肤也,考据其骸骨也。"只有三者兼备才是著述,所谓学问家、考据家与著述家等区划,都是鄙俗之见,它们本来就是统一的。

第三节　清代浙东法度论

重视法式与习古是清代贯穿浙东的一个诗学理论取向。法式问题一直是诗文理论的核心,但晚明性灵文学理论兴起,鼓吹心灵无涯,以才情冲决束缚,法由此多受到冷落。曲学界将才与法的关系演绎为才、律关系,在汤显祖等人的倡导下,律法也受到一定的冲击,浙江曲学界如徐渭等大家纷纷标举,使得律法在浙江曲学界也处在受挑战的位置。清代文坛承续了这样一个局面,大一统的形势又需要对背离法式的艺术理论完成调整,以便达成意识形态领域的统一。在这个背景之下,反"正"成为一个阶段的主题,法式因此实现了在艺术理论之中的回归。

就文章而言,从清初万斯同(1638—1702,今宁波市人)等人开始就有意提倡法度,《李杲堂先生五十寿序》云:"学者之以古文词鸣世也,非骋其才力之为难,乃审其法度之为难。"法度当然包括具体的技巧方法,但这些属于法的表层,此处所论的法是"取法"的标准和尺度。取法对象不同,法度会有很大的差异,万斯同此文的目的,是要通过对明代复古派文章取法先秦两汉的批评,确立自己尊宋的立场,以取法欧阳修、曾巩为文章的尺度:

> 有明之为古文词者,何止百家,其初固出于一派也。自北地、信阳出,借口先秦、两汉,而古文之派始分。迨太仓、历下鼓其党以抵诽前人,绍述何李,于是七才子暨后五子、末五才子、继五才子之流,群奉王李为俎豆,而古文之派竟截然分为两途矣。彼其时志矜意满,蔑韩柳而陋欧曾,非不人人自以为秦汉矣也,乃殁未百年,而好古之士至有不能举其姓氏者,岂才力之有不足哉? 亦不能审其法度以至于此也。[①]

明代林林总总的复古流派,其兴也倏然、衰也忽然,根本原因在于"不能审其法度"。不能审法度并非是无法度,而是其取法的对象失误,即师法两汉而唾弃唐宋。所以他说:"文章之才力不足矜,要在得乎法度之为贵也。"而至明末清初,延续了后七子的复古思潮,"蔑韩柳而陋欧曾",因此法度一错,再有才力也难有作为。

浙江文人在明代高标汉唐的声浪中,对宋代文学便多有赏爱,方孝孺以及随后的茅坤等都曾表达过宋代诗文不可忽视的意见。明末清初黄宗羲的思想中更是有着较为清晰的宗宋思想,万斯同受业于黄宗羲,这种思想得以延续是情理之内的。

周容(1619—1692,今宁波市人)也是明末遗民,明亡后曾落发为僧,著有《春酒堂诗话》。诗话中,他继承了浙东派重学的传统,认为严羽"诗有别材非关书也,诗有别趣非关理也"等论"误人不浅",其流弊遂至于明之竟陵,而对比盛唐诸大家:"有一字不本于学者否? 有一语不深于理者否?"

重学之外又宗雅而反对俚俗,诗话中多处论及:

> 李义山云:"嫦娥应悔偷灵药,碧海青天夜夜心。"伤风雅极矣。
> 长信诗不必不怨,然如王谓所云:"飞燕倚身轻,争人巧笑名。生君弃妾意,增妾怨君情。"则几于骂街妇矣。

---

① 万斯同:《石园文集》卷7,四明丛书本。

襄阳《归南山诗》，全章浅率，不待吟讽，不特诵之帝前，见野人唐突，只就诗论诗，殊违雅致，无足录也。

有举僧诗警句曰："笠重吴天雪，鞋香楚地花。"牧斋先生笑曰："次句似赠妓诗。"客为哄堂。余思先生虽是谑言，然"鞋香"二字实可笑。

其间涉及轻薄、粗疏、尘俗或者有风尘之气。另外又记载钱谦益评某客梅花诗："皆兔园册子之语。"①可见又对诗文之中的八股之气不满。

周容文学理论之中较为有特色的是他的诗文不朽三策。三策就是三法，因许有介之诗病而发。《复许有介书》评价许某作品："如清溪竹屋，斜月照霜，孤雁一声，小桥独立，岂不令人心闲尘远？"但是，数十首之后，面目雷同，读一首如读数十首。因而与之论为诗之道，认为古人著述足以传久而不朽者大约有三策，分别是避、钝、离。先曰：

> 一曰避。使龙而日见形于人，亦亵矣；使人而日餐江瑶柱，亦饫矣；使方平麻姑日以丹砂示狡狯于世，亦习矣。故读数首而不得其所守之字，读数十首而不得其所守之律，读数十百首而不得其所守之体，始称大家。所守者谓其昵于胸中滑于腕下者也。一首之中，情与景变，事与意变，开与合变，虚与实变，潆洄悦恍倏忽莫测，虽近体绝句而有千万言之势者，职此故也。不避之，故在于不大，不大之故在于不亲古人而亲近人，取径窄而入手易也。陆生有言曰：数见不鲜。可以悟所避矣。

避就摹袭依循者而言，动辄附于体派，于体于家数各有局限又陈陈相因，套路习熟，如果不避，则昵于胸滑于腕，脱口而出者便难免雷同了。规避之法在于取径宽，心胸阔，诗法古人而不以今人近人为师。又论：

> 一曰钝。凡诗而欲轻俊者，为下乘人言耳……轻则必薄，俊则必佻，故仆以为欲钝。钝者沉其气，抑其力而出之，以迟回惨淡者也。钝则必厚，钝则必老，钝则必重。开、宝以后，诗运日衰者，不钝故也。骤读其集而见甘不见苦者，其力不能以达十年；读其篇而得句不得章者，其力不足以卒十首。故取橄榄以啖小儿，必唾之；指商彝以陈市肆，必无顾者；引酒醴以娱宾筵，必格格不入耳而思卧矣。

钝是就诗歌风调而言，过于甜熟，过于快畅，不陷于轻薄，则见其浅露，没有回味。钝则将这种快、畅、熟、甜的体格声调分别予以矫正：化快为慢，化畅

---

①　周容：《春酒堂诗话》，见郭绍虞辑《清诗话续编》。

为迁,化熟为生,化甜为涩。这也是针对明末文风而发,其时毛先舒,此后江苏邵长蘅等,都表述过类似观点。周容对以上病源还作出了探索:"古人慎用虚字,而今人多率用之;古人慎用实言,而今人多袭用之。于是遂近宋词,遂临元曲。"词曲机调甜熟,诗得此病,便丧失了诗的个性;周容在这个问题上体现了对词曲的贱视。他称:"夫诗于词曲犹女子于娼优也,以轻俊流弊至此,可不慎哉!"又曰:

> 一曰离。离者如月在水,捉月于水而不得月;如风御香,觅香于风而不得香。古人之为诗也,原未尝预设一题,而强我意以实之,兴会所至,随处见端,使读者各以其情志相遇而合于不觉。观鲁论《左传》杂引诗句,未始与今所说本旨相类,则当日本旨固不必定在是也。

> 夫置身数十仞上,一呼而千万人毕诺者,离也。古人咏物诸诗,佳篇率鲜,大约善离者必佳,况非咏物而俱以咏物之体待之乎? 试取古人之诗,大家小乘,前后较勘,在离不离之间耳。离则心尊于腕,力尊于题,控御纵送,左右适意;不离则胶固拘挛,以此心为题之奥隶,勤劳给役以求免于嗔责。

离实则是诗与题之关系的阐发,周容所主持的意见主要是不为题牢笼,又不能离题而与题无涉,在离不离之间,如镜花水月,是为佳境。这个理论本来没有什么出奇之处,但是针对当时依靠题来作诗的恶劣风气而发,因此也便有了维持诗道的意义。

关于避、钝、离三说,本来是就诗而言的,但周容则格外提出:"此三说者,不但于诗也,文亦然矣。"[①]于是,它便不单纯属于诗学,而是文学理论的升华。

周容对题之离与不离问题的论述,实则已经关涉到当时另一个具体的理论热点,即整个清代浙江文学理论对题的关注较以往都要突出,这是重视诗文法度的一个具体形态。

对题的关注是受时文八股影响出现的理论风气。时文八股之作,题目固定,大题小题,手法相异,众多应试文人要想脱颖而出,必须研究如何切题、如何同一题目而能超越时流。因此,从明代的时文论著开始,对题目的研究就已经很密集。到了清代,唐彪(生卒年不详,今金华人)《读书作文谱》中就列出了单题、单问答题、长问答题、先问后答题、先答后问题、诘问题、两

---

①   周容:《春酒堂文存》,《春酒堂遗书》卷 3,四明丛书本。

扇题、递落两扇题、三扇四扇题等五十余种。① 而更为突出的表现是,诗学理论之中有关题的论述明显增多。

如题意与诗法的关系问题。周齐曾(1603—1671,今宁波市人)《始可与言序》云:

> 今春取向所摘《诗归》再四读:有题与诗是者,有全不是者,有一截是一截不是者,有只一句是者,有只一字是者。初以全不同于诸作录摘本中,或仅得其粗迹,未尽领作者意……至此知古人无苟作。其使人读之不即领者,正法之甚微而出之甚深也。

> 题在题中,故诗不离题;题不在题则题中无诗,诗在题外。又虽题在题中,而从其题前一段,故诗不至题;置其本位,从其题后一段,故诗不自题;置其由来,又不从题前题后,而题正面实寓旁情,故诗即就题之正面。

如此玄虚拗口的论述,探讨的实为诗如何表现题的问题:有题中却无诗意的,当求之题外;有正在其中者则直接击发;有在题的前截的,诗当与题有空灵之距离,不可过于粘;有诗意在题之后截者,诗当注意和题的联系,不可过于脱;等等。如此论诗论题,显然有着八股时文分析题目的套路。他要得出的结论是:"诗不尽于有字句处,亦不尽于无字句处,变而没测,不可执一而尽其多端也。"题中有着独有的奥妙,诗法与之协调而变,能够明了诗法,则诗题便可以明晓,因而"凡天地间之所有将无一不可作诗解,而诗亦无一不可作天地间之所有解"②,其意为:诗无不可解,题皆有所示,关键在于揣摩涵咏而得其诗法。

如厉志论依题与离题问题:"依题阗贴,气必至于庸俗;离题高腾,致每见其起伏。"③

如题与韵的关系问题。吴骞《拜经楼诗话》引明末清初温州人何白论诗之语云:

> 欲作佳诗,必先寻佳韵,未有佳诗而无佳韵者也。韵有宜于甲而不宜于乙,宜于乙而不宜于甲者。题韵适宜,若合涵盖,惟在构思之初,善巧拣择而已。若七言歌行,抑扬转换,用韵顿挫处,尤宜吃紧。理会此

---

① 参阅唐彪:《读书作文谱》卷5,见《历代文话》。
② 周齐曾:《囊云文集补遗》,四明丛书本。
③ 厉志:《白华山人诗说》卷3,见《清诗话续编》。

处,最能见人平日学力浅深,工夫疏密。乃至排律长选,亦宜斟酌,韵脚稳妥,庶无强搭凑之失。

吴骞很赞赏"题韵适宜"这个观点,按语称:"可见工诗者未有不留意于韵。今人冲口吟哦,但求叶韵,甚则次韵叠韵,连篇累牍,徒使唇焦腕脱,令人生厌。"[1]诗和韵的关系之中,韵不单纯是一种制造音乐效果的形式,乃是依托题意而定,对表现义旨有着独特的效果,因而具有独到的又是与义旨统一的审美价值。

陶元藻(1728—1801,今绍兴人)则将题的理论融入"咏物"一体的具体创作理论:

> 《杨花》云:"不宜雨里宜风里,未见开时见落时。"此是正面实诠法。又有人咏玉簪花云:"倘若有声防扑断,若非闻气讶雕成。"此是侧面勾勒法,余忘其姓氏矣。家闻远(鹤鸣)小阮《金银花》云:"采来世上堪医病,开遍人间莫疗贫。"此是虚实夹写法。盛庭坚(锦)《白莲》云:"半江残月欲无影,一岸冷云何处香。"此是题外传神法。阙枚占(疑)《牡丹》云:"若论标格无寒相,便拟文章亦大家。"此是题旁取意法。咏花之法尽是矣,凡咏诸物皆然。[2]

所论为咏物之中的咏花一体,以花为题,于是如何咏花也就与如何关照诗题一致了,其中诸法因此都是如何写题的创作法式。诗最早时本无题,皆写人之感兴,后来题目渐受关注,却多是对感兴的直接概括。明清文人重视诗题,由题中论旨意,讲究法、韵、意与题的关系,实则即强调题对诗的限定,因此相当于诗的律法。

李慈铭(1829—1894,今绍兴人)继承舒岳祥的蜜蜂酿蜜法,提出一种"八面受敌"诗法,博采众长与守古人法相融,在博采众长的开放兼容之中隐藏着持守古法的内质:

> 为诗之道,必不能专一家限一代。凡规规模拟者,必才力薄弱,中无真诣,循墙规壁,不可尺寸离也。五古自枚叔、苏、李、子建、仲宣、嗣宗、太冲、渊明、康乐、延年、明远、玄晖、仲言、休文、文通、子寿、襄阳、摩诘、嘉州、常尉、太祝、太白、子美、苏州、退之、子厚,以及宋之子瞻、元之

①　吴骞:《拜经楼诗话》,丁福保辑:《清诗话》,上海古籍出版社 1963 年版。
②　陶元藻:《凫亭诗话》,转引于蒋寅《清诗话考》,中华书局 2005 年版,第 410 页。

雁门、道园,明之青田……国朝之樊榭,皆独具精旨,卓绝千秋。作诗者当汰其繁芜,取其精蕴,随物赋形,悉为我有。七古,子美一人,足为正宗;退之、子瞻、山谷、务观、遗山、清邱、空同、大复可称八俊;梅村别调,具足风流,此外无可学也。

如此庞大的一个诗学谱系,是法古的模范。取这些名家沉吟熔铸,则自我诗歌可以获得相应的法度:

五律,自唐迄国朝,佳手林立,更仆难数,清奇浓淡,不名一家,而要以密实沉着为主。七律取骨于杜,所以导扬忠爱,结正风骚,而趣悟所昭,体会所及,上自东川摩诘,下至公安松园,皆微妙可参,取材不废。其唐之文房、义山,元之遗山,明之大复、沧溟、弇州、独漉,国朝之渔洋、樊榭,皆各不同,尤为杰出。七绝则江宁、右丞、太白、君虞、义山、飞卿、致尧、东坡、放翁、雁门、沧溟、子桐、松园、渔洋、樊榭十五家,皆绝调也,而晚唐、北宋多堪取法,不能悉指。我朝之王、厉,尤风雅替人,瓣香可奉。五绝则王裴其最著矣。

从五言到七言,从律诗到绝句,都有取法的具体对象和所要遵循或者达到的体式风格,这是诗学的指南,不依此而创作,就形成了清末如下的诗风:

盖今之言诗者,必穷纸系幅,千篇一律。缀比重之字,则曰此汉魏也;依仿空旷之语,则曰此陶韦也;风云月露,堆砌虚实,则以为六朝;天地乾坤,佯狂痛哭,则以为老杜;杂填险字,生凑硬语,则以为韩孟。作者惟剿袭剽窃,以为家数;观者惟知影响比附,以为评目。振奇之士,大言之徒,又务尊六朝而薄三唐,托汉魏以诋李杜,狂胆窬语,陷于一无所知。①

表面看这些弊病在于模拟依循,没有自我,但其病根则在取法汉魏六朝而薄三唐,视野不阔,取法过窄,利弊无所权衡,致使剿窃影响而成风。所以他最终归纳,诗要学古,且博而后能专:"汰其繁芜,取其深蕴,随物赋形,悉为我有。"从习古得古之法式入手,最后从"悉为我有"出,这种出入之论,和明代复古诗学之从体格声调到兴象风神如出一辙,更见其复古尊法的色彩。

---

① 蒋瑞藻辑:《越缦堂诗话》卷上,商务印书馆1935年版。

第四节　清代中后期浙东的经典诗学理论话题解读

　　清代中后期浙江的诗学理论繁荣,出现了大批的诗话著作,不过浙东文人在相关研究上要弱于浙西。就浙东而言,清代中后期的诗学理论多对前代诗学经典理论思想的演绎、解读,很多文人沉湎于旧概念、旧范畴、旧命题,虽精深有之,但少了创新,这也是整个中国诗学理论自宋代以后的基本趋势。其中值得一提的是陶元藻(1716—1801,今绍兴人)的《全浙诗话》,全书始于先秦,止于清乾隆年间,涉及诗人达到 1900 余人,但系文献汇编性质。较为有特色者是《竹林答问》、《白华山人诗说》等对热点、经典诗学理论话题的清理与解读。

　　陈仅(嘉庆间举人,今宁波市人)的《竹林答问》是古代论诗之中的诗问体,由其侄诗香(字芸阁)发问,陈仅回答。本书可以说就是一部清代诗学理论的整理之作,对此前的理论成果有充分的消化与吸收,其中涉及了大量清代诗坛讨论热烈的话题。①

　　如生熟问题。沈约称王筠诗如弹丸脱手,又有人称“诗到妙处无过熟”,诗香问如何看待。陈仅称:“诗不宜太生,亦不宜太熟。生则涩,熟则滑,当在不生不熟之间。”此论宋代《复斋漫录》已经论及:“诗不可太熟,亦须令生。近人论文,一味忌生,往往不佳。”②清代论及这个问题的很多,如沈德潜《说诗晬语》称:“过熟则滑,唯生熟相济,于生中求熟,熟处带生,方不落寻常蹊径。”陈仅之论正与此“生熟相济”之说同。

　　如“撇脱”说。陈仅云:“撇谓抛撇,脱谓脱离。余尝谓董香光以透脱二字论书,作诗亦然,意贵透,辞贵脱。意必能脱,而后弥透;辞必能透,而后弥脱。脱即抛掷之谓也。”所谓撇脱,一为脱离了表面之意才能将意深化;二为越透意之辞则越浑融;三则意要透则需要辞脱。其旨趣大约相当于本书论用事之际所说的一番话:“写神仙事除铅汞语,写僧佛事除蔬笋味,写儒生事除头巾气,写仕宦事除冠带样。”近似于古人所论之离合。此论元代虞集曾有论:“诗有十二美,第二为抛掷。”清初王士禛答刘大勤之问,认为这个抛掷

---

①　诗香芸阁问、陈仅答:《竹林答问》,见《清诗话续编》。

②　魏庆之:《诗人玉屑》卷 6 引韩子苍语,影印文渊阁四库全书本。

"或谓撇脱耳"①。

一片宫商说。陈仅说："律诗贵铿锵抗坠，一片宫商。"一片宫商就是要声音抗坠，防止全平全仄造成的平头之病。此论王士禛答刘大勤问也曾论及："仄中如入声，有近平、近上、近去等字，须相间用之，乃有抑扬抗坠之妙，古人所谓一片宫商也。"

另如声调问题，也是清代早期诗人关注的重要话题。郭绍虞先生认为："声调之说，明人于此粗有所得，但并无成书，王士禛于此当有所承，故于《师友诗传录》中答问各条亦粗发其凡，但未述及具体规律。（赵）执信由于士禛靳不肯言，乃于唐人诗集中反复推究，始知古调律调之分，因著为此书（《声调谱》），成为中国诗律史上一大发见。自此书出，于是王氏弟子亦多发其师遗稿，遂有《古诗平仄论》、《律诗定体》诸书，而声调问题遂成为论诗者的重要问题。"②他如浙西毛奇龄也早就关注这个问题，他说："曰诗言志，则性情者也；曰歌永言，则声与调与气与格也；今之言性情者每遗气与调与格。"③陈仅也对这个问题给予了极大关注，《竹林答问》之中便多有涉及声调之处："作古诗，声调须坚守杜韩苏三家法律。"又云："古诗声调，亡于晚唐，至宋欧苏复之，南渡以后微矣，至金元而亡，再复于明弘治、嘉靖间，至袁徐钟谭而又亡，本朝诸大家振起之。"又云："自一三五不论、二四六分明之瞽说起，村学究奉为金科玉律，将并律诗之声调而亡之，是深可恨也。"又云："作古诗欲讲声调，先须辨体……善学者恬吟密咏，自了然于心口之间。"至于赵执信《声调谱》，当时颇为人讥讽，陈仅则以为：

> 要之诗必使人可读，吾宁从其可读者，不敢以钩輈格磔强目为古诗也。试思杜韩诸家，原未尝按谱填词，何以倚马千言，竟无一句不合声调者，可知为天籁之自然矣。如若人言，非独声调可废，即平仄音韵，亦何尝非后起困人之具耶？

对声调的拥护，也是陈仅诗论述而不作的一个表现，不过也体现了他的文学理论之中对明代七子思想的遥接。因此，他说七子虽然模拟太过，但有真学力，倒是公安、竟陵等作按之无有，所谓"空腹高心"。在对前代诗学理论的敷衍之外陈仅以及其他一些文人也有一些理论上的独到贡献，这些贡献虽

---

① 刘大勤问、渔洋老人答：《诗问》，下同，见丁福保辑：《清诗话》。
② 参阅郭绍虞：《清诗话》前言。
③ 毛奇龄：《顾侍御合集跋》，《西河集》，卷60。

然多不能视为创新,但却对前人的相关理论有了一定的深化:

其一,诗中有人论。关于诗中有人这个话题,陈仅没有似以往论者那样泛泛而论,而是具体为两个诗歌类型。

首先是题画诗"此中须有人在"。《竹林答问》承沈德潜之说,以为题画诗始于杜甫,但陈仅分析了题画诗的一个重要特征:"凡题画山水,必须说到真山水。""然此中须有人在,否则虽水有声、山有色,其如盲聋何?"他列举了杜甫题画诗之佳者,如题山水:"若耶溪,云门寺,青鞋布袜从此始。"题画松:"我有一匹好东绢,藏之不异锦绣缎,请君放笔为直干。"题画马:"真堪托此生。"题画鹰:"吾今意何伤,顾步独行郁。"其中都有作者的愿景、感慨。他认为后来的苏轼、陆游等题画之作,都有这个特征。

再者为咏物诗"因物以见我"。陈仅认为咏物诗起于梁,古今在咏物上有所不同:"古人咏物,兴也;后人咏物,赋也。兴者,借以抒其性情,诗非徒作,故不得谓之咏物也。"后人咏物没有能够继承这个传统,视咏物为墨戏,不关情性,因此他说:"自拟古诗兴而性情伪,自咏物兴而性情亡。"能与拟古咏物之中见真性情者,只有老杜一人而已。从这个观点已经可以看出对于咏物诗陈仅提倡兴而反对赋:"咏物诗寓兴为上,传神次之。寓兴者,取照在流连感慨之中,三百篇之比兴也。传神者,相赏在牝牡骊黄之外,三百篇之赋也。若模形范质,藻绘丹青,直死物耳,斯为下矣。"传神虽然作为艺术手段是至高的,但作为咏物诗,做到传神仅仅相当于《诗经》之中的赋,有客体之神之形却没有主体,所以说:"诗中当有我在,即一题画,必移我以入画方才妙。题一咏物,必因物以见我,方为佳。"

诗中有人一类的论述,从明代如李日华等浙西文人就已经开始论述。清初,黄宗羲对此有论,其他如吴乔《围炉诗话》、赵执信《谈龙录》等皆有附和。清中期浙西学者汪师韩在其《诗学纂闻》中也提出了诗当具三有:"其始作也有感","其方作也有义","其既成章也有我"。但陈仅将这个诗人们普遍的理论,具体化或者拓展到论题画诗、咏物诗,在人们最容易陷入刻画而忽略自我的两个领域提倡诗中有我有人,使得这些具有浓重闲情色彩的创作,在自我消遣之余,因此增加了艺术含量与人文品位。

其二,对性灵的本体追问。《竹林答问》中诗香问:"前人论诗,有性灵学力二种,敢问何谓性灵?"陈仅答云:"性灵,即性分也。学诗者,有天资颖悟,出手便高者,是性分中宿世灵根,摩诘所谓'宿世本辞客,前身老画师',沧浪所谓'诗有别趣',此种人学诗最易;然往往缺于学术,转至自误。其由学力进者,多不能成家,以性情不相入也。",由此解释看性灵大致与才的含义相似,由于才是所有行事不可缺乏的一种内在素养要求,为了区分文学之才与其他之才的不同,所以明代文人开始多以性灵相称,陈仅体察到了这一点,并对此表示了认可。性灵之说至清中期被袁枚祭起,诗而论学力则有翁方纲,陈仅对性灵与文学的直接或者根本关系认识极为深刻,他鉴于性灵学力二派之间的纷争,又专门强调了性灵与学"必相须而成"。诗香又问:"今人之论,又有性灵诗一种,袁简斋《论诗》云:'抄到钟嵘《诗品》日,该他知道性灵时。'似实有所谓性灵诗者,然否?"陈仅继而对性灵之源头作了分析:

> 诗本性情,古无所谓性灵之说也。《尚书》"诗言志";《诗序》"诗发乎情,止乎礼义";《文赋》"诗缘情而绮靡"。有情然后有诗。其言性情者,源流之谓,而不可谓诗言性也。

意思是说,称性灵是就主体的素养禀赋而言的,但诗本身是因情而动,所以称本乎性情,也就是言情,诗皆如此,无所谓单独的性灵诗。诗言情而又称言性情,是兼情之源头而言,因为古人认为情为性之动。弃诗言情或者诗言性情而强调所谓的性灵诗或者诗言性灵,则有着功利性的诉求:

> 性灵之说,起于近世,苦情之有闲,而创为高论以自便。举一切纪律防维之具而胥溃之,号于众日:"此吾之性灵然也。"……夫圣人之定诗也,将闲其情以返诸性,俾不至荡而无所归。今之言诗者,知情之不可荡而无所归,亦知徒性之不可说诗也,遂以灵字附益之。而后知觉运动、声色货利,凡足供其猖狂恣肆者,皆归之于灵,而情亡,而性亦亡。

性不能入诗,情有礼和性的约束,不可以放纵,从诗学理论上直接号召对情的解放所遭受的围剿比较严厉,但又要获得冲决对情感束缚的实际效用。因而将灵字附在性后,情出于性,性要约束情;灵也与性相关,但个体色彩浓,性对灵也没有过多的约束,"性灵"因此确立。诗依然是发乎情,但不再讲止乎礼义,因为灵虚而不可凑泊。从此,性灵便成为收纳放纵之情的盾牌。以上论述尽管有着一定的对性灵派的偏见,但对性灵发生的追溯却非常确实,发人所未发。

厉志(1783—1843,今舟山人)《白华山人诗说》在以气论诗上有一定的贡献。①

气是我国文学理论之中作为源头与动力的范畴,厉志先以时人与古人

---

① 　厉志:《白华山人诗说》,见《清诗话续编》。

的创作对比："诗之所发皆本于情,喜怒哀乐一也。读古人诗,其所发虽猛,其诗仍敛蓄平易,不至漫然无节,此其所学者深,所养者醇也。今人情之所至,笔即随之,如平地注水,任势奔放,毫无收束,此其所学未深而不知养耳。"不知养是就养气而言的,因为对气缺乏有效的涵养,一切便处于自然发泄状态,一览无余,因而没有古人敛蓄所表现出的深醇。培养"真气"便成为当务之急:"须别有一种浑浑穆穆的真气,使其融化众有,然后可以独和一俎。是气也,又各比其性而出,不必人人同也。"又云:"论衡千古作者,何从见其高下,所争在真气灵气耳。"厉志所论真气有以下内涵:

其一,浑浑穆穆,这种状态表示气的积累蓄养处于接近元气的状态。他首肯古人以"混沌元气"论陶渊明,又论张九龄之诗:"若蜘蛛之放游丝,一气倾吐,随风舒卷,自然成态。"也是从天工化工之元气着眼。

其二,"比其性而出",即此气为体气,与个人的性情面目对应。这一点是诗论真气的核心,所以论唐、明之诗人虽然不可计数,但有真气灵气者却寥寥,原因是唐诗人大多"铺排妥适",明诗人则"力摹唐贤",多未以其真气灵气为诗。所谓真气、灵气,"以意见不以词见",因而学习古人当"师法古人用意之妙",不能循依词句以至于优孟衣冠。

其三,气要有气势,但更需要内敛。厉志云:"作诗原要有气势,但不可嗔目短舌,剑拔弩张,又不可如曹蜍、李志之为人,虽活在世上,亦自奄奄无生气。其要总在精神内敛,光响和发,斯为上乘。"从唐宋诗对比的角度,他又称:"唐诗正自有气,宋诗但不及其内敛耳。"这个结论是针对王士禛"唐诗主情故多蕴藉,宋诗主气故多径露"而发的,其意是说:诗皆有气,然而气当内敛,以此为标准衡唐宋,则唐诗有气而蓄敛就更胜一筹。他还分析了气在"心神快爽"之际则"易粗浮",挽救之法则为依仗平素的"实积工夫",使得书写之间"自然如春云出岫,望蓬蓬勃勃,而气嘘吐又极自在",以学节才,以养敛气。内敛就是含蓄,是一气浑然的赋形,因而:"诗到极胜,非第不求人解,亦并不求己解;岂己不解耶? 非解所能解耳。"这种浑然便使诗歌充满了解读的开放空间,他解释这个现象称:

> 古人作诗因题得意,因意得象,本是虚悬无着。偶与时事相隐合者,遂牵强附会,徒失其旨。不知古人之诗,如仁寿殿之镜,向著者自然了了写出,于镜无与耶。

诗如镜,读者从其中读到的是与自己获得同情的义旨,如同从其中照见自我。而这些所谓的获得,未必就是作者有意赋予诗歌的,这一分析有较高的理论深度,所以有学者称:"此岂非新批评派之'意图谬误'理论?"①诗因此便不能"直情迳遂",那种任着一口气,逞着一管笔,滔滔写来,自以为大才的创作,是不符合气的含蓄原则的。

其四,作诗的关键在于炼气。炼之一字,古人论之极多,《文心雕龙》中就有专门的"练字"篇,还有与练的内涵接近的"熔裁"篇,宋代文人则于炼字、炼句、炼诗眼多有论述。与厉志同时的陈仅在《竹林答问》中也有诗要炼字、炼局、炼意且以炼意为主的内容,此外还提及炼韵。但这些斩断整体的锻炼,相比之下,不如厉志的炼气能够抓住根本:

> 古人诗多炼,今人诗不解炼。炼之为诀,炼字、炼句、炼局、炼意,尽之矣。而最上者,莫善于炼气。气炼则四者皆得。

从炼气入手,既有可用力之处,又能提纲挈领。以气论诗,以元气淋漓为追求,诗就是气的赋形,来不得矫揉造作,所以从炼气论诗论文,是根柢之论。

对气的重视,使得本书对与气相关的范畴也给予了思考:"意、味、气、韵,古人有专长,少陵实能兼之。常将此四者并聚胸中,偶一感触,遂并起而应之,故其诗独胜人一地。后人不能具此四美在胸,如何能学步也。"气、韵并列,相当于意、味并言。味是意的延长所得,韵为气的延伸运动所得。意与气人皆有之,但创作之中的差异导致了作品之中的味与韵一则未必都有,二则未必尽佳。不过,厉志此处没有四者孰高孰低的意思,而是视之为四种审美特征,如称"少陵能兼综其意与气,太白能兼综其情与韵",但并不能就此判定李杜优劣,因为"情韵中有意气在,意气中亦有情韵在",只不过各有偏胜而已。

第五节　以《闲情偶寄》为主的清代浙东曲论

李渔(1611—1680,今兰溪人)在诗文、小说、词曲创作及相关理论研究方面都有一定贡献。尤其《闲情偶寄》,其中有关词曲的论述可以视为清代戏曲理论研究的最高成就。《闲情偶寄》共计六卷,其中卷一、卷二为《词曲部》(以下径称《词曲部》),专论曲学,计含结构、词采、音律、宾白、科诨、格局;《演习部》单列于后。从传承看,李渔吸纳了王骥德、吕天成、徐渭等浙东

---

① 蒋寅:《清诗话考》,第527页。

前辈的曲论精华,又多有自我的开拓,形成了一个系统完密的曲学理论体系。从体制看,以结构为第一,辞采、音律居其后,反映了李渔不同于明代文人的新动向。

李渔一生心仪词曲,不仅从事创作,而且家中有搬演的戏班,因此,其词曲理论中有着自然的对曲学的尊体意识。当然,李渔尊体则采取了一个此前罕见的形式,将戏曲和时文建立了关系。《闲情偶寄·词曲部》专论"格局",含有家门、冲场、出角色、小收煞、大收煞。"家门"有上场小曲,属于开场第一折,李渔由此引申:

> 词曲中开场一折,即古文之冒头,时文之破题,务使开门见山,不当借帽覆顶。即将本传中立言大题,包括成文,与后所说家门一词相为表里。前是暗说,后是明说,暗说似破题,明说似承题。如此立格,始为有根有据之文。

从创作而论,所采用的皆为时文术语。时文虽然在后人舆论中灰头土脸,但在当时语境之下却是显学,能与其建立关联,自然不是末艺小道。

就叙事文学理论而言,清代劝惩教化说已滥觞为套辞。劝惩说在小说与曲学之中一直占有重要地位,明代自瞿祐将其纳入小说批评之后,迅速泛滥为批评通套,但晚明之际却受到冲击:汤显祖以情宣教,号称以人情之大窦为名教之至乐;徐复祚则公开宣称风教当就道学先生讲求,不当责之骚人墨士。清代力纠晚明之风,尤其在新政权面前,个性的飞扬受到压抑,公共话语由此泛滥,劝惩便被重新祭起——当然,其中不乏门面话,甚至明修栈道、暗渡陈仓的手段。李渔论传奇可传与否,列出三条标准:"曰情,曰文,曰有裨风教。"情不奇不传,词不警拔不传,但这都是手段,关键还要做到有劝惩,假如"情文具备而不轨于正道,无益于劝惩",观者哑然一笑而已。① 《闲情偶寄·词曲部·结构》云:

> 传奇一书,昔人以代木铎。因愚夫愚妇识字知书者少,劝使为善,诫使勿恶,其道无由,故设此种文词,借优人说法,与大众齐听,谓善者如此收场,不善者如此结果,使人知所趋避,是药人寿世之方,救苦弭灾之具也。②

---

① 李渔:《香草吟传奇序》,见《中国古典戏曲序跋汇编》。
② 李渔:《闲情偶寄》,见《中国古典戏曲论著集成》。

这里李渔着眼者为劝惩之惩,使观者有所惩戒,惩前毖后,一心可以向善。所谓的劝,一般多指向善有善报的因果描绘,但在文学的现实应用中又逐步附丽上了歌功颂德的内容。文学的歌颂功能,是从《诗经》就确立的传统,王充《论衡》之中列"须颂"一篇,倡言为大汉歌功颂德。以戏曲歌颂,李渔是倡导者,《闲情偶寄》凡例即云:"武士之戈矛,文人之笔墨,乃治乱均需之物:乱则以之削平反侧,治则以之点缀太平。"《闲情偶寄·词曲部》又称:"借三寸枯管,为圣天子粉饰太平;揭一片婆心,效老道人木铎里巷。"兼教化与歌颂而言曲,政教之用的劝惩已经全部包容。当然,《闲情偶寄》更为鲜明的贡献在其戏曲表演、戏曲结构与人物理论。

一、戏曲表演论

浙东文人于戏曲表演多有关注,如韩锡胙(1716—1776,今青田人)《渔村记》凡例十则便讨论了表演理论。如第一条称:

> 生旦两种色目,乃属梨园屹然两柱。今以生扮慕蒙,则旦宜扮梅影;因西王母云容霞服,不便以老旦枯朽之质轻为唐突。故以旦扮西王母,而以小旦扮梅影,且小旦类皆少年娟秀,期与自在天身相称也。①

论述的是人物扮相与人物身份、年龄、性情的吻合问题,充分考虑了大众的审美习惯与审美期待。对演习问题的关注,凸显了清代戏曲理论对戏曲舞台特征认识的提高。其中最为系统的是《闲情偶寄》。书中专门设有《演习部》,包括选剧、变调、授曲、教白、脱套五个方面的内容,主论词曲的排练演习,是系统的舞台实践经验和演习经验的总结。其中首重选剧,认为:"剧本不佳,则主人之心血,歌者之精神,皆施于无用之地。"

表演论的出现,是戏曲效用论研究的必然命题,它关系到一种艺术形式存在的依据。李渔是以尊体的态度论述曲之效用的,如可以消遣、可以假之成名,而且宣称填词非末技,乃与史传诗文同源而异派,因此才有元曲与唐诗宋词鼎峙的局面。他核心论述了曲自娱娱人的特性。曲的产生不同于诗词,诗词是带有私人性质的文体,起初多为自我寄托之具,遣兴娱情是其主要目的。但曲是在农业文明自足的基础上,经过城市发展洗礼、经过市民文化消费的刺激而普及的体式,其指向是市民以及农民文化消遣的需要。因此,从其诞生之日起,便具有与诗词不甚一致的身份。它当然仍具有自我的

---

① 见《中国古典戏曲序跋汇编》。

消遣娱乐性,如王骥德就说,每月只要染指传奇,不仅"愉快"而且无异"南面王"①。李渔《闲情偶寄·词曲部》也称:

> 文字之最豪宕、最风雅、作之最健人脾胃者,莫过填词一种,若无此种,几于闷杀才人,困死豪杰。予生忧患之中,处落魄之境,自幼至长,自长至老,总无一刻舒眉。惟于制曲填词之顷,非但郁借以舒,愠为之解,且尝僭作两间最乐之人,觉富贵荣华,其受用不过如此。

自我娱乐来源于艺术寄托对心灵的接引,以及由此带来的心灵满足感,但对创作主体而言,这种满足感于制曲之中就可以实现,问题在于戏曲不是案头的创作,它最终要落实到舞台,要关注观众的感受。因此,《词曲部》更多的篇幅讨论的是如何娱人这个商业性目的。李渔极为重视这种能够娱人的效果,其《风筝误》收场诗云"传奇原为销愁设","一夫不笑是吾忧"。当然,李渔对"娱"的理解有偏颇,在他看来,只有使人乐才是娱,所以又说"惟我填词不卖愁",称"何事将钱买哭声,反令变喜成悲咽"。出于实现娱人目的的需要,引出了其《演习部选例》"填词之设,专为登场"之说,研究的中心便由此转移到了与舞台演出相关的诸多问题。具体而言:

戏曲故事的线索要清晰,利于观听。《结构》中主张"一线到底",使得三尺童子看完也要"了了于心"。为此戏曲就要"减头绪",无旁见侧出之情,这个要求也许已经不适应后世影视艺术观众对情节复杂离奇的审美渴望,但却符合过去舞台演出的要求。

演员出场,主角不宜迟。主角出场太迟容易使人以为先上场者为主,后来主角再出,观众反而反客为主,失去效果。

科诨要益人精神。《科诨》云:"作传奇者,全要善驱睡魔。睡魔一至,则后乎此者虽有《钧天》之乐,《霓裳》、《羽衣》之舞,皆付之不见不闻。"而此时最需要的是科诨的调剂,打破沉闷,调动气氛。因此科诨实为"看戏之人参汤",养人精神,驱人睡魔。

演出时间宜晚间不宜白天。《变调》中自云"观场之事,宜晦不宜明"。理由有两个:一则优孟衣冠本不是实事,"妙在隐隐跃跃之间",白日搬演太分明,难以"施幻巧";二则无论贵贱,白日多忙忙碌碌,无暇也无心及此,心思不安,难以达到预期效果。

演出时间缩长为短。《变调》中论之,也是出于有观众来朝有事,有的此

---

① 王骥德:《曲律·杂论》。

际困乏,与其拖沓冗长使人中途退场,不如使剧本精悍。

李渔对词曲本色论的发展完善之中,也充分体现了娱人的倾向,他主张语言无论曲辞还是宾白,都要易懂。《词采》中说:"传奇不比文章:文章做与读书人看,故不怪其深;戏文做与读书人与不读书人同看,又与不读书之妇人小儿同看,故贵浅不贵深。"这是词曲不同于诗文的地方,这一点从明代徐渭、王骥德到徐复祚都如此提倡,并无多少新意,但李渔在"浅"之外,还格外强调了一个"显"字。要显就不能填塞,如"多引古书,叠用人名,直书成句",填塞得越多,主旨反而容易被淹没。对学问典事等的反思是历代文论纠缠的话题,最终多倾向于折中,如王骥德本来尚本色,但于《曲律》论用事却又说了以下一番话:"曲之佳处,不在用事,亦不在不用事。好用事,失之堆积;无事可用,失之枯寂。要在多读书,多识故实,引得的确,用得恰好。"既言本色,又对用事恋恋不舍,所谓用得好、用得的确,实际上全是文人积习,为的是对文辞事典网开一面。而李渔以显说浅,对于事典之类的态度就明确得多。如《词采》云:

> 其事不取幽深,其人不搜隐僻,其句则采街谈巷议,即有时偶涉诗书,亦耳根听熟之语,舌端调惯之文,虽出诗书,实与街谈巷议无别者。

事与诗书不是不能用,而是要符合平常观众耳根听熟这个前提,一听就懂是个铁门槛。

此外是更加重视宾白。王骥德首先全面论述了宾白,但他的宾白论中同样有文人的案头之习,如《曲律·杂论》云:"元人诸剧,为曲皆佳,而白则猥鄙俚亵,不似文人口吻。"其中还在强调文人口吻。《曲律·论宾白》又云:"诸戏之工者,白未必佳,其难不下于曲。"只是说宾白创作不易。而李渔《词曲部》中专列《宾白》,明确将宾白与曲提到了同样重要的地位:"曲之有白,就文字论之,则犹经文之于传注;就物理论之,则如栋梁之于榱桷;就人身论之,则如肢体之于血脉,非但不可相轻,且觉稍有不称,即因此贱彼,竟作无用观者。故知宾白一道,当与曲文等视。"之所以重视宾白,就是从观众角度考虑:"新演一剧,其间情事,观者茫然。词曲一道,止能传声,不能传情。欲观者悉其颠末,洞其幽微,单靠宾白一着。"

二、结构论与人物论

李渔对戏曲结构极为重视,立《结构》居《词曲部》第一,包括戒讽刺、立主脑、脱窠臼、密针线、减头绪、戒荒唐、审虚实诸部分。如此摆布结构的位置,体现的是一种曲学思想的变化。

以往曲学论著多首论音律,李渔则将音律置于第三,称其原因是:"音律有书可考。"尤其《中原音韵》等书出而词家可依样画葫芦。而且,虽然音律也有着独到的神妙之处,但毕竟是"由勉强而臻自然",是属于"守成法之化境",全凭人工可得。而结构则是气化而成,属于化工,有着更高的艺术层次。所谓气化,李渔先以生育为喻论云:"如造物之赋形,当其精血初凝,胞胎未就,先为制定全形,使点血而具五官百骸之势。倘先无成局,而由顶及踵,逐段滋生,则人之一身,当有无数断续之痕,而血气为之中阻矣。"继而又以造室为例云:"基址初平,间架未立,先筹何处建厅,何方开户,栋需何木,梁用何材,必俟成局了然,始可挥斥运斧。倘造成一架而后再筹一架,则便于前者不便于后,势必改而就之,未成先毁。"从完整成型论结构,即古人所谓画成于胸之成竹,而不能节节叶叶拼凑,这实则就是以作品为气的赋形,统一而不可拆解。他强调了故事、情节、人物甚至言辞的高度融合性与完整性。[①]

再者,词采也置于音律之前。他解释称,词采与音律相比,二者有着"才技之分":文辞胜者号为"才人",而音律再精也无非"艺士"。二者之所以要详辨细微,恰在于才可创,而艺可得于演习,二者的区分是才人、艺人的区分,隐含着尊才而贱视工艺的心思。

李渔的结构论包容比较广,往往是兼故事的构架与人物展开一同论述,其主要理论观点体现在以下几个方面。

第一,故事要"立主脑":

> 古人作文一篇,定有一篇之主脑。主脑非他,即作者立言之本意也。传奇亦然。一本戏中,有无数人名,究竟俱属陪宾,原其初心,止为一人而设。即此一人之身,自始至终,离合悲欢,中具无限情由,无穷关目,究竟俱属衍文。原其初心,又止为一事而设。此一人一事,即作传奇之主脑也。

主脑可以称为立言之本意,或为主要思想,或为主要故事,贯穿全曲,它要通过一人一事表现出来。一人一事不是割裂的,而是互为依存:"后人作传奇,但知为一人而作,不知为一事而作。尽此一人所行之事,逐节铺陈,有如散

---

① 以建筑和裁衣论作品结构,最早见于《文心雕龙·附会》:"何谓附会? 谓总文理,统首尾,定与夺,合涯际,弥纶一篇,使杂而不越者也。若筑室之须基构,裁衣之待缝缉矣。"李渔二者都有借鉴,以裁衣论结构见后面论述。

金碎玉，以作零出则可，谓之全本，则谓断线之珠、无梁之屋，作者茫然无绪，观者寂然无声。"有一人，必有此一事，二者不相关属不行，事过散乱而不见此"一"也不行。一人，即主人公；一事，则可以指情节之中最为关键、矛盾冲突最为激烈之处，但未必就是今人所称的高潮，而是那个具有承前启后意义、包孕着故事衍生脉络的主要故事情节。他以《西厢记》为例分析道：

> 一部《西厢记》止为张君瑞一人，而张君瑞一人又止为"白马解围"一事，其余枝节皆从此一事而生。夫人之许婚，张生之望配，红娘之勇于作合，莺莺之敢于失身，与郑恒之力争原配而不得，皆由于此。是"白马解围"四字，即《西厢记》之主脑也。

第二，情节要密针线。针线的疏密是就故事编织而言，李渔说："编戏有如缝衣，其初则以完全者剪碎，其后又以剪碎者凑成。剪碎易，凑成难，凑成之工全在针线紧密。"主要的手法是照应与埋伏。编一折，前顾数折为照应，后顾数折为埋伏。照应埋伏不只要照应一人，埋伏一事，"凡是此剧中有名之人，关涉之事，与前此后此之话，节节俱要想到"。他十分欣赏《琵琶记》中《中秋赏月》一折："同一月也，出于牛氏之口者，言之欢悦；出于伯喈之口者，字字凄凉。一座两情，两情一事，此针线之最密者。"赏月的是两人，有牛氏之反应而无伯喈之反应便是疏于照应。照应埋伏可以将悬念植入，吊起观众胃口，而且有利于作品一气呵成，所以说："所谓无断续痕者，非止一出接一出，一人顶一人，务使承上接下，血脉相连，即于情事截然绝不相关之处，亦有连环细笋伏于其中，看到后来方知其妙。"有了照应埋伏来紧密针线，则故事整体结构便不会有断续的痕迹。这两个手法，恰恰是实现结构一体化的形式。

第三，人物故事要虚实结合。戏剧的核心是人与事，二者的性质是真实的还是虚构的，《结构》论中对此也有论述。李渔首先总言："传奇无实，大半皆寓言耳。"无实，也是兼人与事而言的。"审虚实"之中论戏剧的角色："欲劝人为孝，则举一孝子出名，但有一行可纪，则不必尽有其事，凡属孝亲所应有者，悉取而加之，亦犹纣之为不善，不如是之甚也，一居下流，天下之恶皆归焉。"又论戏剧之事："空中楼阁，随意构成，无影无形。"

角色是集纳虚构的，故事是幻设编造的，因此："凡阅传奇而必考其事从何来，人居何地者，皆说梦之痴人。"但现实社会却总有这样对号入座或者追溯根源所在的好事者，甚至有这样的文学批评，"戒讽刺"中他重申这种虚构特性：

予向梓传奇，尝垆誓词于首，其略云：加生旦以美名，原非市恩于有托；抹净丑以花面，亦属调笑于无心，凡以点缀词场，使不岑寂而已。但虑七情之内，无境不生，六合之中，何所不有，幻设一事，即有一事之偶同；乔命一名，即有一名之巧合，焉知不以无基之楼阁，认为有样之葫芦？是用沥血鸣神，剖心告世，倘有一毫所指，甘为三世之喑，即漏显诛，难逃阴罚。此种血忱，业已沁入梨枣，印政寰中久矣。而好事之家，犹有不尽相谅者，每观一剧，必问所指何人。噫，如其尽有所指，则誓词之设，已经二十余年，上帝有赫，实式临之，胡不降之以罚？

这段话虽然出于自我保护的需要，格外强调了"幻设"即虚构的特性，但其中也隐含了其他一些理论信息：戏曲之中的典型与现实社会中人有着统一性，因此观众往往从中看到现实之中的身影，它说明虚构对现实有着巨大的依赖。朱亦栋（生卒年不详，今上虞人）则以人生社会与戏剧为一体："大地一梨园也，曰生、曰旦、曰净、曰丑、曰外、曰末，场上之人，即场下之人也。贫富贵贱，倏升倏沉，眼前景也。离合悲欢，欲歌欲泣，心头事也。忠孝廉节，为圣为贤，意中人也。"①以大地为梨园，即人生如戏，而梨园演义者为现实人生，其意是说戏曲所写无非是眼前景、心头事、意中人，虽然人物故事和现实中人与事不尽统一，却是真实人生的艺术再现。

正是出于对戏剧虚构特性依赖现实这种特性的认识，李渔在剧情的构思之论中才旗帜鲜明地反对荒唐的怪异。"戒荒唐"中多次论及："凡作传奇，只当求于耳目之前，不当索诸闻见之外。""凡说人情物理者，千古相传；凡涉荒唐怪异者，当日即朽。"另如："世间奇事无多，常事为多；物理易尽，人情难尽。""即前人已见之事，尽有摹写未尽之情，描写不全之态。若能设身处地，伐隐攻微，彼泉下之人自能效灵于我，授以生花之笔，假以蕴绣之肠，制为杂剧，使人但赏极新极艳之词，而竟忘其为极腐极陈之事者。"《演习部》认为，追求怪异者无非怕冷场，但传奇不论冷热，"只怕不合人情"。如果作品能够书写人情悲欢，皆为"人情所必至"，便足以"能使人哭，能使人笑，能使人怒发冲冠，能使人惊魂欲绝"，即使不动檀板，也可以博得满堂喝彩。而动辄饰以荒唐，无非是文人们的"藏拙之具"。

李渔所抨击的荒唐闹热现象，是戏曲创作与搬演之中的一个潮流。从这种文体的本色而言，是和其大众狂欢的性质吻合的；但从审美的角度考

---

① 朱亦栋：《三星圆序》，见《中国古典戏曲序跋汇编》。

量,其中也的确多有违背艺术尺度的渲染编撰。从明清留下的理论著述看,对这类现象贬抑的言论居多,而践行怪异者多将其审美倾向付之实践搬演,但理论的支撑并不多。嘉庆间王懋昭(生卒年不详,今上虞人)则是怪奇热闹的理论支持者,从其《三星圆例言》看,他追求怪怪奇奇的闹热似乎有着自己充分的理由,文中云:

> 名手所制,原在意绪,不肯如《目莲》、《西游》,有《搜神记》、《穷怪录》之诮。然毕竟传奇是戏耳,戏则何嫌闹热以炫时人之观? 兹集间以意绪运用鬼神,非以鬼神灭裂意绪也。故虽怪怪奇奇,多所搬演,而不诡于正。

随后称,对怪怪奇奇的肯定,是出于对现实题材通套的逆反。他称当时戏曲题材,大约悔婚、抢亲、劫囚、谋财,或者妄男子与强盗结盟、痴女子怜才私订、男女假扮、误嫁误娶等等,此类作品,"令耳目皆糟,乾坤欲蛀",因而奇怪之作也便成为打破通套的爽目之作。① 又如韩锡胙则有愈奇愈易说,其《渔村记自序》引古语"画鬼物易,画狗马难",意在说明:"写神仙幽怪之文易,写布帛菽粟之文难。"他自己虽然所写《渔村记》也是奇怪一类,但他对此有着清醒的认识,自己是"择其易者而为之",其创作之利有五:

> 腹笥空虚,少所考据,随意敷衍,易于成篇;
> 驰思溟涬,于世无讥,毁誉非真,易于寡怨;
> 点缀神天,光辉杂沓,洞洞属属,易于感人;
> 优孟俳谐,妍媸并进,多多益办,易于献能;
> 前作今受,非有非无,善念惟坚,易于留后。

韩锡胙认为,从诗骚到词曲,"其为体益俚,而其为文益易"。不过创作难易不是评价优劣的标尺,传奇虽写奇怪易,但却依然可尊:"犹是乐章遗响也,风水之相遭也,音声之相荡也,节奏之相属也,机趣之相形也,意寓乎言中,而神周于象外。"奇怪之作,虽然说创作起来较为容易,但依然有周流于象外之神。仅仅从行文衡量,写作的题材难易有其定数;但如果"不以文而论,难易又无定者",因为从内在的艺术效力看,艺术作品不可分难易,也不由难易而定其价值。传奇传怪奇,自为一体,如同五经并言人事而《易》却明天道,

---

① 王懋昭:《三星圆自叙》,见《中国古典戏曲序跋汇编》。

宋儒训诂格物而濂溪却图画太极:并可存于天地之间。①

另外,虚构也是有题材限制的,历史题材就应该表现出尊重历史的基本态度。洪昇《长生殿例言》中提出了"真雅"之论:"是书义取崇雅,情在写真。"史载杨妃多污乱事,所以他称:"予撰此剧,此按白居易《长恨歌》、《长恨歌传》为之。而中间点染处,多采《天宝遗事》、《杨妃全传》,若一涉秽迹,恐妨风趣,绝不阑入。"并指责当时曲家:"增虢国承宠、杨妃忿争一段,作三家村妇丑态。"淫秽、粗俗与非蕴藉者,一概非雅。《长生殿自序》又提到当时曲家于杨妃之事"子虚乌有,动写情词赠答",这样的虚构违背历史、"兼乖典则"。② 关于历史剧之真,李渔也曾有论,他认为传奇多为寓言,是虚构的,但历史题材却虚构不得,演史的传奇所应该采取的态度就是求真,"审虚实"云:"若用往事为题,以一古人出名,则满场角色皆用古人,捏一姓名不得;其人所行之事又必本于载籍,班班可考,创一事不得。"为什么要真呢? 古事流传至今,其人其事观者烂熟于胸中,欺之不得,罔之不能,所以必求可据,"是谓实则实到底也"。如果用一二古人作主,因无陪客,幻设杜撰人物姓名与真人周旋,则虚不似虚,实不成实,他认为这是"词家之丑态"。

第四,剧情要新奇。传奇是无奇不传的,历史上对此并无争论,只是对奇的内涵理解不一致。李渔反对荒唐但也没有将奇全部抹杀,而是从理论上作了一个嫁接。他认可传奇要奇的本质特性:"古人呼剧本为传奇者,因其事甚奇特,未经人见而传之,是以得名,可见非奇不传。"但他又单独推出一个"新"字,并且称:"新,即奇之别名也。"他以新代替了奇怪之中的怪异荒唐,假如怪异指向神鬼世界魑魅魍魉,那么新则是在现实人生平常世界里发现超越平常的戏剧因素,从而既避免了怪异,也避免了平庸。这个理论反映在结构论里,就形成了"脱窠臼"一节:"欲为此剧,先问古今院本中,曾有此等情节与否?"又云:"若此等情节,业已见之戏场,则千人共见,万人共见,绝无奇矣,焉用传之?"整个故事与故事之中的情节要未经人道,同时"陈言之务去",剧、情节、曲词都要新。甚至于提出,新不仅是自我不能与前人雷同,"即出我一人之手,今之视昨亦有间焉",即不雷同仅仅是一个底限,自己的创作还要出新。《演习部·脱套》又申此意:

戏场关目,全在出奇变相,令人不能悬拟。若人人如是,事事皆然,

---

① 韩锡胙:《渔村记自序》,见《中国古典戏曲序跋汇编》。

② 见《中国古典戏曲序跋汇编》。

则彼未演出,而我先知之,忧者不觉其可忧,苦者不觉其为苦,即能令人发笑,亦笑其雷同他剧,不出范围,非有新奇莫测之可喜也。

第五,人物与宾白要统一。宾白与曲词是戏剧基本的两个元素,所有的故事、人物都要依靠二者来表现。李渔《宾白》论中论述了声务铿锵、语求肖似、词别繁简、字分南北、文贵洁净、意取尖新、少用方言、时防漏孔等,其中最值得关注的是对象化。所谓对象化,就是设身处地对描写对象的揣摩:

> 言者,心声也。欲代此一人立言,先宜代此一人立心。若非梦往神游,何谓设身处地? 无论立心端正者,我当设身处地,代生端正之想;即遇立心邪僻者,我亦当舍经从权,暂为邪僻之思。务使心曲隐微,随口唾出,说一人,肖一人,勿使雷同,勿使浮泛。

所谓的对象化,不仅仅是对话符合人物的性格,还要符合其特定语境之下"心曲之隐微"。浙西孟称舜曾说过:撰曲者不化其身为曲中之人则不能为曲。金圣叹评《水浒》作者的成功之处,便在于写淫妇、偷儿则将自己当作淫妇、偷儿。这些论述与李渔的理论大致近似,且都产生在明末清初这个时代。

其次,人物的曲词也要讲究机趣。《词采》论中,李渔首重机趣:"机趣二字,填词家必不可少。机者传奇之精神,趣者传奇之风致。少此二物,则如泥人土马,有生形而无生气。"机趣在明代也有人涉及,如吕天成《曲品》就说:"本色不在摹剿家常语言,此中别有机神情趣。"李渔将"机神情趣"简化为"机趣",并有自己的解释。机主要指词曲创作之中气的一贯而生活,勿使有断续痕:"所谓无断续痕者,非止一出接一出,一人顶一人,务使承上接下,血脉相连,即于情事截然绝不相关之处,亦有连环细笋伏于其中,看到后来方知其妙,如藕于未切之时先长暗丝,以待丝于络成之后才知作茧之精。此言机之不可少也。"不使有断续之痕,如同结构论中对密针线的论述,前后照应埋伏,草蛇灰线,若断若续,却始终能够保持这样一种方向或者态势,使得作者的情思义旨能够贯彻而不游散,不迷失。依照王弼对《易》的传统解释,机和神是一体化的概念,神又是气之精者,气之微妙者,于是机也便是精微之气,所以李渔才称"机者传奇之精神",是传奇之中最为活跃生动蓬勃之所在。词曲有了这种气的活泼生动精微,就是得机。

趣是词曲之中体现的风致,它出于真情,与道学气不相能,所以侧重于"勿使有道学气"。所谓无道学气,"非但风流跌宕之曲、花前月下之情当以板腐为戒,即谈忠孝节义与说悲苦哀怨之情,亦当抑圣为狂,寓哭于笑",核心在于一个真。又举王阳明之讲道学为得词中三昧:"阳明登坛讲学,反复辨说良知二字,一愚人讯之曰:'请问良知这件东西,还是白的还是黑的?'阳明曰:'也不白,也不黑,只是一点带赤的,便是良知了。'"致主要表现为起伏变化,此处的无道学气,正是反对过于呆板僵化。曲词有机趣,则人物方得鲜活。

第六节　清代浙东小说理论批评

　　清代浙江小说理论批评不仅繁荣,而且有着多方杰出的理论贡献,其中之一便是"四大奇书"的命名。这个小说史上的著名称谓,与"唐宋八大家"一样,是在浙江文人的倡导下、经过浙西浙东文人共同的参与而确立的。明代张无咎《批评北宋三遂新平妖传叙》列举了《水浒》、《三国志》、《西游记》、《金瓶梅》,将其与《西厢记》、《琵琶记》、《牡丹亭》等比附。《斥奸书》、《禅真逸史》等书的序言或凡例,都把《三国演义》、《水浒传》、《西游记》、《金瓶梅》、《今古奇观》等相提并论。清顺治年间西湖钓叟序《续金瓶梅》,开始出现"三大奇书"之说:"今天下小说如林,独唯三大奇书,曰《水浒》、《西游》、《金瓶梅》者。何以称乎?《西游》阐心而证道于魔,《水浒》戒侠而崇义于盗,《金瓶梅》惩淫而炫情于色。"[①]至李渔,继承坊间与批评界四小说地位并列的共识,采用西湖钓叟"奇书"之名,第一次明确竖起了"四大奇书"的旗帜:"尝闻吴郡冯子犹赏称宇内四大奇书,曰《三国》、《水浒》、《西游记》及《金瓶梅》四种。余亦喜其赏称为近似。"孙楷第《中国通俗小说书目》附录丛书目载"四大奇书",按云:"以《三国》、《水浒》、《金瓶梅》、《西游记》为四大奇书,始于李渔《〈三国志〉序》。"虽然李渔称得之于冯梦龙,但现存文献中尚未见冯有此明确的说法,倒是李笠翁之后"四大奇书"之名基本确定。[②]

　　"四大奇书"尽管只是一个称谓,但却是一种融会历史遴选与时尚批评、兼包世俗审美与文人识见的综合赏鉴,具有理论范式的意义和深远的影响。

　　当然,在尊扬小说的理论之外,也有章学诚等鄙薄小说的声音。《文史通义·诗话》之中认为,小说发展,从早期的委巷传闻,至六朝事杂鬼神,报

---

①　朱一玄:《金瓶梅资料汇编》,南开大学出版社 2004 年版。

②　以上内容参阅石钟扬:《致命的狂欢》,陕西人民出版社 2006 年版。按:李渔此处仅说冯梦龙赏称此四种书,至于"四大奇书"这个称谓,涵味这段文字,似仍是李渔本人的发明。

兼恩怨，及乎唐代，便渐渐形成通套："大抵情钟男女，不外离合悲欢。红拂辞杨，绣襦报郑，翰李缘通落叶，崔张情导琴心，以及明珠生还，小玉死报。凡如此类，或附会疑似，或竟托子虚，虽情态万殊，而大致略似。"但至此，他认为不过是"淫思古意，辞客寄怀，犹诗家之乐府古艳诸篇"。就是说，虽然有淫思，但尚古艳。宋元以后，"广为演义，谱为词曲，遂使瞽史弦诵，优伶登场，无分雅俗男女，莫不声色耳目"。章学诚认为，从古代至宋元，小说经历了三变，而到了宋元及此后这最后一变"尽失古人之源流"。失源流的主要原因在于小说从文人之寄怀，发展为了这种"瞽史弦诵，优伶登场，无分雅俗男女，莫不声色耳目"的大众狂欢式的形态。因此，他对小说以及和其衍生而出的传奇演义甚至诗话都充满偏见，以为是坏人心术的小人之无所忌惮：

> 其叙男女也，男必纤佻轻薄，而美其名曰才子风流；女必冶荡多情，而美其名曰佳人绝世。世之男子有小慧而无学识，女子解文墨而闇礼教者，皆以传奇之才子佳人为古之人，古之人也！

既背离古意，又出于无才德者之手，小说便成为宣淫导欲坏人心术的媒介。这个声音与清代卫道者禁小说的理论已经如出一辙了。

就浙东文人而言，其理论贡献集中于小说虚构理论以及《红楼梦》研究。

小说内容的常奇虚实问题是明代小说理论讨论的重点问题，文人们各抒己见，并没有统一的认识。这种论争延续到清代，虽然仍是莫衷一是，不过其中一些理论已经渐渐表现出接近艺术本体特质的探询。李渔是小说娱众理论的坚定奉行者，冯梦龙编辑《谭概》，后来康熙间朱石钟等删为《古今笑史》，李渔为序，分析易"谭"为"笑"的原因，核心就在"从时好"。尽管"谭"为文人雅事，且谭为"笑之母"，但是：

> 世之善谭者寡，喜笑者众。咸谓以我之谈，博人之笑，是我为人役，苦在我而乐在人也。试问伶人演剧，座客观场，观场者乐乎？抑演剧者乐乎？同一书也，始名《谭概》，而问者寥寥，易名《古今笑》，而雅俗并嗜，购之惟恨不早：是人情畏谈而喜笑也明矣。不投以所喜，奚禆于门奚禆乎？①

如此大张旗鼓地宣扬"投其所好"理论，此前从未有过。而投其所好又有检验的标准，这就是要有娱乐性，使得读者笑，又要讲求内容之外形式的市场

---

① 李渔：《古今笑史序》，见《中国历代小说序跋集》。

包装。

与娱乐经常纠缠在一起的一个重要问题就是虚实,或者说就是对虚构的态度。在这个问题上,清代浙东有文人延续了明代演史小说虚实结合的理论,而其中最有创见的是乾隆年间陶家鹤(生卒年不详,今绍兴人)在此基础上提出的小说应该"谎到家"的新论:

> 世之读说部者,动曰谎耳谬耳。彼所谓谎者固谎矣,彼所谓真者,果能尽书而读之否?左丘明,千秋谎祖也,而古今之读左丘明文字者,方且童身而习者,至齿摇发秃而不已。其不已者,为其文字谎到家也。夫文至于谎到家,虽谎亦不可不读矣。愿善读说部者,宜疾取《水浒》、《金瓶梅》、《绿野仙踪》三书读之,彼皆谎到家之文字也。谓之为大山、大水、大奇之书,不亦宜乎?①

谎到家的提出,将小说故事情节虚与实的论争彻底消弭了。

这样,清代小说理论批评,在常奇问题上出现了徐震"不奇于凭虚驾幻"而"奇于笔端变化"的理论,从以题材论奇怪提升为以笔法技术论奇怪;在虚实问题上又出现了陶家鹤小说应该"谎到家"的新论。二者的论述都达到了很高的理论层次,清代浙江小说理论因此具备了走向独立小说理论的重要基础。

小说笔法问题是源出于文章创作理论的一个话题,它是所有小说构思、人物形象、故事演绎的实现手段。清代浙东文人对此作了很多探索,相关理论集中在描写逼真与叙述的波澜及贯穿上。

所谓描写逼真,平步清(1832—1896,今绍兴人)以古文与小说比附论称:"古文写生逼肖处最易涉小说家数。"②虽然意在谈古文,但同时也揭示了他眼中小说的一个重要特征就是"写生逼肖"。如何能够实现逼肖呢?关键在于通过细致的观察揣摩,能够再现故事人物以及动作的细微之处,有变态,耐咀嚼。

所谓叙述的波澜往往是就小说的整体构架而言的。李春荣(生卒年不详,今绍兴人)将小说与时文八股联系起来,借时文结构论小说的叙述波澜,其《水石缘后序》称《水石缘》之创作:

> 自提纲立局,首尾呼应,埋伏影射,笼络穿插,吞吐搂渡,代字琢句,

---

① 陶家鹤:《绿野仙踪序》,见《中国历代小说序跋集》。
② 平步清:《霞外捃屑》卷7,上海古籍出版社1982年版。

无中生有,丽体散行,诗词歌赋,作文之法,缜密无遗。①

以作文之呼应、埋伏、吞吐等手法比喻小说叙述的起伏贯穿与矛盾。作者有如此绵密的针线,读者就应该以读文章的耐心将其抽绎而出,方不负作者一番苦心。所以陶家鹤论读小说,必须"详玩其脉络、关纽、章法、句法,以定优劣",而大部分小说,或者"虎头蛇尾",或者"线断针折"。只有头尾呼应、针线绵密者方为上乘,并举《绿野仙踪》云:

> 至言行文之妙,真是百法俱备……试观其起伏也,入天际神龙;其交割也,如惊弦脱兔;其紧溜也,如鼓声爆豆;其散去也,如长空风雨;其艳丽也,如美女簪花;其冷淡也,如狐猿啸月;其收束也,如群玉归笥;其插串也,如千珠贯线;其立局命意,遣字措辞,无不曲尽情理,又岂破空蹈虚辈所能比拟万一。②

将小说批评具体为行文之妙的分析,于是起伏、交割、紧散、穿插、立局、命意,变化百态又一气呵成而不散漫。

以上评量小说人物描绘、故事叙述的尺度,基本上都是挪用文章批评的法式,以分析文章的套路分析小说。尽管其中或有榫卯不合者,但却是我们极具民族特色的批评方式,从中也能窥见文体之间细微的互动。

《红楼梦》的批评在清代浙江的文学理论批评之中是非常引人注目的一个批评现象,这首先体现为浙西戚蓼生(今德清人)对《红楼梦》作出了很早的评价,并且以司马迁、左丘明比附曹雪芹,叹赏本书"敷华掞藻、立意遣辞无一落前人窠臼",从此奠定了后世《红楼梦》批评的基调。浙东文人关于《红楼梦》最为突出研究成果是姚燮(1805—1864,宁波镇海人)对《红楼梦》的批评。其《红楼梦总评》、《红楼梦回评》都是就具体故事与具体人物展开,理论价值不大;但独出心裁的《读红楼梦纲领》却是清代红学研究之中的翘楚。其中从众多角度分析了《红楼梦》的高明之处:

如前后呼应对照。作为道具之货物单的前后对比:"详叙乌庄头货物单,所以纪其盛……详叙抄没时货物单,所以纪其衰。"在对比之中显示变幻与反差,一出一入,一喜一悲,有祸福倚伏、命运弄人的感慨。另如以一僧起,以一道结,中间多有僧道之影,也是呼应贯穿的运用。又如:"此书全部时令以炎夏永昼士隐闲坐起,以贾政雪天遇宝玉止。始于热,终于冷,天时

---

① 李春荣:《水石缘后序》,见《中国历代小说序跋集》。
② 陶家鹤:《绿野仙踪序》,见《中国历代小说序跋集》。

人事,默然相吻合,作者之微意也。"

如以宝、黛间的口角写宝、黛间情感的日益深化。论云:"凡宝、黛二人相见争怄之事,若游园归后将荷包剪碎一段,史湘云来时门口一段,看《会真记》以谑激怒一段,怡红院不开门一段,因落花伤感一段……梦中见剖心一段,听琴后论知音一段,闻雪雁宝玉定亲之语自己糟蹋身子一段,闻傻大姐语过宝玉见面一段。"姚燮认为,这些情人间怄气的场景,"皆关目之紧要者"。作者以二人之间的矛盾写彼此之间日益深化的情感,因此称"须玩其一节深一节处,斯不负作者之苦心"。

如以宝玉的痴言誓言显其痴情至性。论曰:

> 宝玉立誓之奇,有令人读之喷饭者。其对袭人云:"化一股轻烟,风一吹便散。"……对黛玉云:"若有心欺负你,明儿我掉在池子里,叫个癞头鼋吃了去,变个大忘八,等你明儿做了一品夫人,病老归西的时候,我往你坟上替你驮一辈子碑去。"

姚燮认为宝玉立誓言多有如此奇特者,而这恰是这位痴情公子痴情之相的表现,小说的成功之处就在于绘写人物,使其言行统一,所以称道曹雪芹"真能以匪夷之想肖之"。

可注意的是,姚燮以上的结论,不是一般的揣摩,而是通过细致严格的统计归纳,以定量分析的手法得出的结论。其中另涉及人物的生日、人物死亡的方式、贾家的收支账目、书中人物所患之疾、宝玉和女孩子的接触、园中韵事等等。如分析贾府花销巨大便分别作了以下几项统计:

> 贾府姊妹自乳母外,有教引老妈子四人,贴身丫头二人,充洒扫使役小丫头四五人;自拨入大观园后,各添老嬷嬷二人,又各派使役丫头数人。以一女子而服役者十余人,其他可知矣。

> 月费一项,王夫人月例每月二十两,李纨每月银十两,后又添十两,周赵二姨每月二两;贾母处丫头每人每月一两,外钱四吊;宝玉处大丫头每人月各一吊,小丫头八人每人月各五百,其余各房等皆如例;即此一项,其费已侈矣。

> 两府中上下内外出纳之财数,见于明文者,如芹儿管沙弥道士每月供给银一百两;芸儿派种树领银二百两;给张材家的工价一百二十两;贵妃送蘸银一百二十两;金钏死,王夫人赏银五十两;王夫人与刘老老二百两;凤姐生日凑公分一百五十两有余;鲍二家死,琏以二百两与之,入流年账上;诗社之始,凤姐先放银五十两;贾赦以八百两买妾;度岁之

时，以碎金二百五十三两六钱七分，倾压岁锞二百五十个；乌庄头常例物外缴银二千五百两，东西折银二三千两；袭人母死，太君赏银四十两；园中出息，每年添四五百两；贾敬丧时，棚杠、孝布等共使银一千一百十两；尤二姐新房，每月供给银十五两；张华讼事，凤姐打点银三百两，贾珍二百两，凤又讹尤氏银五百两；金自鸣钟卖去银五百六十两；夏太监向凤姐借银二百两；金项圈押银四百两；薛蟠命案，薛家费数千两；查抄后欲为监中使费，押地亩数千两；至凤姐铁槛寺所得银三千两；贾母分派与赦、珍等银万余两；贾母之死，礼部赏银一千两。

通过这番统计，姚燮印证了书中所称的贾家的豪奢："无论出纳，真书中所云如淌海水者。宜乎六亲同运，至一败而不可收也。"①我国文学理论批评，尤其小说的批评，历史上以感觉性、鉴赏性的评点为主，间或有一些理论的阐释，也以感觉与鉴赏为主。而姚燮将定量分析的方法纳入小说研究，关注小说所反映的日常人生情事、关注小说折射的现实，是批评手段的革命，从研究深度到方法都别开生面，在整个中国文学理论批评史上也具有独到的开拓与贡献，是浙东学派六经皆史、经世致用学术精神的间接表现。

---

① 以上引文见《红楼梦资料汇编》，中华书局 1964 年版。

余　论

　　近代浙江文学理论批评，无论从学术的严谨纯正、东西文化的融会贯通，还是其所具有的开拓创新、所体现的革命性等考察，都可以说仍然是中国文学理论批评史的高峰。其中，王国维的文艺哲学理论体系及词学理论、鲁迅的诗学思想以及中国古代小说历史的研究、夏曾佑利用报纸阵地宣扬的近代小说理论、章太炎既革命又保守的传统文学理论，等等，都是整个中国文学理论批评史收官之际绕不过的大家。而这个阶段的文学理论批评表现为以下两个特点：一是中西交融而致力于文学理论的美学提升，从而对艺术与理想、艺术与美做出了具有青春畅想般的探索；二是诸体之中侧重小说戏曲，关注现实改造。

　　一，中西交融而致力于文学理论的美学提升。这一点最为杰出的当属浙西王国维吸纳叔本华的哲学理论所编织的美学体系。在这个体系之中，一般性的感性分析、优劣评点被哲学本体的思辨所取代。所以学者们认为，中国文学理论批评在王国维这里被提升为了纯粹的文艺哲学。

　　在那个风云际会的时代，和王国维一样，通过学习西方建构自己文学理论体系的还有鲁迅（1881—1936，今绍兴人），他通过对西方哲学的消化，建构了自己的诗学理论，其核心是对理想美的张扬：

　　　　盖凡有人类，能具二性：一曰受，二曰作。受者譬如曙日出海，瑶草作华，若非白痴，莫不领会感动；既有领会感动，则一二才士，能使再现，以成新品，是谓之作。故作者出于思，倘其无思，即无美术。然所见天物，非必圆满，华或槁谢，林或荒秽，再观之际，当加改造，俾其得宜，是曰美化，倘其无是，亦非美术。故美术者，有三要素：一曰天物，二曰思理，三曰美化。①

从感动，到表现，再到对现实的美化，这个过程是通过艺术实现理想美的过程。强调理想则具有超越现实功利的意义。《摩罗诗力说》中，鲁迅也认为艺术作为精神产品之一，不以明显的目的性为归依，因而劝世等效用都不是刻意的追求，美术所起到的是潜移默化的作用，通过使人神质悉移，达到人格的提升。

和鲁迅近似，蒋智由（1865—1929，今诸暨人）在《维朗氏诗学论》中发挥西人思想，也对理想美表示了关注。他说："无论画家写天然之景物，至于若何其巧，必不能及照相之尤能逼真。而可称为画家最高之术者，不可不知有理想美。"理想美"存于个人精神之间，非可得而模拟"。理想美不仅可以论画，而且可以论诗："诗家若但以能咏天然之景物为至高之境，纵语极其工，其能事不过如天而止；而理想上之景物，则全由人意之所构造，其奇妙有非天然之可得而及者。"即理想美是以人工弥补造化的天人之合。以理想美论述文学，是对文学"创造"内涵的揭示，是艺术之所以能引领生活、适应潮流的原因。艺术不是现实的复制，作家要创造出艺术的理想美，就要立足时代，融入时代，站在潮头，高于时代，在敏锐把握时代脉搏的同时，洞悉感知时代的趋势：

> 盖一时代之人，往往有以风俗人心之退化之故，其思想有甚失之于卑近者，若必强作者而与流俗同好，其造诣不必能高。余尝论英雄之所以能成为英雄者，谓必与时代合，而又必稍稍有高出时代之处。盖过高，则其理为当世之人所不能解，遂于人心之上，不能占有何等之势力；而过卑，则白茅黄苇，亦不能崭露头角，而为千人之所皆见。诗人亦然，其思想不出时代之中，而又不可不占时代思想中最高之一位置：此其所以能为一代之大家也。②

这种理论之中，有一些西方超人理论的痕迹，是英雄史观的一种表现形式，但又被明显中国化为文艺源于时代社会而高于时代社会。

对艺术理想性特征的关注，是近代中国文人理想情怀的必然体现。它

---

①　鲁迅：《拟播布美术意见书》，郭绍虞主编：《中国历代文论选》，上海古籍出版社 2001年版。

②　参阅黄霖：《中国文学批评通史近代卷》第五章第七节，上海古籍出版社 1996 年版。

也呼应了新旧交替之际呼唤希望的时代风云,是对艺术与理想、艺术与美做出的具有青春畅想般的探索。

二,诸体之中重视小说戏曲,关注现实改造。由于启蒙的需要,近代浙东的小说创作与小说理论呈现出繁荣局面。在"小说界革命"的旗号亮出后,以梁启超为代表的维新文人对小说表现了巨大热情,浙东文人在这个潮流中从事了扎扎实实的工作。鲁迅从1912年起就致力于小说资料的收集,后于1920年后逐步完善为《中国小说史略》,是小说史研究的开山之作。对后世影响巨大的小说理论之中,还有蔡孑民(1868—1940,今绍兴人)的索隐派理论,他的《石头记索隐》出于民族斗争的需要,以学术考证附会小说研究,机械而主观地为小说复原其历史,将小说人物附会于具体历史人物,违背了艺术规律,但却对后世影响巨大,这种索隐理论在《红楼梦》研究之中至今仍然多有承袭者。

近代浙东文人对小说的重视,主要出于教化启蒙以图现实改造。夏曾佑自道关注小说的原因,就是由于小说"入人之深,行世之远",而西方国家,"其开化之时,往往得小说之助"。[①] 章太炎将小说视为后人了解故国的手段,如果没有这种普及性的工作,时日既久,"中国之夏齐民之不知故国,将与印度同列"。只有国家种族之事闻者越多,"则兴起者愈广",中华之复兴才会有望。[②] 詹熙(1850—1927,今衢州人)之所以创作小说,自言乃是激于英国人傅兰雅所云"中国所以不能自强者:一、时文;二、鸦片;三、女子缠足",所以才发愤著小说以启蒙,"俾阅者易于解说,广为劝诫"。[③] 而小说是诸般文体中最堪承此重任者,来裕恂称:"其感人之深有如此者,盖别具一种笔墨也。"[④] 周作人(1885—1967,今绍兴人)则从艺术审美之特征论述小说的启蒙作用,归之于"文以移情"。

小说之外,戏曲以其普及性通俗性也受到重视。洪炳文(1848—1918,今瑞安人)将《后南柯传奇》与《警世钟》对比,直接强调小说的警世作用:

> 《警世钟》但言争领地,而兹编则言保种族。争领地者,其患在瓜

---

① 夏曾佑:《国闻报馆附印说部缘起》,舒芜等辑:《近代文论选》,人民文学出版社1999年版。

② 章太炎:《洪秀全演义序》,黄霖等编注:《中国历代小说论著选》,江西人民出版社2001年版。

③ 詹熙:《花柳深情传自序》,见《中国历代小说序跋集》。

④ 来裕恂:《汉文典·文章典》,见《历代文话》。

分;保种族者,其患在灭种。瓜分则犹有种族之可存,灭种则并无孑遗之可望。是瓜分之祸缓而灭种之祸惨也。二编之作,其警世同,而所以警世则不同。夫天下之祸,至灭种则烈甚矣。

其《例言》又云:"前编以觉世为宗旨,多用了悟之语;兹编以儆世为宗旨,多用危悚之词。"可贵的是,在强调这种爱国情怀的同时,他也提醒读者:"忠君爱国亦不外乎情,由情生文,乃合传奇之体。"即这并非一般的说教,要通过艺术手段实现以情动人。《警黄钟自序》又云:"《警黄钟》者何?警黄种之钟也。黄种何警乎尔?以白种强而黄种弱也。黄种何以弱?以吾四百兆人,日醉生梦死于名缰利锁之中而不自知,如燕雀之处堂,醯鸡之舞瓮,不自知其弱,遂终不能强。"①

另外,近代浙东小说理论界当时还有一些理论思想比较值得关注,如罗家伦(1897—1969,今绍兴人)揭露当时小说的弊端——写黑幕、滥调四六、笔记敷衍,进而提出了自己的小说伦理观:不能以闻者足戒为借口把人类的罪恶写得淋漓尽致,这样过当的刺激,易生相反的效果。小说要写人类的天性,因此要研究社会,研究心理,深入社会,不能闭门造车。素养上要多读西方的文学杰作。② 另外,周作人发表于《新青年》的《人的文学》一文,则在中国首次提出了以人道主义为本、研究人生诸问题并加以记录的"人的文学"。要改造社会警醒国民,首先需要改造小说,改造作者。这种思想无论当时,甚至时下仍然有着深刻的现实意义与理论深度,也是浙东学派史汉精神、经世致用思想在文艺理论中的内化。

---

① 洪炳文:《后南柯传奇自序》,余为民、孙蓉蓉主编:《历代曲话汇编》(近代编),黄山书社 2009 年版。
② 罗家伦:《今日中国之小说界》,徐中玉主编:《中国近代文学大系》,上海书店 1995年版。

主要参考文献

[1] 二十五史.上海:上海古籍出版社、上海书店缩印本,1986.

[2] 严可均校辑.全上古三代秦汉三国六朝文.北京:中华书局,1958.

[3] 董诰等编.全唐文.上海:上海古籍出版社,1990.

[4] 陆云龙辑.翠娱阁评皇明小品十六家.杭州:浙江古籍出版社,1996.

[5] 永瑢等编.四库全书总目.北京:中华书局,1965.

[6] 祝尚书编.宋集序跋汇编.北京:中华书局,2010

[7] 张寅彭主编.民国诗话丛编.上海:上海书店出版社,2002.

[8] 胡经之主编.中国古典文艺学丛编.北京:北京大学出版社,2001.

[9] 丁锡根编.中国历代小说序跋集.北京:人民文学出版社,1996.

[10] 王运熙,顾易生主编.中国文学批评通史.上海:上海古籍出版社,1996.

[11] 郭绍虞主编.中国历代文论选.上海:上海古籍出版社,2001.

[12] 徐中玉主编.中国近代文学大系.上海:上海书店,1995.

[13] 张少康,等选编.先秦两汉文论选.北京:人民文学出版社,1999.

[14] 郁沅,张明高选编.魏晋南北朝文论选.北京:人民文学出版社,1999.

[15] 周祖撰选编.隋唐五代文论选.北京:人民文学出版社,1999.

[16] 陶秋英编选.宋金元文论选.北京:人民文学出版社,1999.

[17] 蔡景康选编.明代文论选.北京:人民文学出版社,1999.

[18] 王运熙,顾易生选编.清代文论选.北京:人民文学出版社,1999.

[19] 舒芜,陈迩冬,周绍良,王利器选编.近代文论选.北京:人民文学出版社,1999.

[20] 郭绍虞.宋诗话辑佚.北京:中华书局,1980.

［21］陈应行.吟窗杂录.北京：中华书局，1997.

［22］何文焕.历代诗话.北京：中华书局，1981.

［23］丁福保辑.历代诗话续编.北京：中华书局，1983.

［24］吴文治主编.明诗话全编.南京：江苏古籍出版社，1997.

［25］丁福保辑.清诗话.上海：上海古籍出版社，1963.

［26］郭绍虞辑.清诗话续编.上海：上海古籍出版社，1983.

［27］蒋寅.清诗话考.北京：中华书局，2005.

［28］周维德笺注.诗问四种.济南：齐鲁书社，1985.

［29］王水照主编.历代文话.上海：复旦大学出版社，2008.

［30］唐圭璋编.词话丛编.北京：中华书局，1981.

［31］金启华，等编.唐宋词集序跋汇编.南京：江苏教育出版社，1990.

［32］丁锡根编.中国历代小说序跋集.北京：人民文学出版社，1996.

［33］一粟编.红楼梦资料汇编.北京：中华书局，1964.

［34］黄霖等编注.中国历代小说论著选.南昌：江西人民出版社，2001.

［35］朱一玄，刘毓忱编.水浒传资料汇编.天津：南开大学出版社，2002.

［36］中国戏剧研究院编.中国古典戏曲论著集成.北京：中国戏剧出版社，1959.

［37］蔡毅编著.中国古典戏曲序跋汇编.济南：齐鲁书社，1989.

［38］余为民，孙蓉蓉主编.历代曲话汇编（近代编）.合肥：黄山书社，2009.

索　引

图书在版编目(CIP)数据

浙东文学理论史要 / 赵树功著. —杭州:浙江大学
出版社,2015.12
ISBN 978-7-308-15170-2

Ⅰ.①浙… Ⅱ.①赵… Ⅲ.①文学理论－文学史－浙
江省 Ⅳ.①I209.955

中国版本图书馆 CIP 数据核字(2015)第 227101 号

浙东文学理论史要

赵树功 著

责任编辑	吴伟伟 weiweiwu@zju.edu.cn
责任校对	杨利军 李金萍
封面设计	木 夕
出版发行	浙江大学出版社
	(杭州市天目山路 148 号 邮政编码 310007)
	(网址:http://www.zjupress.com)
排 版	浙江时代出版服务有限公司
印 刷	杭州日报报业集团盛元印务有限公司
开 本	710mm×1000mm 1/16
印 张	21
字 数	366 千
版 印 次	2015 年 12 月第 1 版 2015 年 12 月第 1 次印刷
书 号	ISBN 978-7-308-15170-2
定 价	60.00 元

浙江大学出版社发行部联系方式 (0571)88925591;http://zjdxcbs.tmall.com